甲马

默音 著

浙江文艺出版社
Zhejiang Literature & Art Publishing House

图书在版编目(CIP)数据

甲马 / 默音著. —杭州：浙江文艺出版社，2024.8
ISBN 978-7-5339-7589-0

Ⅰ.①甲…　Ⅱ.①默…　Ⅲ.①长篇小说—中国—
当代　Ⅳ.①I247.5

中国国家版本馆CIP数据核字(2024)第082723号

责任编辑　张恩惠　汤明明
责任校对　唐　娇
责任印制　吴春娟
封面设计　陈威伸
营销编辑　詹雯婷
数字编辑　姜梦冉　诸婧琦

甲马

默音 著

出版发行　浙江文艺出版社
地　　址　杭州市环城北路177号
邮　　编　310003
电　　话　0571-85176953(总编办)
　　　　　　　0571-85152727(市场部)
制　　版　杭州天一图文制作有限公司
印　　刷　杭州长命印刷有限公司
开　　本　880毫米×1230毫米　1/32
字　　数　411千字
印　　张　16.5
插　　页　1
版　　次　2024年8月第1版
印　　次　2024年8月第1次印刷
书　　号　ISBN 978-7-5339-7589-0
定　　价　68.00元

纸马，即俗所称之甲马也。古时祭祀用牲币，秦俗用马，淫祀浸繁，始用禺马（即木马）。唐明皇渎于鬼神，王屿以纸为币。用纸马以祀鬼神，即禺马遗意。后世刻版以五色纸印神佛像出售，焚之神前者，名曰纸马。或谓昔时画神于纸，皆画马其上，以为乘骑之用，故称纸马。

——《清稗类钞·物品类》

俗于纸上画神佛像，涂以红黄采色而祭赛之，毕即焚化，谓之甲马。以此纸为神佛之所凭依，似乎马也。

——清·虞兆隆《天香楼偶得》

目录

1

2

第一部分

1998

上海

1. 烧甲马的男孩

　　谢晔在大学图书馆第一次读到《了不起的盖茨比》时，被开篇的句子搅得心神不宁。第一人称叙述者回忆父亲的话："这个世界上所有的人，并不是个个都有过你那些优越条件。"

　　尽管具体的说法不同，不过这番话正是爸在他离家前讲过的。爸说得比较隐晦，意思是，这世上的人没有甲马傍身，而你有。爸当然不至于说出超级英雄电影的煽情台词：力量越大，责任越大——谢晔觉得，差不多是同一个意思。

　　事实上，谢晔在九月末暑热未消的中午走进上海交通大学的时候，并没有感觉到多少"优越条件"。擦肩而过的年轻男女们向他投来的目光，从诧异到讪笑都有。谢晔即将满十九岁，还不懂得修饰自己。他的头发太短,个子太高,牛仔裤短了一截,吊在脚踝,身后半人高的蛇皮袋在一九九八年也显得乡气极了。

总的来说,谢晔看起来像一个进城务工人员。

他对自己的形象毫无自知,只顾着好奇地打量学校从民国时代遗留的红砖墙老楼,两侧种了梧桐的甬道,还有偶尔三五成群经过的穿迷彩服的男生女生。他在军训尾声才出现在学校,不可能是新生。

如果有人能以不带偏见的眼光多看一眼这个男孩,会从他的脸上看出几分书卷气。这么看,他又有点像个新生。

不带偏见的眼光只属于少数人,谢晔进校没走多远,就被人追上了。追他的是门卫。

"哎,我喊了半天,你怎么没反应!你是找人还是做什么?"追得气喘的老头冲他嚷。

谢晔有点惶恐,无意识地摸一下被蛇皮袋的带子勒疼的肩膀,脱口而出:"我,我来找我妈。"他的普通话带云南口音,在门卫听来纯属乡下人,更觉得这小子透着可疑。门卫为自己的敏锐得意,每天这么多人进出校门,也不会一一出示证件,学校的安全可就靠自己一双老眼呢。

几分钟后,谢晔蹲在门卫室里,蛇皮袋搁在旁边地上,将不大的空间挤得越发逼仄。对方让他说清楚来找谁,声称需要核实,不然不得进。他在裤兜里掏了半天,摸出一张皱巴巴的纸。

"这是拷机号。我要找的人姓邝,就在学校里。"

门卫斜睨着他:"你不是说来找你妈?"

谢晔挠头道:"先找邝叔叔,后找我妈。"

门卫看他说得确凿,本想挥挥手让人进去算了。这时候保卫科的二把手张培生正好过来,问怎么回事。门卫把情况一讲,张培生伸出手，谢晔便乖乖地把拷机号递过去。张培生不当值，没穿制服，隐然有种权威感。他看过谢晔的纸条，皱眉道："你是老邝那个朋友的小孩？不是说昨天到吗？他昨天去火车站接你，等了一个多钟头，还说你不会不来了吧。"

谢晔像见了救星，一下子站起来。门卫室顿时显得不够用了，张培生仰头看一眼谢晔，心里嘀咕，这得有一米九？

看着傻乎乎的谢晔瞬间机灵了一把，开口说："一米八七。"

"啊？"张培生愣了一下，"你邝叔叔不在，跟我走。"又对门卫顺口解释道，网吧的老邝。谢晔把大包甩到肩上就要出门，连人带包被门卡住了，只好又卸下包，侧了侧。张培生被他堵在屋里，看得好气又好笑，嘴里说："你别急啊，我先打个电话。"

张培生用门卫室的电话和某人说些什么。讲的是上海话，谢晔听不懂。来这里的火车上，谢晔没少听上海话，到现在还是只能辨认几个词。他和上海话的邂逅是突如其来的，在昆明上车的时候，周围传来的口音混合着昆明话、其他方言和普通话，然而当火车驶出昆明站，不到十分钟，乘客们仿佛事先商量好一般，纷纷说起上海话——坐卧铺车的大多是到云南旅游和工作的上海人。谢晔在大理州弥渡县待到十九岁，是第一次出远门，周遭充满隔阂的语言让他的陌生感更加剧烈，仿佛到了另一个国度。

路途不顺，原本两天三夜的火车，在贵阳附近遇到一段塌方而绕路，足足走了三天四夜。最后一天，车上的盒饭只有几片卷心菜叶作为点缀，热水也开始限量供应。列车员的脸色变得难看，乘客们纷纷抱怨，烦躁的气氛贯穿了各节车厢。

谢晔对食物和水的匮乏没什么不满，让他难受的是高密度的人群。他靠在卧铺上捧着早已看得烂熟的《书剑恩仇录》来打发时间，只在困极了的时候短暂地打个盹，一路上很少合眼。

所以当谢晔跟在保卫科副科长张培生的身后，再一次走进校园，伴随着有人带路的安心感，熬了几天的睡意蔓延开来。他打了一串哈欠，意识短暂地飘离，又返回。

一声巨响。是炮声。听声音是五连从另一条战壕打的高射炮。嘴唇干涩难受，刚才水壶被流弹划破了，没注意的时候漏了一路。壕沟里充斥着男人们没洗澡的味儿，混了放枪造成的硝烟味和土石的气味，扎进鼻孔。旁边的人推了他一把，泛着鼻音说："想什么呢，想老婆了？"

问话声让谢晔陡然惊醒。他没想到自己走路都能睡着，大意了。视线前方是门卫喊作"张科长"的男人的后背，洗过多次的Polo衫领子呈波浪状，浅蓝色褪得泛灰。

谢晔想，这人当过兵。谢晔不像爸和大姑那样对"梦见"收放自如，常有这种不请自来的记忆撞入脑海，所以他不喜欢在有外人的地方入睡。

三婆在她不糊涂的时候说过，如果单单是"梦见"，谢晔是谢家这几代最有天赋的人。但对谢晔本人来说，天赋伴随着麻烦，他的整个青少年期，都在学习和这种莫名的天赋相处。谢晔不觉得身为甲马家族的传人是什么了不得的事，硬要说起来，他没考上大学，也和家里这档子事脱不开干系。

堂哥谢文应继承了大伯的普通，一点"梦见"的能力也没有。堂哥在林业局工作，和大伯退休前一样，一周里有半周在西山查看植树造林的情况。三婆、大姑和爸，或多或少都能窥见别人的记忆。对他们来说，"梦见"和谢家代代相传的甲马一样，是融在骨血里的本领。一年到头，总有人到位于县城东门外村里的谢家，为这样那样的理由寻求甲马。三婆和大姑终身未嫁，谢家到了谢晔这一代，只有他和堂哥两个。要不是谢晔从小彰显出谢家人的特质，大伯家也许只能冒着超生和高龄生育的风险再生一个。谢晔没妈，他爸没媳妇，想再生也无从生起。三婆在她清醒的时候总是念叨，传了多少代的玩意儿，可不能断在你们手里。对此大伯像是有不同意见，当面从没提过，或许是因为三婆清醒的时候不多。

张培生领着谢晔在校园里拐了几个弯，经过图书馆和教学楼，来到一排平房跟前。看着勉强算个商业区，理发店、小超市和西北风味餐馆挨在一起。张培生走到平房尽头的网吧，推开玻璃门，喊道："糯糊！"

对着门是个柜台，一个男孩从电脑显示器后露出脑袋，拉下耳机。"哎哟张师傅，侬只喉咙嘎响。能不要喊我糯糊吗？"他刚开口是上海话，后半段拗作普通话，谢晔总算听懂了。

张培生说："喏，这是我刚才讲的人，给你们领进门了。你舅舅那边你负责通知啊。"

男孩扫了一眼谢晔，漫不经心地说："知道了，来了就干活呗。"

就这样，谢晔在三天四夜缺觉的火车旅程之后，没能得到躺倒的权利，被男孩支使着坐到他刚才的位置上，开始管网吧。

一小时五块钱，进来要押身份证。饮料在冷柜里，价目表在柜台上。厕所要到对面教学楼，上厕所的时候把收银台钥匙带身上。男孩噼里啪啦地交代完，扫一眼谢晔的蛇皮袋，让他收到柜台后面，别放在门口挡道。等谢晔艰难地把行李塞进角落，直起腰一看，店里只剩两个在上网的学生和自己。他数了数，不算自己面前的，有十八台电脑。门上的营业时间是早上九点到凌晨两点。这样一家店，一天至少有三五百的收入吧。好多钱啊。谢晔心里涌出单纯的感慨，又开始犯愁，难道自己营业时间都得守在这里？也太久了吧。

邝诚注意到拷机上外甥的留言，已是下午一点多。往大学网吧打了电话，没人接。他惦记着网吧的情况，和柜台负责装机的小伙简单交代两句，便离开位于徐家汇的电脑城，往交大去。两个十字路口，骑助动车不过五六分钟。邝诚在短暂的路程回想了一下谢家父子，奇怪的是，随着老谢带着愁容的眼神一起浮现的，不是谢家小男孩的长相，而是另一张他以为随着时间早已淡却的面容。

女人的脸。

邝诚狠狠掐灭回忆，在车流中前进，但无法阻止记忆的碎片从它们葬身的沟壑里浮出来，像坟头夜间的鬼火。记忆本身不带鬼气，被高原的阳光晒得白亮，刺人的眼。

他走进网吧，看见一个年轻人趴在柜台的电脑键盘边上睡着了，露着泛青的后脑勺。邝诚绕进柜台，敲了那个脑袋一记："在火车上没睡够啊你！"

年轻人抬起脸，邝诚一愣。让他惊讶的不是谢家父子在遗传上的相似，单眼皮和大块头像是一个模子倒出来的，而是这孩子白得不像个云南人。不过，邝诚有点忘记他小时候白不白了。

都说老谢离婚的老婆是个上海知青，看来他儿子继承了母亲的肤色。

被敲了头的谢晔含糊地说："身份证。"

邝诚问："还记得我吗？"对方一脸懵懂，他只好继续道："我是你邝叔叔。"

他领谢晔去了网吧后面的小隔间，嘴里说："条件差，将就一下吧，在上海能有个管住宿的工作也不容易。洗澡可以去学校浴室，生活区就在北面。"还没讲完，一转头发现谢晔人没了，接着见他扛了个大包回来，"咣当"一下包落地，谢晔拉开拉链，从里面翻找什么。邝诚很想教训他，大人说话要先听完懂吗，不要随便离场。谢晔不是他外甥，想想忍了。

谢晔终于将一个塑料袋递过来："干鸡枞，我爸让我带给你的。"邝诚知道是好东西，想说自己不做饭，还是接了。"网吧的工作，思达和你讲过吗？"他看看谢晔的表情，"我外甥，你来的时候他在吧。"

"说过的。对了，我有个问题，"谢晔显得忐忑，"我的工作时间是九点到第二天早上两点吗？"

邝诚又想敲他，考虑到身高差，再忍了。"你以为我是黑心老板吗？你小时候我还抱过你呢。上白班的人今天请假，我本来让思达顶一下，死小子看你来就跑了，我回头收拾他。你要念交大的自考对吧？"

谢晔点头，邝诚往外走，边走边说："你做晚班，七点到两点，才七个小时。睡一觉起来去上课，不耽误。白班要十个小时呢。过两天再给你接风啊，等人头齐了。"

谢晔觉得邝叔叔和他的外甥很像，俩人都风风火火，说完就跑。他不知道外号"糨糊"的胡思达是交大计算机系的一年级生，忙着上课兼泡妞。邝诚走得快，是因为不想和他一起堵在狭小的房间里。邝诚对谢家的门道有所了解，怕自己一个不注意，记忆就被人看了去，虽然老谢说他从不随便乱看，但谁能保证这个小年轻和老谢一样靠谱呢。

网吧两点关门的时候，除了刚离开的顾客和看店的谢晔，整个校园都睡了。张培生值夜班，大概是闲得没事，兜过来和谢晔讲几句话。其实也没什么好讲。两个人背后是亮着灯的网吧，此刻校园最亮的地方。张培生叼着烟，谢晔含着牙刷。张培生说，你来了一周，有没有遇见喜欢的姑娘啊？谢晔摇头，牙膏沫漏出来一点，他赶忙把嘴巴闭紧。张培生喷出一口烟，又说，那有没有小姑娘喜欢你啊？谢晔吐掉牙膏，闷声说，张叔叔你不要调侃我。

张培生还真不是调侃他。他在食堂听到女生议论新来的网吧男孩很帅，才有此一问。谢晔不知道，张培生在这个时间过来，是检查网吧有没有准时关门。学校规定十一点半熄灯，网吧开在校内，营业太晚会影响学生的作息。邝老板有门道，硬是让这间网吧熬到两点，校领导发过话，保卫科要监督网吧的打烊时间，不能超规。其他保安值夜班，熄灯后简单巡个夜，便回值班室睡觉，只有张培生一丝不苟，两点过来查岗。

他作为领导，一个月只有两个晚上的夜班，谢晔才不至于抓狂。因为他将会发现，再过两周会遭遇同样的问话，下个月也一样。

谢晔刷完牙，和张培生打个招呼，转身进网吧用链条锁锁门，关灯，再用一支小手电照着，回到除了单人床就只有一张一米长书桌的员工宿舍。说是房间，也就是用木板在网吧尽头隔出来几个平方，当然没有窗。刚进入十月，天气尚未转凉，屋里闷得很。邝诚交代过，歇业后不能开空调，谢晔遵守得一丝不苟，正如两点打烊的规定。他赤着上身躺在竹席上，敞着门，等外间残余的空调冷气流过来。邝诚也提示过，白天开着门，晚上睡觉也不会有多热。谢晔确实没有任何值钱的行李，但他仍固执地在白天锁门去上课，自考的课程不密集，其他时候他要么在图书馆，要么去校外转悠。

邝诚问过，为什么没在约定的日子到上海，害他白跑一趟火车站。谢晔解释了火车的事。邝诚又问，怎么中午才到，你迷路了？

谢晔说，我去看黄浦江了。

邝诚说，年轻人啊。至于年轻人怎么了，他没讲。

到上海快两周了，谢晔没见过几回给他工作和容身之处的邝老板，来得勤的是邝诚的外甥胡思达。胡思达俨然是网吧的半个主人，隔三岔五过来找台空闲机器上网，走的时候从收银机里摸几张纸钞带走。谢晔头一回遇到他拿钱的时候很为难，胡思达说，我舅舅的钱就是我的钱，你怕什么。谢晔说，至少告诉我数目，不然晚上不好做账。胡思达从鼻孔里笑了一声，走了。

谢晔只好准备一个本子，每到他值班，就把营业额一笔笔记上。和白班交接的时候，收银机的钱款是核对过的，加上所得便是总和。这样即便胡思达雁过拔毛，也有个数。

他刚来的时候连钞票的真假也不识，收过假的百元钞。打秋风的胡思达一摸就知道不对，当即把两张一百元排在一起，教谢晔辨认真假。教完了，顺手把两张一起收进裤兜。谢晔皱眉道，你要拿去用？换一张，我从工资里赔吧。胡思达说，你拿工资赔？就你那一个月五百块？看谢晔还想说什么，他竖起食指，做了一个"嘘"的表情。

第二天，胡思达送了谢晔一只带紫外灯的钥匙扣。

"出门在外，第一要紧的是多看。凡事看多了自有门道。"这个比谢晔小　岁的男孩用老成的口吻说。

本学期一周只有两个半天和一个全天的课，谢晔有大把时间泡在图书馆和四处漫游。同学大多是和他同届的高考落榜生，夹杂着一两个上了几年班重返校园的。有五个从外地过来住校，其他都是本地走读。可能因为是日语系，男女比例呈现明显的一边倒，一个班三十多个人，只有三名男生。另外两个男生是走读，上完课就走了，很少在校园停留。谢晔在几天后放弃了和他们混熟的打算，他又不擅长和女生打交道，独来独往成了一种趋势。没见过班级同学出现在他工作的网吧。谢晔猜测，也许他们都有电脑。

他的日子过得单纯又安静，一半像学生，一半像打工仔。打破这份安静的，是有一天，最早拦过他的门卫在他出校门的时候说，小谢，有你的包裹。

包裹是云南家里寄来的，白布缝的口袋，针脚细密，想必出自大姑的手，写地址的字一看就是爸的。爸忘了写班级名，于是被搁在门卫室。布袋鼓着一个个球形突起，拿在手上有种奇异的重量。谢晔抱着邮包折回网吧，和白班的小丁打了声招呼，回到自己的房间，用美工刀拆开缝线。从邮包里滚出来的是新鲜的核桃。核桃表面的沟壑和闻起来有点苦的气味，让他想起三婆。

上海人欣赏不了新鲜核桃，嫌吃起来麻烦。小丁和胡思达在剥第一个的时候就放弃了。胡思达叫道，表面这层皮多难剥，吃点东西代价也太大了。你们云南人好闲。谢晔反驳道，你上次吃的小核桃，里面就一丁点肉，麻烦多了。上海人才闲。

谢晔纳闷的是只有邮包没有信。他刚到上海的时候给爸打过电话。家里没有装电话，爸认为没必要。打电话成了接力，谢晔打到镇上的大伯家，报个平安，大伯再走到爸的米线店去传话。第二天，他接到堂哥从办公室打来的电话，说家里都好，问他需要什么吗？谢晔说这边什么都有，不用挂心。

接着堂哥犹犹豫豫地说，谢晔啊，我有句话，你听过就算了。

谢晔沉默地听着。堂哥在遥远电话的那头说，《孽债》你也看过的呀，特意找过去，不见得好。

堂哥比谢晔大十五岁，说是哥哥，感觉更像是长辈。说出这番话，想必有他的道理。谢晔想，我要来上海找我妈，爸没有劝，大姑没有劝，三婆老了糊涂了不会劝，为什么偏偏是大伯和堂哥劝我别找呢?

他动身前,大伯专程找他谈过一次,表达了和堂哥同样的意思。大伯说,你大姑,你大伯母,不都把你当自家孩子吗,你现在这么大了,还需要一个妈?

有关自己的生母,谢晔只知道两点。第一,她是上海到云南的知青,后来和爸离婚,回了上海。第二,她在上海生下他没几天,大姑就赶赴上海,把谢晔带回了家。家里奇异地没有留存妈妈的任何照片,爸从不提她,谢晔知道的这点信息,还是大姑看不得他羡慕别人有妈,带着气恨讲的。

大姑说,你是我用一只裹背背回来,用米汤水喂大的。你生下来六斤不到,现在长得比班里同学都高。说着她就红了眼圈。

高考失利,家里建议谢晔复读一年。他想了好几天,在晚饭时说,我要去上海。我可以读个自考班,不想再等一年。他以为爸或大姑会试图阻止自己,但他们只是望着他,什么也没说。

网吧的客人基本都是学生,除了两点打烊的时候不想走恳求延时的个别情况,总的来说很好打交道。

客人变得缠人的另一种情况,是关于电话。正玩得带劲,拷机响,就得找电话。旁边隔了一间西北馆子有家小卖部,那里有公用电话。再走几步到校园路上,也有磁卡式公用电话。上网的人懒得走远,总有人试图用柜台的电话,想白用的,愿意付钱的,说好话的,递烟的,什么样的都有。

谢晔怕开了头不好收拾,一律回绝。他看起来有种草食动物的温和无害,却也有牛一样的固执。熟客们试过几次后知道没戏,有人抱怨说,小丁就给我们用电话,回个电话而已,又不是煲电话粥,再说话费也是你们老板出。谢晔回答,你有这个工夫讲半天,都出门打完回来了。

收到邮包之后几天的一个傍晚，他去对面教学楼上厕所回来，看见一个男生攀在柜台上打电话。那是个瘦弱的背影，耸着背去够柜台内桌上的电话，裤脚高高地吊起来，露着一截脚踝。谢晔走过去敲了敲柜台，男生没理会，仍在讲电话。他拿电话的手背上贴着两条创可贴，像放错位置的中队长标志。谢晔身高手长，一弯腰就够到了电话机，直接按断。男生恨恨地转过脸，发现自己必须仰头才能和对方对视，他脸上的不快冻结住了。

映入谢晔眼帘的是一张像鱼一样的面孔。会有这种印象，是因为此人的两只眼睛分得比一般人开，大眼睛，又是单眼皮。鱼脸男孩抬起下巴瞪着谢晔，吐出一句："你什么意思?!"

谢晔温和地说："店里电话不外借，要打请到旁边小卖部。"

对方把手中的话筒用力砸在柜台上，噔噔噔出了门。几分钟后又回来，在经过柜台时冷冷地说："我要多上一会儿网，打电话的时间不能算钱吧。"

一个声音说："当然要算。你在电脑跟前睡着了也照算。"接话的是胡思达，男生像是有点怵他，没再回嘴。谢晔低声问他们是否认识，胡思达撇撇嘴："我们隔壁班的。你按时间收他的钱。谁理他。"又说："上次好像就是这家伙看黄色网站，搞得电脑中毒重装。"

谢晔听了没太在意，来这里上网的男生，除了打游戏，就是在网上各种乱看，或者网聊泡妞。胡思达也拿来过所谓的小电影光盘，让他在下班后看。谢晔把碟片扔在抽屉里，后来不见了，大概是小丁拿了去。

九点过后，网吧的人多了起来。之前擅自借用电话的男生还没走，缩在角落的位子。谢晔看了面前电脑上的记录，那台机子是下午三点开始用的，已经六个多小时。他打了个哈欠，意识到昨晚没睡好。前天到昨天一直在下雨，小屋潮气重，谢晔躺在床上不时有种错觉，仿佛置身于沾满露水的草地上。他小时候经常半夜从床上溜走，到附近东山的半山坡躺下，感觉到身下的土石草木，望着有星星或黑压压的天，心就踏实了。在山上，他远离村子，远离扰人的梦境。爸说那是别人的记忆，还说等他长大这种情况就会好些——小孩子就像没对好的天线，会收到很多乱七八糟的东西。谢晔问，为什么我从来没看到过自家人的记忆？爸说，你以后就会看到的。

谢晔长到十九岁，一次也没"梦见"过谢家人的记忆。他懂了，爸根本就是敷衍他，就好像其他大人哄小孩子，你长大了就知道了。

回想着和爸的对话，谢晔一手支在电脑桌上托着腮，不自觉地调整姿势，眼皮耷拉下来。

中午的阵雨没留痕迹，水泥地被太阳晒干了，不远处蹲着一只猫。

猫是母猫，白底上几抹黑黄相间的圆斑。它背靠冬青树丛，耸着肩，全身的毛炸起来，秃尾巴膨胀成短棍，黄眼睛凶光闪烁。

他所在的地方是图书馆背后的空地，再过去一点是理化楼。猫待着的地上有烟头和空的啤酒罐，这里少有人来，学校的保洁工也不大上心。

他用口哨吹着《火柴天堂》，双手插在口袋里。右手握着的刀把被捂得温热。刀是好刀，弹簧扣，一掌长的锋刃有漂亮的弧度，血槽幽深。他不着急，口哨悠扬地盘旋上升。他心想，你跑啊，有种你就跑啊。他喜欢追逐的游戏。

猫没有跑，反而发出"嘶嘶"的威胁声。

他轻笑一声，右手离袋，随着金属的轻响，刀刃闪现。猫抖了一下。这一次它露出迟来的畏惧，准备逃走，但已经晚了，他扑了过去。左手按住猫的后颈，它最软弱的所在，右手往下使劲。

手滑了一下，右手背传来刺痛。臭猫。他恨恨地推开它的爪子，让刀回到原来的轨迹。猫发出尖厉的叫声。刀刃吃进皮肉，感觉到阻力。他更加用力地划下去。太爽了。

他踢了猫一脚，或者说，踢了刚才为止还是猫的那东西一脚。猫的眼睛翻着，嘴巴微张，从喉管到肚子豁着个口子，血流在水泥地上。

臭猫。他本该早点发现的，它已经下了崽。还以为今天能有不一样的乐子呢。

谢晔浑身一颤，睁开眼睛。他转动脖子，忍住胃部的不适。日光灯下的电脑屏幕告诉他，这里是日常，是此时此刻。

他认识那只猫。杀死它的感触还在手上。谢晔看到过它拖着臃肿的腹部在校园里走，他在食堂吃鱼的时候会剩一点喂它。猫不怕生，也决不近人。猫尾巴是秃的，只有半截，多半是人干的。在梦里，它死的时候，曾经鼓囊囊的肚子瘪得像只空口袋。猫崽们，不管有几只，已脱离猫妈的身体，来到广袤又荒凉的外界。谢晔想，小猫就在那里。在猫妈不肯逃走的现场。不知道它们最终有没有逃过杀猫凶手的恶意。

杀猫的人应该离他不远，不然他不至于"梦见"那么让人不快的记忆。

这时他听见了《火柴天堂》的口哨声。

网吧里算不上安静，各种声音隔着耳机漏出来，形成嗡嗡的背景。口哨声也不算响亮，听起来像是心情好时独自吹的口哨，略微漏风。

谢晔起身往店里看去，地方不大，一眼就能看到打电话那小子，他戴着耳机吹着口哨，在飞速打字。

直到谢晔来到身后他都没有察觉，手指打出调情的句子。谢晔没有偷看的意思，他用的QQ字体和色号太扎眼，窜入眼帘。这小子在和人网炮。网吧里最常见的场景之一。他正在愉快地吹着《火柴天堂》结尾部分回旋往复的旋律，和他杀猫之前一样。

怒气毫无预兆地蹿起来，涌过谢晔被梦境泡得发烫的脑回路。他用力一推那人的背，对方差点没扎到屏幕上去。那人回头一看，也火了："又是你！"

"小猫呢？"谢晔盯着他问。

前一刻还带着恶意的脸忽然僵住了，渐渐松弛下来，随即浮现薄而残忍的笑。

"我不懂你什么意思。"

"我知道是你干的，"谢晔一字字说，"小猫呢？！"

周围上网的人纷纷被惊动了，有人转过半个身子，有人干脆离开位子走过来。谢晔揪住那小子的领口，没费什么力气就把他拎了起来。对方的脸色变得难看。这时谢晔反而不知该怎么继续，他不可能动手打一个比自己矮小这么多的人，何况看起来毫无理由。他松开手，那人跌回电脑椅，脸上的笑已消散，分得很开的两只眼睛微微眯起来，使他的脸不再像鱼，却像某种两栖类动物。

"两次。"那人嘀咕道。谢晔听懂了，意思是你今天惹了我两次。

"你自己做了什么，自己清楚。"谢晔扔下一句话，回到柜台，从标有电脑编号的格子里拿出那台机器的身份证。龚修文。上海人。

叫龚修文的男孩半个小时后才结账。也许他在被谢晔质问之后又恢复了虚拟暧昧的兴致。结账的时候谢晔一直盯着他看，小子连眼皮都没抬一下。他走出去的时候谢晔松了口气，有那么一会儿，真以为他会拔出刀。

晚上十一点不到，隔壁的西北馆子有一桌人在吃烤串喝啤酒，他们的说笑声衬得校园一片岑寂。谢晔让一名熟客帮忙看一下，自己出了店门往图书馆走。借着操场的聚光灯，他看见环形四百米跑道上仍有一两个人在夜跑。还有几对大概是谈恋爱的，也在绕圈散步。再往前，照明暗淡得多，图书馆大楼黑黢黢地耸立在前方。

刚才的梦像难以消化的食物，谢晔的胃残留着滞重。他在懵懂的少年期目睹过别人的性，也在原本兴高采烈的日子被他人的痛苦回忆折磨过，但要说闯入他眼前的记忆中最让人不快的，龚修文杀猫的场景绝对能排上号。他忍不住加快脚步，绕到图书馆背后。这片空地没有路灯，黑得像云南的夜。只有抬头看天空时，视野中是红里泛灰的陌生颜色，提醒他置身于上海的事实。

谢晔从裤兜里拿出一张折成几折的薄纸，展开后用打火机点燃一角。火光迅速照亮纸上的图案，粗陋的木刻版画，歪斜的几个人形，边上写着字。人形被火舌吞没，接着是文字。谢晔把纸扔在地上，看着火苗舔过最后的边角，打个旋儿消失。纸燃烧的气味拂过鼻端。他闭上眼，努力以感官捕捉刚刚燃尽的甲马。

"山林草木之神"。

谢晔不信神。甲马上依附的也不是神，是制作甲马的人的精神。他带来的甲马出自三婆之手，三婆虽然日子过得颠三倒四，做甲马却不含糊。她在大姑的协助下给家里存的雕版上色，转印到纸上，嘴里喃喃说着只有她自己才懂的陈年旧事。甚至那些旧事多半也不是发生在她身上的。谢晔从小就知道，三婆早已分不清过去和现在，他人和自己，被记忆连通的整个世界在她面前平铺成一张网，交织着茫茫的人和事。

用甲马"请神"，可以看作是一种凝聚意识的仪式。谢家有"梦见"之力的人，都可用甲马，每个人能用的范畴有大有小。谢晔不像爸能够操控自如，他在高考过后的暑假才真正下决心练习甲马，其中比较熟的就是"山林草木之神"。尽管不知道草木是否有意识和记忆，不过他用这张时看到的基本是环境的记忆，也就是甲马燃烧之地发生过的事。

光的粒子在闭着的眼睑内跳动。火光的视觉残留。等到最后一点残像消退，新的光从幽暗中浮现。

时间大约是午后。

没看见龚修文和被杀的猫。毕竟甲马不是时间旅行，没法确定回溯的究竟是哪一个时刻。

一男一女经过，女的说："有什么好看的啊？脏死了。"男的驻足张望，被女的扯走了。

一个穿连帽衫的年轻男人站在前方，戴着墨镜背着双肩包，耳塞线从背带旁垂下。那人环顾四周，取下单只耳塞，像是被某个外界的声响唤起了注意。接着，他走到空地边的灌木丛旁蹲下，手伸进灌木丛。

谢晔紧闭双眼，在脑海中盯着那人的举动，没等他看到结果，年轻男人不见了。这回是个女孩，跪在刚才那个男人蹲的位置，低声说："咪咪。"

灌木丛窸窣作响，一个小小的白色脑袋探出来。女孩小心地伸出手，摸了摸小猫的头，然后熟练地拎着猫的颈子，把它拖出来，抱在怀里。挡住女孩脸庞的齐肩发滑到一边，就像电影特写镜头一样，她的脸呈现出来。用"山林草木之神"看到的通常是有点模糊的形象，谢晔还是第一次这么清晰和切近地借由甲马注视一个人，让他莫名有种偷窥般的心悸。

"你这是在给猫烧纸吗?"一个男人的声音在离他很近的地方响起。谢晔一惊，睁开眼，女孩的形象瞬间消散。他面前唯有黑乎乎的空地，一米开外有个红点，是烟头的火光。

谢晔从裤兜里摸出迷你电筒，朝对方照了照。那人条件反射地用手挡脸。光圈滑过蓝色连帽衫，瘦削的身形十分眼熟。谢晔想，不会吧?是刚才看到的戴墨镜的?念头转过，他脱口而出:"你在这里找过猫，是吗?"

对方用饶有兴致的口吻说:"你看见了?我下午听见小猫叫，找不到它，想再过来看看。你刚才是给死掉的老猫烧纸吗?"

"不是。"谢晔硬邦邦地答，又问:"你怎么知道死了猫?"

"全校都知道啊。今天学校BBS上的热门话题:变态杀猫人。猫被开膛破肚，死得那叫一个惨。发现死猫的女生估计连早饭都吐了。"对方说着上前一步，"你没看BBS?那你怎么知道死了猫?难道说，你就是那个变态?"谢晔手中的电筒被抢了过去，一道光毫不留情地照在脸上。他眯起眼。

那人自顾笑了一声:"哦。"手电光移开，电筒又被塞回谢晔手里。此人身手敏捷得惊人。谢晔被他近乎戏弄地一抢一还，心头不爽，闷声问:"你'哦'什么?"

"我会看相。我看出你不是凶手，还有，你脸上有桃花相，就在这一两天。"烟头明灭了一下，那人转身走了。留下谢晔站在原地，闻着淡淡的香烟味，觉得今天真是莫名其妙。先是遇到一个讨厌的家伙，又碰到这么个神叨叨的。烧了一张甲马，没半点用，还被人当成烧纸。

2.
邂逅

　　第二天没课，谢晔赖在床上，一墙之隔传来小丁开门营业的动静。有人进来上网。谢晔翻了个身，心想，一大早跑网吧，跟上班似的。隔壁有人让他无心再睡，只好拎了毛巾端着牙刷杯，出门洗漱。小丁看见他便说，你的衣服还晾在外面？赶紧收起来，今天有人检查校园。

　　这排房子往西就是宿舍区，网吧的西窗和宿舍围墙之间有条一米多宽的通道，经常停着附近几家店上班的人的自行车和助动车。谢晔从网吧窗户牵了根绳子在通道上空，另一头挂在宿舍围墙那头的树上，用来晾晒。

　　听到小丁提醒，谢晔才想起自己昨天忘记收衣服，在外面挂了一夜。洗漱回来，他收了衣服，回网吧找了台机器上网。自考生上不了校内BBS，一早来店里报到的两个熟客都是本校的，谢晔借了其中一人的账号。他翻了两页才看到"校园猫杀手"的帖，一天过去，事情已失去热度。底下回帖的大多在谴责杀猫人如何残忍和变态，有一个ID说，老猫前几天下崽了，小猫有三四只呢，看来活不成了。有几个回帖表示同情小猫，接着又是各种正义的发言。

谢晔想起龚修文分得很开的眼睛，还有猫濒死的嘶叫。并非实地亲眼目睹，却成了记忆的一部分，留下不快的回响。

上网时间过得飞快，才看了几个帖，就到了十二点，也就是谢晔的早餐时间，云南话叫早点。他的三餐分别在中午、傍晚和夜里十点以后。夜里不吃的话，熬到两点会饿。大晚上的当然没有食堂，全靠隔壁开到半夜的西北馆子提供一餐的热量。

他懒得走到食堂，便去了隔壁，打算吃碗加蛋并多加一份牛肉的拉面。昨晚用了甲马，整个人到现在仍有点虚。店里坐得满满的，管店的是武威来的姓李的兄弟，哥哥在拉面，弟弟在收钱招呼。看见谢晔，李家老二说："小谢，帮我送两碗面好吗？半个小时前人家就要了，我这里走不开。"

谢晔觉得这些学生真是比自己懒多了，连去面馆也懒。他腹诽的时候可没想到，自己到面馆只需要出门左拐，不到十步。他应了一声，李家老二把面装进一次性塑料碗摞起来，系好袋子，说是送到旧礼堂。谢晔有点纳闷，他好歹也算半个交大学生，知道旧礼堂除了偶尔有演出，基本空置。大白天的，怎么会有人在那里？他此刻懒怠，也就没多问，拎着面出门。

旧礼堂位于第三食堂的右侧，周围是一圈水杉树林。谢晔在心里苦笑，本不想到食堂，结果走得比食堂还远。他来到正门，门关着，心想订外卖的不会是恶作剧电话吧。想想又绕到侧门，这边裉色的木门半开着。

谢晔走进去，发现自己的左手边是高高架起的舞台，右手边是呈扇形铺开的一排排座椅，构成舒缓的斜坡。他没来过旧礼堂，用了一点时间适应里面的昏暗。唯一的光源在舞台内侧，舞台上摆着几只箱子，其中一只坐了人，整体显得空旷。他毫不迟疑地从舞台一侧的楼梯走上去。既然有人，想必就是叫外卖的人吧。

走近一些他才发现那是个年轻的女人，背对着台下坐着，背影笔直。谢晔觉得自己上楼梯时动静不小，舞台的木地板走起来噔噔作响，对方早该听见了，却纹丝不动。他几乎开始怀疑她不是真人，而是个布景人偶，便小心地又走了几步，在她的左后方站定。

"是你吗?"女人忽然高声说。谢晔吓了一跳，以至于没注意到那句话有着非日常的腔调。

她两手扶住箱子，缓缓侧过脸。谢晔站的位置背对着舞台一侧的光，他得以清晰地看见对方。那是个年轻女孩，梳着两根长辫子，穿了件仿佛民国电视剧女学生的旗袍，眼睛上蒙着布。

她朝谢晔伸出一只手。

谢晔茫然地伸出没拿外卖的那只手，女孩立即紧紧握住。她的手掌纤细，手心微凉。他还没回过神，只听她用激动的嗓音宣布："我今天打了学生!"

他越发茫然，几乎要怀疑自己不在现实中，而是在某人的记忆里。右手拎着的两碗拉面提醒他，现实就是现实。女孩继续说："以为我是个瞎子，就不认真学琴……"

谢晔身后有人喊了一声："这么用功啊!"

女孩倏地放开他的手，扯下蒙眼布，随即气势汹汹地问："你是谁?"

谢晔用了一点时间才找回自己的声音："送外卖的。"让他迟疑的不是诡异的状况，而是女孩摘下蒙眼布的脸。他在甲马的幻觉中见过她。是捡到猫的女孩。他没搞懂她的头发怎么变长了一大截，并终于后知后觉地意识到，女孩在演戏。他不小心闯入了别人的舞台。

送外卖遇见女孩的当晚，邝诚说要给谢晔接风，把他从店里支走了。老板和小工吃饭，生意当然还是要做的，胡思达不情愿地顶了谢晔的班，在他们出门时嚷道："给我打包一个蕨粑炒腊肉！"

他们从边门出去，走了一段，来到一条小区密集的路上。如果不是邝诚带着，谢晔根本找不到这家位于二楼的贵州餐馆。正是晚饭时分，店里半满，空气中浮动着刺激食欲的酸味。邝诚径直走到一张坐了两个人的方桌边，其中一人是谢晔认识的，保卫科的张培生，另一个男人看着和邝诚他们差不多年纪，青色的胡茬从嘴边延伸到耳际，眼镜背后的眼神带点锐劲。邝诚介绍说是林峰，记者。

坐着的俩人每人面前一只玻璃杯，里面的红色液体看着不像茶。林峰喊服务员，说再来半斤杨梅酒，两个杯子，菜可以上了。谢晔想推却，邝诚立即摆手道："云南人哪有不喝酒的！以前我和你爸可没少喝！"

酒很快上来了，照例先碰杯。酒喝起来颇甜，不太烈，像是掺了水。邝诚说："今天是给小谢接风！说起来我们几个都算和云南有缘，所以顺便聚一下。"林峰冲谢晔笑笑说："你是云南哪里人？"谢晔说了弥渡，以为对方不知道，没想到林峰了然地点头。张培生解释道："林峰在写一本关于西南联大的书，到处采访人，也去了好几次云南，已经很熟了。"邝诚补充："西南联大你知道吗？北大、清华、南开，三所学校在和日本人打仗的时候合并成一所大学，迁到昆明，在那边待了八年多。"

谢晔不是第一次听说西南联大，他懒得多说，点点头，便专心吃菜喝酒。对他来说周围三个人都是"大人"，而且不熟。邝诚之前说要接风，他以为只是口头讲讲，没想到自己来了半个多月，老板忽然想起了这茬。菜的口味和云南菜有几分相似，他吃了不少，尤其是胡思达点的蕨粑炒腊肉。

　　另外三个人不介意他的沉默，自顾聊天，聊着聊着切换到上海话。他们又叫了一斤酒，喝到杯底的时候，邝诚开始调侃张培生的感情生活。谢晔奇迹般地听懂了。

　　"你说你这算什么？拿钱贴人家就不说你了，日光灯坏了你去修，下水道堵了也喊你，把你当物业用吗？"

　　"又怎样？我也是看他们孤儿寡母的，日子不好过。"张培生说着，喝了一大口酒。

　　邝诚说："你不要自己做了半天柳下惠，最后小孩喊别人爸爸。"

　　张培生的眼睛里有道光闪过："本来也是别人的小孩。"

　　邝诚早在第一口酒下去就红了脸，这时连靠近领口的脖颈都泛起潮红。他脱了外套，挽起袖子，擦着汗说："你看你，还不让人讲！我也是为你好。"接着转头换成普通话，"我们讲话你听懂了？"不等谢晔点头，又说："你张叔叔打过对越自卫反击战，你知道吧？打仗的时候，他的班长牺牲了，他转业回来，一直照顾班长的老婆孩子。这么多年，班长的小孩都上初中了。这要换了别人，早就挑明了，搬到一起过算了。"

　　张培生拧着眉头，谢晔一直担心他会暴起打邝诚，还好没有。林峰慢悠悠地捞酸汤鱼吃。邝诚停下话头，诡异的沉默像水一样漫开，谢晔感到自己必须说点什么。

　　"我从小就没有妈。"他开口说。

三个男人用不同的眼神看他，唯独邝诚的带着热意，谢晔觉得邝老板肯定喝多了。

他喝一口酒，继续说："我家里人对我很好，三婆、大姑、我爸，还有大伯他们一家。哦对了，我堂哥和你们差不多大，我堂侄也上初中了。其实我应该喊你们哥，喊叔叔有点奇怪……嗯，虽然大家都对我很好，从小到大，我还是很羡慕别人家有妈妈。听说，我爸妈离婚的时候，我都还没出生，在我妈的肚子里。我生下来之后就由我爸和大姑带着，这么些年，我爸一直没再找。怎么说呢，我觉得要是他再结婚，我也不会不开心，不过我也不知道能不能适应。我妈她……"

有个什么哽在喉咙口，他片刻后才说："她还活着，在上海。在……我不知道的某个地方。"

张培生伸手和他碰杯。另外两人没碰，也喝了酒。谢晔看着张培生说："你喜欢的那个人，她的小孩，和我不一样，那个爸爸不在了。"

第四斤酒上来的时候，邝诚表示对谢晔刮目相看。张培生说，云南人都能喝，你又不是第一天知道，有什么好佩服的。邝诚呵呵笑道，我不是指喝酒，这小子看起来不大会讲话，没想到真的说起来一套一套的。林峰一直话不多，依旧匀速地喝着酒。邝诚撩他道，林记者最近有没有艳遇啊？听说你换到娱乐条线了，是不是有大把机会接触明星，各种美女？

林峰还没开口，张培生发话了："邝诚你狗嘴吐不出象牙，林峰有乔曼，艳遇，他敢吗？"

邝诚打了个嗝："呃，是啊，我是狗嘴。你们一个个的都有人可惦记，我没有，我还不能瞎说两句？"说着他忽然哭了起来。谢晔没想到邝老板这么玩世不恭的人，说哭就哭，而且没声响，眼泪滚滚而下，仿佛他喝下去的液体全部从泪腺跑了出来。但邝诚哭得快，消得也快，他用袖子擦擦脸，跟没事人似的又吃喝起来，旁边两个人一副见怪不怪的样子，唯独谢晔一脸茫然。

稍后林峰走开了，张培生问邝诚还要加菜吗。这顿饭吃到现在三个小时，谢晔想不到大人们的饭局这么长。邝诚不看菜单，随口报了两个菜，张培生喊服务员的当口，邝诚笑嘻嘻地对谢晔说："我刚才哭起来吓到你了吧？什么男儿有泪不轻弹，都是鬼扯。人嘛，想哭就要哭，不然会憋出病来，得请你们家的'哭神'才能消解。"

尽管知道邝诚和爸相熟，但这么冷不丁地听他提起甲马，谢晔受到了一定程度的惊吓。他呆呆地看着邝老板，连林峰回来了都没注意到。林峰喊服务员加个座，对他们说："等一下有个交大的小朋友过来，帮我那本书收集资料的。"邝诚立即会意："付钱找的？"林峰点头。张培生说："不得了，现在是老板了，写书还雇人干活。"他们嘻嘻哈哈开始揶揄林峰的收入，谢晔想再问邝诚怎么会知道"哭神"，插不上话。

新加的菜上来了。擂辣椒拌茄子，剁椒皮蛋。其实都吃饱了，就是得有点咸口的，好继续喝甜的杨梅酒。这个酒后劲不小，谢晔渐渐有几分飘。三个男人在聊最近看过的球赛，他看见一个年轻男孩在侧面新添的位置坐下，又见那人冲自己熟络地笑了笑。他以为对方是网吧的熟客，再看，发现有点面生，又有种奇异的熟悉。

像是看出了他的疑惑，那人的笑意更深，左脸颊漾出一个酒窝。"我们昨晚刚见过，我还给你看过相呢。我叫唐家恒，你呢？"

对于有的人来说，喝酒的时间如果拉得足够长，就会有个从清醒到晕乎又到神思清明的过程。在这个循环往复的过程中，每一次清醒，会感到比上一次更耳聪目明辩才无碍，意识无限蔓延，思维无比跳跃，会觉得自己是唯一，是正确，是顶天立地一汉子。

张培生和邝诚显然都属于这一类人。当他们的语速慢下来，说明哥俩正晕着，不多会儿，话语伴随着唾沫星子，像遇到岩石的河流一样飞溅开来，谢晔忍不住悄悄挪了下自己的酒杯。原来人有那么多情绪要借着酒精抒发。他原本觉得，邝诚也好张培生也好，是生活安稳的成年人，不像他自己念着个日语大专自考的文凭，未来八字没一撇，让人心虚。可是看他们喝着絮叨着，怎么看怎么空落落，又让人觉得，十九岁和三十来岁也没什么区别。

谢晔在唐家恒加入的时候就感觉到酒劲，后来又喝了小半斤，奇怪的是晕的程度既没有增加也没有减少。林峰喝得不比邝诚他们少，维持着不可思议的清醒，大半的神情被眼镜挡住了，像是在思考什么。谢晔说，林老师真能喝啊。他听见唐家恒这么称呼，觉得方便，省得纠结到底是哥哥还是叔叔，就跟着喊了。

唐家恒笑嘻嘻地接话："他已经喝多了，你看不出来？"

林峰挥挥手："谁说的？我没醉。"这一分辩，看起来倒是个醉人了。唐家恒来了没多久，自然喝得不多。他说自己早就吃过了，阻止其他人继续加菜。店里不知何时只剩下他们一桌，原先有四五人的服务员也只留了一个在角落站着。谢晔想起要求打包的胡思达，看一眼电子表。快十一点了，估计小胡同学该吃过了，不至于饿着干等。

看几个人还没有撤的意思，谢晔问唐家恒："听说你在帮林老师采访，都做些什么，有意思吗？"

"就是陪老人家聊天，西南联大的学生，现在活着的都七老八十了。有的还算清醒，有的翻来覆去说同样的话，聊一个小时也不见得有多少收获。"唐家恒的眼底闪过一丝戏谑，"你就问我这个？我以为你要问桃花运的事。还是说，你已经遇见了？"

"遇见谁？"

"姑娘啊。"

谢晔莫名地想起送外卖那天握住他的手的女孩。虽然在幻觉和现实中两次清晰地看见她的脸，可他甚至想不起她的面容。她就像一道强光，冲击太大，模糊了轮廓。

他的嘴角不自觉地牵了牵："哦，那个啊，算是吧。"

"什么叫算是？"唐家恒忽然来了劲，"说说，长什么样？我们学校的？哪个系的？"

谢晔茫然道："不记得长什么样了。大概是我们学校的吧。"

"有你这样的吗？"唐家恒一副恨铁不成钢的表情，"所以你也不知道人家叫什么对吧？你有她的联系方式吗？"

"她在旧礼堂排演一个戏，话剧。哦，还有，她捡走了小猫，死掉的老猫留下的小猫。你白天去图书馆后面，她和你大概前后脚。"

唐家恒看他的眼神消退了笑意："之前我就问过你吧，你看见我去找猫了？你又怎么知道她捡了小猫？"

"我看见了。"谢晔简洁地回答。有些情况下，诚实比说谎好，涉及甲马，他一向不爱用谎言来遮掩，越遮越容易出岔子。

唐家恒绷着脸，不过似乎没有敌意。

"我很确定，我去找猫的时候，旁边没有半个人。你到底搞了什么名堂？你老实告诉我，我就告诉你捡了小猫的人是谁。"

当晚十二点多，谢晔在唐家恒家的浴室里又吐了一次。唐家恒隔着门问他还好吧，谢晔漱完口，回答说没事。他回到房间，发现唐家恒正在开放式厨房的电磁炉边煮东西。

"给你下碗面，免得伤胃。"唐家恒背对着他说。这是间看着就很高档的单身公寓，和谢晔容身的隔间简直是天差地别。房间呈长条形，床靠近一侧的窗户，中间是沙发、茶几和电视，另一头是冰箱和料理台。浅灰色床单，深灰色沙发，黑色玻璃面茶几，衬得象牙白的地板昂贵而洁净。

谢晔往沙发上一瘫，闭上眼："你太贤惠了。我没事，吐也不是因为喝酒。"唐家恒没应声，不知是对"贤惠"表示抗议，还是不信他没事。

确实不是喝酒喝吐的。谢晔很清楚。

胡思达出现在贵州餐馆，正值店家说要打烊催他们散场的时候。看起来他很了解自家舅舅的套路，不喝到关店是不会回的。他扬起眉毛问，没给我打包？谢晔指指旁边的打包盒说，有呢，就是凉掉了。胡思达"嘿"了一声说，你比我舅靠谱。他架起沦为一摊泥的邝诚下楼，林峰在买单，唐家恒没有伸手的表示，谢晔只好把在嘟囔着什么的张培生捞起来。像邝诚那样人事不知的反而好办，张培生挣来挣去，表示自己不用人扶。他力气很大，谢晔被惹烦了，恨不得把他敲晕过去。好不容易把人弄到楼梯口，张培生不知哪根筋搭住了，伸手就扣谢晔的脖子，标准的锁喉擒拿姿势。醉汉下盘不稳，手跟着晃了晃，谢晔总算躲开了。他急出一身汗，求助地朝身后的两人望去，林峰看起来完全清醒了，嘴角挂着戏谑的笑，让谢晔别管张培生。唐家恒的脸上则是明显的嫌弃。谢晔叹了口气，又开始和张培生拉拉扯扯，试图让他下楼。两个人的拉锯之间，张培生一个趔趄，从楼梯滚了下去。

那确实是字面意义的滚下去。谢晔冲到楼梯底下，只来得及看到他抱着脑袋蜷缩在地上，嘴里仍在念叨着不成形的句子。看起来只有蹭伤，也没流鼻血。不知道是皮厚还是运气好。

林峰也过来检查了一番。他没再笑，说了声，怎么不摔死你呢。谢晔听不出这话是否认真的。林峰和谢晔一起把地上的人弄起来，这次张培生不挣扎也不玩擒拿了，任人摆布。谢晔说，我背他走吧。林峰说，一百六十斤呢。谢晔表示自己扛得住。一个燥热的散发着酒气的身体被架到他的背上，林峰和唐家恒陪着谢晔往学校走。胡思达和他舅舅早没影了。

背上压了一百多斤，走不快。进校门后不到一百米，谢晔忽然感到自己不再是自己了。

    他背着张培生走在密林中。张培生挣扎了几下，说，还是等救护队来吧，班长。他怒道，你小子叽歪什么，再喊我就把你扔在这里喂地雷。张培生不动了。片刻后，他感到有什么沾湿了自己的衣领。没下雨。是背上的张培生哭了。就在半个小时前，和他们一起的小三踩了地雷。小三当场就断了气，碎片伤了张培生的右腿。这片昨天才排过雷，大概是新埋上的。小三是四川兵，爱说爱笑，早上刚给大家讲了他做的梦。说他梦见自己回了家，他妈妈做了一桌菜，还炖了鸡汤。汤面上一层黄澄澄的油。小三说得那个香啊，让几个吃压缩饼干吃得上火的哥们馋死了，恨不得自己也做个吃的梦。

    他试图想点别的。这会儿邹茜在做什么呢，她有没有好好吃饭呢。有了身孕的人，可不能像以前一样随便吃个小点心当一餐啊。走之前那天和她吵架，现在想来真是悔极了。回去要好好和她道歉，一定。想到这里，他喘着气对背上的人说，你知道我是在哪儿遇到你嫂子的吗？

    知道，十五路公交车，她的钱包被人偷了。你英雄救美。

都听了一百遍了。背上的人梗着嗓子说。

谢晔几乎是把张培生从背上甩下来的，还好唐家恒手快，扶了一把，不然人就给扔到地上去了。谢晔跌跌撞撞地走到绿化带旁，吐了。记忆的密度太大，质地太坚硬，战争上的人的悲伤、绝望、想念与希冀混合成铺天盖地的情绪，扯着他的五脏六腑。

之后的过程有些模糊，似乎林峰说他负责把张培生弄到保卫科的值班室，让唐家恒照顾谢晔。然后他就被带着从学校西门穿出去，又走了十来分钟，到了这里。

谢晔闭着眼睛想，不是张培生。不是他。

刚遇到张培生的时候，他看到过一小段莫名其妙的光景，那天他过于疲倦，以至于被短暂地侵入。他以为那是张培生当兵时候的记忆，现在他能够辨认出，在充斥着疲惫气息的战壕里，多年前的张培生推了推记忆的所有者，问他是不是"想老婆了"。记忆属于一个已不在人世的人。班长。饭局上邝诚说"牺牲了"的班长。张培生苦苦暗恋着他的遗孀。班长的过往像一则放错位置的脚注，偷偷潜入谢晔的思维。谢晔甚至能看到他想念的那个女人的轮廓，圆脸，胳膊和脚踝纤细。头发在脑后用一块手绢束住。她多年以前的样子，如今的她是半大孩子的妈。饭局上听说，孩子在念初中。

谢晔在心里问张培生的班长，你已经死了，为什么我还会看到这些？

当然没收到任何回应。

唐家恒端了两只碗过来，隔开些放在茶几的一侧。"阳春面，凑合着吃吧。"他往地上一坐，谢晔发现高度不对，也从沙发上溜下来。面汤放了酱油和麻油，谢晔吃了两口才觉出自己很饿，胃袋都吐空了。两个人一时无话，并肩吃面，房间里只有吸溜面条的声音。喝完最后一口汤，唐家恒满意地吐出一口气，从茶几下层摸出烟盒，抽了一支点上。

烟的气味让谢晔想起在图书馆背后和他见面的情形，忍不住问："你之前说，你知道捡了猫的人是谁，是骗我的吧？"

"我没事拿这个骗你做什么。那姑娘眉毛很黑，像男生的剑眉，对不对？"

他的话触动了记忆的弦，激起回响。谢晔想起来，是的，那是个有两道浓眉的姑娘。乍看有点凶。眉毛底下的眼睛呢？他记得她抱起小猫的温柔神情，也记得她发现握手握了半天是个陌生人时的气急败坏。可是想不起那双眼睛的形状，正如他想不起她的脸型嘴角下巴和其他细节。回想起她，他心里有种柔软的起伏，不觉出神。

唐家恒用不拿烟的手在他眼前晃了晃："问你呢。"

"是她。你认识她？"

"不算认识，纯属偶遇。在她外婆家。我今天下午去那里做个采访——哦不对，已经是昨天下午了——聊了几句，才发现她是我们学校的。她听说了老猫被杀的事，过去找小猫，还真巧，就让她给捡到一只。哎，和你们这顿酒喝的，忘记把资料给林老师了。"唐家恒伸手从沙发上的书包里拿出一个牛皮纸信封，"倒是正好，我有她外婆的照片，简直就像穿越到另一个时代的她，你想看吗？"唐家恒起身收碗，边洗碗边喊谢晔洗手，说照片很珍贵，明天翻拍完得还回去，可不能弄脏了。

等唐家恒洗了碗过来，谢晔已经洗过手，端坐在沙发边。信封里是个缎面照相本子，唐家恒用小心的手势把它摆在茶几上，翻过带即时贴的页。照片用金银角固定在黑底上，估计是不好取下才拿了整本。原本应该是黑白照，因为时间久远，整体泛着褐色。一张集体照，两张三个人的，一张个人照。谢晔先看单人小照。

难怪唐家恒说就像穿越。她外婆的照片完全可以看作是她那天在舞台上的旗袍留影，区别仅仅是发型。照片上的女孩短发齐耳，英气的脸，浓眉格外显眼。谢晔喃喃地说："她叫什么？"

"苏怀殊。"

"怎么写？"

"苏州的苏，怀念的怀，特殊的殊。"唐家恒忽然笑了，"我不知道你的姑娘叫什么，苏怀殊是她外婆的名字。我听见苏老师喊她月月，可能是月亮的月？"

唐家恒指着人最多的合影说："这是一九四一年，西南联大中文系一年级。五十七年前，厉害吧？"

照片上有座平房，房子前面稀稀疏疏三排人，或坐或站。似乎哪个年龄段的都有：大多是男的，有穿长衫的，也有穿衬衫西装的，一两个人打了领带；少数几个女生集中在照片左侧，一律身着旗袍。照片上每个人的脑袋只有指甲盖大小，谢晔把女生看了一遍，终于找到那张熟悉的面孔。下次再遇到她的外孙女，想必他能一眼认出。女孩微微侧着身子，脸孔转过来对着镜头，没有笑。

另外两张三人照上，她的表情要好得多。一张是和年轻的一男一女，男孩穿着军装站在一侧，她站在中间女孩的另一侧，他们身后像是有个湖，影影绰绰看不清。另一张也是和一男一女，不是之前的那两人。

唐家恒在旁边像解说员一样讲解："苏老师是复旦中文系的教授，已经退休了。她说，早些年抄家，日记本都没了，只有照片和毕业证书被她一张张藏在废报纸里，留了下来。你看这个穿军装的男生，是照片上另一个女生的男朋友，他和拍照的男生后来都去参军，年纪轻轻的就殉国了。"

谢晔没应声，盯着最后一张三人照看。

　　唐家恒把脑袋凑过来，几乎和他头碰头。发现他在看什么，又说："这张她没怎么讲。回头等林老师整理完录音，我可以跟他借录音的文档，让你看看这些人的故事。"

　　谢晔注视着照片。隔着五十多年的时光，叫作苏怀殊的女孩和她的朋友们看向照片外的他。三个人当中，两个女孩穿的是短袖旗袍，苏怀殊揽着比她矮半个头的女伴的肩，矮个儿女孩脸容稚气，有些羞怯和僵硬。男人不像其他照片的男子那样戴帽子，和她们隔开一些站着。他穿着对襟短袖，身材高大，可能因为逆光而眯着眼。

　　谢晔家里有这张照片的局部。准确地说，是这个男人的头像的放大。是小爷爷的遗像，和爷爷、奶奶的遗像一起挂在堂屋里。据说小爷爷曾是谢家最精通甲马的男人。素未谋面的小爷爷在谢晔心里非常亲近，是因为三婆的关系。三婆糊涂的时候，谢晔总是被她当成小爷爷，喊作二哥；而当三婆清醒的时候——这种时候少得多——她不止一次念叨过，你长大要像你小爷爷一样能干，但不要像他一样傻。谢晔没搞懂能干和傻这两种极端的特质为什么会出现在一个人的身上。有时他觉得，因为三婆把日子过得循环往复，小爷爷成了家里的传说。在谢晔出生前的十多年间，爸也曾经被三婆当作她早逝的二哥。

　　此刻，传说就在他的眼前。在一个毕业于西南联大的女人保存了五十多年的影集里。

　　"有酒吗？"谢晔问。

　　唐家恒笑出了声："还喝啊，你。"说归说，他起身去冰箱拿了啤酒，人手一罐。易拉罐拿在手里和冰块差不多。谢晔来了上海才发现，这里的人对冰啤酒有种偏爱。高考之后的夏天，他和同班的男生们在烤串摊消耗了大量的啤酒，其中至少有大半是常温的。云南人不太介意啤酒的温度，也许这种细节是城市文明的产物。

谢晔的班级考上大学的有三分之一，基本都在省内，只有两个人考到外地。云南人不爱离乡背井。大学以外有去念高职的，还有复读的，直接托人找工作的，回家务农的。从此每个人将走上不同的道路，不过在那个短暂的夏天，他们对未来的意识尚不清晰，也没有多少离愁别绪。大家沉浸在高考过后的颓然放松当中。

不止一个人在吃喝的间歇对谢晔说，你明年再考嘛，你肯定可以的。这次只是运气不好生病了。

谢晔不接话。他很清楚，复读重考，上云南的大学，对他而言确实不难。上海的学校就很难说了。如果多花一年时间还去不了上海，不如直接背包走人。他的同学们并不知道，困扰他的问题不是前途而是家族，他也不打算把自己的计划和人商量。

奇怪的是，面对刚认识几个小时的唐家恒，他觉得可以说实话。谢家的甲马，血缘带来的"梦见"，他正在寻找的妈妈，还有刚出现在他眼前的小爷爷的照片。为了谈论这些，他需要一些酒精。啤酒虽淡，聊胜于无。

谢晔喝了一口冰得摄人心魄的啤酒，用他这些日子以来调整得几乎听不出云南口音的普通话说："你之前问我怎么会知道你去找猫，一两句话说不清，我先给你讲讲我们谢家的事吧。这个人，"他指了指照片上的高大男子，"我一看到就认出来了，他是我们谢家的，是我爷爷的弟弟。"

窗帘外的天光透进来的时候，唐家恒打了个哈欠说："不行，我得睡会儿。你精神真好。"

"平时都两点多睡，今天也比我平时晚。"谢晔在唐家恒趴到床上的同时挪到沙发上，双人沙发不够长，他只好蜷起腿。入睡前他有过短暂的恐惧，怕自己会梦见唐家恒的记忆。大概是吸收了太多酒精的缘故，他很快睡着了，一个梦也没做，直到陌生的闹铃声把他吵醒。

醒来后腰酸背痛，和网吧的简易床相比，沙发过于柔软。呼吸仍带着酒味，倒没有其他不适。唐家恒按掉闹钟，在床上发出不甘心的哼声，谢晔上完厕所回来，他还躺在原地。最后他终于爬起来去洗漱，又拿了面包和牛奶，示意谢晔一起吃。

看到谢晔喝牛奶的表情，唐家恒笑了："不喜欢牛奶?"

"我第一次喝鲜牛奶。"谢晔解释，弥渡没有奶制品工厂，乳扇和乳饼都从邻县运来，喝不到鲜奶。来上海之后，他在小超市的冷藏架上看到过，也没想起来尝试。

冰凉的牛奶在口腔里泛起奇异的感受，像在昭示这一天会有新的际遇。

"我想去看看苏老师，你觉得合适吗?"谢晔问唐家恒。后者揶揄道："你其实是想看她的外孙女吧?"见谢晔脸上挂不住，他才换上正经的语气，"当然可以，苏老师人很和气的，也好客，喜欢和年轻人聊天。我今天要去杂志社实习，走不开，正好你帮我把影集拿去给林老师翻拍完，再送回去。"

谢晔这才知道，唐家恒念的是新闻系，今年大三。唐家恒把苏老师的地址和林峰的号码写给谢晔，说是大哥大。谢晔说，记者这么有钱啊。唐家恒说，工作需要嘛。他又写了自己的拷机号。"你的拷机号也给我一下。"

"我没有拷机。要找我就打网吧的电话，晚上七点以后我都在。我不在的时候，让人留个话就行。"

"高级。"唐家恒说。听不出是夸人还是讽刺。

当天下午有专业课，谢晔不想翘掉。先见林峰再去拜访苏老师，一个上午大概够了。和唐家恒在楼下分开的时候，他把琢磨一早上的话说出口："昨晚告诉你的事，你听完好像一点也不惊讶。"

唐家恒说："我当然很震惊!苏老师居然认识你家长辈。从云南到上海，这么兜了个圈子再让你通过我碰上，简直可以拍电影了。"

谢晔踌躇地说："我是指别的……甲马，还有，我看见的那些……"

唐家恒给他一个玩世不恭的笑："我也能看见一些东西。别忘了，我说了你有桃花运，然后你就遇见了她。以后再聊这个，我快迟到了！"他匆匆离去，留下谢晔在大楼底下对着晨光里陌生的街道发呆。

和林峰打过电话，算了下见面之前的时间不够回去补觉，谢晔索性坐公交车到福州路。离约定的十点还早，他不舍得进麦当劳，在书店门口等开门。书店是杀时间的最佳场所，在里面混了四十分钟，他出来问了路，顺着名叫汉口路的窄马路走到报社，在门卫签了访客单。电梯出来就看到叼着烟等他的林峰，谢晔不由得想起唐家恒。两人的相似之处不在于抽烟，他们都有漫不经心又洞悉一切的眼神。唐家恒多半能成为一名出色的记者。想到这里，日语系自考生的前途让谢晔有轻微的犹疑，觉得自己来上海不能说是一个好主意。

林峰的办公桌乱得放不下一本影集，他们在会议室打开来看。林峰先格外仔细地看了唐家恒用即时贴做标注的，也就是昨晚向谢晔展示过的那一页，然后从头开始翻看。谢晔跟着看了。前面有苏怀殊小时候和她家人的照片，很难想象一家人能把照片留存这么久。后面有苏怀殊的结婚照，她丈夫是个微胖斯文的男人，穿着中山装。然后是苏怀殊抱着她的女儿。谢晔心想，也就是"月月"的妈妈吧。女儿从孩童长成少女。女儿在火车站，胸前戴着绒花。女儿蹲在半人高的草丛里。女儿和几个女伴站在树下，衬衫系在裤子里。和苏怀殊及其女伴们的合影相比，这些年轻女孩有种粗犷的味道。女儿和一个年轻男人的合影，角落印着日期。她穿着一条收腰的连衣裙，胸部看起来格外丰满，比其他照片显得漂亮。就与苏怀殊的相像度而言，谢晔短暂谋面的女孩比她母亲更像她的外婆。如裁似剪的浓眉，一看就是一家人，苏怀殊女儿的脸型更方一些，轮廓坚硬。

"联大时候的照片只有这几张啊。"林峰像是有些不满足。

谢晔表示想看唐家恒的采访笔记，林峰说："唐家恒的字草得很，录音还没找人转文档，你要不要直接听录音？"说着看他一眼，"怎么，你对西南联大感兴趣？"

"昨晚听你说了一些，觉得很有意思。"谢晔拿不准要不要告诉林峰，小爷爷就是照片上的男人。反正除了个子高，自己和小爷爷并无相似之处，外人看不出什么。

林峰说他还没醒透，走开去冲咖啡，留下谢晔戴上耳塞，一边回放采访机里的录音，一边继续看影集最后几页。苏怀殊的女儿胖了些，抱着一个婴儿，想必是"月月"。接着是那孩子长大一些，穿海军衫，肥肥的，像个男孩，抱着一只猫。七八岁，瘦了，仍是男孩式的短发。小姑娘照相不爱笑。谢晔注意到，苏怀殊的照片在母女合照之后就没有新的，给人一种错觉，仿佛她一直停留在年轻时代。

磁带开头的沙沙声过后，唐家恒的声音在耳畔说："上次聊的时候，您说到跑警报。"

一个柔和的上了年纪的女声说："吃点糖炒栗子，这是月月买的。跑警报是吧？那时候，为了不被日本人飞机的轰炸干扰，我们的课都从大清早开始。正上着课，眼尖的同学喊：'五华山挂红球了！'大家就知道敌人的飞机出动了。昆明城的最高点是五华山，五华山上有座铁塔，敌人的飞机一起飞，铁塔上挂出一个红灯笼，叫预行警报；飞机近了，挂两个灯，叫空袭警报，这时就能听到汽笛声，一短一长；如果飞机离市区不远，就撤了灯，警报呜呜直响，这叫紧急警报。警报解除的时候拉长笛。起先只要看到挂一个红灯，大家就会赶紧找个防空洞，或者跑到郊外去。后来跑警报也跑油了，上课的时候遇到挂一个红灯，先生和学生都没事人似的，继续讲课听课。等空袭警报响起来，才开始疏散。出了新校舍北边的后门，过一条铁道，就是山郊野外。警报跑多了，变成了一种日常活动。有同学带书去看，还有人谈恋爱。"

"您每次做什么？跑警报的时候。"

她隔了一会儿才说："和大家差不多。不过有几次，我趁跑警报回宿舍洗头。"

唐家恒笑了一声，苏老师的声音淡淡的："哎，警报一响，锅炉房的水就没人用。洗头再方便没有的！"

"不危险吗？"

"其实危险的，我刚进校那年，女生宿舍就被炸过一次，还有校工被炸死。我当时年轻呀，总觉得生死有命。现在想想，是年轻气盛。"

最后一张照片也是苏怀殊的外孙女。大概十三四岁，轮廓和谢晔见过的女孩有八分相似。她大概不爱照相，一脸不高兴。这本影集里唯一的彩照，因而有种鲜明的现实感。谢晔莫名生出偷窥般的歉疚，合上影集。

林峰带了速溶咖啡和一堆资料回来，两个人并排坐着喝。谢晔在听录音不说话，林峰一脸没睡好的戾气，翻看资料。有人进来拿走影集，苏老师和唐家恒的闲聊仍在继续。他们聊了昆明的吃食，当时的电影，女学生如何在艰苦的条件下维持有限的风度。没有谈论照片上的人，这一点唐家恒昨晚说过。他头一回拜访苏老师的时候，她提到那两个参军的男生，情绪有些不好，所以第二次去，为了避免老太太伤心，他基本和她闲话日常。

录音听完后不久，影集被送了回来。林峰把影集放回牛皮纸信封，递给谢晔。"劳烦你帮我跑一趟送回去，这可是人家的宝贝。地址你有吧？"林峰送他到电梯口，在等电梯的过程中，林峰说："你妈叫什么？"

谢晔茫然地看林峰，后者扶一下眼镜："我是想，我可以帮你找一下。要是你有她的名字，以前居住的大致范围。做我这行的，人头熟。可以找相关部门问问。"

"谢谢。"电梯来了，谢晔见里面没人，赶紧按住下行按钮，不让门关上："可是，我不知道我妈叫什么。"

"连名字都没有，你打算怎么找啊？"林峰的诧异和唐家恒昨晚一模一样。

"我在等啊。"他的回答也和昨晚一样，说着走进电梯，"等家里人憋不住了告诉我线索。如果他们不说，我只能一直等下去。"

从林峰的报社去苏老师的家，要乘一部往北走的公交车。路线也是唐家恒事先讲清楚的，此人十分靠谱。关于要不要先打电话，唐家恒说他本来就约好今天还影集，苏老师整天在家，直接去就行。

公交车很空，从靠窗的位子看出去，街边的建筑有种年代感。这一带据说有很多房子是从三十年代留存至今的。刚到上海的第一天，谢晔去看了黄浦江，除了江对岸让他印象深刻的东方明珠，也在江这边看到很多老房子。弥渡最老的房子是谢晔他们中学的男生宿舍，从前是庙，后来驻扎过军队，解放后充任学校的教室，随着时代变迁学生增多，又改为学生宿舍。两层楼的宿舍在夏天也充斥着老房子特有的凉意，一楼地面铺的是青石板。高年级男生吓唬新生，说那些石板曾经是墓碑。谢晔那一届有个男生胆小，因此做了整整一周的噩梦，他妈妈到谢家要了张"逢凶化吉"的甲马，让他拿去宿舍烧掉。男生从此不再发噩梦，对谢晔的态度也变得微妙。谢晔觉得好笑，那纯粹是心理作用。谢家往外卖的甲马，无非是印了画的纸，和他们为人办事时用的是两回事。

在一中从初中到高中毕业，谢晔不住校。从家到学校骑车只要十来分钟，而且他也不想在聚集了一堆人的屋顶下睡觉。

路途漫长，他试图回想大伯提到小爷爷的零碎片段。曾爷爷在鹤庆开了家茶馆，他擅书画，抽鸦片，风流韵事不断。他不仅娶了两个老婆，还和附近一个寡妇有了儿子，那个儿子就是小爷爷。谢晔的爷爷是曾爷爷的第一任妻子生的，三婆的母亲则是另一个妻子。谢晔一直没搞懂，两位曾祖母究竟是并存，还是曾爷爷在一个去世后娶了另一个。云南人把曾祖母喊作太太，"大太太""二太太"对谢晔来说是遥远的存在。据说二太太过门的时候只有十六岁，那年小爷爷都十岁了。

曾爷爷向来不在意他人的谈论。尽管是私生子，小爷爷也在谢家长大。据大伯说，本来曾爷爷很有可能在鸦片床上把家业败光，有一天他受人之托，出门施展甲马，事情办得顺利，主人家招待了好酒好菜，他喝完酒回来，失足跌落河中，淹死了。

那时大太太和二太太已经去世，生下小爷爷的寡妇也死了几年了，有人说谢家的甲马煞气太重，会让女眷折寿。爷爷当时在昆明念高中，他回老家办理丧事，把茶馆的伙计和家里的仆人遣散，变卖家产，打算带着一双弟妹返回昆明。和他上路的是比他小十来岁的妹妹，也就是谢晔的三婆。小爷爷留下一封信，跟着马帮走了。

爷爷的一生按部就班，大伯在这方面和他很像。他们都在政府工作，都不被"梦见"困扰，也不像曾爷爷在女人堆里打混。奶奶是弥渡本地人，比爷爷早走一年，爷爷去世时爸还没结婚，谢晔没见过家里的两位老人。听堂哥说，奶奶做的腌菜和三婆做的风味不同。若再追问有什么不同，堂哥说，一个酸在喉咙，一个酸在舌头。大妈同样是弥渡土生土长，是大伯的初中同学，在镇上的小学担任数学老师，她退休比大伯早，又被返聘，现在还在教书。

爷爷出走的弟弟，三婆的二哥，在若干年后飘然出现在昆明，用走马帮的积蓄开了家茶馆。小爷爷到昆明落脚没多久，爷爷就因为参与滇缅铁路的工作去了外地，那是爷爷安稳的一生中漂泊最多的时光，要到几年后，他才在弥渡常驻。从他离家的时候起，三婆便跟着小爷爷待在昆明，直到小爷爷死于日军的轰炸。

是的，小爷爷是被炸死的。那时候在昆明，每年都有人死于日军飞机的轰炸。因此谢晔在听到苏老师讲跑警报的时候，心头微震。苏老师的语气听不出死亡的阴影，也可能她和小爷爷并不太熟，不至于为他的离世伤感。那她为什么留存着和他的合影？

照片上的小爷爷让谢晔有八分好奇和两分惋惜。小爷爷是谢家能用最多种甲马的人，有不少人到他的茶馆寻求帮助。人们求甲马，就如同病人求医，为的是精神上的安慰，不管有用没用，安慰或多或少总是有的。

可惜没法向三婆求证小爷爷的故事。一年里有三百多天，三婆活在她是个年轻姑娘的时代。她喊谢晔"二哥"，把他认作早逝的小爷爷。在他很小的时候，她倒是没有搞错过，只是一直固执地把谢晔的大伯认作"大哥"。是在哪一年发生的变化呢？他大概还不到六岁，似乎是在他第一次"梦见"之前或之后，三婆对他的称谓变了。他吓得不轻，爸不断安慰他说，没事的，三婆糊涂了，把你当成你小爷爷了。更奇怪的是，三婆保留着对人的年龄的辨析，当谢晔上了高中，她在他放学回家时说，二哥，你终于回来了，你一走就是好久。对三婆来说，十七八岁的谢晔是她跟着马帮走掉的哥哥。据说爸也曾经当过"二哥"，直到他二十六岁，正是小爷爷去世的年纪。三婆后来就只叫爸的名字"谢敛"。根据这一态势，谢晔暗自推测，等大伯到了爷爷去世的六十一岁，也许将不再是三婆的"大哥"，有望恢复本名。

无论清醒或糊涂，三婆常说，谢家是一代不如一代喽。甲马的板子坏了可以再刻。甲马的魂没了就没了。

到如今，有一些甲马徒具形态，不再受谢家人的驱使。谢晔不知道这和印制甲马的三婆的失智有没有关系。也可能是他自己能力有限的缘故，譬如"军牙六毒""非虎"，这些看起来就张牙舞爪的攻击型甲马，在他手里都无法再用，变成单纯的年画般的玩意儿。

去苏老师家要经过一条河。谢晔家所在的东村紧挨着县城弥城镇，村外也有条河，名叫毗雄河，河水浑浊，泛着沿途带落的山土的红色，穿城而过，在城北转个弯，汇入清澈的毗雌河。两河交汇后，以更加浩大的声势曲折向南，换了个名字叫作红河。

眼下这条城市河流的水面泛着诡异的七色油光，让人兴不起探询它名字的劲头。谢晔匆匆走过河边路，又拐了两个弯，进了小区大门，按门牌号找上楼，在二〇三门口按响门铃。

他等了一会儿，门开了，一只黄猫蹿到脚边，谢晔轻微地吃了一惊。门内的人"咦"了一声，他抬起头，眼前是那张他在记忆中描摹过却无从刻画、又在她家的相册中不断用她外祖母的青年时代和她的童年稚影拼凑过的脸庞。是她。浓眉下的眼睛审视地看着他。

"我们没叫外卖。"女孩说。她又恢复了齐肩的长直发，一如他在"梦见"中遇到她的时候。谢晔这才意识到，上次在旧礼堂看到的辫子是假发。

"……我来送影集。"

屋里有个耳熟的女声说:"月月,是小唐吗?"

"不是他,换了个人。"她示意谢晔进门换鞋,黄猫仍好奇地在他裤脚边蹭来蹭去。她说:"周伯通,进来!"猫乖乖折返。

走进客厅,先映入眼帘的是到天花板的书架,角落里的钢琴上盘踞着一只黑白双色的大猫,一只眼睛是瞎的。一位老妇人从客厅右侧出现,端着汤锅。谢晔这才意识到自己来得不巧,正好是中午吃饭的时间。影集里没有苏老师步入中年的照片,而今她一下子老了半个世纪,站在他面前。谢晔奇异地并未感到陌生,觉得她就该是这个样子——头发染黑烫过,打着卷垂在耳际,有皱纹的白皙面孔,眉毛疏淡了些,仍是好看的剑眉的形状。按读大学的时间推算,她年纪比三婆大,看着却年轻多了。岁月对城里人比较仁慈。

他很快意识到自己的失态,移开目光。"苏老师好,我替唐家恒送影集过来,他今天去杂志社实习。"

苏老师把汤锅放在靠墙的餐桌上,笑眉笑眼地说:"你是唐家恒的同学?"

"是朋友。"他从背包里拿出影集,苏老师收了,让他坐下吃饭。谢晔不懂得客气,高兴地应下来,没注意到旁边的女孩扫了他一眼。就这样,他和小爷爷的故交还有她的外孙女同坐在一张饭桌前。

他还是第一次吃上海人的家常饭菜,红烧的一条不知道名字的鱼,炒空心菜,番茄蛋汤。曾有个四川男生在网吧里抱怨,食堂的菜都是甜的,谢晔觉得没那么夸张,当然食堂的红烧肉圆确实有点甜。苏老师做的这条鱼不仅不甜,还放了一些油爆过的干辣椒,他忍不住吃了两碗饭。给他盛第二碗饭的是安玥。他现在知道了,王字旁的玥,不是唐家恒以为的"月亮的月"。他随口说安这个姓不太常见，安玥立即说，我跟我外公姓。他感到一丝异样，一般人都说自己的姓随爸爸或妈妈，很少有这么说的。

安玥念的是中文系，和她外婆一样。谢晔想从西南联大提起小爷爷，但他没有唐家恒挑起话题的能力，一顿饭的时间，基本是苏老师作为长辈问些家常，他回答。听说他从云南来上海念自考，苏老师顿感亲切，说："我在云南昆明住了五年呢。"又问他是不是有亲戚朋友在这边，他答："现在工作的网吧的老板是父亲的朋友。"安玥说："哦就是西北风味餐馆隔壁的网吧？你不上课的时候整天在里面上网吗？"

"当然不是。我值夜班，值班的时候看看书，偶尔才上网。白天没有课就四处走走，偶尔送个外卖，或者帮人送东西。"他看到她被逗得有了笑意，借着势头问："你是不是捡到一只小猫？"

安玥反问："你怎么知道我捡了猫？"

"唐家恒告诉我的。"他果断撒谎。总不能说是自己看到的吧。

"怕大猫打它，关在阳台呢。等一下带你看。"她的语气变得熟络起来。也可能是他的错觉。

小猫全身雪白，仅尾巴尖有一抹黑。名字是"小宝"。安玥说，韦小宝。考虑到另外两只大猫分别叫作"周伯通"和"任我行"，这个命名不算突兀。谢晔默默地想，它长大以后难道也要找一堆老婆吗？

苏老师在洗碗，他和安玥在阳台。去阳台要穿过一个房间，床头柜上有兰花，靠近阳台玻璃门的位置摆着书桌和椅子。从整体色调看，应该是苏老师的房间。不知道安玥是不是也住在这里。

两个人除了逗小猫就无事可做，谢晔决定曲线救国："你外婆和你讲过她在联大的事吗？"

"说过一些，不太多。所以昨天唐家恒采访的时候我也旁听了，还挺有意思的。他前面一次来，我正好有课。"蹲在地上的两个人视线齐平，她探询地看过来，"你对联大感兴趣？"

"不完全是，我想了解的是你外婆。"他说完才意识到这句话有多奇怪，赶紧站起身，不让她看自己忽然变烫的脸。

安玥不以为意，笑嘻嘻地说："我外婆是万人迷。好多学生也喜欢她，毕业后经常回来看她呢。"

他们走回客厅的时候，他在苏老师房间的书桌上看到一方镜框。之前经过时没注意。黑色镜框里镶嵌的不是照片，而是一张甲马。纸张明显比他平日用的粗劣，陈旧的暗黄色，上面的墨色褪成了淡灰。不过不难辨认出是什么。

"虚空过往"。

然而，那张甲马和他知道的"虚空过往"有些不同。像在沉睡，或是"死了"。他试图去感应它，却一无反应。安玥对他说了句什么，他专注于甲马，没听清。她见他兀自出神，在客厅坐下时又说了一遍。

"我有件事想请你帮忙。这次不是送外卖或者东西，想请你接送一个人。"

没等安玥说要请他接送谁，客厅的电话响了。安玥去接电话的当口，谢晔努力平复心绪。刚才看见的甲马像一道来自过去的闪电，照亮了他的视野。既然拥有这张甲马，苏老师和小爷爷之间，一定不是普通朋友般简单。

安玥接电话的声音传来，有点尖："这周不过去了，我还有事。"过了一会儿又说："外婆在洗碗。"接着像是老大不高兴地说："我本来要洗的啊，外婆让我陪客人。我说了我照顾外婆，当然会做到。我才不像你，说话从来不算数。"

苏老师从厨房出来，边走边说："玥玥，和妈妈说话怎么这么凶啊。"

安玥把电话给她，苏老师讲电话的声音比外孙女温和多了。

谢晔瞥一眼回到沙发上的安玥。她在他旁边蜷起腿，抱着膝盖。她的侧脸显出几分压抑的怒气，谢晔问："你没事吧？"

她摇头。他又问："刚才说的接送人是指？"身旁的刺猬稍微收起硬刺，她压着嗓音回答："这周六，外婆有个好久没见的朋友要聚一下，是她以前的女同学。那位老师的腿不太好，需要有人帮她把轮椅放车上，然后在她们散步的时候推一下轮椅。本来应该我陪的，可是我们的话剧星期六晚上要首演，下午就开始彩排。我想着她们难得见一次，还是不要改期比较好。"

他思考片刻："你外婆的朋友需要背吗？"

"她可以走几步的，只是比较慢。"

"不用背人就 OK。"谢晔说。他主要是想起上次背张培生的意外，怕自己的脑回路又遇到什么怪事，背到一半控制不住，把人家老太太给扔了。安玥当然不知道个中缘故，有点怪异地看了他一眼。苏老师和她女儿的电话还在继续，好像在谈论什么看病的事。谢晔问安玥，你外婆是不是身体不好。安玥说，有只眼睛出了点问题，最近在打一个很贵的针，一次要两千多。谢晔吃了一惊。他想起去年三婆得了肾炎，在爸的朋友白医生那里开的中药，几服药用掉几百块。三婆一直觉得药太贵了，念叨了很久。

只听安玥说："打针也只是维持不再恶化，外婆现在基本只有一侧的视力。她最近都不敢看书了，怕用眼过度，让那只好的眼睛负担太重。"

谢晔福至心灵地说："我可以来念书给你外婆听。"

安玥把腿往旁边一侧，半个身子拧过来看着他，他被看得有点紧张，她忽然笑了。

"你还真是很空啊。"她的语气听不出是褒是贬。他不知该如何回答，她扬声说："外婆！"

苏老师把电话听筒移开一些，看向他们。安玥说："谢晔说他要来念书给你听呢！"

短短的一瞬间，谢晔感到了某种情绪，在老人的脸上涟漪般散开。纯粹是出于直觉，他在下一秒暗自探寻她的情绪源头。他几乎不曾在谁的身上尝试过主动触碰对方的记忆，对他来说，别人的意识是他避之不及的外界侵扰。也许是之前看到的"虚空过往"让他对她怀着极大的好奇。也许是因为她是安玥的外婆。

与她的意识表层接触的瞬间，他的意念不由得向后退缩。他清楚地感应到，"念书"这个词在苏老师的内心激起某种回忆，他不确定回忆是否和小爷爷有关，但他发现，在她云淡风轻的外表下，隐藏着类似创痛的情绪。那种痛并不随着时间而淡化，而是像地底的岩浆一般，从遥远的过去涌出，带着无法冷却的炙热。

4. 厄运之眼

接下来的时间，苏老师一直是个兴致很好的老外婆。谢晔甚至怀疑那一秒没有具体内容的"梦见"是他的错觉，是他误读了她的情绪和记忆。他表示想一起看看那本影集，她就和两个年轻人重看了一遍。他本来可以在翻到有小爷爷的合影时问她，这人是谁。简单极了，可最终没有问出口。他感到自己还是得悠着点儿，得慎重。

安玥对她外婆和妈妈的照片评价道："我像外婆。外婆比妈妈好看。"她在自己婴儿时代那页按住，不让苏老师继续翻，瞅着谢晔说："你之前没看过吧？"他坦言已看过，她合上影集说："小时候丑死了，照相都不会笑。"

眼看着赶不回去听下午一点的课，谢晔决定忘了上课的事。安玥说她七八节有课，要回学校。苏老师在门口和他们告别，谢晔说了声"再见"，安玥欢快地说："外婆，就这么说定了，周六让谢晔去接吴老师。还有以后让他读书给你听。"苏老师的神色不起波澜，让谢晔怀疑之前的所见是他的错觉。

他们在公交车上并肩站着，窗外是和来时一样的老城区风景。谢晔问安玥平时是不是住在外婆家，她说："我一直跟外婆住。初中的时候我爸妈就离婚了，我归我妈管，她根本没时间，把我扔给外婆，所以我基本是外婆养大的。"

谢晔想，难怪她和她母亲讲电话时有种疏离感。"你爸爸……"

"他又结婚了，生了个儿子，现在念初中。我们不常见面。他也忙。"她好像怕他误会什么，补充道："我爸是医生，和我外公一样。医生都是很忙的。"

"你妈妈是做什么的？"

"你听说过培新教育吗？我妈的公司。"

作为网吧管理员和自考生，谢晔的世界是狭窄的，但就连他也知道那间培训机构。交大附近一所中学是培新的徐汇办学点，路上不时看到该学校的广告海报，交大校园里也经常有人发传单。给他的印象是那所学校什么都教。从中小学课外辅导，到成年人的计算机、会计、英语和日语等再教育。谢晔一直以为培新是半官方的学校，没想到是私人公司。他的世界观受到了一定的冲击。

"听起来好厉害。"他不由得说。

"所以烦得很呢。在我妈看来最没用的就是中文系，她一直想让我读个更实用的专业。或者她只是不想让我和外婆念一个专业。"

"为什么？中文系也挺好啊，你外婆不是大学老师吗？"

"说起来很复杂。"

谈论父母似乎让安玥的情绪有些低落，谢晔改变话题："还好你捡了小宝，不然它那么小，在外面可能活不成。你怎么会跑到图书馆后面呢？"

她侧过脸，审视地看他："我没告诉过唐家恒，是在哪里捡的猫。"

"哦，BBS的帖子上说老猫死在图书馆背后……所以我想你大概是在那里捡的。"谢晔微微出汗，心想可别被人当成跟踪狂了。虽然他确实曾"目睹"她捡到猫的一幕。

还好她没就此深究，恨声说："要是让我找到是谁杀了猫，我一定要昭告全校，这种人渣必须被揪出来。"

他想起进入龚修文记忆的扭曲感，觉得为了安玥的安全，最好不要把真相告诉她。

周四是一周最辛苦的日子，这天有八节课。尽管平时也只睡六七个小时就起床，周四的感觉格外不同。

但在这个周四，谢晔睁开眼睛的时候，感到每个细胞都是新的。会有这种感觉，大概是因为昨天拿到了安玥的拷机号。她让他周六接送完吴老师给她打电话，说到时候请他吃饭。

早上的两节专业课过后，一群人转移到阶梯教室，接下来是和其他班级合上的政治课。谢晔坐在后排有点走神，思绪从苏怀殊和小爷爷的照片游离开去，一会儿想到安玥，一会儿想到苏老师昨天的异样。有不少同学去楼下小卖部买饮料或面包回来，课间的教室里有种松弛的气氛。他也饿了，出于节约的习惯，并不打算花钱买吃的。这时忽然有一盒牛奶扔到面前的桌上，他条件反射地扭头，看见唐家恒的笑脸。

"网吧的人说你三四节是政治课，我就估计在这里。怎么样，问到了吗？"唐家恒语速飞快地说。他手里有盒一样的牛奶，吸管被咬得像畸形的树枝。

谢晔摇头，简短地讲了昨天的情形。唐家恒笑了："所以你巴巴地跑过去，看见漂亮小姑娘就把正事扔一边了？现在还揽下了她让你干的活？"

事实当然并非如此，但被他这么一说，好像也有点这个意思。

唐家恒说政治课有什么好上的，去玩吧，硬是把谢晔从教室里拉了出去。他们到了和学校一街之隔的某商厦二楼，刚上到楼梯口，几十台游戏机的噪音压了人一脸。唐家恒熟门熟路地从游戏厅穿过去，进到后面的桌球室。他问谢晔打过斯诺克吗，谢晔说没有，只玩过普通的桌球。唐家恒要了一张斯诺克的台子，边讲解边开打。他虽然瘦，弯腰的时候却有种肉食动物般的矫健，看得出在桌球上消磨过不少时间。

谢晔说："你不是很忙吗？又要上课又要实习，还有林峰那边的事。"

唐家恒叼着烟说："人生如果只有工作，多没意思。"

"你以后想做什么，记者？"

"新闻系就一定要做记者吗？你太天真了。我想趁着还没毕业，什么都试试。哎，干脆寒假你带我回你家玩吧？西藏新疆我都去过了，云南一直还没去。"

谢晔愣了一下："去云南玩的人，都是去旅游区，昆明丽江大理，我老家就是个小县城，没什么可玩的。"

"有甲马可以见识。"唐家恒笑着说。看不出他是开玩笑还是认真的。

谢晔想起之前说了半截的话，问："你说你能看到些什么……"

唐家恒干脆利落地一球入袋。"是啊，就像我之前看到你身上有桃花运，我能看到人的运势。对我来说，那是一种'气'，围绕在人的身边。发黑的是厄运，颜色柔和明亮的是恋爱运，闪闪发光的是事业和学业。财运是什么样的，我还没见识过，可能因为我身边的人都没什么财运吧。哦也不对，我爸妈有财运，但他们身上我什么也看不到。"

"听起来……很奇幻。"

"我以前没怎么告诉过别人，你是第二个。"

"谢谢。所以你告诉的第一个人是谁？那个人听了相信吗？"

唐家恒的球棒忽然滑脱了控制，划过绿绒面的球台，都没碰到白球。他直起腰，吁出一口气。"该你打了。"谢晔这才注意到，桌上已不剩几个球。

玩了三局，谢晔惨败，算是在意料之中。唐家恒付了桌球钱，谢晔说我请你吃饭吧。唐家恒嗤笑道，就你看网吧那点钱？还是算了。印象中胡思达也说过类似的话，可不知为什么，同样的话由唐家恒说出来，就不觉得硌硬。

他们走了十分钟，到徐家汇觅食。电脑城一楼有家必胜客，时间还早，人不算多。谢晔在跟着进店的时候想起来，邝诚卖电脑的店就在这栋楼里。落座后，他慎重地研究了菜单，但菜单上的图片怎么也无法建立味蕾的想象。最后他放弃了，把菜单一扔。"我没吃过这些，你随便定吧。"

"好吧，你的第一次牛奶和第一次比萨都是在我这里实现的，你将来可别忘了。"仍然听不出是否玩笑的口吻，唐家恒换上肃然的神色，"对了，你第一次用甲马是什么时候？"

"高二。我不想说这个，有点原因。"

唐家恒呵呵笑着说："还不好意思了，我又不是问你什么时候第一次打手枪。"谢晔笑不出，只好喝水，望着放着各种蔬菜水果的台子。他看见好几个人围在台子边拿吃的，便问："台子上的是不是不要钱？"唐家恒笑得更愉快了，反问："你觉得上海有什么是不要钱的？"

就这样，谢晔跟着唐家恒学会了在沙拉吧码菜的技巧。他忍不住想，这些记忆的细节，最后将成为日常的一部分，连自己都不把它当作记忆看待。可是经由"梦见"看到的，也往往不是什么值得刻骨铭记的瞬间，经常是隔天就被人抛诸脑后的琐碎。除非调用甲马。甲马就像一道筛子，筛出人的心头血，梦中泪。那些年深日久的眷恋和不舍，夙愿不得偿的未愈之伤。

有时他害怕用甲马。甲马烧过就完了，而他看到的东西，会久久地留在他自己的记忆中。

隔着只剩残骸的比萨、沙拉和洋葱圈，唐家恒擦擦嘴说："我不像你是'家学'，有人教导和指引，说起来，你这样很幸福。小时候我不知道自己看到的是什么，只感到又好玩又吓人。譬如我看到邻居伯伯身上有黑影，他过了几天就住院了。还有爸爸的合伙人闹离婚之前，我也发现了他的异样。还好我从小就发现其他人看不到这些，下意识地知道不能乱讲，否则说不定会被送去看精神科。而且，也不是每个人的状况我都能看到，可能和那种状况的强烈程度有关，或者是我能看到的人有什么不一样。否则走在街上，每个人都拖着不同的'气'，烦也烦死了。"

谢晔插嘴问："在你眼里，我现在是什么状况？"

"你和别人都不一样。你身上除了桃花运的'气'，还有一团白茫茫的东西。我不知道和你家的甲马有没有关系。"

谢晔想，我们的对话实在太不科学了。

唐家恒继续说："我的初恋是我高中时候的老师，教英语的。

"那时候特别单纯，只要看到那个人，心情就很好。因为喜欢老师，英语是我成绩最好的一门课。我还当了英语课代表。每次收完作业交到办公室，我总要想办法多留一会儿，和老师说说话。

"高二上半学期的时候，老师结婚了。师母是个小个子白白净净的女人，在税务局工作。我那时才意识到，我看不到老师身上的'气'，所以我之前一直不知道他恋爱了。不知为什么，我觉得有点遗憾。"

谢晔忍不住再次插话："师母？"

唐家恒笑得灿烂又促狭："是啊，老师是男的。"

谢晔"哦"了一声，唐家恒问他："你会觉得恶心吗？"

他摇头，又补充说："你又占了一个第一，你是我认识的第一个……"

"同志。"唐家恒的笑容颓下来，接着讲述他的往事。

师母下班早，有时来学校和老师一起回家。刚结婚那会儿，她是个欢快圆润的小女人。唐家恒暗自给她取了个外号叫"小母鸡"，因为她有种叽叽咯咯的劲儿。后来她瘦了些，多了几分少妇的沉静。再后来，她怀孕了。放学的时候，看到小腹微微隆起的她和老师并肩走出学校，感觉就像在观望自己永远不会涉足的对岸风景。

在她的身材尚未变得更加壮观时，他在她的身上目睹了象征着不祥的黑气。一开始他对自己说，是错觉。但隔了几天，黑气达到他前所未见的浓度。不知是否心理作用，他感到她脸上的神情仿佛带着一丝畏惧。她在害怕什么。

那时他还太年轻，无法辨认出一个怀孕的妻子为什么会怀有恐惧。他只能茫然地张大洞悉运势的双眼，注视他隐秘憧憬的英语老师。时值冬天，教室因为人多而闷热，英语老师脱掉长大衣，露出里面的驼色毛衣。毛衣是他们还没结婚时就穿的，看起来是他妻子的手艺，背后漏了几针。做妻子的大概因为怀孕，顾不上修补。

唐家恒每天都对自己说，今天要告诉老师，师母身上可能会发生不好的事。可是见老师对绽开线头的后背一无所觉，转身写板书，到嘴边的话又被咽了下去，梗在胸口。

　　"看着一个人一无所知地迈入不幸，尤其当那个人是你重要的人，简直要疯了。"说到这里，唐家恒拿出打火机，在手里把玩。不是学生常用的一次性塑料款，细长的金属条，一侧蚀刻的商标是谢晔陌生的。

　　谢晔问他要不要出去抽烟。唐家恒说好，买了单，熟门熟路地出门右拐，带着谢晔来到一片和停车场相邻的花坛。两个人在花坛边坐了。唐家恒饥渴地抽上烟，谢晔眯起眼看十月末的正午阳光。阳光比云南的薄，在他脚边拉出一道矮影子。他想，唐家恒看到的厄运就像这影子吗？不，可能更像照相机镜头晃动形成的叠影吧。

　　唐家恒吐出一口烟说："后来有一天，师母身上的气发生了变化。黑影仍然在，但中间多了些别的，明亮的美好的。"

　　"桃花运？"谢晔不确定地问。

　　唐家恒点头，烟灰掉落。"那时冬天更深了，师母以前隔个一两天就会出现，自从我看见她身上恋爱的光影，她好像有好几天没来了。如果放在现在，我首先会奇怪为什么是怀孕的女人来和她的丈夫会合，而不是相反。当时我连这点常识都没有。"

　　"所以到底发生了什么？"

　　"我告诉他了。"唐家恒说，"告诉他，他的妻子可能有了新的恋爱对象。我没有提她身上的厄运阴影或者别的什么'气'。我知道那样听起来太不靠谱。为了让我的话具有信服力，我在一个下午翘课去了税务局门口，躲着等她下班。有个男的推着自行车和她一起从大门出来，看起来是她的同事。那个男的一直陪着她走到公交车站。她在前门上车，我赶紧从后门跳上车。透过后车窗看出去，正好看见那个男的骑车穿进一条巷子。我的心狂跳起来。和老师一样，他是我无法看见'气'的类型，但他的脸上明明白白呈现着恋爱的状态。她坐了三站路下车，我跟着下车。那个男的在车站等她。我一点也不意外。我对老师说的是，我昨天下午去看病，结果遇见她和别人在公交车站。我不会忘记当时老师脸上的表情。一种平静的失望。不知为什么，我感到害怕。如果他勃然大怒反倒好些。第二天他没有来上课，之前从未发生过。第三天他也没来。再后来我们听说，老师的妻子流产了，他在照顾她。

"还没等老师重返学校，他妻子的那个男同事来找了学校领导。他说英语老师打老婆，打得很厉害。最近一次尤其严重，他用脚踹她，导致她流产，差点死掉。事情闹得很大。老师被调走了，去了一所区里排名倒数的学校。我不知道他的婚姻有没有继续。准确地说，告密的那天是我最后一次见到他。"

"我还以为……"谢晔迟疑片刻，"我以为你的老师是你第一个说起你的眼睛的对象，你说过我是第二个。"

"我没敢告诉他。你想我连他妻子身上的黑影都没说。后来我想，是不是那团阴影代表的是将由我带给那个女人的厄运呢？如果我没有告密，她也不会流产……我太难受了，之后不久，我和另一个人说了这件事。不过我其实不该说的。又一件后悔的事。"唐家恒在地上捻灭烟头，"有时候我觉得，长大简直就是不断累积后悔的过程。"

谁说不是呢？谢晔想，但我已决定不再后悔。无论我是出于什么理由使用甲马，又因此看到什么。

他们有一会儿没说话，坐在那里看着各种车在停车场进进出出，送货员推着板车从电脑城后门进去，值班的保安高声指挥倒车。商场周围的世界有种自成一体的喧嚣，谢晔看得目不暇接，他塞了一肚子食物，又听了一脑袋故事，有种饱足的迷茫。

所以他没能在第一时间辨认出喊他的声音，直到对方快步走过来。"你在这里做什么？"

他抬头看见邝诚，莫名有种逃班员工被老板抓到的内疚，接着想起，现在是自己的休息时间。

"和朋友过来吃饭。"谢晔示意身旁的唐家恒。邝诚对他也有印象，彼此寒暄。邝诚问谢晔这两天看到胡思达没有，谢晔说可能他是白天去的网吧，没遇着，又说："你打他拷机不就行了？"

"拷机停机了。死小子不知道去哪里了。他妈妈找不到他，就来烦我。你知道他今天上什么课吗？"

谢晔有点尴尬："我们没那么熟。"

"算了，我回头让老张去问一下。"邝诚风风火火地走了。他的背影微胖，自来卷有一阵没剪，卷发在头顶上膨成鸟巢状。胡思达比舅舅注意形象得多。

谢晔转头对唐家恒说，胡思达就是上次来接邝诚的人，他外甥。

唐家恒像是没听见他说什么："你老板身上有黑气啊。他一来我就注意到了。"

谢晔一惊："真的假的？"

"我骗你干吗。不过不是很厉害，应该还好。"唐家恒把脚边的几个烟头捡起来，用餐巾纸包了，去找垃圾桶。他瘦棱棱的身影在白昼的日光下有种异样的单薄感。

"怎么办呢，要告诉他吗？"谢晔走到唐家恒跟前说。说完就意识到，答案是否定的。唐家恒耸耸肩，一言不发。

周六去接人的地方是乌鲁木齐路的一条巷子。谢晔不知道这种格局叫作新里，只感到夹着巷子的两层楼都有年头了，灰的墙，暗红色的门和窗框。他在长得相似的小楼之间兜了几圈才找到门牌号。按了门铃，感觉过了很久才传来开门声，仿佛在这里，一切都迟缓下来。

吴老师据说是苏老师的联大同学，谢晔在看到她之后，才试图把眼前的矮个白发老太太和照片上的女生对应起来。苏老师有两张三人合影，上面各有另一个女生。问题是她或者她都没有苏怀殊那样的浓眉供人认记，而且谢晔看照片时的注意力也没放在两位女同学身上。也说不定吴老师是另一张大合影中的一员，或者根本不在影集里。

吴老师个子比苏老师矮，齐耳短发未经染烫，几近全白。她扶着助步器过来开门，看见谢晔，第一句是"你就是安玥的同学对吗"，第二句是"小伙子好高啊"。

尽管行动不便，吴老师还是给谢晔倒了一杯阿华田。喝起来有种含糊的可可味。谢晔坐在客厅沙发喝阿华田的当口，吴老师打电话叫了出租车。这间客厅比苏老师家的大，东西多光线暗，感觉反而逼仄。谢晔注意到五斗橱上摆着相框，太远了看不清。他伸着脖子张望，吴老师笑了，说你要看什么随意。

走近看时，谢晔感到失望，相框里是张鲜艳的彩照，一群中年人的合影。他们背后的条幅写着"七七级返校纪念"。

订的车很快来了，接下来颇有些兵荒马乱。谢晔帮吴老师把轮椅搬上车，又扶着她走到门外，这次她没用助步器。他有点困惑，既然吴老师走路这么艰难，为什么不是苏老师过来看望她的老友？不过当然轮不到他指手画脚。把吴老师安顿上车，他终于有机会从副驾驶回头对后座的她说："吴老师，忘记说了，我姓谢。"

还没等他接着说"我是云南人"，吴老师笑眯眯地说："小谢，你是安玥的男朋友吗？"

　　谢晔冷不防被噎了一下，连自己本来要试探什么都给忘了。他赶紧说不是不是，我就是她的普通朋友。结果直到车抵达杨浦区，他都没能和吴老师提起小爷爷。老太太兴致极好，问了他一连串的问题。你在交大学什么？将来想做什么？自考课程吃力吗？有没有交到朋友？你和安玥怎么认识的？谢晔忙于招架，不由得怀念苏老师的疏淡。老年人太过开朗也让人头疼。想到吴老师估计很久没出门了，他也不好敷衍作答。

　　后来对安玥说起这场出租车上的"审问"时，他不免又窘迫了一次。安玥就像有遥感能力似的问他："吴老师有没有问你，是不是我的男朋友？"

　　听到安玥的问话，是后面一周的周一晚上，他们坐在离学校不远的一家东北餐馆里，谢晔往他的"第一次"列表添加了朝鲜冷面。安玥提问的时候，他正惬意地哧溜哧溜往嘴里吸面条。被问题一激，面条们差点中途改道奔赴气管。他咳了起来。

　　谢晔等咳嗽平息后说："吴老师对你的每个男同学都这么问？"

　　"她就见过你，再说了，你也不是我同学。她和我外婆在学校玩得高兴吧？"

　　"高兴极了。吴老师还被以前的学生认了出来。哦，说是学生，现在是复旦的教授呢。"

　　他那天被连环问弄得太窘迫，都没注意到目的地不是苏老师家，而是复旦大学。下车后他看见等在校门口的苏老师，这才后知后觉地想起来，安玥提到过散步的事。接下来的一个多小时，他推着轮椅，让两位老人并肩慢行。他在她们的闲聊中插嘴问了几句，得知吴老师曾是复旦生物系的教授，研究项目是海藻。苏老师和她不同系，俩人之所以熟稔，是因为她们在西南联大时期住在同一间寝室。

有苏老师在，谢晔只能忍下关于小爷爷的疑问，他盘算着还有回程可以问，没想到偶遇一位现任教授，吴老师从前的学生，无比热情地要开车送她回家。他作为轮椅搬运工也跟着上车，又听了一路的叙旧。不得不说，吴老师确实格外健谈。

直到见到安玥，谢晔终于可以问起，那本相册里有没有吴老师年轻时代的照片。

"当然有。"安玥夹起一筷子凉菜，"你没认出来？她和一个穿军装的男生还有我外婆一起照的，那个男生很帅。"

谢晔有点失望，他原本希望吴老师是另一张照片上的女生，那就肯定认识小爷爷。只听安玥说："吴老师有过两个男朋友，一个是照片上那个，另一个就是给他们拍照的人。据说两个男生是很好的朋友，以前他们和吴老师还有我外婆，经常四个人一起玩，大家都以为我外婆是其中一个男生的女朋友，但其实男生们都喜欢吴老师。现在老了看不出了，她年轻时候很美呢。"

"两个男朋友……是指同时吗？"

安玥横扫他一眼，像在说，这么白痴的问题你也问得出来。"当然是先后。你以为是偶像剧啊？照片上那个人加入远征军，牺牲了。另一个后来去了飞虎队的译训班，也在飞行任务中牺牲了。据说联大那几年很多男生报名去译训班，活着回来的人只是一小部分。"

"吴老师后来呢？"

"她一直没结婚。"

照片上的男人们都在他们最好的年月死了，包括小爷爷。女人们活下来，有人独自老去，有人和孙辈同住。一个是腿坏了，一个是眼睛不好用了。谢晔不知道谁更不幸，是在年轻岁月死去的，还是活到离千禧年不远的现在的。

安玥说："没想到你这么八卦，打听一堆。我也八卦一下，她们都聊了些什么？"

其实两位老人的谈话除了回忆往事，另一个重点是安玥。苏老师觉得安玥凡事和她妈妈拧着干，纯属"为逆反而逆反"，她担心小姑娘会因此迷失，不知道自己究竟想要什么，该做什么。吴老师说，谁不是从这样的年纪过来的？安玥是个有主见的小孩，不会有事的。要说固执或者逆反，最严重的是你女儿，她不也顺顺当当过来了？

苏老师笑笑说，那也算顺当？我可是一直都捏着把汗。她离婚这些年，我劝过她，再找一个，她不肯。你知道的，我说什么，她从来不听。当初安玥爸爸，我起先就知道是不合适的。他俩太像了，都顾自己。两个人嘛，总要有一个为对方着想才行。我说多处处再结婚，她也不听。

吴老师说，能有个几年在一起，其实也是好的。人年轻的时候都不会想太多，谁知道今后怎么样呢。

谢晔听的时候懵懵懂懂，不知道吴老师的感慨含义良多。这时回味就有点酸楚。他不好回答安玥的问题，含糊道："老人家嘛，你知道的，各种叙旧。"接着想起一件事，"你外婆让我不要读书给她听。"

"啊？她当面和你说的？"

"对，她说知道是好意，谢谢我。不过不用了。"他记得这段对话发生时，正好那位教授在路边叫住吴老师，苏老师特意走开一点和他说的。说完后看着他的眼睛，补充道："你不要觉得老人家怪僻。我就是……不太喜欢听人念书。不过我倒是爱听广播。如今眼睛不好，听广播的时间变多了，也蛮有意思的。"

苏老师还介绍了一档她中意的节目给他，是深夜谈话类节目。她说，你值夜班，听这个正好。每周一三五的十一点到凌晨两点。

"你这么一说我想起来了……"安玥点头，"我在家背剧本的时候，如果背出声，外婆就会很烦躁。后来我都是默读。"

"她爱听广播，却听不得人念书，确实有点奇怪。"

"你还知道外婆爱听广播。你真的很喜欢她呢。"

"可能因为你外婆让我想起我家三婆。"谢晔撒谎道。苏老师在各个层面都和三婆不一样。她皮肤白皙，皱纹浅淡，三婆黝黑如炭，沟壑如刻。她有知识女性的温婉，三婆清醒的时候很凶，迷糊的时候也有点凶。看大姑就知道了，谢家的女人气势足，一般人惹不起。

安玥很快吃饱了，谢晔继续捧着酱骨架啃啊啃。她百无聊赖地说："你吃东西真香。"过了一会儿又说："你怎么认识唐家恒那个神棍的？"

"神棍？"

"你不知道？他在学校里有个外号叫'塔罗'。用塔罗牌帮人占卜恋爱运，去找他的女生还不少呢。"

"你有没有去找过他？"

"我找他干吗？我对恋爱不感兴趣，"她瞅着他，"你现在讲话好像吴老师。"

他擦掉手指上的油，决定切入正题。"你还记得另一张三个人的照片吗，在吴老师他们那张旁边。你外婆，一个小女生，一个年轻的男的。"

安玥"嗯"了一声，他飞快地接着说："那个男的是我小爷爷，我爷爷的弟弟。"他已经错过了吴老师，唯一剩下的追寻过去的入口，就只有这个大概和他同龄的姑娘。

她看他的目光变得严肃。"这件事你没和我外婆说吧？"

"没。怎么？"

"千万别说。以前我妈指着那张照片告诉我，那个人，害了我们家。还说不知道外婆为什么留着他的照片。"

答案来得意想不到，谢晔忽然感到，吃下去的肉和冷面在胃里搅作一团。

5. 女人

　　谢晔从网吧溜出来吃饭，当然还得回去值班。回到柜台，思来想去，他还是认为，安玥可能误解了她母亲的意思，或者说，安玥的妈妈在说那句话的时候有什么曲解。苏老师自己都说安玥妈妈"是个讨债的"，和她百般不对付，所以安玥妈妈说小爷爷是仇人，未必就是。

　　心绪烦闷，他听起了广播。一边就"那个人，害了我们家"做没有出口的思考，一边半听不听地让耳机里的声音流过。苏老师喜欢的主持人游雅有副流水般的嗓音，从声音不好判断年纪，一开始谢晔以为她不过二十五六岁，后来听她说话的口吻又很老成，他想，大概二十八九岁吧。

在谢晔听来，打电话的听众们是一群吃饱了没事干的人。一个初中女生抱怨妈妈看她的日记。一名中年男子谈论下岗后和妻子的种种龃龉。真正算得上烦恼的，是临近午夜时打电话的一个年轻男孩，他是福州人，在上海某大学念书，将于明年夏天毕业，家里人让他回老家，女友想留在上海，并给他正式通牒：要么一起留下，要么分手。

"游雅，你觉得远距离恋爱是可能的吗？"男生微弱地问。

"并不是完全不可能，只是会很辛苦。当一个人想见对方但是见不到，或者生病，都会让人感到自己的孤单和脆弱。而且关键是，在你们这种两地分隔的状态的尽头，有没有共同生活的可能呢？譬如说，最后你或者她愿意迁就对方，定下来在上海或者福州。"

"她不会离开上海的。她爸妈是知青，现在也还在外地，她作为知青子女一个人回沪，从初中就住在舅舅家。我一直对她说，与其寄人篱下，不如和我回老家，我爸妈也会对她很好的。可她不听。"

"每个人都有他自己认为的'好'。你觉得回福州好，她呢，觉得不管有没有自己的家，留在上海才是最好的，"游雅轻微停顿，"我想你心里其实已经对明年七月的方向做出了选择。"

广告过后，游雅没有立即接起电话，放了 Hey, Jude。深夜听披头士，有种特别的孤寂感。想到此刻有许多无眠的听众都在听这首歌，谢晔觉得自己有点理解苏老师为什么喜欢游雅的深夜节目。节目的名字很直白，就叫《游雅时间》。她在开场时说："欢迎你来到游雅时间，让我们短暂地相知。游雅时间不是优雅的时间，这只是一段放开心怀，倾吐彼此的烦恼和喜悦的时间。我能给的既不是疗伤的药，也不是蒙蔽人的糖，关掉广播，睡一觉起床，你会发现生活还在继续。好也罢坏也罢，聊一聊并不能改变什么。如果你对生活感到不满，想要有所改变，首先必须改变你自己。"

福州男生的际遇不知怎的让谢晔想到自己的父母。妈妈回上海，也许和那个男生的女朋友一样，认为哪怕在上海过得艰难，也还是在大城市更好。和如今的情侣不同的是，恐怕父母当时并没有一起来上海这个选项。毕竟那是户口决定一切的年代。

打烊休息的时候，谢晔想着要不要找个理由再约一下安玥，周二他正好没课。转念又怕时间不合适。她的课比他多，还有话剧社的排练。上周末因为陪苏老师和吴老师，他没能看他们的新编话剧《春琴抄》的彩排。那天晚上正式公演，安玥曾说过让他去看，他想找胡思达代班，打拷机，那头说是停机，最后只能老老实实地留在网吧。

说起来，胡思达这小子莫非真的失踪了不成？上周邝诚就说他不见了，是周几来着？和唐家恒逃课去打桌球吃必胜客那天，所以是周四。现在已经是周二凌晨。谢晔决定起床后去找一下胡思达。"糯糊"的嘴巴坏，平时见面难免烦他，几天不见反而有些惦记。

早上九点在店里试着打胡思达的拷机，这次没有停机，很快来了回电。谢晔略感意外："好几天不见你人，忙什么呢？"

胡思达在电话那头说："别提了，我在锦江乐园这边的火车站，身上半文钱没有，还好有张电话卡。正愁怎么回家呢。你能来接我一下吗？"

胡思达一向很会支使人，谢晔没少被他喊着做这做那。今天这种"落难"局面算是少见。谢晔想了片刻后说："你求我。求我我就去。"

那头愤慨地说："你最近都和什么人混在一起？学坏了啊。本来挺忠厚一个人。"谢晔心想，要说混在一起，除了唐家恒也没有别人了，如果这会儿让唐家恒看到你，估计会说你身上冒着不祥的黑气吧。接着他想到唐家恒对邝诚的预言，忍不住问："你舅舅前几天找你呢，那时你停机，后来你们联系过吗？"

"哦是停了两天。我舅找不到我，就给我续了费，"胡思达嘿嘿笑，"你可别告诉他，我回来了。"

"你跑哪里去了？"

"见面说。哎，你来的时候给我买两个包子好不好，我又累又饿，快挂了。"

最后还是被他支使了一回，谢晔无奈地挂了电话，出门去南边。他知道那边也有个火车站，还没去过。从学校到地铁站的路上买了包子，想想又用卡在公用电话打了苏老师家的座机。接电话的是苏老师，她说安玥上课去了，又说，改天来家里玩啊，随时欢迎你。她像是因为之前拒绝了读书的提议，怕他在意。谢晔索性主动说，我周末都有空。苏老师说，正好周六晚上有越剧《玉蜻蜓》，在逸夫，靠近人民广场。一起去吧。谢晔问，我们三个人吗？说完意识到问得不妥。苏老师倒是不在意的样子，说，当然三个人，我女儿她不要看越剧的。

想到这周末可以看到安玥，谢晔有了动力，走路也轻快许多。到了锦江乐园火车站，在出口处看到胡思达，才明白他说"快挂了"并不夸张。胡思达和他舅舅一样是自来卷，毛发浓密，每天到下午腮帮子就青青的。几天没刮胡子，他看起来活像个落魄的中年人，蹲在出口处的模样，又有点像待遣送的盲流。看起来他没有去太远的地方，行李就一只双肩包。见到谢晔，胡思达一声欢呼，奔过来先是抱着谢晔大力拍打他，然后抢过包子往嘴里塞。

胡思达自称去了杭州几天，玩到弹尽粮绝才回来，连买回程的火车票都不够。他买了到盐城的无座票，然后在火车上问旁边学生模样的乘客借钱补票到上海。人家没给他汇款地址，说十几块钱，算了。所以等于是乞讨回来的。谢晔听了直好笑。

"你怎么搞的？不会多带点钱或者早点回来吗？"

胡思达叹气道："别提了。都是为了女人。"

他一开始不肯细谈，谢晔说："你不讲可以，不过以后再有类似情况，别指望我来救你。"胡思达这才说："你知道什么叫见光死吗？"

原来他在某聊天室遇到一个姑娘，聊得十分投缘，以至于对彼此的真身有十二分的好奇。姑娘在浙大念三年级，胡思达自认为"喜欢成熟款的"，年龄上正合适。她说最近功课太忙，寒假要回家过年，可以等下学期开学前见一面。姑娘是广州人。胡思达的父母在深圳，不过他家过年的传统是爸妈和他还有小舅舅邝诚一起到上海的大舅家，因为外婆和大舅同住。这让胡思达有些莫名的哀怨，想着要不是自己家的春节习惯，他就可以去深圳找爸妈再去广州见她。他越想越觉得等不了那么久，择日不如撞日，于是上周他没打招呼就去了杭州。

谢晔对他的莽撞表示惊叹，也佩服其行动力。"你们就在网上聊天？没看过照片？"

"照片是发过的……她发了一张在学校拍的，"胡思达有些支吾，"我发的是你的照片。"

谢晔哭笑不得："你怎么会有我的照片？"

"舅舅家里有一张，是你爸寄来的，你高中时候的。为了方便接你的时候认人。我舅舅你知道的，家里电脑都是高配，扫描仪打印机什么的都有。我没找到合适的照片，就把你那张扫描了。"

谢晔毫不留情地说："从你发照片那一刻起，你们就没希望了。"

"我是没你高，没你帅。可我也没那么差吧。结果一见面就跟我翻脸了。"

"问题不在这里，你还不明白吗？问题在于，你用别人的照片欺骗了她。人家姑娘不翻脸才怪。不过你怎么待了那么多天？你说你周三去的，这都待了快一周了。"

"我本来以为，精诚所至，金石为开。"

"你这种行为，叫作纠缠。"

邝诚的家在莘庄，两个人斗嘴的过程中很快就到了。谢晔本来没想上去，胡思达说，来都来了，上来坐吧，给你看我最近玩的游戏。谢晔想每天在网吧看人玩游戏我还没看够吗，结果还是跟着上了四楼。

家里异常整洁，完全不像一个大男人带着一个毛头小子生活的空间。谢晔表示惊诧的同时，胡思达似乎也很惊讶。他一副不认识自己家的模样，从这个房间转到那个房间，又在客厅盯着挂历看了片刻，这才大喊一声："糟糕！"

据胡思达说，他舅舅绝非热爱整洁的人。家里异常干净，是因为今天是一年一度的特殊日子。

"就是我没过门的舅妈的忌日。每年这天之前差不多一周，我舅舅就跟换了个人似的，开始各种收拾。今天他应该没去电脑城，去了龙华寺。"

"去烧香吗？"

"去骂菩萨。"

胡思达对他"没过门的舅妈"所知不多，只知道是舅舅八十年代在云南跑生意的时候认识的，好像是当地人。以及，舅妈是个虔诚的佛教徒。她去世后的十来年，舅舅拒绝了别人给他介绍的一串对象。而且他不知哪根神经搭住了，每年的这天，他都特意去龙华寺把菩萨们骂一遍。在胡思达看来，菩萨们也真够冤的。难道基督徒意外去世，亲属们就会骂耶稣吗？他小时候不明就里，被舅舅带着去过一次。邝诚并没有张口大骂，只是以一种骇人的神情瞪视佛像。他既不拜佛又不烧香，杵在那儿，怎么看怎么怪异。龙华寺香火旺盛，也没人注意到这么个离经叛道的中年男人。

谢晔觉得听起来当真匪夷所思，他想了想说："我们去龙华寺看看吧。"倒不是想观赏邝诚发疯，主要是唐家恒的话让他有些挂心。

"累死了，老子要洗澡睡觉。你在这里自己玩一下，不用管我舅。"说归说，胡思达犟不过谢晔，最后只好嘟嘟囔囔地去洗澡。他洗完也不怕冷，光着身子冲进房间去找衣服。胡思达换好衣服出来，谢晔发现他已经刮过胡子，重新变回清爽的学生。白衬衣束在牛仔裤里，哔叽呢外套看着眼熟，谢晔说这不是你舅舅的吗。胡思达哼了一声说，这件他穿有点大，我穿正好，借来穿穿么。

谢晔虽然担心邝诚，并没有表现出焦急。在他的提议下，他们打了个车去龙华寺。胡思达和他一起坐在后座，看着窗外飞掠的景色，打了个哈欠说，回来真好。谢晔嘲讽道，你之前不是乐不思沪吗？胡思达说，我想开了，女人啊，就那么回事。

出租车被堵在离龙华寺不远的地方，司机看看前面说，大概有事故，你们要么下车走过去。他俩下了车，发现马路上全是无法动弹的车，人行道也格外挤，一路的摊贩。卖的东西是别处不常见的，土布床单，麦芽糖，各种塑料小商品，假古董，还有寺院用的香烛。胡思达说，我好久没来了，这里怎么跟二线城市一样。谢晔倒是感到几分亲切，觉得仿佛弥渡赶集的模样。他看见一个摊子上摆着很像甲马的东西，凑过去看，发现是木刻套色的年画。甲马是单色，无论刻工还是纸张都比这个粗糙多了。

路口围了一圈人，看起来真是事故。他们正要从人群外围走过去，胡思达忽然停住了。他转动着湿头发卷曲如蕨菜的脑袋，犹豫道："好像是我舅？"

谢晔也听到了那个声音。一个男人正在骂人。说的是上海话，语速急切。讲这么快他就只能听个大概，依稀是在说有种你就自己来怎么让你老婆这样。他拿不准是不是邝诚。胡思达拨开人群往里挤，谢晔跟在他身后。

十月末的天气已经凉下来，邝诚却是一头一脸的油汗。他想举手擦汗，但右手手肘有种古怪的疼，不听使唤。额头还是脑袋什么地方破了，血腥味钻进鼻孔。他如果能看到自己的右脸颊，就会看到汗水混着血水流下来，还有一些流到耳廓里，勾勒出一个红色的问号。

有人说："不要吵啦，你呢赶紧去医院看一下。堵在这里，影响交通。你看后面车排长队了！"

说话的是个年轻的交警，刚才邝诚骂人的时候，他一直站在旁边。邝诚看出来了，小子故意旁观来着。被骂的人也是该骂。但他今天骂完，明天他们还是会重蹈覆辙。邝诚恨不得把对方揍一顿，可他第一失去了战斗力，第二警察还在旁边站着呢。一生气，右胳膊更疼了，他龇着牙吸了口冷气。

胡思达就在这时忽然蹦出来，嘴里喊着"舅舅"，一边问："你没事吧？哇，脸上都是血！"语气听起来更多是幸灾乐祸而非担心，邝诚恨不得给小子脑袋上来一记。

谢晔紧跟着出现了，一脸真诚的关切。"邝叔叔！你这……哎，得赶紧去医院啊。"

邝诚记得这条路前面不远有个街道卫生站，打算过去简单处理一下伤口。这时小警察说话了："去龙华医院拍个片子吧，你摔了头，万一脑震荡。"又对胡思达和谢晔说："你们是家属对吧？把他扶好，打个车。他的助动车找个地方先放一下好了。"

谢晔这才注意到，邝诚的助动车歪倒在地上，离中间这几个人有段距离。他之前只顾着看邝诚和旁边一对男女。看起来是夫妻的两个人就是被邝诚大骂的对象。男的白皙精瘦，稀薄的分头，脚上的尖头白皮鞋格外惹眼。女的一脸病容，怯生生站在他旁边。

邝诚不着急走，注视着小警察说："你也知道他们常常这么搞，是吧？今天要不是我反应快，拼着自己受伤来这么一下，现在就是我在这里乖乖数钞票赔给人家。万一哪天遇到车技不好的或者心慌的，直接撞上去，又怎么算！你们警察应该想点办法才对！"

小警察说："有事故我们会处理。"

邝诚一脸晦气，瞪了白皮鞋一眼，跟着胡思达和谢晔走了。

谢晔在出租车上终于理清了事情的经过。简单地说，就是邝诚遇到人碰瓷。他从龙华寺出来，助动车没骑多远，那个女的突然窜出来。他情急之下一扳龙头，自己连人带车飞出去老远。爬起来一看，女人以一种诡异的姿势躺在地上。明明他的车连她的头发都没碰到。更搞的是，当路人开始三三两两走过来问邝诚要不要紧的时候，女人还是躺着不动。于是也有几个路人围过去对她表示关心，有人说是病了吗，还有人说，是不是被车蹭了。邝诚耳朵尖，听到路边一个摊贩说，又来了，这个月第几次了，每次都是老婆出来往路上一躺，老公就上去敲车主竹杠。另一个摊贩说，今天这个车主为了让她摔成这样，好惨哦。

邝诚有了心理准备，于是当白皮鞋冲到躺着的女人身边，开始做大惊失色状，他慢腾腾地走过去说："我要钱没有，要命一条，你们戏演够了哦？"那对夫妻见他这样，知道讨不了便宜，就想走。女的站起来，连身上的土也来不及拍，低着头跟着她的丈夫，走了几步又回头看邝诚一眼，眼神中有歉意，更多的是不安。

那一眼仿佛是久远的记忆当头给了邝诚一棒。今天本就躁动的心火被"噌"地点燃，他大喊一声："给我站住！"

警察赶到时，邝诚的骂战造成了交通拥堵。后来就是胡思达他们目睹的情形。

到了医院又是一番折腾。胳膊并没有骨折，只是脱臼。脑袋上的伤比看起来严重，缝了两针。X光显示没有脑震荡。胡思达一直在跑上跑下，挂号缴费拿药，谢晔陪着做完诊治的邝诚坐在医院的塑料椅上，暗自松了口气。唐家恒的预言成真，还好没出大事。

"你特别生气，是因为他们是骗人的惯犯吗？"谢晔问邝诚。

"骗就骗吧。好活是活，歹活也是活。我生气，是因为那个女的看起来是被逼着碰瓷，而且这样真的很危险，哪天搞不好就会出大事。她被撞伤甚至撞死，都是有可能的。"

邝诚的侧脸有几分不熟悉的沉重。联想到胡思达说的邝诚在龙华寺的特殊活动，谢晔决定先不提这个茬。邝诚忽然说："思达有没有和你讲，今天是我老婆的忌日？"

谢晔想，不是还没结婚吗？他点点头。

邝诚并不看他，眼睛对着前方说："死了十三年了。要是当初我多坚持一点就好了，她说不想背井离乡，我就没有坚持让她来上海。如果来了上海，肯定不会出事。可惜，凡事没有如果。我现在想起来，还是难过得很。"

谢晔谨慎地不接话。

邝诚隔了一会儿又说："有时候难过极了，我就想，干脆去求老谢，给我一个痛快。但是不行啊，人还是不能做那样的事，"他闭上眼，"然后每到今天，我就知道，不管怎样我都会记得她，一天天过下去。"

邝诚在回去的出租车上又神气起来，少不得对胡思达这几日的失踪做一番审问。出乎谢晔的预想，胡思达并没有就他离家的理由说谎，而是老实承认，自己去见网友，然后失恋了。当然略过了照片的事。邝诚大概是因为情绪起伏消耗了太多能量，草草责备外甥几句，靠着车座睡着了。

车到小区后，胡思达再次邀谢晔进家，谢晔说不了，我还有点事。他在小区门口的杂货店找到公用电话，给林峰的大哥大打了个电话。

"我是谢晔。林老师，你上次说可以找人……不，不是我妈。我想请你找另一个人。好的，见面说。"

林峰说他正要去一个地方，方便的话就在那里碰面。谢晔重复了一遍林峰报出的地址，确认已经记在脑子里，挂了电话。付完电话费，他有片刻的迟疑，最后还是折回邝诚家楼下，抬头望去。四楼有一处封闭式阳台，关着窗，铝合金窗框反射着上午的阳光，是邝诚家。楼下几户都利用这好天气洗晒，衣物挂在阳台挑出的杆子上，飘荡在半空。估计舅甥俩都累了，在补觉。

谢晔对自己说，就当是一次练习。

他走进门洞，上了四楼。因为心虚，脚步放得很轻。这里的居民楼一层两户，邝诚家和对面人家的防盗门肃然静立。谢晔在门口站定，从后裤兜摸出皮夹了，又从其中的夹层抽出一张甲马。

"追魂"。

这是他随身携带的几张甲马之一，虽说离得心应手还远得很。"追魂"需要调动全副"梦见"的能力，去窥探别人的记忆。无异于在雨后初晴时探寻下雨前的一枚脚印，又或是在清晨睁眼的同时试图捕捉遁入混沌的昨夜梦境。爸说，一切都有迹可循，只要你有足够的耐心。谢晔不明白耐心怎么和甲马扯上关系，又不是解数学题。他上一次就因为用了这张甲马，直接搞砸了高考。

反正现在离期末考试还早。

谢晔不抽烟，裤兜里却常备着打火机。他掏出火机，点燃甲马，捏在手里等它快要燃尽，才扔在地上。他不确定地闭上眼，手插进裤兜，心里暗暗祈祷，这时不要有人经过。

一个女人的形象突如其来地出现在他的脑海中。如果说"梦见"撷取的是记忆的片段，她的身影则浓缩了太多的过往。一眼看过去。瞬间即是永恒。她闯入他的意识的同时，她留在邝诚心里的创痛也贯穿了谢晔，以至于他差点站立不稳，向后退了一步，倚在墙上。

初见她时，她守在装甜白酒的坛子后，戴着斗笠。老谢要了两碗甜白酒，她给他们盛了递过来。甜白酒装在蓝边的粗白瓷碗里，喝起来十分甘美。她解下斗笠，用手巾擦汗，露出丰盛的乌发。注意到他的视线，她似乎有些慌张，把斗笠迅速戴回去。

和一群人在县城汽车站对面的饭馆吃饭，山哥喝得面红耳赤，大着舌头说，小邝你都在哪里找女人，加油站旁边的旅馆吗？他说，没有，在这里没找过，你看我每次过来收货就这么几天，哪里有时间。山哥笑了，说，你一车皮一车皮的大蒜，一桌一桌的酒席，做人嘛，不能只顾上面，不管下面。又说，你看不上旅馆那些，我知道。

那天大概真是喝多了，要不然他也不会跟着山哥去了小学附近的巷子。巷子里家家户户都养狗，他们的经过引发了此起彼伏的狗叫声。醉归醉，他注意到山哥敲门时特殊的节奏。像在发电报。门开了，山哥用力把他推进去。门外传来笑声。更多的狗叫声。一只手握住他的手腕。不是柔若无骨的手，甚至有点粗。那晚他住下了。天快亮的时候，他口渴醒来，借着晨光看清她没有睡意的脸，彼此吃了一惊。

再来弥渡时，他顾不上生意，先去找老谢。他等米线店里没了客人，艰难地说明来意。那个卖白酒的女的，他说，听说她从前不是哑巴。我带她去医院看过了，舌头声带都正常。五官科看完，又去找白医生，想请她开中药。白医生说，心病她看不好，得找你。

老谢点起他不离身的铜嘴长烟斗，没说行，也没说不行。

甲马的效能迅速消逝，留给谢晔如同酒醒后的茫然。

她一生虔诚，谨小慎微，后来出卖皮肉，也只是出于生活的无奈。把她打成哑巴的丈夫原先经营杂货店，在一次和人口角的过程中死了。有人说是被打死的，也有人说是他自己撞到桌角。事情不了了之，却有债主拿着借据找上门，声称她丈夫把店铺赌掉了。整间店抵出去仍不够还债。她唯一的亲人是有轻度智障的弟弟，早两年弟媳和一个外乡人跑了，留下一个不知道父亲到底是谁的女孩。那两人也要靠她养活和照顾。她卖甜白酒，帮人做竹篮竹匾，农忙的日子像男人一样去帮人收割，仍然不够。债主看她还债太慢，找来了山哥。山哥说，我知道你是好女子，我帮你挑人，不会让你太吃亏。

谢晔现在知道，邝诚最终帮她还清了债务。几千元在那年月算是一笔巨款。她感激邝诚，却不肯嫁给他。她恢复了说话的能力，依旧寡言少语。她只有和弟弟还有外甥女在一起的时候才是最放松的，那时的她笑起来双眸有光，像不知世间险恶的孩子。在被压缩的流光里，谢晔没能看到爸究竟用了哪张甲马。大概是他能力不足，有一些过往模糊不清。邝诚的故事他看到了开头，也目睹了最后的最后。透过邝诚的记忆看去，女人的黑眼睛除了温柔还有种凄惶，仿佛她早就预见到自己的死。

她是被杀死的。杀她的人进了监狱，然而再大的惩罚也不能改变已经发生的。人没了就是彻底没了。这就是为什么邝诚会在她的忌日对菩萨怒目而视。

林峰约谢晔见面的地点是淮海中路的一间书吧，他说对面路口就是武康大楼，船形的大楼，很好认。谢晔本来不懂船形是什么模样，他逆着门牌号一间间走过去，隔着马路看到一座被两条岔路夹在中间的石头贴面大楼，三角带圆弧的立面正像船头的模样。

对面的书吧是长条形的矮房子，沿街的一面铺满大玻璃窗，门也是玻璃的，推门的时候听见一声铃响。进门先是条短廊，尽头右侧的开口通向店内。书吧很像一间图书馆，只是内侧多了个吧台。书架占了两面墙，一张张单人书桌椅，桌上摆着彩色玻璃镶拼灯罩的台灯。靠窗的位置有张长桌，挤一挤能坐十来人。林峰坐在长桌的一角，低头写着什么。长桌上没有台灯，代之以低垂的吊灯。灯在白天也开着，把林峰的眼镜照成两片反光。

听见谢晔走近，林峰抬起头，接着愕然道："你的脸色像见了鬼一样。"

"大概没睡好。"谢晔问有没有水喝，林峰去吧台倒了杯水过来。谢晔见店里就他一个人，不确定地问："这间店是你的？"

"当然不是，老板是我朋友，在里面谈事。"林峰示意吧台后面的帘子，"正好人家也想见你呢，所以我把你喊来这里。"

谢晔不明白林峰的朋友为什么要见自己，含糊地"嗯"了一声。他一口气喝了大半杯水，这才说起早上和胡思达去找邝诚的经过。林峰听到邝诚遭遇碰瓷的反应，嘴角微牵："他呀，就这个性子，看不得女人受苦。"他在桌上敲了敲笔，"既然你爸和邝诚熟，你知道他女人的事吗？"

"我只知道她是云南人，已经去世了。"谢晔心想，总不能说我才见过她吧。

林峰说："告诉你也没什么。邝诚的女人死于他杀。有个因贩毒坐过牢的男的杀了她。好像是那个男的纠缠她，她不愿意。当时邝诚跑生意去了外地，他回去的时候人都下葬了。"

谢晔呆了呆才说："邝叔叔……想必很难过。"

林峰说："再难过，人还是得活下去。"

谢晔想起邝诚提到过"哭神"，莫非阿爸曾经用那张甲马让他纾解悲痛？但以邝诚说哭就哭的劲儿，似乎也用不到。这时他听见林峰说："难道你想帮他？我是不主张用怪力乱神消解心结的，人还是得自己化解。再说他能扛，这么多年都过去了。"

谢晔的心脏重重跳了一下，不知该怎么回答。这时一个女人的声音在他身后响起："别吓人家孩子。"说话的人走到长桌的一端，对他点点头，"你好，我是乔曼。"

名叫乔曼的女人留着门帘一样的刘海，谢晔猜测，是为了遮盖疤痕。疤的长度不明，末梢斜穿过刘海下的左眼皮，呈现不自然的凸起。给人一种错觉，仿佛她正在为什么感到诧异而努力睁大左眼。如果不是疤痕破坏了脸部的平衡，她本该是个美女。谢晔不擅长推测女人的年纪，觉得她可能和林峰差不多。他想起上次喝酒时听说过乔曼的名字，是林峰的女友。

林峰问乔曼："客人呢?"

"在里面睡了,一会儿就好,"乔曼转向谢晔,"我以前在云南待过一段时间,不过不是你老家大理州,靠近西藏那边。"

"去旅游?"

"修行。"她说得不像开玩笑。

"和你想的一样?"林峰又问。

"需要确认一下。"乔曼迈步过来,在谢晔身旁弯下腰。她的长发在他肩头垂落。谢晔不敢动,他感到自己的额头被轻柔地抵住,乔曼的呼吸温热地滑过他的脸。这姿势过于暧昧,他闪也不是不闪也不是,僵在当场。她转瞬便放开他。

"我听说,在云南,有一个善于操纵记忆和梦境的家族。他们以甲马作为装载念力的灵符。"

谢晔这才恢复了呼吸的能力,气有点不稳。"你是什么人?"

"书吧老板,偶尔兼职当心理医生,"她的嘴角扬起一抹笑意,"我要回去招呼客人了,你们慢聊。"

林峰看着乔曼消失在帘子后,这才说:"她没有恶意,你别紧张。"

"你知道我家的甲马,邝叔叔说的?"谢晔想,刚才是故意演那么一出逗我吧。

"他提过一两句。乔曼是从别的渠道听说过你家的事,所以对你感兴趣。她也是个特别的人,你以后会慢慢知道的。"林峰像拿烟一样夹着笔,"如果不认识乔曼,我也不会相信甲马什么的。听起来神叨叨的。"

谢晔重新松弛下来,看着他说:"有些事,不论是否相信,都存在。"

"存在的就是合理的。你是想说这个?"林峰笑了一声,"先说正事吧，你要找的人是谁？为什么要我带苏老师家翻拍的照片？"
他从旁边椅子上的挎包里拿出一个纸袋，把几张照片抖在桌上。谢
晔迅速从里面找出小爷爷那张。

"这是我的小爷爷，我爷爷的弟弟。他很早就在昆明去世了。
关于他，本来我想问一下苏老师，但我感到苏老师不太愿意谈。可
能有些原因。所以，我想找这个人。"他指着照片上苏怀殊身旁的
女孩说。

林峰皱起眉，视线从照片移到谢晔的脸上，又移回照片。"真
够巧的啊。不过话说回来，他也不是你亲爷爷，是你爷爷的弟
弟……这么周折，你想知道什么？"

"他是我家最会用甲马的人。我想，也许通过了解他，能对我
们家多些认识。"

谢晔还有句话没说。

我总觉得，等我弄明白了我们家的甲马，就能找到我妈。

乔曼虽然表达了对甲马不一般的兴趣，等她送走客人回来，却
没再就此多问。吧台后挂着垂帘，看来里面有类似包房的空间。谢
晔猜测，是乔曼作为"心理医生"的工作地点。

她泡了一壶红茶，连同饼干一起端过来。谢晔不爱甜食，只喝
茶。林峰一块接一块地吃着饼干，仿佛跟它有仇似的。谢晔后来才
意识到，是因为书吧和图书馆一样禁烟。乔曼和谢晔聊了几句，其
态度更像个可亲的长辈。她问他平时都做些什么，在上海是否适
应，想不想家。显然她也知道他在找妈妈，因为她先讲了一句：
"你有没有想过，找到你妈妈之后呢？"又对林峰说："没有一上来
给人浇冷水，不太像你啊。"

谢晔说："……我还没想过这个问题。"林峰哼了一声说："在

你看来，我就是专业浇冷水的吗？我偶尔也会期待看到大团圆的结局。"

乔曼又问谢晔："你今年几岁？"

"月底就满十九岁了。"

林峰插嘴："月底？不就是这两天吗？"

谢晔有点难为情："后天。"

乔曼给他添了茶，缓缓说道："这么说，你妈妈和你分开有十九年了。十九年可以发生很多事。她可能事业成功，也可能是个下岗女工。她很可能重新结婚了，有孩子。见到你，她到底是会开心还是不想面对，谁都无法猜测。即便这样，你还是想要找到她？"

实际到了十月三十一日也就是生日当天，谢晔对于满十九岁这件事并没有太多的实感。要说原因，大概是因为乔曼的话在他心中造成不快的回响，他对自己说，事情未必真会那样糟糕。想到两天后和苏老师以及安玥的约会，他才得以稍微振作。

唐家恒和上周一样出现在阶梯教室，谢晔表示今天不想逃课，可以晚上一起吃饭，等他下午放学后网吧见。"我请你，今天我生日。"他腼腆地说。

"是吗？生日值得吃点好的，吃完去酒吧玩。对了，酒吧你也是头一回？"唐家恒眯起眼睛看他，得到肯定的反应，便吹了声口哨，手插在牛仔裤后袋里走了。光看那副漫不经心的劲头，谁也想不到他是个背负着沉重过往的预言者。

中午，谢晔到网吧隔壁的西北风味餐馆吃了碗加蛋的牛肉面，然后回自己房间拿下午的课本。小丁一看见他便说，有你电话。谢晔接过小丁递来的便签，发现是大伯家的号码。他拿了书，经过一溜店铺走到路边，用插卡的公用电话打回去。让他意外的是，来接电话的是大姑。

"你在大伯家呢?"谢晔问。

"早上打电话你不在,就在这边吃了早饭,等你电话。你咯好?"

谢晔已习惯上海人的说法,片刻后才意识到大姑口中的"早饭"是指中午那顿。云南人把早餐称为早点,午餐则是早饭。"挺好的。三婆最近怎么样?你和爸都好?"

"就那样,糊糊涂涂一天又一天呗。我们老样子,"大姑前半句指的是三婆,"你钱够用吗?"

"够的。卡里有,而且我不是还在打工嘛,"谢晔想起来,"大姑,你也认识邝诚吧?"

"认得呢,收大蒜的卷毛。"

"我前几天……看到一点他家的事。他喜欢的那个人你也认得吗?那个女的不会说话。"

"后来不是会讲了嘛。你爸治好的。"

"真是我爸治好的?"谢晔呆了呆,"用甲马?"

"对啊,她本来会讲话的,是被她汉子打的。用'哭神'让她把多年的苦一下子哭出来,就好了。"大姑说得简洁,也没提那个女人后来的事,似乎她默认谢晔已经知晓。

事情的脉络接上了,怪不得邝诚知道"哭神",而他自己说哭就哭,大概也是不想憋出什么病来。那又是一张谢晔对付不了的甲马。用甲马的精神影响他人,和窥视别人的记忆不是一码事。有时他觉得爸和大姑是像妖怪一样的存在。

大姑不知道他乱七八糟的心绪,在那头说:"你要多吃点,回来要是瘦了,我打你。"

谢晔哭笑不得地说好,又聊了几句,挂了电话。他知道大姑接下来要回家忙她的一堆事。爸的米线店，大半靠大姑的手艺支撑。大骨头熬的米线汤底，肥瘦相间浸在红油里炒过的肉酱，下午开张的卤鸡卤猪耳卤牛肉，都出自大姑的手。她喜欢做吃的，但不耐烦看店。每天早上四点半，大姑先去店里熬高汤，爸要到六点才过去正式开门。八点多，过了最忙的早点时间，大姑就回家操持家务和制作卤菜，下午再把卤好的肉类送去店里。

大姑比爸大两岁，今年五十岁了。这个年龄的女人在弥渡一般是奶奶辈的人，大姑则只有谢晔这么一个当儿子养的侄子。自己执意来上海找妈，谢晔隐隐觉得像是背叛了大姑。他换第一颗乳牙那天是大姑给买的糖。第一次在早上发现内裤一塌糊涂，也是被大姑抢过去洗掉。家里的堂屋两侧各有两个房间，爸和三婆门挨着门，谢晔的隔壁是大姑。小时候被"梦见"侵袭之后总会发烧，大姑经常彻夜不睡，不断给他换额头上的湿毛巾。他熟悉她的手的温度，她眼角的皱纹，她挽起的发髻上的别针的位置。可以说，家里和他最亲的人，不是爸，是大姑。

大姑最后也没提一句"今天你生日"，谢晔知道她当然记得。她巴巴地在大伯家等他回电，不就因为今天是他生日吗？他莫名有点眼热，强行压住了。

上完第八节课回到网吧，唐家恒如约等在那里，倚在柜台边，和小丁说着什么。看见谢晔，他举手示意。"给你的生日礼物。已经讲好了，小丁今晚帮你顶一下，你玩到半夜回来都OK。"

礼物是披头士的CD，谢晔有点开心，他没有随身听，不过可以用柜台的电脑播放，那是店里唯一一台留有光驱的机器。他都不记得自己和唐家恒讲过喜欢披头士，他们在一起的时候谈了太多的话。因为刻意不和他人亲近，谢晔不曾有过可以称作朋友的存在，唐家恒是他的第一个朋友。他有时会想，和唐家恒迅速就混熟了，是因为对方也"与众不同"吗？接着又觉得，还是因为性格吧。唐家恒比他年长，又有种超乎年龄的洞察力，说话尖刻而不无风趣，即便他没有那样一双特殊的眼睛，他们仍然会成为朋友。

他俩并肩走在校园路上，谢晔没问要去哪里，反正他对在外吃饭的店几乎一无所知。他想起前几天的遭遇，随口问："对了，你见过乔曼吗？"

唐家恒愣了一下才说："见过啊。怎么？"

"觉得她有点奇怪呢，她还知道我家的甲马。"

"你有资格说别人奇怪吗？"

谢晔苦笑。被唐家恒这么一抢白，他忘了自己本来想说什么。他们从学校东门穿出去，经过他和安玥吃过饭的东北餐馆，沿着淮海路往东走。谢晔想，前面不就是乔曼的店吗？唐家恒带着他拐进一条小马路，在一家看不出是否在营业的店门口站定，拉开镶嵌毛玻璃的木头移门。里面传来一声招呼，听起来不是上海话。

谢晔进门后忍不住四处打量，店很小，长吧台，四张被火车厢座位包围的桌子。开放式厨房在吧台后，有股烟熏火燎的气味。老板是个戴耳钉的年轻男人，头上包着布巾。还有个女服务员。唐家恒在其中一张桌子坐了，对女服务员说，三个人，先来两杯生啤。

"还有人来？"谢晔问。

"我喊了安玥。生日嘛，人多热闹些。"唐家恒说得若无其事，谢晔的心跳了一下。他虽然拿了安玥的拷机号，至今为止只打过一次。

安玥来得及时，他们刚喝几口啤酒。她一进来就说："哟，我都不知道学校旁边还有这家日本菜，你倒会找地方。"谢晔这才意识到他们在一家日本餐馆里。他条件反射地看向吧台后的老板。唐家恒笑了。

"老板是上海人，留学回来的。他这里也不算正宗，改良的，味道倒是不错。"

唐家恒麻利地点了菜，三个人碰杯，另外两人对谢晔说"生日快乐"。隔了几天见到的安玥像是心情不错，笑容在店内的灯下有种年轻的光芒。谢晔感到，虽然他来上海纯粹是为了找妈，但城市生活给他的惊喜，比他预想的多。

日本菜吃起来不大像外国菜。炸鸡，沙拉，手指长度的烤鱼，分部位烤的鸡。皮、胗、脆骨、胸脯肉。烤串调味很淡，鸡肉中间串了大葱。谢晔说，这是为了看起来比较有分量吗？唐家恒和安玥都笑了，他不懂他们在笑什么。安玥不吃大葱，从串上拆到他的盘子里，他顺便吃了。唐家恒坐在他俩对面，眼里闪过一丝难懂的神色，不像他惯有的揶揄。

唐家恒喝得很快，又叫了烧酒加冰。谢晔以为是烈酒，就着他的杯子尝了一口，愕然说："这么淡，冰块加太多了吧？"说完才意识到声音有点大，好在店里这时已近全满，各桌的交谈声和《东京爱情故事》的背景音乐汇成一片嘈杂。

"日本烧酒就是淡的，如果不加冰，和上次那家贵州菜的杨梅酒差不多。顺便说一句，杨梅酒也兑了水，他家是玉米酒泡的，原酒五十多度。"

听了唐家恒的解释，谢晔说："感觉你什么都懂。"

"你十九岁还像个小朋友。"唐家恒笑他，又问安玥几岁。安玥说她八一年的，小学时跳过级。唐家恒说，原来这里还有个小小朋友，接着问星座。水瓶座。唐家恒眼睛里那抹神色又是一闪。"天蝎和水瓶啊。"谢晔过了片刻才想起，天蝎说的是自己。他对星座不大熟，便问安玥是几月。原来她生日在二月。

"生日在寒假最没劲了，好朋友一个个出去玩不在上海，想聚一下都凑不齐人。"安玥抱怨着，用筷子把烤香菇从签子剥下来。

谢晔想说，下次我陪你过生日。又一想，自己寒假多半在老家，还是不要轻易许诺。他的这点心思不知怎么就被唐家恒看了去，那人举杯笑道："下次到云南过生日好了。"安玥听了眼睛一亮，问了些云南风物。她说她家不只是外婆去过云南，妈妈也在那边待了好些年，不过妈妈从不谈过去的经历，对云南也没有爱。谢晔这才知道，安玥的妈妈也在云南当过知青。

"是景洪吗？"他带了点急迫问道。

安玥说："去云南的都在那边吧。她几乎不讲，我也是听外婆说了一点。"

唐家恒放下酒杯："你干脆学林老师采访，去找当过知青的人聊天，说不定能找到关于你妈妈的线索。只要有人认识你爸，线索就接上了。"

安玥转过来看他："这是怎么一回事？"

唐家恒有些愕然："我还以为这小子见人就嚷嚷找妈的事呢。"谢晔被他说得脸热。反正也不是不能对人说，就顺势讲了。

安玥听完后说："所以你爸妈也离婚了。"

"和你的情况不大一样，"谢晔踟蹰片刻，"我爸他，有条腿不大好。我也想过，是不是因为这个，我妈才没留在云南。"

6.
「追魂」

谢晔不知道爸是在哪一年伤的腿，总之那会儿爸还不到二十岁，在下关汽车总站开长途客车。左腿坏了不好踩离合器，被安排回弥渡的车站售票处，弥渡是他的老家，也算是单位给的照应。后来他不知怎的去了景洪农场。再回到弥渡是在几年后，他结婚了，带着谢晔的妈。售票处没了他的容身之地，他也不着急，那段时间他的"工作"，只有偶尔出门用甲马帮人解决问题。

那个年代的人们有种各安其位的定式。大伯在林业局，大妈教书，三婆和大姑属于生产队。谢家唯有谢敛，也就是谢晔的爸这么一个晃荡在外的。生产队长也不想管他，第一他是城镇户口，不归队里管，再说他是个瘸子，如果弄过来，不仅干不了什么活，还要占一份口粮。他就这么成了一个游离在体制外的存在。有整个家族帮衬，吃饭不成问题。

有关谢敛的晃荡时期，作为儿子的谢晔不是从家人那里听来的。向他讲述往事的，是爸的朋友白医生。

白医生是个瘦瘦小小的白族大妈，嗓音轻柔，在县医院当医生。县城医院科室分得不大细，谢晔从小到大各种病都是白医生看的。从头疼脑热，到儿童容易患的传染病。她擅长中医，也会开西医的针剂，有时还给病人现场针灸。她对来自各乡各镇的农民患者们很有耐心，说话虽温和却有种权威。县医院走廊排队最长的那道门，就是白医生的诊室。

谢晔小学一年级得了腮腺炎，吓坏了爸。谢晔从小没少发烧，可是那次发着烧脸就肿起来，看着格外严重。爸借了辆三轮车，一路飞骑把他送进医院大门，下车时大概伤腿犯疼，直接摔在旁边。谢晔躺在车斗里，听见动静看不到人，也吓哭了。

后来一只手伸过来覆住他的额头。熟悉的嗓音说："在学校传染的吧？县一小最近在发这个病，已经来了好几个。"

谢晔在医院住了两天。爸原本想挂完水就把他接回家，白医生对爸说，你今天腿疼犯别折腾了，让他住着不好吗，有我照看。忙完一天的诊治，白医生来病房看谢晔。爸去了店里，说稍后换大姑过来。病房里邻床的人一直在低低咳嗽。药效上来，烧退了，谢晔有些困，撑着没睡。念小学的他已经懂得，要等到困极了再睡，睡得越沉，就越不容易看见奇怪的人和事。

白医生在他的床边坐下，先摸摸他的额头，再开口说话。白医生给人印象最深的就是她的手，给人把脉，测人体温，那双手有种淡定的温柔，正如谢晔想象中妈妈的手。

白医生说："虽然你都这么大了，但直到今天，你爸急得从车上跌一跤，我才觉得他现在真的是个做爸爸的人了。以前谢家老三是出了名的晃荡，他不上班也不下地，隔三岔五带着你妈出门，一去就是好远，骑自行车到西山那边去耍。"她静下来，像在追忆什么，隔了片刻，轻叹一声。"那时候大家都年轻。"

住院两天，白医生过来看了谢晔好几次。她没再提到爸从前的事。如果不是谢晔在高三因为她女儿的事和她又有过一次长谈，他对爸的腿也不会有明确的认识。

在白医生看来，自从爸的腿受伤，他脑子里的一根弦就松了。可以说成是散漫，也可以称作孤僻。他离开弥渡汽车站的安稳工作，是因为"不想和那些人一道工作"。至于那些人是哪些人，白医生没有讲。在白医生看来，最后他没了老婆，和他的伤腿以及没有稳定职业不无关系。作为医生，她认为，健康的身体是生活平稳的基石。树根倾则树倒。

谢晔要到长大之后才意识到，也许和工作不工作之类没关系，说不定，妈在婚后有一天开始嫌弃爸是个瘸子呢。

"我自己因为习惯了，觉得爸的腿就是那样，没什么好大惊小怪。他的左腿伤了一根筋，也不是完全不能使力，可以骑自行车，骑车的时候看起来很正常。下车走就很明显，跛着，走不快。我不止一次看到顽皮孩子跟在我爸后面，学他走路。有几次旧伤复发，他虽然不讲，但看起来很难受。"

安玥脸上的神情有微妙的变化，谢晔接着说："仔细想想，我妈当然有理由离婚。不管是为了回上海，还是不想和腿不好的人过一辈子。走在街上也会被人笑的呀。"

"离婚有时不需要这么明确的理由，"安玥直视着他，"不过我不大能理解的是，我觉得做妈妈的，一般都不舍得自己的孩子。她要是看到你这么大了，一定会后悔。"

"后悔？"谢晔反问。

"后悔没有看着你长大，"她露出一个嘲讽的笑，"当然我妈也没怎么看我长大。她和一般的妈妈不大一样。"

唐家恒说："也许谢晔的妈也不是一般的妈。"

安玥横了他一眼："你别乌鸦嘴。"接着对谢晔说："你要怎么找呢？"

唐家恒笑了："我问过他，他说要等家里人熬不住了告诉他。现在他连名字都不知道，怎么找？所以我刚才建议他去找从前的知青聊聊。"

安玥咬一下嘴唇："我妈不喜欢提知青时代的事，否则倒是可以问问。对了，我干妈也当过知青，或者我问一下她。你爸的名字是？"

谢晔讲了爸的名字怎么写，安玥问："你爸在景洪的时候做什么？"谢晔不确定地说："好像是赤脚医生。"唐家恒泼冷水说："问单个的人没有用的，简直是大海捞针，最好去找他们的联谊会什么的。就像林老师也是找的西南联大同学会。得广撒网才行。"

他说着解下腰间的拷机，灰色四方体正在振动。是个学生当中少见的中文机。他看一眼屏幕："哟谢晔，巧了，是找你的。林老师让我碰见你的时候告诉你，给他电话。"

谢晔走出去找电话，唐家恒隔着餐馆的喧嚣对他嚷："别抠了，买个拷机吧。不然以后每次他都拷到我这里找你，烦不烦啊。"

餐馆出来不到一百米就有个公用电话。谢晔插进磁卡，拨通他已经背下来的林峰的号码。他猜林峰是为了照片的事。果然，林峰告诉他，人找到了。

"她叫盛瑶，盛开的盛，王字旁的瑶。说起来也算是个沾亲带故的，是吴若芸的表妹。吴若芸是苏老师的朋友，就是另一张三人合影上的那位。"

"我前不久见过吴老师，你也知道她？"

"唐家恒去采访苏老师的头一回，她讲了好多吴若芸的事。我听了有点兴趣，后来吴若芸我是自己去采的。先说这个盛瑶。她在昆明西南联大附中读书，毕业后考上云南师大，之后回到上海，先是在中学教书，后来被调到复旦大学图书馆。她不是联大人，所以不在我的名单上。"

"这么说，盛瑶不仅是吴老师的亲戚，还是她和苏老师的同事。"

"没错。她的身份，我也是从吴若芸那里打听到的。不过比较奇怪的是，吴若芸特意强调，和这个表妹不来往的，还问我为什么要问她的事。我不好提你，就说联大附中也属于我正在收集的背景资料。吴若芸连她的联系方式也没有，我最后又去问了复旦。"

听起来确实有点怪。谢晔问："然后呢，问到了吗？"

"退休教职工的联系方式当然有的。盛瑶的老家在苏州，退休后搬回了苏州。你有纸笔吗？记一下。"

谢晔说自己没带，问林峰可不可以发到唐家恒的拷机上。那边说："你们在一起是吧？我一拷他，你就回电了。"谢晔说："是啊，在吃饭呢。"林峰哼了一声说："你们开心的嘛，我今天到现在只吃了一顿。你帮我传个话，下周的采访让他别忘了。"

回到餐馆，他先抄录了传到唐家恒拷机上的地址和电话，又转达了林峰的叮嘱。安玥对唐家恒说："采访能带我吗？我也想学习一下。"说着看向谢晔正在收的记事本，问他那也是采访吗。谢晔想起她上次叮嘱不要问苏老师小爷爷的事，如今自己还在四处找线索，让她知道似乎不妥。然而对着她探询的眼神，他很难说谎，索性挑明了经过。

她听完后表示困惑："吴老师的表妹？我从来没听过这个人。"

唐家恒笑嘻嘻地剥着烤银杏说："感觉背后藏着女人之间的恩怨，好可怕哟。"

安玥一本正经地说："比起研究亲戚的历史，还是找妈比较重要吧。"

话虽如此，她宣布要陪他一起去找盛瑶。唐家恒说："你真有空啊，又跟我采访又跟他跑苏州。"她给他一个白眼说："不可以吗？"三个人聊得口干，又要了喝的。原本计划去酒吧，结果在店里一直待到十一点多，这才散伙。安玥打车回外婆家，谢晔和唐家恒各自走回去。校门已经关了，谢晔和很多夜归的学生一样翻墙进去，沿着空旷的校园路踱回网吧。这是他在网吧工作以来第一次晚上在外面玩，有种放风般的自由感。回想刚才的饭局，他心情舒畅，觉得唐家恒喊安玥来真是太对了。如果就他们两个男的对坐喝酒，一定无趣得多。

周六说来就来了。天气说凉就凉了。谢晔穿了单外套去赴苏老师的约，往公交车站走的路上，他开始后悔穿少了。

他到苏老师家比约定的四点早一些。因为要看戏，今晚的班说好了由胡思达顶几个小时。胡思达说，顶班没问题，这就算两清了哦，上次你来接我的事。谢晔对胡思达凡事计较的态度也习惯了，问他，邝诚在那之后怎样了。胡思达说，哎，一年一度发神经，发完就好了。谢晔说，你和你网友怎样了。胡思达说，能不提这事吗。他对谢晔的约会十分敏感，说，你是去泡妞吧？谢晔严肃地答，我去陪长辈看戏。胡思达说，我是傻子才会信你。下次再喊我顶班，你看我答不答应！

苏老师一看见他就说:"谢晔啊,你穿太少了吧。虽然说春捂秋冻,也不能只穿这点啊。"安玥不在家,原来她在上新概念的课,稍后回来。谢晔想,不知道上课是不是在培新。苏老师端出一碗外观奇异的甜品给他,漂浮着绿色海藻的酒酿鸡蛋。谢晔感觉吃下去自己会发生什么突变,但还是乖乖吃了。苏老师看着他吃,笑眯眯地说:"玥玥说过你吃东西香,真的呢。多吃点,锅里还有。这海藻是吴老师给的,她学生在实验室培养的,很有营养,外面买不到的。"

听见"实验室",谢晔顿觉酒酿变成黏甜的一团,堵在喉咙口。好不容易吃完一碗,又盛了一碗过来,他连说不用了,中午吃得很饱,老太太不听,让晚辈吃东西的劲头和三婆清醒的时候一模一样。现在小宝和家里两只大猫已经混熟了,不需要被隔离,谢晔吃第二碗的时候,它一直在试图挑衅一只眼的"任我行",大猫岿然趴在藤椅上,摇着尾巴躲避小宝的爪子,最后实在烦了,"喵"一声跳下椅子走开。谢晔扫一眼没心没肺的小宝,心想,做一只猫挺好的,反正你也理解不了杀母之仇。

完成甜品任务,他装作若无其事地开口:"苏老师,吴老师是不是有个表妹叫盛瑶?"

苏老师看了他片刻:"前几天玥玥就问过,今天你又问,倒是巧了。怎么想起来问她的事?"

谢晔想,安玥原来也打探过,昨晚怎么没提。他有些心虚,说林峰的采访名单上有这个人。苏老师平淡地说:"哦是吗,我和她多年不联系了。"

他本来还想加一句,听说她在苏州。直觉告诉他,这个话题最好就此打住。他和苏老师聊了些其他事,总觉得屋里的气氛有点冷,当然也可能是他穿少了的缘故。

安玥终于回来了，她在黑风衣里面穿着一件看起来无比柔软的藏青色羊绒衫，到家脱了风衣，毛衣底下乳房的形状让谢晔略感意外，之前没发现，她比大多数女生丰满。谢晔一直觉得白医生的女儿，他叫作明姐的霍素明是他见过最美的年轻女子，如今安玥在他眼里有另一种好看。说不清那种好看出自哪里，是她富有表情的浓眉，还是大学新生的蓬勃之气？班里的其他女生就没有她这种帅劲。

安玥看见他也说，哟，你穿得好少，不冷吗。苏老师建议干脆带谢晔去买衣服，安玥说好啊，现在走吗。说话间，她的外婆端了海藻酒酿鸡蛋出来。她不像谢晔那么纠结，迅速吃了。苏老师去厨房的当口，她低声说："你有没有问我外婆盛瑶的事？"谢晔点头，她皱了皱眉，没再说什么。

三个人打了车去南京路，路上满是人，甚至有人早早地穿着羽绒服。安玥指给谢晔看，他便指出另一个穿着短裤和及膝长靴露着大腿的女孩。这种奇景也只有大城市才有，人们的衣着贯穿一年四季。

他被她俩带进一间商场，上到四楼，试了两件毛衣一件厚外套，苏老师对毛衣不大满意，买了外套给他。他推辞无果，只得接受。苏老师遗憾地说："现在眼睛不行了，否则可以打给你，玥玥小时候的毛衣都是我打的。"

大姑不会打毛衣。她嫌琐碎枯燥。谢晔的毛衣是明姐的手工。霍素明因为心脏不好，高二就退学在家，那会儿谢晔还在念小学。明姐打的毛衣工整极了，像是店里买的。谢晔对明姐最多的印象就是坐在藤靠椅里，娇小白皙的一个人，盖着花毯子，膝上是毛衣针和线团。如同俄罗斯画家笔下静谧的室内人像。

然而再也没有那样一个人，为他编织毛衣了。

他的鼻子莫名有些酸楚，安玥敏锐地注意到了。"看，鼻子都红了，还说不冷，快把外套换上吧。"他无从辩解，乖乖换了新外套。

他们在商场附近吃了晚饭，看戏的逸夫舞台就在旁边。谢晔以前没看过越剧，听不懂，全靠字幕。《玉蜻蜓》说白了就是个男人的外遇故事。比较有趣的是父子两人由同一个演员饰演。毕竟是戏剧，曾经是道姑的母亲在后半场也不见老。认亲一节勾起谢晔的心事，他这才看得投入起来，但接着戏很快就告终。

出了戏院，夜风更凉，新外套暖暖地裹在身上。苏老师问他喜欢这戏吗。谢晔坦白说："最后的结局一个儿子三个妈，总觉得有点怪。"安玥笑了一声。苏老师说："戏里面有中国式的伦理道德。徐元宰认养母是情分，认生母是天性，至于他父亲的原配妻子，认作母亲，可以看作是父债子偿。"

听到这里，谢晔不由得想起爸说过的一句话。他发腮腺炎那次，人特别虚弱，爸过来看他，他躺在床上看着点滴架子问，妈不要我，是不是不喜欢我？

爸说，没有的事，你不要瞎想。

谢晔固执地说，一定是。

爸叹了口气，说，谢晔，是我对不起你妈。你要怪，就怪我吧。

从小到大，只有那一次，谢晔听到爸对失败的婚姻做出总结。他不敢再就此问爸什么。他自己清楚，来上海这个看似莽撞的决定，背后的推手正是那句遥远过去的"对不起"的回响。

谢晔很想尽快去苏州见盛瑶，实际成行，已是下一周的周五。看戏那天，安玥说她明天要回妈妈家一趟。等到两个人白天都没有课，便只有周五。

约见的电话是安玥帮忙打的，她借了林峰的名头，说是某报的记者在写联大旧事，也涉及联大附中，他们作为实习生帮忙收集材料，不知是否方便见一面。对方没有拒绝。

周五在火车站碰面的时候，谢晔穿着他的新外套。安玥不是上次的黑风衣，换了件藏青色格子的，咖啡色薄绒衫配米色裤子，棕色皮鞋，斜背一只小黑皮包。谢晔对巴宝莉风衣全无概念，只觉得她看起来很有气质。

火车没坐满，他们对面的双人座坐了个戴耳机听随身听的女孩。安玥倒是惦记着帮他找妈的事，说她问了有过知青经历的干妈，可惜干妈并不认识叫谢敛的云南人。谢晔说，要是一问就认识，也未免太巧啦。车开动以后，谢晔想起上周向苏老师提起盛瑶的时候，她表现出的微妙疏远，和安玥一讲，她就说："对的，我问的时候，外婆也怪怪的，我就没敢多问。按理如果是吴老师的表妹，不该这样啊。"

"我有个猜想，当然只是猜想。你妈妈指着那张照片，说那个人害了你们家，难道指的不是我小爷爷，而是盛瑶？"

两个人面面相觑。安玥说："电话里听起来挺好一个人啊……等一下见到她，要谨慎。"

他们在苏州站下车，穿过伴着流水的小巷，按地图一路找到那座墙头爬满藤蔓的老房子，推开半掩的木门走进去，呈现在他们眼前的，是一处人烟兴旺的小院。原先多半属于大家庭的院落被分成好多户，进门处的墙上密密麻麻排列着水表。院子里有鸡在咯咯嗒嗒地散步，角落的水缸外覆青苔，水面漂着睡莲的圆叶。两个妇人坐在小竹椅上，膝盖上搁着匾，里面是晒的某种干菜，她们正在用手拣掉坏叶和垃圾。小小孩在角落里的学步车中推着车蹒跚地走。

一个男人在水斗边洗脸。

谢晔被如此高密度的人类生活图景吓了一跳，同时又有种莫名的亲切感。可能是因为院子。他自己家门前有个宽大的水泥地场院，三婆在地上晒苞谷和红薯，满目金红，做腌菜的时候，院子里挂满晒苦菜的绳子，空气中飘浮着菜秆水分蒸发形成的青涩味道。搭建的厨房在院子的一边，厕所在另一边。离家一个多月，他这才想起，自己家是蓄肥的蹲式厕所，安玥如果去玩恐怕会不适应。

拣干菜的妇人听说他们找盛瑶，说她刚才出去买菜了。他俩只好出了院门在外面等。如果站在院子里，感觉会成为众人的视线焦点。

一个戴墨镜梳背头的男人从里面出来，谢晔没认出他是刚才洗脸的人。男人问他们："你们是盛老师的学生还是亲戚？"

谢晔正要说"都不是"，安玥抢着回答："学生。"

"哦，"那人一笑，"我还以为是亲戚来要房子，看着你们也不像。"他压低嗓音，"大学老师应该上海分了房子的嘛。她占在这里不肯走，亲戚也没办法。七十多了，不好赶她走。怕惹出心脏病高血压。哎。"

说完他晃晃悠悠地走了，谢晔和安玥交换了一个眼色，吃不准今天即将面对的会不会是个刁钻的老人。

和他们的预期不符，盛瑶看起来很亲切。她是个胖胖的老太太，拎着一袋东西回来，隔了段距离就说："是上海交大的同学吗？"待走近些，便可以看到她戴着华丽的框架眼镜，枣红色对襟毛衣里面是白色丝衬衫，丰满的胸前垂着珍珠项链。和她相比，苏老师可以称作简素，不打扮的吴老师更是近乎寒碜。

盛瑶的房间在院落一角，也就十来个平方。厨房估计是在外面和人共用的。屋里的家具混搭得厉害，从新艺术风格的台灯到仿明式桌椅，有限的空间里还挤了一只田园风小碎花的双人沙发。谢晔不懂这些，只觉得是中西合璧。他和安玥坐了沙发，老太太把明式圈椅拖过来，打开搁在玻璃茶几上的塑料袋，招呼他们吃。里面是蟹壳黄，刚出炉不久，撒了芝麻的表面热而脆。谢晔想着既来之则安之，迅速吃了两个。安玥表示她不饿。盛瑶用纸巾捏着蟹壳黄塞塞窣窣地吃着，显得既馋又天真。谢晔看着她想，不像个害人的人啊。

安玥把来意又说了一遍，谢晔拿出纸笔。他以为安玥既然表示"要谨慎"，就至少会做做采访的样子，没想到她一上来就问："盛老师，您认识我外婆对吧？她叫苏怀殊，退休以前是复旦中文系的老师。"

盛瑶慢慢咽下嘴里的饼。"你是安红石的女儿？是你妈让你找我？"她嘴角有粒芝麻而不觉，看起来仍有种天真的滑稽。

"您认识我妈？"安玥扬一下眉，"不过今天找您的也不是我，是他。"

谢晔只好说："盛老师，我姓谢，从云南来。我想问……"

他眼看着盛瑶把手里没吃完的小半个饼捏碎了，她骇然盯着他，用一种无法想象一个老人会发出的尖厉嗓音喊道："你是谢家的！你会甲马！你，你来做什么？出去！这里不欢迎你们！出去！"

他们狼狈地逃出来，院子里的妇人冲他们熟络而了然地笑，大概以为他们是来闹什么房产纠纷的。谢晔觉得口干舌燥，打了个嗝，蟹壳黄吃多了。盛瑶没想起给他们倒喝的，坐下就招呼他们吃饼来着。

等走出院门，他听见安玥在旁边问："甲马是什么？"他不受控制地又打了个嗝。

原定计划被打乱了，为了找个地方歇脚和商量对策，他们去了拙政园。两个人坐在长廊里，看着一波波人流被导游带过去。每当一个旅游团彻底离开，园子里便有片刻的寂静。长廊挨着的绿色水面倒映着白墙黑瓦的住宅，还有一角蓝天。如果不是谢晔一直在打嗝，此情此景堪称静美。

安玥又好气又好笑，和他隔开一截，坐在长凳的另一头。她倚着柱子，双腿平伸在长凳上，不时看看水看看远处，很少看他。一看他，她就忍不住想笑。

"嗝……"谢晔无奈地又喝一口水。这是第二瓶了。

"你这样没用，得一口气喝。"

"喝不动了……你和唐家恒的采访，嗝……怎么样？"

"不怎么样。老先生脑子不大灵光了，东拉西扯。唐家恒说以前遇到过更难搞的，你问他联大，他跟你谈哲学。毕竟不是每个人上了年纪都能有清晰完整的思路。"

"我觉得，"谢晔闭上嘴等又一个嗝过去，才说，"盛瑶记得很清楚。不然她也不至于那样。"

"你还没回答我的问题呢。"她笔直地从长凳那头望着他。又一队戴着红帽子的老年旅游团伴随着导游的喇叭声走过，导游正在讲他们已经听了好几遍的"与谁同坐轩"。扇形小亭在谢晔身后不远处。

谢晔没忘记她的问题。甲马是什么？

他也无数次问过自己这个问题。明明只是刻板印色的棉纸，不是吗？那么为什么烧甲马会让他拥有不一样的"梦见"？谢家人甚至能用甲马潜入别人的记忆和情绪，造成微妙的推动。就像爸用"哭神"让邝诚喜欢的女人流尽憋屈的泪水，使她恢复说话的能力。

又一个嗝不受控制地突破他的喉咙。他定了定神，说："你坐过来一点。"

安玥促狭地说："你过来。"她放下腿，坐正了。他没有坐，拎着矿泉水瓶站在她旁边。站着或许能少打几只嗝。他想，到底该从何说起呢？

最后他说："我高考考砸了。考试的时候我在发烧。发烧其实是结果，原因是我在考前用了一张甲马。我家的甲马长这样——"他从钱包里抽出一张叠起来的递给安玥，她展开看了，不出所料地面露诧异，他继续说："对，你外婆有一张，这个回头再说。这不是装饰品。云南人认为，烧甲马等于请神，所以我家每年鬼节和春节也会往外卖一些，有需求嘛。卖的甲马和我们自己用的不一样，简单地说，区别是里面有没有神。"

一旦开口倒也不难，他惊异地发现自己不打嗝了。"我家烧甲马，向来不是为自己家。帮人驱邪、解惑、治病，能做很多事。当然也有不成功的时候。"

安玥盯着他看。很难说她的表情是相信，但也不像怀疑。她问："你高考前烧甲马，是为了什么？"

"我有个很要好的姐姐，我叫她明姐。"谢晔说。

霍素明比谢晔大六岁。白医生家在近郊买下一楼一院的商品房之前，霍素明和父母以及妹妹霍素锦住在医院后面的家属区。两家相熟，他们从小就认识。谢晔对明姐的特殊感觉，始于他因为腮腺炎发烧住院那次。

住院部其实并不安静，家属和护士人来人往。唯有下午的一小段时间，病人大多在午睡，护士估计也在休息，日光从偏西的窗户照在墙上，把一些黄色的斑渍照得分明。谢晔不知道那是水管有一年漏水的痕迹，他在儿童的想象里将墙上的水渍幻化成各种神兽，就像甲马上的鸡、马、龟、蛇等。看各种痕迹看累了，加上无聊，他开始犯困。

他听见自己在轻轻呼喊，咪咪，咪咪。他是在找猫。狸花猫，黄眼睛，尖嘴，看起来有点凶。他沿着医院的走廊一路走一路轻喊，在每间病房门口往里张望。

然后他看见了床上的自己。圆脑袋露在被子外面。脸因为之前的发热有些潮红。病房里还有别的病人，但那一刻，视线里唯有那个睡着的孩子。

他喃喃地说，谢晔。

谢晔在梦里说完便惊醒过来，发现病房门口站着明姐。还没等他做出任何表示，一个护士把明姐带走了。他隐约听见护士责怪说，那边有传染病，你不要乱跑，万一你生病，问题就大了。

晚些时候，护士拿来一个黄色的苹果，说是白医生家女儿明明给他的。谢晔的腮帮子仍然肿胀疼痛，吃不了东西，他拿着苹果玩了一会儿，闻到一种安定的香气。他太小了，并不理解刚才在"梦见"中由明姐的视角看见自己的瞬间，为什么会有种汹涌的畏惧。那是自幼有心脏病的女孩对一切让人躺倒的疾病的恐惧，直接让她联想到死亡。谢晔只感觉到她的孤单，正是因为孤单，她才执着地在整间医院寻找自家走失的猫。

痊愈后他就经常去找明姐玩了。其实也玩不到一起去，无非是她给他一盒蜡笔让他乱涂乱画，她自己在旁边看书。离家出走的猫已经回来了，经常趴在明姐的膝盖上打盹，有时用险恶的眼神斜睨着谢晔。谢晔一直不喜欢那只猫。他有一次摸它的鼻子，被狠狠挠了一爪。

等他念初中，白医生家的老二锦姐去了下关的重点高中，他很少再去他们搬到城西的新家。不是嫌远，从他家出来穿过镇子，走个二十多分钟也就到了。主要是他觉得自己一个男生，老跑去找姐姐有点不合适。霍叔叔出差多，白医生又忙，家里经常只有明姐一个人。再后来锦姐上了昆明的大学，他也升上高中。白医生家的猫上了年纪，在又一次离家出走后没回来，估计是死了。明姐不肯再养猫。除了有时跟着爸和大姑去霍家吃饭，或是明姐打好了毛衣让他去拿，他和自己最仰慕的美丽姐姐不再有什么交集。

后来就传来了她的死讯。突如其来。

明姐的心脏病是无法被治愈的，昆明的医生说她很可能活不到十八岁。她突破了医生的预言，却在二十五岁的年纪突然凋零。死于自杀。她的尸体在死后两天被人发现于毗雌河的河滩上，据说被泡得十分可怕。见惯生死的白医生在认尸的时候都晕了过去。

镇子太小的问题就在于，谁都认识谁，谁都知道谁家的事。很快就出现了奇怪的传言，说霍素明的死是因为她念大四的妹妹带男朋友回家，她因此受到刺激。

谢晔觉得传言是狗屁。

按照镇上的习俗，霍家借了粮食局的空地，在那里办白事的露天席。日子距离高考只有两天。白医生和爸说，谢晔就不要来了，考试要紧。谢晔当着爸的面没说什么，爸他们走后，他悄悄地出了门。去粮食局的话，出村左拐，他往右拐。他先经过爸曾经卖过票的长途车站，挨着车站的是片和车站停车场同样大的空地。那是城隍庙的旧地，庙宇在若干年前被烧毁，没有再建。尽管庙并未残留半点废墟，当地人仍然习惯在每年的七月半来这里敬神烧纸，谢家的甲马大多也是在此地进了临时搭建的炉灶。离七月半还早，空地长满了草，有一群男人正在杀牛。他停下来，远远看到被开膛破肚的牛露出的青白色胃袋，他奇异地没感到恶心，只觉得空虚。他本想在这里烧张甲马给明姐作为吊慰，却被意外的杀戮光景打消了念头。

他摸了摸裤兜,里面除了别人在中元节问他家买去和锡箔同烧的"甲马之神",还有另一张甲马。出门前他想过,带了又有什么用呢?他早就知道自己不适合用这个。

他一路往西去了毗雌河边。平时河边总有钓鱼的人和玩水的小孩,大概因为前几天淹死过人,今天河边一片空旷。毗雌河尚未到涨水的季节,流淌得心平气和。谢晔知道他可以蹚水走到河对岸,最深处不会超过他的大腿。就算以明姐的身高,也没有在这样的河水里淹死的道理。

他还是不认为明姐会自杀。她从来没有因病露出过困苦的样子。她总是温婉沉静,放在膝上的手不是在打毛线就是在看书,手指白得近乎半透明。

因为妹妹的男朋友受到刺激云云。狗屁。都是狗屁。

他站在河边,摸出带的甲马。"追魂"。他之前想过要不要带上"水神",又觉得可笑。水里当然没有神。那么,水会有记忆吗?毗雌河会记得明姐吗?她在河里死去的时候在想些什么?最后他忍不住拿了据说很难驾驭的这一张,对自己能否使用毫无信心。

"你烧掉甲马之后看到了什么?"安玥问。谢晔一直站着,她不得不稍微仰着头,浓眉下的眼睛里透着热切。

"明姐是死于意外。她想要过河,把鞋子提在手里慢慢走过去,结果鞋子掉进河里。她弯腰去捡,滑了一下……我失去意识很长一段时间,醒过来的时候已经是傍晚,而且我发现自己躺在河滩边的浅水里,全湿透了。"谢晔补了几句话,草草解释他后来考砸了的原因。

"你因此发高烧,耽误了高考?"安玥的表情与其说是愕然,不如说是惋惜。她思考片刻，又问："她为什么要去河边？"

"谁知道呢。"

其实他知道。他在丧失意识和知觉的五六个小时里投身霍素明的意识之河，被她在喜悦时仍不掩悲伤的情感旋涡卷走，在其中湮没了他自己的呼吸。

明姐恋爱了。对象是一个贼。

他透过她的眼睛目睹那个青年出现在爬满金银花藤的墙头。贼一定没想到家里有人。她的圈椅放在门前的走廊上，对着院子。他既不惊慌也不尴尬，在墙头对她笑笑，翻身离去。过了几天他又来了，趴在墙头上看她，问她为什么总坐在这里。她说，因为我是个病人。

病人就不可以出去走吗？青年表示怀疑。后来他就开始带着她四处去，他骑一辆大概是偷来的三轮车，把她放在上面，用一床被子盖了，堂皇地穿街过巷。乡下人进城看病经常是这样，没人注意到被子底下只露出一头黑发的，是白医生家瓷偶般美丽脆弱的大女儿。他带她去看漫山遍野的秋英，在山坡躺倒，眼里只剩下瓦蓝的天和粉色白色的纤细花瓣。他带她去很远的温泉的泉眼，绿色的泉水据说热到可以煮鸡蛋。他还带她去过许多次毗雌河，在那里钓鱼，打水漂，看夕阳把河面变成万点碎金。

后来他没有再来。她想他是不是出事了，或者厌倦了和她这个病人为伴。妹妹把她在大学的男友带回家，父母杀鸡做饭招待，她吃饭说话都心不在焉，一直在想，他在哪里？

她知道他住在两河交汇的地方，毗雌河对岸的村子。他爸好赌，经常打他妈妈和他，他初中第一次还手，从此免于被打。他只读到初中毕业，既不上班，也不帮妈妈种田，用镇上的话说，他就是个二流子。

他对她保证过不再偷。她愿意相信他的誓言。到底是什么原因让他消失？是他爸又打了他，还是出了什么事？在她寂静的时间里，各种坏的可能性逐一变形和放大，悬在半空。

她决心去找他。

去那个村子有两座桥可走，一座是镇上跨越毗雄河浊流的石桥，过了桥就是她和他先后读过的小学。她比他高三级，后来他坦白，在她念高年级临近毕业的时候，他就注意过她。她念的是一中，他的成绩只能上第二中学。他曾经在一中校门口附近转悠，希望能看见她。他知道她是白医生的女儿，但他不喜欢医院，没有去那边张望。至于那天试图翻进她家的院子，他无辜地说，我真的不知道那是你家。

她不想走学校旁的小桥，人来人往，眼目太杂。她的活动范围很少到小镇的那头。另一座跨越两河汇合之后的下游、可以行车的水泥桥，对她来说又太远了。所以最后她决定蹚过毗雄河。和他一起在河边玩的时候，她看到过有人抄近路过河，只要把裤子挽高就能过去。

霍素明葬礼那天的黄昏，谢晔从如同高烧谵妄的"梦见"中醒来，发现自己泪流满面。他分不清那是明姐流的泪，还是他自己。接下来的好几天，他无法把自身的情绪和记忆从她消逝的生命中分离出来。有一次他甚至喊了爸"谢叔叔"。在这样的状态下高考，结果可想而知。爸和大姑对他的异常状态抱以惊人的耐心，他们在等他恢复成谢家的儿子。后来他终于从"梦见"的回响中脱身，对爸说了他看到的结果。明姐不是自杀，他嗓音干涩。爸说，我知道，我也去过那片河滩。"水神"让我看见了事情的经过，然后我对白医生讲了。如果养到那么大的女儿自杀，他们一家未免太伤心。大姑敲一下谢晔的头，说，你傻呀，"追魂"是能够随便使用的？

在家长们面前，他不是第一次觉得自己年轻又无力。而那次，他还感觉到一种被窥伺的愤怒。正常的家长不是该更重视高考吗？他们甚至没有试图阻拦他，任凭他去尝试和吃苦，似乎在等着看，他作为甲马的传人，能走到多远。

大姑对他的心思一向摸得很透。那天夜里，他躺在床上睡不着，大姑走进来摸摸他的额头，确认他没有再发烧，然后说，赌哪门子气呢！你这个脾气，就算你爸和你说了，你也会想用自己的眼睛看一看。

谢晔在高考后的暑假偶然见过霍素明的男朋友。他看起来和霍素明记忆中几乎不是同一个人，显得憔悴和油滑，要不是有人喊了一声"端峰"，坐在小吃摊前的谢晔不会注意到那个在旁边桌子吃卷粉的年轻男人。名字很特别，应该不会是重名。叫作端峰的男人和喊他的人寒暄，对方坐下来，问他最近跑哪里去了，不见人。端峰说别提了，有人说昆明有单生意，我跟过去，结果老火（惨）得很。谢晔无从判断他说的"生意"是正经买卖还是又一桩行窃，也不想再听，没吃完就付钱走了。

谢晔在拙政园里给安玥看的是"山林草木之神"。不过这并不是他接下来打算用的。他带着安玥走回盛瑶家所在的巷子，确认周遭没有行人，这才从钱包夹层里拿出另一张甲马。是"追魂"。他一共带了两张"追魂"来上海，这么快就要用掉最后一张，的确始料未及。曾经他以为自己再也不会用"追魂"，没想到时隔不久，他就因为邝诚用了。前段时间的使用经历让他多少有了些底气，觉得自己成长了，不再会因为甲马深陷别人的记忆泥沼。

他叮嘱道："等这个烧掉，我可能会看起来呆呆的，甚至有可能晕过去。你不要慌。如果我一时醒不过来，你找唐家恒。他的拷机你有的，对吧？"安玥看他的眼神带着关切，问："这能行吗？把这张纸烧掉，你真的能看见盛瑶的记忆？"

"院子里人太多，"他苦笑一下，"我很怕串到别人身上。所以我们得进去，在她窗外烧。"

"被当成纵火就糟了。你等等。"她跑开了，留下他懵懂地站在原地。几分钟后，她拎着一袋折好的锡箔元宝回来。他想起刚才路过一间寿材店。

安玥说："问人借个盆就行。"她拆开一只元宝，把"追魂"和锡箔叠了，重新折好。两人再进小院。拣干菜的妇人只有一个还在院子里，正在洗菜，看来准备做午饭。学步的小孩不见了，有个老头在门口晒太阳。安玥向妇人借烧东西的盆，说："难得来一次，却被赶出来，我想至少给长辈在这里烧点纸。"妇人说："哟，你们果然是他家的……"她爽快地拿来一只白铁盆，安玥把一袋子内容倒在里面，放在盛瑶的窗下，点上火。

大概是闻到或是看到烟，盛瑶的门开了。她换了身暗淡的家常衣服，没戴项链，眼镜显得过于华丽。看见烧纸的盆和站在一旁的他们，她显得惊惧又厌恶。

"你们做什么?！怎么跑人家窗门底下烧纸呢！大人怎么教的这是！"她愤怒地往回跑，大概想拿什么东西来灭火。谢晔瞟一眼她矮而宽的背影，低头看向火盆。里面分辨不出甲马和锡箔，一切都在燃烧和变黑，物质被火焰转化成灰烬。

他想，记忆要是也会灰飞烟灭，我就不用傻站在这里了。小爷爷，和你合影的两个女人，一个我不敢多问，一个见我就赶人。这到底是为什么呢？你活着的时候，和她们有过怎样的交集？

第二部分

1941

昆明

风林茶馆就算不是钱局街开门最早的铺子，也排得进前三。早上九点不到，风林茶馆的老板谢德从住家的后院穿到街上，卸下门板，拿着水桶和葫芦瓢，把门口的街道浇一遍，再用竹扫帚扫过。等他扫完，上午的太阳越过两层楼的店铺，在湿润的青石板路面上照出油亮的光。昆明人习惯晚起，风林茶馆开门后一个钟头，这条街的店铺才有半数陆续做起生意。

因为开门早关门晚，风林茶馆顺理成章地成了联大学生们的自习室。学生宿舍里只有暗淡的油灯，哪里比得上茶馆的汽灯亮堂。谢德刚往整夜留着余火的灶台添上新柴，就有学生咬着饵块进来，熟络地和他打招呼。被客人们喊作"三姑娘"的谢徵麻利地擦了桌椅板凳，招呼人落座。她今年才十五岁，不像街上的女学生那样剪短发，两条乌黑的长辫为了做事方便，绕着后脑勺盘了两圈，学的是白族姑娘的发型。她也不像白族那样戴头帕，时值初夏，丰盛的乌发上别着几朵素馨花，她走到哪里，清淼的香气便飘到哪里。有时谢德觉得，茶馆的客人，学生多过本地人，妹妹大概是原因之一。

一早来喝茶的学生大多是高年级的，一二年级的课程密，早上通常有课。因为日军飞机不时轰炸，联大上午的课是七点到十点。遇上没有空袭警报的日子，十点以后，茶馆慢慢热闹起来，到夜间迎来最鼎盛的时光。

这天谢德等了等，十点多警报也没响，他让三姑娘看店，自己顺着钱局街往北，前往联大。新校舍在西门外，对昆明人来说算是郊区。联大学生最喜欢混在靠近北门的文林街，跑警报也方便些。谢德的茶馆开在钱局街的头上，街尾有监狱，看起来不大吉利，但他并不在意。马帮通常从西门外的大路进来，到他的茶馆很方便。两层楼的茶馆带着后院，院里的平房是自家住的，也供马帮歇脚。再加上偶尔有人上门求甲马，便是谢德的全部生意。和爸当年在鹤庆的营生一个样。

谢德去联大是受人之托，送一包炒豆。东西虽廉，贵在心意。昨晚一群联大学生在茶馆闹到半夜，给高年级新入伍的程跃民饯行。程跃民穿了军装，比平时更显英气。饯行团清一色的男生。女生们大概有过其他更温和的送别活动。正好茶馆里有马锅头耿耀从外地捎来的炒蚕豆，红皮黄肉，用了五香料，比昆明市面上的好吃不知多少倍。男生们把茶喝到淡如水，其间吃了七八碗炒豆。有人笑说，吃这么多豆，今晚宿舍肯定屁声不断。程跃民主动起身去加水，悄悄对谢德说，我明天一早就走了，谢老板，你能帮我送包炒

114

豆给女生宿舍的一个人吗？

一群人中有个叫肖毅的男生，和程跃民看起来格外要好，谢德之前也见过两三次。他不像程跃民那么引人注目，仿佛影子都比别人淡些。送别会上又有人说起程跃民和肖毅的笑话，他们最穷的时候两个人合用一条长裤，谁要穿干净裤子，得和另一个人预先打招呼，要是不巧同一天洗了裤子，为显公平，两人就都闭门不出。都说联大女生爱美，其实男生何尝不是。他们的西服里面往往不是衬衫，只是背心加上假领子。就算这样，衣服总是尽可能整洁。偶尔有不修边幅的几个，则是走到另一个极端，透着落拓的不羁，一看就知道是学生而非昆明人士。

谢德想，程跃民要送东西给女生，为什么不让跟他合穿一条裤子的好兄弟肖毅去送？不过既然答应下来，想也是多余。他一手拿着装蚕豆的纸包，刚出西门不远，就听见警报响。今天不比往常，一上来就是刺耳的紧急警报。说明敌机进了市区才被发现。谢德知道这时该往偏僻处跑，过了苏家塘，那边有片树林，是他跑警报常去的。但他又想，警报来得急，说不定人还在女生宿舍呢，先过去望一眼也不迟。

他不知道联大的女生宿舍是男宾止步的。管宿舍的大妈会拦住你，问明找谁，再扯着嗓门喊，某某小姐，有人找！正是因为这套程序，程跃民没找肖毅帮忙。肖毅脸皮薄，用不着等吴若芸从院子里出来，他站在那儿，脸就会变得像烫熟的虾子一般红。

今天没人管宿舍。这会儿宿舍里的人本就不多，又因为突如其来的警报声迅速流散。女生宿舍借了昆华中学北院，谢德从院门进去，周遭是空房子的静谧。墙头的三角梅被阳光照成明晃晃的紫色，衬得屋瓦漆黑，背后的天空湛蓝。是个适合用飞机扔炸弹的晴天。他感到头皮有点发紧。

院子一角有道门廊，显然里面还有一层院落。他踩着石板地走进去，先听见水声，再看见那个女孩。

女孩在洗头。这里和昆明的大多数房子一样，三面建屋，一面是围墙。房子盖在高高垒起的地基上，和院子之间有几级石阶。女孩把木盆放在房前的走廊，自己站在挨着走廊的院子里，这样不用怎么弯腰就能洗头。她洗得相当专注，直到把头发绞干，一只手托着湿头发顶在头顶，另一只手擦了把脸上的水，这才睁开眼，看到谢德。

一个月后，半年以后，甚至到他临终的那一刻，谢德都会记得这个瞬间。她一手弯曲举在头顶，一手抹脸，旗袍形成微妙的变形，腰是腰，臀是臀。她带着水珠的脸庞上，一双对女孩来说过于轩昂的眉毛底下，眼眸里闪过一丝惊异，随即若无其事。

那份不设防和之后的镇定，都让他心折。

女孩说："人都跑警报去啦，你找谁?"

谢德运气很好，他遇到的女生是吴若芸的好友，程跃民的嘱托一下子就落实了。女孩擦干头发，回屋拿了个大概装有她全部家当的小包袱，他继续捧着那包蚕豆，一起出门去跑警报。他带她去了可以遥望海源寺的树林，到得晚了，树荫下的好位子都被人占据，他们只能站在外围，顶着烈日。有群学生围着老师，正在上课。旁人有的凑过去听，有的自己看书或聊天，卖糖果点心的小贩在树林边上摆摊，带孩子的谈恋爱的不免过去买一两样，此地成了临时的集镇，流动着生的喧嚣。

他在路上得知，女生姓苏，名怀殊。她说，我知道你，你是风林茶馆的谢老板。他不意外，毕竟茶馆来来去去那么多学生，他不可能全记住，别人记得他比较容易。但她接下来的话让他轻微地心惊。

"我还知道，你治好了'花生西施'。"

卖花生的女人和她全家是从内地逃难过来的。她的摊子本来在文林街，因为她长得美，生意好，难免被本地的商贩们欺压，就搬到钱局街来了。联大学生们叫她"花生西施"。谢德帮她倒不是因为她的容貌，而是觉得她年轻轻的做小买卖不容易，便让她把摊子设在茶馆门口。昆明因为遭轰炸，经常有修房的活儿，她丈夫白日四处做短工，有时应征政府项目，出去十天半个月不回来是常事。她和婆婆每天早上在家做了油炸花生，用小纸包分装好。一种辣的，一种原味。谢德也买来吃过。她的花生拣得用心，很少坏的。她有个四五岁的儿子，平时由她婆婆带，也经常在摊子上玩。

有一天跑警报，婆婆带着孩子出了西门，看看天色阴沉，像是要下雨，老太太想着下雨天飞机不会来，就往回走，结果在半道上遭了空袭，老人没事，孩子死了。都说"生死有命"，活下来的人们也只能如此安慰自己，一天天过下去。

而"花生西施"就此疯了。

她的疯症不是时时发作。她早上起来炸了花生，烙了饼带着，和平时一样出摊。整个上午到中午都很正常。下午，平时婆婆总会带睡完午觉的孩子去摊子找她，到了那个时刻，她看不见孩子，突然想起孩子没了，就发起疯来，把匾里的花生全部打翻，躺在地上哭到抽搐乃至昏过去。这样的事连着发生了几天，她丈夫上门和谢德道歉，说不是故意打扰茶馆的生意，但家里人都不敢劝她不要出摊，因为早上她还好好的，怕一劝，她就发病。

谢德说，或者你们合起来骗一骗她，就说孩子到外地亲戚家去了，看看过一阵会不会好些。

那个丈夫说，她又不是傻子，她知道孩子没了，只是自己骗自己不去想。一想就犯病。

谢德不像云南人那样抽水烟，习惯抽旱烟。他坐着抽了一袋烟，那人闷闷地没有走，喝了三泡茶。最后那人说，谢老板，我不光是来道歉，还想求你医治她。我听说，你是有神通的人。

此刻听苏怀殊说起"花生西施"，谢德用笑掩盖过去。"我哪里会治病，我就是个开茶馆的。"他二十六岁，身材比大多数人高大，习惯微微伛着背。因为晒得黑，看起来要老一些。唯有笑的时候有种青年的爽朗。

"托你送花生的程跃民有个好朋友肖毅，你认识吗？他是学社会学的。他一直在准备关于云南民间信仰的论文，还特意去访问过'花生西施'的丈夫。"苏怀殊看到谢德的笑容有些凝固，满意地一扬眉，抛出后半句，"听说，她现在能够像正常人一样过下去，是因为你让她忘了她有个孩子。你到底是怎么做到的，是某种催眠术吗？"

五月的太阳底下满是热意，谢德觉得她的眉眼如头顶的烈日一样灼人。忽然有人惊呼："飞机过来了！"他本能地拥住她，往地上一扑。轰然巨响，几百米外落下两颗炸弹。飞机一摆尾巴飞走了。跑警报的人们呼喊着奔跑着，去看有没有伤亡。谢德狼狈地起身，问她伤到没。她拍着尚未晾干就沾满灰土的齐耳短发说，白洗了。谢德一愣，随即大笑，等他转头看向人群正在聚拢的某处，笑容又收敛成肃然，说，活着就好。

谢德不知道，苏怀殊对他的印象比"花生西施"的传闻更早。第一次去茶馆时，她注意到门口的对联："劳人草草偷闲坐，世事茫茫信口谈。"字不算好，骨架分明。她问穿梭在茶馆里给人加水拿瓜子碟的三姑娘，对联是谁写的？三姑娘答，我二哥。

有过一次跑警报的交情，苏怀殊去风林茶馆的次数变多了，通常是和朋友们一起。吴若芸比苏怀殊本人更早洞察到她的心思，在宿舍里打趣她说，你最近往风林跑得勤，是不是想当老板娘？苏怀殊正在把自己一袭八成新的旗袍改来改去，打算给吴若芸的表妹盛瑶穿，听了这话把针线一扔，过去挠吴若芸，边挠边说，程师兄不在，你闲得慌是吗？后者笑道，我在刻蜡版，别闹，一会儿刻坏了！吴若芸不像苏怀殊有家里寄钱补贴，她吃饭全靠政府的贷金，当然是不够的，所以接了两份兼差，刻蜡版，中学代课教数学。她们进校不到一年，物价天天涨，学校食堂的米饭也杂质渐多，沙子、秕子乃至老鼠屎都会出现在饭里。吃得坏还在其次，男生根本吃不饱，所以联大学生几乎人人兼职。外文系的程跃民参军前帮他的老师誊抄资料。肖毅新近的工作是在师姐开的饭店兼任厨师，他是四川人，拌一手好凉菜。他每天天不亮就起床去买菜，早集的菜要便宜些。他学当地人用背篓，背着菜来回走一个多小时，回到西门外的饭店，洗洗切切，拌几大盆凉菜，再去上课。那家饭店只卖三样东西，烙饼，粥，凉菜。苏怀殊带吴若芸和盛瑶去捧过场，她们几个是江浙口味，在这边渐渐习惯了米线加辣，仍觉得肖毅的凉菜太辣也太麻。尽管该店价格实惠，学生们也只有打牙祭才去吃，好处是下饭，一小碟菜可以下完一大碗粥加烙饼。师姐的店大半年后改卖西餐，做美军的生意，肖毅将会失业。不过在民国三十年的五六月间，他仍是个辛勤的厨师兼社会学的学生。

差不多就在苏怀殊赴云南考联大的同时，她的妈妈从上海辗转抵达重庆，和姨妈还有两个表哥同住在租的房子里。暑假，苏怀殊去了重庆。时隔一年，重新吃到妈妈做的饭菜，可以作为独生女撒娇，苏怀殊感到满足，同时有种没来由的不满。她想念云南，想念明净天空中迅速移动的云朵，那么高远白亮，让人感觉自己离天空都更近一些。她想念炙热的阳光。重庆跑警报也不比昆明在户外，防空洞炙闷如地狱，里面每个人脸上尽是灰败的对死亡的恐惧，哪里像联大学生们还有心情带着书温习呢。

没等假期过完，她就回了昆明。

"盛瑶病了。"这是吴若芸看到她的第一句话。

苏怀殊本来兴致勃勃，想把包里的苏式话梅拿出来分享，在后方能吃到这个不容易。她在重庆一家报社的表哥托人弄来的。她赶紧问是什么病，吴若芸说，医生也说不出个所以然，我愁死了。

宿舍有好几个人在假期离开，吴若芸便把盛瑶喊来和自己做伴。联大宿舍十六人一间，八组上下铺。她的下铺是苏怀殊，早就讲好让盛瑶暂住。吴盛两人是隔了一房的表姐妹，除了吴若芸小时候去苏州姨婆家也就是盛瑶的奶奶家玩，她们还是第一次这么亲密地同寝同食。

吴若芸代课的工作暑假停了，她又找了一份工，给一家本地富商的孩子补课。学生乖而愚钝，少不得费工夫。她从外面回到宿舍，经常不见盛瑶，问室友也没人知道。等盛瑶回来问，说是出去散步。她心里觉得自己是姐姐，得对妹妹的去向有个把握，便悄悄尾随了一次。盛瑶散步的终点是新校舍的教室。话剧社在那里排《原野》，她每天去看他们排戏。吴若芸没想到妹妹这么爱文艺，反正也不是坏事，就由着她去了。

出事很突然。

话剧社的同学把盛瑶背回宿舍，说她像往常一样在旁边椅子上，中间还帮他们递毛巾，递水。谁也没注意到她是什么时候晕厥的。他们发现之后先以为是中暑。新校舍铁皮屋顶，下午热得很。给她灌了人丹，又掐人中，仍然没反应。校医院的医生来看过，说不像中暑，有点发烧，开了退烧药。吴若芸给她灌了药，到傍晚，盛瑶总算醒了。

醒来后她就有些异样，坐着不动，不说话，和她说话时，她看人的视线没有焦点。有同学说，不会是撞见了什么脏东西吧？这话有些缘故。话剧社借用的是文学院的教室，位于新校舍的最东面，隔了一道院墙，外面是片坟地。他们排戏都在大白天，女演员也不愿意晚上待在那里。

吴若芸学的是生物，当然不相信撞邪之说。她把盛瑶送进医院，两天下来仍不见好。住在医院的盛瑶饭来吃饭药来吃药，就是几乎不肯睡，一直恍恍惚惚的。医生说，暂时无法确诊，不过再这样下去，就是严重的神经衰弱。

吴若芸叹了口气说："我已经辞了兼职，现在正要去医院，白天我总是要陪一陪的，和表妹说说话，即便她一副木知木觉的样子。"苏怀殊说："待会儿医院见，你别太忧心，我来想办法。"

她去了风林茶馆，把情况对谢德讲了，看着他说："我上次问你，你没有回答。现在我也不问你究竟要怎么做吧，只求你能治好她。"

"我不敢打包票。去看看再说。"谢德回屋收拾了一下便出来，也不见他带了什么治病的道具。对襟短袖，旱烟杆，一如往常的打扮。

吴若芸在医院看见谢德同来，有点诧异。不大的病房里挤了四张床。病房并不分科，有一个老太太被炸断了腿，躺在床上呻吟。还有一个女人得了水肿病，她丈夫在旁边陪着。第三个病人每次吴若芸来的时候都在睡，这次也不例外。谢德在那对夫妻的细语声和老人的哼哼声中拿出一张纸，用火刀火石先点了烟斗，再借烟斗的火点燃那张纸。他点火的时候蹲在地上，用后背挡着外界的视线，大概怕护士闯进来训斥病房不能吸烟。

看见纸上画着诡异的人像，写有"惊骇之神"的字样，吴若芸想说什么，胳膊被苏怀殊扯了一下，便忍住了。

纸烧得很快，谢德把最后一点灰烬用脚踩灭。他闭着眼，像在沉思。只吸了一口的烟斗在他手里一顿一顿，姿势莫名地让苏怀殊想起老师拿着教鞭指点黑板。

他睁开眼说："不对啊。"

两个女孩一脸的疑惑。盛瑶依旧表情空白。谢德说："带我去她发病的地方。"

话剧社的学生们还在那里排戏，有人认得吴若芸，问她妹妹好些了吗。谢德问这出戏讲的什么，又把几个主演打量一番。他看起来更像个侦探而不是医生，吴若芸终于忍不住了。

"谢老板，他们排的戏和我妹妹生病有关系吗？"

谢德温和地说："应该没有关系。"

"我们来这里做什么？"

"嘘。"

吴若芸瞪着他看。连苏怀殊也觉得谢德故弄玄虚得有点过了。话剧社的人弄不清他们三个的来意，也停了排练散在原地，窃窃私语。谢德在众人的目光中匆匆出门，绕到屋后的围墙边。他踮起脚向墙外看，也只有他的身高才能这样做。谁都知道，外头除了坟地没什么可看。

"你在看什么？"苏怀殊和吴若芸跟着出来，发问的是苏怀殊。

谢德没回答，而是问吴若芸："你妹妹是不是耳朵特别好？"

盛瑶小时候有夜哭的毛病。因为她整夜号哭，奶奶在家门口贴了黄纸，上面写："天皇皇地皇皇，我家有个夜哭郎，路过君子念一遍，一觉睡到大天光。"贴纸并未见效，盛瑶念小学的时候，还会在半夜突然哭泣抽搐。后来母亲有了弟弟，家人的关切转移到新婴儿身上，无暇多管娇气的女儿。很久以后，家人才发现她不再夜哭。

但她又多了出神的爱好，无论上课还是在家，经常一个人呆坐，问她怎么了，她就像梦中惊醒一般，并不回答。功课在中游，靠的是头脑聪明，老师也说，如果她肯用心，一定是头几名。

家人在几个月前把这个喜欢发呆的女儿送到云南，主要是想着有吴若芸在，姐妹俩好有个照应。靠着吴若芸给她补课，盛瑶直接升入联大附中高二。她进校后渐渐感到功课吃紧，因为这边的学生都铆足了劲学习，而高中的功课不再是发发呆靠小聪明就能混过去的。家里人来信说让她向姐姐看齐，盛瑶也不敢像从前一样在课堂上走神，尽量认真念书。

没有人知道，她每次发呆的时候，是在听遥远的声音。

在苏州老家的时候，盛瑶喜欢听学校围墙外小贩和买主的讨价还价。隔着一座桥的巷子里住着个绣娘，她教学生绣花时脾气急躁，骂人笨的尖刻词句一句不漏钻进盛瑶的耳朵。初夏早晨青石板路上蒸腾的热气。秋天的落叶声。盛夏的蝉鸣对盛瑶的耳朵是种摧残，于是她努力让耳朵"走远"，倾听巷陌之间隐秘不可闻的声响。她在懵懂的年纪就听过男人和女人的交欢声。她知道邻居们最不可告人的秘密。

她很早就发现，其他人不像自己能听到那么多，于是有种暗藏的骄傲。她不大服气别人，唯一服的是表姐吴若芸，因为表姐既美又能干，书读得好，还有个英俊的男朋友。程跃民去参军，她悄悄地伤心。看到肖毅在表姐周围打转，她又偷偷地鄙视，觉得这个书呆子是癞蛤蟆想吃天鹅肉。她还不满十六岁，内心比她的同学们年长，甚至比很多联大学生更像成年人。她对人的评价经常让吴若芸他们几个觉得"小姑娘有点辛辣",但其实都是基于她听到的背后事。她也有这个年纪的女孩不切实际的一面,所以才会被话剧社的排演吸引。当然她的目光更多地投向演仇虎的男生。

她第二次或第三次去看他们排练的时候,听见了那个声音。

起初甚至不觉得是歌声。要细听才会意识到。拖着长腔,带着破碎的颤音。一把苍凉的嗓子,伤而不悲。她听不懂那个男人唱的是什么,只觉得他的低吟像一把慢刀子割着她的心房,牵起不见血的痛楚。

她知道唱歌的人就在一墙之隔的坟地。大约是送葬的歌?要去那片坟地,除非翻墙,否则要绕一大圈路。她不敢也不想去实地张看。她的眼睛看着排练,全副精神却攀住墙外的歌声。

几天后,她又在同一间教室听见那人唱歌。现在她确定那是葬歌无疑。因为先入耳的是丧家的恸哭,有人向歌者道谢。没听到那人回礼。他从头到尾只唱。唱完就走了。所以他应该并非死者的亲朋,而是职业的葬礼唱歌人?盛瑶问热心研究民间信仰的肖毅,云南有没有这样的风俗。肖毅茫然地说,我没听说过啊,你是听谁讲的?

第三次听见同样的歌声时,她有种夺门而出的冲动。她在心里估算,自己如果跑出校门绕到现场,是不是来得及在他唱完之前赶到。根据前两次的经验,她感到多半来不及。她还感觉到另一种迫切。如果这是他最后一次来这里唱歌呢?虽然有过三次,但没人能保证还有第四次。

歌声在拔高。那是一种类似假声的技巧,奇异的是他在假声里混合了自己的嗓音,就像金属和木炭,阳光给乌云的镶边和最深的夜色。如果有声乐专业的老师在现场,会欣喜地指出那是少数民族当中流传的"双嗓"。比起歌剧院舞台经过训练的嗓音,有种原生态的感染力。盛瑶当然不明白歌声背后的技巧,她只知道,她不想失去那个声音，或者说声音的主人。

歌声停止。和之前每次一样突然。盛瑶睁着眼坐在原地，双眼没了焦点。

她仍然能听到周遭的声音，也能看到围绕她的人们，模模糊糊的。

就像坐在水底。她想。

人们和她隔着一层透明的障壁。话语到了耳边，却失去了言语的效力。关切的眼神像落在水面的叶片，只激起最轻微的涟漪。人们来了又去。表姐。医生。护士。同学。表姐。还是表姐。

她在只有她一个人的水底坐着，努力思索自己为什么会来到这里。好像是为了追寻什么。究竟是什么呢？她感到自己丧失了世界上最美好的某样事物，奇怪的是并不难过，只是茫然。

那个男人来了。她曾经在哪里见过他。他身上有烟草味。他在她眼前点燃了什么。一缕烟悄然潜进水中。她微微上浮，不安和水泡一起涌出。仿佛自己的过往被曝晒在他的目光下，在他面前她无所遁形。她害怕了，更深地缩回水底。

男人说，不对啊。

他走了。

男人再回来时带着另一个人。一个陌生人。陌生人握住她的手，轻轻唱起一首歌。她认出了他。就是他，她来水底追寻的，她不想丧失的。不是她听他唱过的葬礼上的歌，她听不懂歌词却明白，这首歌是关于死亡之外的别的什么。他的歌声在水面激荡，她急切地想要听得清楚一些。水妨碍了她，阻隔了她。她开始挣扎，想要挣脱让她看不清也听不明的禁锢。

盛瑶的病消退得十分突然。谢德所做的就是把那个靠葬歌赚点小钱的彝族男人带到医院，让他为盛瑶唱了一支歌。男人起先不愿意。他说他正要回大山里的家，而且他只为无辜的枉死者唱。他走了好多天的路，到昆明西山拜佛，要不是最近死人很多，而他的钱都捐给了寺院，他也不会在昆明做这份临时的营生。他在寨子里是身份高贵的人，类似巫师的角色，靠其他人供养。为活着的人唱歌这种事，他只在节庆活动才做。

那人只会几句汉话，好在谢德会讲彝族话。苏怀殊对谢德有了新的认识，他曾在马帮待过好几年，从昆明到丽江，再进藏，走过许多地方。他会好几个民族的语言，也熟悉各地的掌故。他懂一些药材的知识，会治伤，接骨，还会看风水。

而谢德真正的才能，在于他是甲马家族的传人。

他后来对苏怀殊做了解释。云南的人家一般在中元节和春节烧甲马，祈福驱邪，寓意平安。那天他在医院点燃的"惊骇之神"，与人们过节时烧的有所不同。甲马是个引子，他可以借甲马看见，盛瑶究竟受了什么惊吓才变成呆傻的模样。结果他没有看到任何可能吓到她的事，只听见歌声，所以才说要去话剧社实地看一下。

对吴若芸，谢德只说盛瑶的病是因为"耳朵很好"，被彝族男子的葬歌所迷惑。

盛瑶为那场"病"感到后悔。当她醒来，看到唱歌的彝族男子时，首先涌出的是失望。他看起来简直像叔叔辈，黧黑的脸，粗糙的手，很久没剪的指甲又黄又黑，手背上青筋隆起。事实上他比谢德还年轻些，今年二十四岁，只是看起来显老。

彝族男子对盛瑶说了句她听不懂的话，他讲话的嗓音沙哑，和唱歌时不像同一个人。谢德翻译给盛瑶听。

你要学会封闭你的耳朵。天赋要省着用。

谢德只管转述，没有多做解释。他私下告诉苏怀殊，盛瑶能听到特别远的声音。

关于那句封闭耳朵，吴若芸她们表姐妹后来讨论过。吴若芸说，他到底什么意思啊，耳朵封闭了不就听不见了？盛瑶说，神叨叨的，不理他。她其实听懂了，但没把那个奇怪乡巴佬的话当回事。

只有肖毅对整件事表现出非同寻常的兴趣。他反复问吴若芸和苏怀殊，谢德烧掉的甲马是什么样子，他对此说过什么。吴若芸认为谢德烧纸的一系列举动只是故弄玄虚，就像算命的一上来就说"客人你印堂发暗"，他到新校舍做的观察和推理才是重点。肖毅说，既然你们没有一个人听见，他怎么知道有人在坟地唱歌？苏怀殊适时地插嘴道，也许他碰巧知道呢？她答应谢德不对旁人讲述甲马的奥妙，可惜了肖毅的满腔学术热情，被吴若芸看作是"走火入魔"。她俩和肖毅同届，吴若芸因为男朋友高两届，说话便带了姐姐的气势。她对肖毅说，你有这个工夫问东问西，还不如好好研究照相的技巧。上次帮我们照的又坏了好几张胶卷，最后只有一张能看，太浪费了。

吴若芸的相机是她唯一的奢侈品，是程跃民参军前送给她的。他为此过了很长时间紧巴巴的日子。吴若芸把他俩和苏怀殊在翠湖边唯一成功的合影洗了四份，肖毅作为摄影师也拿到一张。照片上，她微微牵动嘴角，显然是不习惯照相时笑。她年轻的脸上对即将到来的离别并无伤感。她不知道程跃民将在明年夏天死去。部队撤离缅甸时抢渡怒江，他落水牺牲。她也不会想到，肖毅将逐渐抚平她的内心伤痛，以他特有的认真和笨拙。他们在两年后订婚，那时距离毕业还有一年，两人约定毕业之后结婚。肖毅毕业前成为飞虎队译员，几个月后，在长沙的空战中罹难。

2. 预言与流言

　　盛瑶出院过了一个星期，八月末的一天，谢德把茶馆交托给妹妹，带苏怀殊、吴若芸、盛瑶还有肖毅，一起前往西山的筇竹寺。其他人并不知道，谢德是因为和唱歌的彝族男人聊过，对筇竹寺里的某个人产生了兴趣。对吴若芸和肖毅来说，这是忙碌的学业与打工之间难得的游玩。苏怀殊则是只要和谢德一起，去哪里都高兴。盛瑶是被表姐拉来的，她康复后对谢德疏远了一截，乍看是小女生的怕羞，只有她自己知道，她害怕这个男人。在他的面前，她有种无来由的裸露感，疑心他知道关于自己的一切。

　　"不过你怎么知道唱歌的人经常在坟地呢？"去西山的路上，苏怀殊趁着其他人不在身旁，重新向谢德提起旧话题。

谢德笑笑："盛瑶知道他在那里啊。"

"盛瑶知道是一回事，你又怎么会知道？"

他不紧不慢地走在她旁边，事实上是放慢了步伐配合她。"我烧了甲马，你也看到了嘛。"

苏怀殊感到话题走进了一条死巷。她仍然没搞懂烧了甲马到底让他"看见"什么，谢德的解释倒没有闪烁其词，只是让人费解。

她还想再问什么，谢德说："都要看不见他们了，我们走快些。"肖毅他们不知不觉间超前很远，吴若芸和肖毅走在最前面，盛瑶隔开一截跟在后头。谢德话音刚落，盛瑶回头冲他挥了挥手，仿佛她听见了他俩的交谈。

筇竹寺的山门不大，四周竹林掩映。

肖毅在进门后说："筇竹寺之所以出名，是因为宋末元初的雄辩法师。这也是云南第一所宣扬大乘佛教的寺庙。现在的庙宇是光绪年间的。"

盛瑶说："也不算很古。"

吴若芸提醒道："听说这里的五百罗汉很特别。"

肖毅说："对对，黎广修。"

他喜欢研究掌故，当即把书上看到的讲给众人听。筇竹寺的五百罗汉雕像是在光绪年间重修时所塑。四川匠人黎广修及其弟子塑造这些罗汉，是以民间大众为蓝本。为此，黎广修不仅走访街市，图录众生百态，还把自己和弟子们也融进塑像的一举手一投足之间。因此这些塑像不是通常的罗汉形貌，而做士人、农民、乞丐等俗世打扮。

"听说还有一尊是耶稣基督的模样。"他补充道。

一群人于是兴冲冲地进殿去看罗汉。苏怀殊一脚迈进高高的门槛，昏暗的光线轻柔地包拢四周。殿内不像外间明亮，从高窗照进的微光足以让人看清罗汉们的脸。和看惯了的寺院塑像不同，这里的罗汉们带着人间的气息。他们的表情各不相同，喜怒哀乐四个字也无法涵盖，其中的微妙仿佛活人一般，她不觉看得入神。

其中一尊罗汉高个长眉，微微佝着背。她觉得雕像的举手投足间有几分像谢德，转头想喊他看，才发现他不在殿内。她返回去找，只见他在院子里，正和一名老人聊天。老人的打扮乍看是寺院里干活的杂役，细看又不像。紧贴头皮的花白短发，应该是剃了光头之后一两个月没修剪。灰色短上衣和长裤是僧人的打扮，脚上不是僧鞋，和谢德一样的浅口软底黑布鞋。他说话时背对苏怀殊的方向，身后裤腰上别着旱烟斗，烟杆黑亮，比谢德惯用的更长。

谢德看见她站在殿前，冲她点点头。苏怀殊走过去，谢德介绍说："这位是蒲达师傅。"

师父？那么他是僧人？苏怀殊有些纳闷，她没见过抽烟的僧人。

蒲达师傅呵呵笑起来："我是木匠师傅，不是念经的师父。"他大概有五十岁了，一双精明的小眼周围堆起笑纹。发际线很高，大鼻子，这是一张雕刻师会喜欢的有特征的脸。

谢德又说："小李之前就是来找蒲达师傅。"

小李是唱葬歌的男人。他除了彝族名字也有汉族名字，但不管是哪个名字都没告诉他们，只自称姓李。苏怀殊在和小李短暂的接触中感觉到，他有着奇异的高傲。在大多数人的眼里，他不过是个有副好嗓子然而性格古怪的彝族山民，出门拜佛落得身无分文，又不肯做工，只愿意唱歌换钱。谢德解释，小李在他们寨子里是祭司一类的角色，地位很高。苏怀殊这才理解了他说话时不正眼看人的调调。她还觉得他的虔诚有点呆，把全部家当捐给寺院，连吃饭住店的钱都没了，听起来没什么计划性。

苏怀殊问："你和小李本来就认识吗？"

蒲达师傅摇头说："不认得。来找我的人多了，哪里可能个个认得。"

她还想再问什么，正好肖毅他们从殿里出来了。蒲达师傅远远看见吴若芸，立即说："漂亮啊。可惜啊。"苏怀殊说："可惜什么？"他笑嘻嘻地没回答。

估计他以为肖毅是吴若芸的男朋友吧。苏怀殊想着，也懒得向这个神叨叨的老木匠解释。

吴若芸带着盛瑶过来，肖毅没挪步，抬头研究靠近斗拱的檐下彩绘。谢德对蒲达师傅说："就是那个小姑娘。小李说，她最好把耳朵封闭起来。我也不知道该怎么做，所以来请师傅指点。"

苏怀殊这才明白，来筇竹寺不是为了游山玩水。盛瑶脸上的表情有些微妙。吴若芸只听到后半截，纳闷地看向好友。

蒲达师傅抽出旱烟斗，在手里敲了敲。谢德从随身的荷包取了烟草，给他装上，用火柴点火。火柴是苏怀殊前几天送给他的，因为看过他用火刀火石弄好几次才能点上，效率有点低。谢德当时笑道，火柴我也有的，习惯用这些，所以很少带。她默默地想，他今天倒是带了火柴呢。

蒲达师傅抽了一口烟说："小李带了金子，问了我三个问题。你已经问了两个问题，现在是第三个。你有什么给我吗？"

吴若芸说："怎么，问问题还要付钱？这是筇竹寺的规矩？"

肖毅这时终于回到众人身边，茫然地问："付什么钱？"他们五个人围着蒲达师傅，除了谢德，其他人都感觉困惑。苏怀殊想的是，他问的前两个问题是什么？盛瑶则在想，他知道我在听，所以第一个问题没有说话，大概是写给那个老头看的。

盛瑶只听到了前一个答案和后一个问题，不解其意。

苏怀殊在殿内的时候，蒲达师傅对谢德说，算是吧，很多事要最后回头看才有定论。不过，和你没有关系。

谢德说，怎么讲。

然后便只有衣服和纸张窸窸窣窣的声音。不知道两个男人以笔谈传递了什么样的内容。

盛瑶向她表姐和肖毅解释道："他会算命。算命当然要收钱。"她倒不是从谢德诡秘的行动看破了蒲达师傅的身份，早在上山路上，她听见另一组香客谈论最近在筇竹寺的异人。据说那是个从外地来帮寺院做修葺的木匠，算命极准。

蒲达师傅看她的眼神一闪："蛮厉害的嘛，小丫头。"

盛瑶面无表情地说："我碰巧听见而已。"

忽然她的耳朵被人抓住了，不由得又羞又窘。吴若芸对蒲达师傅怒道："你干什么！"肖毅也说："不要这样。"

蒲达师傅讪笑着缩回手。"摸一摸，又不会少块肉。"接着他一敛刚才的油滑神态，皱起眉，"果然是好耳朵，不过，不要也罢。我也不懂怎么关，时间到了自然会关。"

谢德最后也没付给那个财迷木匠"算命钱"，他认真地说："蒲达师傅，天生的本领拿来吃饭，总不如后天下功夫赚的一分一厘安心。"

蒲达师傅从鼻子里哼了一声："少拿歪理说人！我平时都是靠木匠手艺吃饭，你以为个个都像姓李的小子那么实诚啊。你这么抠门做什么！生不带来死不带去的。"

谢德笑笑说："就当我是抠门好了。你要的酒没问题，改天我托人送上来。"

回去的路上，肖毅问苏怀殊有没有数罗汉。原来云南人相信每个人有对应的罗汉，在殿里随便选一尊，按自己的年龄数过去，数到哪一尊，便是自己。肖毅他们三个都数了，吴若芸数到一个年轻俊秀笑容满面的，肖毅数到一个降龙的，唯独盛瑶的是个形容猥琐的老人，便坚称不准。

"下次再来数好了。"苏怀殊想起那尊特别像谢德的，讲给他听。肖毅则在回味蒲达师傅那句"时间到了自然会关"，追着盛瑶问她的耳朵听力到底有多好，可听范围是不是能自行控制。盛瑶被他问急了，扯着表姐的胳膊让她"管管肖毅"。五个年轻人一路散落欢声笑语，谢德原本话不多，夹在中间也不显得与平时有什么不同。

时近正午，他们走得有点热。来到山脚，路旁有道溪涧，肖毅欢呼一声，跑过去洗脸，喝水。等其他人也喝过水，他脱了鞋子，把脚浸在冰凉的溪水里。盛瑶皱眉说："你这样，下游的人不是要喝你的洗脚水？"肖毅顿时有点尴尬。苏怀殊说："没关系的，你们苏州人家不是家家都在河边洗衣服淘米吗，又不见谁计较上游下游。"她也脱了鞋袜，把旗袍下摆整了整，在溪边坐下。谢德在她旁边坐了，正好在她的上游。苏怀殊说："水好凉呢，你试试。"谢德没动。她笑了："哎，我不嫌弃你。"

盛瑶一向认为她的表姐是联大同级当中最美的女生，这一刻，她也被苏怀殊的笑容晃了眼。笑容里盛满坦率的好意，明净如水。

谢德脱了鞋。他的一双脚在水里看起来格外大，大拇指长长的，骨骼分明，在苏怀殊白皙的脚旁，像是完全不同的生物。盛瑶盯着那两双脚看了一会儿，见它们并无接触。谢德和苏怀殊都只是享受着流水带来的清凉。他俩的侧影不能说是般配的，却有种莫名的协调。本地男子黧黑精瘦的面孔，城市女孩书卷气的脸。盛瑶暗自胸闷。她想，谢德是不同的，我也是不同的。但他偏偏喜欢一个普通人。到了这一刻，她才意识到自己对他的畏惧不知何时掺杂了说不出的情绪。她想起孩提时代舅爷养在檐下的一只黑八哥，她怕极了那只黑色巨大的鸟，可还是每天过去看。八哥没学会说话，被舅爷卖掉了。她偷偷哭过。

吴若芸因为正值生理期，只在水边的石头上坐了片刻，便提议拍照。她的相机由肖毅背着，后者晾干了脚，开始四处取景。先是肖毅给他们四个人拍了一张，吴若芸说："肖毅你过来，我给你们拍张合影。"肖毅把相机递给她，不肯过去，嘴里说："或者让小苏和谢德一起拍？"盛瑶听了就想走开，苏怀殊将她一搂，说："还是三个人拍吧。"

吴若芸按下快门，又催肖毅过去，他这才走去合影。后来发现，吴若芸和肖毅的照相水平一样糟糕，第一张和最后那张都照坏了。这一天的西山之行，只剩下苏怀殊他们三个人的照片可做留念。

离昆明城还有一点路的时候，谢德说："今天我请大家培养一下正气。"这是开玩笑的讲法，意思是去吃汽锅鸡。翠湖附近有家汽锅鸡做得尤其好，该店没有店名，店堂里有块匾，上书"培养正气"。也不知是本地人还是联大学生开创了这个讲法，反正现在大家只要去那家店，都说去培养正气。

有鸡吃，当然人人赞同。肖毅说："谢德你带了钱啊，还好你刚才意志坚定，没有给那个算命的。"吴若芸说："不过看那个人的架势，好像我们赖了他一样。你问他盛瑶耳朵的事，他还动手动脚，真讨厌！"盛瑶不说话。苏怀殊想知道谢德到底问了蒲达师傅什么，又觉得眼下人太多，还是以后再说吧。

从西山回去后没几天，个性温和的肖毅在风林茶馆里少见地与人争辩。

肖毅一直在收集民间传说，有同学说他这样做违背社会学的精神，毫无价值。肖毅急了，反驳道，口头相传的故事是文学和信仰的原型，当然有价值。中国的乡村社会除了宗法和习惯，信仰更是占了生活的重要层面。同学反问道，少数民族的传说中，山水都有神，他们的祖先更是和山神水神结婚，这能作为社会学研究的一部分？

肖毅猛灌了几口茶，说，民间故事大多虚妄，既是一代代人传下来，中间难免有错讹和增减，一个故事每经过一次讲述，就会有些走形。但如果收集了大量类似的故事，核对这些故事重合的部分，也许就能找出最初的故事，并从中学到什么。

茶馆里闹哄哄的，无人注意到谢德在旁边听得若有所思。他想到的是近来沸沸扬扬的采花贼故事。十个人有十个说法。听起来没有一个是对的。但也许其中蕴含了"最初的故事"，也就是事情的真相。

采花贼的传言始于八月，当时还只在城南的一些居民之间流传，等到进入九月，开始有各种版本传进联大学生们的耳朵里。受害者的人数一说是两人，也有人说是五个。其中既有未婚姑娘，也已婚而丈夫不在家的。总之都是年轻女人。受害人一觉醒来，发现身无片缕。家里没有被人入侵的痕迹，脱下的衣物整齐地叠放在床边。有人说这些女人是被迷药迷晕了。也有人说，采花贼云云根本是杜撰，是她们与人偷情被发现后编造的故事。

不论传言是否属实，做姐姐的吴若芸难免感到焦虑。她叮嘱盛瑶不要回中学宿舍，继续留在自己这边。苏怀殊笑她瞎紧张，不管住哪边的宿舍，都是一群人在一间屋里，难道还能有人进到宿舍害人？

九月六日是中元节，云南人所谓的"鬼节"。中国文学系的刘先生在前一周就宣布，中元节之夜，他会在操场讲《月赋》。刘先生据说学问很大，上课不大认真，经常讲几句就匆匆离开去过鸦片瘾，让学生自习。他在联大的教师中是特立独行的存在，学生们对他要么崇拜要么不屑，有时捍卫他的一方和诋毁他的一方私底下还会辩论起来，在茶馆里争得不可开交。

　　苏怀殊上一次在户外上夜课，是她刚到联大不久，一次空前的轰炸之后。那次昆明损失惨重，包括文林街在内的数十栋民居被毁，联大宿舍楼也有两间炸毁。轰炸后第三天，吴宓先生在图书馆外讲《文学与人生理想》。那晚也有月亮，听课的不到十人，苏怀殊是其中唯一的新生。她偶然见了布告栏，过去看看，没想到老师谈论的并非文学与人生，而是生与死。苏怀殊从上海来到昆明，虽然听说过后方有空袭，实际体验，才感觉到生的脆弱与微渺。见识过断壁残垣的心就像被楔子凿过的木头，恐惧很容易乘虚而入。

　　吴先生并没有说，该如何面对死亡。毕竟他并没有什么便捷的答案可以给围坐的年轻人们。他只讲了如何充实地活。所谓"主自修以善其生，而不知死，亦不谈"。

　　也许是那堂课的潜移默化，后来苏怀殊在跑警报时不再有最初的惧怕。她甚至会选在警报声响起后回宿舍洗头，好处是热水敞开来用也没人管。吴若芸说她"神经粗壮"，她只是笑。

　　她和谢德说起刘先生将要上夜课的事，谢德问她可否旁听。他平时不是个爱看书的人，苏怀殊向他推荐的书，他借了去，十天半个月后问他看了吗，回答总是"刚看了几页"。当他表露旁听的意愿，她第一反应是笑他"假装上进"，接着问："你又不管店，三姑娘不会生气吧？"

　　苏怀殊隐隐感到，三姑娘近来和她二哥不太对付，却不知道更

136

深的缘故。

耿耀随着资历渐深，不满足于替别人当马锅头，赚点份子钱。他不止一次怂恿谢德关了茶馆，回去和他跑马帮。

三姑娘的想法又是另一桩。隔壁一间饭馆的店主打算到外地去，店租付到年底，还剩三个月，说愿以八成的价格转给谢德。房主也说，若是谢德租下来，明年上半年暂不涨租。如今物价一天一个样，半年租金不变，算是极大的优惠。谢德却说，现在我和我妹两个人忙得下来，如果店铺扩大一倍，就要招人。我不喜欢当雇主，所以算啦。

三姑娘为此和谢德吵了一架，搞得茶馆熟客们都知道了经过。三姑娘说，你不要我要，你懒得雇人，我来管。谢德以他一向轻描淡写的神气说，你不嫁人啦？三姑娘气道，不嫁！有你这么个哥哥，我不放心嫁！茶馆里的学生们和几个马帮客都笑起来。一个马帮的汉子说，耿耀听了这话可是要伤心的。三姑娘横了那人一眼，去给灶台添柴。

茶馆里发生的事，哪怕再小，总会被人传来传去。耿耀听说了，来找谢德，说，你看，你既不肯听我的，又不肯按你妹的想法把店做大，两头不讨好，何必呢？我看啊，你跟我一样，在一个地方待不住的，你耗在昆明不走，就是舍不得你那个学生妞。谢德说，阿耀，钱这东西嘛，生不带来死不带去，不如眼前人来得实惠。耿耀嗤笑道，你这话说得好像你就要翘辫子了一样。谢德对此没接话。

听到苏怀殊说"三姑娘不会生气吧"，谢德苦笑了一下，说："不会啊，过节嘛，难得。"

到了中元节，苏怀殊按讲好的，先去找谢德吃晚饭。谢家兄妹平时轮流吃饭，三姑娘在后面厨房做好了，喊哥哥先吃，她看店。

每当谢德做甩手掌柜溜出去玩，三姑娘便和熟客们说一声，自己到后面快手快脚做饭吃了，再回到店里。苏怀殊以为今天也是她和谢德简单吃个饭。她带了一盒雪花膏过去，想着今天要带谢德出门，总得先"贿赂"一下热心经营的三姑娘。

到了风林茶馆，只见店堂不像平时一样大敞四开，门板封得严严实实，上面贴着"本日歇业"的纸条。她熟门熟路地从旁边一条巷子穿到后院的边门，推门进去，里面传来热闹的说话声。石板地的院子四角花木扶疏，院心里摆了方桌，桌上有酒有菜，桌边坐了几个人。三姑娘正好从厨房端菜出来，看见苏怀殊，招呼她坐。

三姑娘今天的打扮不同以往，腰间系了围裙样的蓝布巾，巾上绣花。墨绿上衣，白单裤，裤脚有浅绿色几何纹样绣花。黑布鞋上绣着荷花，从浅粉到深红的花瓣，重叠累累。耳垂底下两枚绿玉的坠子，悠悠荡荡。苏怀殊看见这样盛装的她，心想，早知道和吴若芸把相机借来呢。

谢德不在，耿耀忙着挪桌上的碗盘，另外两名男子见来了客人，起身和苏怀殊打招呼。一个一看就是谢家的，高个子，身形比谢德挺拔，脸上肉多些，小胡子，分头，显得老成。另一个戴眼镜，相貌有些阴柔，算得上是个美男子。

三姑娘说："这位就是苏姐姐。我大哥。我大哥的同事，许先生。他们都在滇缅铁路筹备处工作。"说着瞟一眼耿耀，"耀哥我就不用介绍了。"

苏怀殊问她："你二哥呢？"

"在城隍庙门口摆摊，快回来了。"她说完匆匆进了厨房。

耿耀给苏怀殊倒了茶，解释说："谢德去卖甲马。七月半和过年都会摆个摊子。不然好多人跑来这里买，也是烦。"

苏怀殊试图想象谢德摆摊卖甲马，不知怎的觉得有点滑稽。像

138

是看透了她的心思，谢家大哥说："让苏小姐见笑了。甲马是我家世代相传的营生，本地人祭祀和迎新都会用到。有人买，我们自然要供应，也算是补贴家用。你知道的，我弟弟这间茶馆，也就是勉强不亏本嘛。"

苏怀殊说："谢德是被我们联大学生搞得赚不了什么钱。有人点一杯'玻璃'，他也让人坐一下午。"

玻璃指的是白开水，当然不要钱。昆明的茶馆对联大学生通常和善，而风林茶馆可以说是最好说话的一家。

谢德果然不久就回来了，一桌人且吃且喝且聊。三姑娘和苏怀殊喝甜米酒，男人们喝耿耀带来的烈酒。姓许的名叫许灿云，玉溪人，是工程爆破的专家，从外表真想不到他从事的专业。另一件与外貌不符的是他的酒量。和许多面色白皙的人一样，他一喝就脸红。不过，当耿耀开始舌头僵硬的时候，他仍然匀速喝着酒。谢家大哥笑着说："有一个彝族寨子的人不肯让铁路从他们那边过，为了说服他们，我们去跟他们喝酒，小许一个人把全寨的男人都喝趴下了。"

苏怀殊有些好笑地问："后来呢，他们同意了吗?"

谢家大哥说："同意了，不过，喝酒只能算个引子。"他摆摆手，意思是，说来话长。

他们因为工作的关系四处奔波，最近住在临沧。谢家大嫂带着三岁的儿子住在女方的老家，大理下面一个县城。苏怀殊除了昆明还没去过外地，问了些各地风物。谢家大哥说："大理和巍山都值得走走，我婆娘那边小地方，没什么景致。"

三姑娘忽然说："下次我和苏姐姐一起去弥渡。许大哥说过，街子天好玩的。"

"街子天啊，逢三赶四，你多来几天肯定能看到。不过哪里比得上昆明的商店。"她大哥说。逢三赶四，意思是每隔三天，第四天是乡镇的大集。

苏怀殊这才想起自己带了礼物给三姑娘，便拿出来。众人都愕然看她。耿耀更是被酒呛了一下，咳个不停。

谢德有点尴尬地开口道："今天是鬼节，鬼节是祭祖的，不好送人东西。你改天再给她好了。"

这种时候并不多，但总有些瞬间，苏怀殊强烈地意识到，她和谢德的差异不在于教育背景，而在于她生长在西化的上海，他在被传说滋养的土地上成人。这种差异更像是信仰上的，虽然谢德并不是任何一种宗教的信徒。他和他家的甲马所代表的，是这方红土地上，历经千年沉淀下来的无名神祇的微弱之光。

如果说刚才她觉得谢德去摆摊卖甲马是滑稽的，此刻她已经不再这么想了。

假如苏怀殊在白天到城隍庙门口，就会发现谢德的摊子十分潦草。不过，无论顾客们还是他本人，对此都毫不在意。

谢德往地上铺了一块蓝布，甲马直接摊在布上。一共五六种，每种一厚叠，分别用石头压住四个角。路边有块不知什么石头，长方形，表面有一道道斜的刻痕，大概是铺路多出来的，他当板凳坐了。卖出去的甲马今晚就会随着祭祖的锡箔元宝一起被烧掉，不像过年，人们买回家会贴在春联旁，过完正月十五才烧。

零零散散有些客人。谢德打量着来往行人，偶尔听几句旁边算命摊子的交谈。摊子比谢德的稍微像样些，两张条凳加一块薄板，充作桌子，守摊的算命人坐个皮面小马扎。城隍庙门口，此类买卖不稀奇。奇的是，摊主是个学生模样的年轻人，一双似笑非笑的桃花眼，长得十分招人。他的生意很好，来算命的几乎全是女客。

谢德早就注意到，那人的昆明话带了外地口音，有点川味。和常见的算命先生不一样，他并不走半真半假阐释对方家庭情况的套路，而是一上来就提问。

你想知道什么？

你家都有些什么人？

客人们答得十分详尽，简直不像是算命。如果有天主教徒在旁，多半会指出，很像是信徒对神父的告解。谢德分出一半心思关注着算命摊的情形，暗暗纳罕。

大概因为是七月半，不少妇人问的是家人。失去音信的丈夫。参军后很久没有消息的小叔子。婆婆的病会不会好。也有人小心地问自己明年能否怀孕。

经过一番交谈，算命的男子对客人获得的了解，恐怕比她们多年来的邻居都多。材料既然充足，他便给出大致合理而含糊的解答。来算命的女人点着头说，是呢，是呢，然后奉上费用。从头到尾，她们除了倾诉，其实并没有得到进一步的答案，但她们每个人离开的时候都显得心满意足。

谢德想，这人有点奇怪的门道。他正在琢磨到底是什么，摊子跟前来了个年轻人，看着像是哪家店的伙计。年轻人向谢德问好，说，商工会的孟老爷子请你明天上午过去一叙。谢德没有加入商工会，他来昆明不过两年多，在本地商家眼里是个不相干的外地人。再说他的茶馆也不是什么大店，人家犯不着和他攀关系。孟老爷子是开茶叶庄的，除了在昆明有两家店铺，还有自家的马帮，一年进藏六七趟，做的是大手笔的买卖。本城的茶馆大半从孟家的茶行进货，谢德用的茶叶则是耿耀从相熟的茶农手中直接收购的，说起来井水不犯河水。他不想得罪孟家，便应了下来。

传话的人刚走，旁边的摊主和谢德打招呼："看不出你来头不小！孟家也要买你的甲马吗？"

谢德摇头说："不是买甲马吧，我也不知道找我做什么。"

那人把他和谢德紧挨的摊子挪了挪，迈步走到外头，在谢德的摊前蹲下，仔细打量了一遍，抬头看着他说："笔法古拙，看起来印这些的板子有些年头了，得传了好几代吧？这东西烧了有什么用？"

谢德感觉到一种神秘的驱动，想要把甲马的渊源一股脑儿地告诉对方，就像来算命的女人絮絮地讲述家庭和个人的细节。对方的桃花眼含着一抹淡得看不出的笑。不，是得意。对万事万物有把握的神情。

谢德心神猛震，用力眨了下眼睛，这才说："相信有用，就有用。"

算命人像是无趣地"哦"了一声，又挪回摊子背后。

那天后来的时间里，他们还有过一两次交谈。算命人问谢德昆明有什么好吃的店，声称自己到这里不足一月。谢德惊讶于他的语言天分，一个月就能讲本地话。和之前的猜测差不多，此人是四川巴中人。他游历丰富，来昆明之前去过广州，香港，重庆。他说自己姓钱，在互道年纪之后立即亲热地喊谢德"谢大哥"。谢德谨慎地没有提自家的茶馆，只说自己做小买卖，甲马是家传的板子翻印的，逢年过节卖卖。

收摊回家后，谢德本想对大哥他们说一下姓钱的算命人。和众人喝了点酒，转眼就忘了。

跟着苏怀殊去听夜课，对谢德来说是一段特别的经历。

他其实并不是因为仰慕某先生而去的，只是想看看"听课的她"。她坐的是向同学借的小板凳，他嫌板凳太矮，腿屈得难受，索性在旁边蹲着。当晚有微云，月亮时而被掩住。苏怀殊专注于聆听的脸庞因此忽明忽暗。即便在最昏暗的光线里，他也能凭借记忆勾勒出她的轮廓。凉风吹过，周围只有讲课的先生慢悠悠念诗的声音。谢德一边偷瞄她的侧脸，一边在心里重新审视下午的经过。姓钱的小子十足邪门。他觉得像是某种魅术。也许蒲达师傅能知道个中门道。想到老头子上次讲的不祥预言，他没兴致远赴西山讨教。

他正在东想西想，苏怀殊伸手拍了拍他的膝盖，像在说，要专心。

中元节的第二天，清晨下了场大雨，吴若芸在放学路上跌了一跤。她穿着沾了泥的衣服，一瘸一拐回到宿舍，还有闲心打趣自己说，整个雨季走路都很小心，现在难得下雨，反而摔了，简直是阴沟里翻船。

听吴若芸提到雨季，苏怀殊想起自己在开学前回到昆明那几天，恰逢豪雨季节的末梢。外面下大雨，宿舍里下小雨，她们除了用盆接水，还在床上支一把伞。老鼠趁着雨季狂欢，夜里在蚊帐顶上蹿来蹿去，平添扰攘。和她们同住的盛瑶刚"病愈"，她似乎睡得很沉，并不抱怨鼠患。

苏怀殊和吴若芸都不知道，老鼠的动静根本惊扰不到盛瑶。她会把听觉放到尽可能远，听雨打在户外的声响。石头，泥土，树叶，水塘。雨在不同的表面形成不同的音效。普通人拥有和盛瑶一样的感触，要等到视听传播手段趋于先进的几十年后。盛瑶退休后，每次听到纪实类节目中放大的雨声，都会让她想起多年前昆明的雨夜。年迈的她已经丧失了她为之骄傲也为之受苦的特殊听力，但她还记得，就是那场雨，让表姐崴了脚，把她送到那个人的身边。

因为脚伤，吴若芸刻好的蜡版由盛瑶代劳，送到青云街的老师

143

家。青云街的路面看不出一点雨后的痕迹，原来雨只下在城西，这在昆明是常有的事。盛瑶拿了新的稿子，从老师家出来，盘算着买一块饵块吃。她正在热爱零食和小吃的年纪，经常不吃食堂，把钱省下来买饵块、米线和凉粉。还有摩登粑粑，其实就是烙面饼，三寸多的圆形，厚半寸。和面时用了少许牛油，吃起来格外香。"摩登"一词来自联大女生，因为她们是这种面饼最热心的拥趸，联大刚迁到昆明的时候，本地人把她们叫作"摩登"。那时物价比现在低廉得多，学生的贷金足够吃饭，女学生们刚从城市过来，也更注重打扮。到了现在，像苏怀殊一样有好几件旗袍轮换的女生，一看就是家境优裕。

盛瑶兜里的钱是苏怀殊偷偷给她的，如果让表姐知道了，少不得让她还回去。吴若芸因为自己赚钱不容易，所以分得很清楚。小苏请吃饭可以，如果还要给表妹零花钱，就犯了她的忌讳。

卖饵块的摊子支着炭火，雪白的饵块在炭火上很快膨胀起气泡，散发出好闻的米香。饵块的酱料有甜酱，咸酱，腐乳。昆明人通常每样要一点。盛瑶排在一个买饵块的少年后面，还没和老板说她的要求，忽然，一缕歌声钻入她的耳中。

就像在新校舍听见坟地的歌声一样，是遥远距离外的、旁人耳力不及之处传来的歌声。不同的是，这次她听得懂歌词。她甚至会唱这首歌。

"微风吹动了我头发，教我如何不想她？"一个年轻男人的声音漫不经心地唱道。唱到"水面落花慢慢流"时，那人像是失去兴致，改成吹口哨，盛瑶忍不住合着他的口哨声哼唱。

"燕子你说些什么话？教我如何不想他？"

她忘了饵块，朝歌声的方向快步走去。那个声音慵懒又甜蜜，如果盛瑶年纪更长些，还能听出悠然间带着一丝世故。她只觉得歌声好听极了。随风而来的歌声让少女的心有莫名的悸动。她错过了一回，这一次，她想要勇敢地赶去，看一看唱歌的人究竟是谁。

也许见到就会失望了呢。她想起语言不通的彝族歌者，把轻微的自我厌恶压下去。

年轻男人唱起另一首歌，联大学生也爱唱的《江南之恋》。"梦样的温存，露样的娇香，水样的柔情，云样的迷惘。"表姐说，这首歌被一些学生斥责为靡靡之音。苏怀殊当时笑道，怀乡的歌怎么靡靡了？心中有色，才会见色。下次让我当面听见了，一定要和他们辩论。吴若芸说，别怪我没提醒你啊，你这个较真的脾气，将来会吃亏的！

盛瑶能感觉到，他在水边。青云街离翠湖不远，穿过横巷就到。问题是湖很大，不见得能找到。

她很幸运，刚走到湖边，视野中便是那个坐在长凳上的人。他的双腿舒舒服服地伸在凳子上，一个人占据了足够三个人坐的长凳，上半身斜倚着靠背，背对着她的方向。她沿着湖走过去，一直过了长凳，都不好意思瞟他一眼。她在不远处停了，靠着一棵树。他还在唱歌，这次换成了《夜梦江南》。

"昨夜我梦江南，满地花如雪。"

她往回走，脚步很轻，仍不敢看他。她在离他六七步之外停下，小心地开口："先生，你也是江南人吗？"

歌声停了。那人说："小姑娘，你可以坐过来，我不会吃了你。"他讲的是云南官话，声音清亮，被翠湖水镀了一层绿光。盛瑶觉得她可以永远听这人说话而不腻烦。她鼓足勇气看向他，发现自己对着一双似笑非笑的月牙眼。

"我叫钱雨青，雨过天青。你呢？"

昆明最近街头巷尾议论的主题，除了采花贼，就是卖国贼。后者更加指名道姓，说是文林街一家书画店的老板在空袭时把宣纸铺在屋顶，为敌机轰炸提供指引。

孟老爷子作为商工会的主事人，决定出面稳定民心。他在家发起聚会，连办几场，按片区邀请各家商户。谢德今天去的这场，参会的主要是文林街凤翥街钱局街的商家。被人们议论的书画店老板也在场，他说，因为传言荼毒，店铺生意大减，还有人往店里扔石头。但这实在是中伤，不说别的，有谁会特意为敌机指明自家店铺的所在呢？而且文林街这一向也没遭到轰炸。

孟老爷子说，流言总有个开端，希望各位自重，也相互监督。我相信清者自清，也相信我们当中绝没有汉奸。万一有谁想要做不利于民族国家的坏事，左邻右舍一定要迅速应对，该举报举报，该阻止阻止。

散会时，一名陌生男子走到谢德跟前，自我介绍说叫夏宁熹，在政府担任文职。他大约三十四五岁，不蓄须，短发贴着头皮，戴银丝眼镜。斯文的面相并未让他看上去像个坐办公室的，因其姿势笔挺，谢德猜测他是军人。

夏宁熹邀谢德去喝咖啡，说有事询问。碍于对方的身份，谢德不好拒绝，说，不用破费，去我家茶馆就好。夏宁熹说，茶馆人多眼杂，正好附近有家西菜社，我们去那里吧。

谢德不是第一次喝咖啡。有一次苏怀殊收到舅舅的汇款，请他们几个吃了西餐。当日牛油售罄，三个女孩都面露惋惜。肖毅和他倒是无所谓。猪排是裹了面包粉油炸的，汤里除了新鲜番茄，据说还放了番茄罐头，呈现古怪的红色。谢德觉得西餐唯独面包有点意思，其他菜远不如他妹妹的手艺，当然他没有把意见说出口。

西菜社的餐桌铺着红丝绒，上覆白布。上次来的时候坐的是靠近门口的一桌，夏宁熹熟门熟路地把谢德带到最里面。两个人坐六人的长桌，空旷得有些古怪。落座后，夏宁熹聊了几句他自己，说，我是德国留洋回来的，专攻心理学，现在的工作无关学问，不过也算和专业沾点边。

装在白瓷杯里的咖啡上来了。因为有上次的经验，谢德加了很多糖。桌对面的夏宁熹注视着他的动作，用双手拢住咖啡杯。他的手细长白皙，手背上的静脉泛青，和谢德对军人的印象不符。谢德喝下一口咖啡，被泛着甜味的苦刺激得眯起眼来，夏宁熹这才开口："我有过一个很特别的助手。"

像是故意留出一个停顿，夏宁熹隔了片刻，继续说："是个世家子弟，川北人氏，在广州念的大学，艺术专业。日占之后，他先流亡到香港。后来香港待不下去了，倒不是因为日本人，那时候香港还没被占领。事情说起来也是咎由自取。因为，比起他那些不入流的画，他有项更吃得开的本领，让人听话。"

"听话?"谢德反问道。

"骗子未必都巧舌如簧。有人善于布局，有人懂得攻心。此人当时不过二十出头，却同时交了好几个显赫的女朋友。靠着她们，他过得很不错。要不是其中一个女朋友的丈夫发现了他们的事，派人把他暴打一顿，又以讹诈的罪名把他弄进看守所，我也不会有机会请他为我做事。我听说了他的盛名，觉得此人虽然是个人渣，说不定也可以为国为民，做出他应有的贡献。当时他的案件尚未开庭，我去看守所的时候，才知道他居然逃走了。也不知道他使了什么手段，说服守卫给他开门，还给他换上警察的制服，帮助他逃走。"

对方很会讲故事，谢德忍不住问："后来呢?"

夏宁熹反问："如果换作是你，逃走之后会怎么做?"

"隐姓埋名。如果对头的势力很大，干脆离开香港去别处。"

夏宁熹微笑："是啊，正常人都会这么想。可惜这位不是正常人。不知道该说他是艺高人胆大，还是痴情种子。总之，他又回去找他的老相好。"

谢德从他的笑容中看出一丝玩味，就像植物学家拿出某种珍奇标本炫耀示人。有那么一瞬间，谢德不想接话，但他毕竟有着年轻人的好奇。

"然后就被你找到了？"

"不，仍然是那个善妒的丈夫抓住了他。这一次，对方没有把他送司法机构，打算私刑处理。我赶到得还算及时，否则，他的一双眼睛就要保不住了。你可能会奇怪为什么是眼睛。因为那个戴绿帽的人相信，他蛊惑自己的妻子，靠的是眼睛的催眠力。我一开始就说过，他能让人听话。这是他的才能，也是他游手好闲的资本。运气好的时候，还可以靠这项才能改变困境，例如在看守所。不过，显然运气也有不灵的时候。"

夏宁熹暂停讲述，审视地观察谢德的表情。"你好像并不惊讶。其他人听我讲这个故事，都会对催眠发表自己的看法。有人相信，有人说是无稽之谈。"

"这世上不可知的事太多了。真相如何，很难知道。"

一个能催眠别人，让别人"听话"的人。听了夏宁熹对那名助手的描述，谢德想，如果和这样一个人面对面，有谁能保证自己不受其蛊惑？另一个念头冒出来：夏宁熹所谓的"为国为民"，究竟是什么？用这样一个人，能做到什么？

他很少暗地里对人用谢家人的异能，这时却忍不住窥探了夏宁熹的记忆。他的本意是"看"一下那名助手，为了掩饰自己接下来可能出现的失神状态，他低头端起咖啡杯。

日复一日，一场又一场审讯。持续的强光。针剂。冷水浸泡。夏日烤火。不给水喝。夏宁熹一贯很有耐心，也少用暴力。他善于用精准的折磨对付那些对酷刑有心理准备的囚犯，再硬的汉子在他面前都会委顿在地，狼狈哭泣。谢德也看到了夏宁熹的助手，他坐在犯人的对面，一副谈心的模样。他的脸上有深深的自我怀疑和厌恶。

那人正是城隍庙前摆算命摊的钱姓青年。谢德的手抖了一下，还好咖啡只剩几口，并未溅出。

夏宁熹当然注意到谢德的失态，却只是随意地岔开话题，说起卖花生的邱姓女子。

"'花生西施'也许该换个外号，她家人现在不让她卖花生了。听到传闻，我很感兴趣，特意去看过她。一开始我以为，医治她的人，用的是和我的前助手类似的手段。实际和她交谈我才发现，那是更精妙的机制。有人让她忘记她有过一个孩子，像一种深层次的催眠，连潜意识和无意识都被压制。这是心理医生梦寐以求的境界啊，谢老板，我不得不对你表示佩服。"

谢德说："我不明白……这和我有什么关系？"

夏宁熹一笑。他很善于用笑表达各种情绪，此刻他脸上分明写着"你抵赖也没用"。他并未进一步施压，放缓语调："我还想和你聊聊昆明城最近的传言。"

"铺纸给敌机报信？"谢德不起劲地说，"刚孟老爷子也说了，都是空穴来风。"

"不，还有另一个传言。采花贼。"

"都是牛皮哄哄。你想啊，哪个女人失了清白会嚷嚷出来？就好像没有人会在邻居的眼皮底下铺什么纸。想想就知道了，这些都不可信。"

夏宁熹在桌面上十指交叉。谢德已经了解,这双手通常不暴露在空气中,而是戴着手套。他在刚才的试探中短暂地成为过夏宁熹,他知道,他会在审讯对象面前慢慢把医用橡胶手套先套上一只手,然后是另一只。用视觉给人想象的空间,唤起对恐惧的期待。那双手有种精准和稳定,一如外科医生。谢德尽量不去看他的手,免得触及不愉快的记忆。

　　夏宁熹盯着谢德说:"女人不会嚷嚷,有没有另一种可能——是那个让她脱光的男人自己嚷嚷的。人心有时候是很奇妙的。"不等谢德做出反应,他接下去:"我听说,你的茶馆生意并不好。为政府工作虽然算不上肥差,但肯定比你现在的收入高。你考虑一下,要不要来当我的助手。"

　　谢德表示,他更愿意做个茶馆老板,不是他不爱国,而是他这人骨子里懒散惯了。夏宁熹又笑了,这次笑得像只狐狸。

　　"我注意到,你没问我工作的内容。按理,一般人都会先问几句,不是吗?当然了,你不是一般人。"

　　谢德也挤出一个笑:"我对坐办公室要做些什么没概念,问了也是白问嘛。倒是你的那个助手,他现在去了哪里高就?"

　　夏宁熹看向窗外的街道:"他跑了。这一次等着他的将是军事法庭。如果我没弄错,他就在这个城的某个地方。我来就是为了找他,遇见你,是意外的幸运呢。"

　　他最后说:"我今天还有事。我们改日再见。"

　　谢德回到茶馆的时候刚过午,三姑娘问他吃了吗,他说没有。三姑娘撇撇嘴说:"孟家好大气派,都不留饭!我以为你会吃了才回来呢,我煮了米线吃过了,你出去吃吧。"

　　听见三姑娘带火药味的话,谢德知道,她因为许灿云和大哥回了弥渡，心情正恶劣，便只是笑笑。三姑娘又说她头疼，要午睡，让他吃完赶紧回来看店。谢德本想去找苏怀殊，看来今天很难脱身。他认命地走到街的中段，在相熟的摊子上买了一碗干黄粉，加了许多辣油，坐在条凳上几口吃完，对老板说，来杯酒。

老板递过一只寸许的粗陶杯，他接过来几口喝干了，又要了一杯。两杯苞谷酿的粗酒下肚，远处传来正午的鸣炮声。谢德有种错觉，仿佛太阳被炮弹打落进了肚里，升起滚烫的热意。他打了个嗝，正要付账，背后有人拍了拍他，是耿耀。

耿耀笑嘻嘻地说："罕见啊，你居然大中午喝酒。"看面色，耿耀在别处已喝了不止两杯。他这阵子在昆明闲久了，酒量也随着无聊程度见长。

谢德说："小妹要睡午觉，走，陪我回去看店。"

耿耀一听便懂了，三姑娘今天在作天作地。他滞留这么久，一方面是想劝谢德收了店铺买马，和他一起开个新马帮，另一方面是想和三姑娘把亲事定了。他以为仗着她还是个小小姑娘的时候带她玩的交情，这事很容易，没想到十五岁的姑娘已有大人的主见，人家现在看不上他，眼睛里只有姓许的。

两个男人各怀心事，回风林茶馆喝酒。耿耀之前弄来的好酒共六坛，每坛五斤。谢德给了蒲达师傅两坛，和耿耀陆续喝掉三坛，再加上前两天过节众人一起喝的，现在只剩个坛底。三姑娘看见耿耀穿过店堂往后院走，知道他要去拿坛子底，顺手把放钱的抽屉锁了，免得她随性的二哥拿钱去买酒。谢德见了也只是苦笑。

酒显然不够喝，耿耀又去卖黄粉的老头那里买了两壶粗酒。两个人在要不要先喝坛子底这件事上产生了小小的分歧。耿耀主张先喝差的，好的留到最后。谢德说："等这两壶喝完，你哪里还喝得出好和差。"见耿耀迟疑，他又说："人活着，有一口是一口，先喝好的。"

茶馆此时只有两桌客人。一个学生在边看书边做笔记，另两个学生在低声谈论什么，有种密谋的氛围。谢德和耿耀坐在最里面一桌，方便留意客人们的动静。谢德把上午的经过大致讲了一遍，当然没提他私下探知夏宁熹身份的事。耿耀吃惊不小，脱口而出："所以姓夏的这是要招募你？孟老爷子也是为了这个把你喊去？"

"你有没有认真听啊？根本是两件事。孟老爷子那边，是说商会要同心，各家要注意严防汉奸，同时不要让流言毁人清誉。"

耿耀说："我觉得姓夏的卯上你了。你这性子，哪里适合吃公家饭。还是听我的，你也别开茶馆了，和我走吧。"

谢德没接话。他对夏宁熹有种本能的忌惮。姓钱的算命人虽然不地道，但谢德能理解他从夏宁熹身边逃离的举动。夏宁熹是个天生的审问者。白天有那么一刻，谢德成了他，体会到看人受苦的发自内心的快感。回想起来都让人感到冷，唯有喝酒才能让他找回日常的暖意。

3. 「替身」

九月下旬的一天，苏怀殊去风林茶馆，只见又是一排门板，让她有些诧异。走近看，门上贴着告示，因家务歇业几天，请诸位见谅。难道谢家出了什么事？她想着，加快脚步进了侧巷。

刚走进茶馆的后院，便传来争执声。带点沙哑的女声一听就是三姑娘，她在变声期得了一场肺炎，嗓音受损。她只在后厨做饭的时候才哼歌，苏怀殊偶尔听到过几次。只要发现有人在旁边，三姑娘就不唱了。

另一个声音是个男人，苏怀殊有些诧异。印象中，谢德在比他小十一岁的妹妹面前总是好声好气的，可以看作是宠她，甚至显得有些软弱。只见过一面的谢家大哥则很有大家长的样子，三姑娘在他面前也温婉得多——当然也可能是因为许灿云在旁边。总之，难以想象谢家两个哥哥会对三姑娘提高嗓门讲话。

苏怀殊循声找去，一路找到侧屋的厨房。

"你二哥要是在这里，肯定也不准你去！"男人嚷道。原来和三姑娘吵架的人是耿耀。

三姑娘正在煮米线，她用竹编的漏勺托着米线放入煮着沸水的大锅，上下抖动手腕，让漏勺均匀受热。

"四两够吗？"她冷冷地说。

耿耀的声音小了些："够了，够了。"

苏怀殊站在门口说："米线有多吗？我要二两。"屋里的两个人看见她，各自精神一振。三姑娘想，苏小姐是明事理的人，肯定站在我这边。耿耀想的则是，且不管她会不会成为三姑娘未来的嫂子，眼下她总得有个嫂子的主张吧。

米线煮起来很快，第二拨下的是三姑娘和苏怀殊的，很快熟了。三姑娘从旁边一只锅里盛了肉汤，撒上腌菜，豌豆尖，又加了她自己熬的肉酱和辣油。苏怀殊端着碗坐到桌边的时候，耿耀已吃下去半碗，额头一层汗。等米线吃完，苏怀殊也明白了他们争执的缘由。

在昆明城以各种版本流传的采花贼故事，受害者之一是三姑娘认识的人。正义路上洪记米行的小儿子的妻子，名叫杜雪艳，她的绣花样子出名地好，钱局街一个媳妇带三姑娘去要过花样。采花贼的流言起来后不久，很快便听说杜雪艳的丈夫要离婚，理由是老婆不守妇道。钱局街媳妇悄悄对三姑娘说，你知道吗，她家男人下乡去收米，回来的时候发现她病了，把自己锁在房里不肯出门，便起了疑心。后来一逼问她就说了，还真的和大家讲的一样，她一觉醒来发现自己被脱得光光的，也没盖被。她以为是撞了邪，所以不敢出门。

三姑娘的第一反应是，别瞎说，毁人名誉。钱局街媳妇赌咒发誓，说自己是从米行的用人那里听说的，句句属实。又说，杜雪艳过门的时候嫁妆丰厚，现在她哥挡着不肯办离婚，说离婚就要退嫁妆。

和杜雪艳虽然只见过一面，三姑娘对她印象很好。杜家在呈贡，也是开米行的。结婚一年的杜雪艳只比三姑娘大两岁。丈夫的家族大，家里事务由婆婆和长房媳妇操持，她除了在家绣花，无事可做。三姑娘她们走的时候，她有些恋恋的神色，那是深闺中孤寂的眼神，让每天和一群泡茶馆的学生接触惯了的三姑娘有种新鲜的触动。

趁着耿耀过来蹭饭，三姑娘和他商量，她想去看看杜雪艳。米行老爷子和他那个闹离婚的儿子肯定不愿意媳妇见外人，所以她想让耿耀出面，和他们说，她能找出害了杜雪艳的坏人。

耿耀一听就不乐意了。你一个姑娘家，掺和什么采花贼的事。他的意见立即遭到三姑娘的驳斥，说他没有同情心。还说，要是这事发生在你的姐姐妹妹身上，难道我也因为不好听就不管吗？耿耀一家三兄弟，并没有姐妹可以做此假设。但他想到三姑娘万一真的找到那个采花贼，忍不住打了个寒战。

苏怀殊来的时候，正值耿耀搬出不大管用的谢德作为挡箭牌。要论嘴皮子功夫，他或者谢德都不是三姑娘的对手。小丫头在茶馆里天天听人辩论，学了一套说话的本领。可惜她书读得少，否则就连联大学生的时政议论，她也想参一嘴。

听完两个人你一言我一语讲述经过，苏怀殊说："耿耀你不用担心，我陪三姑娘去。"桌边的两人露出诧异之色。他们都知道，苏怀殊和谢德很像，看着温和恬淡，但只要下定决心的事，旁人便无法动摇。

多年以后，苏怀殊仍然记得她陪三姑娘前往正义路的午后。她不止一次想过，如果她们没有去找那个叫"雪艳"的女孩——她忘了人家姓什么——是不是很多事就会不同？但已经发生的事无从改变，她也只能抱着遗憾活下去。

她们两个人一道走在外面，是种陌生的体验。以前总有谢德在旁，有时还有耿耀。可能为了打破生疏，三姑娘一路说着话。她说，再过半个月就是阴历八月十五。去年这时候，你还不认识我们，今年可以在我们家过中秋。云南的中秋节是大节，和过年一样。会有很多好吃的。石榴，荸荠，核桃，花生，栗子。还要做月饼。

苏怀殊问她，月饼你也自己做吗？不买现成的？

三姑娘说，买也要买的，自家做的是另一种，叫红饼。我家的红饼向来是我大嫂做。大哥一家上昆明来过节，到时候你就会看到我大嫂和侄子。

苏怀殊问了三姑娘，这才知道谢德的大哥名叫谢彻，侄子叫谢敦。三姑娘轻快地说，下一辈在家谱上是文字辈。苏怀殊一直觉得三姑娘的名字很好，她单名一个徽字。苏怀殊问她，等将来你二哥和你各自有小孩，名字里也要带个文字？三姑娘笑道，现在就开始操心了？苏怀殊本来是随口问的，被她说得红了脸，心想，盛瑶也好，三姑娘也好，小小年纪都这么老辣。

盛瑶最近明显在谈恋爱，找了一堆借口外出，苏怀殊装作不知道，吴若芸根本看不穿。苏怀殊觉得好友有时"木"得超乎寻常，举例来说，肖毅对吴若芸的死心塌地一望即知，只有她本人傻乎乎地以为，他的种种善意全是出于程跃民的嘱托。

到了正义路的洪记米行，苏怀殊让三姑娘等在门口，她自己进去找伙计喊老板。没多久她就出来了，旁边跟着个微胖的年轻男人。那人看见三姑娘，皱眉说，怎么不是谢老板自己来？苏怀殊说，女人的事，女人料理起来比较方便。男人便不再多话，带着她俩往侧巷进去。前面店堂后面住人，格局和风林茶馆是一样的，不同的是后院极深，他们过了两个跨院，转进偏院。和主院的三开间格局不同，这里只有一座单间的二层小楼，院子里没有花木，晒着一地的辣椒。一楼的门板卸下了，大敞着，里面是几排桌椅板凳，桌上空空的。看样子是米行家的私塾，最近无人使用。

　　三姑娘上次来的时候，杜雪艳住在刚才经过的第二进院子，有道边门可以穿到后面的一条街上。现在搬到这里，显然不再是儿媳的待遇。三姑娘的脸色变得有点不好看。男人说，在二楼，至于她肯不肯和你们谈，我做不了主。

　　一角有扶梯通到二楼，楼上是间客房模样的房间。大概是以前教书先生住的。杜雪艳坐在临窗的书桌边，一手支腮，看着窗外。她明明听见有人上楼的动静，却像是无动于衷，连头也不回。

　　三姑娘试着喊道："小洪太。"见她没反应，便提高嗓门，"雪艳！"

　　女孩仍然不动不说话。三姑娘记忆中的她纵然不笑也明艳动人，这会儿像是变成了泥塑木雕的美人。三姑娘走过去，轻拍她的肩，见仍然没反应，索性把她的脸往自己的方向一掰。刚进屋的两人不由得一惊，杜雪艳之前对着窗外的半边脸上有块不小的淤青，显然是被人打的。三姑娘的第一反应是探头看窗下，想叫住刚才带路的人。苏怀殊拉住她说："早走啦，那也不是她丈夫，是洪家少掌柜。"

　　苏怀殊细看杜雪艳，发现她双眼完全没有焦距，三姑娘的手一松，她又扭头对着窗外。眼前的一幕似曾相识，苏怀殊恍然惊觉，杜雪艳的状态，有点像之前犯病的盛瑶，于是对三姑娘说："我可是借了你哥哥的名头带你来的，我知道，你哥哥会的，你也会。"

三姑娘闷闷地说："我也没想到她会变成这样啊。"她从手里的布包拿出一沓甲马，蹲下身一张张摊在地上。苏怀殊终于有机会从容地审视谢家的甲马，如果她曾经光顾过谢德在城隍庙门口的摊子，就会发现用来卖的和面前这些，在题材上截然不同。三姑娘带的不是祈愿的吉祥图案，看起来甚至有些骇人。"巡神""哭神""枭神"……甲马上以粗线条印就的神像并没有神的肃然庄重，似兽非兽，面貌近乎凶恶。

三姑娘拈出一张"惊骇之神"，不确定地说："用这张吧。"苏怀殊想起谢德给盛瑶"治病"用的是同一张，心头一动。

盛瑶最近一次去风林茶馆，是在一个多星期前。

一个月总有两三回，谢德喊苏怀殊和她的朋友们过去吃饭。可以省下饭费的机会，吴若芸向来不拒绝，有时她还会带上肖毅这个拖油瓶。谢德也请不起什么大餐，通常是三姑娘做的酸腌菜炒肉、洋芋焖饭、苦菜汤，偶尔多个炒蛋，就算得上丰盛。他家的米比学校食堂的好得多，加了洋芋，吃起来格外香。肖毅问做法，三姑娘说，焖饭要用当年的新洋芋，炒菜无所谓，用老洋芋划算些。她还用老成的口吻说，只要有洋芋，就饿不死人。

说这话的三姑娘当然想不到，差不多二十年后，她将用洋芋喂饱自己和家人。大嫂病着，大哥家的老二老三还小，家里的事全靠三姑娘打理，那时的她没了昆明时期的清晰头脑，经常把已成年的大侄子叫作"二哥"，但她操持家务并不含糊。家家户户为了活命殚精竭虑的年头，没有人上门求他家的甲马。多少受过甲马恩惠的人都忘了谢家，只有杜雪艳记得他们。杜雪艳于四九年后改嫁，靠第二任丈夫的关系，在昆明一家供销社工作。她托人送到弥渡的荞麦面，虽然只有几斤，却是苦日子里的光亮。要到饥饿年代过去，三姑娘才接到耿耀的死讯。安家在鹤庆一个村子的他，为了老婆孩子去偷生产队的粮食，被人发现后给打死了。

盛瑶每次都跟着表姐和苏怀殊去蹭饭。上周的傍晚，发生了一件小事。那天，她刚走到钱局街的头上，就听见苏怀殊念书的声音。

苏怀殊读的是一本外国侦探小说，她读完一段停下来，问："你在听吗？"一个云南腔调的男声含笑说："在呢。"苏怀殊继续读下去。盛瑶听出男的是谢德，光是想象他俩一个读书一个听的局面，她就有些腻烦。这时又一个女声传入耳朵，是吴若芸。"你俩都在这里闲，店也不管吗？"谢德说："让耿耀看着呢。"

盛瑶这才定定心往前走。

她并未意识到，自己的心理十分古怪。她总是忍不住暗自将钱雨青和谢德做比较。钱雨青受过高等教育，有风度，有相貌，哪一点都比谢德强，比来比去，她没有一点不满意。然而每当遇到苏怀殊和谢德在一块儿，她又有种没来由的不快。

反正自从听到苏怀殊读书，盛瑶就有意无意地不再去凤林茶馆。她给自己的理由是，要抽时间陪钱雨青。

钱雨青不知道她的耳朵的事。这让她有种藏了底牌的自信。去见他的路上，她一向先听听看他在做什么。他几乎总在和人聊天。说也奇怪，街上不论什么人和他都聊得起来，从贩夫走卒，到各所学校的先生们和学生们。他说自己前不久出于好玩摆过一个算命摊，生意相当不错。要说他能靠那张嘴赚钱，盛瑶相信。她问他，你这个搞艺术的怎么不画画，他说一直在画呢。她想到他的住处看画，他说和朋友合住，屋里又乱，没答应。

这天是周日，盛瑶和钱雨青约了晚上看电影。她从午饭后就腻着他，两个人在翠湖边走了走，又去街上吃了冰粉。昆明城可去的无非那么几处，盛瑶走累了，提议找个地方歇脚。钱雨青说："你姐不是有个朋友开茶馆？我们去他家店里坐坐。"

盛瑶了解谢德的为人，知道他就算见到自己和男友，也不会在表姐跟前多嘴。但她不想去风林茶馆，随口说："茶馆多的是，未必要去那家嘛。我觉得他家一般，还不如去文林街上的。"

钱雨青说好。他脾气好得惊人，通常盛瑶说什么是什么。盛瑶以为，这是他重视自己的表现。

他们在文林街选了一家人少的茶馆坐了，邻桌有个和钱雨青相识的人说："钱老弟，你女朋友看着好小啊，你这是拐带未成年少女吧？"另一个人说："少假正经了，换成是你，乐都来不及。"两人的言谈显得猥琐，盛瑶恼怒地喝着茶，用目光示意钱雨青别理会他们。

钱雨青笑着对第一个人说："要真有十五岁的姑娘青睐你，你会拒绝？"

那人的目中神色有些茫然，片刻后说："不会。"

"果然是假正经。"钱雨青的笑意冷下来，又对第二个人说："你，我就不用问了。"他用下巴示意盛瑶，"我让她拿茶泼你，你愿意吗？"那人先是一愣，随即露出呆滞的神色，说愿意。盛瑶在旁边看呆了，心想这两人真是贪色又蠢笨。这时钱雨青对她说："泼他！"盛瑶想都不想，一杯茶直接洒了那人一脸。没伤到人，茶是温的。店里的伙计以为有人吵架，急奔过来，钱雨青说没事，只是闹着玩。被泼了的人仍是浑浑噩噩的模样，连前襟沾了茶叶都不知道擦。

他们付了茶钱出门，盛瑶问钱雨青，为什么只让她泼第二个人。在她看来，那两人同样讨厌。他淡淡地说："让伪君子承认自己的虚伪，就已经够了。"

盛瑶说："不过真奇怪啊，我拿茶泼了他，他也不生气。"

钱雨青扭头看她，一双桃花眼显得幽深。盛瑶脸一热，垂下眼。只听钱雨青在旁边喃喃："他说了愿意，当然不会生气。听话的人不难找，像你这样不听话的姑娘，才少见。"

盛瑶笑起来："我哪里不听话，每次还不是你说什么就是什么。"

"才不是，刚才我想去风林茶馆，你就不愿意。"他的语气有种古怪的氛围，她无法分辨那是什么。

他们走着走着就到了城隍庙。非年非节，香火不旺，庙门口只有个卖糖画的老头，无人光顾生意，看起来快要睡着了。钱雨青上前和老头寒暄，对方的眼神醒了醒，张口就说："哎呀小钱，刚才有人找你呢。我说这一向你都没出摊，没想到你前后脚又来了。"

钱雨青显得有些紧张，问是什么人找他。老头说："不就是开茶馆那个嘛，中元节在你旁边卖甲马的。"

听见甲马，钱雨青的神色微变，盛瑶在旁边说："我们还是去风林茶馆吧。"钱雨青再次以古怪的神气看她，问："怎么又变卦了，这都走到多远了，还得折回去。你不是刚才就喊走不动了吗?"盛瑶挽住他的胳膊，软声说："我现在想去了，不可以吗?"卖糖画的老头看着他们以亲密的姿势走远，心想，小钱这么快就找了个女学生，又是给人算命骗来的吧?

风林茶馆没开门。

盛瑶在街头上就知道了，那间店一派寂静。后院也没声音。隔壁的杂货店来了个买烟的主顾，挑挑拣拣拿不定主意。楼上住家有人搓麻将。再过去一间是布庄，没生意，两个店员在聊天。下午两点多，整条街有种懒散的午后气氛。远处卖黄粉的老头用一支竹耙子赶苍蝇，嗖，嗖嗖。

她没有去听更远处，街的尾端有座监狱，她以前听过那里的不快声响。在听力笼罩的范围内，她也没发现任何一个熟人。等走到离茶馆不远，她指指掩着的门板："真不巧，没开门。"

钱雨青"哦"了一声，上前看贴着的告示。"字写得不怎么样啊。"他转过身，脸上闪过一丝疑惧，盛瑶顺着他的视线看去，一个男人正往街头走去。那人大概是怕晒，避开路中间的日光，贴着街的另一边，步子飞快。钱雨青拔腿朝那人走去，喊道："喂！"那人开始跑。盛瑶懵懂地想，是他认识的人？

"站住！"钱雨青的声音变得尖锐。那人跑得更快了。钱雨青身高腿长，很快赶上他，抓住他的肩膀，逼迫他转过身。对方一转身就试图给钱雨青肚子上一拳，拳头还没递出，人就软了，双目迷离地望着钱雨青。从盛瑶的角度看不到他们之间的细微动作，只觉得那人抖了一下。

钱雨青柔声说："你从来没有看到过我，现在，你从哪儿来，回哪儿去。"

那人茫然重复道："我从来没有看到过你。"

一听到他的声音，盛瑶立即分辨出，就是那个买烟的男人。她看着那人慢悠悠走回斜对面的一家茶馆，钱雨青本想跟过去看是否还有同伙，注意到盛瑶的脸色，他挤出一个笑。"这家伙玩牌欠了我一点钱，所以看到我就跑。其实我也不着急找他要。"

他正要把盛瑶一道带进那间茶馆去查看，一个沙哑的女声叫道："盛瑶！"他和盛瑶从街道两边分别循声望去，只见一个穿白布衫蓝布裤的女孩从街尾的巷口走过来，丰盈的头发盘在脑袋上，显得头格外大，要不是个子比一般女子高得多，就会有头重脚轻之感。

盛瑶应了一声，对钱雨青说："这下你高兴了，风林茶馆有人开门了。"

"老板不是男的吗？"钱雨青诧异道，过街回到她身旁。三姑娘这时也到了跟前，她看一眼钱雨青，像在他的脸上瞥见某个熟人的影子，眼睛眨了眨。盛瑶正要为他们彼此介绍，三姑娘辨认的目光变成了确信。她一把抓住盛瑶的胳膊，把她往自己身后拽。两人虽然同岁，论身高和力气，都是三姑娘占优势。盛瑶被她掐得生疼，感到莫名其妙，当时就想嚷。

三姑娘瞪着钱雨青说："我正找你呢，就是你害了杜雪艳！"

三姑娘和苏怀殊离开洪记米行的时候，杜雪艳已恢复常态。

在苏怀殊看来，三姑娘所做的无非是烧了一张甲马，发了会儿呆。其间，她微黑的脸上泛起一些几乎看不出的红晕，又消散不见。后来她哭了。泪水像滚珠一样从她的眼角滑落，苏怀殊刚拿出手帕帮她擦完，发现旁边木美人一般的杜雪艳也在哭。她俩哭得难分高下，不知道是为自己哭，还是为对方哭。苏怀殊心想，糟了糟了，一个已经傻了，可别连累了另一个。

三姑娘哭到后来，自己伸手用袖口抹了抹脸，对杜雪艳说："你放心，我会把那个人找出来，让他为他做过的事付出代价。"

杜雪艳也开口了，她抽噎着说："已经……这样了。找到他……又能做，做什么？"

苏怀殊在旁边看得一脸茫然。也就是说，在她的注视之下，在这么短的时间里，三姑娘和杜雪艳以她不知道的方式达成了某种共识。三姑娘甚至对传说中的采花贼有了一定的了解。这真的只是烧了一张木刻印画的纸就能做到的？

三姑娘在临走的时候说："我要是你，就不在这里待了。"苏怀殊同样不解其意。

两人下楼之后，发现有个女用人等在院门口，带他们出去。这次走的是三姑娘上回走过的后门，用人问她们，有没有话转告大少爷，三姑娘冷冷地说："你跟他讲一声，小洪太暂时好些了，让他弟弟不要再打人，要是打出了事，就不是什么采花贼的问题，而是你们洪家的问题。"

在街上走了一段路，她才长出了一口气，对苏怀殊说："杜雪艳真可怜。她什么也没有做错，为什么搞得好像一切错都在她？"

苏怀殊说："我完全被你弄晕了！能解释一下吗？"

三姑娘这才说起她刚才"看见"的事。对甲马，她的解释比谢德含糊的说法要让人信服得多。

就像是我成了她。她对苏怀殊说。

只要用对了甲马，就可以进到对方心里。看见让她害怕的，她不愿意想起的那些。她男人经常去朋友家抽鸦片，半夜才回。那天也同样。他回来的时候看见她光着身子躺在床上，就发起怒来，说她和人私通。所以她才编出一个采花贼的故事，求他不要打自己，说她也不知道发生了什么。她其实是知道的。她在城隍庙烧香，遇到一个算命的年轻人。他笑起来那么温和那么好看。他自称是学画画的学生，流落到昆明，靠算命混口饭吃。他说她长得美，想给她画画。她不知道为什么就答应了，约好在她男人出门后，他来找她。她是自愿脱的衣服，给他当模特。他画完就走了，并没有什么轻浮的举动，但这些当然不能对她男人讲。她男人不肯信采花贼的故事，她挨了好多打。打到后来她就呆了，变成了我们看到的样子。

苏怀殊想起谢德曾经试图用"惊骇之神"让盛瑶恢复，那次他没能成功，说是用错了甲马。她问三姑娘："你说你成了她，到底是什么意思？"

"看见她看见的，听见她听见的。连她的痛，也痛在我身上。"三姑娘摸了摸右侧额角。

"像做梦？"

"是呀，就像梦见。"三姑娘说，"你给我讲过黄粱一梦的故事，和那个差不多呢。"

"梦见。"苏怀殊忍不住喃喃重复道。一瞬如同数月，乃至数年。人的意识当真可以进入他人的意识，并且纵横岁月，深入到时间的不同刻度？她觉得简直是神话。然而在这片高原上，又似乎是顺理成章的平凡事物。她想，我一定是被肖毅收集的民间故事给影响了。

三姑娘主张去找那个画画的坏小子，两人去到城隍庙，扑了个空。卖糖画的老头觉得邪门，今天一拨拨人都来找小钱，不知道吹的什么风。老头说，算命那人刚才带着个女学生来过。三姑娘问，你知道他们去哪里了吗？老头逗她道，你来转个糖，转到龙我就告诉你。他的木头转盘一圈画满了十二生肖和鲜果花卉，转盘的重心是调过的，指针十有八九会落在桃子。有些小孩求龙心切，每天过来尝试。三姑娘当然不会上他的当，从荷包里摸出钱拍在转盘上，让他直接讲。老头收了钱，慢悠悠地说，他们要去一个什么茶馆，我耳朵不好，没听清。三姑娘又给了他一些钱，他才说，哦对了，那个茶馆老板我其实认识的，前几天来摆过摊子呢，卖甲马。

两人一听就知道，那人带着个女学生往风林茶馆去了，三姑娘当即就要往回赶。苏怀殊想，茶馆没开门，估计回去也遇不上。她又觉得，光靠她们两个姑娘办这件事，有些不稳当，最好叫上耿耀。耿耀原本住在谢家，七月半谢大哥他们来，为了腾地方，他搬到相熟的一户人家，之后一直没搬回去，估计是看三姑娘对许灿云的劲儿，心里有意见。他的住处苏怀殊也认识，于是两人说好分头行动。苏怀殊千叮万嘱道，如果碰上那人，不要冲动，等我和耿耀回去再说。她想，虽说三姑娘"梦见"那人只是画画，但毕竟那是个轻浮的家伙，一个小姑娘家，还是得慎重行事。

然而在看到那个男人的同时，三姑娘就把苏怀殊的叮嘱扔在了脑后。因为，他带着的女学生，居然就是盛瑶。可不能让他再害了盛瑶呀。

谢德这天从早上起来就心神不宁。他把原因归结为不时出现在钱局街上的陌生人。昆明是个商业和交通的中心，有陌生人不稀奇，跑单帮的，过来找工作的，投亲靠友的，每天都有新的外地人汇入越来越庞杂的居民群体。风林茶馆作为昆明城的缩影，除了熟客，也常有生面孔。

但谢德认为，这条街上最近出现的陌生人，和夏宁熹有关。几个新近出现的面孔盘桓在风林和斜对面另一家茶馆。他们不像其他客人那么多话，偶有交谈，声音也很低。有时，谢德能感觉到他们的视线落在自己身上。像一种监视。

想到夏宁熹那句"我们改日再见"，他感觉自己就像一条即将下锅的鱼，在水缸里焦虑地巡游。原本除了和苏怀殊约会，他也偶尔和耿耀去郊外钓鱼，自从有一次发现茶馆的可疑人物居然在他们不远处下钩，他就断了钓鱼的瘾头。他甚至刻意减少和苏怀殊见面的次数，即便见她，也尽量窝在后院。苏怀殊笑他最近都不愿出去走动，像个老头子。

到了今天，他实在憋不住，索性在门口贴了暂时歇业的纸，一个人穿街过巷，先去了北门，又折返南边。他甚至觉得要是来个空袭警报就好了，可以趁乱躲起来再做打算。问题是这天虽然是个大太阳天，却不见五华山挂出示警的红灯。他走了大半日，也不知道到底有没有人跟着自己，最后把心一横，去了城隍庙。姓钱的青年没有出摊，卖糖画的老头也不知道他的下落，谢德感到失望的同时，也松了口气。

　　他胡乱地走啊走，不觉间经过和夏宁熹喝咖啡的店。窗户上垂着白纱帘，看不到里面的情形。他走过去，又折回来，推门进店。他不知道自己在期待或逃避什么，接着看见了夏宁熹。

　　夏宁熹坐的还是上次的位置，对面坐了个年轻人，看打扮像是学生。

　　见谢德进门，夏宁熹显得有些高兴。"谢老板，好巧啊。"

　　"我想和你谈谈。"谢德说。

　　夏宁熹和年轻人低声说了什么，对方起身离开。谢德老实不客气地在夏宁熹对面坐下，女招待上前，谢德摆手表示不点东西。

　　他接着说："是关于你上次的建议。我仔细考虑过了，我这种闲云野鹤的性子，真的不合适。"

　　夏宁熹眯起眼，眼底是玩味的神色。那种感觉又来了，谢德想，水缸里的鱼。问题是，鱼在困境中仍无法遏制对水缸里其他鱼的好奇心，明明大家都要被一锅炖了。

　　"我有件事想向你请教，"他听见自己说，"之前担任你助手的人，你说过，他能让人听话。是指对任何人吗？"

　　"你觉得呢？"

　　"我猜应该不是。人的意志有强有弱。意志坚定的人，就不容易被其他人所惑。"谢德停顿片刻，"我不知道你对我家的甲马了解多少。它也不是万能的。甲马能够捕捉的，是那些足够强烈的……"他正在斟酌用词，夏宁熹说："记忆。"

谢德闭上嘴，凝视对面让他莫名生出惧意的男人。审讯者。

夏宁熹说："他人的记忆，是我们这一行梦寐以求的。谢老板，你对我的前助手的判断很正确。他对人的影响力有限，而且也有失控的时候，诱导式询问，有时反而会让人离真相越来越远。但你不同。你的能力可以让我们以最快的方式获得真相。而且是完整的不带任何矫饰的真相。我要是你，就不会拒绝党国给出的这个机会。"

谢德沉默。夏宁熹继续说："我不像你们，拥有上天给予的超越普通人的天赋。但我有这个。"他用食指轻敲自己的太阳穴，"我善于抓住人的弱点。有人贪财，有人好色，有人想升官。你可以说你闲云野鹤，无欲无求。我信。不过，你也有对你来说重要的人，不是吗？例如你的家人，还有那位，苏小姐。"

谢德放在膝上的手握成了拳。口袋里有两张堪称杀着的甲马，是他早上出门时揣上的。现在想来，当时他就隐隐意识到会有这一刻。

和这个人是说不通的。人为刀俎，我为鱼肉。刀不会听鱼的心声。需要做的只是想办法离开这里，在外面给甲马点火。是先装作答应，还是直接拍桌子走人？谢德尚未想出哪种做法更自然，大门忽然开了，有个人匆匆进来，走到夏宁熹身旁。

"夏主任……"

"都是自己人。"夏宁熹说，"讲。"

"是。刚才钱局街的一个点被拔了，另一个回来报告。钱雨青出现在风林茶馆门口。和他在一起的有一个女学生，还有……"来人看了谢德一眼，"风林茶馆的女掌柜。女掌柜是后来出现的，他们之间好像有什么争执，钱雨青把她打晕带走了，女学生也跟着他们。"

"有人继续盯着他吗?"

"按理应该要跟,可那是个新人,看见钱雨青把第一个点废掉,吓坏了,又看见他动手……就没敢跟,直接回来报告。"

"废物。"夏宁熹冷冷地说,"他现在带着两个女的走不快,立即发命令下去,全城搜捕!"

谢德飞快起身,夏宁熹仰头看他。"你别急。跟在我旁边,才能随时知道下一步的情况。"谢德从夏宁熹的眼里看出一丝愉快的光,犹如猎手面对猎物的喜悦。谢德知道自己不是那个猎物。暂时还不是。

钱雨青背着三姑娘一路疾走,盛瑶紧跟在他身后。在旁人眼里,他大约像个背着妹妹求医的兄长。三姑娘额角的伤被盛瑶胡乱用手帕扎了起来,帕子上还在渗血。钱雨青喘得厉害,三姑娘的体重对他来说是个过大的负担。盛瑶想问他为什么要带着三姑娘逃走,转念想起,其实更应该问的是,他怎么会听到一个女人的名字就突然变色。他僵着脸对三姑娘说,不是我,你弄错了。三姑娘不依不饶地嚷道,就是你,你先花言巧语迷惑了她,然后到她家画了她。我全都知道!她的沙喉咙虽不尖锐,也吸引了这条街上少数几个人的注意力。钱雨青转身就走,三姑娘追上来揪住他。两个人搅作一堆,盛瑶还没来得及劝解,就见三姑娘跌在青石板地上,登时不动了。她吓得手足无措,想哭,想尖叫,泪水和声音都卡住了,她呆呆地站在原地。钱雨青在旁边恶狠狠地说,没死呢,就只是跌破了头,你帮她包一下。

卖黄粉的、杂货店的和街对面茶馆的一个伙计都走来张望。钱雨青望着他们说:"这里没你们的事!记住,你们什么也没看见!"

几个人听话地散了。盛瑶忙着给三姑娘包扎，无暇对这一幕表示惊奇。她直到这时才隐隐把一些从前以为是理所当然的事翻出来回味，发现不对。她抬头看钱雨青，想找回自己熟悉的笑眉笑眼的青年，却只见到一张惊疑不定显得陌生的脸。

"她为什么会知道……"钱雨青像是在自言自语，顿了顿又说："她到底是什么人？"

"是风林茶馆老板的妹妹。"盛瑶的话是从某个深不可测的地方滑出来的，接下来的句子仿佛一直待在她的唇边，等着被说出——

"他们兄妹会一种邪术，用甲马钻进人的心里。"

"甲马……"钱雨青显得比刚才镇定几分，"我们带上她。"

"去哪儿？"

"先回我的住处。"

约会就此变成一场逃亡。盛瑶跟着明显体力不支的钱雨青，很担心他会走着走着倒在地上。他并没有倒，硬是背着三姑娘走了三条街，转进一条巷子。盛瑶听出隔着不远就是翠湖，空气中有熟悉的鸟鸣，水波滑过鱼鳞，泛起极其细微的金属琴弦才能弹奏出的轻响。那是只属于她的隐秘乐音，曾给她悄然的安慰。但这时她无暇感应，随着钱雨青进了一户人家，直奔偏厢的小屋。

屋里光线不佳，盛瑶刚进屋时视线骤暗，一开始以为房间里到处搭着白布。片刻后她才发现，是一幅幅素描，散乱地摊在桌子和柜子上。有铅笔画，也有炭笔画。黑线条勾勒的女人身体。女人赤裸着半躺，扶坐，倚床斜靠，跪着转身袒露S形的背和半只乳房。各种姿态的女人在纸上摇曳，让盛瑶的眼睛无处安放。

钱雨青仿佛没注意到她的震惊，或是注意到了却无暇理会。他把三姑娘往床上一扔，自己开始翻箱倒柜收拾东西。一点现金。装有画笔和颜料的手提皮箱。几件衣物。一条跟着他由重庆辗转各地

170

的毯子。他从素描当中拣出几张，心头隐隐痛惜，倒不是为留下的画稿，而是为他本打算画却迟迟没有动笔的油画。昆明的气候与人物让他悠哉地待了一个半月，就连模特也只找了两个。除了杜雪艳，另一个是交通局副局长的姨太太，后者他不仅画了，也睡了。钱雨青爱美色，也懂得看对方的配合度。让杜雪艳乖乖做模特已耗尽他的心力，他知道，如果更进一步，难免会让她摇摇欲坠的神经失去平衡，从被催眠的状态惊醒。他很为自己和那位姨太太的欢好而得意，忍不住在茶馆里当成狐仙般的灵异故事加以吹嘘。没想到昆明城的人真够闲的，没几天就炒成采花贼的传言。今天在钱局街遇到的人，装作买烟，实际在盯梢，不用说，一定是夏宁熹的手下。这让钱雨青深深后悔自己的一时忘形。他把画卷起来，和衣服毯子一道塞进大号藤箱，又把藤箱与画具皮箱的拎手往盛瑶手中一塞，自己回身去背仍在昏迷的女孩。

在城隍庙遇到卖甲马的男人，钱雨青对姓谢的有了些兴趣，在街头巷尾和人聊天的时候，陆续打听到一些关于甲马的轶事。他也听说了，那人就是风林茶馆的老板，所以才和盛瑶说想去店里玩。之前在城隍庙有过短暂的交锋，对方对他的催眠力有所提防。如果他单独上门，反而不好。没想到谢家不止一个人有异能。哥哥没遇着，妹妹不请自来。钱雨青存了个念头，万一夏宁熹找到自己，就把谢老板的妹妹交出去。姓夏的对各种奇人有不一般的兴趣，给他个新人，也许能放过自己这个旧人呢。

钱雨青想不到的是，夏宁熹留在钱局街的暗桩与他无关，为的是监视风林茶馆的动静。他此前的经历让他只接触过夏宁熹在局里的工作，对外勤毫无了解。否则他就会知道，暗桩总是两人一组。一个被他催眠，另一个则在他离开后一溜烟地回去报告。

他们来到街上，钱雨青看到路边停了辆吉普车，明显是军队的。他走过去隔着车窗搭讪，司机把窗户摇下来，三言两语，司机便下车让他上去，还给他敬了个礼。盛瑶这时已经对类似的场面变得麻木，闷头帮钱雨青把行李和三姑娘安顿在后座，她自己在副驾驶坐了。钱雨青这才对她说了各种吩咐之外的第一句话："你坐这里干什么？下车。"

盛瑶不看他："我要和你一起走。"

"哎……你知道我要去哪里吗？我自己都不知道呢。乖，你下车回去吧。"他试图挤出一个笑容，却不成功，"我就是避避风头，咱们以后还有再见的时日。"说着，他注意到盛瑶的眼里汪着泪水。他本以为这个小丫头见到那些画就会对他丧失全部好感，她的眼泪给他的惊讶多过感动。一颗习惯了游戏人间的心微微起伏了几下。

"我不要。我偏不听话。你去哪里，我就去哪里。"盛瑶把泪憋回去，扭头看后座，"我们真的要带着她吗？万一她醒了怎么办？"

谢德搞不懂，为什么姓钱的会和自家妹妹扯上关系，那家伙是夏宁熹的前助手、算命人，按夏的说法还是昆明最近传言中的采花贼。无论哪一条，都不该也不能导致他和三姑娘对上。谢德着急，可除了等待别无他法。夏宁熹没有说错，他们没等太久，就传来了钱雨青的动向。

新的报告是关于丢车的。一辆军车在城北被人开走。那辆车是某位军官来昆明办事乘坐的，他回到候车点，发现只有司机在，车没了。而司机坚称开走车的就是长官本人。

夏宁熹听完报告，扬了下眉。"这么大张旗鼓，看起来有恃无恐得很哪。"

他带着谢德上了不知何时停在西菜社门口的小汽车，另一辆车紧跟着开出。谢德从后车窗望了眼后面一辆车，司机和旁边的青年

172

都是精悍的军人风貌，后座的人看不清，想来也是夏宁熹的部下。

"你知道走哪条道？"谢德问夏宁熹。

"他在北边抢的车，要么走北门，要么走西门出城。我们两辆车，分头走。"

谢德想了片刻，说不用。顾不上夏宁熹在旁边，他从口袋里摸出两张折叠的甲马，掀起边角看了看，从中拣出一张。他让司机停一下，飞快地用火柴点了甲马，开车门扔在地上。

"替身"。谢德点燃它的时候在内心祈祷，希望三姑娘和自己的距离还不算太远。喝醉之后爱把甲马一张张排开讲解的爸曾经说过，"替身"是不到万不得已不要轻易使用的大凶纸。当时年方十三岁的谢德问为什么，爸指着两排小人的图案说，这是以魂换魂的法子啊。见他人所见，闻他人所闻，一不当心，就会陷入其中出不来。我们祖上有过先例，留下遗训，慎用，慎用。

谢德闭上眼，让意识沉入混沌。黑暗中浮现一个个泛光的人影，大多只是微弱的光，有几个比其他的亮一些。他旁边有道格外明亮的人形，是夏宁熹。夏宁熹说过什么来着？甲马的操纵者会被最强烈的记忆吸引。有一刻，谢德几乎被那道光迷惑，但他随即想到，眼下是不容出错的关头。他努力让自身的混沌之海蔓延开去。一条街，两条街。他在茫茫人海中寻找自己骨肉至亲的妹妹。谢家人会有不一样的光。他相信自己能够一眼认出她。

在那里。是的。那里有两道格外强烈的光，不，是三道。第三道半明半暗，谢德差点将其略过。他在两道亮光之间犹豫，它们是如此不同又如此互补，像一朵花的雄蕊与雌蕊，像长河与落日，晓风与杨柳。其中有一个是妹妹？谢德开始怀疑自己的判断。他的目光重新投向旁边半明半暗的一道，它此刻愈发暗淡，几乎变成一个模糊的影子。

三姑娘被打伤了。钱雨青还带走一个女学生。

某个答案正呼之欲出。

甲马的效力正在衰弱，他能感觉到。他横下心，将自己的意识扑向两道光之一，孤注一掷地。不管对不对，先赌一把。

熟悉的景物以不一样的速度从旁掠过，看起来竟有几分陌生。盛瑶意识到，这是她第一次坐车穿过这些街道，可能也是最后一次。学校，宿舍，表姐，苏怀殊和谢德等人，都被不断抛向身后，越来越远。风从车窗吹进来，混合着小吃摊的气味，凉粉的葱蒜醋味儿，烤饵块的烟火气，甜白酒微微发酵的酸甜。她的鼻孔痒痒的，因着那些气味，也因为逃亡的痛快。她不在意前方的路通到哪里，反正只要有路，车就能一直走下去。走得越远越好。

她的唇边不知不觉带了一抹笑，笑意随着车的行进更深了些，最后变成一个掩饰不住的喜悦表情。她边笑边看正在专注开车的钱雨青的侧脸，他感觉到她的注视，瞥了她一眼。她冲他笑得一脸灿烂。钱雨青也跟着牵了下嘴角。

"这么高兴啊。"他干巴巴地说。

"和你在一起，去哪儿都高兴。"

"等我们真的去到哪儿，你再高兴也不迟。"

她没听懂他的忧心忡忡。一道影子落在她的头脑里。既熟悉又强烈的感觉。她想尖叫。想吐。想把影子从自己身上扯出去。但影子太沉重，她无力做出剧烈的反应，最后仅仅在副驾驶上抖了一下。钱雨青甚至没注意到她的异常。

谢德在夏宁熹的注视下睁开眼，吐出一句话："西门。往海源寺的那条道。"他关上车门，车开了。他倚着座位，微微蜷起背。想吐。想呻吟。太意外了，和钱雨青一起的是盛瑶。他刚才的甲马之力落在她的身上。"替身"是在最深层次的"交换"，和上次用

"惊骇之神"的短暂一瞥不同，对方经历的一切以极大的密度涌进他，为此他必须割裂自身的很大一部分，交托对方。难怪爸说那是以魂换魂，瞬间就耗尽了他的心力。他知道自己没有机会再用另一张甲马。最初他想过，要是夏宁熹坚持要自己去他那里，就同时用"替身"和"军牙六毒"。两张叠加的效果足以摧毁一个心志坚定的人。现在想来，他太过于相信自己血脉的力量，结果夏宁熹反倒成了他唯一倚仗。

他在车身颠簸造成的不适感觉中想起苏怀殊。不知她有没有去茶馆找他。要是去了，看见店门关了，她大概失望而归吧。刚才在甲马的幻觉中，他透过盛瑶注视并倾听苏怀殊和自己，感觉相当古怪。就好像，那个小丫头在嫉妒谁，忌惮谁。他无从读解的复杂情绪。

林雕低低地飞过昆明郊外的天空，欣赏着自己在地面形成的快速掠影。它对那些有金属翅膀的巨大玩意儿比人类更敏感。远远地从气流它就能感觉到它们破空而来。那种时候它会找个安全的山岩或树杈待着。它不喜欢那些大家伙出现的前兆，尖厉的声音从城中响起，尾音直冲云霄。有时大家伙们飞过之处传来更为巨大的嘈杂。等它们退却它才飞出来，发现地面上熟悉的区域发生了变化。有血腥味。它捡到过一块破碎的肉，并不知道是人的手，带回去吃了。

此刻没有大家伙们出现的征兆。它俯冲下去，利爪准确地从田埂边缘抓住一只老鼠。血肉在爪间挣扎的滋味让它兴奋起来，拍了一下翅膀，顺着空气中盘旋的热气往上飞。秋天是最容易借风力翱翔的季节。它的视野范围出现了河流，群山。河流穿过山脚下，道路盘绕山间，仿佛是另一种河流。路上有不长翅膀的大家伙，绕山奔驰。一个。另一个，紧跟着又一个。第一个和后两个之间的距离还很远，映在林雕无动于衷的虹膜中，它并未意识到那是一场猎捕。

它华丽地展翅盘旋，朝着在山路上迅速移动的第一个大家伙飞去。林雕没有好奇心。走的是回森林的路。老鼠在爪中更猛烈地挣扎，终于挣脱几乎让它窒息的牢笼，从半空中一头朝地面栽下去。

"当"的一声，有什么砸在车顶上。钱雨青条件反射地踩了刹车。他骂了一声，下车查看。车顶上有血迹和浅浅的凹陷，刚才砸下来的无论是什么，都已弹开很远。盘山公路仅能容两辆车紧贴着开过，他走到路的另一侧，双手叉腰，往悬崖底下看。看不出个所以然。他在路边撒了泡尿，走回车里。盛瑶问他"是什么"，他沉默着摇头。嘴巴干得要命。之前还笑着说"你去哪里我就去哪里"的盛瑶不知何时换上另一副神色，眉头深锁。

钱雨青发动引擎，刚开出去不到十米，后座忽然传来响动。这次他没停车，扭头看去，盛瑶也转过半个身子，两人都是一惊。只见三姑娘正在鼓捣车门。出发前，因为盛瑶表露担心，钱雨青用箱子里捆画稿的绳子绑了三姑娘的手，让她躺在后座，又用毯子把她盖住。毯子是为了遮掩，却也让他们看不到她的状态。她不知何时醒了，还把绳子弄开了。要不是她没坐过小汽车不会开车门，这会儿都已经下车了。钱雨青心想，再磨蹭恐怕生变。他踩油门的脚加了点劲。盛瑶叫道："是误会，你别闹了！他不是坏人！"她跪在座位上伸手去抓三姑娘，被反撩了一把，指甲在她手臂上尖锐地划过。盛瑶叫了一声。三姑娘嘶声喊道："你别被他给骗了！"如钱雨青预料的，她在车速加上去之后不再试图开车门，但也没有乖乖坐在后面，她整个人往前一扑，手从座位后面往前伸，掐钱雨青的脖子。钱雨青一挣，方向盘被带偏了，踩油门的脚来不及换位，随着三个人的惊呼，车朝悬崖一侧冲了出去。

预期的坠落没有发生。一个奇怪的声音在耳畔不断地响。吱。吱吱。就像宿舍里老鼠咬箱子的声响。

盛瑶睁开眼。

钱雨青在她旁边说："别动。"

她这次很听话，没敢动，只是轻轻扭转脖子，环顾左右。钱雨青的侧脸，车窗，松树的树枝。树枝上结着一枚枚松果。她看不到三姑娘，后座变得安静。她仔细一听，听到了三姑娘的呼吸声。

"她撞到椅背晕过去了。"钱雨青解释道，"我们现在靠这棵树挡着，暂时还没掉下去。"他在最后一刻及时踩了刹车。从他的角度望去，后视镜中，大半个车身探出路面，靠崖边上一棵长歪了的松树托着。

暂时？盛瑶感到自己的心脏像是被一根细线勒住了，此刻她无比后悔上了这辆车。她也后悔，自己为什么没有坚持让钱雨青把三姑娘扔下。要不是带着碍事的人，他们早就顺顺当当走远了。她想，等三姑娘醒了再闹起来，可就糟了。

这时她听见了另一个声音。她早该听到的，要不是之前被不祥的影子吓到。她确信那影子是谢德，他在试图用甲马找到并抓住她。她有种古怪的感觉，就好像有一瞬间，她不再是自己，变成了他。

此刻听到的声音唤起她更加不祥的心境。是汽车声。不止一辆。她低声对钱雨青说："有车来了。"

钱雨青小心地伸出手，摸了摸她的肩。"别怕。"他的声音有点抖，"很快就能获救。"

车停下的时候，谢德还没反应过来前面出了什么事。他之前一直在凝神追赶盛瑶的踪迹，在几个岔路为司机指了路。他能感觉到，"替身"的作用在消散。很快他将无法感知盛瑶的存在。或者说，无法以她的眼观看走过的路。

他的担心是多余的。自从车开始爬山，就只有一条道。开到半山腰，车停了。

夏宁熹下车，谢德跟着下来。映入他们眼帘的是悬而未决的一幕。吉普车的前三分之二探出悬崖，它以诡异的平衡停在那里，像一只走错路的巨大甲虫。

夏宁熹毫不迟疑地朝危急状态的车走去。车里传来一个喊声。

"你别过来！"

谢德花了点时间才认出，声音属于曾和他有邻摊之谊的青年，夏宁熹的前助手。

那人又喊道："你再往前一步，我就把车开出去！"

夏宁熹转头对谢德笑道："看来得你上了。"

谢德没敢立即上前，而是站在原地高声说："你们没事吧？盛瑶！小妹！"

盛瑶带着哭腔的声音传来："没事，谢大哥……你要救我们啊！"

"我走过去，咯好？"谢德高声说，"就我自己。"

车里没反应，他走过去，站在靠近悬崖的路边，观察车的情形。眼前所见让他暗自吸了一口冷气。要救人，最好的办法也许是砸碎后车窗，用绳子把人一个个拉出来。可是没人能保证过程中会不会有什么差错。他注意到三姑娘晕倒在后座，因为角度问题，他没看到她额头有伤。他格外仔细地看了后车门的位置，觉得自己要是一下子打开车门把小妹拉出来，应该也不是不行。但很可能会让车头重脚轻，一头栽下去。他试探地问驾驶座上的人："小钱？"

那人说："谢老板，没想到你认识夏老师。"他的语气格外冰冷，谢德注意到了却没有在意，立即开始说明自己的推论。从后车窗出来比较稳妥，他说，不过要非常小心。

盛瑶也知道，谢德的建议是唯一可行的办法。早在他下车前，在听到他的瞬间她就哭了。她能听出是他。从呼吸，到心跳。她又想起他带着甲马来医院看自己的那天，仿佛前尘往事般久远。

她咬牙说："我试试。"

谢德用石头砸碎后车窗，每一下都引起车身的轻微震颤。盛瑶几乎妒忌三姑娘。晕倒的人离恐惧最远。谢德用手把尖锐的玻璃缺口掰平，顾不得手上划了血口子，对盛瑶说："你爬的时候小心点。"她从前座的中间往后爬，几步路长得像一生。终于到了后座的中间。她看一眼三姑娘，后者斜靠着一侧的车窗，像在安睡。谢德从他们车上找了绳子过来，从车窗缺口扔给她，让她拴在自己身上。

"你妹妹晕过去了。"盛瑶解释地说，"她最后一个吧，要是她突然动起来就糟了。"

她爬出去，感觉到玻璃划过自己的身体，然后是被太阳晒烫的车尾。谢德抓住她的手。她想哭。他很小心地拉着她，不敢太用力。一寸又一寸，她几乎是被他拖过去的。然后另一双男人的手托住了她。忽然间，她又站在地面上了。一阵狂喜从脚底涌到头顶心。我活着，我没事了。她刚高兴片刻，又听见了吱吱声。这次她听清了，是松树在车的重量下发出的呻吟。她顿时手脚冰凉。谢德和旁边帮忙的男人似乎都没有听到。她这才看到，不远处停着两辆车，边上站着几个男人，有个领头模样的穿着西装，就是那个钱雨青让他别过来的人。那人注意到她的视线，短暂地和她对视。让人很不舒服的眼神。

那人扬声问谢德："要帮忙吗?"

谢德说："哎,夏先生你别过来。别吓着他。"他又开始叮嘱钱雨青慢慢往后爬。钱雨青一动也不动。谢德急了:"你不要命了吗?"

钱雨青笑了。他的笑只有他自己知道。车后的谢德看不见他的脸。他最后看了一眼后视镜里显得又小又远的盛瑶,踩下油门,松开离合器。车当然开不动,但车轮的扭动足以让松树发出一声普通人也能听到的断裂声。整辆车连同松树一起坠落。他从后视镜看到谢德扑了上来,死死抓住后车窗的窟窿边缘。他忽然很想看一眼夏宁熹的表情。

老师,你说过我是个懦夫。现在你满意了吗?

第三部分

1998

上海

甲马的伤害

盛瑶出来撵他们的时候，藏在锡箔里的甲马快烧完了。谢晔看向盛瑶的眼神是安玥从未见过的冷漠，不像是他，仿佛他只剩下一个躯壳站在原地。随着白铁盆里的锡箔尽数化作黑灰，他整个人一软，倒在地上。邻居们被惊动了，纷纷跑来。盛瑶则是一脸的惊恐。

"你们走！带他走！"她冲安玥尖声喊道。

因为有谢晔之前的话打底，安玥在慌乱之余努力保持镇定，对热心的邻居们撒谎道，我朋友是低血糖，歇会儿就好。两个男的帮她把谢晔架到院子外面，一个说，真是低血糖？看着不像啊。另一个问她要不要打120。她左谢右劝，终于说服他们将谢晔放在路边一家小饭馆的凳子上，让他靠着墙继续昏睡。两个人一出去，她赶紧摸出一张五十元给旁边正在犹豫要不要赶人的老板，说朋友病了，想在这里歇息一下。她借了店里的电话，打唐家恒的拷机，暗自祈祷他不会因为是外地号码就不回电。听到他在电话里的"喂"，她才发现，自己的手心满是冷汗。

唐家恒做事爽气，直接从上海包了辆车开到苏州，在一个多小时后找到那家饭馆，把谢晔弄上车。谢晔醒转来，是在他们已经进了上海，堵在高架上的时候。他的头在安玥的腿上挪了挪，她立即问："你醒了？有没有哪里难受？"唐家恒从副驾驶扭头笑道："你笨啊，怎么不继续装睡？"被他这么一搅和，安玥疑心谢晔早就醒了，看着却又不像。他慢慢挪起来，仰面靠在椅背上，从喉咙里发出一个像叹气又像呻吟的声音。过了一阵他才含糊地说："我没事。"他一路都没再开口。车到唐家恒家，唐家恒问要不要去他家，谢晔便下去了，唐家恒付了车钱给司机，让他把安玥直接送回家。谢晔连声"再见"也没对她说，更不要说谢了。

所以那张甲马烧起来之后究竟发生了什么？安玥想找谢晔问个究竟。她也考虑过，要不要去他的教室堵他，自考班的课表，想查也不是查不到。让她犹豫的是一个细节。那天在车上，他醒来后一直扭头对着窗外。从她的角度只能看见他的颧骨和下巴，侧脸上，他一贯的生涩消失不见。据说人往往是在一瞬间长大成人的。安玥感到，谢晔虽然从早上到现在一直和她在一起，却在她不知道的什么地方忽然长大了，变成了一个陌生男人。她莫名有种被扔下的感觉。

从苏州回来后，安玥感到谢晔在躲着她。他去看过一次外婆，挑的是她上英语班的周六，在她到家之前他就走了。拷机上一直没有来自他的电话，她去网吧找，才发现他辞工了，也不再住在那里。问了网吧的人，说是他搬去了朋友家。

要说朋友，应该只有唐家恒。安玥拷了唐家恒，他的回电含糊其词："谢晔嘛，你懂的，很多事情闷在心里翻来覆去地想，比一般人想得多。等他想通透了就好了。"

话虽这么说，可他一躲就是十来天。安玥的疑问渐渐转化为气愤，她觉得就当不认识这个人好了。愤怒是一种让记忆历久弥新的催化剂，初见到他的情景无比鲜明地镌刻在脑海一角。他站在舞台上，被她误认作戏里的爱人和学生而握着手，另一只手拎着外卖的袋子，那么高那么局促。很少有男孩在十九岁仍然维持着笨拙，他的笨拙似乎并不是因为陌生异性的握手，而是源自别的什么。后来她又有不少机会近距离地观察他，发现那是一种对他人的羞怯。他害怕人。就像在山林里孤独长大的生物。害怕又想亲近，野生的本能和后天的渴望交织在一起。直到她听说了叫作甲马的古怪玩意儿，才对他的性格有了新的认识。谢晔就像大脑在接触过程中会被其他人的记忆感染的异生物，所以他人对他来说是魅惑的毒药。另一种意义上的他人即是地狱。

从苏州回来的第二天，谢晔到电脑城去提出辞工，被邝诚骂了一顿。邝诚说，年轻人做事不能没有长性啊。谢晔低着头说，是，我知道，我只是有些事情需要琢磨一下。邝诚盯着他说，你不会是和胡思达一样网恋了吧？他没个上进心就算了，你可不能学他。谢晔说，没有。邝诚对他这种油盐不进的态度也没什么话好讲，最后挥挥手说，你说不做就不做了，我总归要和你爸讲一声，免得他还以为，凡事有我管着你。

谢晔这才抬头看向邝诚，小声说："先不要告诉我爸，好不好？晚点我自己和他说。"邝诚答应了。主要是谢晔的眼神让他暗自吃惊，其中隐含了沧桑。他在谢晔走后心不在焉地想，刚来的时候还是个傻小子，一晃就长大了嘛。

回到学校收拾了东西，谢晔背着他来时的蛇皮袋，打算到校门口打个车。唐家恒家离学校两站公交车，说近不近说远不远，背着行李走过去有点吃力。他这番行头惊动了在门卫室里和人聊天的张培生，老张追出来问他，是不是被邝诚给赶走了。

"是我自己辞工了，到朋友家去住。"谢晔盯着张培生脑袋上的绷带，"你的头怎么了？"

"别提了，昨晚巡夜时被人黑了一记。就在你们网吧旁边那条道，你平时晾衣服那里。还好糍糊晚上出来看到我。他懒得去厕所，差点尿我脸上。"

谢晔昨晚没有回网吧。他从唐家恒家拷了胡思达，拜托对方顶班，电话那头传来好一顿埋怨。谢晔没讲辞工的打算，只说，下次请你吃饭。昨晚发生了这么大的事，刚才谢晔去收行李，小丁倒是没八卦夜班的事件，或许他根本不知道。

"你怎么走到那里去？"谢晔忍不住问。那地方除了停自行车和晾衣服，几乎没什么人经过。此外偶尔会有搂搂抱抱的校园情侣。他见过一两回，有些纳闷。校园里比这条墙根底下的过道景色优美的地方多了，何苦在这么个角落亲热。

张培生说那是巡夜的必经之路。那边没有路灯，网吧窗口映出的亮光只照亮了一小圈，其他地方黑黢黢的。他想着几步之外就是网吧，没有开电筒，刚要拐弯的时候，后脑勺上挨了一下。

"你说见鬼吗！明明没看到人。"

谢晔不知怎么就想到他用来拴晾衣绳的树。一棵枝繁叶茂的栾树，小半个树冠覆在网吧靠近甬道的屋顶上。也许树上有人，他想。接着另一个形象占据了他的头脑，那是一辆在崖边岌岌可危、仅靠一棵树和半副后轮支撑的吉普车。后车窗的玻璃敲着个口子，像死神的嘴。他心头拂过一阵寒意，有点走神地对张培生说，你凡事当心啊。张培生回了句，我打过仗的人，怕这点事？谢晔想起曾经透过"梦见"短暂地遇见年轻时代的他，被班长背着逃离雷区，一路哭。邝诚也曾在贵州餐馆数落张培生，说他被班长的老婆当物业使，好处落不到半点。奇怪的是，因张培生而起的两次"梦见"，都不是他本人的记忆。就好像那个死去的人留了些碎屑在他身上，又溅落到谢晔的脑海。

这种事也并非不可能。谢晔想起苏州的经历，闷闷地和张培生说了再见。

到了唐家恒家，从蛇皮袋到里面的内容都遭到了无情的嘲笑。

"你还带被子过来？我家又不是没有！居然还有台灯！"唐家恒逼着谢晔把东西一样样拿出来，又逐一宣布他家有更好的替代。最后他只批准一些衣物、书本、背包和跑鞋进门，其他的让谢晔自己找地方搁。

无奈之下，谢晔去找胡思达寄存东西，这回免不了听一通对他辞职的不解和抱怨。他们在邝诚家的客厅里吃了胡思达下楼买来的麻辣烫，两人都吃得一身汗。胡思达反复絮叨说，你走了，再找个愿意天天值夜班的可就没这么便宜了，我舅舅死抠，肯定找我们学校的学生做小时工，不够的时间找我顶。唉，你说他是我舅舅，怎么把我当长工使？谢晔心想，你从网吧收银机拿的钱可比长工多多了。他也是这才知道，他干了一个多月的夜班工作，在交大学生的眼里，是山穷水尽的时候才肯勉强做几天的苦活。

他问起张培生受伤的事，胡思达说："人啊，欲求不满就容易出问题。张培生爱从通道走，因为那里偶尔会有学生打 Kiss，你不知道，他有这个恶趣味，先摸黑走过去，要是有人在，他就突然打开手电，往人家身上照。一来二去，肯定引起公愤了嘛。"

胡思达当面喊人"张叔叔"，背后评论起来却肆无忌惮。谢晔转移话题："他单恋人家好多年，为什么不索性说开了，这样吊着，遥遥无期。"

"我觉得他不是不敢说，是不能说。没说吧，还能偶尔去帮个忙，见个面。要是说了，人家说不定就不让他上门了。多尴尬。他这种不叫见光死，叫开口死。"胡思达总结道。

谢晔问他和杭州网友是否还有后续，胡思达表示，他才不像某人在一棵树上吊死，最近新泡上一个武汉姑娘，已经交换过照片。

"不是我的照片吧？"谢晔怀疑地问。

"当然不是。我已经在这个问题上栽过一次跟头了嘛。"胡思达眯起眼，笑得有点不坦诚。

安顿完被唐家恒拒绝的行李，谢晔回到高层的单开间公寓。按理他不会选择和别人在同一个房间里睡觉，但昨晚过后他觉得，有个人在旁边，尤其对方是唐家恒这般绝不追根究底的人，实在是莫大的安慰。

正式入住的当晚，他和昨天夜里一样，又被无穷无尽的梦境魇住了，在沙发上发出"唔唔"声。唐家恒赤着脚跳下床，打开台灯，见他还不醒，就使劲拍打他的脸。这回谢晔总算从梦中挣脱。

他坐起身，整个人瞬间变得无比清醒。睡意像缩回地洞的老鼠，连尾巴也不剩。唐家恒递了杯子过来，他接过就喝，喝下去才发现是不掺水的烈酒，泛着诡异的苦味。谢晔皱眉问这是什么，唐家恒说，金酒，又是第一次喝？

唐家恒手上也有只杯子，他回到床上靠着床头半躺半坐，像喝水一样喝起来。谢晔想，大半夜的喝上了，这是要谈心吗？但他确实没法再睡，索性坐在沙发上，盘起腿，又喝一口酒。还是苦。

"还有个第一次……我第一次用甲马的事，你以前问过。我现在讲给你听吧。"

谢晔当时上高中。县城小镇上新来了一家温州发廊，妈妈给人剪头发，女儿念的是二中，没几天就和一些小混混在一起玩。谢晔一直在东门老头的剃头摊子理发，总是板寸有些腻味，想学同学剪一个郭富城头。留了一段时间的头发，他去了温州发廊。

发廊的阿姨对谢晔说，她最近老做噩梦，是不是因为她住的房子死过人，有不干净的东西。她想要几张门神——她以为甲马就是和门神差不多的东西。阿姨说那些话的时候，她女儿在店里，一直恶狠狠地瞪着谢晔，像是看他不顺眼。既不是七月半也不是过年，没有人会在这时候要甲马，他傻乎乎地应了，回家拿了几张，带着去她家。

"我虽然傻，带的也并不是'真正'的甲马。是每年中元节和春节前有人上门来买的那些。就只是个样子。"

也就是小爷爷在昆明城隍庙门口摆摊卖的那些。

讲到这里，谢晔努力压下对小爷爷的回忆，不，其实是谢德本人的记忆。"追魂"在化为灰烬的同时，像洪流般涌入谢晔的精神世界。洪水是一种比喻。总之其记忆的密度和冲击，都前所未见。他无从逃脱，被浸湿，被捕捉，被渗透。他吓坏了，从来没有过一个人的记忆，以如此凶悍的形式直逼他的心坎，搅动起泛滥的情绪。直到他透过谢德的眼睛看到五十多年前被烧掉的"替身"，才隐隐猜到这是怎么一回事。

谢德为了追踪钱雨青他们，把自己的精魂与那辆车上的一个人相连。那个人是盛瑶。她不是谢家人，虽然以异样的敏感体察到他的"侵入"，却无法读到谢德塞给她的自身的碎片。谢德的一部分就此沉眠在她的身上。多年以后，他大哥的孙子自以为聪明，用一张"追魂"撬开了潘多拉的魔盒。

盛瑶本人的记忆也有一部分随着洪流潜入谢晔的身心。对联大岁月，那是另一面映照之镜。还有若干年后的许多事，谢晔看到了却没有完全理解。其间有断裂，缺乏因果。要厘清混乱的碎片，他还需要一些时间。

他努力让注意力回到现在，对了，他在谈他的第一次甲马。

"后来我躲在发廊阿姨租的房子外面……"

十六岁的谢晔送完甲马，没有马上离开，他在小院外面磨蹭了几分钟。土垒墙的墙头上种着仙人掌，绿色的带刺扁片上开着橘黄色的花。想必是之前的房主留下的。他不认识这户人家，也没听说院子的传闻。

如今谢晔知道了，那个小院确实死过人。他在邝诚的记忆里见过院门外的巷子，一样的窄巷，某处传来狗叫声，旁边一户人家的石榴树探出院墙，仙人掌以近乎永恒的姿态耸立在土垒墙头。邝诚被杀死的爱人曾经住在那里。

当时的他是多么轻信啊。他枉顾二中女孩递给他的眼神，在店里答应了她母亲的请求。送完甲马不算，他还在人家院外烧了一张甲马，"门神护卫"。他用穿回力球鞋的脚踢散了纸灰，从窄巷另一头穿出去。经过一户拴着凶恶狼狗的人家，上一个缓坡，就是毗雄河的河岸。沿着河边走百来步，过一座桥到河对岸，再走十来分钟，是他家所在的村子。

事情发生在他正要过桥的时候，一阵眩晕袭来，他不得不停下，坐在石头桥梁上，一手扶着桥头风化严重的石狮的脑袋。

唐家恒问："你看见了什么？"

"我看见……她丈夫。我一直以为发廊阿姨离了婚或者死了丈夫。和妈妈差不多年龄的女人，总让我感到亲近，尤其当对方看起来是离过婚的。镇子就那么大，都说她一个人带着孩子，我没想到她有个卧床的丈夫在家里。更没有想到，她用枕头压住她丈夫，想把那个人杀死。我家的甲马就在旁边，落得满地都是。他家女儿跑进屋，在纸上踩了好多脚印。后来母女俩哭了好久，躺着的男人也在哭。他边哭边说，你不是答应我了吗，怎么事到临头又手软。我们要报复谢家，只有这个机会。反正我也活不久了，你为什么不让我死个痛快。"

那一幕刚过去没多久，他透过二中女生的记忆目睹，连同她的痛切。不过这些没法讲。他喝一口酒，这次已习惯了苦味。"那个二中的女生哭着把一地的甲马收在一起，全烧了。她边哭边说，我不要我妈妈变成杀人犯。我也不要我爸爸为了报仇陷害别人。我这才明白，他们向我要甲马，是想诬陷我们家。县城的人都知道，谢家的甲马只有鬼节和春节有卖，其他时候如果出现，我们家的人嫌疑最大。"

唐家恒过了一会儿才说："有那么大的仇，要找你这个未成年人？"

"他们找的应该是我爸。就算我说是我拿去的，他们也会赖到我爸头上。作为儿子，我的话会显得不可信。"

"这里面还缺乏一个逻辑。必须有其他原因，使你爸爸会成为最大的嫌疑人。"

"对，我也想过……就像你刚才说的，必须得有那么大的仇。如果他和我爸本来就是仇人，并且有其他人知道这事，人们首先就会怀疑我爸。"

"你没问你家里人？"

"没有，我说不出口。后来那家发廊很快就搬走了。这件事我很少去想，反正最后并没有发生什么。"

"你一直不愿讲这件事，现在提起来，是因为在苏州发生了什么吗?"唐家恒转过脸来，台灯光掩映下，他那双能看见厄运的眼睛显得格外幽深。

谢晔隔了一会儿才说:"倒不是发生了什么，只是我'看到'了一些事……我渐渐开始觉得，甲马除了救助人，也能伤害人。而且那种伤害会一直在那儿。"

疼痛到了极致是什么感觉?

我从前不知道，疼痛可以是一千只蚂蚁爬过身体，又或者是无数把刀插在肉里。我听见自己含糊地喊了一声，也可能并没有发出任何声音，只是我的幻觉。

我怎么了? 这是哪里?

接着我想起刚才的变故。盛瑶从车里出来了。姓钱的不知是吓坏了还是疯了，从悬崖边把车开出去。我来不及多想，紧紧抓住后窗的缺口，随着车一起滚落。我一定是半途中就松开了手。眼下我躺的地方像是一片砾石坡，左脸贴着地，视力好像只剩下右眼的。我试着动了动四肢，发现只有右手和右脚勉强听使唤。右手能动的也只有肩膀和上臂，可能断了。

小妹。

小妹还在车里。

我扭动脖子，说扭动不太准确，更像是一点点挪动。终于，我在斜前方看到了那辆车。车侧翻在地。对着我的是四个轮子和底盘。周围看不到人。车里的人也不知是生是死。

更要命的是，我看到了火光。

车在燃烧，火苗安静极了，一点点从前往后烧。一定是油漏出来了。

我疯了一样往前爬，因为只有半边身子能用力，怎么都爬不快。越往前越感觉灼热。这地方大概是靠近山脚的采石场，尖锐的石头擦着我的身体，好像流血了，但我顾不上。我的眼里只有车的后半。快，趁火还没有包围整辆车。

在离车仅有两步远的地方，我被火阻住了。烟熏得眼睛睁不开。我喊了小妹。没有回答。又喊小钱。也没有人应。我站不起来，也无法更近一步。如果小妹还在车里，我将在这里等着她一点点死去。而我什么也做不了。

蒲达师傅的预言看来也有失准的时候。我带了写好的问题给他看：和我一起来的浓眉女子，会有安稳美满的一生吗？他说，算是吧，很多事要最后回头看才有定论。不过，和你没有关系。我问怎么讲。他摸出画木线的铅笔写道，何忧身后事。

我在筇竹寺的庭院里震惊得说不出话。同时我听见了蒲达师傅的声音，尽管他双唇紧闭。预言者的声音直接响在我的脑海里：你喜欢那姑娘吧？但你将会因她而死。她性情磊落爱打抱不平，而你心思缜密的同时，偶尔会做事冲动。人不一定要有恶念才会害人，有时候，善念会走到最坏的结果。

今天走到这一步，大概是我运气不好。本来就和怀殊没有半点干系。

我又叫了一声小妹，接着被烟呛得一阵咳嗽。我的时间不多，必须早下决断。

口袋里还有一张甲马。"军牙六毒"。是为夏宁熹准备的，现在用好像不恰当，但我没有选择。事实上，我根本没法把它从口袋里弄出来。

好在这里有火。

小妹，对不起，但这是哥哥唯一能救你的办法。希望你能过这一关。

我闭上眼，又往前爬了一步，再一步。火苗舔过头发的时候，奇异的是并不觉得痛。无数的画面在眼前闪过。都是我借着甲马看过的别人的过往。还有我从未见过的更久远的往事。也许那是谢家祖祖辈辈的精魂之力，在我临死的瞬间闪过。但其中没有我最想看见的那张脸。

怀殊。

谢德的最后一个念头凝固在烈焰的吞噬中。他在被火烧到之后还保持了一段时间的清醒，足够他释放"军牙六毒"的意念。谢晔终于明白，三婆为什么时而清醒时而迷糊，并不是老糊涂，而是因为神经受到的冲击。她在五十多年前被自己的亲哥哥用甲马所伤。谢德的本意是弄醒她。如果她在车里，并且活着，只要能醒过来，就有一线生机。

谢德的记忆到后来就断了。如果他被活活烧死的过程也清晰地保留并传入脑海，谢晔觉得自己会疯掉。事实上，他感觉自己现在离疯狂也不远了。如果能重新做出选择，他会选择不要知道所有这一切。透过谢德的眼睛看到苏怀殊洗头的瞬间太过美好，愈加反衬出结局的悲惨。什么死于敌机轰炸，根本就是扯谎！谎言的编造者不是别人，是他的爷爷，谢德的大哥。

谢晔从盛瑶的记忆中看到，几个男人下到车滚落的山坡，找到了活着的三婆——当时还是三姑娘。她趴在离车的残骸不远的地方，神志有些混乱。没有人知道她如何从起火的车里逃脱。

回程中，三姑娘在前面一辆车上，盛瑶坐的是后一辆。回到昆明城，天已经黑了。车停了，盛瑶下了车，过了一会儿才意识到自己站在钱局街上，落着门板的风林茶馆的门口。耿耀蹲在门槛外抽烟，看见被扶下车的三姑娘，他赶忙迎上去。那个头头模样的男人向耿耀解释说，今天发生了一件不幸的事，详情可以问那边的小姐，我们还有事，先走了。两辆车相继开走，耿耀问三姑娘发生了什么，没得到回答。盛瑶失魂落魄地站在原地，这时她遥遥听见了那个头头在车里说的话，是对司机或另一个下属说的。说话的人也想不到，这世上还有一双枉顾物理距离的耳朵。

"今天要不是谢德，我们不会这么顺利地跟上钱雨青的车，但也正是因为太顺利，反而造成了眼下的结果。钱雨青死不足惜，遗憾的是，谢德不能为我所用。"

盛瑶告诉谢德的家人朋友和苏怀殊，她白天在某间茶馆喝了一杯茶就睡着了，醒来时发现自己在一辆车上，和三姑娘在一起。她没看清开车的人，紧接着，她们坐的车出了车祸。谢德是为了救三姑娘，跟着车跳下去才死的。她认为自己没有说谎。

三姑娘本人没法讲述那天究竟发生了什么。她的精神变得不稳定，谢家大哥怕小妹想起二弟的不幸，编了一个"死于轰炸"的故事。苏怀殊也参与了圆谎，她还叮嘱吴若芸和盛瑶等人，见到三姑娘，一定不能说漏嘴。谢德走了，茶馆自然也无以为继，谢家大哥变卖了风林茶馆，把钱给了耿耀一部分，让他组马帮上路，然后把三姑娘接回了谢家大嫂那边。

经历这场变故的盛瑶休学了一年。她考上云南师范大学后不久，日本投降了。当时她表姐和苏怀殊已经毕业，都在教书，一个在江苏，一个在昆明。表姐的第一个男朋友死了，肖毅成了新的男友，也死了。乱世中，人们走的走死的死，好像也不过是平常。盛瑶交了新朋友，周围不再有人知道她的耳朵的事。她不大去找同在昆明的苏怀殊，表姐和她保持着书信往来，但表姐甚至不知道钱雨青其人，更不会知道，盛瑶对钱雨青的死抱有怎样的想法。随着时间的流逝，她越发坚定了一个念头，钱雨青是被谢德害死的。

谢晔无法理解盛瑶随着时间没有减淡反而增强的恨意。她和钱雨青就算是在谈恋爱，也不能把恋人的死迁怒到小爷爷头上啊。让他更加无法理解的是她在后来的年月中对苏怀殊的憎恨。

多年以后，盛瑶在上海的一所高中当老师，去当时任教于复旦大学生物系的表姐家玩。她从表姐那里听说，苏怀殊也回上海了，进复旦比表姐还早一些。表姐提起苏怀殊那么多年都不能释然，说她钻牛角尖，想不开。原来，耿耀在离开昆明前告诉苏怀殊，送盛瑶和三姑娘回城的男人可能是国民党的官员，谢德提到过的"夏先生"。耿耀也讲了夏曾经试图招揽谢德。苏怀殊费尽周折找到对方，质问当日的具体经过。夏先生告诉她，钱雨青就是传说中的"采花贼"，他绑架了两个女孩，谢德搭他的车去追，不幸发生意外。苏怀殊从此深深自责，要不是她坚持和三姑娘一道去救助某个女子，也就不会发生后来的一系列事件。

盛瑶就此得出一个结论——是苏怀殊！要不是苏怀殊首先跳出来多管闲事，那天三姑娘就不会一看到钱雨青便抓着不放，也不会有后来的变故。所有的事，说起来都怪苏怀殊。

她从高中调入复旦中文系资料室，靠的是苏怀殊的帮助。即便如此，她对苏怀殊的恨意仍深藏在心，一点没有消减。她结了婚，丈夫孙自华比她大一截，是和吴若芸同系的副教授，留欧回来的才子。苏怀殊的丈夫安帧是妇科医生。正是安医生诊断出盛瑶有不育症，丈夫的态度虽未因此变化，盛瑶心里总不太舒服。她还疑心苏怀殊也知道自己的病情，证据就是，苏怀殊在她面前从不像表姐一样，问她准备什么时候要孩子。

那股风潮到来时，最先受到波及的人当中，有盛瑶的丈夫和表姐。孙自华是因为留学的经历，吴若芸则是因为她没有结果的恋爱。程跃民和肖毅活着的时候虽然是截然不同的两个人，死后却被贴上一致的标签，国民党军官。苏怀殊的丈夫安医生和孙自华一样是留欧派，本来也会遭殃，他走得早一步，在那年年初因脑癌去世。苏怀殊未受波及，带着三岁的女儿，继续当她的老师。据说她有一次不顾众人的视线，在食堂坐在吴若芸的旁边，但即便这样她也没事。盛瑶一直觉得，苏怀殊是个运气好到不可思议的人。她当然也听说过，联大时期，苏怀殊在空袭警报后若无其事，留在宿舍里洗头。

　　为了不被丈夫拖累，盛瑶离了婚。她从生物系教师的住宿楼搬出去，资料室的职位分不到宿舍，她只能在学校附近租了房子。苏怀殊来看过她，表姐因为自身的原因，不好日常走动。曾经在联大宿舍亲密无间的三个人，不论盛瑶怀着怎样的心思，成为同事后一直联系频繁，此时终于因为时局变得疏离。

　　她们更大的裂痕发生在后来。

　　星期六，谢晔趁着安玥不在她外婆家，去看苏老师。他莫名地有种负疚感，虽然安玥并不是他女朋友，他去探望的也不是另一个年轻姑娘。在门打开后看到苏老师的瞬间，他恍然如从梦中惊醒，并终于明白自己的负疚感来自何处。在他自己也无法分辨的意识的断层，他一直以为自己是谢德，而他即将见到的，是十八岁的苏怀殊。

　　七十五岁的苏老师把谢晔迎进屋，仿佛并未注意到他几乎哭出来的表情，或是注意到了，但巧妙地以她素来的散淡放在一边。

　　"玥玥上课去了。"她道出他早就知道的事实。他点点头，在沙发落座。旁边的高几上，新鲜的粉色玫瑰在水瓶里绽放。他想起她爱云南的玫瑰糖，用糖和酒腌渍的玫瑰花瓣，谢德给过她一罐，她拿了拌饭吃，被吴若芸笑作"糖姑娘"。

"这个玫瑰闻起来和云南玫瑰不大一样。"他没话找话地说。

"当然是云南玫瑰好闻，香味又甜又软，闻着就好吃。对了，现在也有人做玫瑰糖吗？"

"有的。我过完年回来给你带。"他又不知道该说什么了，她问要不要喝咖啡。他说好，她回身进了厨房。

谢晔这才松弛下来，起身走到书架前浏览书脊。之前来的时候他就注意到了，苏老师家的翻译作品比原创多，大多是整套的作品集，书页泛黄变旧，排在书架上有种老式的气派。一整排金色硬脊的雨果。他喜欢狄更斯多过雨果。精装书中间混着一本平装《九三年》，格外显眼，他抽出来翻看。扉页上写着钢笔字：

> 生活的海洋，只要你浮动，你挣扎，你咬紧牙关忍受，那么，总不会沉没的。
>
> ——《青春之歌》

字迹有力，不太像女人写下的。谢晔想，也许是安医生的字。盛瑶的记忆里有他，说话声音格外轻柔，像是为了消除女患者对妇科男医生可能存在的心理障碍。题字底下的红色藏书章是三个字。他不太会认章，右侧依稀是个"安"字，左边两个字就不知道是什么了。

伴随着速溶咖啡的气味，苏老师回到房间里，双手各拿一只杯子。她瞄一眼谢晔手上的书，"那套书是安玥妈妈的，你要喜欢哪本就借回去看。放在这里也是落灰，安玥讲起来是中文系的学生，可她只喜欢看武侠小说。"

仔细一想，把《青春之歌》的句子放在雨果的小说扉页上，的确不像是苏老师或安医生会做的事。谢晔开始觉得自己有点神经过敏。你不就是从盛瑶那里看到了一些事吗？不要以为因此就多么了解这家人。

谢晔带着书坐回沙发，捧起杯子暖手。他想起安玥在他过生日那天说过，她妈妈也当过知青，而且去的是云南。安玥还说，妈妈不爱提当知青的事。唐家恒评论说，成功人士有两种，一种喜欢谈论当年的不如意，反衬现在的辉煌；另一种则是把过往埋葬在心里，后者相对比较低调。谢晔当时听了笑笑，觉得唐家恒凡事都能说出个道理。现在的谢晔比以前深思熟虑多了，他知道，人避开一些事，必然是有理由的。

就好比苏老师为什么不愿听人念书。

他不知道具体是哪一年。在盛瑶的记忆中，高音喇叭响个不停，除了革命歌曲，就是最新革命动态。人的神经也被女播音员嘹亮的嗓音带得紧绷绷的。教工宿舍楼被抄了好几次，抄家的都是些学生，甚至不是他们平时相处的大学生，而是初中和高中生。盛瑶不住在那一片，但她有特殊的耳朵，能听见别人的遥远议论。

——知道吗，中文系苏老师从今天早上起一直在念毛主席语录，中间不给她喝水。

——这些小鬼头真是一套套的……但为什么让她念语录？

——有人写了举报信，说她在云南的时候和一个当地的神棍谈恋爱，念书给那个人听。

——这也能成为罪名？

——关键是，那个神棍被中统的人看中了。据说在抗日胜利前就死了，但无法证明他到底是不是国民党。

盛瑶下班后往教工宿舍楼的方向走，脚步带着从未有过的轻快。她想去听某人念语录。她几乎可以想象那场景。红卫兵们不断纠正那人：声音不够洪亮！态度不够端正！可惜她不能走近去看。苏怀殊到底是跪着还是站着？身上有没有挂牌子？当运气再也不肯伴随，她的脸上究竟是怎样的表情？

　　她在半路上忽然停住了，前方不远是理科教学楼。她听见一个熟悉的声音在断断续续地回答另外几个年轻嗓音的质问。你是不是和国民党军官谈过恋爱？你自己有没有加入过国民党？你的妌头给过你什么指示？你是不是隐藏在人民当中的敌人？表姐回答的声音微弱而坚决。是。没有。没有。不是。每一声回答伴随着一下肉体被撞击的声响。但没有出现哪怕是一句最轻微的喊疼。他们在用什么打她？盛瑶的指甲抠进掌心，她仔细地分辨，终于听出来，是金属教棍。她像一道影子匆匆进了楼道，顺着问答的方向往走廊深处走去，在一间教室门口停步。四张课桌将吴若芸团团围住，她瘦削的身躯伫立其中，一脸的惨淡。每张课桌上坐着个穿白衬衫扎武装带的女生，她们逐一提问，在吴若芸回答之后用教棍敲打她的膝盖。她不时摇晃身体，又竭力站直。她的回答不带犹豫。

　　盛瑶不是第一次听见施虐者在他人的皮肉骨骼上造成的恐怖声响。比这打得重的情形多的是。可怕的是那种不断重复的单调。一次次质问。无从回避。而她的表姐，曾经最美的联大校花，在四十多岁的年纪已过早地两鬓斑白。吴若芸差不多在最初的时候就被打成了右派，那时她表现得很硬气，别人开会讨论她的"历史问题"，她带着学术资料去参加，说是不想浪费时间。很快她被从教学岗位撤下来，分派给她的新工作是打扫实验室。盛瑶为了避嫌，早就和她断了来往，没想到表姐现在又被揪出来，以一种殉道者的表情站在审讯者们的中间。炎热的八月天，四个女孩挽着袖子，她们圆鼓鼓藕节一样的胳膊，衬得吴若芸裤子底下的双腿是那么纤细和脆弱。盛瑶再也看不下去，匆匆逃走了，甚至忘了她原本往这边来的目的。走出很远，远到人的听力所不及的地方，她仍然清晰地听见吴若芸的回答和挨打的声音。

当天夜里，盛瑶睡得比平时早，很快又醒了，感觉口渴和出汗。她倒了冷开水喝，接着发现周围有些异样。她听见钟的指针在响，也听见自己喝水的吞咽声。楼下乘凉的人在闲聊，夹杂几声笑。她走到蒙着纱窗的窗前，忽然意识到，她听不清那些人聊天的内容。至于更远的声音，弄堂其他房子里的对话，弄堂外面街上的变化，都在她的感知范围之外。陪伴她多年的卓越听力关闭了，没有了。

盛瑶没有实际听过苏怀殊被迫读语录，谢晔也想象不出那是怎样的情景。她像吴老师一样遭遇了暴力吗？她当时的处境是稍微好些，还是更糟？他只能猜测，如今苏老师不愿听人念书，是旧事的阴影仍然盘桓在她的心头。

安玥妈妈所说的害了她家的人，到底是指盛瑶，还是小爷爷？他没法问苏老师，只好和她聊云南。现在他对她的了解，大概比她的女儿和外孙女都多，找到共同的话题很容易。虽然他对昆明只有以前暑假去玩的短暂印象，但至少还可以谈云南的吃食。菌子，火腿，饵块，粑粑，酸角，葛根。时令的，庶民的，女孩子爱拿了当零嘴的。他说着说着泛起不自知的乡愁，苏老师说："哎呀都把我讲馋了，上海根本吃不到正宗云南菜。你爸爸是开饭馆的对吧？干脆让他来上海开吧，生意肯定好。"

"算不上饭馆，就是个卖米线和卤菜的小店。在我们那里随便弄弄还好，在大城市估计开不下去。"

"你老家弥渡我好像听人讲过，不太记得了。有什么好风景吗？

我在云南那么些年，当学生没有闲钱四处玩，上班之后又忙，一直在昆明待着，最远就去了一次澄江。"

谢晔感到一种冲动，想要提醒她，弥渡就是谢德的大嫂的老家啊。你当然听说过的，原本三姑娘还想带你一起去玩呢。

最后他只是说："没什么好玩的，出名的只有南诏铁柱。我们那里四面是山，有两条河。和云南其他地方也差不多。"

2. 记忆的必要性

不打工一身轻，谢晔这才体会到大学生活应有的松弛感。自考班的排课少，一周加起来一共两个整天，十六节课时，等于他有五天时间完全是自己的。他在之前值夜班的时候习惯了晚睡，现在仍然一两点才睡，只比原来早一点儿。不同的是，再也不用在网吧开门的同时醒来，如果上午没课，他会一直睡到中午。他感到讶异，就这么尽情地怠惰，还是有种时间用不完的感觉。

可能是因为黄昏到午夜都成了自己的。

唐家恒作为忙碌的大三学生，每天到家通常是在天黑以后。谢晔在小店里吃碗面或者盖浇饭作为晚饭，然后回家继续白天的活动——用电脑看唐家恒的动画片VCD。此前他唯一看过的日本动画片是《圣斗士星矢》，所以当唐家恒把《新世纪福音战士》拿出来重温的时候，在旁边的谢晔受到的精神冲击可以等同于原始人初次品尝烤过的食物。后来他陆续看了些不那么阴暗的剧集，诸如《灌篮高手》《头文字D》，还有不同年代的高达。动画片的好处是长，可以一直陪伴他到不得不睡的时间，而明天仍有看似无穷的后续等着。唐家恒的碟包占了一排书架，想必花费不菲。谢晔坐享其成，把自己变成一只动画片蛀虫，此外就是上课和偶尔温书。他甚至放弃了网吧打工时的白日漫游，对自己说，看原声动画片也是学日语的一种途径嘛。

这天过了十一点，唐家恒才从外面回来。谢晔不像平时一样坐在电脑跟前，半躺在沙发上听广播。

"在听什么？"唐家恒问。

"一个电话谈心节目。"

唐家恒示意他把脚挪开些，在沙发的一头落座。"是游雅对吧？"

谢晔诧异道："你也知道她？"

"这档节目好像我初中的时候就有了。当时班里有同学特别迷她，中考前一个月的晚上还躲在被子里听收音机。"

"她到底几岁啊？"

"和我爸妈差不多吧。"唐家恒漫不经心地说。

谢晔结结实实地吃了一惊。游雅的女中音给他"姐姐"的感觉，他一直以为电波那头的女人不会超过三十岁。在十九岁的男孩看来，三十多岁的女人就已经和自己不是一辈的。而父母一辈的人，四五十岁，是人生前方已不剩多少悬念的年纪，无非等退休，等小孩毕业工作结婚生子，等着慢慢变老。

难怪游雅在节目中经常表现出"超越年龄的睿智"，她有实际人生经验打底。谢晔作为不明真相的听众，这才收起自己泛滥的崇拜。他有点窘，起身去拿了书架上的伏特加，给自己和唐家恒各倒了一指高。他住进来没几天，两人就喝完一瓶金酒，这瓶是谢晔上周买的。唐家恒和他说不用付房租，注意整洁就行。谢晔不好意思白住，便买了酒。眼看着一瓶只剩下不到半瓶。

游雅结束了和上一位听众的沟通，广告切入。两人并排在沙发上喝了会儿酒。节目回来了，新的电话进来。这次是个声音清婉的女人，自称姓刘，是单亲妈妈，带着个念初中的女儿。

"我今天打电话是因为……"刘女士说，"我有个男性朋友，他一直对我很好。不，准确地说，他不是我朋友，是我丈夫生前的好朋友。不过我是在丈夫去世后才认识了他。"

她停下来，像是不知该怎么措辞。游雅说："我可以先问个问题吗？刘女士，既然这位是您丈夫的好友，为什么您在您先生在世的时候没见过他呢？"

"他们一起在外地工作。我丈夫当时常年不在家。"

"了解了。后来呢？"

"我还是从头说吧。十多年前，我丈夫去世，我一个人带着孩子。我经常收到那个人寄来的汇款单，从来都没用，只是取出来存在一起。我想等他什么时候来见我，我就把存折砸到他脸上，告诉他，我用不着他虚假的好意。"

游雅不说话。女人继续说："因为我一直以为，我丈夫的死，和他有关。那天他们如果没有一起……"她的声音渐低渐无，过了片刻才说，"对不起。"

"您后来当然实际见到他了。"

"嗯，他拒绝收回那笔钱。我们最初见面的情形不太愉快……后来慢慢地，我才能够把他看作一个普通朋友。这些年来，他为我和我女儿做了很多。我能感觉到，他是发自内心对我们好。"

游雅先等了一会儿才说："您今天打这个电话，是因为？"

"我有点混乱。"

"能否说得详细点。"

"丈夫走的时候女儿太小，现在对我女儿来说，他就像是自己的爸爸一样。他也不止一次向我表达过，愿意和我还有女儿，组成一个家庭。可我非常矛盾。"

"您是把他当朋友，还是更多一些？"

"我说了，我有点混乱！"女人的语气突然变得激烈，"我有时觉得他很好，有时又觉得，如果不是他，说不定我的家庭还是完整的！"

"所以您现在仍旧认为，是他导致您的丈夫……"

"我没有证据，但如果不是因为负疚感，他为什么几年后才来见我？又为什么在见面之后对我特别容忍？我当时真的对他很坏，把他当仇人一样。"

游雅说："抱歉我再打断一下，从您见到他到现在，有多久了？"

"快十年了。"

"我说一下我个人的观点，负疚感可以让人对另一个人付出，但真的足以支持十年吗？尤其当另一个人在十年后的今天仍然拒绝原谅。"

"我并没有拒绝原谅……"

"您的内心是拒绝的，"游雅用中立的语气说，"可能是，您不想因为情感上的动摇忘记过去。也可能仅仅是——您的这位朋友，他和您的日常交往，不管他是出于负疚还是感情，这十年的时光，仍然不足以掩盖您更久远的家庭记忆。"

电话那头的声音经过电波，变成一种奇怪的气音。谢晔过了一会儿才意识到，女人在哭。

"我总觉得如果接受了他，就对不起我丈夫……"

音乐声响起，游雅说："我想和刘女士私下聊几分钟，下面请大家听首歌。黎明的《情深说话未曾讲》。"

粤语的轻吟浅唱中，谢晔问："你猜游雅会和这人说什么？"

唐家恒懒洋洋地回答："她说什么不重要。"

"什么意思？"

"我觉得，每个打电话给游雅的人，看起来是对生活没了方向，其实在打电话的那一刻，就已经做出了决定。这个姓刘的女人，不说百分之百吧，十有八九会和她声称让她变成寡妇的那个人结婚。她说感觉对不起丈夫，是因为她主意已经拿定了。她对那个'朋友'，就算没有感情，人家有钱，不是吗？她总得为了孩子想想。"

谢晔在同一个晚上第二次震惊。"你怎么知道那人有钱？"

"哎，你连这都听不出来？否则她干吗要收下汇款然后把存折砸人脸上？邮局汇款单，只要你不去邮局取，过期就会自动退回去的。肯定是因为数目不小，她做不到拒收。她之所以表现得那么煎熬，也可能是不想让自己好像是为了钱和人在一起。听声音也知道吧，她应该受过良好的教育，估计是收入一般的知识分子，譬如老师。"

谢晔有种智商被藐视的郁闷。"我起初听着还有过一点怀疑，心想不会是张叔叔的那位吧？感觉整个经过有点像。"

"张培生？你想多了，他班长家是个男孩。"

"哦……你知道得很清楚嘛。"

"上学期我去给人补过课。那小子学习太差，张培生看不上学校做兼职家教的，找了林峰，让他帮忙物色一个能同时补作文、数学和英语的。林峰把我喊过去，教了两趟我就不干了。猪脑子，塞都塞不进去。"他忽然笑了笑，"看动画片倒是一把好手。比我的碟还多。我看他房间墙上贴着卡通人物，和他聊几句，他就来劲了，还说以后不想念高中和大学，想去学做动画。我感觉啊，张培生连那孩子都搞不定，人家跟他也不亲。小孩都是很势利的，你知道吗，他一定是感觉到，张培生在他妈妈跟前没戏。"

"就没有可能是出于逆反？"谢晔莫名地有些同情老张，接着想到一件事，"你和林峰认识很久了？"

"差不多三年吧，其实，我先认识的人是乔曼。"

"啊？"

"你还说她怪呢。上次没告诉你，我以前是她的'病人'。"唐家恒像是不想就此多说，起身进了浴室。广播里，游雅又接进一个电话。不知怎的，她之前说的一句话在谢晔的脑海中留下轻微的回响。

这十年的时光，仍然不足以掩盖更久远的家庭记忆。

记忆这东西，真是麻烦啊。谢晔想着，把杯子举到嘴边，才发现不知何时已空了。

周五，唐家恒难得在下午四点多就到家了。谢晔没有开电脑，在用屋里的收录CD三用机听磁带学日语。

"我还以为你已经放弃学业了，整天看动画片。"唐家恒坐到沙发上说。

谢晔按停磁带，连人带电脑椅转过身。"颓废够了，决定好好学习天天向上。我还打算少喝点酒。"

"哟，是什么让你浪子回头的？"

谢晔想了想，觉得也没什么特别的契机。也许是因为前天游雅节目里的那个电话。他把这话一说，唐家恒笑了。

"就那个你最初以为是张培生恋爱对象的？这什么和什么嘛。单亲妈妈的第二春和你停止颓废有个鬼关系。"

"就是觉得人不能沉浸在回忆里。总得向前看。"

唐家恒眯起眼："谁的回忆？"

他平时看起来吊儿郎当，谢晔最喜欢他的一点，是他从不刨根问底。你说多少他听多少，仿佛缺乏对人的好奇心。谢晔以为，唐家恒近乎淡漠的性格，是因为他那双特殊的眼睛。此刻他如此敏捷地反问，谢晔仿佛被针扎了一下。

唐家恒见谢晔不开口，便说："把你从苏州弄回来那天夜里，你一直在做噩梦。然后这些天你也隔三差五地被噩梦惊醒。你不肯谈在苏州发生了什么，倒是和我说了你第一次用甲马，发现一场未遂的对你家的报复。你当时说，甲马除了救人，也能害人。"

他顿了顿又说："安玥给我打过电话。"

"她说了什么？"

"她问你最近怎么样，看起来很担心你。她说你去苏州，和你小爷爷有关。所以我就想，你最近这个样子，一定是因为那个照片上的男人做过什么喽？"

"其实不是因为他做了什么……很复杂，一下子说不清。"

"你试着讲讲看嘛。"唐家恒从包里摸烟，谢晔自觉地去开窗。冷空气窜进来，他站在窗前，听见身后打火机轻响一声。

他背对着唐家恒说："我喜欢安玥。"

"早就看出来了。"

"我小爷爷和苏老师，以前是男女朋友。"

"这个也早就猜到了。否则照片不会留到现在嘛。"

谢晔转过身，唐家恒舒舒服服地把脚翘到茶几上，看他一眼。

209

"都多少年前的事了，再说是你爷爷的弟弟，甚至不是你爷爷，你到底想说什么？"

他无法告诉唐家恒，自己经历了谢德的一部分人生，那个人的日常、恋爱与死亡。最后他只是说："小爷爷的死，和苏老师多少有点关系。当然也可以说那是命运——有个像你一样有预知能力的人，曾经对小爷爷说过他会死。苏老师后来一直认为，是她害死了我小爷爷。还不止这些，若干年后，她因为和我小爷爷的关系，被送去劳教。"

唐家恒收回了腿，坐直一些："劳教？"

"我不是特别清楚中间的事。因为——是别人的记忆。总之她被批斗，后来又被送去苏北农场。"谢晔想，苏老师的遭遇源自盛瑶的告密，苏老师和吴老师后来是不是知道了？否则无法解释她们和她断绝来往。

唐家恒又把腿架回去："哦，你说的是六七十年代吧？当老师的，当时有那种遭遇也很普遍。一些人折磨另一些人，总得有个理由，如果不是你小爷爷，也会有其他理由。"

也许真如他所说。从盛瑶的记忆中，谢晔还知道，吴若芸被送进了提篮桥监狱。肖毅如果活到那个时候，可能也难逃厄运。

谢晔正在思索，唐家恒掐掉烟说："我明晚和林峰吃饭，你也来吧。你别整天关在家里琢磨这个那个，还是得多出去见见人。"

看来唐家恒对"浮舟"附近的日本小酒馆比较中意，第二天他带谢晔去的又是那里。谢晔上次来没注意，移门上有块巴掌大的木牌，蚀刻的店名涂成红色。"吉兆"。他想，也许是店名踩中了唐家恒的点吧。

订的位子是四个人的，谢晔以为来的人会是林峰和乔曼。没想到坐了一会儿，就看见安玥进来了。

安玥的驼色大衣领口缠着围巾，她卸掉外套和围巾，里面是件低领贴身的黑毛衣。她在谢晔对面坐下，先要了生啤，然后看着他笑道："约你出来好难哦。"

唐家恒在旁边说："要怎么谢我？"

"本来今天就说好我请客呀。或者下回我再单独请你一顿？"

"单独就不用了。"

安玥解释般对谢晔说："我找林老师有点事，托唐家恒组个局。他今天才告诉我，你也来。"

整个白天他们都待在家里，谢晔温书，唐家恒在电脑跟前不知道忙些什么。没听见打电话，消息传得真是隐秘。他忍不住看唐家恒一眼，那边立即意识到了，扬眉说："你从来不用学校BBS的吗？"

"自考生没有ID。"

"哦对。"

先后点的啤酒一起上来了，三个人干杯。店里因为暖空调和吧台内烧烤的炭火，室温略高，冰啤酒喝下去十分惬意。谢晔不敢和安玥对视，稍微垂眼，视线不觉落在她袒露的锁骨上。跳出来的第一个念头是，真不怕冷。接着他发现，自己并没有预想的不适应。见过年轻的苏怀殊，又见过今时今日的苏老师，安玥对他来说仍然是安玥。

安玥十分乖觉地没问苏州的事，他们便扯了一些别的。谢晔这才知道，张培生不是唯一的倒霉鬼，学校里又有人在深夜被敲了头，这次是个住校的男生，地点则是靠近宿舍楼的僻静角落。校园网上关于事件的推测层出不穷，现在女生夜里都不敢单独走。谢晔对安玥说，你也要小心啊。安玥说她这学期没有晚上的课，又说，作案的人不一定是学校里的。

"我念高中那会儿街上有过'敲头案'，而且离我们住的杨浦区不远，当时学校里每天大家见面第一句话都是谈论凶手。"

唐家恒说："我也记得。是抢劫杀人案。好像是用斧头敲脑袋吧？连续出现受害人，传来传去好像有一帮人在四处敲头，其实犯人就一个。为了抢钱敲了十几个人，其中死了好像是两个？"他剥着毛豆，边吃边说。谢晔感到后颈的汗毛都竖起来了。

安玥说："上次BBS这么热闹，还是出现杀猫凶手的时候。那个人也一直没有被找到。"

谢晔已经很久没有想起龚修文，连同他留下的不快过往。那是龚修文的过往，不是他的。理论上知道是一回事，但"梦见"往往比自身的记忆更清晰和强烈。

"你脸色不大好。"安玥看着他说，"是不是最近身体不好？"

他说没事，只是这里太热。唐家恒朝着门口挥手，原来是林峰来了。

林峰在安玥旁边坐下来就说："能吸烟吗？"唐家恒说："和你吃饭，我会找禁烟的店吗？"林峰又问安玥"你介意吗"，他的眼神表现出，不管答案如何，就是要来上一根。安玥点头，唐家恒把桌子一角的烟灰缸推过去，顺便介绍："这是中文系的师妹安玥，上次采访认识的，苏老师的外孙女。"

"知道，就是谢晔帮忙送相册那家。"林峰瞧一眼谢晔，"你最近和家里联系过吗？"

谢晔立即反应过来，他指的是自己找妈的事有没有进展。他十分不好意思地说没有。感觉林峰这个外人比自己更热心。主要是自从遇到苏老师和安玥，他的好奇心都集中在小爷爷身上。之前他还振振有词地对林峰说过什么来着？对了，他说，如果了解了小爷爷，就能对自己家知道得更多一些。

现在他反而更加迷茫，对谢家，对甲马，对自己。

林峰迅速抽完一支烟，显得平和多了，开始点吃的喝的。唐家恒问他是不是从"浮舟"走过来的，又说："看你这样子，至少憋一下午没抽烟了吧。"

"乔曼怎么不来？"谢晔问。

"她有事。"林峰回答。因为已经和他见过几次，谢晔知道他说话的习惯。最开始特别简短，显得爱答不理，之后会给出详细的解释。就像报道体。小标题，正文。果然，林峰在吃下一块炸鸡脆骨后说："最近的病人是个自闭症的男孩，试了几次都不太理想。乔曼说要离开上海透透气，这周末只有我在看店。"

谢晔又问："乔曼到底怎么给人治病？"

"怎么治……三言两语可说不清。"林峰看向安玥，"先说你的事吧。你是不是也要找乔曼帮谁治病？"

安玥愣了一下才说："我想帮朋友借'浮舟'的场地。"

林峰问她借场地做什么，她说是办一本书的新书推广。作者叫作吴天，不算有名，书是影评集。嘉宾倒是很多人知道的，是电台的主持人。

"她主持一档夜间谈话节目，叫'游雅时间'。等确定下来，节目里会做预告，也算是帮书吧做点宣传。"

谢晔不觉"啊"了一声。唐家恒笑道："热心听众在这里呢。看他激动的。你认识主持人？"

安玥朝他看过来："外婆没和你说？游雅就是我干妈。"

要不是之前唐家恒对游雅年龄的透底，谢晔这时该有双倍的惊讶。他忍不住对苏老师的淡定有轻微的牙痒，一般人至少会加一句"主持人和我家很熟"吧，可她不，记得当时她只是说"这节目不错，我经常听"。

林峰说："电台主持人应该认识很多人吧？怎么想到让你帮忙找地方啊。"

安玥显得有点不好意思："其实，这个活动是我弄的。吴天早年的另一本书我很喜欢，后来进了交大，才发现他是师兄。他去年就毕业了，偶尔来话剧社帮我们排戏。他这次的新书，出版社印量不大，也没什么宣传，我想尽可能帮他做点什么，才找了我干妈。她看过书也喜欢，说可以做一个小活动。正好和唐家恒聊到'浮舟'，我以前去过几次，觉得环境很舒服，所以就冒昧地来问您，是不是可以借用。主要这是私人而不是出版社的活动，也没什么经费。"

谢晔隐隐地有种危机感，不都说防火防盗防师兄吗。唐家恒像是也有同样的念头，在旁边撞一下他的膝盖。

林峰说他觉得没问题，不过想先看看书。安玥立即从包里拿出一本，又瞟一眼谢晔。"我觉得你不一定喜欢，所以没给你带。"

这一刻她的神气，和苏怀殊某些时候一模一样，谢晔不觉呆了呆。

后来四个人聊了些乱七八糟的，不知怎么又说到西南联大。谢晔想起一个问题，是他早就想问林峰的。

"你为什么要写一本关于西南联大的书？我是说，我知道这样一本书很有意义，但有没有什么个人的契机呢？"

林峰用他更像警察而不是记者的灼人视线看了谢晔片刻。"你这是采访呢？"

"同问同问。"唐家恒嚷道。

"喝这个像水一样，没法酝酿情绪。"林峰话音刚落，唐家恒就叫来服务员。

"麻烦拿我存的酒。再来四个杯子，一桶冰。"

酒上来了，原来是开过的威士忌，瓶身上有蜂巢般的花纹。谢晔熟练地倒酒加冰块，然后发现安玥在盯着他看。

"听说你最近喝了不少。在他家。"安玥幽幽地来了一句，他不好说是也不好说不是，在心里把唐家恒踩了几脚。

"我想写一本关于西南联大的书，确实有个人的原因。"几口威士忌下去，林峰开口说道。

"你可能知道，我和邝诚同岁，六二年的。和我们差不多年纪的，小时候都不觉得念书有用，那时候的学校也就是个样子，没怎么正经上课。我从小羡慕各种英雄人物，可惜我生得太晚，错过了轰轰烈烈的年代。我能做的最多不过和几个朋友无所事事地混在大街上，斜眼看人，说怪话，和附近学校的男生们干架。

"我家所在的小区，住的是同一间厂的职工，周围的大人全和我爸妈一个样，整天操心粮票、布票这些鸡毛蒜皮的小事。在我眼里，大人们都是些废人。人活着不是为了吃饭。如果在战争年代，他们这样的人一个个都不顶用。

"说起来，我当时明明顶了个糨糊脑袋，还以为自己特别聪明和厉害。要不是因为认识了一个人，我不会意识到自己有多空虚。那人是个老头。不，那时候他其实还不算老，只是在我眼里显得老。他姓郑，过去住在我家楼上，曾经是厂里的技术员，在运动的头几年被打断过一条腿，接回去了，走路有点瘸。后来他不再是技术员，变成厂里看大门的。他的住处也从职工楼换到小区的自行车棚。我记得他家从前有个老伴，后来不再见到了。至少从他搬到车棚就没再见过。

"从学校回家，总要经过那间搭在院子一角的车棚。小学六年级的时候，有一天回去，我看见郑老头坐在院子一角晒太阳。冬天他经常那样，坐个藤椅，腿上搭着毯子。我本来走得飞快，因为我有点恶心，想吐。中午在学校吃了'忆苦饭'，劣质的陈米饭拌着沙子和糠，吃的时候我还嫌饭太假，从前的游击队肯定连这样的一餐也难得吃上。等吃完了，嗓子和胃都像被猫的爪子抓过，说不出的难受。

"我看见郑老头，心头一闪念，就走到他跟前，弯下腰开始吐。吐出来的东西有不少溅在了老头的衣服上，他腿脚不好，年纪又大，完全来不及闪避。我'哇哇'吐完了，终于觉得神清气爽，擦擦嘴巴就准备走人。可能别人会把我的举动归结为小孩子调皮捣蛋，现在回想这件事的经过，我自己看得很清楚——就是明明白白的恶意。一定要打破什么，玷污什么，让别人受罪。就是这样的恶意。"

林峰停下来，喝酒。三个人都不吭声，各自想着他所说的恶意。

过了一会儿，安玥说："你是指，人性本恶？"

林峰摆摆手："我不相信人有一个固定的'性'。我只是想说，人得提防着自己。我们内心的黑暗，有时候比我们能想象的更多。"

"后来呢？"谢晔问。

"郑老头当然非常吃惊啊。他看看我，又低头看他脚边的那一摊东西。他既没有发怒，也没有装得若无其事。本来，这两种反应都在我的预料之中。一个人处在他的地位，更有可能是后一种。让我意外的是，他研究了一会儿我的呕吐物，重新抬起头，笑着对我说：'米饭，沙子，糠。从前我们念书的时候，管这叫八宝饭，比你这个内容还要丰富些。'

"我突然觉得很愤怒，顿时忘了不能和这个人交谈的无形规矩。'什么八宝饭，这是忆苦饭！'我冲他嚷。老头温和地说：'天天吃，就不是忆苦了。因为真的苦，只好苦中作乐，给它取个好听的名字。那时候我们在昆明念书，什么都没有，只有太阳光是免费又慷慨的。昆明的太阳可比这里好多喽.'

"刚才想要折磨他的欲望被好奇心抵消了。我忘了自己的目的，和他交谈起来。昆明听起来是个多么遥远的地方。我问他怎么跑到那么远的地方去读书，云南不都是少数民族吗，怎么也有学校？他和我说了一些他们学校的事，听起来非常有意思。他们教室的房顶是铁皮的，昆明的夏天是雨季，大雨打在铁皮上，就像敲鼓，老师只能停下讲课，等雨停。又譬如他当时的衬衫根本不是衬衫，只是领子和袖子，外面套件西服，看起来就像里面穿了衬衫一样。总之是穷极了，但他在回忆的时候显得神往，我想那不仅是出于对年轻时候的怀念，而是因为，在昆明的那段日子，对他来说是闪闪发光的。我莫名其妙地就羡慕起他来。我一直想要拥有的，不就是那个吗？闪亮的，能让自己为之骄傲的记忆。"

听到"记忆"，谢晔的心头有什么动了一下。他帮林峰和唐家恒加了酒，安玥悄悄把她的杯子推过来，他才发现她喝得和那两人一样快。

林峰晃着杯子，等酒凉下来。安玥问："是不是那之后你就经常和郑老先生交谈了？"他摇头说："怎么可能。如果我更小一些，或者更年长一些，经过那次聊天，大概会想办法亲近他吧。不过十来岁的男孩子是最讨厌的年纪，心气高，觉得整个世界都该迁就自己。所以虽然我对他有了不一样的好奇，每次经过的时候也会和他打个招呼，但我们的关系并没有更近一步。

"后来升上初中，我有了一个新朋友，叫许鑫，三个金字。许鑫长得文弱，爱看书。而且他有很多在当时被禁的书，外国小说，古典小说，什么都有。他的书不外借，要看得去他家。他家在石库门弄堂里，一栋两层半的楼，挤了好几户人家。他和爸妈还有弟弟住在其中一间。我去许鑫家看了几回书，想办法套话，问他的书都是从哪里来的。有的书上盖着看不懂的私人印章，也有的盖了图书馆的章，肯定是原先有主的。他被我磨不过，最后答应带我去他弄书的地方看看，条件是不能告诉别人，还有让我给他买一周的冰棍。

"许鑫带我去的地方一点也不神秘，就是个废品回收站。被抄家的物资，有用的都会被分掉，只有被判断为'毫无价值'的，才会最后流转到那里。除了书，还有唱片。许鑫说，早几年他来的时候，有个瘸腿的老头也来，那人只要越剧的唱片。他还说，那人对书的品位很好，从书堆里选出一些推荐给他。我听到是个瘸子，心想不会是郑老头吧，就问看废品站的那对夫妻，结果还真是他。他们称呼他郑老师，还说，郑老师自从老伴过世，就没来过了。

"从此每当我遇到他，点头走过的时候，我都想问他，以前他是为了老伴才去废品站拿唱片吗？要知道，以他的处境，那样做是有风险的。我不知道他们是怎么保住的留声机，又是怎么以不被人发现的音量听越剧。不过就像我刚才说的，毫无理由的傲气，让我没法开口。

"我升上高中那年，有一个巨大的变化，高考恢复了。前些年，大家都不把学习当回事。可有了高考就不一样了。许鑫这种原本爱读书的人就不用说了，连那些原来整天混日子的人也完全换了一副样子，开始捧着书本用功。可我吧，喜欢看小说，就是不爱学习，尤其数理化。到了高二，父母一看我的成绩，就把我塞到郑老师那里去了。对，当时人们对他的称谓已经统一成了'郑老师'。虽然他还在看自行车，但他平时给附近的高中生补课，以至于自行车棚已经成了一个小有名气的私塾。他也不收钱，只要平时家里有什么好吃的，给他端一份就行。我妈带着我和一盆红烧蹄髈去自行车棚的那天，我并没有意识到自己的生活将因此改变，心里还有点莫名的抵触。我心想，就算他以前是大学生，这都多少年了，书本上的知识，他能记得多少？

"去了以后我才发现，我真是小看了郑老师。他比我们学校的老师教得好多了，而且数理化和英语，他都能辅导。我偏科严重，理科没补上去多少，英语全靠他打的基础，后来高考也是英语拉的分，不然肯定没戏。跟着他上课的一年多，每次总有别的学生在，我反而没机会和他聊私事。终于拿到录取通知书后，我带了三张越剧唱片去找他。唱片是我从许鑫那个老地方弄来的，那时候已经没有抄家了，好的书和唱片，在黑市上也不便宜。那对夫妻听说我是要送郑老师的，二话没说就找了三张送给我。我还记得有一张是徐王的《红楼梦》。郑老师看到唱片，显得很高兴，我也是这才知道，他没有留声机。我问他，您以前去找唱片，难道不是为了听吗。他说，我们从前有唱机，后来被砸了。我收集唱片，只是想给老伴一个念想。他还说，你太小了，大概对我家肖老师没印象，她以前多爱看戏。那时候白熊冰砖八角钱，只要票价不超过一块，我们每隔两周就会看一场戏。她在学校也被批斗，不能给学生上课，每天上班就是打扫厕所，可只要有戏看，她就还是高高兴兴的，就像我们刚认识那会儿。他给我看了一条绿裙子，说是肖老师年轻时候穿过的。说起来那条裙子也有三十多年了，还没有脆掉，保存得很好。细腰身，大下摆，很时髦。我完全没法把那条裙子和我模糊印象里那个瘦小的老太太联系在一起。他说，肖老师在联大时期有很多人追。其中有当地富裕的男孩子，日常生活和外国人一样，骑马，打猎，钓鱼，打球。我是个穷学生，追到她，有一半是越剧的功劳。昆明看不到越剧，联大有个票友社，我俩就是在票戏的过程中认识的。

"肖老师过世的原因是身体不好。她没有活着目睹老伴后来那些年受的罪，郑老师觉得也不坏。那天郑老师和我说了很多从前的事，距离我最初听他讲到联大，六年的时间过去了，我也从一个无知少年长成了青年，虽然谈不上有多少长进，但至少对世界不再心怀不满，对别人也多了些谅解。听他讲的过程中，我意识到一件事：我们总以为老人就是老人，其实每个人都年轻过。年轻时代留下的，会在人的生命中留很久。"

林峰说得口干，灌了好几口酒。谢晔这才插话："所以你想写关于西南联大的书？"

他注意到，林峰的眼神少见地虚弱了片刻。

"郑老师算是原因之一吧。现在距离我考上大学，都过去十八年了。"他苦笑了一下，"郑老师过世也已经快十年了。他后来终于在退休前平反，却不肯搬回楼上。他说腿不好，不想走楼梯。厂领导给他换了一楼的房子。他最后那几年得了老年痴呆，好多次出门就找不回家，还好附近的人都认识他。看着一个曾经思维那么明晰、在任何时候都保持乐观的人变成那样，是非常难受的，他临终前脑袋彻底糊涂了，但他固执地要别人把绿裙子挂在他能看见的位置。他耳朵背得厉害，听广播里的越剧，声音大得连三楼的人都抱怨。"

林峰停顿片刻后说："前几年我自己也有很多事，没工夫弄。后来我终于下定决心为这本书做准备，是因为工作换了条线，比以前空一些，而且我意识到，时间不多了。"他注意到谢晔看他的眼神发生了变化，皱眉道："别想岔了，当然不是说我自己的时间。"

安玥说："你是指，老人们的时间。"

回去的路上，唐家恒对谢晔说："其实你比林峰更适合写这本书。"

"啊？"

"你可以用你家的那个，直接体验一把。毕竟不是每个联大老人都能把值得写的事讲清楚。"

"你饶了我吧。"谢晔说。

他隐隐有另一番触动。也许，记忆这东西不全是麻烦。有些事值得被记住，被讲述，被传播。而另一些事，当事人自己也想忘记，最好能随风吹散，不留半点碎屑。

第二天是星期日，谢晔中午起床后打了安玥的拷机。唐家恒已经出门了。他洗漱完毕，吃了点面包，拖了地，终于等来回电。

安玥在电话那头说："哪位打我拷机？"

"是我。"

"正想找你呢。这是唐家恒家电话？我有本书给你，下周学校见？"

"你今天有空的话，今天见吧。"

她迟疑了一下，说下午有课，而且今天答应和妈妈吃饭，晚饭后才有空。谢晔略为诧异，问她英语课不是周六吗。安玥说，是我给别人上课，接了个家教的活儿，教老外中文。谢晔随口说，你和唐家恒都很充实啊。

"你想给初高中生补课的话，我可以带你去家教中心登记。不过教人很考验耐心的。"

"你是觉得我没有耐心？"

"不是……"她沉吟片刻，谢晔几乎可以看见她咬着嘴唇的模样。最后她说："我觉得你可以做更有价值的事，你和你家的甲马。"

"你饶了我吧。"

"也是哦。像上次那样晕过去，可就不好玩了。"她的语气听不出是在揶揄，还是一本正经。

他们约在衡山路地铁站1号口见面，谢晔估摸着时间，傍晚下楼吃了碗炒饭，晃悠过去。天已经黑了，上海的天即便黑下来也笼罩着一层灯光反射的红色，加上沿街酒吧的霓虹招牌，道路两旁树影幢幢的悬铃木，汇集成仿佛是电影画面的朦胧夜景。谢晔想起老家入夜后寂静空旷的街道，整个县城只有电影院附近的夜摊带着活力。烤饵块，烤玉米，烤土豆，各色麻辣水煮小菜。摊子周围聚集着看电影出来的家人和情侣，还有早恋的初中生们，他们唯一可约会的地点就是影院门口。谢晔念初中的时候，又一处约会热门地点是县城商场。商场新装了从一楼到二楼的自动扶梯，县城和附近村子的人们纷纷去体验，遇到街子天，各乡来赶集的人也去乘扶梯。以至于商场不得不派人守在扶梯底下，规定一个人只能一次。为了执行这个规定，他们在人乘上扶梯之前往手背上盖个章。印泥呈蓝紫色，有点像猪肉检疫章，极难洗掉，彻底杜绝了不死心的回头客。

谢晔此时还不知道，上海的夜场有一种往皮肤上盖印的荧光印章，用途和扶梯印章相反，证明章的持有人买过票，可以再度进场。他在几年后见到，回想起小镇商场的扶梯章，莫名想笑。

当然，在谢晔走向地铁口赴约的一九九八年，即便是弥渡的人们也已对自动扶梯习以为常。他忍不住想，爸如果看到这个上海，像欧洲电影一景的旧租界街道，也许会心怀敬畏。他从频繁的漫游知道，上海有破破烂烂的弄堂，从晾晒的衣物就能看出里面的人口密度，也有像吴老师家的老房子，苏老师家那种面貌均一的普通小区，还有唐家恒的高级公寓，他自己住过的网吧隔间。所有这些都是上海。

他无从知道，妈妈日常所在的，又是上海的哪一类空间。也许会像乔曼说的，她此时是个焦虑的下岗工人，住在逼仄的弄堂里，为她后来的丈夫和孩子们操劳。要真是那样，他是否还有勇气去问一声——

妈，你当年为什么回到上海，扔下我和爸？

安玥站在地铁口的身影看起来有些孤单。也可能是他这一路走过来的思绪导致的错觉。她像是在想心事，他走到跟前她才回过神，定定地看他。她今天的外套带有毛茸茸的假毛皮领子，领口露着一抹红，是围巾。安玥似乎有各种颜色的围巾。谢晔身上仍是苏老师给他买的灯芯绒外套，里面是衬衫和明姐前几年织给他的毛背心。

她和谢晔打了声招呼就迈开步子，他跟在旁边。她问他吃了什么，又说："我和我妈吃了希腊菜，就在昨晚的小酒馆过去一点点。"

"希腊菜吃些什么？"

"和其他西餐也差不多，就是沙拉口味不太一样。他家的烤肋排很好吃。"

谢晔听了还是没有概念，也没再问。他觉得安玥的妈妈很洋气，会和女儿两个人下馆子。走过街灯下，他瞥一眼她的侧脸。"你们喝酒了？"

"嗯，点了一瓶，几乎都被我妈喝了。她酒量好得很。"

"你也很能喝啊。"他并非恭维。昨晚他们四个人把剩的大半瓶威士忌喝完了。林峰借着酒兴，还讲了些他在采访中遇到的人和事。他说等过春节的时候要去云南，约了当地的几个联大老人，联大旧址他前两年去过，还想再去。唐家恒说，我可以去吗？林峰说，可以啊，路费自理。谢晔当时隐隐有种期待，想着安玥会不会也说要去。毕竟那是她外婆的过往。然而她只是听着，没有接话。

冥冥中似乎有种共鸣，他正想着昨晚的情形，她走在旁边，忽然开口："昨天我没说要去云南，你是不是有点失望？"

"啊？没有……"

"我妈不喜欢云南。我和你说过吧。"

"嗯。"

"高三毕业的暑假，我想和同学去丽江，我妈为了打消我的念头，给我报了一个欧洲十四天的团。"

"所以你去欧洲了？"

"对啊，禁不住诱惑。"

"欧洲多好啊。要去丽江很容易，以后再去。"

"可我后来一直有种挫败感。我感觉我的人生就像一列火车，在我妈给我设计好的轨道上行驶。没有起伏，也没有意外。"

"没有意外不是很好吗？很多人会羡慕你。"

"你呢，你羡慕吗？"她灼灼地看他，"你家里人其实是反对你来上海的吧？可你真的要来，他们也不拦你。"

他愣了片刻，最后想了一个极其拙劣的回答。"我是男的嘛。"

他们进了一家名叫"福屋"的酒吧，里面只有零星几个客人。安玥选了靠窗的圆桌和他对坐。谢晔对西式调酒的认识无非是洋酒加可乐或橙汁，或干脆只加冰。安玥要了长岛冰茶，他起先以为是软饮料，她说，很烈的。

"我也要一样的。"

长岛冰茶喝起来很像带酒味的可乐，让谢晔略感失望。酒单被勤快的酒保收走了，他本想研究那上面还有什么酒。没了唐家恒在旁边缓冲，他和安玥之间隐隐的紧张感像一道竖在中间的透明屏障。他甚至想用手戳一下空气，以证明一切正常。

他努力挑起话题："你给我带了什么书？"

安玥像是这才想起来，从细带双肩皮包里拿出一本书。《河畔独行》。光看书名，着实想不到内容。接着谢晔看到字号偏小的作者名，游雅。

"游雅出过书？"

"你这样的还算忠实听众？好几年前出的。就是因为这本书，我干妈认识了她现在的男朋友。"

"你干妈……"谢晔还没太习惯这个称呼，"不是和你妈差不多大吗？"

"中年人就不能有男朋友？"她瞪他一眼。

"不，不，我的意思是，她没结婚？"

"一直没有。电台有个领导喜欢我干妈，但她好像没那个意思。她单身这么多年，去年才交了个男朋友。说起来也很神，那人是偶然在书店看到这本书，读了书又去听她的节目，然后就给她写明信片。"

"明信片？"

"对啊。不是有很多听众会写信吗？他每次只写明信片，一般是他对上一期节目的感想。有时也写几句他的日常生活。我看过其中几张，字很大，把那点空白填得满满的。正面是黑白照片，城市，人群，长着爬山虎的墙头，很艺术。后来才知道，是他自己拍的照，自己做的明信片。他是个平面设计师。"

谢晔感到难以置信："他用明信片追到游雅的？"

"问题是，他的明信片是从北京寄来的。干妈的节目只有上海能听到。一次两次也就算了，如果你每个星期都收到，时间长了，还是会对这样一个人有点好奇吧？后来干妈给他的北京地址回了一封信，说如果你在上海并且有时间，欢迎来担任一次谈话嘉宾。信里还附了台里的电话号码，让他和值班编辑预约时间。"

谢晔听了快一个月游雅的节目，也碰到过两次有嘉宾的。一次是听众，另一次是其他节目的主持人。他更喜欢听游雅单独主持，也从未想过还可以去和她套近乎，坐进直播间。

"然后那个人就去了？他平时到底在上海还是北京？"

"这个接下来再告诉你。他没有打电话约时间。几天后，干妈做完节目从台里出来，发现有个人守在广播电台大门边上，差点以为是坏人。"

"这也太积极了……"

"我也觉得有点吓人。你想啊，她做完节目、收拾完，走到门口，差不多凌晨两点半了。那人说，我一收到信就来了，在楼下听的直播，边听边等你——还是直播好啊。"

"难道他平时听的不是直播？"

"还真不是。他先看了书，在上海出差的时候听了一期，之后就托人帮他每期录下来，用EMS快递给他。据说是一周的三期攒在一起寄，他收到后听了，才写他的明信片。他有边听音乐边工作的习惯，九个小时的节目放在一起，他都是一次听完。"

谢晔想起自己之前对游雅年龄的误解。"他一开始不知道游雅几岁吧？"

安玥用吸管喝着酒，伸手把书翻开，示意他看勒口。上面有作者简介和照片。照片是黑白艺术照，全身照只比两寸大一点，仅能看出是个长发穿裙子戴遮阳帽的女人，身材瘦削。简介写道，游雅生于上海，当过知青，一九九二年开始担任电台主持人。那个追求者既然看过书，应该能通过"知青"一词猜到游雅的大致年龄。谢晔这才想起，安玥曾经有点乱投医地帮他去问过她干妈，在云南期间是否认识一个叫谢敛的男人。

谢晔又问："游雅和你妈妈是同学?"

"不是，她俩是在云南认识的。"她沉思地盯着他，"你对我干妈的兴趣非同一般啊。要不要也写明信片试试?"

谢晔莫名地感到脸热。"我是因为你外婆喜欢听她的节目，你也知道的，我之前上夜班，闲着也是闲着，就听听。"

"昨天唐家恒可是说了，你几乎是一期不落。"

"……我也不知道为什么，听她的节目，觉得整个人都安静下来。"

"你平时没法安静对吗?"

她的语气和眼神都充满关切，他感到如果再回避，未免显得冷淡。他点点头，叼住吸管喝了一大口长岛冰茶。这次感到酒劲不小。安玥伸出右手，覆住他放在书旁的左手。她的手心滚烫，大概是喝了酒的缘故。谢晔反握住她的手，才意识到自己的掌心更烫，而且微微出汗。他们维持了一会儿在桌上握手的姿势，安玥低声说，你坐过来。她坐的是窗下和墙一体的长椅，他挪到对面，两人并肩坐了。他的半杯酒和游雅的书在桌子那头，像在等待另一个离开的人。

谢晔没多想就改成和她十指交握。他本来有很多话想对她说，同时觉得无论如何也无法开口。压在他心头的久远记忆忽然失去了重量，让他感觉到这些天来从未有过的松快。安玥靠着他的肩膀，用几乎被店里的爵士乐掩盖的音量说："你从苏州回来一直躲着我，我很难过。"

谢晔还没回答，她又狠狠握紧他的手说："而且生气！你有什么事不能讲给我听?"

"你外婆……"

她忽然没头没脑地说："我现在知道了——外婆为什么不愿意听人念书。"

谢晔无意识地把安玥的手握得更紧，他有种自己都不愿意承认的恐惧，觉得她一旦知道了苏老师在那段特殊时期遭的罪，说不定会从他身边掉头走开。尽管苏老师的遭遇不能怪他的小爷爷，说到底，问题出在盛瑶身上。

"你轻点。"安玥的手挣了一下。等他放松些，她说："我去和吴老师聊过。"

吴老师得知他们去找过盛瑶，第一句话是，上次那个记者来问，我就觉得怪怪的，原来是你们两个小鬼头在背后撺掇。

"我和吴老师说了，你小爷爷就是谢德。她说她想过呢，会不会是亲戚，因为你个子这么高，但长得又不像，再说云南姓谢的人多了。如果像查户口一样问你，也很奇怪。"

吴老师对安玥讲了一些往事。她从提篮桥监狱被放出来，比苏怀殊从苏北农场回来更晚。一天，苏怀殊来到吴若芸家。两人久未谋面，苏怀殊也是这才得知，吴若芸在早年的风潮中伤了腿。之前最后一次聊天时，她们曾私下感叹，最好的年华没能用在科研和教学上。隔了十余年再见，她们都五十五岁了，即便不退休继续工作，也不过只有几年的贡献。

重逢让吴若芸知道了一件事。多年来，苏怀殊一直有个心结。害她陷入困境的告密信有许多细节，是只有吴若芸知道的，例如，好友见过她念书给谢德听。因此，她对吴若芸怀有难以打消的疑虑。就连来看老朋友，她也纠结了许久，最终说服自己，就算有这笔旧账，难道还能把她们多年的情分一笔勾销？

"吴老师说，外婆当着她的面哭了，边哭边质问，为什么要写匿名信。吴老师反问她什么匿名信。两个人这才把事情说开。吴老师后来越想越不对，觉得匿名信很可能和盛瑶有关。她性子直，跑去找久不来往的盛瑶，想要问个究竟。那边当然是不承认的。她们表姐妹就此闹掰了。"

谢晔仍在踌躇，要不要和她讲小爷爷的故事。他换了个话题："没想到吴老师猜测过我的来历，你外婆会不会也有类似的怀疑呢？"

"不知道。外婆她看着迷糊，其实很多事放在心里。我妈经常为这个和她吵架，说她什么都想好了，又不肯明明白白地讲出来，特别气人。"

"你外婆那么和气的人，也会吵架？"

"也算不上吵架，就是我妈单方面生气。我妈想让外婆搬过去，才买了那么大的房子。外婆一开始没有拒绝，最后就是不肯。我妈说让我住过去，还说只要我去了，外婆最后肯定会过去的。可是这样一来，就好像我背叛了外婆，是她把我带大的呀。你不知道，我妈最爱替人做决定，而且是个骗人精。我初一的时候，她骗我说去外婆家住几天，结果去了以后，几天变成几个星期，又变成几个月，我大概半年以后才知道，她和我爸离婚了，因为没时间带我，才把我扔在外婆家。你说，我是她女儿，她对我说句实话又怎样呢？"

谢晔想，她们家三代的女人性格都强，所以才会为了住哪里互不相让。苏老师其实已经被岁月打磨得温和了许多。她年轻时有着旺盛的好奇心，爱打抱不平，言辞也比现在锋利。说不定她的女儿，安玥的妈妈，骨子里和她很像——不过苏老师从来不会强加于人，也不会拿话诓人。十七岁的安玥和他记忆中十八岁的苏怀殊相比，仿佛年少一大截。大概是时代使然。他们这一代人，再大的烦恼也不过是家里那点事和自己的前途。

他听见安玥轻声问他："你在想什么?"她贴得很近，他从回忆中被惊扰，猛一扭头，脸颊碰到她的嘴唇。两个人条件反射地缩了一下，仿佛被烫到似的。

"对不起。"谢晔说。他自己也不知道为什么要道歉。他们仍保持着十指交握的姿势，酒吧这时多了些客人，一桌桌在烛光中喝着酒说着话。在别桌看来，他们是一对亲密的小情侣。他又有片刻的迷茫，不知道自己究竟是谁。他是爸和不知道面目的女人的儿子，为了找她和看看她所在的城市而来到这里的谢晔，还是跨越了不可能被穿过的时间之河的谢德的化身?他旁边的女孩究竟是他在交大旧礼堂舞台上邂逅的安玥，还是他在联大女生宿舍里，在警报响过后空旷中遇到在洗头的苏怀殊?

他对安玥说："这里有点吵，我们换个安静的地方说话好不好?"

安玥说酒钱她来付，谢晔拒绝了，她便不再坚持。来到外面，被夜风一吹，谢晔终于感到长岛冰茶的凛冽后劲。他等着安玥围好围巾，抓住她的手，放进自己的衣兜里。他们沿着衡山路漫无目的地走去，他开始给她讲谢德的过往。谢德、三姑娘、耿耀、苏怀殊，吴若芸，肖毅，夏宁熹，钱雨青。一个个名字从他嘴里冒出来，那么陌生，又那么熟悉。到后来他们发现自己不知何时离开了衡山路，走在一条树影被路灯照成连绵屏障的马路上。偶尔有车驶过，不见行人。

谢晔问："这是哪里?"

安玥环顾四周："好像是复兴中路?"

他没有给她讲小爷爷临终的细节。只说，小爷爷抓住崖边的车，一起掉下去。小爷爷和钱雨青都死了，只有三婆奇迹般地活下来。爷爷为了不让他的妹妹也就是三婆受到进一步的刺激，才编造了小爷爷死于轰炸的说法。

安玥沉思着说："盛瑶这个人，听着既可恨，也有点可怜。"

谢晔对盛瑶莫名地恨不起来。他觉得她是个复杂又可怜的人，骄傲，自恋，恶毒。还有她的耳朵的天赋。她在年轻时代失去了爱人，后来又失去了卓越的听力，总有点像是自作自受。她发现他姓谢的时候，那种恐惧和厌恶也绝不是装出来的。在漫长的岁月里，对谢德的恨早已将她的记忆和心灵彻底扭曲。她这一辈子都与真正的安宁无缘。

安玥见他不吭声，又说："对了，吴老师还告诉我一件事。"

"什么？"

"她和外婆聊到过谢德，只有一次。是她们离开云南后第一次在上海重新见面，很早很早的时候。那时候外婆还不认识外公呢。外婆对吴老师说，如果谢德没有死，她肯定就留在云南了。"

谢晔停下脚步。他感觉到安玥的手指拂过脸颊，才发现自己在哭。泪水不受控制地从他的眼眶滑落。他想说点什么，或是开个玩笑糊弄过去。但他开不了口，只是无声地哭泣。

安玥轻轻地抱住他的腰。她的头发贴着他的下巴。他拥住她的肩，等着眼泪和情绪平息下来。真正把她抱在怀里的时候，他并没有再次想起谢德和苏怀殊的拥抱。他很确信自己是谁，而她又是谁。过了一会儿，他微微弯下腰，吻她的额头，她的眉毛，脸颊，嘴唇。他们彼此的唇被夜气浸染得既干又冷，逐渐在那个吻里变得湿润和滚烫。他第一次吻女孩子，却感到这是一件自己做过很多次的事。究竟是在别人的记忆里，还是在自己的想象中做过呢？他用力排空思绪，只是长久而迷恋地吻她。他有些勃起，还好身高差距让他不用紧贴着她，否则只会更加刺激。他们分开的时候，他用手擦了擦她的嘴角。她低声说了一句什么。他没听清。

她又说了一遍，这次他听清了，却不解其意。

不要告诉外婆。

"什么？"

"不要告诉外婆，你是谁。"

"嗯，我也这么想。"

3. 疗愈者

　　吴天的读书会定在周六晚上七点，谢晔到得有些早，他进门的时候才五点多。林峰仍坐在上次的位置看书，店里没有其他客人，简直像是他初来"浮舟"那天的另一个翻版。大桌上悬挂的灯照着林峰永远显得睡眠不足的脸。谢晔想，他如果记得刮胡子，会精神些。

　　谢晔在他对面坐下。"乔曼在里间？"

　　"嗯，有客人。唐家恒怎么没和你一起来？"

　　"他说他不喜欢读书会，宁可在家看书喝酒。"

　　"你让他少喝点，他这种情况，有必要保持情绪稳定。"林峰说完，见谢晔一脸茫然，皱眉道："他没和你说过他的事？"

"知道一些。对了，他说他是乔曼的病人。我记得乔曼说她是兼职的心理医生……所以是看心理上的病？"

"别人说什么你就信什么啊。"林峰发出不知是笑还是鄙视的一声轻哼，"她不会看病，她只会医治。"

谢晔想说，看病不就是医治吗。但他知道自己辩不过林峰，便没有反驳。林峰问："你的小女朋友呢？"

谢晔知道他指的是安玥。估计消息是从唐家恒口中漏出去的。他这周和安玥见过几次，都是白天，在学校里。他们一起吃食堂，一起泡图书馆，看起来和其他校园情侣并无不同。这样就算谈恋爱了吗？谢晔不太有底气。他当然很喜欢安玥，却吃不准她对自己的好有没有受到老辈人的往事的影响。要说他自己完全没受影响，也是撒谎。

"她去接游雅。吴天自己过来。"

"你说读书会能有多少人来？"林峰的语气显得事不关己。

"不知道……游雅这周一和周三都做了预告，我想能有不少人吧。"谢晔听到身后有动静，转过半个身子，看见乔曼陪着两个女人往外走。两人看样子是母女，娇小的身材，白皙而略带哀容的脸，衣着精致。乔曼一路把她们送到门外，像是在外面说了会儿话，几分钟后才折回来。

这次她没再上前做什么贴额头的奇怪举动，一看到谢晔就问："唐家恒呢？"

"他今天不来。"

"你女朋友怎么不和你一起来？"

谢晔愣了愣，把刚才的答案重复了一遍。林峰和乔曼不愧是一对，连问话顺序都一样。谢晔以为她会接着问"你觉得今天能有多少人来"，却见她开始挪动单人桌椅，并招呼他俩帮忙。

234

"游雅和作者坐这里，椅子这样摆。坐不下的就让他们站在后排。"

谢晔诧异道："会坐不下吗？"

"有可能哦。游雅很少出来做活动。今天是你女朋友面子大，请得动她。"乔曼嘴上说着，手上不停。谢晔最初见到她就注意到了，她很像大姑。不是指容貌，她们都有种凡事自己做主的利落劲。三个人调整完桌椅，乔曼问谢晔有没有吃晚饭，他说还没，她进到吧台里面，很快弄了三份意面过来。番茄肉酱是她熬好放在冰箱里的，味道浓郁。正吃着，大门上的铜铃响了一声，进来一个学生模样的男孩，他站在走廊和店相接的地方问，吴天的新书活动是不是在这里。谢晔看了眼表，五点半。

乔曼让男孩随便坐，他有点拘束地找了个角落坐了，很快起身浏览店里的书架。三个人加快速度吃饭，吃完了林峰去洗碗。陆续又有两三个人来，都是学生。上班族不会这么早。林峰说要去走几步消食，拉着谢晔出了门。

一走出"浮舟"，谢晔就说："你是想抽烟吧？干吗不敢直说？"

林峰点起烟吸了一口，这才回答："在她面前还是得收敛些。她的一个朋友说，我要是再这么抽烟，出了问题他不负责。"

"这个朋友……会预言？"

"你想多了，是个医生。"

谢晔有点窘迫，林峰边走边抽烟，很快消灭掉一支。谢晔想起刚才被他偷换概念混过去的话题，便问他，乔曼的"医治"到底指什么。

林峰说："你知道吧，唐家恒的眼睛和别人不一样。"谢晔"嗯"了一声，林峰接着说："他高中的时候出了点事，让他痛恨自己有那样一双眼睛。他不肯出门去上学，整天把自己关在家里。"

"是英语老师的事吗？"

"这你也知道？他对你真是不一般。"林峰点起第二支烟，他们穿过上海图书馆底下的广场，走在领事馆的高墙外。

"他没和我说他后来不去上学……他家里人很着急吧？"谢晔对唐家恒父母所知不多，只听说他家在崇明岛，离市区很远，唐家恒不愿住宿舍，家里便给他租了房子。

"他爸妈当然着急啊，和他谈心，找心理医生，各种办法都试了，不管用。他也不拒绝和人交流，就是不肯说原因，也不改变态度。唐家恒爸爸也是病急乱投医，打电话给我当时的领导——他们不算熟，是一个什么党史培训班认识的。大概想着做记者的，认识的人多，办法也多。我领导听完情况，就找到我了。他说你前一阵不是找了个心理有问题的孩子让你女朋友做辅导吗，现在有进展吗，能不能再加一个人？"

林峰把第二支烟扔到地上踩灭，捡起来扔进垃圾桶。他领着谢晔穿了两次马路，来到一处街心花园。有几个老人聚在亭子里下棋，还有一对小情侣坐在长椅上聊天。没有空位，他们在花坛边坐了，林峰扭头看看身后的大樟树，树荫遮蔽了半个公园。

"这里是我第一次遇见乔曼的地方。"他的语气平淡。

"是什么时候？"

"十一年前。我刚当了几年记者。我在报社的师傅给我讲了一个故事……"他停下来，"刚说到哪儿了？"

"你领导为唐家恒的事找你。"

"对。我当时也有点焦头烂额，明明自己是记者，妄想干警察的活儿。我说最近太忙了，过一阵再说。事后回想，要不是我那么狂妄，只要我当时挤出时间，让乔曼见一下唐家恒——以唐家恒那双眼睛，也许能避免一些事发生。"

谢晔听得一头雾水，林峰做了个手势，仿佛让他不要追问，接着说："乔曼脑袋上的伤，就是那之后不久给弄的。我当时一门心思想要追踪报道一起恶性伤人的案子。"

　　谢晔想，不会是敲头案吧，又觉得没那么巧。"后来案子破了吗？"

　　"算是破了……不说这个了，说起来我就生自己的气。总之唐家恒和我们见面，是在乔曼受伤后的事了。他的精神状态有些恶化，那时已经拒绝和人交谈。心理医生大概会称之为自闭症。他还有半年就要高考，以他当时的状态，我感觉是没法进考场的。"

　　"真没想到，他看起来有蟑螂一样的生命力。我总觉得他不会因为任何人任何事消沉。"

　　"再坚强的人也有软肋。反过来，再脆弱的人也有在困境中活下去的力量。这些年通过乔曼的病人们，我学到一件事，我们都是盒子里的树。你中学也做过那个实验吧？在盒子里种植物，留一个孔让阳光进去，植物就会朝着阳光的方向努力长。人也是这样，天性向光。虽然有的时候会因为种种原因，以为自己置身于无边的黑暗中。乔曼做的，就是让他们看到光。至于能不能长起来，得看他们自己。"

　　谢晔想象了一会儿盒子里的树。有时他也有被黑暗包围的感觉，譬如有几次用甲马的时候。

　　"她具体怎么做呢？"

　　"我也不大懂，她的门道和植物有关。首先，得有一棵植物，让病人和它建立联系。我可以给你讲一个故事。很早以前，我还没遇到乔曼那会儿，我师傅讲给我听的故事。"林峰看一眼表，"离活动还早，我们晚点回去应该没事吧？"

林峰大学毕业后进了报社，被分在社会版。报社以前的"传帮带"做得彻底，带他的是个比他年长近二十岁的女记者，姓孟。从采访到写稿，孟姐几乎是手把手教他。一周有大半时间在一起，他们很快熟起来，林峰周末经常上孟姐家吃饭。她说他整天吃盒饭，营养太差。孟姐一个人住，她一直没结婚，父亲和伯父都在国外。林峰问过她，为什么不出国，她说留在这里是为了找一个人。她没说要找谁，林峰也不好问。

　　孟姐家是典型的知识分子的家，书从书架漫开，桌上，柜子上，到处都是。客厅里唯一能算作装饰的东西是墙上的一幅画。画在方格稿纸上的素描，线条之下透出绿色的格子。虽然纸张很随意，却被郑重地镶了镜框。画上是一个十五六岁的男孩，他眉头紧锁，眼睛里透着迷茫的神色。那幅画算得上栩栩如生，没有署名和日期。

　　有几次，林峰坐在孟姐的客厅里，好好地聊着天，忽然感到屋里还有第三个人，在旁边听他们的谈话。他知道纯属心理作用，可就是没法摆脱那种感觉。

　　一天，他忍不住说，孟姐，我老觉得画上的人在看着我们。

　　孟姐听了这话，并没有笑他乱想。她说，是啊，我的小弟弟在那幅画里面呢。

　　当时是白天，林峰却不禁感到一阵寒意。他说，孟姐，您这玩笑有点让人吃不消啊。

　　孟姐认真地说，如果我对你说，这不是玩笑。你愿意听一个故事吗？

　　孟姐一家之前在美国生活，五十年代中期回国后，住在淮海路一栋老洋房里。她的家庭成员有父亲、母亲和比她小八岁的弟弟。

回到祖国的时候，弟弟还只是个一岁多的婴儿，虽然父母后来也尝试用双语教育，不过弟弟的英语一直没有她好。母亲身体不好，在孟姐念初中的时候过世了。可能因为这个原因，弟弟从小特别内向。除了到学校上课，其他时间他都在家闷头画画，似乎也没有同龄的玩伴。六十年代初，孟姐考到北京的大学念英文系，家里只剩下父亲和弟弟。从父亲的来信和每次寒暑假回家，她不难感觉到，父亲忙于"政治学习"，弟弟则变得愈加孤僻。她对此有些担心，却又无可奈何。后来学校停课闹革命，该毕业分配的时候也只能继续耗着，她心里烦闷，在暑假回了家。

回到家中，她惊讶地发现，原本显得空落落的院子变得非常拥挤。几棵枝繁叶茂的槐树，曾经是她儿时和父母纳凉下棋的荫蔽，都被锯掉了，在原处加盖了三间砖墙石棉瓦顶的平房，挤挤挨挨排成"三"字形，从小楼底下一直占据到曾经是院墙的位置。院子只剩下平房与主楼之间一米多的间隔，以及供平房的居民们出入的走道。在仅存的L形空地上，母亲种下的花草被人践踏成了尘土，只有这里那里冒着几丛野草。两层的英式小楼也变了模样，父亲和弟弟住在原来的书房里，客厅被隔成两户人家，楼下的厨房、楼上的主卧和姐弟俩各自的房间，每间塞了一家人。楼上楼下的卫生间变成公用的，分割客厅留下的"楼道"则是合用的厨房。恐怕任何一个建筑设计师都没法设想，原先住了三口人而显得寂寥的这处院落，如今满当当地塞着二十来口人。父亲看她的眼神几乎是躲闪的，弟弟却一反常态地兴高采烈。

弟弟的变化来自一户新邻居。院里新盖的那些楼据说是街道的头头安排的。新来的住户们都是陌生人，除了住在院子一侧原有的杂物间的乔家。那家人据说是爸爸的旧识，乔叔叔曾经开过一家叫作"浮舟"的古玩店，他妻子早逝，带着个八岁的女儿。乔家要付房租，父亲不肯收。乔叔叔说，干脆搭伙吃饭吧，反正我们也要做饭。从此弟弟天天在乔叔叔家吃饭，吃过饭也不回家，宁可待在比那三间简易平房还小还破的乔家。他今年十五岁，却愿意和一个比自己小那么多的女孩玩在一起，让做姐姐的暗自纳闷。至于学校，据说弟弟早就不去了，她没有问缘由。父亲的身份从受人尊敬的学者急转直下，敏感如弟弟，当然会忍受不了学校里的氛围变化。她庆幸自己在北京的生活还没有遭到波及，又隐约为这样的心态羞愧。

乔叔叔的女儿叫作乔曼。长着一张聪明面孔的小女孩。她发现自己没法像弟弟一样喜欢那孩子。可能因为乔曼的眼神像是洞穿了她的心事。她曾经为自己的家庭感到骄傲，现在却只觉得耻辱，想要逃离。

在家住了一段时间，她发现，弟弟的变化不仅来自乔家的女儿，还源自一群他不知从哪里认识的玩伴。都是些年轻人，玩音乐的，写诗的，画画的，总之，做什么的都有，就是没个正经的。这群人常在乔家偷偷摸摸地聚会，每当这时，院门一侧的小平房明明塞满了人，却没有一点声息。她感到奇怪，便参加了一次聚会，原来弟弟和他的朋友们在屋里听唱片和谈笑。奇怪的是，当她离开小屋，外面既不闻人声，也听不见音乐声。她想起坐在屋内小凳上的乔曼，小女孩旁观着二十上下的年轻男女们慷慨激昂地谈理想谈人生，一脸安静，好像能听懂所有这些离一个孩子颇为遥远的话题。当她想到那张孩子的脸上一双与年龄不符的清冷的眼睛，忽然就有些莫名的寒意。

还有一件事让她很不舒服，自己家的位置不好。刚回国时，父亲本来看中由匈牙利籍建筑师邬达克设计的武康大楼，但由于母亲喜欢园艺，便在大楼对面置下带院子的产业。一条马路之隔的武康大楼到了现在，外表凋零不说，还多了个"上海跳水池"的外号。名字的由来是这几年常有人跳楼自杀。她不禁想到，如果母亲还在世，目睹这个家以及父亲的变故，以母亲的敏感、矜持和纤细，会不会也加入"跳水者"的行列？

弟弟很像母亲，无论是略显神经质的眼睛，还是性格深处的一些东西。她也担心过弟弟会因为外界的种种遭到创伤，但从这次回家的情形来看，倒是她想多了。弟弟的生活与外界无关，只有艺术和朋友。他活在一个精神的世界中，以此保全了他的纯粹。院里的变化与他无关，甚至连父亲的形容憔悴也没有映到他的眼睛里。她既为弟弟的表现略感欣慰，又有些气愤，觉得弟弟不关心家人和这个家。

乔叔叔从古玩店老板变成了裁缝，摊子摆在几条街外的弄堂口，他每天去半天，其余的时候，经常可以看见他在窗户跟前的缝纫机边忙活。他有张平和的脸，和随处可见的惶然或傲慢的眼神一对比，更加难得。她不喜欢乔家的女儿，却喜欢走到他家窗口，看乔叔叔做裁缝活儿。

暑假快过完了，她早就盼望着重返校园，离开和从前不一样的家。尽管明知道回去也只是挨日子，等分配的消息。一天，父亲难得在晚饭时间回到家，乔叔叔过来说，饭已经好了，大家一起吃吧，她便和父亲一起去了乔家。弟弟早就在那里，斜倚在架子床上看一册手抄本，连鞋也没脱。大家分头落座后，弟弟才懒洋洋地跳下床过来吃饭，手里还拿着书。

她也不知哪根筋被触动了，严厉地说，吃饭不许看书。

弟弟看她一眼，说，爸都不管，你少管我。

她生气了，一摆筷子说，我今天就是要管你。

父亲在旁边摆摆手说，好好吃饭，在乔叔叔家里吵架，像什么样子。

坐在一旁的乔曼忽然说，廖姐姐的诗最好不要看了，她写的东西有死气。

乔叔叔也摆摆手道，好好吃饭，你小孩子家别乱说话。

她憋着一口气开始吃饭，吃了几口便消了气。乔叔叔的手艺比学校食堂或是她自己做的都好得多。平时她因为自己也不清楚的缘故，向来不跟弟弟上乔家吃饭，每天在楼道里用一个蜂窝煤炉子下面条吃。父亲工作日是在单位食堂吃的，他周末也很少在家，常去见一些朋友。有多久没有这样一家三口围坐吃饭？虽然是挤在别人家里，也有种难得的温馨。当时的氛围让她对弟弟说，我回学校时带一幅你的画回去，我想挂在床头。

弟弟的画都是小幅的水粉，简单纯净的风景画，画的大多是春天的原野，让人看了便觉得心情舒畅的深深浅浅的绿。

没想到父亲立即开口道，还是不要带了。

她感到父亲说这话的表情有点怪。弟弟毫无反应，自顾把茨菰中夹杂的一点咸鱼挑出来吃。

第二天，又有人从对面的武康大楼跳楼身亡。这次是个认识的人。姓廖的女孩子，弟弟的朋友，手抄诗集的作者。她试图掩盖消息，但院子里人多嘴杂，弟弟还是很快知道了。

从下午开始，弟弟把自己锁在房内。父亲还没回来，她一个人在走廊般狭窄的院子里仓皇地等着。仅存的形同走道的院子只照得进一小片阳光，就在乔家的门口。靠近主楼的两栋平房迫于早就存在的杂物小屋，才没有像最外围那栋平房般张牙舞爪地伸到西侧的墙。她也不管天热，就站在阳光下等。如果待在背阴处，似乎连心也会笼罩上一层浓重的黑影。

她的脑海中不断闪过乔家小姑娘昨天晚饭时说过的话，乔曼说

242

廖的诗有死气，话语透着古怪。她对自己说，乔曼那句话应该只是随口一讲，当务之急是让父亲把弟弟给劝一劝。她这时忍不住庆幸，全家眼下住的是原先的书房，位于一楼的西侧。一楼没法跳楼。做饭在楼道，所以屋里也没有菜刀之类的物品。刚才弟弟把她赶出门之前，她眼明手快地收走了弟弟的裁纸刀。从她现在站的位置，透过一楼半掩的窗帘，可以看到弟弟一直在对着画布挥动画笔。没有其他更糟的状况出现。

日影开始歪斜，她周遭的阳光逐渐消失的时候，乔叔叔出现在大门口，她赶紧迎上去，和他说了弟弟的事。乔叔叔淡定地问，我家姑娘呢？

她这才想起，自己从早上就没见到乔曼。她说不知道，乔叔叔走进一楼去叫门。门从里面开了，乔叔叔进了屋，把门在身后关上。她被关在门外，只听到没法辨清内容的说话声。过了一会儿，门又开了，弟弟走了出来，神色如常。

乔叔叔跟着出来，低声对她说，这事别告诉你爸，他已经够难受的了。来，帮我把这些拿到我家去，赶紧烧掉。

乔叔叔拿的是弟弟的画，叠成一摞，上面盖着白纸。她把画拿到乔家，准备放在火盆里点火的时候，才发现这些画和她平时看到的不一样。准确地说，这是弟弟平时的画，只是被破坏了。

水粉颜料的表面被某种钝物割裂，刮破，粉绿浓绿翠绿之卜露出几抹灰色与红色。弟弟刚才不是在画画，而是用画笔的另一头把自己从前的画狠狠刮了一通。她试着用手把表面的颜色又抠掉一些，终于看清隐藏在底下的画。

弟弟画的是大字报。一层层的白纸贴在灰墙上，每张纸都写着字，字迹模糊不清，所有的字都是红色的。整幅画只有三个色调，灰墙，白底上闪着灰影的纸，以及一重重红色的字迹。每一幅画都是这样。铺天盖地写着红字的大字报，被水粉层层遮盖，最终变成绿色的田园风景。她感到突如其来的眩晕，这才明白父亲为什么不让她带走弟弟的画。弟弟并不像她以为的那么正常。父亲很清楚他的情况，乔家父女也对此心知肚明。只有她一个人不知道。

她忽然听到身后响起一个稚嫩的声音，是她始终不喜欢的小女孩，乔曼。女孩以她一向与年龄不相称的冷静语调说，孟哥哥疯了很久了。

林峰转述的孟家的故事，让谢晔听得浑身起了鸡皮疙瘩。原来乔曼身上聊斋般的氛围是从小就有的，他还以为是自己太过敏感，才会每次见到她都不自在。

林峰说："就像你家的甲马，乔家的治病能力是祖传的。传了多久我不知道。至少从她曾爷爷那一代，他家就开着名叫'浮舟'的店。上两辈是裱字画的店，到她爸爸手里变成了古玩店，后来又成了裁缝摊子。孟姐的弟弟第一次发疯，是在他姐姐刚去北京上大学那年。没人知道起因是什么。从某一天开始，他就不断画贴满红字大字报的墙。孟姐的父亲害怕别人发现儿子的画，通过熟人的指引，找到乔家父女。他们搬进来，其实也是应他的请求。乔曼后来告诉我，那时候她还小，力量不足，所以没能根治孟哥哥。她爸爸也试过，但对孟哥哥不管用。得了心病的人，一旦认定一个医治的人，就很难和其他人建立联系。"

"孟姐的弟弟再次发作，是因为他的朋友自杀？"

"姓廖的女孩比他大三岁，是他暗恋的人。"

"……后来呢，乔曼治好他了吗？"

"应该说，只是短暂地维持住了。孟姐说，弟弟那次发病之后，乔曼送来一盆茉莉。弟弟每当情绪不安，只要看到长着茉莉的花盆，就会安静下来。乔家不再有他和朋友们的聚会，他整天闷在自己家，也不再画画。有时乔曼过来，他和乔曼坐在一起，小声地说着什么，做姐姐的感觉那是个她无法进入的世界。九月，孟姐回了学校。按理她在几个月前就该毕业分配。上一届的学生多等了快一年，她不知道是不是也要等到明年。结果在等待的过程中，她先等到的，是弟弟自杀的消息。"

林峰停下讲述，没有再拿烟出来，周遭不知何时已沉入昏暗。下棋的老人们不见了，情侣也不知去向。公园里唯有聂耳的胸像静立在原处。

谢晔迟疑着说："你刚才说过，人都有向光性，就像盒子里的植物。"

"没错，但有时候，即便盒子上开了口，光也太过微弱。孟姐的弟弟如果没有死，大概会和很多人一样成为知青。乔曼说，如果到乡下辛苦若干年，他也许反而能活下来。人是很奇怪的，你把他放到一个物质极度贫乏的环境里，他的精神力倒会变得强韧。总之他没能熬过去。起因是一伙抄家的人去了他家，把屋子翻了个遍。那些人怀疑土里有金条，把茉莉刨出来。他试着种回去，可花还是死了。那几天正好是冬至，乔家父女回老家扫墓。否则也许会有另一种结局。"

"如果只是如果。"谢晔谨慎地说。他想起小爷爷的死。蒲达师傅的预言。真有无法改变的命运之说吗？可能所谓命运只是飘忽不定的彩色气体，会呈现在唐家恒那样的人的面前。

"是啊，如果怎样怎样，都是事后的没用假设。看不出你倒是蛮坚决的，等你活到我这个年纪就会知道，人生的遗憾太多，忍不住心里想个百八十遍的如果。"

"孟姐的弟弟……是怎么死的？"

"他从武康大楼跳下去，七楼的外阳台，和姓廖的女孩一样。"

林峰站起身，说该回去了。谢晔忍不住问："所以那幅画，就是一开始让你觉得害怕的画像，是她弟弟的自画像？"

"嗯，最初是送给乔曼的。乔家在她弟弟去世后不久搬走，乔曼把画转送给孟姐。后来那幅画陪着孟姐在黑龙江的工厂待了好几年。外语系毕业也没有更好的去处，和她一起分到工厂的还有数学系、化学系的。她从北方回到上海，是在七十年代后半。又过了些年，她家的房子才被还回来。她花了不少钱拆拆弄弄，恢复原貌。"

谢晔这才意识到一件事。"所以'浮舟'是……"

"就是加盖的三间房最靠街的一间。当然，经过改建，和原来的不是一回事。中间两栋拆掉了，后面的洋房连同院子已经卖掉了。孟姐前几年去了美国，她保留了最外面一间和乔家住过的小间，以很便宜的价格租给乔曼。"

"她留在国内要找的人，就是乔曼？"

"我讲了这么多，你才明白吗？"林峰哼了一声，拐进罗森去买口香糖。谢晔知道他试图掩饰抽过烟，觉得是掩耳盗铃。在门口等到林峰出来，又问起他和乔曼是怎么认识的。这次林峰不肯讲了。

"你还真是刨根问底，个人隐私你懂不懂？总之你现在知道了，乔曼和你，本质上是一类人。你用不着每次看到她都显得紧张。"

哪里是一类人……我紧张吗？谢晔没有说出口。说话间，他们来到武康大楼临街的廊柱下，一楼没有住家，药房、旅行社和理发店都有年头了，这时只有理发店亮着灯，看上去是哪里都有的普通老楼。很难想象几十年前不止一人选择这里作为自杀场所。他们穿过马路，回到"浮舟"。

提早四十分钟，游雅已经在店里。

246

谢晔从短廊拐进店堂，立即知道那是游雅。她没有坐在为嘉宾和主讲人摆了名牌的长桌后，而是在最外围的椅子上，背对着进来的人。他之所以能一眼认出陌生的她的背影，是因为安玥坐在她旁边，侧过脸和她说着什么。从谢晔的角度，只能看到游雅的长卷发在脑后松松地用发夹别住，打着卷垂在浅灰色的毛线披肩上。正如书勒口上的照片，她的肩很瘦。她前面几排稀稀落落坐了十来个人。林峰直奔吧台后的乔曼那里，谢晔朝安玥和游雅走去。靠近时，他听见她的声音，他在深夜的广播里听过无数次的温润嗓音，未经麦克风的修饰，一样明净。

"反正我就负责抛出问题，让他多谈，对吧?"她对安玥说。

"你尽量多说点吧。毕竟这里大多数人是为了你来的。"安玥注意到谢晔在游雅身后不远处，冲他做了个"过来"的手势。谢晔绕到另一边，穿过整排座椅的空隙，在她身旁坐了。隔着安玥，他终于可以从容地打量游雅。

他的第一感想是，她看起来真年轻啊。

因为安玥喊她干妈，谢晔预期会看到一位"阿姨"。不夸张地说，游雅看起来就像安玥的姐姐。从白医生到大姑，谢晔周围的中年女人都比他爸年长，所以他无从判断，和自己妈妈年纪相仿的女人该是什么模样。可以确定的是，游雅如果走在校园里，大概没几个人会把她当成老师。她比较像大四或者研究生部的学生。她的年轻不光是脸孔，更在于神态。她扫谢晔一眼，眼角迅速浮起笑纹。这一笑才显出些年纪，谢晔回以不知所措的点头。

他听见游雅说，小邵待会儿也来。安玥显得诧异，反问道，他在上海? 游雅说，这不是因为今晚的活动吗，他买了下午的机票，直接从机场过来。看样子要迟到。

谢晔听出来了，小邵就是"明信片男友"。他上次忘记问安玥那人的年纪，不过反正今晚就能看到了。陆续进来的观众很快占据了座椅的大半，不时有人回头看他们这边，还有人低声议论。游雅和安玥若无其事，倒是谢晔有些局促。林峰走过来说，可以到后面的包间去休息。他们跟着他进到吧台后面垂着帘子的房间。是个天花板和墙壁由玻璃构成的空间，与其说是包间，更像一间花房，地上、架子上的花盆里种着各种花草，落地玻璃对面是个窄窄的过道般的院子，在房间的灯光掩映下，看得出院子里草木葳蕤。四五米开外有间小屋，在夜色中只有个轮廓。谢晔想起林峰讲的故事，知道是孟家从前的杂物间，乔曼小时候住过的地方。

屋里有一把藤椅，对面是旧旧的皮沙发，长度可以坐三个人。两件家具之间放着当茶几用的板条箱。林峰说去弄点喝的过来，转身走了，安玥自顾从侧门出去参观院子，游雅坐了沙发，谢晔迟疑片刻，在藤椅落座。坐下来他才意识到，这个位置是乔曼给人"治病"时坐的，但再起身会显得古怪。

游雅在他对面说："你就是小谢吧？安玥说了不少你的事。"

谢晔"嗯"了一声，又急忙说："我一直听你的节目。"

她仿佛并不在意："我听说，你是知青子女。你来上海找妈妈。现在有线索了吗？"

谢晔有些窘迫，挤出一声"还没"。虽然知道安玥上次帮忙打听是好心，但一上来对方就表示知道自己家的情况，而这个对方还是游雅，毕竟尴尬。

游雅用洞察的目光看他一眼，变换话题："你从云南来上海念书，适应吗？"这时的她让他想起苏老师，有种长辈的亲切。

"还好，就是刚来时吃的不大习惯，现在也习惯了。我可以问个问题吗？"

"你说。"

"安玥给了我你写的书，里面有篇提到偷玉米。"

她的眼角漾起笑纹："那时候太馋了。"

游雅在书中写道："知青的头等大事是吃。而这恰恰是因为没吃的。农场的食堂常年供应的是寡淡无味的土豆或茄子，一年中有两个月，连土豆茄子也阙如，只有一锅清水加些盐和葱的'玻璃汤'，喝起来一股涮锅水的味道。男知青面临的问题比较直接，定量的口粮不足以塞饱他们被体力活撑大的胃口，每到月末就得从女知青那里弄粮票，或讨或哄或换，看各人手段。女知青没有饿肚子之虞，温饱养就了馋虫，总惦记着土豆茄子以外的吃食。"她唯一一次当小偷的经历，是和名叫"妮子"的好友以及另外两个女孩，四个人在夜半溜到其他连队的玉米田。玉米还没熟透，咬一口，满满的甜浆。她们像野蛮人一样，撕开外皮直接啃。正吃着，夜巡的人发现有动静，晃着大电筒过来了。另外两个女孩撒腿就跑，她也想跑，却听妮子说："别动！"妮子举着两支玉米棒子蹲在原地，她也有样学样。她们伪装成两株玉米，逃过了守夜人的眼睛。第二天，场部贴出通告，两个逃跑失败的女孩遭到处分。她同情伙伴的坏运气，又暗自庆幸自己听从了妮子的决断。

谢晔对游雅书中关于知青的部分读得格外细，可惜大部分篇幅是电台的事，对知青岁月的回顾不多。他初看的时候就猜到，"妮子"是安玥的妈妈，后来也从安玥口中得到证实。他还有其他事想确认。

"你的书里说，那是唯一一次当小偷，后来没再去，是因为处分很可怕吗？"

谢晔从前也经常偷村里小五家的番茄。大姑的番茄种得没有小五家好，再说家里的菜地他上学不顺路，不像小五家，他去学校路上正好摘两个，边走边吃。小五他爸逮到过一次，对谢晔嚷，我说怎么到现在都没几个红的,原来被你这个馋鬼吃了!谢晔想要回嘴说又不是我一个人吃掉这么多,路过的人多了。他满嘴番茄汁,开不了口,索性一溜烟跑了。

游雅的经历也可能是妈妈的经历。妈妈在云南一样要吃的没吃的,说不定也曾在哪里偷过新鲜的果蔬。谢晔想,要能一直偷,还好些。如果像游雅一样被吓得却步,日子更难熬。为了确认偷窃到底是个什么处分,以推断自己的妈有没有可能低调地自助,他才有此一问。

安玥从院子回来,正好听见游雅的答案:"处分当然可怕,不过,我们没再去,是因为在那之后不久,和我们一起去的其中一个同伴发生了意外。雨季上山干活,要过独木桥,她滑了一下,掉进河里。河水实在太大,旁边的人只能眼睁睁地看着她被冲走。我那天病假没出工,安玥妈妈回来告诉我的。"她注视着谢晔,他这才从她的眼睛里看出和实际年龄相符的神色。经历过生死和聚散的人的眼神。安玥在游雅身旁坐下,悄然握住她的一只手。这一刻她们不再像姐妹,而有几分像母女。

谢晔坐的藤椅正对着和外间隔断的布帘,只见乔曼穿过帘子进来,端着放有三只杯子的托盘。她把水杯放在茶几上。"不好意思,才给你们倒水。书吧的生意从来没这么好过。刚才一直有人点喝的,都有点不习惯了。"

有那么一会儿,谢晔有点担心乔曼会和游雅做一次奇怪的贴额头仪式。她放下水杯就出去了。只是,她在穿过布帘之前回头看了他一眼。他正喝水,遇到她的视线,差点呛了一下。林峰的故事不仅没有让他对乔曼生出亲近之心,反而更有点怕她。

新书分享果然座无虚席,后排站了十来个人。谢晔坐中间位子被后排的人抗议"挡住了",无奈地站到了房间一侧。观众们想必

250

都看不出游雅和吴天是初次见面，两人熟络地聊天，游雅问了他很多问题，还读了书里的一些片段。吴天一看就是个文科男生的样子，头发的长度快赶上安玥了。现场反响热烈，虽然最后的观众提问环节有半数问的是游雅，而不是作者吴天。游雅笑着说："我今天只是来做客的，大家请抓紧机会向吴天提问。"不过，当有人向她提问，她也总是尽可能地回答。

其中一个问游雅的问题是，你有男朋友吗？提问者是个年轻男生。他的问话刚结束，底下便有人嘘他，还有人说，我们也想问！游雅的笑容微显窘迫，求助地看向房间一角，谢晔顺着她的视线看到一个穿黑大衣的男人。那人来得晚，站在比较暗的地方，之前谢晔没注意到他。男人冲游雅做了个手势，她这才拿起话筒说："有，不过我不想多谈。好，下一个问题。"·

谢晔觉得观众们都是瞎子。那么明显的一幕，却无人留意。那人留着络腮胡，年龄难测。谢晔直觉地不大喜欢他，觉得他看起来是个心计很深的人，而且有种攻击性。也许是明信片的故事在作祟。他也不喜欢之前游雅提到"小邵"时的亲密语气。谢晔对自身的负面情绪向来保持警醒，这时也暗暗告诫自己：你这是怎么了，别因为一周听三次她的节目，就自以为和她有多亲近——连带着厌恶她的男朋友。

他的情绪连安玥都注意到了。活动结束，吴天建议大家去吃宵夜，小邵说游雅累了，还是直接散吧。谢晔忍不住盯着游雅，希望她表示反对，然而游雅只是以她客气的微笑对众人说，改天有机会再聚。小邵和游雅离开后，安玥表示她要回妈妈家，不能太晚。谢晔说要送她，和吴天林峰乔曼说了再见。他们打了辆出租车，安玥等车开了一段路才说："你好像很遗憾。"

"什么？"

"不能和你的偶像一起宵夜。你的不甘心都写在脸上呢，像小狗一样。"她叹了口气，"你还不满足啊？我之前还特意去院子里吹冷风，让你和干妈聊几句。"

"你是特意去的？我还想着你怎么一下就跑院子里去了。"

"行了行了，知道你有恋母情结。"

"瞎说。"他搂住安玥的腰。

"我才没瞎说。你吃小邵的醋太过明显，有眼睛的人都看得出来。"

"你怎么也喊他小邵？他比我们大很多吧。"

"没你想的多，他比干妈小十岁呢。我记得林峰是六二年的对吧？林峰还比小邵大。"她舒舒服服地倚在他怀里，"对了，乔曼也比林峰大。你周围都是恋母和恋姐的人哦。"

"你别一棒子敲死所有人。唐家恒就不是。"他说完才想起唐家恒喜欢什么样的，闭了嘴。安玥难得地没有反驳他，两个人静了一阵。车里放着深夜的电台，一个忧郁的女声。谢晔认得那个声音，是和游雅的时间档一样的深夜节目，每周二四六的晚上播出。那个主持人经常讲些乐坛故事，音乐喜好偏欧美，而且她不和听众连线，三个小时里就是一个人说话和放歌。谢晔觉得她太过高冷，远不如游雅在热线电话中呈现的柔软与洞彻。

他很想问司机有没有听过游雅的节目，又觉得过于唐突。安玥在他旁边说了句"师傅，就前面停"，他才意识到已经到她妈妈家了。他想付车钱，安玥动作比他快。他跟着她下车，不远处是广播电台大楼的飞碟状屋顶。这里是虹桥路，离学校走路也就二十来分钟。安玥平时宁可住在远得多的杨浦区外婆家。谢晔不知道，如果自己从小就有妈，是不是也会有不想和妈妈待在一起的时候。

他说送她到楼下，安玥没有反对。两个人顺着小区的路往里走。像是为了打破寂静，安玥说："干妈家在马路对面的小区。她家的阿姨手艺很好，我妈不爱做饭，如果没有饭局，基本都去她家吃。"

"你外婆很会做菜，你妈妈没有遗传到啊。"

"我妈说，外婆其实是后来才学的做菜。在我妈小时候，我们家一直是吃食堂，我外公的医院食堂，外婆的学校食堂。我爸妈结婚后，吃饭仍然是靠医院食堂解决。我出生以后，外婆过来照顾我们，才开始学做菜。"

"那时候你外婆和你们一起住？"

"对啊，一家四口。不过也没几年，等我上幼儿园，外婆回了她自己家。当时我们和外婆住得不远，周末都在外婆家吃饭。过了几年搬家到西面，就去得少了。我小升初的时候，我妈辞了学校的工作，开始办培训班。她和端木叔叔，也就是她公司现在的副总，两个人在街上发小广告。再后来我爸妈离婚了。之前和你说过，我被我妈塞到外婆家。然后外婆干脆把我的户口迁过去了。"

"你爸妈离婚是因为你妈妈辞职？"

"不是这么单纯的原因吧。我爸觉得我妈不顾家，而且他可能对端木叔叔有想法。其实我妈和端木叔叔真没什么。我倒是希望他们之间有点什么。"

"为什么这么说？"

安玥停下脚步。他们刚走到一栋楼前，她盯着站在大门台阶底下的一道身影。铁门的门楣挂着路灯，把那人的影子投向他们。

"怎么才回来？我拷了你好多遍。"

说话的是个胖女人。谢晔一时间没能认出她，尽管他看过她的照片。在苏老师的影集里，她穿连衣裙的身影给他留下青春的印象。那个时候她的胸和臀就有些过于丰满，还好有腰作为弥补。眼

253

前这位已经没了腰，身形庞大，嗓音低柔，带着大胸脯的女人特有的共振。谢晔借着灯光看到她的脸，只觉得异常眼熟，他的第一反应是，大概又是谁的记忆给自己的错觉。

安玥不带劲地喊了声"妈"，然后说："你又没带钥匙？"

"忘公司了。本来想去你干妈家拿钥匙，结果她也不在家。"

"我跟干妈在一起呀，她帮我师兄的书做活动，和你说过的。"

她们飞快地你一言我一语，谢晔这才回过神说："阿姨好。"他忍不住为多年后的安玥开始忧心。她也有比一般女生圆熟的胸，希望她不会像她妈妈一样变成两个宽。

"你是安玥的同学？"她朝他看过来。安玥的妈妈，苏怀殊的女儿。刘海底下的眉毛有着无可辩驳的家族特征。他记得她年轻的时候是方脸，显得有点硬，现在轮廓被肉补圆了，只剩下眼睛里的神色，是她身上最尖锐的部分。他被看得垂下视线。"是的。"

安玥妈妈还想问什么，安玥跳上台阶。"妈，你查户口啊！"又冲谢晔摆摆手，"再见。"谢晔领会了她的暗示，赶紧说了声"再见"就撤了。

他沿着夜晚的街道慢慢走回去，白天听林峰讲过的故事压在心上，带着奇异的重量。他想起乔曼种满各种植物的玻璃房间和院子，不知道是不是每株花草代表一个病人。唐家恒又是怎么被她"治好"的呢？还有她的伤疤的由来……谢晔对她有着巨大的好奇，但他并不想进一步接近她，仿佛是出于动物的本能。

所以当谢晔回到唐家恒的公寓，发现林峰和乔曼在里面，他多少有些无措。茶几上摆着三只马克杯。唐家恒背靠着床盘坐在地上，林峰和乔曼占据了沙发，一个翘着二郎腿，另一个倚着沙发扶手。姿势固然随意，他却感到他们三个正在进行严肃的谈话。

唐家恒说："约会回来了？"另外两人没吭声，光是看着他。比林峰盯视的眼神更强烈的，是乔曼的注视。是的，从第一次见到她起，就是那种感觉让他不舒服。她看的不仅是他本人，还有他内在的什么。

林峰终于开口："你回来得正好，再晚点，酒都要被我们喝完了。"

谢晔一脸茫然，唐家恒举起马克杯。"林峰带的黄酒，你自己拿杯子倒一点，微波炉转半分钟。这个酒喝热的才好。"

吴天的新书分享会过后，谢晔的日常又回到了原先的节奏。

一天，谢晔正在上课，忽然有个保安到门口找他。那人是张培生的下属，说，老张请客，让我和你讲一声。保安讲完时间地点就走了。张培生通知请客的方式可谓别具一格。剩下的半节课，同班的女生们不时向他投来奇异的眼神。校园敲头案已经过去了快一个月，谢晔去网吧找胡思达玩的时候，听说校园BBS上仍然有分析帖。以大学生们喜新厌旧的脾性，算是少见的情况。他很想对女生们说，我可不是嫌疑人，约饭而已，最终他上完课就默默地走了。快两个月了，他还是没能从教室找到归属感。遥远时空之外的联大教室反而亲切些。

当晚，他按之前说好的，帮胡思达顶夜班。邝诚的计时工显然不太够，他的外甥一周有两个晚上守在柜台后。谢晔估计胡思达又去见网友，好在他对值班习以为常，坐在柜台里背单词和上网。

晚上八点多，他打了安玥的拷机。安玥回电的号码不是苏老师家的，她说今天在虹桥妈妈家。倒是少见。谢晔和她说了明晚吃饭的事，问她要不要一起。她迟疑了一下说，人太多了，我就不去了。而且我不爱吃火锅。

和安玥不同，等谢晔凌晨回家，唐家恒听说了饭局，毫不迟疑地表示要去蹭一顿。到了约定的傍晚，他和谢晔一道从学校过去。在人民广场地铁口出来，唐家恒说："你好像害怕乔曼。是不是林峰给你讲了那个跳楼的男孩的故事？"

谢晔说他的确听了那个有点吓人的故事，并断然否认他怕乔曼。他还是没找到契机问唐家恒，以前在乔曼那里"治病"究竟是什么情况。

张培生约的火锅店离地铁站不远。隔着半条街，远远地就看到门口声势浩大，长桌上摆着几只木桩模样的大砧板，年轻男人一溜排开，系着斑驳的围裙，用阔大的菜刀细细地片着羊肉。唐家恒告诉谢晔，这叫热气羊肉，意思是没有冻过的新鲜活杀羊肉。谢晔反问，为什么要冻，不都是杀好了吃吗？两人的对话像擦网的羽毛球，颓然掉地，没了下文。

他们进到店里，从喧嚣和火锅的热气中找到有熟人的桌子，圆桌边坐的是林峰和胡思达。谢晔边脱外套边问："你舅舅呢？"胡思达说："他有别的局，生意上的事。怎么，见到我不开心？"谢晔坐下说："开心，开心极了。你如果别老找我顶班，我就更开心了。"

热腾腾的铜锅被端上来，放在圆桌中间。林峰他们早就点了一堆，也不等做东的张培生。啤酒上来了，接着是在铁盘里码成一排排红条的羊肉。萝卜，白菜，海带，豆腐，还有豆腐皮包着的圆柱形，谢晔问那是什么，胡思达说："老大，百叶包你也不认识吗？"谢晔说："学校食堂的百叶包里面是肉，这里面好像是菜。"唐家恒说："肉馅的馄饨是馄饨，菜肉馅的难道就不是馄饨？"谢晔说："上海人名堂真多。"他前几天吃了个鲜肉月饼，世界观受到轻微的震撼，此前他一直以为月饼只有中秋节才有，而且必须是甜的。

唐家恒边给他倒啤酒边说："讲这种话，你自己也是半个上海人好不好。"

谢晔没有从这个角度想过，不由得愣了一下。胡思达心急，锅没开就把肉丢进去，被林峰讲了几句。胡思达隔着火锅对谢晔说："你看这个人，吃火锅规矩最多。上次我把毛肚煮老了，也被他讲。"

　　唐家恒说："天才冷下来，你们已经第二次吃火锅了？"

　　"是今年年头上啦，在张叔叔家里。用电饭锅煮，火慢得要死。火锅还是要吃这种炭炉子舒服。"胡思达眼巴巴地盯着刚开始滚的汤，"难得他在外面请客，所以我是一定要来的。"

　　谢晔听过邝诚他们舅甥俩编排张培生的段子，说他节约得要命，冬天的棉毛衫裤都是洞。谢晔看得出，张培生不像林峰和邝诚一样花钱随意，他抽烟，没有林峰抽得那么凶，而且只抽便宜的红梅。上班穿制服，下班则是便衣警察也爱穿的老款夹克衫，仔裤，旅游鞋。从背影看，他是个壮实的男人，走路很稳。一点也看不出他的右腿在战争中受伤。谢晔曾经想问他的腿伤，但得先解释自己为什么知道他受伤，实在麻烦。谢晔是因为爸，才对腿受过伤的男人有特殊的亲近感。

　　请客的人终于到了。张培生今天穿的不是众人眼熟的灯芯绒夹克，而是件簇新的黑皮衣。他把衣服往椅背一搭，胡思达说他最讨厌皮衣的味道，迅速逃到谢晔他们这边，同时不忘揶揄道："还没过年就买新衣服了？"张培生嘿嘿笑道："人家给买的。"

　　在座的都是熟人，立即听出来了，说的是他那位班长的遗孀，他多年来的暗恋对象。要是邝诚在这里，估计又要冷嘲热讽。胡思达专注于羊肉，谢晔和唐家恒也很快融入涮肉捞肉吃肉的节奏，一时间三个男孩头都不抬，下筷如划桨。那边两个男人吃得慢，喝得多，聊得也不少。他们讲上海话，谢晔自觉脑子里塞满了肉，只模糊听到几句，好像在说什么动迁啦户口啦，林峰的声音带着不赞成

257

的意味。

两盘肉吃完，新叫的两盘还没来，只好开始涮蔬菜，节奏这才为之一缓。胡思达说他最近戒酒，装腔作势喝着可乐，问张培生："敲头案有线索吗？"林峰在旁边像是吓了一跳。

张培生对林峰解释："不是真的敲头案，就是个叫法。你别紧张。"

唐家恒说："为什么敲头案林老师要紧张？哦对，你以前做社会版。"

林峰说："你们只晓得九七年的敲头案。其实还有一起敲头案，社会上不大有人知道，还要早个几年，是九四年的事了。"

三个男孩来了劲头，胡思达和唐家恒催林峰讲，连谢晔也摆出倾听的架势。林峰干巴巴地说："那个案子不是谋财，就只是单纯的凶案。当时这个人还在当警察。"他指一下张培生。谢晔略感诧异。胡思达的表情则像是早就知道。

"死人了吗？"唐家恒问。

"死了一个。"张培生回答，"第二个变成植物人。第三个受了伤，破相。"他说着看了林峰一眼，唐家恒识趣地沉默，谢晔也不作声，胡思达问："抓到了吗？"

林峰回答："抓到了。不过又放了。"

胡思达追问："啊？为什么？"

"年纪太小，而且精神鉴定结果说他不具备行为能力。"林峰摘下被蒸汽雾住的眼镜，用衬衫下摆擦了擦。

张培生说："算起来，如果那小子读书一直读上去，现在应该大一了。"

"好恐怖。这种人可以放任他留在社会上吗？"接话的仍然是胡思达。没有人回答他。林峰开始问他们之前说的"敲头案"是怎一回事。听到只有张培生和另一个人受了轻伤，他像是松了口气。

唐家恒用漏勺把百叶包捞进谢晔的碗里，谢晔有轻微的不自在。和唐家恒一起吃饭的时候，盛汤添饭很少轮到他自己动手，他的理解是唐家恒惯于照顾人，今天一桌人坐在一起，感觉就有些不同。谢晔的碗里不断被放入刚涮好的新品种，也不见唐家恒给坐在他另一边的胡思达夹菜。不过没有人注意到谢晔的窘迫，其他人忙着吃喝聊天，桌上渐渐只剩下一堆空盘，火锅里，煮成灰白色的空汤滚着浮沫。

回去的时候，林峰走在谢晔和唐家恒的旁边，比张培生和胡思达慢几步。唐家恒又提起校园敲头事件，说："我之前建议谢晔用他家的办法查一下，被他拒绝了。"

让谢晔意外的是，林峰忽然严厉地说："唐家恒！你不要掺和这种事，更不要怂恿谢晔牵扯进去。"他声音很大，前面两个人想必也听见了。

唐家恒一脸的"为什么"，张培生折回来扯了扯林峰，示意他态度放温和些。"抓犯人有警察。维护学校治安，有我们保安。你们学生嘛读书就好了。"他说的固然是正理，谢晔却觉得事情没那么简单。他心想，林峰这么紧张，多半和乔曼有关。张培生之前提到，九四年的敲头案，第三个受害人破了相。而林峰说过，要是早些让乔曼见到唐家恒，以唐家恒的眼睛，也许能避免一些事的发生。

所以，乔曼脸上的疤，是因为那起凶手最终被释放的敲头案？

回到住处，谢晔很想打安玥的拷机，又怕太晚了不合适。就在他叼着牙刷思索这个难题的时候，屋里电话响了。深夜的电话铃声格外刺耳，谢晔和坐在沙发上的唐家恒彼此对望一眼。

电话是林峰打来的。他让唐家恒开了免提，用没有起伏的声音对他们说："你们不是想知道九四年的敲头案吗？我可以讲给你们听。不要再转述给其他人，你们自己知道就好。"

谢晔飞快地吐掉牙膏沫漱了口，在唐家恒旁边坐下。

林峰讲了大概十来分钟。事情本身不算复杂，尤其过了这么些年，细节如同水分被晾干萎缩，只剩下依附在骨架上的一些筋肉。

"那时候我以为自己可以改变世界。"林峰说，"我太相信媒体的力量，也太依赖乔曼的能力。"

认识乔曼之后，在九十年代的头几年，他们一起做了不少事，也帮助了不少人。吸毒的少年。被丈夫虐待的妻子。靠爷爷奶奶捡垃圾供他念书却逃学的男孩。林峰善于发现那些在黑暗边缘挣扎的人，他用笔让社会的目光投向他们。当社会的救助不足以从根本上帮到那些人，便需要乔曼出场，让他们得到更生的力量。

敲头案出现的时候，之所以没有被报道，是因为警方和报社领导怕引起不好的社会反响，把事情压了下去。林峰固执地追访周边信息，因此认识了张培生。张培生嫌他烦，劝他不要插手，说你一个记者跑来凑什么热闹。

在走访的过程中，林峰认识了一个孩子。

那孩子的外公是联大学生，立即触动了林峰内心的某个点。外公得了老年痴呆，男孩的妈妈是菜场卖菜的。林峰隐隐觉得那个女人对她的父亲和儿子都很凶，但没有明确的虐待证据。男孩念初中，长得格外瘦小，像个小学生。被敲头杀害的女孩和他同班。林峰问他关于女孩的事，他答得含糊，只说他们是"一起喝可乐的朋友"。他的家境不可能有可乐喝。女孩也同样。之前还有班级同学说女孩偷钱。林峰在陆续找那个班的学生谈话的过程中意识到，有时无形的孤立是软刀子，比明显的欺凌还可怕。男孩和去世的女孩，是整个班甚至整所学校的隐形人。

后来他发现，男孩常去邻居家蹭饭，邻居十九岁的女儿正是躺在医院的第二名受害者。林峰有个猜测，男孩和两名受害人相熟，很可能看到过凶手。他畏惧的眼神和搓手的习惯正源于恐惧。林峰感到很难撬开那孩子的嘴，也不想让张培生吓到他，就把他带去见乔曼。

"我只走开几分钟，去给他们买冰棍。"林峰在电话里说。

谈话是在男孩家附近，臭气熏天的苏州河边，旁边有一栋改建中的楼，满地建筑垃圾。那时孟姐还没去美国，乔曼开着一家叫"浮舟"的小书店。本想把他带回书店，男孩说，妈妈回家要是看不到我，我会倒霉的。他可怜的语气让他们决定就近谈话。林峰带着冰棍回到河边的时候，乔曼倒在地上，男孩跨坐在她身上，正扬起手里的碎砖。没想到一个那么小的孩子竟然可以那么凶暴。他费了好大的劲才把男孩从乔曼身上拉开，自己也受了伤。男孩狂叫，我是为她好！死掉就再也不会难受了！

谢晔忍不住问："所以他到底是不是疯子？"

"乔曼认为他不是。他们的接触虽然很短，她能感觉到那孩子有超乎常人的智力，还有他内心的一些东西……比起引导，乔曼更善于感知。还记得盒子里的植物的比喻吗？她要先了解对方，才能让对方找到属于自己的光。她后来说，那孩子不需要光，因为他本人就是纯然的黑暗。"

林峰最后说："你们不要以为自己和一般人不一样，就可以到外面打抱不平。说白了都是血肉之躯，遇到真正的恶意，谁也扛不住。我这辈子最对不起的人就是乔曼，这件事我也不想和别人讲。今天说这些，是为了让你们拎得清。"

4.
红石

　　谢晔第二天起床有些艰难。林峰的电话让他睡得很不舒服，可能做了一系列噩梦，醒来时忘光了。周四有一整天的课，他匆匆收拾了要用的书，塞进书包，在门口停下来穿跑鞋。床上的唐家恒没完全醒，翻了个身看他。谢晔想，单间公寓就是这点不好，谁在哪里做什么都一览无余。他假装一无所觉，闷头系鞋带，系了两次才好。他正要出门，唐家恒的声音从身后传来。

　　"你和安玥没事吧？"

　　"没事啊。为什么这么问？"

　　"没什么。我就是随口问问。"

　　才怪。谢晔有种冲动，想折回去问个究竟，转念又作罢。他昨晚滞后地意识到，自己搬到这里，大概是个坏主意。在他辞去网吧工作的时候，唐家恒的收留有着盟友的意味。那时他一心逃避安玥可能有的各种疑问，也想多一些独处的时间。从结果看，他只是经常和唐家恒一起待着。如今他又想避开唐家恒。简直是死循环。

第一节的语法课他上得云里雾里，一方面是心思不在课上，一方面也因为前面一桌两个女生在絮絮地说话。左边的说，前几天师兄返校宣讲你没去，我听了恼死了，说是我们这样的，最理想的情况就是去郊区的日本工厂，做生产管理。右边的说，郊区我是不要去的，哪怕在小公司当文员，必须在市区才行。左边的又说，日企都要本科生，自考大专人家看不上的好吗？还是要把英语补一下，找工作，英语比日语有用。

教室冬天很冷，女生们穿着羽绒服，她们染过的长发披在羽绒服的光滑面料上，像某种水鸟。课间休息的时候，谢晔想问什么是生产管理，两人当中，只有右边的女生他叫得出名字，她恰好起身去了外面走廊。也许是感觉到他的目光，左边的女生回过头来。她冲他笑笑，问他刚才的课听得如何。又说，赵老师一讲课我就想打瞌睡，语法被他讲得像念经。

安玥进来的时候，正好看到谢晔往前倾着身子，和一个女生说话。她径直走到课桌跟前，居高临下地看着他。谢晔这才注意到她的存在，露出获救的笑容。他决定无视接下来的第二节语法课，问她要不要出去玩。安玥摇头，递给他一部拷机。银灰色圆角的数字机，和安玥的一个牌子，型号新一些。

"给你的。我妈喊你来家里吃饭，这周六晚上。虹桥家里，你应该认识吧？"

谢晔有些摸不着头脑："为什么给我拷机？吃饭又是怎么回事？你外婆来吗？"

"外婆来的。就是……家里人吃个饭。"她不看他,"拷机你拿着吧,我本打算圣诞节送你的,又想着早给你方便些。"

胡思达爱说的一句话跳进谢晔的脑海。无事献殷勤,非奸即盗。他当然不敢用这句话揣度安玥妈妈组织饭局的心思,小声问:"中午一起吃饭?"

"剧团有点事,这几天我比较忙。反正周六就见了。"她说完走了,留下谢晔和前排听完一番对话的女生。女生说,见家长哦。谢晔装作没听见。

有了新拷机,谢晔把号码给了他周围的几个人。胡思达。邝诚。林峰。至于张培生,谢晔没有他的联系方式,走在学校路上碰见,也就顺便给了。唐家恒整个人像消失了,谢晔睡下时他还没归家,起床时他已经走了。最后谢晔只好留了个条在茶几上,写着拷机号。

第一个打他拷机的人是苏老师,让谢晔有些意外。他一看号码还以为是安玥回了外婆家,回电过去,苏老师在那头说:"谢晔啊,周六晚上吃饭你知道吗?"

谢晔说知道,又问:"我要不要买点什么过去?"

"不需要不需要,你来就行了。"

"吴老师最近怎么样?"

"她呀,去疗养了。说是泡温泉对腿好,她有个学生给她安排的,车接送,到南京汤山。"

谢晔对温泉的记忆是小时候全家人去炮兵团驻地附近的温泉。土垒墙的一间间房子是洗温泉的地方,里面挖了池子,引了温泉水。他和爸一间,大姑带着三婆在另一间。爸一年四季穿长裤,所以只有在泡温泉的时候,他会看到爸的腿。爸的左腿上有个凹陷的深褐色伤疤，比核桃小一点。光看伤疤，无法想象里面的筋肉坏死了一部分。爸走路有点跛。跛的方式颇为奇妙，每次先迈不便的左腿，左胯用力往前一挺，然后右腿向前。镇上一茬茬的小孩当中，总会有那么几个跟在爸身后，一扭一扭地学着跛行。谢晔小时候和那些顽劣的孩子打过架。等他长得高过镇上大多数男人，就不再适合出面修理顽劣的儿童，只好随他们去。

他又和苏老师聊了几句，挂了电话。拷机号想必是安玥给苏老师的。安玥没有拷他，一定是因为忙。

"反正周六就见了。"谢晔不自觉地说出了声。他有种感觉，只有一个人的时候，房间里黑白灰的色调显得格外孤寂。很难想象唐家恒一个人在这里住了两年多。

周六从早上就下起讨厌的毛毛雨。唐家恒一早出门了，谢晔去超市补充了家里的牛奶、面包和厕所卷纸，下午在家看了一百多页《九三年》。书是从苏州回来后在苏老师那里借的，这才开始读。他重新看了扉页上安玥妈妈摘抄的句子，想到今晚的饭局，如果说他此刻不忐忑，是假的。

设想一，安玥妈妈知道了他和安玥在谈恋爱，晚上是鸿门宴。

设想二，安玥妈妈不知道他和安玥的事，纯属长辈热情招待。

傍晚，雨还在一搭没一搭地下着，谢晔揣着他的两个设想，坐公交车前往虹桥路。安玥家很好找，小区进去后左手边第二排房子，三栋楼中间的一栋。他在楼下按"201"的呼叫钮，那边没问是谁就开了锁。上楼后，他看见左手边有道门半敞着，敲了一下没人应，便直接拉开门，冲里面不确定地喊："安玥？"

出来的是安玥的妈妈。经过上次见面，谢晔今天迅速适应了她的身材，并从她丰腴的脸上找到一些喜欢的因素。苏老师的眉毛。

安玥的鼻子。眼睛和她们不一样，眼皮格外深，很多层。照片无法传递她的眼睛的特质，只有面对面，你才会意识到那是一双美而不驯的眼睛。谢晔认识的人当中，对视会让对方转移视线的，首数林峰，然后就是安玥妈妈。

此刻她微微抬头，用让人难以招架的目光盯着他看。看得他都想摸一下自己的脸，确认是否沾着异物。

"安玥下去买熟菜了，你没遇到她？"

"没有啊。"

她示意他换拖鞋，领他往里走。她身上是件毛衣，像一朵云飘在前方。进门左手是厨房，门忽然开了，苏老师探出半个身子说："谢晔来啦？"谢晔和她问了好，她忙着烧菜，又回了厨房。他的心这才落稳一些，安玥妈妈转头说："我先带你到处看看。"

客厅很大，一头摆着餐桌椅，另一头设有电视、茶几和转角沙发。光是这间客厅就快赶上苏老师整个家的大小。安玥妈妈先带他来到靠近餐桌的房间，大概是为苏老师准备的，显出没人住的气息。淡绿色壁纸，屋里有书架和床，床上的被单是墨绿色的，床头墙上挂着抽象画。客厅右侧的第一间卧室贴着银白色芦花的壁纸，再过去一间看起来是安玥的房间，白底墙纸散布着淡粉色玫瑰，衣柜旁边是书架，靠窗的小书桌上摆着书和其他零碎。谢晔不好当着安玥妈妈的面细看，只扫了一眼，同时心里纳闷，这番游览难道是她们家的惯例？前面几个房间的门都开着，像是准备好让他参观，安玥房间隔壁的门关着，谢晔猜是书房，正当他打算折回客厅，安玥妈妈推开门。

"不知道你喜欢什么，临时弄的。你要不喜欢就再换。"

谢晔站在门口，瞠目看着里面。一个男生的房间。或者说，至少布置成了一个男生的房间。和安玥那间差不多大，占据两面墙的书架，靠窗的L形写字桌，桌子的右侧上方是需要爬扶梯上去的单人床。从书架的体量看，这里原本确实是书房。

"这是……"他探询地看她。要是苏老师或安玥在旁边就好了。

"以后就把这里当作你的家。当然不是说让你马上搬进来，你可以想一想。不着急。"

"你啊，总是这么心急。"

说话的是系着围裙的苏老师，她不知何时站在他们的身后。谢晔求助地看向她。苏老师的脸上少见地带了点忧色。她轻轻按住他的背。温柔的接触让他想起白医生。

"谢晔，"苏老师像是下定决心般说，"她是你妈。"

谢晔觉得，这是他经历过的最漫长的一顿晚饭。虽然实际上也就吃了半个多小时。安玥买来的烤鸭，苏老师做的油爆虾和其他菜，在他嘴里都丧失了滋味。安玥妈妈还开了一瓶黄酒，给他倒了些。上次喝黄酒是林峰和乔曼带到唐家恒家的，谢晔不喜欢那种让人想起鱼虾的腥甜味。他不加推拒地喝了，同样不知其味。

苏老师说，要是不好改口，不用叫我外婆，继续叫我苏老师好了。也不用叫安玥妹妹。她没有明讲，不过意思很明显，妈毕竟是妈。

谢晔叫不出口。自从来了上海，他对很多人说过，我来找我妈。每个人听说他连妈妈的名字都不知道，便露出不知该如何劝他放弃的神色。在他的心里，前途虽然叵测，总有一天，爸会拧不过他，告诉他怎么去找到自己的生母。当一个人预想了需要经历艰难曲折才能抵达的终点，这个终点却突然跳过所有过程，出现在眼前。

第一感觉是难以置信。

安玥妈妈——不，现在也是他的妈妈——给他夹了一筷子菜，说："我叫安红石，红色的红，石头的石，我的名字你总听过吧？"

他觉得有点耳熟，后来想起，盛瑶在安玥自报家门的时候提过这个名字。他缓缓摇头。

她喃喃地说："你的名字还是我给你取的呢。日月光华的晔。"

安玥在旁边说："妈，你总要给人家一点适应的时间。"顿了顿又说，"我还以为你会等吃完饭再说呢，半点不能等，我去买个鸭子，你就把人吓成这样。"安玥数落的语气，不像女儿和妈妈说话，倒像是平辈朋友。

谢晔看一眼安玥。所以你早就知道对吗？他用目光无声地问。

安玥垂眼不看他。

他毅然开口："你是什么时候知道的？"他问的是安红石，最终还是没有带上称谓。

"那天看见你，我就猜到了。"她的语气异常平静，"你长得和老谢年轻的时候很像。当然我认识他的时候，他比你现在大一些。我问了安玥你叫什么，一听名字，就晓得了。"

安玥接口道："妈当时什么也没讲。过了两天突然把我喊回家，我一看，书房被她改了样子。我是那个时候才知道的。外婆也是。"

安红石说："我知道，你心里肯定怪我。你要怪就怪吧。以后你要是愿意就住家里，我也会供你读书。将来毕业了你想做什么，我都会支持你。你爸那边，我来和他说。"

谢晔的筷子抖了一下。"你要和爸说什么？"

"都过去多少年了，还有什么不能说？"她叹了口气，"你把他电话给我。"

"我家没有电话。"谢晔说。这倒是实话。

268

吃完饭，安玥洗碗，他们三个在沙发上看电视。或者说，对着开着的电视。安红石让苏老师靠着沙发最长的拐角部分，自己和谢晔并肩坐。挨得这么近，谢晔注意到她的短发掺杂了少许白发。和游雅相比，她看起来确实是四十多岁。她的白毛衣底下是宽松舒服的运动裤，脚下是毛拖鞋。可能因为体型的关系，她整个人有种从容不迫的气质，丝毫看不出和被她抛弃十九年的儿子重逢时该有的慌乱。换句话说，她既不试图逃避，也不特别欣喜。仿佛他的出现是她预料之中、等待已久的一件事。

谢晔无数次想象过和妈妈的会面，也早就想好了这时要问她的问题。

——你当年为什么回到上海，扔下我和爸？

可是面对安红石，他丧失了语言的能力。怎么会？他仓皇地想。另一个他在耳边窃窃私语，当然会，就像你会被安玥吸引，爸难道不会被她吸引？

那么爸知道小爷爷的事吗？她呢，她又知道多少？

苏老师是不是早就知道，自己的女儿在云南结婚又离婚的对象，是谢德的侄子？

安玥的声音把他从如同被魔住的状态唤醒。"吃点水果。"桌上的玻璃盆里堆着绿色的葡萄。他木然拿起一枚吃了，没有吐皮。一千个问题涌向喉咙口，堵在那里。苏老师大概注意到他的异样，对安玥说，我们下去倒垃圾，散个步。

屋里剩下他和安红石两个人。

"你想问什么就问吧。"安红石说。她放在膝上的手肉乎乎的，指甲剪得很短，中指有写字的茧，没有任何饰品。谢晔预想过自己的妈妈有一双操劳的手，或是保养良好的手，却没想过，会是一双培训机构校长的手。

谢晔吸了一口气才说："太突然了，我不知道，该说什么。"

"可以等你想好了再问。"她转头看他，眼神透着审视。谢晔想起他在哪里见过这种目光。对了，是苏老师家的大猫打量新到的猫仔小宝。奇怪的是，他因此不那么局促了。我们彼此是陌生人啊，他想。对我来说是天上掉下一个妈。对她来说，也是突然蹦出来的儿子。

他谨慎地说："这些年……你想过我们吗？"

"想过。"她答得很快，"你爸那个人有点迷糊的，我觉得他带孩子让人担心。但好在有谢敏，她一定会把你照顾得好好的。对了，三姑还好吗？你喊她什么？"

"三婆。她身体还好，脑子就那样，时好时坏。"

"身体好就好。你看你外婆，一只眼睛基本不行了，让人担心。她又固执得很，不肯过来住，留给她的房间一直空关着。正好你来了，帮我也劝劝她。我们一家四口住在一起多好。我现在的钟点阿姨只管打扫，到时候加点钱让她做饭就是了。这边离学校近，你和安玥可以每天回家吃饭，不用吃学校食堂。"

谢晔尚未适应苏老师变成外婆的事实，当然他也无法适应，安玥变成了"妹妹"。他尽量不去想他们之间有过的那个吻。对安红石的热心建议，他也只能说，现在住在朋友家，过一阵再说。从另一个角度，他觉得搬离唐家恒的家不是坏事。只是，如果一找到妈妈就搬进她家，感觉就像背叛了爸和大姑他们。

苏老师和安玥过了将近半个小时才回来。四个人又坐了会儿，气氛反而还不如他和安红石两个人的时候。他提出告辞，她们没有挽留。三个女人互相看了看，最后安玥提出送他到小区门口。两个人默默下楼，到了大门口，他没往马路上走，安玥也没动。他很想抱一抱她，又觉得不妥，强忍住了。想到自己对她的种种感觉，他心里异常混乱。他不想承认这是一种乱伦，暗自说，我当时不知道呀。他恍然想起，自己的裤兜里有一张"虚空过往"，带来打算送给安玥的。现在一切都为时已晚。

安玥看着自己的脚尖说："现在你终于有妈了。"

他试图调节气氛："你也多了一个哥哥不是?"说完恨不得抽自己一下。本来是件值得高兴的事啊，他对自己说，可为什么我会这么失落?

安玥终于抬起头，挤出一个微笑，不太成功。

"对不起，我应该为你高兴的。只是太突然了，我还不太适应。"

他顿时忘了梗在心头的苛责。本来他想要问她，在知道后为什么没有立即告诉他。他伸手揉乱她的头发，转身大步走开，没有回头。

周六没有游雅的节目可听，谢晔在唐家恒家的沙发上听另一个深夜女主持人的节目。她今天放的是一个爱尔兰女歌手的歌，*You made me the thief of your heart*，歌名引起谢晔的少许触动。主持人介绍说，这是一部电影的片尾曲。谢晔想起唐家恒好像有那张电影的碟，他躺在原地，懒得起身去翻碟出来看，只能辨清局部的英文歌词划过耳际，女歌手的声音苍凉，恰如他此刻的心情。

作为一个找到妈的人，未免过于消沉。他回忆起安红石坚定如石的注视，又想起她为他准备的房间。书桌上有台电脑，不知是原本就有还是为了他配的。和其他卧室不同，没有贴墙纸，雪白的墙，深色的书柜，书桌和架子床是原木色，显然是后来加入的。他试图想象自己在其中生活的情景，跳入脑海的却是拥抱安玥身体时的感触。他叹了口气，翻个身，又看一眼钟，最后毅然起身去拿电话。

大伯家一定不习惯这么晚电话铃响，来接电话的堂哥的声音带着睡意。谢晔说："明天能让家里给我打个电话吗？不要找我爸，找大姑。对，我有点事。"他报出自己的拷机号。

他不知什么时候睡着了，又被一声响动吵醒，原来是夜归的唐家恒被茶几绊了一下。看样子醉意不浅。谢晔这才发现自己仍穿着毛衣和牛仔裤，灯大开着，没有开空调，屋里冷得像个冰窟。他起身扶唐家恒上床，看一眼钟，两点不到。过去在网吧，这会儿还没到下班时间。离开快一个月，他头一次怀念一屋子男生对着电脑营造出的混合了荷尔蒙和百无聊赖的气味。唐家恒嘟囔了一句什么，谢晔确认他脱了鞋，帮他盖上被子，拿起空调遥控器按了按，然后进了洗手间。他洗过脸，注视镜子里的自己。这张脸和爸年轻时候长得像吗？家里有几张爸刚工作时的照片，他和四五个年轻人站成一排，白衬衫的袖子挽到胳膊肘，笑得神采飞扬，露出一口白牙。那时的爸应该比谢晔现在还小一些。谢晔不记得自己曾那样大笑。当然了，爸和妈的合影，一张也没有。苏老师的影集里有安红石的结婚照，她和她的第二任丈夫，安玥的爸爸。谢晔不太记得那个男人长什么样了，安红石也和照片上的她对不上，毕竟她现在有从前两个宽。

再次醒来是在第二天早上。谢晔很惊讶自己洗漱完就睡着了，并未失眠，也没有乱梦。一个不熟悉的声音在嗡嗡作响。过了一会儿他才意识到，是调成振动模式的拷机。他伸手拿拷机的时候扭头看了看，唐家恒还在床上，被子被蹬到一边，人睡成S形。拷机上是大伯家的号码，他按掉后用座机打回去。

大姑在那头说："有事？"

谢晔的鼻子开始发酸，强忍住了。"没事就不能打电话？"

"我还不知道你。要是没事，你会特意叮嘱你哥，不找你爸？说吧，什么事。"

谢晔扫一眼睡得全无心事的唐家恒，小声说："我找到我妈了。"

听筒那边传来掷地有声的沉默。在这之前他不知道，沉默也可以带着声响，传达情绪。大姑久久地不吭声，他只好继续说："我现在有妹妹了……我妈后来的女儿，叫安玥。和我一样在交大读一年级。她不是自考班，在中文系。还有外婆，对了，三婆认识她！虽然三婆大概不记得她了。她叫苏怀殊，以前在昆明认识小爷爷——"

大姑打断他："你说你妹妹叫什么？"

"安玥。她和外公还有妈妈姓，平安的安，王字旁加月亮的月。"

又是沉默。这一次的沉默与之前有所不同，尽管他说不清有什么不同。大姑像是在思考什么。床上的唐家恒翻了个身。

谢晔干巴巴地补充："我妈想让我搬到她那里去。"

"她男人不反对？"

"她离婚好多年了。现在安玥大部分时间和外婆住，她说想让我们都住回去，四个人一起过。"

"你想住过去吗？"

"我不知道。"

"谢晔。"大姑切换到带口音的普通话喊他，显得格外郑重。

"嗯。"

大姑又换回方言："安红石既然认了你，就不会对你不好。要不要和你爸讲，你自己看，反正我先不讲就是。至于要不要住在你妈妈家，你自己拿主意。你这么大人了。要去上海也是你。要找妈也是你。"见他没反应，她又加了个问句，"你说咯是?"

结束通话，他还是有种茫然，连自己为什么要打这个电话都忘了。后来他回过神，大姑刚才说了安红石的名字，这让他感觉怪怪的，更怪的是，大姑没问他是怎么找到妈妈的。她似乎对此并不关心。谢晔还感觉到她隐隐松了口气，却摸不透为什么。

是否搬家是个难题。谢晔磨蹭着不做决定，过着和上一周并无二致的日子。上课，在网吧顶了一次夜班，在家温书，听游雅的节目。一直到这周快要过完，他也没想好是否该搬过去。他知道大姑肯定会信守承诺，暂时不把自己找到妈的事告诉爸。按理，他应该先和爸说一声再做决定，可他怎么也上不来开口的勇气。一想到安红石是苏老师的女儿，安玥的妈，他就感到事情实在太过复杂。当然这种复杂是对他自己而言，爸很可能并不清楚小爷爷谢德和苏怀殊的事，谢德去世那会儿，爸还没出生呢。

他也没有把上周六的事告诉唐家恒。估计唐家恒一听就会说，哟，你和安玥成了兄妹。不管唐家恒对此报以揶揄还是同情，他都不想面对。

就这样心事重重地过到周六，临近中午的时候，拷机响了。

拷他的人是安红石。她问他要不要一起吃晚饭，又说，就我和你。

谢晔没有不答应的理由，便在约定的时间到了虹桥的一家日料店。和他去过几次的"吉兆"相比，这间店豪华得多。上了二楼，沿着走廊是两排包厢的日式移门，服务员听说订位的人姓安，把他领进其中一间。

安红石已经坐在里面，榻榻米的地面留了个缺口在桌子底下，用来放腿。谢晔在她对面有点费劲地把两条长腿塞进桌下。

“你怎么过来的?”安红石问。

“公交车。”

“以后去考个驾照,家里的车你也可以用。安玥年龄还没到。”

谢晔含糊地“哦”了一声。他尚未习惯这个自来熟的妈。上次见面,因为太过震惊没注意到,他这才发现安红石喊女儿连名带姓,不像苏老师叫的是小名。安红石按铃喊了服务员,迅速点了一堆菜,又说,来两合清酒,温一下。

酒最先上来。巴掌高的小壶,很小的杯子,都是白瓷的。安红石先给他倒了酒,自己斟上之后举杯,他连忙举杯碰了下。她喝了口热酒,眯起眼。表情和安玥喝酒时可以说一模一样。谢晔闷头干了一杯,又倒上。

安红石说:“你喝酒像你爸。对了,上次你说家里没电话,你和你爸怎么联系,写信?”

“偶尔打电话。先打到大伯家,让爸回头打过来。”

她听了以后不置可否,片刻后说:“你和你爸讲了吗?”

谢晔差点反问“讲什么”,接着意识到,她说的当然是她作为妈妈突然出现的事。他摇了摇头,安红石没再追问,这时候菜陆续上来了。发现谢晔吃不惯生鱼片,她加了烤鱿鱼和牛肉炖土豆,又叫了酒。菜的味道不错,谢晔很快喝到第二合酒。安红石笑笑说,清酒上头,知道你酒量好,不过还是喝慢点。

入冬后,谢晔一直没有添置更厚的外套,天天穿苏老师给他买的灯芯绒夹克。店里空调很足,他在进包厢时脱了外套,吹着空调喝着热酒,从户外带来的寒意散了,甚至有点热。他身上的黑色套头毛衣是有一天被唐家恒拉着去买的,这时觉得领子的毛有点扎。他对面墙上挂着安红石的红大衣,看起来十分柔软,颜色抢眼,仿佛在宣称“这才是红色”。她穿着墨绿色对襟薄绒衫,同样是看似昂贵的细致面料。红配绿在弥渡人看来是俗不可耐的搭配，但谢晔感到，安红石这么穿一点也不突兀。

安红石可能怕冷场，其间一直在和他聊天。她问了一些家里的事，也问了他的学业，话题轻巧地绕开爸的存在，仿佛她是个和家里其他人相熟的长辈。吃到半饱的时候，谢晔终于忍不住了，主动开口："我可以问个问题吗？"

她咽下嘴里的食物，拿起桌上的小毛巾按了下嘴角。"当然。你想问什么都可以。"

"你和爸当时为什么离婚？"

他省略了另一个一直想问的问题，为什么不要我？尽管不够直接，他说完还是松了口气，淤积多年的情绪终于有了出口。安红石没有回避他的注视，沉静地开口："我是一九七九年一月回来的，当时我和你爸都不知道，我怀着你。"

"不知道你爸有没有对你讲过，那个时候，云南知青大规模返城。知青们从景洪农场出发回到各自的老家，上海、北京、成都、重庆、昆明。当然也有像我这样结了婚在当地安家，最后抛下家庭的。放在当时当地，回城是最好的选择。在农场辛苦了那么多年，谁都想回到城市，有一份真正值得做的职业。我回来以后没考上大学，先是在医院药房工作，我父亲在世时上班的医院。我母亲，你比较熟悉了，她刚平反不久，时隔多年，重新回学校当老师。我们都忙于新的生活。我到后来才发现，自己怀孕了。"

她停下来喝酒，谢晔回味着她的那句话，当时当地，回城是最好的选择。他还想过，是不是和爸的腿有关，看来倒是他自己狭隘了。他试图想象安红石当时的模样。那是比和安玥爸爸的结婚照更早的时候。年轻的妈妈，在药房工作的妈妈，扔下爸爸奔向城市新生活的妈妈，怀孕的妈妈。

他尽量平缓地问："你没有想过不要我？"

安红石扬了下眉："我也犹豫过……你不要认为我狠心。我当时边上班边读函授大专，觉得自己没有精力带孩子，不过最后还是决定生下你。你出生之后，我才给你爸打了电话，让他来上海。他原本一点也不知道我怀孕的事。那时候打电话也是让人传话，我打到县医院，找了白医生。后来，你爸和你大姑一起来了。"

谢晔很意外。他一直以为到上海接他的只有大姑一个人。爸从未提过他也在。

然后大人们达成了某种协议，爸和大姑把自己抱回了云南。谢晔一时间无力责备生下他又不要他的女人。她说，她曾经犹豫过。现在自己能坐在这里，也许算是一种运气。

谢晔举杯喝酒，才发现杯子空了。一摇旁边的酒壶，也是空的。安红石从她的酒壶给他倒了酒。他没有立即喝，看着杯子里透明的酒液，感觉到一阵虚妄。

"你现在为什么愿意认我呢？"

"为什么不认？"她像是真心诧异，"你是我儿子。"

"可是这么多年……你从来没有试图找我。"

"万一你并不想见我呢？我和你爸没有联系，连他是不是再婚了都不知道。如果你有新妈妈，我突然出现，不是自讨没趣？"

说得在理。但谢晔并没有因此感到释然。这时安红石说："可能一方面，是因为甲马。"

他遽然一惊："甲马怎么了？"

"我曾经以为，在这个世界上，除了我妈，最亲的人就是你爸。我以为他也同样。后来发现不是的。他和他的甲马……"她摆了摆手，像在表示，说不清楚。谢晔耐心地等着后续，她沉吟片刻，忽然说："你有没有读过纳兰词？"没等谢晔回答，她又说："若问生涯原是梦，除梦里，没人知。每当想到谢敛，我都有这种感觉。"

听到爸的名字从安红石嘴里被说出来，谢晔有种奇怪的感觉。仿佛她对爸，至今仍怀着某种情感。

谢晔感到总谈敏感问题太累人，便转换话题，问安红石她当初办学校的事。原来，安红石拿到大专文凭，又考了教师资格证，然后离开医院，到一所初中当英语老师。有个同事端木遥和她关系比较好，他是数学老师，拿过区优秀教师的称号，经常在外面辅导学生。安红石感到，课外辅导会有巨大的需求，于是在六年前和端木一起辞职，创立"培新"。

"最早只有两门课，针对初中生，英语听力强化班，数学强化班。也就是我们自己能上的课。一开始口碑还没做出来，在街上发小广告，都没有人理我们。"她说着叹了口气。谢晔想起，安玥说过，她父母就是那时候离的婚。

"后来呢？"

"好不容易招到几个，其实都是我妈早年的学生的小孩，看我妈的面子才来的。最大的一个已经念高中了。那孩子报了托福，想找人辅导突击一下。我自己都没考过托福，托人弄了真题，研究套路。也是我幸运，经过辅导，他考得特别好，后来去了美国念书。上海说起来很大，其实好学校就那么几所，学生家长的圈子也不大。学生传学生，再传家长，很快，我们的牌子就有人认了。第二年开了托福班，奥数班，还请了其他老师。"

"原来培新只有六年，我还以为历史更久一些呢，看到广告上有好多办学点。"

"公司发展起来是很快的，比自家孩子省心多了。不过，我花在公司上面的时间确实比在孩子身上多得多。"安红石毫不客气地自嘲道。

278

一顿饭吃了两个多小时，喝了七合清酒。谢晔和安红石都毫无醉意。从店里出来，在路边等出租车的时候，安红石把手中的纸袋递给他。

"给你买了件毛衣。尺码我是估摸着买的，要是不合适，你再拿给我，回去换。"她显出少有的局促。这之前，谢晔以为她无论什么时候都是自信的。自成一体的完满自信，就算她当年出于现实不能养育的儿子重新出现在她面前，也不会有任何折损。她今晚没有说一句"对不起"，尽管谢晔并没有想要她的道歉。他隐隐感到，意外的母子重聚像是缺损了什么。直到这一刻，她不经意呈现的笨拙，才让他的心头一动。

是啊，就算她当年离开爸，不要自己，她毕竟是自己的妈，没法挑剔。

谢晔接过纸袋。出租车来了，他在她开车门的同时说："我送你。"

安红石微微转身，盯着他看。

"我还以为，吃完这顿饭，你今后都不想见我了。"

"怎么会……"谢晔纳闷起来。他没觉得自己表现得冷淡。

她让他坐里面，自己跟着坐进车里。谢晔把纸袋放在靠窗的一侧。车拐上一条大路，两侧的景色变得开阔。谢晔看看窗外，又瞄一眼安红石的侧脸。她像是有些累了，闭着眼休息。红大衣的领子没翻好，他忍不住伸手帮她弄平。她睁开眼，静静地望了他片刻，又闭上眼。谢晔呆了呆。

他忍不住想，要是爸也在这里，她还会这么自然吗？爸说，是他对不起妈。现在安红石把他们离婚的全部责任揽在自己身上。可能他们当时都觉得是自己对不起对方。也可能，事情并不像她今天总结的那么简单。

他的思绪跳来跳去，忽然想起游雅书中的偷玉米往事，以及自己曾经为妈妈担心，怕她会因为惩罚太严厉而不敢偷吃的，以至于在农场无法自力更生改善生活。如今他知道了，自己的妈就是"妮子"，那个不仅敢于偷玉米，还聪明地乔装成玉米的人。他的担心实在多余。想着想着，他不觉嘴角带了一抹笑。

"笑什么？"安红石不知何时睁开眼，正望着他。

他有些窘迫，还是说了——当然没提自己曾经的东想西想。

安红石说："哦对，安玥说过，你喜欢丹萍的节目。"

"丹萍？"

"她叫傅丹萍，游雅算是她的笔名吧，后来就成了工作名。"

"这名字有什么含义吗？"

"其实是'游呀'，语气词的'呀'。写出来不好看，换了个字。"

谢晔一脸茫然。她又说："来自我们都很喜欢的一段话，《青春之歌》的句子。'生活的海洋，只要你浮动，你挣扎，你咬紧牙关忍受，那么，总不会沉没的。人活着，就像在大海里，要不停地游呀。'就是那么个意思。"

车到了小区门口，安红石从钱包里抽出一张大票子给司机，让他送谢晔回去。谢晔赶忙对司机说，我一起下车，按掉吧。他陪着安红石一直走到楼下，她从包里掏出钥匙，看了看他。谢晔以为她会重提让他住进来的建议，最后她只是说："今天拷你的号码是我的大哥大。有事随时打我电话。没事也可以打。"

谢晔沿着虹桥路走了很长一段路，看到有辆26路，没多想就跳了上去。夜晚的公交车上居然还有不少人，他没有位子，在车门附近站着。26路车在番禺路有一站，离唐家恒家很近。到站时他没动。车继续往前，下一站是武康路。他下了车。

站在路边，谢晔才意识到，自己想去"浮舟"。武康大楼在前面左手边的五岔路口，立面耸立如船。听过林峰讲的往事，谢晔总觉得那是个散发不祥的巨大块体。他匆匆过了路口。

快十点了，"浮舟"尚未打烊。灯光让整间店如同一个璀璨的玻璃盒子。里面只有乔曼一个人，正在看书。她坐在林峰常坐的长桌边，背对着外面。

推开店门的同时，铜铃响了一声。他从甬道拐进去，乔曼从书本上抬起头。"你一个人？"

谢晔在她对面坐下。"说得好像我应该和谁一起来。"

乔曼问他要喝什么，他说想喝可乐。清酒喝多了，觉得口渴。她拿了一罐可乐过来。"唐家恒和安玥今晚在'吉兆'喝酒，还以为你会和他们一起。"

谢晔有点不自然地说："是吗？我不知道。我晚上和别人喝酒来着。"为了掩饰，他问她在看什么书。她给他看书名，《世界尽头与冷酷仙境》。

"是游雅推荐的，正好店里有，一直没看过。你来晚了，她大概十分钟前刚走。"

这次他的惊讶要多一些："游雅怎么来了？"

"上次做活动，她很喜欢这里，今天特意过来坐坐。她说，书吧还是生意不好的时候看着比较舒服。"

谢晔喝了一大口可乐，又问："你们聊什么了？"

"聊了一段八卦。"

大概他的神情有着毫不掩饰的好奇，乔曼笑了一下。"你知道游雅怎么成为电台主持的吗？"

他当然不知道。乔曼简单地讲了。八卦是林峰从某处听来的。九十年代初，游雅在图书馆工作，当时听众热线的节目形式刚开始不久，她是打电话进去的听众之一。

"她打电话给电台，是为了送一首歌给她的好朋友。那个朋友刚离婚不久，事业又在转折期，她想给对方鼓劲。她在电话里念了自己的祝福，比较别致，是《青春之歌》里的一句话。"

"生活的海洋……"谢晔喃喃地说。安红石写在《九三年》扉页上的句子。而且他今晚刚听她提到过。

乔曼显得有些意外："你知道?"

"嗯，碰巧。你接着说。"

"她的声音和说话方式让节目的编导注意到了。对方后来找到她，问她有没有兴趣到广播电台兼职。这是节目主持人游雅的开端，听起来是不是很传奇?"

谢晔没有回答她，却说："所以那是九二年，是吧?"他心想，九二年，妈为了办学在街上发传单的年份。她们的生活拐点，是在同一年。

乔曼说："你还知道是九二年! 不过，刚才和你讲的，是外面流传的版本。和实际有些出入，我刚从游雅那里听说了真实的情况。"

"实际是怎样的?"

"编导确实对她的声音印象深刻，可是没有人会只凭一个电话就让听众来兼职。他们后来有一次偶遇。游雅在图书馆办了一个读书活动，有点像小圈子的同好会。她工作的长宁区图书馆正好在那个编导家附近，他看到黑板报上有读书活动的预告，那本书他也喜欢，所以去参加。一听到游雅的声音，他就认出来，是前不久打电话的那个听众。"

"她的声音确实很有辨识度。"

"他们因此成了朋友，那个人鼓励她参加广播电台的社会招聘。

就是这样进的电台。"

谢晔忍不住插话："和传说差远了嘛……"

"游雅说，她是个缺乏自信的人。她曾经在街道工厂工作了好几年，读函授大学，靠的是好朋友的鼓励。拿到文凭，才有了图书馆的工作。后来考电台，靠的又是另一位的反复劝说。"

"平时听她的节目，完全感觉不到她没有自信。"

谢晔内心有种私密的满足，他还知道游雅的一件事。她的真名不是游雅，她姓傅，名"丹萍"。劝傅丹萍念书，使她成为后来的游雅的人，正是安红石。

乔曼没再接话，两人之间静了一会儿。谢晔再次开口，仿佛只是接续早先的话题："我知道游雅当时打电话给电台，是为了谁。"

乔曼质询地看着他。

"是为了我妈。"他终于说出了那个字，"嗯，也就是安玥的妈妈。"

如果在几天前，有人告诉谢晔，他找到妈之后，除了家人，第一个告诉的人是乔曼，他一定会付之一笑。人生就是这么奇怪。虽然他觉得乔曼很怪，甚至有点怕她，事到临头，还是觉得对她说是最保险的。林峰是个大嘴巴，而且一肚子歪主意。唐家恒眼下是让他头疼的因素。邝诚他们估计给不出什么建设性的意见。张培生和他不够熟。

其实苏老师和安玥是他凡事最愿意倾诉的对象，但她们已经不需要告知。安红石让他住过去的决定下得太快，估计她俩都还没回过神来。在过去的这一周，谢晔不止一次想过，要不要和她俩单独见面。可是这样一来，好像三个人瞒着安红石，把她排除在外。他迟迟下不了决心。今晚既然和安红石喝过酒，也算是把话说开了，便没了和那两人见面的理由。外婆和妹妹，他仍然上不来实感。

最后可以倾诉的对象只剩下乔曼。难道我也成了她的"病人"？谢晔自嘲地想。他讲了上周六的饭局，安红石的建议，今晚和她喝酒聊天的经过。说着，他把放在地上的纸袋拿到桌上给她看。"喏，我妈给我买的毛衣。"

乔曼瞥一眼纸袋，表情严肃。

"你打算认她？"

"认不认，都是我妈。"谢晔说，"问题是，我到底是不是应该住过去。老实说，唐家恒那里，我感觉不太方便继续住了。我是这么想的，我要是搬回网吧，唐家恒肯定会有想法。我如果搬到我妈家，听起来顺理成章，他也就不会往心里去。可是就这么住过去，我总觉得怪怪的。"

"哪里怪？"

"说不好。可能一方面是安玥吧，还有，我不知道我爸会怎么想。"

"哦，你和安玥。"乔曼若有所思。

"你从旁观者的角度，觉得我该怎么做？客观地帮我分析一下。"

"没想到你还挺为他人着想的。怕这个难过，怕那个难过，不过往往像你这样的，最后会让所有人不开心。"

谢晔苦笑："不用说得这么绝吧？"

"要说建议，我确实有一个。"乔曼说，"你可以住后面边上的屋子，现在当仓库用，也没放多少东西。当然不是让你白住，我也需要个看店的，一周三天，你觉得怎么样？你妈那边，你就每星期过去一两天。这样你对所有人都有个交代，也不用一下子搬到你妈妈家，将来后悔了也不好收场。"

谢晔完全怔住了。自从来了上海，似乎不断有人提出给自己一个住处。他反问："就只是看店?"

"当然要做书吧的杂务,打扫、给客人做饮料、收钱。不难的,我可以教你。"

他隐隐有些心动,比起网吧,"浮舟"感觉高级多了,工作内容也有意思。而且这个位置到学校和虹桥的家都不远。还没等他的决心成形,腰间的拷机传来振动。

来电是陌生的号码。这么晚怎么还有人拷自己,是不是搞错了。谢晔想着,问乔曼借了店里的座机打回去。那头居然是唐家恒。

"在哪儿呢?"唐家恒上来就问。背景音闹哄哄的,有音乐和人声。

"在'浮舟'。你呢?"

"哎呀太好了!"唐家恒立即说,"你赶紧来'吉兆'。安玥喝多了!"

谢晔只好匆匆和乔曼道别,拎着纸袋往来时的方向走。"吉兆"就在五岔路口当中的一条道,天平路上。他推门进去,立即被里面盛大的烧烤烟迷了眼,过了一会儿才找到唐家恒和安玥的身影。安玥坐在吧台最靠里的位置,闭着眼靠着背后的墙,倒是好端端地在吧台椅上坐着。她的眼皮浮肿,看起来更像是困了,而不是醉了。谢晔穿过吧台与卡座之间狭窄的过道,好不容易走到唐家恒和安玥跟前。

他开口时,语气忍不住带了点苛责:"你们喝了多少啊?她平时都喝不醉的。"

唐家恒说:"这么快就拿出哥哥的派头了。"

谢晔盯着唐家恒看。后者毫不在意地咧了咧嘴:"是,你那天打电话的时候我没睡着,都听见了。不过就算我没听见,今天安玥也跟我讲了。"

"你们都说什么了?"

"不告诉你——"唐家恒说着下了吧台椅,身形有些不稳。谢晔怀疑他也有七八分醉意。吧台后戴单耳环裹头巾的老板专注地翻着烤串,对这边的动静全不在意。谢晔大声问老板,买过单了吗,那边点点头。谢晔这才去摇安玥的肩膀,她睁眼看了他一眼,又闭上眼。

谢晔无奈,喊住正要往外走的唐家恒,让他帮忙把安玥弄到自己背上。背着她出去的时候,她的脚不断撞在一排吧台椅上。还好这会儿吧台边只有一个男的在埋头吃面,谢晔和那人说了声"不好意思"。到了店外,他把安玥用力往上托了托,右手的纸袋随之晃来晃去。唐家恒跟在他身后出来了,一侧肩上挂着个双肩包,是安玥的。

"我打个车送她。"谢晔对唐家恒说。

这时他才意识到,自己已经好多天没有和唐家恒正面交谈。似乎就是从吃火锅之后,他就在逃避与唐家恒的接触。就算是再迟钝的人也能感觉到,何况是比一般人还敏锐的唐家恒。谢晔迟疑片刻,吐出三个字:"对不起。"

"你和我道什么歉?"唐家恒说,"你该道歉的人在你背上。刚才安玥边喝酒边哭,哭得那叫一个伤心。"

谢晔有点苦涩地说:"我道歉也没意义吧。她说什么了?"

"她翻来覆去地说,要是最开始我们告诉外婆就好了。我反正是没听懂。你明白她什么意思吗?"

谢晔同样不明白。此前他和安玥一致决定瞒着苏老师,不要说他的小爷爷是谁。那件事当时显得很严重,现在则好像无所谓了。

二十来分钟后，谢晔背着安玥站在虹桥家楼下，发现自己很难腾出手去按"201"。他狼狈地尽可能弯着腰，一边提防安玥掉下来，一边举起攥着纸袋提手和安玥的背包带的手，触碰按钮。深夜的呼叫铃让人不自在，安红石接起来，用上海话说了句"揿错特了哦（按错了吧）"，他赶紧说："是我，谢晔。"

　　门开了。他维持着九十度的弯腰，开门进去，这才重新托住安玥的腿，开始爬楼梯。还好只是二楼。到了门口，安红石敞着门站着，看到他背着安玥，她显得诧异。

　　"她们同学聚会，好像喝了混酒。"谢晔扯了个小谎。

　　"进来吧。"安红石示意他，拖鞋就在跟前。他进去后直接把安玥送到她房间，往床上一放。动静不小，安玥仍旧没有醒。谢晔松了口气，转身往外走。安红石站在隔壁的门口。对，他的房门口。

　　"来都来了，今晚住下吧。"安红石的口吻并不热切，像是克制着情绪。谢晔这才想起，平时她一个人住在这套大房子里，安玥也只是偶尔才来。客厅没开空调，有些寒意。她已经换掉外出的精致衣服，穿着绒睡衣睡裤，看起来是个随处可见的发福的中年女人。谢晔有几分黯然，不知是为安红石，为安玥，还是为自己。他们此刻三个人在同一屋檐下，彼此之间却仿佛相隔遥远。

　　他说好。

5.
「虚空过往」

谢晔在客厅沙发上看书，听见门响，接着看见安玥从她的房间走出来，头发不太平整，穿着印有加菲猫的睡衣。她像是尚未从昨晚喝醉的状态彻底醒来，脸上的神气混合了困倦和愕然。她走过来问是什么书，他给她看书名，《青春的舞步》。

"游雅喜欢的作家。"

"你和干妈最近见过？"

"怎么可能。我问乔曼借的。"

昨晚背着安玥在楼下狼狈地按呼叫按钮的时候，他很后悔往纸袋里加了一本书的分量。

"你这是，住进来了？"

"不完全是，我有了新工作，帮乔曼看店，她让我住在书吧的后面。我等一下回唐家恒家拿行李，放到乔曼那边。不过我今晚会过来的，以后每个周末来。"他当然不会告诉安玥，就在刚才，他趁安红石出门的时候给林峰打了电话，让他和乔曼说一声，自己愿意接受她的提议。

安玥没有再问什么，自顾去洗漱。等她披着没完全吹干的头发回来，看起来并没有酒后的不适，只是脸稍微有些浮肿。她喝着冷牛奶问："妈妈呢？"

"买早点去了。"

"……你待遇真好。"

谢晔放下书说："你住家里的时候她不买吗？"

"只有面包。"安玥仿佛是喃喃自语地说，"我以后周末也住过来吧，蹭早饭吃。"

回唐家恒家拿行李并没有想象中的艰难，可能因为是在白天，唐家恒也不像昨晚喝多了。谢晔简短地说，自己会住到乔曼那边。他动手收拾行李，发现东西很少，就一些书和衣物，之前把零散东西放在邝诚家，如今倒成了便利。

唐家恒像是怕冷似的捧着装有红茶的马克杯，在他旁边转悠。"我的行李箱借你。在进门的橱柜里，你自己拿。"

"不用，宜家袋子借我就行。"谢晔把衣服塞进蓝色的编织袋。同样的材质，为什么自己的红白蓝编织袋被人看成是民工，这个就不会呢？他来到上海两个月，仍然搞不懂。

他正在张望有无遗漏，听见唐家恒说："毛衣不错啊。"说的是他身上的灰色羊绒衫。衣服很薄，谢晔穿上才发现格外暖和。

"我妈买的。"

那边没了声音，大概唐家恒尚未适应他的新状况。他伸出一只手。唐家恒说："干吗？"

"谢谢你。要没有你，我根本撑不到今天，真的。"

等了片刻，唐家恒才伸出手，他用力握住。那只手全是骨头，瘦棱棱的。空调温度打得很高，在家只穿一身运动服的唐家恒，看起来格外单薄。

带着行李出门的时候，唐家恒喊了声"喂"，谢晔回头看他。

"你以后都住在'浮舟'吗？"

"今天就只是放一下行李，不住。我答应每个周末回虹桥家里。乔曼那边我后面会帮她看店，现在还没定是哪几天。"他想想补了一句，"过来找我玩。"

就这样，谢晔过上了周末四口之家的生活。周一到周五，他除了去上课，在"浮舟"工作到打烊。周六在店里待到五点，下班后回虹桥的家。

安玥据说把周日教外国人中文的兼职辞了，周六白天上完英语课，她先回杨浦区，陪苏老师一起打车过来。通常等谢晔回到虹桥家里一个多小时，她俩才到。安红石周末也有很多事忙，她尽量空出周日，让一家人有一天两夜的相处时间。周一的早上，安红石先开车把苏老师送回杨浦区再去上班，谢晔和安玥各自出门上课。

谢晔实际住进来才发现，二楼的家之所以这么大，是买了隔壁的202打通的。安红石说到做到，请了个阿姨来烧菜。原本做清洁的钟点工说她的日程很满，没法加时做厨房的工作。新的钟点工是湖北人，手艺偏油偏辣，安红石觉得苏老师年纪大了该吃清淡点，不断给阿姨提建议，到了谢晔住虹桥的第二个周末，菜对他来说变得寡淡。他对此没有任何抱怨。和她们坐在一张桌前吃饭，他才真正感到，自己有了一个新家。安玥自从那次喝醉后就没有表露过异样，他们互相直呼其名，并不以兄妹相称。他对苏老师的称谓没变，安红石则成了"妈"。第一次这么喊她，是他背安玥回来的第二天早上，她说要去给他买早饭，问他喜不喜欢生煎馒头和豆浆，豆浆要甜的还是咸的。她在玄关弯下腰换鞋的时候，谢晔发现她身上那件颜色款式都不起眼的厚外套底下是睡衣配牛仔裤，显得滑稽可笑。他就是在那个时候喊了一声"妈"，她抬头看他。

他说，妈，我去吧。

安红石随意地说，你又不认得在哪里，不用了。

搬家后的生活颇有些改变。在唐家恒家住的一个多月，谢晔几乎每晚喝酒，一方面也是借酒精睡得熟一些，以免晚上不慎"梦见"唐家恒的什么事。好在这样的情况一次也没有发生。如今，他终于有了完全属于自己的空间。不管是在"浮舟"的杂物间，还是在虹桥的房间，他都不用再忌惮夜晚。谢晔这才意识到，和唐家恒同住的日子里，自己一直怀着隐隐的紧绷——当然和唐家恒的恋爱观念以及后来表现出的好意无关——仅仅是因为他的特殊体质。

说也奇怪，一旦彻底放松下来，他便丧失了对动画片的兴趣。取代动画片填补时间的，是书。"浮舟"有看不完的书，他在虹桥的房间也不比书吧逊色。家里的书架上有整整两排的心理学图书，此外还有经营类、地理和历史类的书籍，关于云南的书也不少。有一本写二十世纪四十年代的丽江，让他读得不忍释卷。尽管是浮光掠影，他还记得谢德在马帮的一些事，其中也包括对耿耀的记忆。耿耀当马锅头那会儿，穿着色彩鲜艳的短衫和宽大如裙子的黑色中裤，绑腿勒着鼓鼓的腿肚子。谢晔记得马的情绪如何通过耳朵的角度体现，以及如何用草药给马治疗腹泻。他也记得用陶罐煮过的砖茶的滋味，他在现实中从未喝过的又酽又苦的液体。

从藏书看，安红石不爱看小说，也可能她的小说阅读期在从前某个阶段，苏老师家的《九三年》就是佐证。至于中文系的安玥，只看到过她捧着英文平装本。

住虹桥家里的第二个周日晚上，吃完饭，他跟着苏老师和安玥下楼喂流浪猫。上周来的时候，苏老师注意到小区有几只流浪猫，这周特意带了猫粮过来，昨晚已喂过一趟。谢晔觉得那几只猫看起来又瘦又凶，一点也不可爱。不过苏老师对它们相当亲切，嘴里喊着"咪咪"，把装有猫粮和水的一次性小碗放在花坛边上。一只鼻子上有黑色斑点、长得像媒婆的三花猫最先响应召唤，从矮树丛中溜出来，先狐疑地打量周围几个人类，最后还是忍不住食物的诱惑，凑上去吃。接着又来了一只大黄猫，一只耳朵带伤的白猫。三只猫拥作一堆，苏老师示意他们站远一些。

安玥说："我只喜欢那只黄猫。它最乖。哎，你看它又被白猫哈了一下。整天被欺负，好想把它抱回去。"

谢晔温和地警告她："这边家里不让养猫，你外婆家已经有三只了。"

"知道，我就是说说。"安玥扭头对苏老师说："下周四的餐厅订好了。还好妈提醒要早订，我上个月就打了电话。"

苏老师看向谢晔："你要不要一起去？"

谢晔以为说的是吃饭，便说好。安玥像是有点好笑："你也不问问是什么事就答应。先吃饭，然后去教堂。"

他茫然地问："去教堂做什么？"

"外婆信教的呀。平安夜，教堂有活动。"

谢晔这才知道苏老师是基督教徒。安玥说，外婆除了周日去教堂，以前常和几个朋友一起读《圣经》，后来眼睛不好，活动也很少去了。现在周日过来虹桥这边，有人建议去衡山路教堂，毕竟有些陌生，所以这两周还没去。谢晔迟来地意识到，自己打乱了苏老师的生活节奏，不由得朝他喊作"苏老师"的外婆看去，小区的路灯底下，她的注意力看起来都在几只猫身上。

回去的时候，苏老师走在他旁边，像是随意地说："谢晔啊，你爷爷的三妹谢徵，你喊她什么？"

"三婆。"谢晔心头震荡，这么说苏老师确实知道自己是谁。他是谢德的侄孙，是她本来可能嫁的男人的家族成员。

"她要是知道我后来信了教，肯定又要讲一堆。你家的人只信自己的嘛。"

在最前面的安玥没吭声。谢晔没提三婆的疯癫。关于谢家，苏老师就说了那么多。她不显异样，谢晔也懂得分寸，不敢试图探知，她的内心翻涌着怎样的记忆。

平安夜的傍晚，谢晔带着被一天八节课轰炸到千疮百孔的头脑，先去了趟邝诚的网吧。值班的是小丁，谢晔问了才知道，邝诚找了两个男生值夜班，各三晚，胡思达现在开心了，一周只需要值一次夜班。小丁看着谢晔说，你好像富裕了嘛，最近在哪里发财？谢晔说，没有没有，在一家书吧打工呢。他身上的黑色长大衣是上周回虹桥时安红石给的，她像是已经摸透了他的尺码，衣服很合身。安红石说，男孩子还是要穿大衣才神气，不要穿什么羽绒服，像只熊。

说起来，安玥也好，苏老师也好，冬天里穿的都是大衣。实际住在·起，谢晔才意识到，可能因为一直和外婆住，安玥是个习惯于照顾人的小姑娘。他随手扔在沙发上的外套，她转手就挂起来了。星期一出门前，她拿了把刷子，在他的肩膀上刷了几下。见他一脸懵懂，她说，都是头皮屑，下次你记得自己刷。气势很足，像是回到了他从前认识的安玥。

　　谢晔环顾网吧，看见一个熟悉的背影。是龚修文。谢晔那次惹过他之后，很长一段时间没见到他。小丁当然不知道他们之间的过节，问他是不是有熟人在。谢晔摇摇头，闲扯了几句就走了。

　　今晚订的餐厅在衡山路的教堂附近。希腊餐馆，大概就是上次安玥和安红石吃饭的店。苏老师一向吃得很少，谢晔不仅吃完了自己的蜜汁肋排，还吃了安玥盘子里的鱼排。苏老师点了按杯卖的红酒，三个人碰了杯。餐馆里全是人，除了他们这桌，其他桌看起来都是情侣或夫妻。他白天上课的时候也听见女同学谈论晚上的约会，怪不得要提前订位，原来这一天是个约会的隆重日子。不管以怎样的形式，他现在和安玥相对而坐，安玥的旁边是苏老师。谢晔心头有种窒闷感，自觉并非不幸，同时又偏离幸福的定义。

　　教堂比餐厅更显出节日气氛，门口满满的都是人。苏老师说，哟，我们来晚了。她和安玥拨开人群上前的时候，谢晔忽然退缩了，对她们说："我在门口等你们吧。"

　　安玥似乎想说什么，苏老师抢先说："你随意。"又说："这里冷，或者你在旁边找个地方坐，我们结束了出来打你拷机。"

　　他最终没有去别处，只是站在教堂门口。信徒可以直接进，看热闹的众人则在七点以后被放进去。外面的人群如同被大门吸进去的沙尘般消失，过了不久，他听见了唱诗班的歌声。缥缈的声音恍如响在半空中。看门人对谢晔说，小伙子，你想进就进吧，主的大门是对所有人敞开的。谢晔摇摇头，谢过他，站到稍微远离建筑的树下。半个小时很快过去了。一个小时。他并不感到疲倦，奇怪的是也不觉得无聊。教堂花园的铁栅栏外，不断有年轻男女欢声笑语走过，有的戴着圣诞老人的红帽子，还有人走过去时伴随着细微的"铃儿响叮当"，大概是音乐圣诞卡或别的什么在响。

人群开始从门内涌出的时候，谢晔下了一个决心。明天就给爸打电话。

出乎意料的是，当他从混合了男女老少的身影当中找到苏老师和安玥，发现游雅和她们一道。他一时间有些局促。游雅已经知道他的新身份了吗？

安玥率先说："干妈说她来体验一下。我都不知道她要来，不然应该一起吃晚饭。"

游雅笑着说："吃饭嘛，随时可以啊。你最近也不来我家，是不是又经常不回你妈家？"说着，她对谢晔点点头。她戴着像是贝雷帽的帽子，深色短大衣，宽大的下摆刚过腰，底下是紧紧包住臀部在脚踝呈喇叭形散开的长裙。打扮得像个年轻女生。

安玥和苏老师要回杨浦区，游雅是去虹桥。谢晔今晚住"浮舟"，走过去就行。他反正无事，陪她们站在路边等出租车。等了一会儿，安玥说这里人太多了，还是稍微走走容易有车。四个人沿着衡山路走去，教堂散场的喧嚣被抛在身后，路边的酒吧隐隐传出嘈杂，更衬得马路一片寂静。

她们走到一个适合打车的小区入口，人行道与马路之间没有护栏，这时有辆自行车迎面骑来，苏老师和谢晔走在安玥和游雅身后，谢晔本能地往里让了让，接着听到游雅惊呼一声，然后是安玥大喊："抓小偷！"

谢晔想都不想就回身追去，跟着那辆自行车跑在车道上。骑车人握住车把的右手拎着一个包，不知道是安玥还是游雅的。路灯光的明暗变化滑过视野，有一段路黑幽幽的，大概是路灯坏了一盏。他眼睛里只有前面的自行车，跟着闯了一个红灯，还好路上没几辆车。膝盖被大衣下摆困住了，他跑得难受，边跑边解开扣子，大衣像风帆一样飞在身体两侧。他其实没有追上自行车的自信，但那人大概慌了神，轨迹骑成了S形，反而让他追近了。当他和后轮的距离还剩四五米的时候，那人回头一看，像是吓了一跳，不管不顾地把手中的背包往后一扔。

正好砸在谢晔的鼻子上。

最先传来的感觉不是疼痛，而是酸麻的热意。他弯下腰，手撑着膝盖，大口吸入空气。喉头泛起咸腥的感觉，和每次长跑时一样。嘴巴周围湿湿的。他抹一下嘴角，借着路灯光看到沾了一手的血。他这才知道自己流鼻血了，第一反应是不能让血流到新大衣上，于是他努力站直身体，朝后仰，抬头捏住鼻子，另一只手不断擦拭流过下巴的血。

仰头捏鼻子擦下巴占据了他的全副注意力。他甚至没发现安玥她们追了上来，游雅仓皇的声音响起："你没事吧？"他很想回答，但还在喘，一时说不出话。有人用手帕替他擦了下巴，他顺势接过手帕，发现是苏老师。她看他的神色充满关切，他含糊地说："外婆，我没事。"安玥站得离他很近，最先听清他说了什么。他没敢看安玥的脸。

苏老师说："得去医院啊。"几乎是同时，安玥说："得报警啊。"

游雅凑过来，伸出一只手扶住谢晔的脸。他的耳朵倏然滚烫，想闪又没敢动。她把他的脸扳向路灯的方向，仔细看了看，低声问："痛吗？"他微弱地摇头。她终于放开他，到旁边的磁卡电话去报警。安玥捡起掉落在地上的包，他这才知道是游雅的。苏老师陪着他走到电话亭旁，他可笑地一手举着手帕随时准备擦拭，一手捏着鼻子。鼻血没有之前汹涌，少许黏稠的液体蹭在指肚上。他听见游雅具有辨识度的女中音在向警察描述事件，还有余裕的时间想，警察会不会也是她的听众，能认出她的声音吗？他一个走神，就听游雅说，算了。她放下电话对他们解释道："警察要我们留在原地，他们过来带我们回局里做笔录，我说太麻烦了不用了。"

安玥抱怨："怎么这样，不是应该先出动抓贼吗？"苏老师宽解道："警察也要走流程的。"游雅说："去医院吧。"

谢晔觉得区区流鼻血不用去医院，结果她们还打了个车带他去，更显得过于隆重。但他捏着鼻子反驳也很困难，只好默默上了车。司机说瑞金医院比较靠谱，和坐在前排的游雅聊了起来。小伙子这是怎么了？他刚刚抓贼，被打了。哎呀，不要紧吧，有时候破财消灾嘛，贼万一有刀不是很危险吗。是啊是啊，他刚才追过去，我们也紧张死了，怕他出事。

他想说，我不是被打了，是包砸的。想想又作罢。安玥在后座仍抱着游雅的包，这时插话："干妈，你要不要看看包里东西都在吗。"她把包递到前排，游雅"咦"了一声说："带子断得好整齐。"她把包带举起来给后排的三个人看，明显是用刀割的。安玥顿时紧张起来，问："你没被割到吧？"

游雅纳闷地说："没有啊。"司机说："等到了医院再仔细看看。小姑娘，你有点木知木觉。"

司机也不过四十岁左右的模样，谢晔想，游雅说不定比你大呢，大叔。

到了医院大厅，在明亮的光线下，他们二个都注意到，游雅身上的深蓝底黑色格纹短大衣在后背靠近右臂的位置有道裂口。想必那个贼先拽住她的包带，随即割了一刀。还好是冬天，不然她肯定会受伤。谢晔替她一阵后怕。她自己看不到，经安玥提醒，把外套脱下来看，这才变了脸色，说："他真的有刀！还好你没追上他，太危险了。"

急诊医生帮谢晔把下半张脸的血擦干净，又往两只鼻孔塞了棉花。医生的表情好像在说，这么点事，还要来医院。

"不用拍片子吗？"游雅在旁边说。苏老师站在后面一点的位置。在医生看来，这情形大概也过于隆重。

医生敷衍地按了几下谢晔的鼻梁，问他疼吗。谢晔被他按得有点疼，但还是摇了头。

医生转向游雅说："他可能鼻黏膜比较脆弱，所以血比较多，看起来吓人，不严重的。"

从诊室出来，谢晔这才发现安玥不在。他正想发问，只见她从过道那头匆匆走来。"我给妈打了电话，她开车过来接我们。你怎么样，不要紧吧？"

"已经止血了。"谢晔瓮声说，说话时鼻孔被棉花弄得痒痒的。"不用这么夸张吧，我没事了，大家各自回去好了。"

安玥不理会他，对苏老师说："搞到这么晚了，今晚住虹桥吧。"谢晔懂了，她是在对他说，你也乖乖回虹桥家里。

四个人在医院等安红石过来。游雅说要去买喝的，谢晔自觉有义务拎东西，便跟着她出了医院，让安玥和苏老师坐在长椅上等着。他记得车开过来的时候路过了便利店，实际走过去才发现有段距离。两个人默不作声地走了一程，他没话找话地对游雅说："还好你没事。"

"但是害你受伤了，我很过意不去。"

"小事，就是流点鼻血嘛。"他想想又补了一句，"下次晚上走路，离车道远一点。"

他很想问游雅是否已经知道自己和安红石的关系，又觉得很难开口。最后冒出来的话是："你怎么想到要去教堂体验一下啊？"

"小邵是基督徒。"

"哦。"他又不知道该说什么了。片刻的空白后，游雅说："今天真的谢谢你。不过，以后如果再遇到这种事，你千万不要去追。万一出什么事就糟糕了。钱财是身外之物——和钱没关系，我包里倒是有件要紧的东西，所以我特别感谢你。要是丢了，我大概会很难过。"

谢晔想问她是什么东西，觉得唐突，便忍了。

终于到了便利店，游雅拿保温柜里的易拉罐咖啡的时候，谢晔去冷柜拿了一支矿泉水。游雅付的账。等谢晔提过塑料袋，年轻的男店员好奇地看了他一眼。谢晔知道他看的是自己鼻子里的棉花。

游雅在旁边说："喏，我刚才说的要紧的东西，是这个。"她把钱包打开给谢晔看。

谢晔吃过晚饭到现在一直没喝水，又跑了一场，正忙着拧开矿泉水瓶，看到钱包里的内容，他的动作为之一滞。

透明票夹的位置有张折起来的带着墨痕的纸。看起来异常眼熟。

他感到自己的心脏在胸腔里迸发出巨大的声响。

"我可以看看吗?"他问。

游雅像是有些意外，却还是把整个钱包递给他。店员百无聊赖地望着这一幕。谢晔接过钱包时手抖了一下，仍努力装出正常的表情。

他一入手就知道了。是"虚空过往"。和苏老师家那张徒具形态的甲马不同，这张是"活的"。他能感觉到里面有什么在缓慢而真切地蠢动着。虚空过往是每个谢家人出生后不久被赋予的甲马，一个人只有·张，据说，其中蕴含了虚空过往的眼睛，会注视着他或者她走过的所有道路。就像是只有谢家人才能解读的黑匣子。

游雅解释地说："其实不是什么贵重东西，对我来说有点珍贵，因为是知青时代的纪念品。"

谢晔问可以拿出来看看吗，她点头。他压抑着激动与不安，把那张纸从夹层抽出来，展开。

的确是虚空过往。奇怪的是，只有上半张。中间是毛毛的断口，像是被人拦腰撕开的。

谢晔把甲马按原样放好，压抑着内心的情绪翻涌，走出便利店才说："不好意思，我想问个安玥可能已经问过你的问题。"

"你说。"

"你认不认识一个叫谢敛的人，或者其他姓谢的云南人？"

"哦，她之前确实问过的。她跟我讲过，你来上海找你母亲，还问我在云南的熟人里面有没有姓谢的。不好意思，我真的不认识。在云南认识的当地人就那么几个，帮不到你。你的事现在有进展吗？"

"安玥妈妈没和你说吗？"

"说什么？"

"她是我妈。"

游雅停住脚步，谢晔借着路灯光观察她的脸。她显然很震惊，最后只是说："她都没告诉我！待会儿要好好问她……你现在住在虹桥？"

谢晔"嗯"了一声。他无法判断，她刚才的哪句话不是出自真心。每个谢家人各有一张的"虚空过往"，没理由出现在这个当过知青的电台节目主持人的钱包里。三婆、爷爷、大伯、大姑、表哥、爸，那到底是谁的甲马呢？似乎最有可能是爸的，又最不可能是他的。

来回便利店用的时间不少，回到医院大厅，安红石已经在里面了。谢晔感觉口干，这才想起自己忘了喝水。苏老师她们三个迎上

300

前的时候，他开始咕嘟咕嘟往胃里灌水。等她们走近，安红石一上来就说："血止住了？"

"我觉得棉花可以拿掉了。"他用不那么干涸的嗓子说。鼻子堵住的缘故，声音还是有点怪。

"多塞一会儿。"安红石说着看向游雅，"听说你衣服都被割开了，自己还不知道。你呀，总是这么迷糊！"

游雅说："谢晔没事就好。对了，这么大的事，你都没和我讲。"说着瞟一眼谢晔。

安红石像是有些不知所措，隔了片刻才说："哎，又不是什么光彩的事。"她拍拍谢晔，"不是说你啦，是说我自己。"

"所以这件事也是我不记得的？"游雅问。

安红石含糊地应了一声。谢晔没听懂她们的对话。她俩之间有种外人无法猜度的默契，果然是从知青时代至今的好友。苏老师在旁边说，先送丹萍回去。安红石说，知道。谢晔想把咖啡递给大家，游雅说，上车再拿吧。

谢晔是第一次坐安红石开的车。银灰色别克被她开得平稳流畅，游雅在副驾驶，显得有些疲惫，一路捧着易拉罐发呆，偶尔像是想起来似的喝一口。苏老师和安玥都没打开易拉罐。安红石在停车等红灯的间歇迅速喝完一罐。谢晔刚灌下一瓶矿泉水，又将一罐咖啡倒入胃袋，这才感到流失的血和水分多少补回来了。他还在想游雅和安红石之间的对话，但怎么想都无法解开其中的深意。什么叫这件事也是我不记得的？游雅作为安红石的好友，居然会不记得对方生过一个儿子又舍弃掉吗？而且既然安红石和爸结过婚，游雅为什么说她不认识姓谢的人？她们关系极为密切，这实在说不通。

他坐在后座靠窗的位置发着呆，忽然感到安玥悄悄握住自己的手。安玥没有像以往那样和他十指相扣，只是松松地把手覆在他的手背上。

车先开过了虹桥路的家，在前面掉头，驶入马路对面的小区。游雅和他们道别下车。安红石重新发动引擎，开了一段之后再度掉头。

安玥在上楼的时候打了个哈欠说："我好困，外婆，你困了吗？"

苏老师说："你们年轻人精神这么不行啊，还不如我这个老太婆。谢晔你困不困？"

谢晔当然不困，他此刻的神经被晚上一连串的事件烧灼得滚烫。他有一肚子的话想要问安红石，但到了家里，他第一个被打发去洗澡。安红石说："要是洗澡的时候再流鼻血，赶紧喊我。"他在浴室扯掉棉花，鼻腔一阵酥痒，倒是没再流血。洗完澡出来，他发现她们三个没有像往常一样占据沙发，而是围坐在餐桌边，像是正在进行什么严肃的谈话，又因为他的出现而遽然中断。三个女人朝他望过来，他的心头紧了紧，硬着头皮走过去说："我们单独谈谈，好吗？"话是对安红石说的。

苏老师说："谢晔啊，有什么话，明天再说吧。你今天也累了。"

安玥不吭声。安红石说："没事，你们去洗了睡。"苏老师和安玥分别去了主卧内和客厅一侧的浴室，宽敞的客厅兼餐厅只剩下他和安红石两个人。她给他倒了杯牛奶，用微波炉转过，端到桌边。

"睡前喝牛奶，对睡眠好。你想谈什么？"

谢晔双手握着牛奶杯，望着里面的白色液体。他迟迟不开口，只听安红石叹息一声。

"今天晚上，你都不再喊我'妈'了。你和丹萍到底聊了什么？"

"……没什么。我只是觉得有点奇怪，她好像不知道你在安玥之前有小孩。你们那么要好，她居然不认识我爸。而且，"他顿了一顿，抬头望向他喊"妈"的女人，挤出后半句，"她有张我家的甲马。"

安红石迎着他的目光，语气平静。"甲马很稀奇吗？"

"那张比较特别……那张是，虚空过往。"他想，你既然是我妈，总该知道是什么吧。

安红石短促地笑了一声。"我当是什么事呢。你等一下。"她起身回了房间，很快拿着一个东西回来，放在谢晔面前。是个木头盒子。他打开翻盖，原来是音乐盒。精巧的机械装置旁边设计成放东西的格子，里面有张折起来的纸。纸很薄，背面透出墨痕。

谢晔拈起那张纸，立即知道是什么。他将它缓缓展开。

虚空过往。正好是下半张。和游雅钱包里的半张拼在一起，便是完整的。谢晔对着它发了会儿呆。

"丹萍的半张是我给她的，作为我们知青时代的纪念。你不要这么大惊小怪好不好？"

谢晔想大声问她，你知道这是什么吗？怎么能撕开给人？他最终忍住了，看向他无论什么时候都不会丧失镇定的妈。

"她说不认识姓谢的……"

"她之前因为 场事故失忆了。丹萍对从前的记忆不完整。你回来的事，我没有马上告诉她，也是因为这个。"

谢晔端起牛奶喝了一口。这时候一句话在他的脑海中闪现。很久以前安玥说过的话：

你不知道，我妈最爱替人做决定，而且是个骗人精。

第二天是周五，安玥一早有课，在谢晔起床的时候已经出门了。已吃过早餐的苏老师陪他坐在餐桌边。安红石在洗澡，她有早上起来洗澡的习惯。

谢晔塞了满满一嘴粢饭糕，听见苏老师问："你和你妈谈了些什么？"

他咽下食物后说："哦，没什么。"

谢晔说要去店里，不到九点就匆匆出门。出门时不忘打招呼："外婆，妈，我走了。"安红石正在吃早餐和看报纸上的股票栏，冲他点点头，苏老师起身到门口送他。如果有旁观者，会觉得这是个普通家庭的寻常光景，而且一点也不像是新近重组的家庭，仿佛早已如常过了若干个年头。

他搭公交车到"浮舟"，进店后第一件事，是给大伯家打电话，说有事找爸，留了店里的号码。大伯说，着急吗，要不着急就让他明天打给你。谢晔在上海两个多月，头一回对云南人的慢悠悠劲头感到不适应。他说最好今天能回电。大伯说，晓得了，我等到午休的时候去店里一趟，把他替过来。谢晔想说，不能上班前去吗，但因为怕大伯起疑，他忍住了。

"浮舟"十点半才开门，到得太早，做完开窗换气打扫等一系列零碎工作，闲下来便有些无措。他坐在林峰和乔曼惯常的位置，随手翻书。《青春的舞步》不太看得进去，正好乔曼上次看的《世界尽头与冷酷仙境》在店里，他换成这本，倒是读出了几分趣味。一个上午没有客人，这里仿佛是只属于他一个人的图书馆。乔曼留在吧台的字条上写道，下午两点有客人来用包间。谢晔不由得想，就算孟姐的房租再低廉，如果不是乔曼每周一两次接待"病人"，这间一天只能卖出不到十杯饮品的店，连水电费都赚不回来吧。他接着想起林峰的话，"浮舟"在不同的时代以不同的面目出现，说到底，书吧不过是个掩饰，生意如何，大概不在做老板的乔曼关心的范畴。

十二点不到，电话铃响了。谢晔看书看得投入，愣了片刻，跳起来就往吧台奔去。大伯家吃饭早，想必是爸。

结果电话那头是林峰。他问乔曼来了吗，谢晔说她下午来。林峰却不急着挂电话，问他："新生活还适应？"

"还好。"谢晔以为他指"浮舟"的生活。

"突然多了一个当校长的妈，管你管得多吗？"

谢晔想，我高估乔曼了，她和林峰真是无话不说啊。

"其实她没怎么管我。"仔细想想，安红石对安玥是有要求的，让她学外语什么的，有时还会凶几句。对他这个突然冒出来的儿子，安红石非常宽容，他在书吧打工和借宿，她也没有意见。唯一提过的是让他学车，并否决了他自己买辆自行车上学的想法，理由是马路上车多，太危险。

大概任何一个久别重逢的妈，都会是这种态度吧。

这时他为自己的疑心感到一阵内疚，从昨晚延续到早上的情绪也淡了许多。和林峰闲扯了几句，他挂掉电话，在吧台边发了会儿呆。

电话又响了。他以为是林峰有什么忘了说，接起来就说："喂，又怎么啦？"

那头一个男人用云南话说："谢晔？"

是爸。

谢晔感到嘴巴有点干，总不能一上来就说，我找到我妈了。

"爸。"

"你大伯讲，你好像有急事。"

"其实也不是什么急事……"他硬着头皮说，"我想问你有张甲马的事。"

"哪张？"

"虚空。"

电话那头静了片刻，爸说："你想问什么？"

"两件事，第一，虚空有没有可能没反应？就是看上去是虚空，但其实……就好像死掉了，没有反应。"他指的是苏老师家镜框里那张。

"你在哪里看到的？"

"同学家。"倒也不算撒谎，谢晔想。

"没有实际看到，我也不好讲。"爸慢吞吞地说，"另一件呢？"

"你那张虚空，是不是给了我妈？"问的同时，谢晔的心狂跳起来。长途电话的微弱杂音在他耳边像是被放大了许多倍。嗡嗡。嗡嗡嗡。

谢晔在嗡嗡声中听到爸说："你见到你妈了？"爸的声音没有他预期的慌乱。他反而有些忐忑，想了想才说："见到了。只是我有点搞不懂……"他咬紧牙关，问出连他自己都觉得奇怪的问题——

"我妈到底姓什么，姓安？还是姓傅？"

为什么她们各有半张甲马，这是谢晔昨晚想破脑袋也不明白的问题。他熬到凌晨三四点才睡着。一个声音说，妈都说了，是留作纪念，给了游雅一半。另一个声音说，要真是你妈，她会不知道是什么然后随便给人吗？

而且游雅，也就是傅丹萍，她的失忆也很古怪。

谢晔感到，她们当中必然有一个人在说谎，也有可能两个人都在说谎。不妨做个大胆的假设——傅丹萍才是自己的妈——她不想认他，所以才由安红石出面代认。他想起很久以前和苏老师还有安玥一起看的《玉蜻蜓》，三母一子的古怪结局。现在，他很可能面

306

临类似的情形。如果一个妈是亲生，一个妈是硬认的，他该持续大家默认的谎言，还是将其揭穿？他回想安红石把他喊去虹桥家里吃饭的种种情形，再次意识到苏老师和安玥近来总有些不自然。他之前一直以为，苏老师是因为谢德的关系，安玥则是因为和他的短暂过往。

自从昨晚连续看到两截甲马，一切都显得疑点重重。谢晔明知关于妈的话题是爸的禁忌，仍无法抑制自己问出口。说完之后，他又立即感到后悔。

谢家父子俩隔着千山万水，在电话线的两头，彼此沉默。就在谢晔以为爸会把电话挂掉的时候，他听见那头说："你妈姓傅，叫傅丹萍。"

不等他有任何反应，爸接着说："但你妈不记得你，也不记得我。我们家的事，她全都不记得了。所以我不想你找她。听起来，你不仅见过她，也见过你安阿姨了。"

"她不记得是什么意思？"

"是我对不起你妈。谢晔，我也对不起你。你可以问你安阿姨。我挂了。"

所以游雅真的是自己的亲妈。

即便听爸亲口说出答案，谢晔仍有种难以置信的感觉。他之前抛出问题的时候，更多的是迷惑而非确信。他还记得自己和游雅或者说傅丹萍最接近的一刻。她喊着"你没事吧？"，奔过来扶住他的脸。之前更多地作为声音而非肉身存在的她，在那个瞬间剥落了过于年轻的外表，她在路灯下查看伤势的专注和不由分说，确是一个长辈。

但他仍然上不来实感。那个声音，那张脸，是生下他又抛弃他的女人。而且她真的不记得。这让他多年的疑问和隐藏的怨怼一脚踏空。

谢晔一整天都过得云里雾里。乔曼下午来了店里，两点，和她有约的客人也来了，是个风度翩翩然而神情冷淡的中年男子。书吧有三名顾客，两个分别坐在单人书桌前，一个坐了大桌的角落。三个人的点单依次是拿铁、水果茶、热巧克力。谢晔往拿铁里错误地放了肉桂粉，还好顾客没就此说什么。店里的热巧克力用牛奶加可可粉，最后加入块状巧克力。他一不当心热得太滚，棕色液体漫出了小锅，不得不手忙脚乱地收拾了好一会儿。水果茶倒是没出什么岔子，只是顾客要纸巾的时候，叫了两声他才听见。

乔曼送走客人回到吧台的时候，谢晔已整理完他造成的狼狈，以为她不会注意到。她蹙着眉看了他片刻，说："你今天状态不好是吧？到后面歇着吧。"

因为有过早上林峰的电话，谢晔知道，告诉她任何事，最终都瞒不过林峰。他此时无心再和乔曼坦白什么，说要去学校图书馆，回到后面房间收拾书包，离开"浮舟"。

进了学校，谢晔意识到，自己眼下的状态根本不可能在图书馆学习。他失魂落魄地走了一段路，发现自己站在网吧所在的短街的街口。他走过去，意外的是，大白天的居然是胡思达坐在柜台后。

"哟，稀客。"胡思达一看见他，便开玩笑地说。其实就半个多月没见，听他这么一说，谢晔也感觉到久违的亲切。上次见面是和张培生他们吃火锅，之后他周围发生了太多的事。安红石声称是他的妈妈。和安玥之间的急转直下。顾虑唐家恒，搬到"浮舟"。在虹桥家里度过的几天。平安夜抓贼，在便利店看到游雅钱包里的半张甲马。半夜和安红石在餐桌边的谈话，另外半张甲马。

然后是今天中午，爸的电话：

你妈不记得你，也不记得我。我们家的事，她全都不记得了。

谢晔心事重重地柜台上一趴，忍住涌上喉头的酸楚，说："我想上会儿网。"胡思达说："随便上，不收你钱。"接着压低声音："听说你昨天来过。"他诡秘的样子有些古怪。谢晔说："是啊。"

"龚修文当时在吧？用那边第二台机器。"

"对。怎么了？"

"昨天那台电脑又中毒了。这次彻底死翘翘，小丁送去电脑城了，刚才我舅打电话来说，要换主板。他跟小丁核实了昨天有哪些人用过，和我说，以后这几个人来，要盯着点，不让他们上奇怪的网站。昨天用过那台机器的有三个人——但我觉得肯定是龚修文。死小子，看我不弄死他。"

谢晔不起劲地说："你要怎么弄他？"

"回头你就知道了。"胡思达一脸胜券在握的得意。他从抽屉里拿出一个信封给谢晔，"这是你的吗？我舅在里屋捡到的，说让我给你。"

谢晔打开信封，发现里面是张甲马。他抽出来展开一点点，便知道是"枭神"。去苏州之前，他把带来的全部甲马摊在屋里看过一遍，还以为都收起来了，居然漏了一张。他在心里骂自己马虎，问胡思达："你看过没有？"

胡思达大大咧咧地回答："看一看你又不会少块肉。这是年画，还是什么符咒？"

心情惨淡如谢晔，对着胡思达也只能苦笑。"如果我说是符咒，你信吗？"

"信你才怪。"

谢晔借了胡思达的账号，在校园 BBS 闲逛。已经没有人谈论敲头的凶手。求租信息。恋爱失败的人在发牢骚。招聘兼职。打羽毛球找搭子。二手转让。他随意点开一个个帖子，和自己无关的人们的诉求或闲聊在眼前滑过。他让自己短暂置身于屏幕上无声的喧嚣世界，只有这样，才能暂时不去想爸的电话。

翻了不知多少页，一个帖子映入他的眼帘。

——我知道敲头的人是你，是男人你就承认吧。

帖子只有这么一句话，没头没尾。回帖数颇不少。有人说，这位美眉或帅哥，解释一下，我现在好奇死了。也有人说，你是出来哗众取宠吧！还有人在底下说，发帖人是被敲头的男生的女友。这下跟帖炸开了锅，几乎演变成一场对八卦的猜想。

谢晔漠然地想，可是第一个被敲头的是张培生啊。

他最近进出学校没遇见张培生，从吃火锅时听到的只言片语推想，张培生和他的单恋对象终于有了进展。而且当时张培生也说了，心情好，请大家吃个饭。胡思达还开玩笑说，希望你天天心情这么好。

不知道张培生多年停滞的感情问题出现转机，和他受伤有没有关系。

谢晔又想起龚修文。他从最初听说校园敲头事件，就忍不住怀疑和龚修文有关。胡乱猜测别人是不好的。不过，胡思达也说龚修文搞坏了电脑，并打算整治他呢。让电脑中毒应该不是故意的，但是之前杀猫的事，还有对谢晔的威胁，都呈现出直白的恶意。

为了不至于钻在牛角尖里想自己的事而开始上网，最后变成另一种钻牛角尖。谢晔越想越觉得，龚修文就是在夜半的学校敲头的人。他甚至开始真切地为张培生担心，怕老张情场得意其他地方失意，再遇到什么不测。

晚饭时分，小丁带着换过主板的主机回来了，他说晚班打工的学生今天有事，问胡思达能顶班吗。胡思达当场拒绝，拉着谢晔去隔壁吃牛肉面。他让谢晔买单，理由是谢晔的衣服一看就是有钱了。

"去了书吧？好洋气，怪不得你不肯回来看网吧。老板是女的？是美女吗？"

谢晔觉得，胡思达的世界真的单纯极了。他甚至感到毫无来由的羡慕。这时又听胡思达说："你还住在唐家恒那里吗？"

"书吧有地方住，我搬过去了。"谢晔端起碗喝汤，想起明天是周六，傍晚他还能若无其事地回到虹桥家中吗？爸不愿深谈，让他问"安阿姨"，在他喊过安红石那么多声"妈"之后，谢晔感到，自己一旦换了称呼，就像是残忍地切断了什么，打破了什么。

而且他缺乏勇气，去探究分成两半的甲马背后的真相。

他正在出神，听见胡思达说："哦，你和唐家恒分手了？"他捧着面碗呛了一下。红油钻进鼻腔，他猛烈地咳嗽起来。胡思达笑了："你不至于吧？"

两个人吃完面，到操场边上溜达消食，谢晔一直在解释，自己不是同性恋，和唐家恒只是好朋友。他本想说我有喜欢的女生，但觉得提到安玥未免太复杂，只好略过不提。这时他才想起，既然安红石成了"安阿姨"，安玥就不再是妹妹。然而奇怪的是，他也没有感到欣喜。

不管他怎么说，胡思达都没有表现出信服的模样，甚至说："你们看起来一直就是两口子嘛。我真的不歧视同性恋，你和我不用这么见外。"

谢晔沉痛地想，所以我比粗线条的胡思达还要迟钝一些。

虽然被误认为是一对太过尴尬，但他纠结了一天的情绪因此舒展了些。胡思达嚷嚷着说吃得太撑，又让谢晔请了一杯热奶茶，这才心满意足地回家。谢晔没有和他一起走，独自在校园里兜了一圈。这时节天黑得很快，水银灯的光亮也驱不散不断加深的夜色。他在不觉间遛达到网吧那排房子的背后，空地上稀稀拉拉停了一排自行车，再过去是和宿舍区分隔的围墙。

谢晔走过自行车，往左拐，走上他从前晾衣服的过道。过了快两个月，他搬走时忘记收掉的晾衣绳已经不在了。头顶上是围墙那头的大树的阴影。

张培生就是在这里被人敲了后脑勺。

他想起裤兜里的甲马。枭神。能洞见暴戾之气。也许他能借着这张甲马，找出敲头事件的凶手。

谢晔在原地想了片刻就做出了决定。他继续左拐，经过网吧，到杂货店买了打火机——原来那个怕安红石以为他抽烟而扔了——又匆匆折回过道。网吧对着过道有扇装了防盗栅栏的窗，里面的百叶帘没开，只曳出少许光线。过道此刻是校园最幽暗的角落之一，换了女生站在这里可能会心慌，谢晔当然不慌。他从大衣兜里掏出装有甲马的信封，也不打开，连着信封点上火。忽然闪过一个念头，张培生可别这时候跑来巡逻，要是他以为我在纵火就糟了。

火舌舔噬着牛皮纸信封，一路往上，谢晔在火苗逼近手指的时候把着火的信封扔在地上。他闭上双眼，试图接近甲马唤起的此地的记忆。然而还没等他的意念成形，腰上传来一阵异样的感受。他骇然睁开眼，发现另一个人的身体紧贴在身后，对方的尖锐嗓音猛地划破他耳边的寂静。

"是你对吗？就是你偷了我的QQ！"

嗓音很耳熟。谢晔无暇分辨声音的主人，他的神经这时仿佛充斥着泡沫，骨髓和肌肉一阵麻木。泡沫奔涌在每个细胞里，让他感到自己的身体轻飘飘的，仿佛随时会双脚腾空，飘在半空。并非甲马的副作用。怎么了？他想着，接着一阵撕裂般的疼痛击穿了他。

疼痛来自身后。紧贴着他的那人抖了一下，后退一步，谢晔茫然地伸手摸向腰际，摸了一把空，又往下摸索。

手指碰到一个扁平的金属。除了疼痛空无一物的脑海中闪过一个念头，是刀。与此同时，他也终于认出，刚才喊一嗓子的人是龚修文。谢晔呻吟一声，往前迈了半步，接着双膝一软，跪在地上。

到底怎么了。他想。

身后传来另一个熟悉的嗓音："杀人了！杀人了！"是小丁在喊。小丁怎么值夜班啊？谢晔在昏过去的同时，浮现出这个毫不相干的念头。

第四部分

1975—1979

景洪东风农场—弥渡—上海

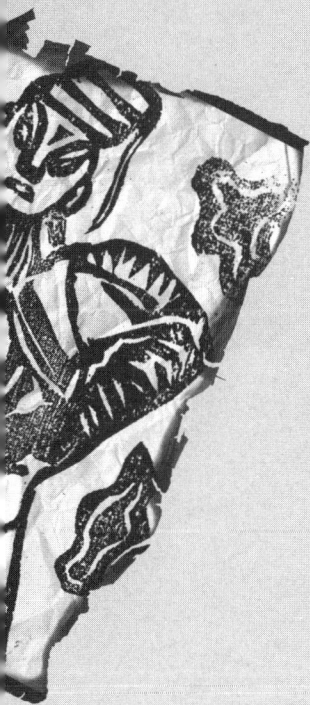

1. 丧失甲马的男人

　　一九七五年的泼水节，在安红石的记忆里鲜明如昨。泼水节是傣族人在四月的春节，她作为知青到东风农场已第八个年头，还是第一次参加这个当地最大的节日。和其他知青一样，对她来说，日子几乎总是前一天的翻版，就像一条乏味的看不到尽头的直线。但似乎就是从泼水节那天起，时间的密度和质地发生了变化，如同河流在雨季换上裹挟红土的浊流，汹涌地扑向下游。

　　那年，安红石二十三岁，也许是环境磨人，她偶尔会感到自己过早地老了，一颗心沉甸甸的，全无二十出头的活力。她最好的朋友傅丹萍二十一岁，也和她一道经历了泼水节的种种。回望一九七五年，安红石能分毫不差地想起傅丹萍当时的模样。齐耳短发，幽

317

深的杏眼，笑的时候，一颗虎牙俏皮地闪现。多年后，叫作"游雅"的电台主持人矫正了那颗牙，笑容变得齐整，安红石却觉得好友因此少了些什么。当然，从傅丹萍到游雅，其间的变化远不止一点牙尖。

在大勐龙参加泼水节的是七分场合唱队的一伙人，他们原本在荒僻的乡下，进城过节纯属偶然。

就连合唱队的兴起，也是偶然。追根溯源，是傅丹萍促成了他们这支小团体。傅丹萍有副好嗓子，和她一起出工，听她唱歌，繁重的劳动仿佛也减轻了几分。尤其在雨季，穿着湿衣服在梯田上干活，周围被雨水和雾气搅得一片朦胧，视野中只有眼前的几步路，同伴的身影被雨帘隔绝在外，鼻孔里满是植物濡湿的气味。偶然有人扯着嗓子和别人交谈，隔着重重水雾和野草，听不真切。忽然，傅丹萍唱起歌来。她的嗓音并不特别清脆，而是又圆又润，温厚得像酒，穿透了空气和植物的屏障，洒遍大半个山头。四连的知青们说，听见她的歌声远远传来，只想把锄头和十字镐一扔，躺下来看天，看云。她有时唱《长征组歌》，"索玛花儿一朵朵，红军从咱家乡过……"她还爱唱外国民歌，《喀秋莎》《莫斯科郊外的晚上》，只在连长不在的时候才唱。

有一次分场支书老芮在山脚下听到她唱歌，便一步一脚泥走上来，站在旁边听了很久。老芮说，有特长就要发挥嘛。于是七分场成立了合唱队，从各连队抽调成员，利用工余排练，还到其他分场搞巡回演出。排练占用了本来就不多的个人时间，好处则是，合唱队演出的日子，白天赶路，不干活也算全勤。换句话说，用唱歌抵开山挖土种树等重体力劳动，是桩好买卖。一开始嫌排练辛苦而退出的人后来纷纷想回合唱队，老芮一律不批，说，革命工作是你想来就来想走就走的？

安红石属于"坚持"下来的人。她的初衷也只是和傅丹萍一起玩。安红石的音色窄，不太适合唱歌，只是因为音准咬得紧，倒也成了合唱队的中坚分子。

泼水节的前一天，他们在大勐龙附近演出。离分场场部最近的商业区叫作"小街"，从安红石他们的四连走过去，需要两个小时。小街名副其实，仅有一条小小的街，开着几爿店铺，最重要的是有间邮局。从小街再走大半天，便是大勐龙。到大勐龙才算是进城，虽然也不过是个路口，几排砖房，其中有商店、办公单位，还有招待所。带队的老芮说，演完第二天是泼水节，难得过节的时候在城里，批你们一天假，大家玩一下，晚上再坐车回连队吧。

可以玩，人人开心。在招待所睡了个难得的懒觉起来，中午在街上吃了八分钱一碗的米干，汤是盐巴水，米干上面有一勺花生碎，一勺辣椒油。若是在几年前，知青们根本看不上这样粗陋的食物。在连队待久了，对吃的标准降到不能再低。连队里一年到头是盐水煮蔬菜，所谓蔬菜无非是茄子、南瓜、白萝卜。中间有几个月连蔬菜也断档，只有被称作"玻璃汤"的盐巴汤。偶尔汤里漂着几根蔫巴巴的韭菜，男知青们戏谑地取名为，九菜一汤。安红石六八年到农场，比傅丹萍多喝了两年玻璃汤。安红石经常觉得，来自市三女中的傅丹萍，适应能力比自己强得多。傅丹萍刚来的时候曾被夜里在蚊帐上散步的老鼠吓得惊叫，现在就算有一群老鼠在床底下和头顶上打架，她也只是翻个身，继续睡。

傅丹萍她们那批知青是"一片红"，初中毕业后全部作为知识青年奔赴东北或大西南。安红石比傅丹萍高两届，早些年没那么严，她原本可以赖在上海。实际上，她的一些高中同学设法留下了。病假、托关系，办法有的是。她报名当知青纯属意气用事，只因不想留在空荡荡的家里。妈妈在隔离审查，家已经分崩离析，不知什么时候会有决定性的一击落下。前些年,.家里一次次被抄,妈妈被造反小将们逼着念毛主席语录,中间不给水喝,念到喉咙干哑神经衰弱。那时安红石就下定了决心,要离开家,离开充满痛楚的回忆之地。

可是命运和安红石开了一个残酷的玩笑。她在表格上填的是安徽,却被分派到云南西双版纳。她在出发前去申请换地方,负责人对她说,云南多好啊,一年四季温暖如春,头顶芭蕉脚踩菠萝。她在心里气愤地说,你肯定没去过云南吧!我的亲妈就是从那里回来的,冬天也冷的好吗!

至少那个负责人说对了一件事,西双版纳的冬天算得上暖和。不过,这里并非瓜果遍地的乐园,而是被崇山峻岭遮蔽的偏僻之地。知青们先坐两天三夜的火车,从上海到昆明。火车票四十二元五角,一笔巨款,好在可以报销。在昆明,他们被分派到云南大学的礼堂和教室里,席地而睡。安红石并不知道,她睡了几个晚上的教室,离母亲苏怀姝当年上课和居住的地方仅几步之遥。从昆明到西双版纳坐的是大卡车,他们的行李已被其他车辆运走。年轻的男孩女孩挤在车斗里过了四天,全都灰头土脸。车经过大勐龙的时候正是早上,安红石借着晨光看了眼贫瘠的街道,心想,真够破的。她不会想到,用不了一年,大勐龙在她的眼中就会成为遥不可及的繁华之地。休息天最多走到小街,买东西、寄信,如果没有顺风车可搭,谁也不会特意去大勐龙。

作为最早的一批知青,他们的房子是自己搭建的。在西双版纳盖房子很简单,粗竹做柱,竹片为墙。床和蚊帐架子也是用竹片搭的。住了一年多,竹片墙渐渐缺了口子,瘦的人可以伸进一只胳膊。要到几年后,连队人多了,才在连长和指导员的带领下,由男知青们帮忙盖起土垒墙的房屋。

那时候还要开山。傅丹萍他们这些后来人比较幸运，不用经历最艰难的起始阶段。砍树，烧山。一点点刀耕火种，从森林的脚下抢土地。然后是为了种橡胶树挖穴。两个人一组，一天要挖十二个近一米的穴，刚开始的几天下来，手被锄头磨起了水泡，水泡叠加，又变成血泡。老工人教知青们下班后用自制的药膏敷手，说是等泡变成老茧，就不会那么疼了。后来安红石也同样教导傅丹萍和其他几个新来的知青，语气和当初老工人教她时一样轻描淡写。

安红石到云南后不久收到妈妈的来信，才知道妈妈的去向确定了，是苏北的农场。说是接受再教育，实质是劳动教养。妈妈在信里写道，好在苏北离上海不远。倒是你，去了那么远的地方，让人挂心。

她忍不住想，她那个连饭也不会做、每天靠食堂生活的妈妈，历经战乱和人祸仍保持某种天真的四十五岁的女人，能胜任农场的繁重劳动吗？比起担心，她更多感到茫然。不知道自己和妈妈的艰难日子什么时候才能到个头。

到了一九七五年，安红石很少再想将来，多想也没用。几次去苏北探亲让她发现，妈妈是无论在怎样的环境中都能保持乐观的一个人。乐观得有点傻。妈妈把多年前云南恋人留给她的那张甲马给了安红石。妈妈说，我不信神，可我一直觉得，这张纸上承载着他的精神。他是我见过最温和也最有韧劲的人，有善念，为人着想多过为自己。你不在我身边的日子，我希望他能在冥冥中护佑你。安红石不愿意接。她想说，真是的，也不想想我们家是因为谁才会被整——可她想到那张破纸是妈妈在抄家中小心藏存下来的，便还是收了起来。

泼水节没有想象中的欢快气氛。他们吃完米干，刚走了几步，就遭遇了一场袭击。冷水从不知哪个角落劈头盖脸地泼过来，合唱队的人全被浇了个透湿。安红石的第一反应是骂人。她环顾四周，发现袭击者是几个一丝不挂或只穿条裤衩的孩子，他们身后还有两个穿紧身上衣的傣族女孩，衣服凸显出胀鼓鼓的胸部，正在交头接耳地说笑。少女和孩子们的手里是盆盆罐罐，孩子们也在笑，露出换牙的粉色牙龈。

"说泼就泼都没个提醒啊。"有个男知青感慨道。

"就当洗澡好了。"另一个人无奈地说。

他们商量了一下，觉得一群人目标太大，最好分头走。正午的太阳照着几个湿淋淋的人，更显出他们头发贴脑门的狼狈。女知青身上，的确良衬衫湿若无物，露出内衣的白色轮廓。安红石自己不大在意，但注意到傅丹萍的脸红了。她跑到那两个傣族女孩身旁，问她们可不可以借身衣服。知青们当中几乎没人有安红石这样的语言天赋，她不仅会说简单的傣语，也能讲几句彝族话、哈尼族话和布依族话。安红石自己也认为，倘若有机会上大学，她一定能学几门外语，做个专门的人才。

不一会儿，她和傅丹萍就穿上了干净的高腰筒裙和短上衣，换下的湿衣服晾在人家的院子里。她对女孩们频频表示感谢，说今晚离开前一定过来还衣服。两个人回到还没散完的同伴们身旁，一个女知青说，脸皮厚就是好啊。安红石装作没听见，拉着傅丹萍走了。她俩在街上逛了两圈，躲过一次袭击，又被淋了一场。傣族姑娘的上衣厚实，不会走光，反正天热，晒晒也就干了。

黄昏时分，街上的人越来越多，走路必须在人群中穿梭。喇叭里放着傣语，傅丹萍问讲的是什么，安红石笑笑说，在念语录呢。她们站在高音喇叭底下的空地上，不断有几人一组的男人们过来，抬着竹子扎成的"高升"，当地的一种土焰火。每当有人抬高升进场，人群就传来一阵骚动。

安红石心想，真是穷地方穷开心啊。上海国庆节的焰火，你们看到的话不是要疯掉了？

终于到了放焰火的时候。命令是在她们视线之外的某个地方被下达的，高升周围的男人们开始点火。明亮的红色、黄色的焰火喷向天空，矮的只有一人多高，高的能到两三层楼。安红石再次感到这景象透着寒碜，她刚想对傅丹萍发表评价，人群的骚动忽然达到一个新的高度。人们向各个方向跑开，有人踩到前面的人的脚后跟，也有人边跑边喊着什么。一个傣语词钻进安红石的耳中："牛！"

疯牛！人们喊着，四散逃开。

安红石没听懂"疯"字，她迟疑了一下，接着发现自己和傅丹萍不知何时已成为不断扩散的人群旋涡中的礁石。身后传来奇异的响动。她循声看去，瞳孔张大了。她旁边的傅丹萍这时也扭头望见身后的情况，两个女孩手拉手站在一个燃尽的高升几步开外，仿佛同时化作石像。

疯牛正朝她们飞奔而来。天还没全黑，加上四处有篝火，映照出它弯曲的角上黑色的弧光。牛的鼻孔张开，四蹄纷飞。它的巨大眼球映出逃窜的人群，却好像视若无物。它跑着，喘着气，散发着动物的汗气和膻味。它用力踩过被人匆忙遗弃在地上的水烟筒，又撞倒一个搁在不远处的象脚鼓。"嘭"的一声响并未让牛迟疑，它毫不停留地向前冲。它用角一顶，一个站在路边试图拔砍刀的汉子登时向后倒去，牛没有理会摔在地上的男人，径直往前。

这一刻，它是地面上四蹄的王者。它跑得肆无忌惮。

一声枪响划破耳际。牛仓皇停步，顿了一顿。接着它发出惊天动地的一声吼，前蹄软下来。它巨大的黑色身躯倒地的时候，安红石脚下的地面随之颤了一颤。她这才开始尖叫。

她的叫声因为感觉到傅丹萍的手而减轻了些，渐渐微弱。傅丹萍用手搂住她的肩，在她耳边用颤抖却坚决的声音说："没事了，没事了。"

瘫倒在地上的牛的鼻子还在喘着粗气，牛眼大睁，脑门上有个圆洞汩汩地往外涌着血。一个拎着猎枪的男人走到牛的跟前，低头看着牛。他走路姿势古怪，一条腿是跛的。他个子很高，站在逐渐围拢过来的傣族人当中尤其显眼。别人手中的火把照亮了他年轻的侧脸，那上面带着一点说不出的神气，像是怜悯那头牛，又像是对死亡本身的敬意。另一个男人走到他跟前，从他手里拿过枪。高个子男人转头说了句什么。拿枪的人摇摇头。

高个子男人一拐一拐地朝她俩走来。他的目光从安红石移到傅丹萍，脸上露出短暂的迷茫。

"你们没事吧？我不会说傣族话，听得懂吗？"他的云南话的口音和当地人不太一样。

安红石用普通话回答："听得懂，我们是知青。谢谢你救了我们。"

一个讲云普的大嗓门插进来说："吓死我了！小谢你枪法很好嘛。"说话的是老芮，七分场的支书。

被称作"小谢"的年轻人说："还好旁边一个老乡背着枪。他瞄了半天不敢打，我急了，抢过来开了一枪。我问他认不认得养牛那家，他也不认得。虽然牛疯了，但现在打死了，人家损失也不小。你看怎么办？"

老芮说："难道还要让你赔不成？哎这些老傣也是难搞，万一有事，让他们来找我。"

年轻人像是松了口气，微微一笑。老芮看向安红石和傅丹萍，

324

过了片刻才认出她俩。"你们怎么打扮成老傣啊……还好没出事！你们知青要是出了事，我可是要负责任的。"

安红石回嘴道："知青在这里出的事还少吗？也不欠我们这两条命。今天是沾了泼水节的光，一桶凉水送来的好运气，让咱们遇到贵人相助。"她语含讽刺，老芮当然听得出来。说的是去年雨季，连队不肯放假，上海女知青莫瑾掉进河里淹死的事。说完后，安红石感到傅丹萍捏了一下自己的手，姓谢的年轻人也盯着她看。

老芮苦笑道："小谢你以后就知道了，这张嘴在整个七分场也没人讲得过。"这时，散开的人群重又聚拢过来。死牛被人用板车拉走了。空地上燃起篝火。象脚鼓单调的鼓点响了起来，嘭，嚓，嚓，嚓。嘭，嚓，嚓，嚓。半老的男人们身穿黑衣，围着高升的余烬跳起奇异的舞蹈，他们的动作划一，伸腿、摆手，人们排着队，围成圈，一步一步高高地抬起腿，踏出去。有人一手拎着装酒的葫芦，跳几步，喝一口，舞步不乱。年轻的傣族女孩并不参加舞蹈，在不远处站成群。青年们聚作另一堆，视线在女孩们身上打转。

老芮说："你们赶紧把衣服换回去，穿成这样，等一下傣族男的黏过来，甩都甩不掉。"安红石还想说什么，被傅丹萍拉走了。她走出几步后回头望去，只见姓谢的和老芮说着话，转头看向她们。他站得不太直，仍然比周围的人高出一截。除了身高，他身上还有种和本地人以及知识青年都不同的气质，既非儒雅，也非不驯，让他和其他人截然区分开。在傣族人扎堆欢聚、汉族人三五成群凑热闹的背景中，他显得有些疏离。

安红石再见到那个姓谢的男人，是在一个月以后。

这天有合唱队的排练，下午不用出工，傅丹萍早上赖在床上没起来吃饭，安红石以为她偶尔犯懒，自顾干活去了。中午回来看到她仍旧躺着，一问才知道，她来了姨妈，止痛药吃完了。景洪湿气重，傅丹萍属于例假腹痛的体质，南下之后更严重。傅丹萍说，下午排练在场部，你顺便帮我去卫生所开药好了。安红石性子急，也不等大家一道，草草吃完饭就往场部走。沿着连队通往外界的土路出去，一来一回要两个小时，知青们早就习惯了这样的跋涉，他们每天到山上割胶，也要走近一个小时的山路。

到了场部，安红石发现卫生所没有人，平时敞着门的场部办公室也房门紧闭。她有些讶异，顺着土垒墙的平房一间间看过去，最后在其中一间的背后找到场部的曹会计。曹会计刚杀了一只鸡。如果看到知青大白天杀鸡，多半是偷来的。曹会计想必不会做这种事，但他一个人在屋后杀鸡，显得有些诡秘。

注意到安红石盯视自己的目光，曹会计显得很不自在。安红石问他卫生员到哪儿去了，他说："哦，你说那个新来的，早上一连有人被蛇咬了，他赶去了呢。"又说："去了好久了，你再等等说不定就回来了。"

安红石听到是蛇，没太往心里去。四连也有人被毒蛇咬过，只要处理及时，一般不会危及性命。只是一连离四连相当近，倒让她有些懊丧，白跑了这么远。

干等着没事做，她站在旁边看曹会计处理杀完的鸡。曹会计蹲在脸盆前，一只手把脖子血淋淋的鸡按进盆里，另一只手拎着水壶，往下浇开水。禽类羽毛的气味在空气中尖锐地散开。

安红石有点无聊地说："老芮呢？下午还要排练呢，不见他人。"

热爱听歌的老芮给他自己安排了合唱队领队的职责，排练和演出都由他组织。分场支书是个不小的官，老芮奉行无为而治，底下各连队的连长和指导员显得比他更像领导。四连的王连长是军人出身，每天早上喇叭里的广播结束后，他带知青们出门干活，收工则全凭他到了时间一声吆喝。连队指导员常植道是领导们当中最年轻的，还不到三十五岁。他是昆明人，原本有着来自省会的优越感，遇上知青们，尤其是上海知青，略有些挫败。他经常在晚饭后召集大家开思想动员会或是最新指示传达会，知青们经过一整天的重体力劳动，只想早点休息，偏偏会议没完没了，有时候所谓的最新指示无非是些报纸上的过时消息，让人听了哭笑不得。不知何时起，有人给他安了"常知道"的外号。常植道什么都懂，什么都知道，属于惹不起躲得起的那类人。外号的妙处在于谐音，就算当面喊他，常指导员也分辨不出其中的尖刻。

曹会计边给鸡拔毛边说："老芮到旁边村子去了，大概又去哪家喝酒了。"

老芮没事爱喝个两杯，常植道不止一次在背后说，贪杯的人意志薄弱，容易误事。他老婆邓小英有一回当着别人的面打断他说，人还不能有个爱好了？

安红石说："老芮喝酒你吃鸡，日子真好过。"她说完想看看曹会计脸红了没有，可他正埋头拔毛。安红石便有些无趣。她离开充满禽类腥气的角落，走到几间瓦房前。半个篮球场大的空地上晒着不知什么草药，视线右前方是稻田构成的平缓斜坡，老芮去的村子就在斜坡的顶上。安红石想去村里找老芮，又怕错过了卫生员。正在踌躇，她看见一个骑自行车的人朝这边来了。

那人骑着车到了跟前，看着有几分眼熟。他把车停在晒场边，绕过地上的草药往安红石的方向走来，她从他不同寻常的走路姿势认出，是上次泼水节救了她和傅丹萍的男人。她记得他姓谢。

对方看起来也认出了安红石，微微一怔，问她找哪位。安红石说帮人开止痛片，他说："止痛片没有，我跟你过去看看。"安红石说："你去看有什么用？"对方认真道："我是卫生员。"这回轮到安红石愣住了，她没有想到，那个在危急关头开枪的男人，会是个半拉子医生。

"你可不像卫生员。"她直率地说。

"哦，你觉得我像什么人？"男人讲云普的声音温和，听起来并没有被冒犯。

"你连止痛药都没有。"

其实安红石知道，上一任卫生员常备的只有红药水、黄连素和奎宁，连基本的感冒药消炎药止痛药，也只在运气好的时候才有。她今天来的时候也猜到可能白跑一趟。

男人没有接她的话，一拐一拐地走过去推自行车。"我带你吧。"他说着就要上车，安红石急忙叫住他。

"我只会死上。"她显出难得的窘迫，男人点点头，跨上车座，一脚点地，说："你上吧。"安红石叉开腿在后面坐了。女知青几乎人人都会轻盈地跳上同伴放慢速度的自行车，且都是侧坐。安红石的姿态被人笑过不止一回。男人没有笑，他用一条腿撑地，把车往前带了带，却在即将踩踏板的关头连人带车偏了偏，又赶忙使劲撑住。安红石在后座"呀"了一声，跳下来。她差点脱口而出，你到底会不会骑啊？接着想起男人有条腿不方便，把嗓子眼的话咽了回去。

男人背对着她说："不好意思。我早上出门骑得急，现在腿使不上劲。"

"算了，我带你吧。"

安红石说完才意识到自己提出了奇怪的邀约，但男人听了便下车扶住车把，低头看着她说："可以啊，不过我也只会死上。"那双眼睛里诚恳的神气让安红石的心头有种奇怪的感觉。很少见到会坦然示弱的男人，他像是并不避讳自己的腿疾。

她骑上车，载着他前往四连。安红石用力踩着踏板，对身后的卫生员说："我叫安红石，安心的安，红石就是红色的石头。你叫什么？"

男人说："我叫谢敛。"安红石又问他怎么写。谢敛解释之后说："你是哪里来的知青？"听到答案，他"哦"了一声。红土路上有坑洼的车辙印，安红石小心地避开狗牙形状的起伏。初夏微热的风吹在她因为骑车变得燥热的脸颊上，有那么一刻，她短暂地忘了，自己是为了给好友找药才带上身后的男人。

多年以后，谢敛仍然记得他第二次见到傅丹萍的情形。按理他们在泼水节就见过，但他当时只对有两道浓眉的女知青留下了印象，或许是因为她说话的气势，又或是因为她的胸部格外丰满的缘故。他二十五岁，正是血气方刚的年纪，而且由于一些缘故，还没有交过足够亲密的女朋友。

命运的安排很奇怪，时隔一个多月，他再次见到那两个女孩。因为疲倦，也因为安红石没穿傣族的紧身衣，他没有感觉到上次面对她时有过的微妙窒闷。

一九七五年六月的那天，他坐在安红石身后，被她用自行车载着前往四连。那地方离他刚回来的一连不远。早上一连的人赶来，说有人干活时被蛇咬了，当时旁边的人帮忙吸了毒液，以为没大碍，结果很快发作起来，伤者的脚背肿得有馒头大。谢敛没有解毒的药，带着银针和小刀匆忙骑车过去，用了放血疗法，折腾了好久才排净蛇毒。

谢敛从大理州弥渡县远赴景洪工作，靠的是老芮的关系。分场原来的卫生员是知青，靠家里顶替的名额回了老家。谢敛本来并不想当什么卫生员，一方面是他早就想离家透透气，父亲过世后，他不再有原先的牵绊；另一方面，他无意继续当汽车站的售票员，窝在售票间里的工作代表着总站对他的怜悯——七年前，他曾是下关汽车总站的长途客车司机，要不是腿坏了，他现在仍然每天往来于盘山公路上，自由又快乐。在谢敛的心里，景洪只是一个临时落脚点，以后有机会还要去别处看看。因此，他这个卫生员的走马上任很潦草，连赤脚医生的培训班也没上，只在来之前靠他父亲在世时的好友白医生教了几天银针。

然而谢敛自己也不会想到，之后的一年半，他将凭借三板斧的扎针，白医生的女儿白晓梅给的《赤脚医生手册》和《中草药图鉴》，以及永远匮乏的药物，在这片聚集了大量知青的土地上，为来自各个城市的年轻人治疗挫伤、骨折、蛇咬、痛经、肠炎和疟疾。前任分场卫生员把他认为棘手的病患统统打发到总场，总场大多也处理不了，再转到州医院。谢敛体现出少见的责任心，担下了几乎全部的患者，他用极大的热忱对待每个病患，被他转走的，只有实在无法处理的，譬如肝炎，还有因受伤感染而必须截掉两个脚趾的男知青。

从场部骑出去十来分钟，安红石和谢敛的自行车迎面遇到一伙人。对方声势浩大，一辆骡子拉的车上坐了将近十个人，有男有女，一群人正在聊天。赶车的看到安红石，大声笑道：“哟，这是新媳妇带新姑爷吗？”

安红石刹住车跳下地，扶着车把站在一旁。谢敛的两条长腿终于可以舒展，他在后座伸腿踩稳，认出那辆骡车是场部运粮食和材料的，赶车的不是平时管车的老职工，而是个男知青。那人笑得促狭又灿烂，一车人停了说话，也在旁边笑嘻嘻的。

安红石说：“陈宁，你真是狗嘴里吐不出象牙。”

叫陈宁的男知青高踞在车架上说："哎呀，新媳妇生气了。"

这时一个女人的声音说："陈宁，有些玩笑不能乱开的。你再欺负红石，晚上就让你一个人走回去好了。"

谢敛先以为说话的是个农场老职工。二十一岁的傅丹萍有一把超越年龄的女中音，带着熨人心腑的温厚质感。她的声音刚过变声期便稳固下来，最初显老，然后将随着时间的流逝恰如其分，等她过了三十五六岁，光听声音，别人往往猜错她的年纪，认为最多三十出头。

谢敛还感到，那是一个近乎完美的嗓音。普通话在他听来毫无瑕疵，他们置身的田间的泥土路忽然显得像电影布景般不真实。

他循声望去，看到了那个女孩。

她披着一件显然是男生的军装外套，大概在车上打过盹，脸上泛着午觉醒来的人特有的潮红。两只眼睛的间距比一般人开，显得面嫩，看起来不过十七八岁。谢敛模糊地想起，哦对，泼水节的时候她也在，站在安红石旁边。她当时一句话也没说。不然他肯定会记住她的声音。他忍不住想，声音和脸对不上，所以她到底多大呢？

安红石说："你怎么也来了！不老老实实在屋里歇着，排练有身体重要？"

女孩说："我好些了，再说陈宁弄了车，不用走路。"

安红石这才对谢敛说："喏，她就是你的病人。这下也不用来回跑了，咱们回场部。下午排练前，你帮她扎针吧。"

谢敛说："你和他们一起坐车好了，我骑回去。"

"你可以？"得到肯定的答案，安红石往骡车跑去。一个男知青拉了她一把。她一上车就挤到前面，和声音动听的女孩坐在一处。不用带人，谢敛骑得快，比他们先到场部。

曹会计选错了杀鸡的时机。他前几天从老傣手里买的鸡，养了几天不见下蛋，便打算吃了。场部这边大家抬头不见低头见，吃独食不好，总得给人端上一碗。东分西分，剩下的就有限。今天场部的人纷纷有事走了，只剩他一个人，所以曹会计赶紧杀鸡。刚才被安红石撞见，他做了一番心理建设，假设她赖着不走，只能喊她一起吃，反正一个姑娘家也吃不了多少。结果她只是来找卫生员，谢敛一回来，她就拉着他走了。曹会计的一颗心落回了原处。

　　没承想，鸡汤刚煮上没多久，山呼海啸地来了一群知青，是合唱队在一连、四连和五连的人。曹会计无比痛悔地想，合唱队排练怎么偏偏是今天！他把煤油炉一关，若无其事地出门，和知青们聊天。

　　谢敛在卫生所帮傅丹萍扎针，安红石看了一会儿觉得无聊，出门到院子里。她瞧见曹会计不太好看的脸色，笑着说："曹会计，你杀好的鸡炖上了没有啊？来得早不如来得巧，你说是不是？"

　　知青们一年到头难得有肉吃，他们最奢侈的举动就是到小街买个红烧肉罐头，两块钱，这价格从进农场以来一直没变过。罐头里的红烧肉肥得很，打开盖子，表面是一层白汪汪的猪油。舀了放在食堂打的米饭上，别提有多香了。最后连罐子也不被人放过，加上热水涮了又涮，算是格外肥美的汤。

　　有些知青的家里有邮包来，四川的香肠、上海的鱼松肉松，打牙祭的时候，如同过年。安红石的妈妈在劳教农场，自然不可能有远道而来的吃食。傅丹萍的邮包则是整个四连出名的。腊青鱼干、风干的酱油肉，五香豆，话梅。奇怪的是，傅丹萍不吃家里寄来的东西。她对收到的邮包连碰都不碰，每次往安红石的床上一扔，说，你帮我拆了，大家分一分吧。早先她们住的是四人间，后来知青们流行做小隔间，用竹片把房间隔成二人的，安红石和傅丹萍成了室友。也因此，傅丹萍差不多以两个月一次的频率收到的食物，大半进了安红石的肚子。有一次，邮包里是椒盐馅的酥饼，路途遥远，连皮带馅成了碎末，安红石把酥饼渣倒进搪瓷饭盆里，用调羹吃。她从未吃过那么香的饼渣。

靠着傅家的邮包，安红石不像其他人一样缺油水，可毕竟一年到头吃得太俭，加上年轻，人是很馋的。她今天倒不是馋鸡吃，想打曹会计的秋风，而是看不得他吃独食的劲儿，才故意嘲讽。曹会计的嘴角动了动，没接腔。

知青们顿时开始起哄，说有鸡吃怎么不喊我们，你也太见外了。曹会计几乎是被他们撵回屋的，在几双眼睛的注视下重新开火炖鸡。安红石见是个煤油炉，说这哪能好吃呢。她催促知青们动手把晾在地上的草药挪开，又让他们用几块石头搭了个临时灶，从老职工屋外码着的木柴堆里抽了几根，生起火，把整只锅移过去。她高声说："你们别像狼一样，都有点风度，给主人多留点。"搞得曹会计一时不知该记恨她还是感激她。

合唱队在其他连队的人也陆续到了，他们是走来的，得知陈宁借用骡车的事，都说他滑头。谢敛的银针居然很管用，当老芮回来大家开始排练的时候，傅丹萍的精神颇佳。老芮果然如曹会计所说的，中午在旁边村子喝过一顿。他的脸色格外红润，说话的嗓门也大了不少。他在排练的间歇说："年底整个分场办一场文艺演出，有节目的都可以报名参加，合唱队作为重头戏，到时候要有不一样的面貌。"说着还得意地看了旁边的谢敛一眼，问他："怎么样，我的这支队伍不错吧？"

"我不懂，蛮好听的。"谢敛回答。

其实老芮也不懂。合唱队的选曲和分声部由傅丹萍一手承担，她小学的时候参加过少年宫的合唱团。安红石有一回问她，你在初中为什么不唱歌了？傅丹萍说，不想唱了。她是真的喜欢唱歌，所以这个答案让安红石有少许困惑。就像她对家里的邮包的反应一样，傅丹萍的身上有时会透出奇怪的拧巴劲儿，和平日呈现的温和不符，她把那一面掩饰得很好，只有亲密如安红石才会意识到。

下午排练结束，曹会计的鸡也煮好了。合唱队三十多个人，当然不可能全部蹭吃，最后只有安红石、陈宁和另外三个脸皮厚的人嘻嘻哈哈地围着锅。老芮背着手过来看了看，仿佛不感兴趣地走开了。傅丹萍在不远处和谢敛聊着什么。看起来，他俩在扎针的时间少了拘谨，变得相熟。安红石转头喊"丹萍"，傅丹萍摆手说："你们吃吧，人太多了，总得给人家留点儿。"

曹会计守着锅，给每个人盛鸡肉和鸡汤。拥有对汤勺的掌控权，他心里总算不那么堵。听见傅丹萍的话，他欲哭无泪地想，谁说不是呢。

这时老芮回来了。他抱着长长一条用芭蕉叶包着的物体，没到跟前就喊陈宁，陈宁最先弄到连汤带肉的一碗，嘴里的鸡嚼到骨头还不舍得吐，含糊地应了一声。老芮喊："你这个馋坯！来，看看这是什么。"

陈宁放下碗过去了，片刻后欢呼一声，接过东西跑回来。他在地上展开芭蕉叶，旁边一个女知青不由得惊叫。

老芮说："嚷什么！没见过麂子腿是吧？"

安红石的直观感想是，剥了皮的整条腿有点瘆人，但更多的是和陈宁一样的喜悦。欢喜的核心只有一个字：肉！

曹会计问麂子腿哪儿来的，老芮说："我中午去喝的谢媒酒，这是谢礼，大家一起吃吧，烤还是煮，你们自己弄。这么些肉，合唱队一个人起码可以吃到两三块了。让小食堂的师傅多煮点饭，再加点菜。"又说:"我可不像你会过日子啊,做事情都藏起来。"

说完,只见曹会计一脸僵硬。老芮想,此人还真是讲不得。如果他不是总场长的亲戚,看谁搭理他。

傍晚,场部外出办事的人陆续回来了。搭的炉灶上烤着麂子腿。知青们有的在照料烤肉,有的聚成小群在边上聊天,场部自成立以来,大概只有每次连队领导上来开抓生产誓师大会,能比得上今天的热闹。老芮本想在户外挂汽灯,谢敛提议,再生两堆火好了,又不是开会。新的火堆生起来,没有打破逐渐垂落的暮色,只添了一抹微妙的暖意。景洪的六月,有太阳的时候热,早晚凉。谢敛对傅丹萍说,你到火堆边上坐吧,烤一烤,人舒服些。傅丹萍略微诧异地看了他一眼。排练结束后,撑住的精神一松懈,开始腹痛。她怕别人嫌自己事多,没有声张,没想到这个男人居然细心地体察到了。也可能是作为半个医生的职业敏感吧。

篝火和人声也吸引了其他外来者。陈宁眼尖,对站在空地边上的年轻人喊道:"邹暮桥!你是狗鼻子吗,肉快要熟,你就来了!"

谢敛问傅丹萍:"他也是知青吗?"傅丹萍说:"从前是。"谢敛不解其意,安红石不知从哪儿冒出来了,在他们旁边解释道:"邹暮桥是旁边村子的小学老师。"

场部旁边有个在景洪少见的汉傣杂居的村庄,六七十口人。除了竹楼,也建有汉族的土垒墙住宅。方圆百里唯一的小学也设在村里。两年前,邹暮桥被调到学校当老师,颇引起周遭的羡慕。虽然是在一所破烂的小学教书,但毕竟可以脱离日复一日的劳动,算得上文化人了。

安红石说:"我们都觉得去教书相当好,但他自己不满意。因为他女朋友去工农兵大学了。"

谢敛问:"每年都有人去念大学吗?"

"有吧。但不一定在我们分场。要讲条件的。出身好，作风好，平时积极主动。像我这样的，就不用奢望了。"

"为什么这么说？"

安红石想，他会问这样的问题，不是太傻，就是太天真。傅丹萍适时地插话："在分肉呢，快去吧。"

没想到会留饭，知青们没有带平日吃饭的饭盒，食堂师傅也拿不出一群人的餐具。大家学傣族，用洗干净的芭蕉叶装了米饭和一点点蔬菜，再去分烤肉。最后分下来，的确如老芮预想的，每人两三块。陈宁一直在火边忙着烤肉，往吱吱冒油的肉上撒盐、花椒面和辣椒面，割肉和分派也成了他的任务。安红石看见傅丹萍的芭蕉叶上堆了四块肉，笑笑没说话。要是陈宁献殷勤的对象是别人，她可不会这么轻易放过损人的机会。傅丹萍要匀肉给她，她说不用了，下午吃了鸡呢。

谢敛捧着搪瓷碗，给她们两双干净筷子。邹暮桥走过来问有没有多余的筷子，谢敛摇头，安红石便把自己还没用的递过去。

"我用手吃就可以。"她用手吃饭的样子像个馋嘴的儿童，一边吃，一边四处张望。这时，一个面生的女孩走到陈宁跟前，和他说了什么。陈宁先是有些迟疑，然后摇头。傅丹萍也瞧见了。她离开同伴们，朝那边走去。

安红石问邹暮桥："那姑娘是谁？"

"那边村里的。她家是最早一批从外省来落户支边的。"

傅丹萍叫住打算走的女孩，又对陈宁说了什么。其他人的谈笑声盖住了他们的交谈内容。肚里有肉，每个人的嗓门都在无形中高了一截。只见陈宁从剩下的肉中夹了几块，用芭蕉叶裹了递给女孩。

回到这边的傅丹萍解释道："她家就在旁边。她想要几块肉给弟弟，陈宁一开始不肯，我讲了他几句。老芮舍得拿出来分，他何必这么小气。"

谢敛说："确实该给，人家也不容易。那姑娘是家里老二，下面还有三个妹妹一个弟弟。"

安红石说："来要肉没什么，只给弟弟要，这家人看起来重男轻女得可以。"

傅丹萍问谢敛："你认识她？她叫什么？结婚了吗？"

谢敛给邹大爹看过沙眼，他没提认识的因由，只说："叫邹二莲，没结婚呢，她好像才十八岁。"

"邹暮桥，是你本家呢。"安红石无心的话让邹暮桥的脸色阴沉下来。周遭的光线掩盖了他的神情变化。没有人注意到，傅丹萍的视线投往邹二莲离开的方向，眸子里闪过一丝忧色。

对安红石来说，那是个值得记忆的日子。不光是和谢敛的再度邂逅，还有值得纪念的肉食。实际上，鸡汤也好鸡肉也好，乃至晚上的麂子肉，都不过是象征性的一点，反而勾起更多的馋虫，让人有种奇异的心痒。

去场部排练之后过了大半周，这天，知青们结束了短暂的午睡，即将进山完成下午的工作。安红石他们打算溜班，因为在前天，隔着两座山的布依族寨子来了个男孩，让安红石去吃喜酒。男孩说："我姐结婚了。让我来喊安老师。"

安红石问："吃饭是在女方家还是男方家？"

男孩说："是去我姐夫家，就在旁边寨子，从我们寨子往北再走一点就到了。"

安红石欣然应允，又问："我可以带人吗？"男孩说："带多少都没问题。"傅丹萍在旁边逗他："你要当心哦，这个姐姐说不定会把整个连队带过去。"

男孩显然不知道一个连队上百号人，愣愣地说："我姐说了，想带多少带多少。"他走后，傅丹萍问："为什么喊你安老师？"安红石说："你来之前我不是在另一个分场的连队吗，离他们的寨子不远。他姐自己跑来，找人教她识字。我教了她大半年，直到调走。"

傅丹萍有些意外："还以为你不会有耐心教人。"

"是没耐心。但架不住人家一心想学。唉我教得也很痛苦……如果让人选职业，我最不想当的就是老师。"

安红石随口答着，心思已飘到别处。她想，如果天上真的有神，大概也无暇顾及人间的各种祈愿。人们求的无非是活得更久和活得更好。但也许神偶尔会心血来潮，满足一下某个人无关痛痒却又投注了全副身心的愿望。

要不是这样，怎么解释自己就能够——盼肉得肉呢？

为了跋涉到寨子蹭饭，安红石和傅丹萍向王连长请了半天假，又喊了同连队的两个男生，陈宁和黄胖。

黄胖不姓黄，而是姓王。他叫王新宇，其他上海知青喊他的时候，"王""黄"听着很像，不知何时就被四川知青们叫成了黄胖。后一个字点出其体貌特征。他经常抱怨吃不饱，来找女知青要粮票。神奇的是，尽管农场的食堂寡淡少油水，这么些年待下来，也不见此君清减。

听说是去吃喜酒，黄胖很来劲，他在走了一段路之后表示疑惑："怎么是去场部的方向？"他为了吃，经常流窜于各个连队，熟人多，对地形也熟悉。起初安红石提起要去布依族寨子，他一听就说，翻两座山过去，相隔三公里有两个寨子，是要去近一点的还是远一点的？得知是远的寨子，他说，太好了，是个大寨，估计酒席也更丰盛些。

安红石说："我想喊谢敛一起。"

黄胖对于吃有种心领神会的意境。"是上次和你们一起吃鸡汤和烤麂子肉的人吧？"说着还咽了口唾沫。

"他是场部的卫生员。"傅丹萍答完，又对安红石说："他腿不好，去那边要翻山，跟我们一路走过去太累了吧？"

安红石倒是忘了谢敛的腿，想了想有些懊丧。黄胖在旁边问腿不好是什么意思，没人理会他。几个人最终折回去，走了另一条路。

让人意外的是，两个小时后，他们在布依族的寨子里见到了谢敛。离吃喜酒的时间还有些早，宾客们聚在某户人家的门口，女人们三三两两地站着，嗑着瓜子，男人们蹲成一排吸着水烟。谢敛有些局促地站在男人们那边，低头和一个老人说着什么。

安红石急走几步上前问道："你怎么在这里？"

谢敛看看她，又看到不远处的另外几人，显出轻微的诧异。"我来办点事。"安红石问他事情办完了吗，谢敛又看了一眼把腮帮子埋在水烟筒里的老人，点点头。

"正好，我们过来喝喜酒，原本就想喊你的。一起吃吧。"

安红石兴致勃勃地说完，也不待谢敛表示意见，见新娘的一个姐姐先过来男方这边帮忙张罗，便过去打招呼。

像是为了安抚被抛下的谢敛，陈宁带着其他人过来打招呼，介绍道："王新宇，你喊他'黄胖'就可以。谢敛，分场的卫生员，黄胖啊，你下次吃坏了肚子疼，就要找他。"

黄胖苦笑起来："肚子疼的时候哪里去得动场部啊？"

谢敛说："你是不是肠胃比较弱？我下次去总场开点黄连素，

给你十来颗备用好了。"

傅丹萍说："他不是肠胃弱，是嘴馋。有一年在山上看到菌子，生的就往嘴里塞，结果是毒菌，差点出大事。"

黄胖一本正经地说："傅丹萍，你被安红石带坏了。"

谢敛问他们怎么会大老远跑来这里吃喜酒，傅丹萍解释了安红石和新娘的渊源，又说："红石说她最不想当老师，我倒觉得她蛮适合的，而且她妈妈也是大学老师。"

"那算是书香门第了。"谢敛想起安红石上次表示，她不可能有机会脱离农场去深造。大学老师家庭，在当下也只有"书香门第"的名声，实际上多半处处受挫。

安红石和主人打过招呼，接着俨然以半个主人的身份，带他们在寨子里转了一圈。她指着一个山头说："新娘家就在山那边，离我原来的连队很近。这会儿不晓得哭到第几场了。"

陈宁诧异道："什么意思？"

"布依族是哭嫁。"谢敛说，"哭得越伤心，说明和家里人感情越深。新娘子如果哭得不够，嫁出去也会被人看不起。出嫁前一天就开始由男女双方的亲戚朋友对歌，新娘子在旁边哭哭啼啼，结婚的正日子当然也要哭的。"

傅丹萍问："真会那么伤心？"

黄胖说："哎呀，你将来结婚就知道了，嫁出去就没有爹妈疼了，公婆毕竟隔了一层，总是难过的。"黄胖说这话很有发言权，他有两个姐一个哥。

新婚夫妇家的吊脚楼上有瓜子可拿，安红石和黄胖去抓了些回来，安红石叮嘱黄胖，不要多吃，免得正式吃饭的时候吃不下。谢敛看他们嗑着瓜子百无聊赖等饭的模样，有些好笑。刚才和他聊天的老人拎着水烟筒过来，说看样子还有好久，他要先回家一趟。布依族当中，汉语说到他这个程度算是少见。老人以口音浓重的云南话问："你们是知青吧？要不要跟小谢一起来我家？"

谢敛加上他们四个，跟着老人去了寨子外围的一座吊脚楼。竹木结构的房子和其他人家一样，一楼架空，散发着鸡只的屎尿臭味，起居在二楼。三开间的中间是堂屋，也就是客厅。屋里有个火塘，炭捂着没熄。老人捣了捣火，让他们在火塘边坐下，用粗陶小碗给几个人逐一倒了酒。空腹喝酒让知青们略感踌躇，见谢敛面不改色地和老人碰杯，便也都举起碗。安红石和陈宁各自抿了一口，傅丹萍只沾了沾，黄胖喝完一大口后说，要有点下酒菜就好了。

老人起身离开，回来时端着一碗煮花生米，黄胖的眼睛亮了。有花生下酒，几个人且吃且喝。老人自称姓蒲，他说自己有过一个儿子，说着指指谢敛："要是活着，和他差不多大。"知青们感到意外，此人看起来可不像叔伯辈，如果他不说，会以为他是爷爷辈的人了。云南人显老，四十出头的老芮也比实际年龄要老成一大截，而这位老蒲更显沧桑。

"你们早就认识？"安红石低声问谢敛。老蒲听到了，在旁边接腔："不认得，他来找我看病。"

"看病？你病了？"傅丹萍问。陈宁问老蒲是治什么病的医生。在云南有不少懂草药的老人，陈宁想，结识一下总没有坏处，万一将来有帮助呢。

谢敛望着逐渐回火的火塘，片刻后才说："老毛病了，倒也不影响。"老蒲给陈宁的回答要直接得多："我一般不给人看病，只给猪马牛羊鸡鸭鹅看病。"

陈宁想，居然是个兽医。谢敛也真怪，有什么病不上总场医务室或者景洪的县医院，非得找兽医看。他不知道的是，老蒲说"一般不给人看病"，还有另一层意思，他是个给"巫"看病的医生。

谢敛找老蒲看的是无解之症。这个病症困扰了他七年。可是对一般的医生，他甚至没法描述病情。

七年前，也就是谢敛十八岁那年，他换了岗位，从下关回到老家，一条腿残废了，人也沉闷了一截。家里人当面不说，心里都揣着几分疼。尤其是妈。妈的身体一直不好，可能的话，他也不想让妈扰心。三姑仍旧神神叨叨，也就意味着，她大多数时候都意识不到谢敛是自己的侄子，如今又是怎样的身体状况。爸、哥和姐向来不多话，谢家人的特质。

最后是白晓梅揭开了谢家没人碰的疮疤。她在聚集了两家人的饭桌上说，谢敛，你活着回来就好。以后要是找不到媳妇，和我说，我帮你找。白医生忍不住用筷子敲了下刚在医院上班没多久的女儿，说，就你得行，你专业到底是医生还是做媒？

白晓梅说过那番话之后不久，谢敛挑了个她不在家的日子，去找白医生询问他的病。这么做也是因为别无他人可找。白医生和爸无话不谈，但他向来不信甲马的门道。

谢敛对白医生说，我也想过，腿变成这样，真有可能讨不到老婆。但我最担心的是，我好像再也不能用甲马了。我不知道是不是和我的腿受伤有关。现在即便烧掉很厉害的甲马，我也不会"梦见"什么。

白医生摆摆手说，哎哟别提这个词，听见这个词我就头疼，这是你家三姑发明的词，她糊涂的呀，你们还真的当成个说法。

谢敛改了个说法道，我在下关的州医院住院的时候，可能因为太虚弱，做了好多梦。梦里有和我一间病房的人的遭遇，太像真的了，让我很难受。我平时不会那样，就算和别人一个房间，也不至于做奇怪的梦。你想，我们家的人要是一合眼就看见别人的事，也太烦了。我只在小时候做过那种梦。长大就没有了。上一辈我不好说，至少我和我姐，真要想看什么的时候，需要有甲马作为引子，才能做到。出院后，我没有回宿舍，在一个朋友家住了几天，他家没有多的房间，我和他一间。晚上我没有再做奇怪的梦。我想，果然身体好起来，就正常了。养得差不多从他家出来，我想找李明远，人家说他在养伤，可是没人知道他在哪里。我猜他是躲起来了。为了找他，我烧了一张甲马，烧完什么也没有发生。就变成——只是烧了张纸。我后来试了好多次，没用。一点用也没有。

白医生问，你找李明远做什么？就因为他伤了你的腿，你要报仇？你家里人不会希望你这样的。对谁都没有好处。如果你想报仇，我也要劝你一劝。

谢敛说，我不是要报仇，我只是心里憋闷得慌，想找他问个究竟。我说了这么多，劳烦你给我诊断一下。我这到底是什么病，还有得治吗？

白医生说，有病就有因，治病先治本。你爸也好你也好，都讲不清甲马是什么。既然不知道是什么，也就无从治疗。是，我知道，你们家的人用甲马，不光是看见别人的经历，在"看"的过程中，你还会成为对方。喜人所喜，忧人所忧。恐惧烦恼怨憎向往，统统尝个透。要我说，这整件事都不科学。既然不科学，就不能用平常的法子来对待。

距离和白医生的谈话已经过了这么些年，对自己的病，谢敛尚未找到"不科学"的解法。前不久，老芮无意中和谢敛提到，另一个分场那边的布依族寨子有个姓蒲的，据说景洪解放前是专给族里的女巫看病的"巫医"。有时女巫请神会出岔子，所谓"走神"，陷入茫然的昏迷状态，就需要这位巫医出手加以救治。老芮是当笑话说的，他说，哎你能想到吗，现在人家是个兽医。看来就算招摇撞骗，他还是懂一点医术。

谢敛听者有心，不惜以他不便的腿走了很长一段山路，来寨子见巫医老蒲。他如果知道今天是婚宴，肯定会换个日子。看见处处有人扎堆，谢敛有些头疼。还好一问就找到了老蒲。谢敛略过了受伤的经过，打算把重点放在解释甲马和自己的病症上。没想到老蒲一听就说，甲马咯，我晓得。

　　谢敛不敢相信，试探地问，你晓得？

　　不就是七月半和过年烧的那个嘛。

　　哦，是那个，但有点不一样……

　　谢敛人生中每次需要和人解释什么是甲马，都会遇到缺乏表达方式的困难。这一次也不例外。老蒲打断他说，晓得，就是符咒嘛。我早年听说过，鹤庆有户人家弄这个。你咯是姓谢？

　　这一来就好讲多了，谢敛又开始解释他现在"什么也看不见"的窘境。老蒲显然是个急性子，仍然没等他说完就摆手道，你家人人都能看见？不是每个人，对吧？就是说，你现在和看不见的人一样了。不懂甲马的人都这样过，你家其他人也能过，你为什么不能？

　　谢敛沮丧。老蒲说要去吃喜酒，把他带到办喜事的人家的门口。他不死心，站在人堆的外围，继续问沉浸于水烟的老蒲，真的治不好吗？

　　老蒲说，这又不是病，治它干吗。过了片刻又说，不过我听过一个讲法。

　　什么？

　　甲马是个怪东西，只能为别人用。一旦为自己用，就会有灾厄。

　　谢敛一愣神，老蒲露出焦黄的牙笑道，也只是听说啊，不见得真。

在等喜酒的人群中，他们的对话说来说去落不到实处，安红石突然来了。谢敛没想到会在远离分场的地方见到熟人，又是在这般情形下。窘迫的同时，看到傅丹萍和其他人，他也有几分莫名的亲切。对他来说，知青们代表的是另一个世界。那个世界里没有甲马，一切都单纯得多，愉悦得多。上次吃完烤肉，傅丹萍和几个知青在篝火旁小声唱起一首彝族民歌改编的歌曲，旋律是云南人熟悉的，被他唱出来，却显得陌生。歌曲被赋予了新的质地，仿佛是城市的风吹进了云南的山林。

布依族迎亲的仪式冗长繁琐，伙同着前往媳妇家的姑娘小伙在路上为自己未来的婚事筹谋，几个寨子的年轻人相互打量、搭讪和了解情况，所以走得并不快。当新娘子一行终于到来的时候，在老蒲家的一干人都有了醉意。还是傅丹萍听见底下的乐声，把他们撺起来，带下楼。老蒲一副不想动的模样，谢敛只好让他继续待着，帮他把火拢好，最后一个离开。

对谢敛来说，因为婚宴还没开始就喝多了，整个过程有些模糊。他记得自己在吃饭的时候大笑了一场，好像是安红石讲了什么好笑的事，还是陈宁或黄胖说的？他们这一桌还坐着新娘的朋友们，都是年轻人，对方只会简单的几句汉话，神奇的是安红石也会说 些布依族话。两边用只言片语交流，话不够，酒来凑。布依族的酒入口绵软，后劲却足。

安红石也喝了不少，她的语速明显加快，脑子还算清楚。她说起自己前几年割胶的倒霉事，下山时把满满一桶胶打翻了，衣服鞋子都毁了不说，还不得不把沾到胶的头发都剪了。当时觉得惨到极点，现在回想还蛮好笑的。她说得好玩，以至于谢敛哈哈大笑起来。安红石是第一次看见他这么肆无忌惮地大笑。他笑起来的时候，仿佛变成了另一个人。不是截然不同的另一个，而是他本来应该是的那个人。安红石感到，谢敛仿佛把半个自己藏了起来，只有在他笑的时候，旧的自我才短暂地袒露。

第二天还要出工，他们连夜赶回连队。用松明点了火把照明，翻过一座山，知青们和谢敛在半道上分开。傅丹萍问，你一个人回去没事吧？头晕吗？谢敛说，我没事，这点酒不算什么。倒是你们几个当心啊，不要因为今天喝了酒，明天胶桶都拎不稳。说完自顾低笑一声。四个知青和他告别，走了一程，黄胖忽然说，谢敛其实蛮好玩的，就是不喝酒的时候有点闷。他喝酒之后可爱多了。

2. 从勐龙河到毗雌河

七八月是西双版纳的雨季。对知青们来说，这是一年里最难熬的季节。和上海的梅雨季不同，雨不会从早下到晚，大半是在夜里下的。有时听了一夜狂暴的雨声，第二天却是从初升就灼眼的太阳，昨夜如同·场梦境。

急雨催生了山林里的菌子，偶尔可以打打牙祭。但这无法抵消下雨带来的最大问题，路变得难走。

穿雨鞋很容易打滑，怕摔跤的人多穿胶底解放鞋或者凉鞋。一天的体力劳动之后，脚面上结了一层泥壳。常走的路在雨季变成另一番模样，低凹处成了水坑，里面滋生着吸血的蚂蟥。挽起裤腿走过去，很容易中招。蚂蟥如果吸附在腿上，不能硬扯，要用盐撒在上面，让它自行脱落。几乎每个知青的腿上都有蚂蟥叮过的痕迹。

更烦的是蚊子，雨季最大的伴生物。这里的蚊子格外毒辣，咬后的包没有一周消不下去，而且奇痒。清凉油也没法驱散它们，比较管用的是一种当地植物，飞机草。那是随处可见的草本植物，夏天长到半个人高，菱形的叶子有辛辣的气味。把叶子揉碎了，汁液涂抹在身上，驱蚊有效。

不是每个人都能享受到飞机草的守护。安红石对它过敏，抹完就会长一堆肿包，痒得挠心，简直像被几十只蚊子咬过似的。于是只能徒劳地抹清凉油，挨蚊子咬。她特别怕雨季，可即便再怕，也无法改变季候的周而复始。

对领导来说，雨季和平时没什么不同，下雨也不能妨碍生产。这天傍晚开始下雨，常植道又召开他热衷的动员会。平时开会，大家排着懒散的队形往空地一站，下雨天的队伍就更可观了，有的打伞，有的蹭别人的伞，雨声加上偶尔冒出的低微牢骚声，以及朋友或男女朋友趁机同伞聊天的声音，汇聚成一片嗡嗡声。

常植道站在板条箱上，用一只扩音器大喊："开会了开会了！"嗡嗡声这才小了些。

安红石对旁边撑着伞的傅丹萍说："常知道真是小人得志。我前几天去找他批探亲假，居然没给批。他说最近探亲的人多，要错开。"

傅丹萍说："他吃软不吃硬的，你稍微和气些，也许就能批了。"

"我看到他就有气，哪来的和气？"

"你呀，这个脾气不改，要吃亏的。"

她们只顾着说话，冷不防听到半空中一嗓子："安红石！"

两个女孩一惊，傅丹萍右手举伞，微微侧身，左手扶上安红石的肩，像在劝她稳住。安红石扬声问："什么？"前面的雨伞挡着她的视线，否则她就会看到，常植道的脸上挂着隐秘的笑容。

常植道清了清嗓子说："我刚刚说话你在开小差？现在各个连队在搞'芽接大比武'，我们的苗接班一路领先，芽条肯定不够用，明天需要一支采芽小分队，去老连队那座山采三百根橡胶芽条过来。安红石，你就是小分队的队长。要好好完成组织交给你的任务。明天下午三点以前一定要回来。"

安红石不吭声，傅丹萍问："小分队几个人？"她的声音不高却有穿透力，在雨声中抵达每个人的耳畔。

"队长定，你要谁就带上。"

当晚，安红石一边用洗过脸的热水洗脚，一边抱怨常植道整人。到老连队，路远不说，雨季更是难走。傅丹萍说，没事的，反正有我和陈宁陪你去，路上大家说说话，就当是郊游。

事实上，前往老连队的路途绝非"郊游"那么轻松。早上放晴了，但因为前夜的雨，途中的一处低地变成篮球场大的水塘，最深处过膝，三个人走得狼狈不堪。陈宁细心地带了盐，好在顺利穿过水塘，无人遭遇蚂蟥的袭击。

陈宁对安红石说："看来常知道这人记恨心大，什么小分队，明明就是整人。"

安红石说："还说呢，要说到底，都怪你吃了他家的狗。"

常植道养过一只黑背黄腹的土狗，据说带点狼狗基因。狗的额头上有眉毛一样的黄点，所谓"四眼狗"。三年前，陈宁抓青蛙烤了吃，被常植道训了一顿。常植道说，青蛙是吃害虫的，你吃青蛙，就不怕害虫泛滥吗？陈宁想，吃饭没油水，还不让人自力更生，真没道理。他一气之下又去抓了青蛙，这次烤完不是自己吃，而是喂了常植道的狗。那只狗被他喂过几次，变得服服帖帖。

后来，陈宁把狗杀了吃了。和他要好的男知青们参与了吃肉的活动，女知青们心里硌硬，没人去。安红石讨厌常植道，却很喜欢那只没有名字的狗。常植道喊它"喂"，对它很粗暴，不让进屋，他老婆邓小英也不大管狗，想起来才喂它点剩饭。要不是平时没肉吃，狗也不会那么容易被陈宁收服，更不会轻易就被杀掉。

常植道以为狗发春出门撒野来着，在狗失踪几天后才意识到不对。他召开大会，问有没有人动过他家的狗，并且一本正经地说，最近厕所很臭啊，吃肉拉屎才会臭。你们到底做了什么，自己清楚。

自然不会有人当面承认，底下一片寂静，安红石突然冒出的声音便格外清晰。

"这倒怪了，难道厕所平时是香的吗？人吃五谷杂粮，怎么可能不臭！"她的语气带着轻蔑，其他人轰然大笑。知青们的笑声既有年轻人的起哄，也夹杂了报复的快感。

好像就是从那时起，安红石在连队的处境开始有些微妙。常植道曲里拐弯地给过她一些难受，安红石索性变得散漫，经常找理由请假。像这次这样，常植道以领导的权威，明着下达一个不好完成的任务，大概是因为安红石正好要求休假。他很清楚，在这个节骨眼上，她不好用一贯的法子赖过去。

听见安红石的话，陈宁愣了愣才说："我后来也后悔的。常知道虽然讨厌，小黑又没什么错。我当时就想报复一下。"

傅丹萍幽幽地说："你都给它取了名字……"

三个人不由得静了片刻，还是傅丹萍打破沉默。

"说起来，要不是常知道下大雨的时候不给放假，莫瑾也就不会出事了。"

莫瑾是傅丹萍在市三女中的同学，最初宿舍没有隔成双人间的时候，她也是傅丹萍她们四人间的成员。四个人关系很好，其余三个被安红石带着，去旁边连队偷玉米。那次莫瑾和另一个女孩运气不好，被抓了个正着，好在该连队的领导还不错，训了几句就过去了。事情本来不大，后来常植道不知怎么知道了，硬是给她俩一人一个处分。之后的雨季，莫瑾在中午回连队的路上过桥，桥不过是两根带着树皮的圆木，比独木桥强不了多少，雨天的桥长了苔藓，莫瑾滑了一下，落入涨水的勐龙河。安红石和她隔着三个人，只能眼睁睁地看着她被河水吞没。连队的人一直找到下游很远，才找到莫瑾的尸体。傅丹萍因为例假腹痛，在宿舍休息，没有目睹整个经过。

安红石说："别提这件事了，提起来我就难受。"

等他们终于抵达去老连队必经的桥，才发现那座桥被河水冲垮了。横亘在他们面前的，是曾经吞没了莫瑾的勐龙河。雨季的河水从上游的山头一路带下泥沙，呈现狰狞的红色。河水湍急，不断翻起浊浪。

傅丹萍看了一眼就说："我们回去吧。安全第一。完不成任务，大不了被说几句。"

安红石说："等一下。"

陈宁和傅丹萍都看着她，她抿着嘴，像是难以决断。陈宁说："怎么样，要过去吗？"陈宁是巫溪人，老家河流众多，他在河里从小玩到大，水性好得很。在他看来，勐龙河这点水量和宽度，不算什么。安红石则是校游泳队的。他们两个如果要过河，也不是做不到。至于傅丹萍，她从小只会唱歌，和一切体育运动无缘。据说连百米赛跑都没及格过。

"你是为了探亲假对吗？"傅丹萍说，"就算今天完不成，他也不能因为这个不准你假。多去问几次，总会批的。"

安红石的脸上浮现少见的忧虑："我妈上一封信说她病了，已经痊愈。她是个报喜不报忧的人，既然提到生病，病一定不轻。"

陈宁说："伯母说她好了。你也不要太担心。"

傅丹萍拉住安红石的手，对陈宁说："我求你一件事。"

"让我过河？"陈宁笑笑，"好说。让姑娘家游过去确实也不大好，我自己去吧。就是我一个人摘芽条比较慢，你们等着。"他很快脱了衬衫和长裤，把衣服用帆布腰带捆在头上，只穿一条底裤，跳进河里。安红石看着他飞快地游向对岸，心头一阵空茫。刚才有个瞬间，她想求陈宁过河，却不知该如何开口。自从目睹莫瑾落水，她对水就有种难言的恐惧。她没有把自己的心理变化对傅丹萍提起过，然而好友却敏锐地体察到了，才会一开始断然说要回去，后来又代她提出恳求。

云南的天气总是说变就变。陈宁走后没多久，她们头上原本晴朗的天空忽然聚集了一堆越来越黯淡的云朵。很快，下起了雨。雨点落在树木被砍伐干净的荒山上，灌木和草茎底下的泥沙顺着千万条微小的水流不断下滑，人站在河边不远处的山坡上，有种天地不稳的感觉。

傅丹萍的头发被雨水打得紧贴脑门，她擦了擦脸上的水，大声对安红石说："我们换个地方等吧！"

"你先找个地方躲雨，我再等等。"安红石想，河水又涨了一截，得看着陈宁游回来，才能放心。傅丹萍见她不肯走，也没动。从衣服裤子滴下的雨水很快在两个人的脚下聚成小水塘。雨倾泻而下，隔绝了整个世界。在这个时刻，仿佛所有的人和事都离安红石远去，只剩下身旁的傅丹萍。

大雨造成的孤绝感促使安红石开口："其实我经常害怕。"

傅丹萍凑过来说："怕什么？"

"怕我这辈子就待在这里了。怕我妈会在劳改农场去世，到最后都背着个莫须有的罪名。怕她不知道，我早就不怪她了……"

安红石没有当面表达过对妈妈的不满，但妈妈一直都是知道的，知道女儿怀着一腔愤恨，恨做妈妈的人不懂事，让她们母女俩陷入无法挽回的境地。当初如果苏怀殊在认罪书上签字，也许能有稍微和缓的境遇。可她固执地为那个早就死掉的男朋友一次次辩白，说他不是特务，没有做过对不起国家民族的事。要是给她们的生活投下阴影的人是爸爸，安红石也就认了。那个姓谢的和她有半点关系吗？所以她才在很长一段时间里对妈妈冷冰冰的，态度差不多和对仇人一样。

来到农场，让安红石的心态发生了变化。她想家。想妈妈。想念妈妈笨拙的温柔。妈妈擅长缝补和整理，爱吃却不会做菜，母女俩一直吃食堂。妈妈有点余钱就带着她下馆子，寒暑假还会带她去周边旅游，苏州、杭州、南京。妈妈在西湖边念诗词给她听，给她讲过去文人的故事。她们在岳王庙门口买了肉包子，有个小乞丐眼巴巴地盯着安红石手里的包子，她想走开，妈妈却说，给他吧。

安红石两岁那年，外婆过世，六岁，爸爸走了。因此学校和家是她的全部生活，妈妈是她的大半个世界。

东风农场两年有一次探亲假，前几次探亲，安红石没有在上海停留。她们的住房被收回了，上海已经没有家，留存不多的东西寄放在表舅家。虽然表舅表示回去可以住他们家，但安红石每次坐火车到了上海，当天就坐车前往江苏盐城，再辗转去妈妈所在的农场。假期一共四十五天，这一路过去，顺利的话需要八天，去掉往返路程，在妈妈身边有近一个月可待。

名字虽然都叫农场，苏怀殊所在的其实是个劳改加劳教单位，盐碱地和版纳的丛林相比，说不清哪边是更漫长的羁旅。苏怀殊算是幸运的，她在下放的第二年成了农场子弟小学的老师，得以脱离看不到尽头的体力劳动。学生都是管教人员的子女。被改造者教导着改造者的后代们，犹如一种奇妙的略带嘲讽的安排。

无论是农场严苛的自然环境造成的重体力劳动，还是后来相对轻松的教学工作，对苏怀殊来说仿佛都是生活的一部分。她对任何变动安之若素。她的态度让做女儿的安红石生出莫名的恼怒，而她近乎天真的各种要求更让安红石来气。例如，上次探亲，她问安红石有没有多的粮票。东风农场吃饭是在饭卡上打钩，每到探亲才发全国粮票。安红石只留了回程最低限度的数目，全给了妈妈，没想到妈妈将粮票慷慨地给了某个"劳友"。类似的事还有很多。两次探亲，安红石都在去程积攒了一肚子的怜惜，等到了那里，和妈妈实际相处没多久，便又有一股子邪气直冲脑门，于是整个假期，母女俩之间的坚冰继续横亘下去。

直到最近的那封信，安红石才意识到，自己负气这么多年，其实很傻。要是妈妈真的有什么事，她后悔都来不及。

她下定决心，一定要尽快拿到休假。

感觉仿佛过了无限久，陈宁终于回来了。下去容易上岸难，他在河里看看这边河岸，转头往下游去，找了一处相对平缓的河滩往上爬。两个女孩也赶紧跑过去，等陈宁艰难地上来，帮他卸下绑在脑袋上用衣服裹着的芽条。真难为他，顶着那么一大包东西还能游回来。大概因为淋雨，又在水里泡久了，陈宁的脸色很差。

安红石不等他穿完衣服就说："要我怎么谢你？"

"以身相许怎么样？"陈宁刚痞了一句，想起傅丹萍在旁边，有些后悔。好在安红石根本没理他，一个劲儿地说："你想要什么？吃的，用的，我给你弄。"

"……倒是有个想要的。我原先有本《九三年》，被人借走之后就杳无音信了，想想就难过。你要能拿到探亲假，就帮我找一本吧。"陈宁说的时候并不认为安红石能弄到。书是多么珍贵的资源。他也知道，安红石探亲回的不是上海。傅丹萍的嘴很紧，从未对人说起安红石家里的情况，口无遮拦的人是常植道。他有权限阅览每个人的档案，还要给人批假条，在路费报销上签字，于是那些最私密的窘迫都被他翻晒出来，成了一种谈资。

听到陈宁的要求，安红石一口答应下来。

回程，雨停了，和下起来的时候一样突然。被雨淋湿又被太阳晒干，对他们而言已不是什么新鲜的体验。

傅丹萍边走边对陈宁说："我也要替红石谢谢你。"她说得郑重，陈宁反而有些尴尬，嘿嘿笑道："我们是她点名的小分队嘛，为队长出力是应当的。"

常植道的要求是三点赶到，他们回到连队已经五点半，其他人都打完饭了。去找常植道交芽条的时候，正好王连长也在。陈宁把经过一讲，王连长说，小陈好样的，这件事要给你往上报个先进。

安红石想趁机再提休假的事，傅丹萍捏了捏她的手。出门后，她立即问傅丹萍为什么不让她开口。傅丹萍说，你就是这个炮仗性子，你现在问，常植道下不来台，说不定更加要找理由卡着你不放人。明天再问吧，你都熬了这么久，不差这一天。

晚上知青们聚在一起聊天，陈宁少不得把自己的过河事迹吹嘘一番。有个女知青揶揄道，任务是派给安红石的，你这么攒劲做什么！在云南几年，大家多多少少学了几句似是而非的云南话。攒劲，对应的普通话是"卖力"。又有一个男知青说，当然攒劲了，长姐如母，她俩好得跟姐妹一样，安红石等于是他的半个未来丈母娘。陈宁一听便跳起来，用鞋子扔那个人。

被议论的安红石和傅丹萍没有听到这番对话。淋雨加上长途跋涉，她们毕竟体力不如男生，早早洗漱睡下了。

银镯是在第二次抄家的时候，被一个女生从衣柜的角落里翻出来的。她举起那只细细的刻花镯子，发出胜利的喊声。安红石站在门边，冷冷地看着几个复旦附中的初中生在屋里翻箱倒柜，他们是她的高年级同学。家里的东西被毫不留情地刨到地上。妈妈压箱底的旗袍在上回抄家时被剪了，此刻散落的无非是些日常的衣服。蓝色、棕色、白色。安红石看到自己的衬衫上被人踩了个脚印。她很想走过去揪住那人的头发，把人往外攘，但她能做的只有站在原地。

早就和旗袍一道从这个家被驱逐出去的，还有一些戏曲唱片。苏怀殊和她热爱西方古典乐的好友吴若芸不同，喜欢听戏。越剧、昆曲、京剧，都是她的日常消遣。安红石从小陪着妈妈看过许多戏曲演出，却一向对那些才子佳人的悲欢离合无感。

看到抄家者截获了带着异域风情的镯子，安红石想，是云南生活的纪念品吧。是妈妈自己买的，还是姓谢的送的？当医生的爸爸走得早，安红石对他全无印象。妈妈说，你爸爸是个好人，走得早也不是坏事，留下来，受的罪不会少。妈妈讲从前的一些事，关于爸爸的尽数平淡，以至于安红石记住的反而是姓谢的陌生人。妈妈学生时代的恋人，据说年纪轻轻便死于意外的云南人。对从未去过江浙之外的安红石来说，云南这个地名听起来神秘又让人遐想，妈妈的大学时代不光浸透了远地的风情，还正好见证了历史的转折。妈妈说，日本战败的时候她刚毕业不久，在昆明教书。云南人不说"战胜了"，而是说"放炮仗了"。满街炮仗响，男女学生跳上挂着中国国旗的美军卡车，一起喝酒兜风。翠湖边，街巷里，到处是狂欢的人群。

苏怀殊没有告诉女儿的是，一九四五年的那天，全民的醉狂状态中，她一个人去了郊外，在据说是谢德遇难的地方，念了一段她正在读的小说给他听。

安红石有种私底下的猜测，觉得父母之间的感情只能算是家庭之爱。妈妈的爱情早已随着死者化为灰烬，所以苏怀殊才会把他留下的甲马和她最珍视的毕业证书，以及一些旧照片，一起藏在家里堆旧报纸的角落。抄家者们没人理会那叠旧报纸，最上面的一份吃饭时垫过桌子，留着碗边留下的污渍。他们不可能想到，在最不起眼处，藏着人们心里的光。

安红石漠然地注视着抄家者们，他们在她眼里不过是些忙碌的硕鼠。总有一天我会把老鼠都赶出去，她想，总有一天……

一阵尖厉的吱吱声把安红石惊醒，过了片刻，她才意识到那是什么声音，自己在哪里。谢敛前不久给的老鼠笼子抓到的新猎物正在笼中挣扎和尖叫。想必连竹片隔墙另一侧的人也听到了，安红石听见那头传来翻身的动静和嘟囔声。莫瑾死后，隔壁的另一个女生沈晓燕，当初和她们一道偷玉米的伙伴，设法让家里给她弄了个病假证明，开长病假回了上海。新住进来的两个女生和安红石她们不算熟，于是再也没有夜里隔着竹墙聊天的情形。

安红石想起身把笼子拿出屋，转念又懒得动弹。再睡不到三个小时，天还黑着，她们就得上山割胶。割胶要赶在日出前，等太阳升起来，温度升高，橡胶树的出胶速度就会慢下来，胶液逐渐凝滞，在树皮上形成伤口般的痕迹。

傅丹萍的床上静静的，估计她睡得正香。她有着安静得不可思议的睡相，既不磨牙，也不说梦话，甚至很少动弹。安红石半夜起身，会忍不住摸一摸她的鼻息，确认她仅仅是睡着了。

可以睡得那么沉静，想必连噩梦也从不做吧。安红石羡慕好友的单纯。她暗自觉得，傅丹萍是个没吃过苦的人。知青生活当然辛苦，但心灵的苦更难排遣。

大概是昨天的经历造成一定的精神冲击，安红石醒来后就很难入睡。她悄然起身，趿拉着鞋子出了门。天上没有云，银河高悬。第一次在云南看见夏夜的星河，每个人都兴奋得像个孩子。天空和星近极了，和在城市见到的完全不同。然而等到待久了，便再也找不回最初的单纯的喜悦。

安红石想，如果回头常植道给批假，要不要在走之前去看看谢敛呢。

她最终没能下定决心，回屋上床。这一次很快睡着了，也没做和旧事有关的噩梦。

第二天早上，刚出门刷牙，就听到一则新闻。陈宁带回来的芽条被毁了。

昨天，安红石他们回到连队的时候赶不上当天嫁接，便把芽条放进仓库。里面只有一些备用的劳动工具，砍刀、锄头、十字镐，没有食物，不存在闹老鼠的可能。一早去开门取芽条的知青发现，仓库的门没有锁，用麻袋装着的芽条散了一地，像是被人狠狠踩过，当然无法再用。常植道紧急召开大会，说要把"破坏分子"揪出来。陈宁也当场表示愤慨，高声说，是谁干的？他想到自己昨天的辛苦等于扔河里了，一肚子窝火。知青们在日头底下站了大半个上午，无人自首，也没有目击者，最终只能散会吃饭。大家吃完饭也无心睡午觉，东一屋西一屋地聚成堆，聊芽条事件。按规定，男知青不能进女生宿舍，安红石和傅丹萍搬了小板凳坐在门口，和陈宁黄胖他们一伙。陈宁在一连的老同学许毅飞也来了，他是个无线电爱好者，在老家的时候，独自零敲碎打拼出过收音机。许毅飞说："你们真是山中无日月，芽条这么点事，你们都当天大的事在谈论。我上午为了办事去了趟场部，那边才叫沸沸扬扬呢。"

陈宁敏锐地开始紧张，问："是有什么新政策吗？"

许毅飞说："你想多了。场部旁边的村子有个未婚的姑娘怀孕了。"

大家便嘘他。黄胖说："这多大事，还不如我们的芽条事件，毕竟背后可能藏着破坏分子。"

许毅飞说："你们真是见识短浅。那个村子是汉傣合居，怀孕的是来支边的邹家的姑娘。她早就怀上了，自己偷偷用布条缠着肚子，加上她本来就特别瘦，现在都八个多月了，才被发现。邹大爹怀疑搞大了他女儿肚子的是哪个傣族小伙，闹了起来。村里人分成两派，汉人一边，傣族人一边，互相说对方的不是，砍刀、棍棒都亮出来了。到了这个地步，就成了民族问题，很严重，你们懂不懂？"

安红石心里惦记着休假的事，她想，常植道今天心情恶劣，恐怕改天去问才好。许毅飞的话她只听进去一半。这时傅丹萍问："邹家？你知道怀孕的姑娘叫什么吗？"

许毅飞愣了愣："好像是他家老二，名字我不知道。"

傅丹萍的脸色不大好看。安红石问她怎么了，傅丹萍说："下午想请假去场部看看。"安红石说："我陪你去。"她打算越一次级，找老芮批探亲假，尽管这样可能又得罪一回常植道。

陈宁说："村里人闹他们的，你们去凑什么热闹？"

傅丹萍说："应该就是上次问你要烤麂子肉的姑娘，你还记得吗？"

她这句话显得毫无逻辑性。那姑娘和大家不过一面之缘，犯不着特意前去。陈宁怀疑傅丹萍和安红石都是去看谢敛，心里泛起酸劲，又想，我和一个瘸子计较什么。

走到场部的时候快两点了，正是下午的上班时间。然而办公室没人，卫生所的门也关着。安红石感到一种熟悉的空旷，很像两个多月前，她来找卫生员并重新见到谢敛那天。傅丹萍陪着安红石绕了一圈，然后毫不迟疑地往村子的方向走。安红石叫住她："你没听许毅飞说吗，都拿出砍刀了，别去了。"

傅丹萍看着性子温吞，但她想定的事，谁也没法拧动半分。安红石只好跟她一道去。她们从分场走出去十多分钟，在村口的路上碰见谢敛和曹会计。

先开口的是曹会计："你们怎么来了？"

傅丹萍不答反问："邹家的姑娘怎么了？"

谢敛说："回去再说。"安红石插嘴道："老芮呢？"曹会计说："好不容易把两边的人劝下来了，这会儿坐在一起喝酒呢。"

刚才还兵戈相见，转头大碗喝酒，听着有几分不可思议，在云南倒也寻常。两个女孩跟谢敛回到卫生所，曹会计说要回去午睡，自顾走了。

傅丹萍一进屋就说："上次吃烤肉，我就看出她怀孕了。我怕是自己看错了，所以没讲。"

安红石笑她："你一个姑娘家，别人怀孕你都能看出来？"傅丹萍没有搭腔。

谢敛用搪瓷杯给她们倒了水，两人一路走来早就口干了，各自捧杯喝水。等她们缓过劲儿，谢敛淡淡地说："你的眼睛很尖啊。你怎么看出邹二莲怀孕的？"

傅丹萍半看不看地瞄一眼谢敛。她常有这种奇妙的眼神，既像直视，又似回避。多年后，每当谢敛想起她，首先想起的是她具有辨识性的嗓音，其次便是她不想直面某事时的神态。如果他后来见到大多数时候被喊作"游雅"的女人，可能会感到迟疑，不敢相认。不是因为她不怎么见老的脸，而是因为，游雅有着笔直的坦然目光，和傅丹萍截然不同。

"就是……直觉吧。"傅丹萍轻声说，"对了，孩子的爸爸是谁？"

安红石这才想到，对哦，引发村里汉傣矛盾的，不就是这个问题吗？和邹二莲在一起的究竟是谁，为什么任凭女方怀孕八个月都不吭一声？

谢敛说："我们好几个人轮番去和邹二莲谈过，她的嘴紧得很，死活不肯讲。连她爸说要打死她，都没用。"安红石说："怎么可以打她！"谢敛说："邹大爹就是讲讲，不会真动手。"他注意到傅丹萍的眼神透着关切，不禁纳闷，邹二莲和傅丹萍明明不熟啊。

他将会在以后的接触中发现，傅丹萍是个在某些方面显得奇怪的人。她对那些遇到挫折的人、遭遇不幸的人、在低谷的人、心境暗淡的人，有着指南针般的辨别力。她总是从人群中一眼认出他或她，主动接近对方，试图给人安慰。该说她是心怀悲悯，还是多管闲事？谢敛从未得出结论。他只知道，正是她的这种性格，促成了很多事的发生。

爸妈带着邹家大女儿到云南那年，邹二莲四岁。她留在姥姥家，长到九岁才南下，也因此，她一直和三妹不对付。其他弟妹是她看着降生长大的，唯独三妹像是凭空多出来的，她总觉得是三妹剥夺了她做小女儿的权利。住得久了，她也学了一口云南话。偶尔还是会想念湖南老家，想念下饭的火焙鱼，姥姥做的剁辣椒。

她去场部为弟弟要烤麂子肉，负责分肉的男知青不肯给，邹二莲毕竟是年轻姑娘，脸上绷着没掉泪，心里被委屈和耻辱穿了个洞。有个声音动听的姐姐帮她讲了几句公道话。男知青似乎很听知青姐姐的话，分了好几块肉给她。烤肉闻着很香，她在回去的路上忍着没吃，结果刚到家就被三妹哭着闹着弄走一块。剩下的全给小弟石头吃了。妈常说，别人说我家有五朵金花，我看呀就是五个赔钱货，你们在家吃个十几二十年，最后还不是都要嫁出去。我可以指望的，只有我的小石头。

她没有注意到邹暮桥也在。要知道的话，她肯定不会去丢那个脸。

声音像播音员的女知青姓傅名丹萍，她在爸带着村里的小伙子们和傣族人闹起来的那天傍晚出现，和她一起来的是场部卫生员谢敛，还有她的朋友安红石。村里的械斗被农场的人制止，傅丹萍一伙像是怕邹二莲想不开，陪着她说话。之后，傅丹萍常常过来走动。邹二莲喊她"阿萍姐"，云南人的喊法。

傅丹萍有农场的工作，来的时候多半是晚上或星期天。每次来，她都会给邹二莲带些小东西，一只信纸折的纸鹤、一块新手帕、几颗糖。邹二莲不再掩饰肚子，奇怪的是，当她停止束腹，原本不明显的身形在短短的两三周迅速变得让人瞩目，仿佛她肚子里的孩子也意识到，自己终于可以肆意成长。

邹大爹看见这样的女儿就生气，倒是没有打。爸妈问了二莲几百遍同样的问题，孩子的爸究竟是哪个混账？二莲不答。到后来爸妈也就失去了追问的耐心。嫁到远处的大姐特地回娘家一趟，企图和她说点私房话。大姐说，你这样捂着不肯讲，难道对方是有老婆的人？二莲摇头。

傅丹萍并没有像其他人一样刨根问底。她只是说，你如果想好了要把孩子生下来，那就生。二莲虽然早就下定决心，仍不免有些忧虑。傅丹萍宽慰她道，一个人带孩子没什么，我也没有爸爸。

你爸过世了？

不，我不知道他是谁。我妈从来没讲过。

二莲呆了一呆才说，我将来会告诉这孩子的。

傅丹萍说，告不告诉有什么要紧呢？娃娃没有爸也会长大的，等到长大了，再看要不要告诉也不迟。

有这些交谈打底，邹二莲最终告诉傅丹萍，孩子的生父是小学老师邹暮桥。一旦开口，后面的话就像蓄积太久冲破闸口的洪流。她说，我弟在他班上念书，我去接弟弟，在教室门口看他讲课。他把衬衫挽到手肘写黑板的样子真好看。后来，我每天都早些去，只为了在外面多望望他。

傅丹萍没有就此做任何评价。她答应二莲，不把这个秘密告诉别人。她说到做到，连如今和她走得很近的谢敛都没告诉。如果安红石还在农场，她或许会忍不住悄悄说给自己最好的朋友听。

安红石去休她的探亲假了，假条是常植道批的。老芮有其原则，不肯越级盖章，她们只好重新找常植道。傅丹萍要求安红石不要出面，由她去谈，果然顺利拿到了假条。当即收拾行李打算步行或搭车到大勐龙的安红石并不知道，常植道因为前一天芽条被毁，余怒未消，他对傅丹萍抱怨，个个都去休假，生产任务完不成怎么办？傅丹萍沉思片刻后说，安红石休假期间割胶的份额，我每天多做一点替她补上，一个月做不完，就做两个月，我保证一定完成。这样等于没有少一个人，你觉得可以吗？

于是傅丹萍每天比别人早起两个小时，去山上割胶。即便这样，也没有阻止她抽空去看邹二莲。挺着肚子的邹二莲也注意到了，她的阿萍姐显得气色不好，她试图把大姐偷偷塞给自己的红糖分给傅丹萍，被拒绝了。

有一次，邹二莲问傅丹萍，阿萍姐，你来农场这么久，回去看过你妈妈几次？你想她吗？

傅丹萍笑笑说，我没回去过。我妈反正也不想见我。

邹二莲没接话。傅丹萍的笑容和声音都没有异样，却让人感到，那背后有什么汹涌的暗色的东西，不可触碰。

这次探亲，安红石在去程算得上顺利，往大勐龙走的半路上，她遇到一辆车，给捎了大半程。从大勐龙到景洪要翻越飞龙坡，雨季的公路经常被泥石流冲垮。她运气不错，没有封路，到大勐龙的当天就又搭上一辆车，一直开到景洪县城。在景洪住一晚，然后坐车经思茅、墨江、玉溪，三天后抵达昆明。到了昆明，排了一个多小时的队，买到了当天晚上的火车票。谢敛在她们离开场部的时候对她说，如果拿到假条，你过来找我，我陪你去景洪。他说自己认识很多司机，可以帮她找熟人的车前往昆明，路上也放心些。安红石离心似箭，没去找谢敛就出发了。她后来生出少许悔意，可以和谢敛一起到景洪，路上说说话，多好。

以前妈妈都让她秋天去探亲，说秋天待着舒服些。盐碱地上成片红色的盐蒿已成为记忆中不可或缺的风景，而当安红石领教了苏北农场在夏天的炎热、贫瘠，以及气候带来的封闭感，她不得不体认到早已确知的事实——妈妈比她坚强。换了她自己，也许根本熬不过这么些年。

安红石认识了上次问苏怀殊要饭票的人。金伯伯曾经是岳阳医院的主任大夫，说起来是爸爸的老同事。他患有慢性胃病，经常皱着眉，让你搞不清他是在沉思还是在忍疼。他在大夏天仍穿着农场统一发的黑外套，说是肚子不能吹风。他儿子在上海近郊插队落户。得知安红石念的是复旦附中，他说，你和我儿子是同学嘛，有缘，有缘。安红石客气地笑笑，在心里翻了个白眼。

因为这次去之前的心境有所改变，母女俩的关系大为缓和。苏怀殊的病没有安红石想的严重，是因为缺乏维生素造成的免疫机能混乱，引发了带状疱疹。安红石庆幸自己给妈妈带了茶叶，叮嘱她一定记得喝。茶里有维生素，就算不多，也比没有强。离开时，安红石颇有些依依不舍。苏怀殊说，我这里什么也没有，没法给你带吃的用的。你多照顾好自己，妈妈就放心了。你那个好朋友傅丹萍，你也多照顾人家，毕竟她比你小。

安红石说，这里有书，比我们那边强。她向苏怀殊的"劳友"们借了很多书看，可惜不能带回云南。她试图找《九三年》，没能找到，倒是读了久闻其名的《双城记》。等安红石买到《九三年》，是在四年后，一九七九年的年末。她抱着三本一模一样的新书从上海四川北路的新华书店出来，一时间觉得无比富足。她想把其中一本给回了重庆的陈宁，另一本给傅丹萍。踌躇之后，她只寄出一本。剩下的两本后来遗失了一册，原本打算送给傅丹萍的那本留在妈妈家的书架上，书页随着时间渐渐泛黄。

对于离开农场休假的人来说，时间总是过得飞快。安红石在一个半月后回连队，从上海重返云南的火车上，她生出一种从未有过的心境，觉得像是"回家"。多么不合时宜又可笑的乡愁，把他乡认作故乡。可能是因为，这是她第一次在八月去看妈妈，反差之下，东风农场简陋的条件也显出了家的舒适。

她风尘仆仆抵达连队，正好是晚饭时分，傅丹萍不在，别人说是去了场部。她去开水房拿了傅丹萍的热水瓶——水房有人负责把大家每天早上放过去的空瓶灌满，下班后自取，休假的人当然没有——简单洗漱过，便躺倒了。

这一觉感觉睡了好久，朦胧间听见有人喊她。安红石起身出门一看，天黑着，陈宁和许毅飞笑嘻嘻地守在门口，一人手里一只电筒。

"稀客啊。"安红石懒懒地对许毅飞寒暄。

陈宁说："一连今天放电影，刚看完，他送女朋友过来。我们听说你回来了，就来耍一下。"女朋友这事算是个新闻，安红石来了点精神。不等她发问，嘴快的陈宁已经讲起来，许毅飞的女朋友是柯桐。那个女孩安红石也认识，昆明知青，有点高傲的样子。记得当初小学教师的名额空出来的时候，柯桐是邹暮桥最有力的竞争对手。

陈宁问傅丹萍呢？安红石说："去场部了，也该回来了。"又问陈宁现在几点。陈宁用电筒照了下："快九点了。"

许毅飞说："不是去场部吧，傅丹萍多半又去看邹二莲。下午我去场部找谢敛要金霉素药膏，他不在。听说这几天他和傅丹萍有空就往那边跑，邹二莲上周生了个男孩。"

安红石当然记得，就在休假的前一天，她和傅丹萍去过场部。她找老芮请假，没成功。傅丹萍则是找被发现怀孕而引起争端的邹二莲。她有种隐隐的不适，一时间也分辨不清，到底是因为傅丹萍和谢敛一道，还是因为邹二莲在她离开期间占据了如此重要的位置，她长途奔波回来，原以为马上就能躺在床上和好友聊这一个多月的种种，等着她的却是个空房间。

从邹家出来，谢敛打着手电筒，傅丹萍配合他的步伐走在旁边。谢敛说，今晚没月亮，路上黑，我送你回去。他知道今天一连放电影，场部的自行车都被人骑出去了。到四连走一个来回，对他来说略吃力。不过这只是傅丹萍日常路程的一小部分。割胶的工作要走很多路，上山，从一棵橡胶树到另一棵，每棵树间距两到三米，天亮前割完几百棵，然后下山。此外，差不多每隔一天，她匆匆结束晚饭就过来，在邹家说说话，又赶回去。

谢敛这时还不知道，傅丹萍每天割胶的额度是别人的一点五倍。她正在缓慢而坚定地完成安红石的份额。

邹二莲的孩子比预期提前降临人世。她妈妈在云南生了四个孩子，都是寨子里的傣族接生婆给接生的。现在汉傣之间虽然因为老芮的调解没再争执，但因为孩子的父亲不清不楚，接生婆曾表示拒绝上门。谢敛很怕自己作为卫生员被喊去帮忙，好在他的忧惧并未落实，当邹二莲提前动了胎气，接生婆仿佛忘了早先撂下的话，被人一喊就匆匆赶往邹家。

傅丹萍对此评论说，人心都是肉长的。谢敛不置可否。他见过人抛下仁慈、友爱和其他人类情感的面孔，面具一样陌生的脸，对方是他曾经亲密的朋友，可是在面具之下，他无法看透那人的心思。连他习惯了仰仗的甲马之能也帮不到他。

更何况，如今他连甲马带来的微末优势也丧失了。

谢敛看不得邹家的死气沉沉。新生儿的哼唧声、尿布味和奶味儿，都驱不散家里的沉闷。尚未出嫁就生下外孙的女儿让邹大爹像是一下子老了十来岁。他在云南的这些年里学会了抽水烟，除了下地干活，便抱着水烟筒蹲在门口，把说不出口的种种都变成吸烟的咕嘟声。

邹二莲倒是一副心安理得的样子，抱着她的娃娃。她从傅丹萍那里学了摇篮曲，哼给孩子听，有点走调。娃娃太小，也看不出像谁。谢敛想，要是我还能用甲马，要查出这桩事的原委，只要烧一张纸的工夫。可惜，只是想想。

他无数次把布依族寨子老蒲的话翻出来安慰自己。不懂甲马的人都这样过，你家其他人也能过，你为什么不能？

安慰显得徒劳。

他一路沉默得太久，傅丹萍在旁边问："在想什么？"

"在想邹二莲的事。"谢敛半真半假地说。

"她不会有事的，最坏的时候都已经过去了。"

傅丹萍的语气显得格外成熟，加上她的声音，谢敛差点就被说服了。转念一想，你又怎么知道后面不会有更坏的时候呢？真是个小丫头。想得太简单了。

他说："以后还有难的时候呢。一个人带着娃娃。"

"娃娃没有爸也会长大的。"傅丹萍的用词和当初对邹二莲一样，语气却有微妙的差别，"说到底，人都是自己长大的。"

"你这什么道理……哦对，你是独生女。"谢敛以为话题到此结束，没想到傅丹萍隔了片刻又说："你大概知道，红石没有爸爸。我也没有。红石她是小时候没了爸爸，我呢，我妈和二莲一样，没结婚就生了我。"

谢敛诧异地看一眼走在自己旁边的女孩。傅丹萍在女知青当中算高的，头顶略高过他的肩膀。手电的余光只照到她的腿，无法辨认她的表情。他这才意识到，自己对傅丹萍的了解少得可怜。安红石讲过，她妈妈曾经是大学老师，如今在苏北农场。听起来是下放。傅丹萍则从来不提家里的事。她是独生女，爱唱歌，家里寄来的邮包质量在连队是出名的。就只有这些。邮包的事是黄胖说的，谢敛不知道，傅丹萍从不吃远道而来的邮包里的食物。

他想拍拍她的肩，可惜靠近她的右手握着手电。手心出了点汗。

沉默显得漫长，终于，傅丹萍再次打破寂静："红石该回来了吧，她走了有四十六天了，假期已经超了。"谢敛笑笑说："你是数着日子过的呀。"

一直走到连队，他们都没再深入傅丹萍家的话题。

离她那间屋还有段距离，就看到屋门口生了堆小火，照着围坐的几个人。九月的夜晚微凉，遥远的火光显出暖意。谢敛说："说到曹操曹操就到嘛。"傅丹萍像孩子一样飞奔过去，嘴里喊："红石！"等谢敛以他一贯的步速走上前，两个女孩正热闹地聊作一堆，旁边两个男生显然插不上话。谢敛对他们点点头，许毅飞说："正好，等你明天路过我们连，帮我带点金霉素药膏。"

谢敛一愣："我为什么会路过你们连？"

陈宁说："你反正要送傅丹萍回来，不就路过了嘛。"语气有点酸。

两个女孩一人一只小板凳，坐得很近，安红石仰起脸看谢敛，一个不分明的笑。谢敛这才有空当对她打招呼："回来了。休假过得好？"

"挺好的。"她今天不怎么叽里呱啦，谢敛倒有些不习惯了。还是傅丹萍招呼他坐，从屋里拖了只草墩给他。知青们的小板凳是由会一点木匠活的男生做的，草墩估计是在小街的集市上买的。谢敛扶着左腿慢慢坐下，对陈宁说："接风没有酒怎么行？"

"你怎么知道我屋里有酒？我晓得了，黄胖这个大嘴巴。"陈宁说着起身走了。安红石说："对了，黄胖呢？"

"在州医院住院。"提到黄胖的病，谢敛有种挫败感。黄胖一开始说是脚痒，谢敛给他开了药膏，后来他抱怨不管用，谢敛让他脱了鞋袜，才发现脚趾的无名趾和小脚趾肿得像大拇指一样。看着都觉得疼，也只有他那么粗壮的神经才不当回事。起因大概是被什么虫咬了，或者过敏。黄胖被当作棘手病例转了一圈，转到州医院，脚趾已开始溃烂。医生说要截掉两个脚趾。谢敛最近一次去州医院看黄胖的时候，他刚做完手术，看起来精神好得很，嬉皮笑脸地说，两只脚趾头换一个长假，也不错。

听说黄胖住院，安红石表示过几天要去看他。许毅飞说："正好你刚回来，有什么吃的可以带上，他一定高兴。"

安红石说："我没带吃的。"

许毅飞以为是上海姑娘小气才这么说，没接话。谢敛问："在那边过得惯吗？"

"夏天太苦了。白天出去连棵遮阴的树都没有，还是版纳好。"

许毅飞这才明白，安红石休假不是回上海。他正在诧异，陈宁抱着一只陶罐回来了。封口用的是油纸，一层又一层。当油纸被剥开，酒气直冲鼻子。许毅飞说："闻起来好烈，我喝不了，先撤了，你们慢聊。"

陈宁等许毅飞走后笑了一声，说："他贼得很，我们不管他。"傅丹萍回屋拿了三只搪瓷口缸，她喝不了几口，和安红石共一杯。陈宁往里面各倒了几厘米高的酒。米酒大概有四五十度，安红石咽下一大口，喉头猝不及防蹿起一股辣意，不觉哈了口气。谢敛看着她笑。

"你笑什么？"

"觉得你好玩呗。"他漫不经心，笑得更可恶了。

安红石决定不理他。看到谢敛和傅丹萍一起出现的瞬间，她才惊觉，自己回来最想见的人居然不是傅丹萍，而是这个几乎没怎么单独相处过的男人。可能因为当初他果断开了一枪，从疯牛跟前把她救下，让他有了和别人不同的分量。来得太迟的自我意识让她生出莫名的惶恐。她从未想过自己会喜欢一个云南本地人，何况谢敛的外在条件，光说他的腿吧，就比别人差一截。

偏偏也姓谢，真讽刺。

她还注意到，谢敛和傅丹萍之间有种无以名之的亲密。都是些细节。例如她给他拿草墩，他不说"谢谢"。他坐下的时候，傅丹萍的视线有意无意地牵挂着他的动作。

粗线条的安红石会注意到这些，连她本人也感到意外。她自我告诫，别做傻事。在农场谈恋爱是多么不合时宜，难道真打算在这里扎根？找机会也要和傅丹萍说一下，别被感情冲昏了头脑。

喝到第二杯酒，安红石便把理智抛到九霄云外去了。她不知怎的说起探亲的经历，原本只想和傅丹萍一个人聊的话多了两个听众。谢敛是她选择的听众，陈宁是捎带的。她在微醺中想，都是朋友，没——关系。

谢敛一直沉默地倾听，陈宁也有了几分醉意，大着舌头问："红石，你妈为什么会被弄到苏北农场？"安红石嗤笑一声："因为她固执！"

"她看起来温和，其实骨子里固执得要死。她从来不肯忘记她的初恋男友，人都走了多少年了，她为了那个人挨批斗，遭折磨，从不愿说半句违背他的话。人家说那个人是国民党特务，她否认。人家说那个人的甲马是蛊惑人的邪道，她说甲马是云南人的传统。这种时候只要退一步就可以了嘛！可她偏不。"

"甲马是什么东西？"陈宁又问。他和安红石都没注意到谢敛的神色变了，傅丹萍若有所思地望着谢敛。

安红石起身回屋，拿了一个小布包出来。理智在一下下敲门，轻声问她，你确定要给人看？这是你妈妈最珍视的东西，当作护身符给你的。她感到若有若无的敲门声极其烦人，没加理会。

"就是这个。"安红石把东西递给傅丹萍，意思是让她打开。傅丹萍直接递给谢敛。安红石的心头翻起一朵不快的小浪花，嘴上却刹不住："也是邪门，前几年闹白蚁，我的箱子不是樟木的，被白蚁吃了半截，里面的草纸都被啃光了。只有这个，放在箱子里，一点事没有。"

谢敛要努力控制自己，才不至于手抖。甲马很多地方都有卖，他心想，也可能是安红石的妈当年遇到的人是个卖甲马的。对，做小生意嘛。也算常见。不见得和我家有什么关系。

布包里面是张折成几折的白纸。墨迹透过纸背。纸很旧了，折痕起毛。谢敛小心地展开。

那东西呈现在他眼前，如同当头一击。

虚空过往。

他坐得离安红石很近，一把抓住她的手腕。

"你妈妈是不是姓苏？"

"你怎么知道？"她喃喃地反问。

谢敛没有回答。该怎么对她说，爸在喝多了的时候提起过早逝的二叔，还有一位"苏小姐"，是个从上海到昆明念书的学生。爸说，要是你二叔没有死，她应该会成为二婶。第二天清醒了，爸就不再提旧事。至于三姑，不要指望听她谈论二叔。在她神志飘忽的日子里，也就是一年的大多数时间，她把谢敦和谢敛认作"大哥""二哥"。谢敛的爸，她的亲大哥，则被她看作一个远房亲戚。爸从来不试图纠正疯癫的妹妹，她偶尔神志清明，喊他"大哥"时，他反而有些愣怔。

有一次也是在酒后，爸对当时还在念小学的谢敛说，三个儿女，你最像你二叔。他的甲马才叫玩得转呢，比你姐还得行。

谢家三兄妹，大哥谢敦完全驱使不了甲马，谢敛的入门老师是姐姐谢敏。爸曾经提到过，二叔甚至可以不用甲马，光靠专注就能洞察别人从前的一些事。听起来十分了得。爸说自己像"得行"（能干）的二叔，谢敛暗自欣喜。却见爸叹了口气，又说，我们家，得行的人运道都不大好，看看你二叔和三姑就知道了。这一点，你最好不要像你二叔。

那之后过了若干年，他伤了腿，在伤口发炎的高烧中不断看到谵妄的幻象，被同病房其他人的记忆折磨到神志不清。他在崩溃的边缘想，也许我终究还是像二叔，运道不好。

烧终于退了，他被送回家休养。妈看到儿子一条腿变成半残，哭到昏过去。家里其他人试图瞒着妈，不让她知道伤了谢敛的人是谁。谢敛猜测，妈最终还是从别人口中听说了。妈后来一直郁郁不乐，两年以后就走了。他忍不住觉得，那笔账，还要算上妈的过世。总是有这个或那个人劝他，李明远都已经被打成那样了，可以说比你更惨，你还想怎样？

谢敛其实也不知道自己想怎样。有时，他想找到李明远问一句，为什么？更多的时候，他很怕自己会在见到对方的第一时间暴怒起来，做出无法控制的行为。

他丧失了和甲马有关的一切能力，究竟是因为那场持续几天几夜的高烧，还是由于他内心淤积的恨意呢？陈年旧恨像一只手，攥着他的心脏。又像一堵墙，把他和昨日的自己隔绝在两旁。

谢敛出神良久，连陈宁把甲马从他手中抽走都一无所觉。安红石还不算太迷糊，对陈宁说："你轻点，别扯坏了。"

陈宁把甲马翻来覆去看了下，说："和年画差不多嘛，看着有点粗。这就是你妈妈的定情信物？"他正要还回去，谢敛又把纸顺过去了，小心地按原样包好，无比诚恳地对安红石说："可以借我几天吗？不，一晚上就好。"

要是在白天，在清醒的情况下，安红石一定不会答应这么匪夷所思的要求。大概是酒意，或是他的眼神，让她点了头。

从安红石那里拿到"虚空过往"的当晚，谢敛在灯下对着它发了很久的呆。

虚空过往。

以我之身，寄汝之眼，交付此心，以甲马为凭。

这是谢家人能给出的最大的寄托与信赖。被托付的一方通常不解其意。谢敛不知道爸有没有给过妈同样的甲马。谢家的每一个后代，不论将来是否呈现"梦见"的能力，在出生后不久，会由长辈给出由其赋予了意义的"虚空过往"，甲马将承载他或她今后的岁月。"梦见"这个词很可能是三姑一时兴起编造的，谢敛觉得很贴切。毕竟，谢家人正是以甲马作引，在梦里看透别人的从前。

谢家三兄妹的甲马不是由爸，而是由三姑给的。说也奇怪，他们每个人出生的那几天，三姑都没有犯迷糊。她知道自家大哥既没有能力也没有意愿给儿女"虚空过往"，于是默默地印好了，将自己的精神力灌注其中。谢敛来景洪之前有过一番踌躇，最后还是带了一些甲马，其中就包括他自己的"虚空"。即便他丧失了甲马的能力，虚空过往的眼睛也会在某处注视着他，如同注视过他家的祖祖辈辈。

他触摸着因年深日久变得暗淡的甲马的图案，遗憾的是，如今的他甚至无法感知到它是否"活着"。

据说最初"虚空"是为了延续家族而创立，一旦族中有谁意外亡故，族人通过他留下的"虚空"，便能查知死亡的背后是否有凶手存在。谢家原本是大族，后来逐渐衰微，混迹于民间，成了偶尔贩卖没有力量的甲马的"江湖骗子"。用于了断恩怨的这一张甲马，不知何时也变成了山盟海誓的道具。

谢敛想，看来二叔和安红石的妈妈，的确像爸说的，原本是一对。据说二叔死于日军飞机的轰炸，先是二叔之死，后来，三姑的对象也意外身亡，三姑接连受了刺激，才变成疯癫的状态。又有谁能想到，一个死了那么多年的人，会给他当初希望好好对待的女人留下那么糟糕的影响。多年之后，她正是因为他，被迫走入一种坎坷的生活。她的女儿来到云南，提起他时，满含着愤懑。

要怎么对安红石解释自己知道的一切呢？能否缓和她的尖锐不满？或者，应该什么都不说？

如果我没有变成现在这样，虚空过往……烧掉它，我就能知道二叔当时的种种。

谢敛被自己的念头吓了一跳。这可是安红石的母亲视若珍宝的东西，不然也不会让女儿带在身边。他苦笑起来，发现窗外的天色开始泛白，只好勉强躺下。没有出现预想的失眠，他很快睡着了，接下来，他做了梦。

那是个在他的一生中不断重复的梦。因为重复太多次，每当做同一个梦，他的一部分清晰地知道，是梦。然而认识到是梦并不能改变置身其中的痛苦。就像"梦见"明明不是自己的记忆，情绪仍会踩着记忆的主人留下的痕迹，从不偏移。他人的痛变成自己的，他人的幸福也仿佛是自己的。虚幻又实在。

和"梦见"不同的是，那个梦是真实发生过的，是他的过往。

苍山越往上越冷。试图翻越冬天的苍山，本就是自不量力。阳光也驱不散入骨的寒意，他的脚被冻得没了知觉，只是机械地迈步。和他一道的两个人，一个在山脚打了退堂鼓。另一个到了半山腰开始劝他，小谢，我们回去吧，回去不至于死，再走下去，真的只有死路一条。他咬牙继续往上爬，脚滑了一下，重重地摔倒，结霜的草冰凉地抵着他的颧骨。有好一会儿，他瘫在地上爬不起来，索性翻了个身，望着遥不可及的天空。天蓝得刺眼，像在嘲讽他试图翻越雪山逃回老家的疯狂举动。同伴艰难地走过来拉他。走，你疯了啊，躺在这里。他干渴极了，拔了一把身下的草茎，连着雪和泥塞进嘴里，嚼来嚼去都是血的味道。同伴惊骇地看着他，他抹了一下嘴，才发现一手的血，嘴唇早就干裂了。他终于爬起来，头重脚轻地晃了两下，对同伴说，回去吧，没理由让你陪我找死。

视线忽然一暗。空气的质地也变了。不再是冬日的苍山。他在室内，手被反绑着。麻绳带来的僵硬和疼痛随着时间变得模糊。房间里有人在磨牙，有人在梦里叹气。他大部分时间背靠着墙坐在地上。这间原来是劳保用品仓库的房间没有窗，很难判断外面天亮了没有。除了他，其他人都没有被绑。可谓额外的优待，虽然他在派系里从来不是个重要人物。他尽量不去琢磨那些人为什么要绑着自己，试图把注意力放在一些小事上。例如，昨天爬过墙壁的一只蜘蛛。还有每次上厕所时喊看守，之后能获得短暂的松绑时间。他想过逃跑，权衡之后发现很难。他手无寸铁，他们搜走了他的甲马。其实他根本做不了什么。传说在抗清的战役中，谢家人曾以甲马出入敌阵，如入无人之境。那该是怎样一种强大的精神力？就算有甲马在，谢敛觉得自己虚弱得连一个孩子都影响不了。

门开了。外面的冷空气和光线漏进来一些。原来已是白天。有人进来，喊了几个人的名字。谢敛。听到喊到自己，他不自觉地瑟缩了一下。那人又高声重复了一遍。他说，我起不来。那人不耐烦地走过来，拽了一下没拽起他，又喊了另一个人。两个人把他弄起来之后，他才意识到腿麻了。他忍着腿上像蚂蚁爬过的酥痒，走了出去。

他在这几天已经习惯了挨打。有的人被喊出去之后再也没有回来。比起肉体上实实在在的痛苦，更大的煎熬是猜测那些人去了哪里。他和同伴们很少交谈，因为不知道此刻的谈话又会蕴含着什么新的危险。

审讯一开始仍然是围绕着他没有说过的话，没有做过的事。

"把你们暗杀团的人员名单交代一下!"

"我没听说过什么暗杀团。"

"你当时为什么试图翻雪山逃跑?"

"你们到处抓人,我不跑,难道留在下关让你们抓?"他虚弱地说,"虽然还是被你们抓到了。"

一个新的声音加入进来,尖锐地震荡他的耳膜。"老实交代,你带着你家的甲马,打算做什么?"

那个声音很熟悉。他的左眼被打肿了,只能努力歪过头,用右眼去看。等到看清对方,在最无助的时候仍有一根线牵系住的心,忽然有种空落落的下坠感,就好像——线断了。他闭紧了嘴,不再回答他们的问题。他的沉默换来更剧烈的毒打。最后,对方不耐烦了,将一根磨尖的钢筋扎进他的大腿。痛楚贯穿了他的全部。他张开嘴开始号叫。

然而叫不出声。每次都是在这时,谢敛从梦中惊醒,大张着口,紧握着拳头。他心跳如鼓,皮肤绷紧在身体的表面,冒着汗。他努力吸气,再呼出,对自己说,是梦。是梦。腿上的伤传来不祥的钝痛,仿佛把他带回到受伤后高烧呓语的日子。一根钢筋不过是普通的凶器,造成更大伤害的是那上面的锈毒。他烧了好几天,据说能活下来是个奇迹。他那一派的人等到了公正,有些人死了,也有些人像他一样被送到医院。等他从医院出来,才知道捅他的李明远在之后的"清理"中被人毒打,据说打坏了一只腰子。同派系的人说,你的仇算是报了。他木然地想,是吗,阿远是我的仇人吗?那么把阿远变成废人的仇人又在哪里?是派系,是个人?还是这片仿佛鲜血染就的红土本身?

有时他感到自己心里有个无限大的洞。就好像,戳进腿里的带锈的钢筋,同时也洞穿了他的心,造成看不见的溃烂,而腐烂还在加剧，随着每一次噩梦的重现。

最先传来的是声音。人的喊声。敲脸盆的咣咣声。脚步声。陌生的嘈杂让谢敛以为自己仍然在做梦。他在床上愣了片刻，爬起来，几乎是迷迷糊糊地把床头柜上的甲马揣进衬衫的胸前口袋。一种下意识的反应，觉得不能把它随便搁在外面。他忍着哈欠走到门口，往外一看，这下彻底醒了。

和宿舍隔着院子斜斜相对的场部仓库是喧闹的中心。不断有人影在那边跑来跑去，人们拿着盆或桶。仓库冒着烟，散发着呛人的苦味。燃烧造成的焦煳气味。看不见火光，但想必火苗并未全熄，黑烟以诡异的形态不断从门窗和各个缝隙涌出，像某种活物。

谢敛发呆的工夫并不长，他听见一个男人的声音尖锐又曲折地响起："救人啊，还有人在里面！"他一下子没认出呼喊的人是谁，想了想便回屋裹了床棉被，朝仓库冲过去。他跑步的姿势滑稽又豪迈。在门口，有人扯住他，浇了一盆水在他身上，他甚至来不及看那人是谁，便顶着棉被，用力扭着僵直的左腿，迈了进去。

进门后才看见火。火比屋外的烟更像活的，从这里蹿到那里，伸着爪子，龇着牙。他感觉到灼热的痛，来不及关注自己有哪里被火挠到，眯着眼四处看。接着他猝不及防地咳嗽起来，视线变得模糊。心头绽开迟来的恐惧。难道我今天要死在这里？

不，不会的。要死的话那个时候死掉就好了，一了百了。当时既然能活下来，我今后也会活下去。即便腿残了，人废了，甲马烧不动了。

甲马……

有什么闪过谢敛的脑际，太仓促，捕捉不到。他的视线终于锁定一个伏在地上的身影。那人一动不动，像是昏过去了，又像是死了。他以自己所能达到的最快速度一拐一拐地走过去，拽起那人，才发现是个女的。他用棉被裹住女人，一边咳嗽一边把她往外拖。背起来走也许能快些，但要命的是他的左腿这时钻心地疼了起来。接着是手肘，肩膀。他一低头，发现自己身上蹿着火苗。他咬牙继续往外挪，女人被他像行李一样拖着，没有醒。快到门口的时候，眼前一晃，一根木梁砸下来，还好他走得不够快，再快一点就会被压在底下。他恨恨地半拖半抱着女人迈过那段半燃的木梁。被水浸透的棉被加上一个大活人的分量，死沉。

一出门谢敛就倒在地上，呼呼直喘气。他身上四处冒火，人们立即上前帮他把火扑灭。他甚至来不及看自己救出来的人是死是活，究竟是谁，就被一股更大的力量牢牢攫住。他熟悉的无可抗拒的梦境之力，来自最深最寂静之地。

谢敛就此跌入他此生最长一次的"梦见"，耳畔隐隐传来老芮的咆哮："你们一群人都是吃干饭的，让一个瘸子进去救人！还有你，你好意思自己逃出来扔下她！你怎么做得出来！"

谢敛不知道老芮口中的"你"是谁，下一刻，他在不断失速的意识中成为他家族中的另一个人——他的二叔。

他胸前口袋里的"虚空过往"，早已在他弯腰用被子裹住女人的过程中掉在仓库里，此时悉数化成了灰。

四连这边，安红石酒醒之后口渴，起得比平时早。她对稍后起来的傅丹萍多少有些埋怨，为的是傅丹萍昨晚没有拦住她，她不仅把妈妈那张甲马拿出来给人看，还被谢敛借走了。她喝酒纵然会发点酒疯，第二天醒来总是清楚地记得喝酒过程中的一切，所以她对男知青们所谓的"喝酒忘事"，一向抱有质疑。

傅丹萍说："看你急的！谢敛还会把你的东西给昧了不成？傍

晚下班去找他拿就是了。"

从场部通到连队的高音喇叭响了起来，屋里的两个人一时间没认出来，喇叭里仓促含糊的声音来自老芮。

"紧急通知！各连队负责人到场部集合！紧急通知！"

知青们陆续三五成群地聚集在门外，议论纷纷。王连长和常植道都不见人，大概听到广播就往场部去了。看情形，今天不去干活也没人管。安红石决定趁乱去场部找谢敛，要回甲马。她对傅丹萍说，我要去场部，你和我去吗？问完才发现，她其实希望傅丹萍说"不"。她正在为自己的别扭感到一层新的别扭，傅丹萍说，一起去看看吧，还不知道场部到底出了什么事。

安红石说："得小心别遇见常知道，不然他又要说我们自由散漫。"

怕什么来什么，一个多小时后，她们还真的在场部碰见了常植道。他在谢敛的宿舍门外。领导们像是在开会，院子里空空的，唯有常植道在屋檐投下的一小片阴影里，站成一道更幽暗的身影。

傅丹萍想避开，安红石索性拉着她走上前去。走近之后发现常植道在抽烟，地上散落着起码半包烟的烟头。他听见脚步声，抬起头，脸上闪过猝不及防的狼狈。这样的常植道显得陌生，两个女孩的惊吓多过讶异。

"我找谢敛。"安红石开口时提防着常植道质问她，怎么不上班跑这儿闲晃，但他什么也没说，往旁边让了让。常植道的沉默更是稀罕的事物，傅丹萍跟着进门，多看了他一眼。

她们进屋后又是一惊。谢敛的房间一眼就能扫到底，带蚊帐的床、床头柜、五斗橱、书桌。床以外的家具是老芮给他弄来的，显得比其他职工的单身宿舍高档，和知青们的宿舍比，堪称豪华。现在床上的蚊帐放了下来，床前的凳子上坐了个人，却不是谢敛，而是常植道的老婆邓小英。平时总是拾掇得清清爽爽的邓小英此刻显得十分狼狈，披着件男人的外套，头发像鸡窝。安红石仔细一打量，邓小英不是没梳头，她的头发像是被火烧过，到处绽着参差的缺口。刚进门时给安红石最大惊吓的是，邓小英坐在床边呆望着床的架势，简直像一个痴痴的情人在等谢敛起床。

邓小英转头看见是她们，吸了下鼻子说："还没醒。"又说："要是不醒怎么办哪？"声音带了点哭腔。

安红石正在犹疑不定，傅丹萍开口道："怎么了？"

"你们不知道？他是为了救我……"邓小英的嗓子梗了下，"跑进着火的仓库里。那么多人都没进来，就他一个。"

很多细节在后来的几天逐渐被补完。诸如，本该待在连队家属宿舍的邓小英之所以会在场部着火的仓库里，是因为她和会计曹方躲起来做那种事。曹方的表弟最近过来玩，宿舍里多了个人，曹方和邓小英按捺不住私会的心，居然异想天开地利用了仓库。着火也是因为曹方抽烟之后没灭干净。几个善于推理的知青因此想到，四连仓库的芽条被毁，难道是这两个被性欲冲昏了头脑的人在里面苟合，没注意到芽条？邓小英在众人口中简直成了水性杨花的代名词。还有人说，一定是常植道在床上不行，否则她为什么要去找曹会计？

此时，在谢敛的房间面对眼圈泛红的邓小英，安红石和傅丹萍尚未知道背后的因由。安红石问："着火？他没受伤吧？"说着就快步上前看谢敛。傅丹萍顿了一顿才过去，对邓小英说："常指导员在门口。"

邓小英出去了，门外传来低低的说话声。两个女孩这才看到，床上的谢敛比邓小英的鸡窝头更狼狈，他盖着薄被，穿背心的胳膊露在外面，有好几处皮肤红得吓人，布满水泡，上面油腻腻的一层，像是涂了药膏。头发湿漉漉的，总的来说脸上身上很干净，大概是帮他上药的人给他擦洗过。他的眼皮在不安分地游移，像是在做梦。

安红石在床边坐下，傅丹萍坐了邓小英之前的凳子。安红石问："他不会有事吧？"问好友，同时也问自己。半晌没有回答，她转过头，看见傅丹萍正盯着谢敛看。她仿佛被那道静极了的视线烫到，慌乱地说："我出去问问怎么回事。"走出去的时候，安红石没有半点停顿。她知道，如果回望，自己会更加心烦意乱。

谢敛从漫长得几乎迷失的梦中返回现实的这头，睁开眼，映入视野的是安红石。他用了大概半分钟来适应自己置身的现实，关于救火的记忆尚未涌上来，身上莫名其妙地疼。眼前的浓眉女子有七分像梦里的人，他差点脱口而出，喊"怀殊"，接着猛然醒悟，自己不是谢德，不是那个对人世充满不舍却死在火里的男人。火，对了，自己从火里救了个人来着。是谁呢？另一个念头砸进他的意识：我活着。

活着，原来是一件这么宝贵的事。穿过了谢德的一生，他重新活在作为谢敛的二十五岁的身体里。谢德只活了二十六岁。他的死为的是另一个人的生。他的小妹，谢敛的三姑。原来二叔不是死于轰炸，三姑的疯也不是家人以为的，仅仅是出于二叔和她对象之死的刺激。

谢敛想哭，为他们。也想笑，为自己。为活着。

安红石有些无措地朝他弯下腰，脸凑得很近。"你醒了？还疼吗？有没有哪里不舒服？"她一迭声地问。谢敛并不知道，她的无措更多地因为突然被傅丹萍拉进屋子。傅丹萍在院子里找到安红石，只说了一句"他快醒了"，就把她半推半拉地弄进屋，却没有跟着进来。明明坐在跟前不吃不喝守了大半天的人是傅丹萍自己。安红石一直百无聊赖地待在外面，顺便把火灾的八卦收集了个遍。让她震惊的是，原来邓小英和曹方早就认识，早在她嫁给常植道之前。听起来倒有几分妈妈爱看的戏文里的痴男怨女的意思。事情要放在别的场部，两名火灾肇事者肯定会因为破坏集体财产和作风问题被关起来，但老芮紧急召人开会，只讲了消防安全。他说他不管家务事，让人自己解决。

常植道完全没了平日的做派，甚至连捉奸的丈夫该有的气急败坏也未见半分。他和邓小英一起走了，曹方没事人似的，被老芮押着写检讨。安红石头一次对常植道产生了同情，他在谢敛门口抽烟的萎靡形象，遮盖了他平日拿着丁点大的权力整人的讨厌的一面。当然，这份同情很短暂。

被傅丹萍推进屋和谢敛独处的安红石，见床上的他茫然地盯视自己，问他有没有事他也不应，积攒了一上午的焦虑和牵挂，加上对自身情感的别扭不适，对好友"换人"的轻微恼怒，让她拧起浓郁的双眉，瞪着他问："你被烧傻了？还认识我吗？喂!"

谢敛忽然伸出手，摸了摸她的脸。他的动作极其圆熟，仿佛这是他做过不止一次的日常举动。安红石整个人一僵。

接着他说出的话却完全不甜蜜，和动作不相干。

"红石，你眼睛黄得很，莫不是得肝炎了。"

这是谢敛在他不算长的卫生员生涯中，表现得最像医生的一回。

九月中旬，安红石刚休完探亲假回到农场没几天，就被总场医务室确诊为甲型肝炎。谢敛说他有个相熟的医生专治肝炎，让安红石去他的老家弥渡，住在他家休养。这一次，常植道放人爽快极了，可能因为他欠了谢敛的情，或是不想让传染病人留在连队。总之，安红石被谢敛托付的司机捎回了弥渡。她站在穿过县城东门的国道边上，仍有种不真实的感觉。

好在谢敛的家人极其随和，打消了安红石的陌生感。她去那边的消息是谢敛到小街发电报提前告知的。等安红石安顿好，谢敛的姐姐谢敏带她去了县医院，在一间排长队的诊室门口张望，里面坐着个年轻的女医生。安红石的第一印象是，医生看起来又美又凶。同时注意到，诊室里有张小床，睡着个小小的孩子，头发和手露在被子外面。

白晓梅冲谢敏点点头算是打招呼，又瞅了安红石一眼。不带感情的医生的视线。她说："我爸在的，我跟他讲过了，你们直接去。"

安红石这才知道，谢敛口中的"白医生"，并不是县医院最热门的小白医生，而是她的父亲，曾经的副院长，如今在医院开水房工作。运动的风潮已经过去，整过白医生的人给他安置了这样一个闲职，并非出于良心发现，而是因为想着谁没有个生病的时候，万一自己将来也要找人看病呢。白医生是祖传的中医，治疗肝肾病的一把好手。他给安红石把脉开方，让谢敏找小白医生再去挂个号，到时候把方子给过去就行。白医生笑眯眯地说："上海来的？有对象了吗？"安红石不知道他只有白晓梅一个独生女，还以为眼前这个斯文的云南老头和金医生一样，接下来就要说什么我儿子和你有缘云云。她客气生硬地回答："对象没有，以后回上海再找。"

谢敏闻言，在心里为自己的弟弟轻叹一声。电报是发给大哥的。大哥说，谢敛有个朋友要来养病，是女知青。谢敏因此在病人来之前抱有某种期待。不过想想也是，自家弟弟的情况，不可能找个大城市的媳妇。

也因为最开始就被打消了幻想，谢敏没有把安红石升级为"没过门的弟媳"，而是当作寻常朋友加病号处理。考虑到安红石有肝炎，她的碗筷是单独一份，菜也另外盛出来。为了给她补营养，谢敏私下养的鸡每下一只蛋，都会出现在安红石的碗里。三姑嘴馋，嘀咕过几次，谢敏在饭桌上说，人家是病人，再说她是你"二哥"的朋友，你不要这么不懂事。

安红石被这家人的称谓彻底弄晕了，花了一段时间适应。明明是谢家三兄妹的三姑，为什么谢敛是她的"二哥"？有几次，谢家大哥谢敦带着他妻子彭琳和儿子谢文应过来吃饭。谢文应十一岁，念小学五年级，他有着谢家人的高个子和单眼皮，比较害羞，几乎没怎么和安红石说过话。三姑对侄孙谢文应直呼其名，大侄子谢敦则是"大哥"，奇怪的是，她喊彭琳也是名字，绝不会喊成"大嫂"。安红石想，谢家的父母已经过世，以前谢敛他爸也就是三姑的亲大哥还在的时候，三姑怎么喊他呢？想归想，毕竟不方便问，她只能忍着好奇。谢敏在三姑的称谓里没有姓，就只是"敏敏"。安红石后来将会发现，三姑即便在她短暂的清醒期，对谢敏的叫法也没有改变。

除了辈分的混乱，三姑看着基本正常，或许穿衣风格稍显年轻。她喜欢穿白色带暗花的的确良衬衫，领子翻出外套，像个赶时髦的姑娘。谢敏穿得比三姑朴素。三姑属虎，安红石心算了下，比妈妈小三岁。三姑的面相倒是比妈妈老，皮肤偏黑，过早夹杂了许多银丝的长发扎成辫子，在脑袋上盘了厚厚的一圈。她说话和笑都很大声，笑起来耳朵底下的绿玉坠子荡啊荡，耳朵眼被多年的负重拉成了阿拉伯数字"1"。城市里早没人戴首饰了，怕惹来风波。云南的年轻姑娘也不戴。肆无忌惮打扮自己的三姑像是从过去走出来的人。

安红石习惯的女长辈是妈妈和吴老师那样的知识女性，却很快喜欢上了游离在时间之外的谢家三姑。平日里，谢敏要参加生产队的劳动，三姑下地干活三天打鱼两天晒网，也没人管她，所以通常是她和休养中的安红石两个人待在家里。三姑在家从不闲着，衣服的缝补和洗晒、把晒干的玉米剥下来存着、切萝卜晒萝卜干、洗苦菜晒了做腌菜，她所有的忙碌都要利用阳光，好在云南有用不完的太阳。弥渡是个小盆地，比西双版纳干燥和凉一些，偶尔下雨，也不是版纳那种天漏了般的下法。三姑不需要天气预报。她站在院子里望望西山，就能准确地说出今天会不会下雨。安红石也跟着望去，只见远处山峦的棱线经过空气的折射，呈现梦一样的蓝色，只比天空深一点。她过去不知道山居然可以美成这样。在连队，山太切近，是充满湿气和植物、有待改造的地块，是劳动的所在，与形而上的感动无关。

安红石到谢家不久便是中秋节，当地和过年并重的大节日。三姑亲手做的月饼没有馅，用了红糖和荞麦，大如砧板。说是叫作"红饼"。

"谢敏可喜欢吃这个呢。可惜他不在。"三姑说。中秋节这天，她不知怎的恢复了长辈的神态，衬衫倒是没换，暗花衣领仍然舒展在外套上。

听见谢敏的名字，安红石才意识到，她几乎有些想念那个看不透的男人。那天他摸了她的脸，但结合他说的话，大概只是医生对患者的诊治。可气的是，他说甲马没了。被烧了。他为了不要弄丢带在身上，谁能想到会发生火灾？他一本正经地瞅着安红石说，我以后找一张赔给你，真的。

她应该冲他发火的，对着他那张脸，又很难真的生气。她闷闷地说，你去哪里找？再说，也不是原来那张了。

等了一会儿，谢敛没接话。安红石以为他在内疚，没想到他又说，要是我找一张，嗯，样子长得很像的，你说你妈妈能看出来吗？他的语气像个做错事的孩子，透着少许侥幸的滑头。孩子都是那样的，知道人们爱他们，对他们宽容，于是错了也不认真反省。安红石心头升起薄薄的怒意，恨声说，你让我怎么跟我妈交代，真是的！

谢敛望着她说，我欠你的，我记着。还有，要谢谢你。

他说得郑重，安红石反而有些局促，都没好意思问他谢什么。谢敛和傅丹萍把她一路送到景洪，她没再提甲马的事。说到底，谢敛能平安从火场里出来，她内心有隐隐的安慰，觉得仿佛真的是那张甲马护佑了他。

中秋节的晚饭，来的不仅是谢敛全家，还有白医生一家四口。白晓梅的丈夫霍思齐是上门女婿，两口子住在白医生家。安红石这时已经知道，她在白晓梅的诊室里看到的孩子是白晓梅的女儿，白医生的外孙女，一岁多的明明，患有先天性心脏病。霍思齐在下面的乡政府工作，一个月只能回家两三次。年幼的明明随时可能发病，家里又没人看顾，只好带着上班。难怪白晓梅美丽的脸上有层坚冰，一旦冰化了，就会露出难以掩饰的愁苦。

相比之下，霍思齐显得没心没肺得多。他把明明驮在肩膀上走进来，笑呵呵地和每个人打招呼，包括安红石这个客人。喊完三姑之后他问："今年是哪一年？"

三姑淡漠地说："你当我不识数吗？一九七五年。"

霍思齐像是认真地吓了一跳："哦哦，我哪里敢。"继而低声对白晓梅嘀咕，"年三十的时候说是民国二十八年，我以为她今天该回答民国二十九年。还是那个三姑好玩。"白晓梅瞪了他一眼。

晚饭的菜色是谢家惯常的，腌菜炒洋芋、凉拌鱼腥草、苦菜汤，毕竟是过节，谢敏不知从哪儿弄了条猪尾巴回来，卤过切片，加了芫荽和葱蒜辣椒凉拌。霍思齐吃了一口就愕然说："谢敏，你现在放辣椒这么省。"安红石以为几天下来已习惯了谢家菜的辣度，这才知道，其实谢敏为自己做了调整。还有道肉菜是霍思齐他们带来的，肌理细腻的白肉看起来是鸡肉，口味淡美，倒是没有加辣椒。安红石吃完一块，发现一桌人盯着她看，三姑甚至带了一点笑意。

"你咯吃得惯？"谢敏问她。

"很好吃啊。这是什么肉？"

"蛇肉。"谢文应忍不住说。

安红石又夹起一块："原来蛇肉这么好吃啊，我在农场打死的蛇都没吃，太可惜了。"她感到饭桌上的气氛热络了一些，不明究竟。

饭后，大家继续吃红饼和煮过的板栗核桃，喝谢家大哥带来的酒。酒喝起来颇甜，大概泡过某种果子，有蛇肉的事情在先，安红石决定不问这是什么酒。她好笑地注意到，每次三姑喊"谢敦"，那边都会先愣一下，大概已当惯自家姑姑的"大哥"，不太适应今天的状况。同样不适应的人还有谢敏，因为云南话前后鼻音不分，每次三姑喊"明明"，谢敏都忍不住看过去。

其实安红石也更喜欢三姑迷糊的时候。三姑在家不是在弄吃的，就是在吃。云南人爱吃的麻子只有半个米粒大，她一颗颗磕出肉来吃，利落地把麻子皮从嘴角往外吐。一会儿塞给安红石一把炒豆，或是家里的泡萝卜。如果不看外形，三姑像是个比安红石小一截的女性好友。反倒是同辈的谢敏，客气间带着疏远，总有种距离感。

云南的女人大多特别能喝。霍思齐的酒量不如他妻子和谢敏，甚至比不上安红石。很明显，喝了酒，他的话开始多了起来。他也不管安红石明明听得懂弥渡话，换成僵硬的云普，向安红石打听上海的各种情形，并毫不掩饰地表现出，你是大城市来的人，肯定觉得我们这里穷乡僻壤，待不下去吧。安红石在连队内外喝过不少酒，这种人在酒局上见多了。她尽量不动声色地作答，忍着烦躁，心里觉得霍思齐配不上白晓梅。吃饭是在堂屋里，此地的堂屋比厢房短一截，门设在屋檐进去一米多，门口留了片带屋顶的空地，便于白天做事。白医生和谢敦到门外抽烟，白医生抽水烟，谢敦抽长长的烟斗。安红石不记得看到过谢敛抽烟。三姑抱着明明，带着谢文应去了厨房，大概抓什么泡菜给馋嘴的孩子吃。桌边一时间只剩下霍思齐、白晓梅、安红石和谢敏。

这时霍思齐对谢敏说："李明远回下关了。"没头没尾的一句话，让谢敏的脸色倏然一变。白晓梅在旁边啧了一声："叫你不要讲。"如果换了傅丹萍坐在氛围古怪的几个人中间，大概会识趣地走开或沉默。但安红石不是傅丹萍，她问："李明远是谁?"

谢敏说："我家的仇人。"

霍思齐说："他想见你一面，托人找我带话。我现在话带到了。"

谢敏不吭声。安红石又问："和谢敛有关对吗?"此话一出，三个人盯着她看。白晓梅问："谢敛和你说过什么?"

安红石摇头。几个月前，在布依族的寨子喝喜酒的时候，谢敛先是格外消沉，后来大概因为酒精的作用，他的兴致反常地高昂。中间他短暂地失神片刻，嘴里喃喃地念，阿远。一个男人的名字。安红石听见并记住了。

谢敏深深地看了她一眼。安红石是头一回发现，谢敏和她弟弟谢敛很像。外貌上的相像是一目了然的，他们还有更深层面的相似。如果说安红石觉得谢敛把半个自己藏了起来，那么谢敏给人的感觉则是，她把更多的自己藏在一个很深的只有她本人才能去到的地方。此刻注视安红石的，是完整的谢敏，不再是沉默的和气的云南女人。二十七岁，会被有些人说成是老姑娘，顾家，干活是一把好手，有长姐风范，会为了住进家里的弟弟的朋友调整菜的辣度。不，不再是安红石这些日子以来知道的谢敏。她的眼睛里透着一颗心被搅碎的痛楚，那么痛，以至于安红石呆了呆。

白晓梅举起杯子："莫说了，喝酒。"

那个名字和谢敏的表情就此过去了。安红石知道不能继续追问。要不是谢敏晚上来敲她的门，她可能会永远怀着对"李明远"的好奇。

谢敏的话很简短，仅仅是对事实的陈述。"告诉你也没什么，不过你不要让谢敛知道我跟你讲了。李明远是谢敛以前的同事。他们玩得很好，谢敛喊他哥。后来我们谈过对象。"

她顿了顿又说："本来打算结婚的，七年前。"

安红石问："七年前？"她想，是我来云南的时候。

"嗯，那年我们这里的人都分成两派。你可能听说过。李明远和谢敛不在一派。后来，就是他把谢敛的腿弄成那样。"

安红石在谢家延续着在农场养成的午睡习惯。她住的是谢敛的房间，堂屋的左手边靠里一间，没有窗。这间屋子白天也显昏暗，适合午睡。不再有傅丹萍喊她起床，加上抱着"调养"的心态，有时一觉醒来已是下午三点多。翻个身想想农场里大家这会儿正在橡胶林除草，或是开垦新的林地，感觉近乎不真实。偶尔做梦，梦到的都是在上海的少女时期，梦里没有连队，没有傅丹萍，甚至没有谢敛。

这天安红石还在睡，外面依稀有人说话。迷糊间她又赖了会儿床，说话声消失了。

等安红石下决心起床走出房间，穿过堂屋门，外面只有三姑一个人，坐在靠背竹椅上，在补一双袜子。中秋节过后，三姑又恢复了原先的状态，安红石觉得，比起言辞间隐然严厉不容调笑的她，还是现在的样子比较可亲。安红石打了个哈欠："我好像听到有人讲话。"三姑手上的动作不停："来要甲马的人。真是不懂事，既不是过年又不是七月半，现在来要了做什么？我跟他说没有。而且敏敏讲过，现在不比从前，不能让人知道我家有那些。"

那几个字猝不及防地撞入耳膜，让安红石残存的睡意倏然消散。"你家有甲马？"

"对啊。谢敛没和你讲过？我家有啊，祖传的。"

"我可以看看吗？"

三姑这才停手。"正好板子要晒一下，你来帮我。"

谢家的甲马雕版放在二楼的阁楼上。上面没有做区隔，阔大的一间屋，大小等于楼下的堂屋加四间厢房，经过打磨未上油漆的地板平日当作晒台用，摊着三姑前几天剥的玉米粒，黄澄澄的一大片。三姑把阁楼一角的地板掀起来，从里面陆续掏出一块块的木板。安红石帮她把木板抱下楼，摊在院子里。做这些的同时，安红石试着寻找某个熟悉的图案。虚空过往。妈妈从云南带回上海，又陪着她来到云南的纪念物。那东西凝聚了安红石的复杂情感，尽管她一次次试图诋毁那张甲马所承载的，心底却无法遏制地有一丝丝羡慕。羡慕什么？是羡慕妈妈的固执？她分辨不清。

雕版上反方向的字不算太难认：甲马之神。本主天神。大黑天神。板子看起来有年头了，散发着旧木头浸透了墨的气息。十来张板子当中没有安红石的那一张，她不知道自己是松了口气，还是隐隐失望。

"板子就这些吗？"她忍不住问。

三姑的眼中有什么一闪："今天就晒这些。"

安红石试探地说："我妈也有一张，从云南带回去的，和这些不太一样。上面的字是'虚空过往'……"

三姑立即说："不可能！"

安红石想，要不是被你家谢敛给毁了，我可以拿出来给你看——当然她也知道，就算甲马还在，自己也不至于带来。她憋着没吭声。三姑又说："虚空过往哪里会在外面见到。我一张，我大哥一张，我二哥一张。怎么会在你家？不要瞎讲。"

她激烈的语气引得安红石说："真的有。是一个姓谢的送给我妈的。"同时心里有什么隐然触动，谢家一个人只有一张？难道说——

"姓谢？叫什么？"三姑打断她的思绪。

安红石怔了一下，心想，我怎么从来没想过问一下那个人叫什么呢？妈妈一直称他为"小谢"，仿佛他永远定格在去世的年代，最终成了晚辈。

她不甘心地说："反正就是有。不信的话，你可以把你那张给我看看是不是一样……对了，我妈叫苏怀殊，你也许认得？"

事后安红石想，如果她知道三姑的反应会那么强烈，她一定不会轻率地把妈妈的名字说出口。听见"苏怀殊"三个字，三姑先是露出牙疼般的表情，接着慢慢蹲下身子，抱住头。安红石吓到了，伸手扶她的肩膀，问她有没有事。三姑发出一声长长的呻吟，如同野兽受伤的悲鸣。她蹲在原地很久，嘴里喃喃念着什么，然后站起身，看也不看愣在一旁的安红石，走了出去。

谢敏回到家的时候，发现家里没有晚饭，灶是冷的。这情形十分少见。三姑和安红石都不在。黄昏的院子里，甲马的板子摊了一地。谢敏在心里叹了口气，动手收拾。和三姑说过好多遍，这是"四旧"，要藏好。说再多也进不到三姑的脑子。三姑的时间概念随着谢敛的年龄走。对三姑来说，眼下是民国二十九年，"二哥"结束游历回到昆明，经营茶馆的第二年。爸说过，二叔只活到一九四一年，民国三十年。谢敏有时会想，等谢敛过了二叔过世的年纪，三姑还会把他误认为她的"二哥"吗？

她以为三姑带安红石去哪里玩了，烧水下了一把干米线，用醋拌了，加了点葱姜蒜和辣椒面。吃完后又等了好久，才见到安红石扶着三姑进门。谢敏的心头掠过迟来的模糊不安。安红石一看见她，立即用差点哭出来的声音说："三姑有点奇怪，她跑到城外西北边的河那里，我一路跟着喊她，她也没反应，只好硬把她拉回来。"

谢敏说："又犯病了，过几天会好的。"她说得平淡，安红石难以释然，问："几天是多少天？要不要带三姑去看白医生？"

白医生医不好。谢敏想说，有一个人可以让三姑迅速好起来，但，是从前的他。

从前，谢敛会用甲马的从前。谢敏的甲马无法在三姑身上起作用，也许是她的能力不足，或是谢敛和三姑之间有某种奇妙的感应。谢敏还记得当长途客车司机的弟弟，和李明远轮流开一部车的夜班，第二天早上到站后，两个人连觉也不睡，目的地如果是昆明，他们就去打乒乓球，回弥渡，则是跑到毗雌河游泳。那时的谢敛笑起来灿烂无匹，和现在略蔫的弟弟，简直不是一个人。

想到这些，她的心又一次被尖锐的棘刺扎得缩起来，在胸腔里凝结成冰冷的一团。她对安红石说："没事的，让三姑回房歇着。过几天一定会好的，老毛病了。"

安红石好像还想说什么，谢敏摆出不愿多谈的神色。而三姑也真的如她所说，尽管第二天第三天又跑到毗雌河边发呆，第四天便恢复了正常。这个正常是相对的，也就是"日常的"三姑，仍然活在属于她一个人的时代背景中。

巧的是，三姑缓过劲来的那天，谢敛回来了。

3. 「非虎」

　　谢敛在醒来的同时就感觉到了，他不再仅仅是自己。另一个人的存在，让他在恍惚中忍不住摸了安红石的脸。摸完后暗叫不好，急忙硬生生地找句话说。正好安红石的眼白泛黄，和妈有一年得肝炎的情形很像。

　　他说这话时根本想不到，安红石吓得跑去总场医务室做了个检查，然后证明真是肝炎来着。

　　要到当天晚些时候，他才会发现"梦见"的力量回来了。白天有一拨拨的人来看他，安红石、傅丹萍、老芮、常植道的媳妇邓小英。原来他从火场里救的人是邓小英，但还没人告诉他，为什么应该在底下连队的她会在那里。曹会计没出现，他暂住这边的表弟倒是来望了望。往常虽然说不上熟，毕竟他和曹方就在隔壁房间办公，这时候不来，有些奇怪。谢敛不知道，曹会计正被关在办公室里写检查。他应付完探视的各路人马，不断重复说，没什么事，不过是身上燎了几个泡。安红石她们在三点多走了，为了等他醒，两个姑娘据说连饭也没吃。谢敛要把病号粥分给她们，被拒绝了。等屋里终于只剩下谢敛一个人，他重新躺回床上，巨大的疲倦很快包拢了他，他又睡着了。

做了个梦。

不是腿伤的梦。甚至梦到的不是自己。

仓库的门锁虚挂着，是有人特意留的。门轴旧了，开门的时候嘎吱作响，在静夜里听来格外分明。关门的时候又响了一次。门关上之后，仓库特有的气味充满了鼻孔。奇怪的是没听见老鼠叫。上次来的时候那个吵，简直烦人。

他随意往地上一坐，坐下才发现，屁股底下又湿又滑。奇怪，难道是白天下雨的时候漏了。他站起身，打算用手电照，这时门又响了。昏天黑地里走进来一个人。他说，你来了。那人没打手电，循声走到他跟前，往他怀里一扑，他没站稳，两个人叠着倒下，他的背摔得生疼。他忍不住压着嗓子说，你轻点啊。那人的两条胳膊揽着他的颈子，把他的头掰过去，他也往前凑了凑，找到对方半开的嘴。两张嘴吻在一起，吮吸辗转。后背传来湿冷的感触，他想起刚才摸到的，有点恶心。亲完了分开透气的时候，他说，你等一下，地上好像有水，别把你衣服也弄湿了。

他拧开手电光，没敢开大。幽黄的一团光里，只见地上到处是散乱的嫩树芽，仿佛被一只看不见的巨手狠狠揉过，嫩芽

396

的浆汁涂了一地。俗话说，没吃过猪肉也见过猪跑。他立即意识到那是什么。橡胶芽条。放在仓库里的芽条被毁，不是小事。

邓小英在旁边说，曹方，你闯祸了。

他条件反射地说，不是我干的。

她刚从他身上移开，声音薄薄地染了一层情欲的腻，底子又冷又脆。光听声音，有时他觉得，她还是中学时的邓小英。他在学校的后山上看书，她沿着小路走上来，在他旁边坐了，也不和他说话，一下下揪身旁的草。他当时是个愣愣的没长开的孩子，只觉得她怪烦的，影响他学习。她起身准备走，他心头一松，她忽然说，曹方，我要转学去昆明了。以后你要给我写信。

不是"我们写信吧"，也不是"我会给你写信"，她说，以后你要给我写信。

就像现在她说，你闯祸了。也不想想起初是谁提出跑这里见面。一句话撇得干净。可他全无回嘴的念头，她总是将他拿捏得死死的。还记得多年以前，他拿出信纸，茫然不知该从何下笔，最终写道，邓小英同学，不知道你到昆明后成绩有没有好些？

见他不吭声，邓小英扑哧一下笑了。他刚才被刺激得紧绷的心这才松弛下来。他认真地说，不是我干的，我就坐了一下啊。

谁会知道你来这里？莫慌。

她说着拿过手电，蹲在地上仔细打量，捡起一片东西。半透明的椭圆形物体，轻飘飘的。

他问，是什么？

邓小英的脸色变得严峻：你赶紧走。是蟒蛇。鳞片这么大的蛇，不晓得有多大。太危险了。

他又受到一重惊吓，隔了片刻才说，是蟒蛇弄的？

谁知道。我们都赶紧走。邓小英说着，把蛇鳞收进衣兜里。他说，你放回去吧，你这样，明天连队肯定会一团乱。

我就是要让常植道烦神。她的声音没了对他说话的亲热劲儿，有些冷。

谢敛睁开眼，在床上发了好久的呆。曹方居然和邓小英是一对，谢敛不知是否该为此同情常植道。芽条的事他也听说了，至今是桩悬案，没想到藏匿的破坏分子会是一条来去无踪的蟒蛇。

不用甲马就在梦里成为他人，穿过时间的屏障，对他来说是久违的体验。姐和他在小时候偶尔有类似的情形，长到十来岁就不再有了。爸从来没有过"梦见"，对此却有一套理论。爸说，小孩的自我意识比较薄弱。爸读了他所能找到的心理学的书，一共也就五六本。爸后来调任县委宣传部，工作很清闲，大半时间在看书喝茶种花下棋。年轻的时候为了筹备滇缅铁路，爸去过很多地方，大概是以前走多了，安定下来便很少出门。谢敛觉得爸是个乏味的人。他向往二叔那样多彩的人生，走马帮、开茶馆，用甲马为人排忧解难。难道自己要像爸一样一辈子窝在弥渡？想想都无聊透了。所以他在十七岁那年谎报年龄，参加下关汽车总站的招工，接受培训后成了一名客车司机。他以为，在高原上开车，就是新时代的马帮。他喜欢看车前窗仿佛下一秒就会扑面而来的悬崖，拐弯时要堪堪拧够方向盘，才能在连绵的盘山公路上保持安全。从弥渡到昆明的途中，有一个弯道错车极险，必须停车等总站另一辆对开的客车过去。总是在凌晨三点多到错车点，负责前半程的李明远在副驾驶后面的简易床上睡着，他开车门下车，吸一口被夜色染透的冷冽空气，等着即将出现的两道车前灯。一车的乘客都在昏睡，只有他醒着。那感觉十分奇妙。他心头闪过莫名的心痒，想偷偷烧一张甲马，潜入李明远和其他陌生乘客的生活中窥看。

当然一次也没有那样做过。

再后来，他因为腿伤不能开车，也不再用得了甲马。而他的朋友、搭档，他当作哥哥一样、将来会娶他姐的李明远，也从他的生活中彻底消失。

现在他和甲马之间的联系又回来了，谢敛能分明地感觉到。他这才想起，安红石居然没有第一时间质问"虚空过往"的下落，大概是看他太狼狈，不好开口。来自二叔谢德的甲马在火场中化为灰烬，给了他一场幽深迷乱的大梦。似乎就在同时，也把早已断裂、损毁、他以为不复存在的什么，重新拼合完整。

谢敛下了床，从书桌上锁的抽屉翻出几张甲马。他穿上外衣、长裤和鞋，带了手电，出门往四连的方向走去。他出门前看了表，半夜十二点多。腿限制了他的步速，不过他并不着急。七年都熬过去了，重新拾起甲马，也不急在这一时。

橡胶林有种特殊的氛围，和西双版纳随处可见的森林不同。笔挺不生旁枝的枝干，不像其他树遮天蔽日，知青们不断铲除和橡胶树争夺养分的灌木及草丛，更加重了这种稀疏感。

谢敛在山脚下烧了他带来的甲马当中的一张。"山林草木之神"。闭上眼，体会到久违的律动。他的心跳怦然加快。没费太多工夫，他就循着甲马的指引，找到了蟒蛇经过的地方。谢敛没有开手电，屏息等着。蟒蛇有习惯的路径，如果他的甲马不出差错，就能等到它。

一道光划过他的视野，晃眼。谢敛吃了一惊。这时间居然有人在橡胶林里。对方似乎也发现了他，朝这边走来。等那个戴着头灯的人走近，谢敛打开手电，想看一下是谁。他立即发现没有这样做的必要，因为对方先开口问："谢敛？"

傅丹萍的声音不会被认错。她又说："你怎么跑这里来了？你还疼吗？"

"我没事，倒是你为什么这个时间在山上？安红石呢？她没跟你一起？"

她走完和他之间的最后几步，稍微转了下头灯，免得刺他的眼。"我来割胶。"

"我知道你来割胶。"谢敛的手电光划过她的胶桶，"怎么这么早？你们割胶不是四点半开始吗？"

傅丹萍迟疑片刻："之前帮红石去请探亲假，常知道不肯放人。我跟他说，我可以把红石的割胶做掉。也还好，每天早点起来就行了，我攒了一阵，快攒够了。"

谢敛想问，安红石知道你这么做吗？说出口的却是："……常知道现在顾不上这个吧？你何必这么认真。"

"哦，你知道了？消息传得好快。"

谢敛不置可否。傅丹萍又说："他顾不顾得上是一回事，我答应了就会做到。"

"你一个人摸黑上来，太危险。"

"山上没有野兽。"

他想说，人才是最可怕的。转念想到，这会儿旁边就只有自己，说了好像把自己也算在内。还没等他想到更好的说法，那边问："你不好好躺着养伤，来这里做什么？"

谢敛想找个理由搪塞过去，视线中忽然有什么闪过。他的后颈不觉有些僵硬。是那东西。比预想的要大得多。尽管在梦里透过曹方的眼睛看过那片蛇鳞，但曹方本人也只是潦草的一眼。谢敛条件反射地抓住傅丹萍的肩，将她拉进自己怀里。傅丹萍没有挣扎，软绵绵地任他抱着。

她的声音从他胸前低微地传来。"是什么？"

"你也看见了？别怕。"谢敛说得不太有底气。他怕亮光引来蟒蛇，关了电筒，这才发现傅丹萍的头灯投射在他的肩窝处，余光照着他的脸。他忍不住想，在它眼里，我看起来是怎样的？

两米开外，蟒蛇的脑袋悬在一人多高的位置，冷漠地注视着谢敛和他怀里的傅丹萍。蛇身粗如大碗的碗口。这种程度的蟒蛇可以轻松吞下一头小猪。谢敛不知道它对人类有没有兴趣和胃口。蟒蛇的攻击方式是用身子盘住对方，然后一点点往里收紧。即便不会丧命，谢敛也不想断掉几根肋骨。

他出门时为了方便，把几张甲马分装在不同的衣兜。外套右侧胸前口袋里有张"非虎"。谢敛松开揽着傅丹萍的左手，从裤兜里掏火柴，右手把电筒插进裤腰，接着摸出那张甲马。一手火柴盒一手甲马，取火柴点火，燃起甲马，这一切他是双臂环绕在傅丹萍身后做的。总不能把人揽过来又推开。蟒蛇木然注视着他的一系列动作，显得意兴阑珊。

泼水节开枪救人那次，谢敛事后想，要是自己还能用"非虎"，可以不折损人家一头牛。但他不再是从前的他，再说情况紧急，当时也容不得慢悠悠烧什么甲马。

现在时间足够，他也恢复了对一切有把握的自己。

谢敛把烧起来的甲马扔掉，闭上眼。"非虎"对人类和动物都有巨大的震慑力，按理会让对方看见源自意识深处的恐怖形象。他似乎听见了窸窸窣窣的声响，忍着没睁眼，只努力把意识凝聚在甲马上。

周围彻底静下来，谢敛长舒一口气，放松了僵硬的全身。傅丹萍仍维持着脑袋抵在他胸前的姿态，一动也不动。

他拍拍她的肩，说："没事了。"

她在颤抖。谢敛意识到，自己犯了一个错误。"非虎"吓跑了蟒蛇，然而同时，傅丹萍大概也在脑海中目睹了某个无法诉诸言辞的可怕形象。他赶忙拿出电筒照她的脸，以为会看见受惊过度的表情，但她的眼神维持着镇定。这女孩要么是胆子超乎常人，要么就是脑袋少根筋——凌晨两点来山上割胶的，本来就不是寻常人。

傅丹萍伸手扶了下头灯，让谢敛的脸也被照亮。他们彼此照着，面面相觑了一会儿，她用很轻的声音打破僵持。

"刚才那是什么？你——到底是什么人？"

谢敛原本可以对"非虎"造成的心灵幻觉加以搪塞，说你看花了眼吧，刚才那里有条大蟒蛇，我们二对一，把它吓跑了。然而经过昨天到今天凌晨的一切，整个人的神经太兴奋也太疲惫，他忍不住讲了真话，让他自己都感到意外。

家传的甲马。他七年来的无力感。安红石持有的"虚空过往"隐藏的含义。火灾中毁掉的甲马让他看见了谢德活过的岁月——他没有就此细谈，话锋转到自己为什么会跑到山上来找可能存在的蟒蛇。他撒谎道："邓小英告诉我，这边山上有蟒蛇。我原本只想吓吓它。万一它再去连队，给你们添乱不说，也危险。"

傅丹萍问："所以我刚才看见的，是你烧掉甲马弄出来的？"

谢敛忍不住反问："你看见了什么？"

攻击型的甲马，操纵者本人看不到明确的形象。仅仅是一种感应，意识的聚焦。他和姐姐在少年时练习甲马，用这张对彼此构筑幻念时，谢敏看到的是一只巨大丑陋的鼻涕虫。她怕极了，打了谢敛一顿。

而谢敏烧掉的甲马，让谢敛看到的是一只有两个头的狗。他曾被同学家的狗咬过，大概是那时留下的阴影。

姐弟俩相互吓来吓去的几天，谢敛出于孩子的顽劣，在三姑面前烧了一张"非虎"。那是他头一回目睹三姑犯病。后来他用"惊骇之神"稳住了三姑，让她恢复原样。爸说，还好有你啊。他没敢承认，引发混乱的人其实是自己。

傅丹萍说："没什么。"想了想又说，"我还以为看见鬼了。"

从来没听说过"非虎"会让人看到鬼，谢敛想，大约其实是"人"。

傅丹萍拎着胶桶回连队，再随着四连的其他知青被王连长带上山，橡胶林的昏暗逐渐被人声和光冲淡。此时，谢敛已经往场部走了两公里多，他回头望去，山是巨大的黑色块体，拼贴在微微泛起灰色的天空背景上。远处的山林间浮游着游萤般的亮点，他不知道哪一个亮点代表傅丹萍。

从今天起，她是他分享家族秘密的人。

有甲马在的时候，他总有种无所不能的错觉。就像此刻，尽管他的腿依旧不便，但他好像找回了遗忘已久的更年轻时候的劲头。

谢敛回到场部，刚过五点半。天色从深青色转为灰白，新月变成剪纸般的一块白痕，挂在一角。他回屋倒头就睡，用甲马、长谈，加上跋涉，消耗了太多体力。

再醒来时已是午后，外面一派嘈杂。谢敛起身出门，看见邹大爹在院子里激动地说着什么。他听了一会儿便明白了，曹会计和人家老婆偷情的事传了出去，现在邹家怀疑他是自家女儿的野男人，来讨个说法。谢敛皱起眉，对邹大爹的脑袋瓜感到忧虑。难道曹会计和人偷情，就代表他会处处留情？即便曾经短暂地成为曹方本人，谢敛都不觉得曹会计有什么魅力，也无法理解邓小英的热烈。

老芮用压过其他人的嗓门嚷道："一件事还没解决呢，又来一桩！邹老哥，不是我说你啊，怀疑人要有证据！你先问问你家二莲，孩子的爹到底是谁，得有个说法才行！"

邹大爹的太阳穴暴起青筋："不会有错！曹方在我们那里转悠，有人看见过！"

谢敛拨开人群上前，把老芮扯回屋里。老芮先是不耐烦地说："你有事等一下再说。"接着大概想起谢敛救火的事，态度软下来一些，"你的伤怎么样？"

"没大碍。"谢敛说，"芮叔，我又可以用甲马了。"私下没人的时候，他总是按辈分喊老芮。

老芮露出像是牙疼的表情，盯着他看了一会儿，粗声说："你来的时候，说是就当作休养，现在养好了，你要走？"

谢敛笑笑说："没有没有，我就是和你说一声。还有，邹家的事，我可以想想办法，省得邹大爹隔一阵惹点事出来。不就是找到邹远的亲爹吗？这点办法我还是有的。"

邹远是邹二莲那个不足月降生的孩子的名字，是傅丹萍取的。

老芮摆摆手："找到又怎样？到现在都不肯站出来的孬人，找他做什么！"

谢敛要到后来才会明白，老芮说的是正理。就算没有窥探人心的甲马，活到老芮的年纪，对世事自有一套洞见。可惜他太年轻气盛，又因为刚重拾与甲马的联系，正在兴头上，老芮的道理他完全听不进去。

当晚，谢敛在邹家院子的篱笆外，偷偷摸摸地烧了一张甲马。

邹家白天闹了一番却没能闹起来，今天村里有人办白事，除了邹二莲，村里人包括邹家人都去吃丧葬饭了。没出嫁带着娃的女人，无形中被取消了正式场合抛头露面的机会。谢敛蹲在地上看着"惊骇之神"烧起来，闭上眼，试图捕捉即将浮现的影像。然而眼前只有红黑交错的光的残影。他想，难道又不行了？心颤了一下。再睁眼时，眼前有双穿着胶底布鞋的脚，黑鞋面、一字搭扣，女知青爱穿的款式。

一个熟悉入骨的声音说："你在这里做什么？"

谢敛扶一下左腿，站起身，对傅丹萍尴尬地一笑，一双手在身侧搓了搓。"没干吗。"傅丹萍用脚尖踢了下地上的灰，抬头问："甲马？"

"……嗯。"

"你是想让别人看到什么奇怪的东西，还是想让自己看到什么？"她看起来对甲马的事毫不怀疑，他说什么就是什么。

谢敛莫名地心头微热。或许是因为久违地用了甲马，太过得意，以至于他竟向外人说起甲马的真相。这是不明智的举动，他也没有指望获得对方的理解和相信。回到场部后，他不是不后悔。他不想承认的是，因为那个顺势而为的拥抱，他对傅丹萍原先就有的亲近感又近了一层。

他简短地解释，自己想要探查邹二莲的情人是谁。傅丹萍静静地看着他，等他说完，她断然说："不行。"

"嗯？"

"你没有权利这么做。二莲不肯讲，是她的自由。即便是她亲爸，也要尊重她的决定。你不要自作主张，掺和别人的家务事。"她的眼神带着少见的灼热，"你真的能用甲马看到从前的人和事？你刚才看见了什么？"

谢敛窘迫起来："刚才没成。"十几个小时前在橡胶林里，他们曾经那样接近，现在看来有些不真实。

"你别再试了。"

扔下这句话，傅丹萍进了邹家的院子。竹篱笆内很快传来她和邹二莲的说话声。大概是大人们的交谈吵到了孩子，婴儿哭闹起来。邹二莲哄孩子，隔了片刻，响起傅丹萍哼歌的声音。谢敛可以想象她抱过婴儿，用轻柔的歌声抚慰孩子的模样。他摸了摸口袋里的其他甲马。"惊骇之神"行不通，看来邹二莲的噤口无关畏惧，也许真的像傅丹萍说的，是二莲自己决定不说。但是为什么呢？难道是为了保护和她有了个孩子的男人？那到底是个怎样的人？到现在都没站出来，如老芮所说，是个夙人无疑。谢敛有种冲动，想要再摸出一张甲马，把真相揭开。

迟疑之后，他转身走了。傅丹萍从未表露过那么尖锐的一面，让他很不习惯。她说什么就是什么吧。

在邹家门外失败的甲马事件之后两天，谢敛和傅丹萍送确诊的安红石前往景洪搭车。安红石一点不像个病人，路上有说有笑。到了景洪，她虽然馋街上的米干，但到底没吃，说是怕传染给别人。傅丹萍也陪着不吃。谢敛找了以前车队的同事，从客车队调到货车队的一位，让安红石坐卡车的副驾驶。驾驶员拉货正好要经过弥渡，途中不用再倒车。

忙完这些，谢敛又去找车回场部。最后找到一辆拖拉机。拖拉机是上来拉肥料的，要回一连。一连就是许毅飞的连队，离四连不过十来分钟的步行距离。谢敛在车经过场部的时候下了车。他其实想送傅丹萍过去，再走回来。可她一上车就说，你在场部下吧，折回来太累了。谢敛只好应了。一路上，两个人在堆着肥料袋的车斗里坐得局促，没怎么聊天。拖拉机司机离他们只有一臂之遥，加上马达的突突声，确实也不适合做深入的谈话。

回到场部，谢敛就撞上了群殴的一幕。一群人打一个。打人的和被打的，他都认识。打人的是邹大爹一伙，挨打的是邹暮桥。

原来，有人向老芮报告了邹二莲的情人是谁。老芮立即把人带回办公室盘问，对方不承认。老芮说，你什么时候交代清楚，什么时候可以走人。他又用了对付曹方的一套，把人关起来写检查。

消息传得很快，村里人一顿饭的工夫就知道了。邹大爹学乖了，没有大吵大闹，趁着老芮去下面连队，他直接带人跑来场部，砸开门，把人揪出来就打。

以前邹大爹为和自家同姓的小学老师感到沾光，不止一次对儿子说，你长大要像邹老师，做个文化人。邹大爹此刻在混乱中恨恨地说："你也配姓邹！"接着想起外孙姓邹，原来随的不仅是女儿，还有他亲生的爸，更是恨不打一处来。

谢敛在外围劝架无效，只能干着急。如今回想种种蛛丝马迹，邹暮桥确实可疑。

老芮听到消息后立即赶回来，带着几个彪悍的连长和副连长冲进愤怒的人群中，把村里人从倒在地上的邹暮桥身旁拉开。

事实上，邹暮桥的身份有些尴尬。他不再是农场的知青，编制在小学，所以也不算是村里人。老芮把他弄回来写检查是个障眼法，其实就是怕闹出什么事，先把人圈起来再说。眼看着被怒火扭曲的一张张脸，老芮心里没底。

村里人一时间还想不到这些关节，见分场和连队的头头们都来了，心怯了几分。邹大爹说："芮支书，你要给我家二莲做主啊。知青倒是好，将来拍拍屁股回城了，二莲一个人带着娃娃，怎么过?!"

谢敛刚费了些劲挤到人堆内圈，听见"拍拍屁股回城"，他呆了呆。此前他从未想过，知青们是要回去的。不，他其实知道，他们人人想回家，回到城市。他担任卫生员的这半年间，也陆续看到有人用冠冕堂皇或不太好看的法子离开。他只是没有把这个概念套用到自己认识的人的身上。例如安红石、陈宁、黄胖，还有，傅丹萍。

想到他们有可能纷纷离去，谢敛的心境变得微妙。

没等他陷入不合时宜的感伤，老芮说："二莲带着娃娃过得好不好，我又不是没看到。要我说啊，她也不是带不了，就这么过下去也挺好。你想啊，邹暮桥要肯娶二莲，还会拖到现在？"话是实话，直接讲出来却很伤人。邹大爹发出一声含糊的叫喊，旁边的人赶紧把他一拦。其实邹大爹也不敢上前做什么。分场长芮松据说十六岁就参加革命，是解放前的兵，真刀真枪都见过。虽然老芮平时显得和气，没有官架子，但不代表他不会强硬。他旁边的几个人也显出不怕动手的架势。邹大爹心上的劲一松，人就蔫了。他抱着头蹲下，哭了起来。

"……我，我就是想让他给个话，到底肯不肯娶二莲！"

人群中有几个愣头青附和道："对！""给个话！"

老芮皱起眉。什么叫形势比人强，这就是。他本来想着，自己这边关两天，让教育系统给个处分，事情就算是过去了。农场出去的知青，就算编制不在了，惹出事，人们议论起来还是会记到农场头上。现在倒好，他出于大局考虑揽下的事，眼睁睁地就在分场的空地上变成了一块燃烧着的热炭，而且火势有增大的趋势，弄得他捂着也不是，扔也不是。

邹暮桥像是被打蒙了，尽管打人的一伙被制止了，他仍然蜷在地上，缩成一团，双手抱头。这时只见他慢慢爬起身，嘴角流着血，眼角青肿。他在说话前先咳嗽，咳了半天才说："我，我有罪。你们可以送我去坐牢。我不会娶邹二莲。"

此话一出，喧闹的人群忽然静了。邹暮桥往一边走，步子有些趔趄。人们无言地给他让出一条道。邹大爹蹲在原地，仿佛化作了石像。老芮看着邹暮桥回到他写检查的屋，才对人群说："都散了都散了，你们闹够了没有？"

不久之后的一天夜里，邹二莲喝了农药。像往常一样去邹家探望的傅丹萍最先发现她的异状，逼她喝下肥皂水然后呕吐。处理及时，人总算没事。这件事更大地激起了村里人的愤慨。流言也传到了更广的范围。最终，邹暮桥被公安局的人带走了。按理算是公道得偿，但没有人为此高兴。

邹暮桥被警察抓走后几天，谢敛再一次在邹家的围篱外徘徊，距离他上次在这里烧了张不成功的甲马，仅一周多的间隔。颇有些物是人非的感觉。

他是在等傅丹萍。

和上次不同的是，谢敛没有听到歌声，传入他耳中的是另一番动静。邹大爹和他老婆也在家，加上邹家一串孩子，屋里起码有六七个人。其中一个小的大概顽皮了一下，一个女人的声音大声呵斥，像是邹大妈，接着是孩子的哭声。要从这片大家庭的吵吵嚷嚷中辨认傅丹萍的存在，有点难。

谢敛百无聊赖地站着等。他因为腿的关系，不像其他云南人那样没事就蹲着。感觉上等了很长时间，傅丹萍从里面出来了。她打着手电，谢敛怕吓到她，开口说："小傅。"

她有些诧异："你来这里做什么？"

谢敛没好意思说"等你"，含糊地说，过来看看。

"你后来还是又用了甲马对吗？"她又问。

夜色中只能看见她低着头。他过来的时候天刚擦黑，本想在门口遇傅丹萍，结果没见着，就等等看。等到现在，夜色铺满了周围。

"嗯。"他应道。

当你有能力知道众人无从知晓的背后事，很难遏制那种冲动。他终究还是找机会对邹二莲用了甲马。那天邹二莲在井台边洗衣服，娃娃用裹背捆在背上，谢敛过去和她聊天，装作抽烟，把一张事先卷在烟里的甲马点燃。他吸烟没有瘾，别人递烟不拒绝，跟着吸两口。在邹二莲面前点起的烟，藏的是"喜神"。在左思右想之后选了这一张，不无迟疑。也许，邹二莲是真的喜欢那个让她怀孕的人？

甲马的幻念袭来的时候，谢敛差点没站稳。他表示头晕，靠着井台在地上坐了。邹二莲担心地过来摸了摸他的额头。洗衣的手没擦干，冰凉。

虽然也曾短暂地置身曹方和邓小英的情事，但潜入邹二莲的过往，体验到她的情感的密度，她和那人纠缠的身体，谢敛的窘迫和后悔多到足以淹没他自己。他这才懂得傅丹萍说的"你没有权利这么做"。他想，我这是干的什么事呀！

眼下被傅丹萍诘问，谢敛决定不做隐瞒。让他意外的是，"嗯"声刚落，自己被干脆利落地扇了一耳光。说是耳光有点不确切，天黑加上身高差距，傅丹萍打歪了，手蹭着谢敛的下巴擦过去。指骨碰到下颌，脆响。不知道他俩谁更疼一些。

谢敛呆了。等他想明白傅丹萍打他是因为邹暮桥的事，对方已经走开了。他赶忙用力迈步上前，在她身后说，你等一下。

傅丹萍脚步不停，走得飞快。谢敛走不快但是腿长，两人的距离僵持着。他恼了，喊道："丹萍！"

这好像是他第一次呼唤她的名字。前面的人影停了，他赶上去，微微喘气。

他说："不是我。"

见那边没反应，他又说："真的不是我说的，我知道是邹暮桥，可我发誓，我没对任何人讲。"

"只差一点，二莲就没命了。"她的声音有点抖，不知道是不是走太急的关系。

谢敛按住她的肩膀，手上加了点力。"你相信我。真的不是我。我也不知道是谁和老芮讲的。"

她轻轻叹出一口气。

"谢敛，我觉得累。"

谢敛沉默。他想说，你每天那么早起来帮安红石完成她的割胶份额，晚上还时不时过来看邹二莲，能不累吗？但这话当然不可能被说出口。

傅丹萍又走了起来，这一次，她和往常一样配合着他的步子。两个人往连队的方向走，就像以前他送她回去。路上她说："我想红石了，她到你家有几天了吧？"

谢敛也想安红石了——想念她在的时候，三个人一起玩的气氛。

挨了那记不成形的耳光之后，他又见过傅丹萍两次。一次是中秋节的联欢晚会，她和合唱队众人来场部，另一次是他弄到了止痛药，特意送去连队给她。两个人见了面，和从前也没什么不同。只是聊天的话题有意无意地绕开了邹家。

邹暮桥继续被关押，没有进一步的消息传来。学校老师不能一直空缺，新老师是许毅飞的女朋友柯桐。许毅飞从前没事就往场部跑，大概是想和领导们混熟，如今柯桐搬进小学宿舍，差不多隔一天，谢敛就能在场部看见许毅飞。陈宁调侃说，要是不盯紧点，凤凰飞到梧桐上，就更抓不着了。

陈宁说这话也有几分怨气。他在雨季过河去摘芽条，并不是为了评什么先进。但自从王连长表示要给他表彰，他便隐隐存了期盼。没想到芽条被毁，连带着仿佛也摧毁了他做过的一切。九月又有人去了工农兵大学，他连边也沾不上。这下倒好，学校老师的名额，同样轮不到他。

一天，谢敛在场部接到白晓梅从医院打来的电话，说是安红石好得差不多了，让他回去接。他问白晓梅："药还要继续开一些吃吗？"

"不用。我爸治肝炎，最多三服药。"

谢敛这才意识到，安红石走后已有三周。这段时间发生了太多的事，感觉像是过了许久。他等傅丹萍晚上从连队过来找他，说打算回家看看，顺便去接安红石。傅丹萍说："好啊，红石一个人回来也无聊，正好搭个伴。"谢敛盯着她看了半秒。他最近时常搞不清哪一个才是真正的傅丹萍，是前不久打他耳光的她，还是他在凌晨两点的橡胶林里遇见的她？不管是哪一个，和眼前这个云淡风轻的姑娘，都有些对不上。

也可能，他弄不明白的其实是自己。

听说谢敛要请探亲假回老家，顺便接安红石，陈宁表示要同去。他还怂恿傅丹萍一起去，被拒绝了。傅丹萍说，没有通行证，你胆子倒是大。陈宁说，这你就不懂了，没有路条有谢敛嘛。

四天后，谢敛和陈宁从国道下车，谢过让他们搭车的司机，走进谢敛出生长大的村子。陈宁问题很多，边走边对谢敛说，你不是城镇户口吗，为什么你家在村里。谢敛说，我的户口是工作了才转的。这里是我外公家，我爸不是本地人，他和我妈结婚后，我们一家都住在这里。陈宁知道谢敛的父亲是去年走的，母亲还要早一些，家里如今住着三姑和姐，安红石就是和她们在一起。他想，安红石这趟过来养病，和谢敛的家里人混熟了，两人之间说不定会有戏。不过，傅丹萍和谢敛之间，近来虽然因为安红石不在，话少了些，却隐然有种同谋般的默契。想到这里，陈宁心里略有些堵。他没话找话地又问，你和芮支书是远房亲戚吗？谢敛答，你知道老芮是鹤庆人吧？我家有个世交叔叔姓耿，以前走马帮的，后来在鹤庆定居，娶了老芮的姐。

谢敛当然不会告诉陈宁，耿叔叔是如何为了自己的老婆孩子死掉的。三姑在耿耀去世后四年才得知他的死讯，她烧了满满一脸盆过去逢两节售卖的普通甲马。那都是"四旧"，全家人怕烧纸的烟被别人发现，在院子里架了火烤苞谷。甲马的烟气和玉米的香味混在一起，是谢敛少时记忆中幽微的一缕。

谢家离村口不远，按云南乡下人家的格局，大门开在围墙一角。他们一进门就看到安红石。她坐在堂屋门前，正在搓苞谷。晒干的苞谷用手剥很困难，最好的办法是先剥出两行，然后用苞谷心去搓，两只手交替动作，和洗衣服差不多。安红石的动作慢，苞谷粒窸窸窣窣也掉得慢，不过手势居然蛮像样的。

谢敛忍不住带了笑，走过去说："养病还做事啊？不知道的还以为我把你弄来当劳动力呢。"

安红石抬头望见他，明显吃了一惊。再看到陈宁笑嘻嘻站在旁边，她"呀"了一声。"陈宁，你不会是偷跑出来的吧？"

"猜对了，"陈宁说，"为了来看你。我对你好吧？"

"有这个精神，留在别人身上吧。"安红石毫不客气地说。这时三姑从灶间出来了，看到谢敛，她开开心心地说："二哥，你回来啦。你这次走了好久！耿耀呢？"最后一句问话是因为看到陌生的陈宁。

陈宁神色自若地和三姑问好，安红石便知道，大概谢敛在来的路上对陈宁有过交代。她几乎感到庆幸——谢敛他们如果早一天来，就会看到另一个魂不守舍的三姑。谢家没有人知道，三姑的异变是她不合时宜的问题造成的。她忍不住起身对谢敛说："你跟我来一下。"

谢敛放下行李，跟着安红石出了门。他们走出村子，沿着斜坡上到毗雄河的河堤。两个人看了一会儿毗雄河泛红的河水。安红石刚来的时候，河水的颜色更深。如今随着天气转凉，水流也变得和缓，沿途带下的红土随之减少。

"怎么了？"谢敛问。

"我给你的那张甲马，你以前见过？"

谢敛想，该来的总会来，避不开。他在回家的路上想过，安红石在自己家的这段时间，很有可能从谁那里听说甲马的事。尤其是多嘴的霍思齐。他当然想不到，出卖自己的是三姑的无心举动。

"云南人过鬼节和春节都会烧的嘛，我见过差不多的。"他垂死挣扎道。

"说实话。"

"……我也有张一样的。"

"三姑说，虚空过往，她和她的两个哥哥一人一张。你那张是？"

"三姑和你说了这个？"谢敛苦笑起来，"我家每个人都有一张。我的是三姑做的。"

安红石沉吟片刻："就像长命锁？"

"……也可以这么打比方。"

"所以说——"

谢敛等着安红石的下文。谢德的一生在他脑海中点起一把火，把谢敛自己二十多年的枝枝蔓蔓烧尽了，留下另一些纯粹又强有力的东西。例如谢德对苏怀殊的感情。谢敛自己还不曾那样温柔和宽厚地喜欢过一个人，他几乎惊讶于谢德的不计前程，不求长相厮守。一起吃个饭，听她念个书，两人散个步，谢德的心里便是满满的欢喜。或许是因为筇竹寺那个老头的预言梗在日常的背后，如同高悬的判决。又或许，谢德本来就是个善于把一天当成一年过的人。

于是谢敛注视安红石的时候，不自觉地带着难言的亲切感。她不太像她的母亲，从容貌到性格，其间偶尔蹦出一丝丝相像的地方。迥异和相似都让谢敛无端感怀。

她接下来的话让他猝不及防。

"我妈的男朋友就是你，对吗？"

谢敛瞪着安红石，她飞快地接着说："不，我知道不是你。是三姑真正的'二哥'，你二叔。想一想就知道了，他有同样的甲马，而且很早就过世了，一切都对得上。你当然不是上一辈的'二哥'。可是很奇怪，自从我发现那张甲马只有你家才有，我经常忍不住觉得，你就是他，让我妈念念不忘许多年的人，把我家害那么惨的人。我知道，我这样想很荒谬。"

说完，她笔直地回望他。眸子里有异样的光华，想必是怒意。谢敛知道她对谢德的积怨，差点以为她会像傅丹萍那样一个耳光扇过来。安红石一动也不动。

"是我二叔。你家后来的事……你如果想怪我，就怪吧。毕竟是我家的人。"

"你早就知道了对吧？我和你说我妈妈的事，你当时就知道，是不是？"

"没有，我后来才知道的。"谢敛其实没有撒谎，但安红石似乎不信。既然她没有问，谢敛也就没有解释甲马到底是什么。就让她以为是长命锁一类的存在好了。

而且他既然回了家，至少可以还她一张外表上一模一样的"虚空过往"。那仅仅是一张刻板翻印的纸，不过除了谢家人，又有谁会知道其中的区别呢?

三姑发病的那几天，谢敏表面镇定，心里多少有些犯愁。她想了又想，还是去找了白晓梅，让小白医生打电话和谢敛说，安红石的病好得差不多了。她想，兴许三姑看到"二哥"，能自己好起来。

她注意到安红石的惶然，便撑着安慰对方说，三姑这是老毛病了，和她搞不清家里人一样，都是反反复复，没大碍。

安红石问，三姑喊谢敛二哥，有什么缘故吗?

谢敏也说不清。她记得三姑在自己小时候就是现在这样。那时年幼的谢敛还没有变成"二哥"，大部分时间，三姑知道谢敦、谢敏和谢敛是自家侄子侄女。爸提到过，三姑的病起初不严重，一个月只有一两天不对劲。后来她的对象，也就是爸的旧同事，在矿上搞爆破的一个年轻人，因为哑炮被炸死了。三姑就是从那时起彻底丧失了对现实的把握，活在她自己认可的年代。

三姑好了。谢敛带着知青朋友回来了。正好是前后脚。

谢敏傍晚回家看到弟弟，神色仍是淡淡的。有这几周的相处打底，安红石能感到谢敏的平静背后的欢喜。她忍不住想起霍思齐上次捎的话，明知谢敏肯定不会提到姓李的，一颗心还是紧了紧。

当晚，谢敏正准备歇下，有人敲门。开门发现是弟弟，谢敏正要问他有什么事，就见他手脚麻利地摸出一张甲马，在她面前烧了。

"非虎"。

要不是他现在伤了腿，谢敏顿时想狠狠敲一顿比她高半个头的弟弟。

人对事物的恐惧是从小注定的。下一秒，谢敏看见地上凭空出现了一只巨型鼻涕虫，成年人手臂的大小，碗口粗细的灰白色身体有着黏稠的质感。她想叫，嘴巴被谢敛迅速捂上了。看见了？他嬉皮笑脸地问。这一笑，仿佛是她那个离开之后就没有真正回来过的十七八岁的弟弟重新站在眼前。谢敏顿时想哭。她努力控制着自己，等谢敛松开手才问，你好了？

好了。我也没想到能好起来。谢敛说。他收起笑容，眼神悠远。

谢敏的第一反应是想对弟弟说，好了你就回家吧。随即蹦出一个念头，李明远如今在下关，离弥渡不过几个小时的车程。话到嘴边，转折成问句。那你之后回家吗？

我要在那边再待一阵。

谢敏心里还有个攒了些时日的问题，又问，是因为安红石？

你想多了。弟弟拍了拍她的肩，转身回屋。

第二天，谢敛在吃早点的时候宣布后天就要回农场，做姐姐的顿时不大痛快。还是安红石看出谢敏的情绪，对谢敛说，你难得回来，多住几天吧，我和陈宁先回去好了。谢敛没说好也没说不好，众人便知道，他拿定了的主意不会改。三姑茫然无知，和他叽叽咕咕地说话，长辈做出妹妹的模样，不知内情的人看起来会十分诡异。陈宁迅速适应了三姑奇异的一面，不断夸她做的腌菜和腌豆腐好吃，临走的时候，三姑给他装了满满两只广口瓶的腌菜。

安红石关于一九七五年的记忆中，还有只倒霉的鸭子。

谢敏不知从哪里私下买来的，非要让他们带上。两个男生显然不耐烦带一只聒噪的活物上路，安红石说，你们不带我带，不然到了连队你们一定会后悔，毕竟是好几斤肉呢。这一次没有顺路车可搭，他们先坐车到南涧，那边到外地的车比较多。安红石用一只提篮装着鸭子，还带了苞谷粒，沿途喂它。鸭子在车上拉屎，奇臭无比，大概云南的客车经常有携带奇怪行李的乘客，又或是谢敛事先塞给司机的烟起了作用，之后到景东，再到镇沅，然后是景谷，几趟车的司机都没找他们麻烦。

到了景谷，鸭子看起来不大有精神。陈宁说，别是病了。说什么来什么，进思茅的时候，鸭子死了。安红石想把它扔了，谢敛安慰道，刚死不久，还能吃，再说你都带这么远了，不在乎最后这点时间。他们在景洪搭上一辆货车，正午时分的太阳照在货斗里，三个人被晒得跟死鸭子差不多蔫。安红石对谢敛说，你这次只待了两个晚上就走，三姑肯定不开心。谢敛说，三姑嘛，你知道的，上一分钟不开心，下一分钟有点什么事，又能高兴起来。

他说的是事实。安红石本来想说的是谢敏会不开心，话到嘴边改成了三姑。

三姑的腌菜瓶，原本用塑料布扎得严实。乘车的路途刚过一天，陈宁嫌路上小饭馆的米线没味道，开了瓶子捞腌菜，大概是没扎紧，进到连队的时候，陈宁的行李和身上散发着腌菜味儿，谢敛拎着装有死鸭子的提篮。安红石感到，他们像一支逃荒的落魄队伍。

纵然狼狈，重新见到傅丹萍，安红石的高兴劲儿连奔波的疲倦也掩不住。她给傅丹萍带的礼物是在弥渡街子天买的米花糖。爆米花用糖粘成圆圆一只球，染了红色绿色的花纹。安红石看着有趣就买了，也不忘给谢敏和三姑一人一只。谢敏说，哎，又不是小孩，吃这个做什么。三姑倒是很开心。隔了几天，安红石看到谢敏把米花糖敲碎，放入开水杯里，仿佛很珍惜地吃了。直到离开谢家，她和谢敏之间仍有微妙的距离感，但安红石能感到，谢敏对自己和对短暂停留的陈宁是不同的。一定要分辨的话，有点像是对亲戚家小孩和客人的区别。

回到连队这天正好是周日，谢敛用了安红石的煤油炉，又借了陈宁的，两只炉子同时开工，鸭身切块，和腌菜芋头一起红烧，头、脚和翅膀炖汤。腌菜因为陈宁之前捞的时候筷子不干净，起了一层白花，谢敛把上面的部分挑出来扔了。难得重新聚齐的几个人风卷残云地吃了死鸭子和濒临腐败的腌菜。鸭子吃起来倒是没什么异味。黄胖吃完后意犹未尽，说鸭子再肥一些就好了。许毅飞也来蹭饭。安红石在回程中听说了场部的一系列事件，邹暮桥的曝光和被抓，邹二莲自杀未遂，柯桐顶了邹暮桥的位置。她知道陈宁心里憋屈，故意问许毅飞："你女朋友呢？"

许毅飞喝着汤，眼皮都不抬地说："已经不是我女朋友了。"

除了傅丹萍和黄胖，另外三人都感到诧异。谢敛和陈宁离开不到十天，谁能想到又有新情况？看许毅飞不想细谈，也就没人追问。

安红石又对傅丹萍说："你好像瘦了。再瘦就只有半个我了，你多吃点。"

她是当玩笑讲的。这阵子在谢家吃得好，轮廓圆了一些。傅丹萍的身形单薄，几乎没有胸，但她比安红石高几厘米，怎么看也不会是"半个安红石"。

傅丹萍笑笑。陈宁忍不住说："瘦是正常的。小傅多辛苦啊，为了你，每天两三点就上山割胶，忙了快两个月，才把你探亲的份额补完。"

这话像一个雷打下来，震得安红石蒙住了。她早上起床向来艰难，起床广播响过，还要靠傅丹萍喊几遍。结束休假回到连队的那几天，她根本不知道好友早起的事。她赶忙追问，傅丹萍见瞒不住，这才说了。安红石当即就要去找常植道算账，探亲假是国家规定，没听说过要补劳动的。谢敛摆摆手说："你别添乱了，常知道家的事，你又不是不知道。"

安红石不依不饶地说："他戴绿帽子，是他的家务事！他滥用职权欺负人，是另一回事！"

事实上，常植道确实算得上倒霉。曹方是总场什么人的亲戚，这是大家都知道的。要换一种情形，曹方和邓小英肯定要被当作坏典型，下场不会好。可如今曹方还在场部当他的会计，邓小英没事人似的，寻到机会就摔盆砸碗地跟常植道吵架，连队的人听到过不止一次。

傅丹萍说："常知道人不坏，就爱显摆点权力。我反正给你补完了。事情都过去了，何必再生枝节？"

居然听到人正面评价常植道，而且给出评价的还是傅丹萍，安红石被噎得不轻。

4.
墙内的庄周

或许是被家务事分了神，常植道在一九七五年最后的几个月不那么惹人嫌了。他不再召集傍晚的临时会议，四连的知青们一周六天上山干活，中午和傍晚回宿舍休息，日子过得波澜不惊。

转年一月底是春节，谢敛收到家里寄来的咸肉和一罐猪肝酢，和知青朋友们分吃了咸肉，把罐子直接给了老芮。猪肝酢是鹤庆一带的食物，猪肉、猪肠和干萝卜丝一同发酵后的特殊酸味，一开罐就窜进鼻腔，深入肺腑。老芮感叹，好多年没吃这个了。看到这个，才想起你我原本是老乡。你们谢家这些年一直待在弥渡，感觉都快变成那边的人了。

谢敛说，待再久，原先是哪里的人，也不会变。

老芮感到他的话有深意，便问，你指小傅？

谢敛不置可否。老芮自觉是长辈，要给他一些提点，便加重语气说，你不要和知青处对象啊，她们现在当然觉得你好，怎么说你也是正式职工，又不用做那些苦活。可将来万一有一天，国家一声号召，从哪里来的回哪里去，你到时候就是路边的一根草啊！

"一根草"的比喻并不好笑，谢敛却笑了，边笑边说，为什么是"她们"，说得好像我多吃香似的。

老芮说，香不香，你自己清楚。

其实老芮也纳闷，谢敛就算模样挺括，也只限于他不动的时候。一走路，明眼人都会在心里给他打个叉——是指作为对象。而四连的两个上海姑娘对他，看起来不只是朋友那么简单。当然，作为朋友，谢敛绝对没话说，诚恳、踏实、说一不二，还体贴。这个年轻人最近笑得多了些，他黧黑的脸带着笑容的时候，有种荡人心魄的魅力。老芮觉得，那是甲马的妖异在谢敛的眼睛里闪啊闪。自从谢敛说他"好了"，老芮的心里总是有点虚。这么个非比寻常的人物放在身边，将来不会惹出什么事吧？

怕什么来什么，到了七月头上，出了桩事。

最先发现异常的人是安红石。一天夜里，她不知怎的蒙眬醒来，发现傅丹萍不在床上。安红石忍不住摸手电，看表。她的手表是南下带的唯一值钱事物，上海牌。妈妈一个月的工资。安红石还记得妈妈把手表解下来扣在自己手腕上时，皮表带还带着妈妈的体温，她当时有些反感。现在想来，好多情绪都任性得不可思议。

手电光下的指针指着十一点多。大半夜的不睡觉，难道是和人幽会？安红石决定不给自己添堵，努力再睡。睡意一时不肯光顾，她在床上翻来覆去地烙饼，听见门响，立即绷着装睡。半夜出门回来的傅丹萍轻轻上了床，不久，她的鼻息变得绵长。安红石很想再看一眼表，强忍住了。不知过了多久，她也睡着了。

第二天早上，安红石和往常一样被傅丹萍叫起来。她心头窒闷，想问傅丹萍昨天晚上去了哪里，又怕答案和自己预期的一样。当晚临睡前，安红石喝了满满一搪瓷口缸的水。

被膀胱的压力催醒的夜半，安红石朝傅丹萍的床上望去。垂着的蚊帐形成黑幢幢的阴影。里面没人。接着她意识到，外面在下雨。

雨季如期而至，和之前每个夏天一样。哗哗的雨声让安红石条件反射地想起涨水的勐龙河，不觉对深夜外出的傅丹萍有些忧心。一个念头跳出来：如果是去场部找谢敛，倒是不用过河。

电筒和手表告诉她，此刻是夜里十二点十五分。比昨天更晚。在这样的大雨中，傅丹萍此刻是在能避雨的屋檐下，还是在户外？安红石很难不想到曹方和邓小英，他们选择的幽会地点是连队和场部的两处仓库。

猜疑让内心翻涌起泥沼般又湿又黏的情绪。她坐起身，在黑暗中发呆。雨声没有变小的迹象，水气从关不严实的窗户漫进来。她感到一种隔绝的孤独，在心里说，丹萍，你到底去了哪里？

一早，安红石在床上听到高音喇叭响，却不是平时催人起床的昂扬歌曲。有人在场部的广播室讲话，架在连队的喇叭将讲话声变得高亢又含糊，听着陌生。

"各连队注意了，各连队注意了，早上八点半在场部开会，各连队负责人到一下。另外，点到名的同志也要来参加。不得无故缺席——"

安红石翻了个身，发现对面蚊帐里傅丹萍的床仍然空着，残存的睡意倏然消失。与此同时，喇叭里响起"安红石"三个字，她吃了一惊。接着听到一连串的名字，陈宁、王新宇、许毅飞，还有几个女知青，都是平时和傅丹萍比较熟的人。

一个念头蹦出来，傅丹萍不会出什么事了吧？

安红石怕是自己想多了，赶紧起床张望。屋外也没有傅丹萍的身影。她又兜回屋里。热水瓶还在，应该不是去了水房。这么说来，没看见傅丹萍的饭盒。往常，两人的饭盒总是摆在一起的。难道她先打饭去了？可这会儿食堂还没开。安红石在屋里转来转去，转到自己都烦了，这才撇开一连串的念头，洗脸刷牙。

她连早饭也没来得及吃，就被王连长撺着上了一辆卡车。被喊到名字的其他人已经在车斗里。王连长和常植道挤到司机旁边坐下，车开了。黄胖问安红石，知道是什么事吗？安红石摇头。黄胖说，好久没人喊我大名了，刚听到真不习惯。陈宁问，小傅呢？另一个人说，没喊到她。安红石想说，她不晓得跑哪里去了。一转念，她感到最好不要提起，便含糊地说，好像还没起。黄胖笑道，比我还会赖床，大概去年缺觉太多了。

是啊，为了自己，傅丹萍曾经牺牲睡眠时间，付出过多的劳动。安红石闷闷地想，傅丹萍一夜未归，到底是怎么一回事？她恨不得立刻抵达场部，揪着谢敛问个究竟。

车沿途停了几次，捎了其他连队的领导。后来的人都挤在车斗里。许毅飞和他们一连的头头一道上来，他自觉地到安红石他们这边，刚坐下就压低嗓音问，出什么事了？众人茫然看他。许毅飞又问，小傅呢？黄胖答，广播没喊她。

安红石这时的感觉更加不对。

车到了场部，立即有人过来说，开会地点在仓库门口。离失火过了快一年，仓库早就修整过。墙壁也重新做了粉刷，只有几根被烟熏黑的柱子提醒人们曾经发生过什么。门外空地上已有其他连队的人聚成小群，他们这一车十来个人加入后，私下议论的嗡嗡声响了一截。安红石在人堆里找谢敛，以他的身高，如果在的话一眼就能看到。他不在。

"开会了！"有人在靠近仓库那头说。是姓杨的分场长。他不像老芮那么随和，安红石从去年起往场部跑得勤，见到他的次数不少，每次打招呼，对方只是点点头。

接下来的会不是杨场长主持。一个陌生人站在旁边，杨场长介绍说是"曾连长"。

曾连长未作寒暄，一上来就说："有一名逃犯潜逃到你们七分场，此人罪大恶极，是社会的破坏分子，人民的敌人。如果有人曾经看到过，要立即站出来举报。各分场尽快把这件事传达下去，抓生产的同时，大家要提高警惕，把藏在暗处的坏人尽快揪出来。"

他的嗓音带着金属的质地，说话方式有种习惯了发号施令的派头。安红石认出来，他是早上喇叭里讲话的人。底下一度消失的嗡嗡声重新变响，人们交头接耳地说，破坏分子？逃犯？

安红石正好站在王连长旁边，便问他："曾连长是部队的？"王连长虽然也被称作"连长"，身上却没有曾连长的坚硬气氛，他转业多年，编制在农场。

王连长说："是，你眼力不错。"

人群忽然起了明显的骚动。安红石个子矮，稍微挪了挪，才从前排的空隙看清是怎么一回事。有人被带到曾连长跟前，曾连长侧过身，说了句什么。刚成为众人视线焦点的人有些不情愿地转过来，面对人群。

安红石的心跳仿佛瞬间凝滞。

是傅丹萍。

傅丹萍的样子狼狈。大概昨晚淋了雨。她习惯用别针把齐耳短发的两鬓收紧，现在只有一侧有别针，另一边头发以奇怪的角度支棱在耳边，像受伤的鸟的翅膀。

曾连长又开始讲话。比农场和连队领导带着各地口音的普通话要清晰，而且他不像他们讲一堆空话。尽管如此，安红石发现自己听不懂他说的话。

不，她其实听懂了。只是大脑固执地不想把话语转换成可认知的现实。

"傅丹萍是你们七分场四连的。我们在搜捕逃犯的时候发现了她。一个女同志，凌晨一两点钟在山上，这件事值得推敲。需要有个交代。现在当着各位领导和你的四连战友们的面，你来讲一讲，为什么那个时间，你会出现在那里，你有没有看见什么可疑的人？"

他说"战友"。要在平时，安红石肯定毫不迟疑地在底下发出笑声。这一次她没有笑，只是盯着傅丹萍看。她们之间隔着好几个人，也隔着一个充满疑问的夜晚。

傅丹萍抿着嘴，不说话。安红石很熟悉她脸上的表情。以前自己问傅丹萍为什么不吃家里的邮包，她就是这种反应。

人群陷入沉寂。安红石这才意识到，不仅是谢敛，老芮也没出现。杨场长一脸漠然地站在旁边，仿佛曾连长才是分场的直属领导。安红石的脚底升起熟悉的恐惧。被抄家的时候，妈妈被关起来的时候，她总觉得下一刻会发生更糟的事。可谓如履薄冰。好在不管怎样坏，母女俩坎坷前行，总算走到了暂时算是安稳的现在。而此刻，冰面上的人不再是她和妈妈，而是傅丹萍，她最好的朋友，或许也是唯一的朋友。虽然这一年来，因为谢敛，安红石对傅丹萍有难言的不痛快，就像一根卡在喉咙里的刺，但刺的隐痛无法抹消傅丹萍在她心里的分量。

安红石张了张嘴。该说什么呢？该怎样为傅丹萍圆谎？还没等她的句子成形，一个男人高声说："小傅在山上，是在等我。"

说话的人是谢敛。情绪各异的沉默倏然坍塌，人们纷纷和旁边的人说起话来。王连长对安红石苦笑道："吓人哪，我还以为有多老火（严重），搞了半天又是这种事。"

　　这种事，意思是谢敛和傅丹萍，等同于曹方和邓小英。安红石不至于听不懂。她松了口气，又有些泛酸。

　　谢敛明显来得晚，他从外围往里走，人群自动让开。曾连长看着谢敛以不灵便的步伐上前，神情漠然。他先问了谢敛的姓名和身份，这才说："她之前可不是这么交代的。要么就是你们当中有一个人说了谎，要么就是——你们谁都没有讲实话。我们会核实细节。不要以为谎话行得通。"他扫一眼傅丹萍，后者仍是一张读不出心思的脸。他加了句，像是特意说给她听的，"反正搜捕的队伍已经出去了，顺利的话，今天，最晚明天，就能找到那个逃犯。"

　　曾连长说要核实细节，不光是说说而已，他很快做了部署，把谢敛和傅丹萍分别关在两间屋里，让他们各自写下昨晚的经过。

　　谢敛对着眼前印有"东风农场"抬头的信纸发呆。他的处境和去年的曹方甚至邹暮桥乍看相似，却有着实质性的不同。关起来写检查，在老芮，是一种"你小子惹了事就给我老实窝着"的手段，由曾连长下达的，则是实实在在的监禁。

　　监禁，即便像现在这样只是门上加了道锁，也让某些陈年的恐惧皮开肉绽，他忍不住隔着裤子摸了摸左腿。现在并不疼。他怀疑自己在这里坐久了，会因为心理暗示，腿疼发作。说起来，邹暮桥如今是真正落在监狱里了。搞大未婚姑娘的肚子不算强奸，可他运气不好，赶上了什么"治安强化月"，最后被以流氓罪起诉，判了三年。农场知青大多对邹暮桥表示同情，甚至有人说，肯定是邹家小姑娘引诱他的，否则以邹暮桥的条件，怎么会看上她？

想起邹暮桥，就会连带着想起傅丹萍去年打偏的一记耳光。

谢敛叹了口气。昨晚他和老芮喝多了，所以没赶上大会的开头。杨场长也不地道，按理，召集开大会，做支书的老芮不能不到。谢敛起床后才发现外面在做什么，匆忙过去，就见仓库跟前乌压压站了一堆人。他恰好赶上看到傅丹萍被人押上前。真的是"押送"，她身后的士兵腰上佩着枪。谢敛的脑子里轰地炸了锅。他没多想，就把傅丹萍的问题揽在自己身上。事情的发展有些快，接着他就被关进这间平时空置的办公室。窗外的阳光明晃晃的，一点也看不出昨晚有过大雨。

他对着信纸发呆，心里说，怎么编？

要有甲马在身上就好了。这是谢敛的另一个念头。他不知道曾连长是什么人，为什么有权在七分场发号施令，至少可以确定的是，昨晚傅丹萍在山上，而且很不巧，被曾连长的人给抓了。他们原本要抓某个逃犯来着。傅丹萍出现的时间地点确实诡异。

谢敛也想知道她为什么在雨夜上山。以他对傅丹萍的了解，背后大概又有什么让她放不开的事。

会不会真的是去见什么人？那个什么人，难道真是逃亡中的罪犯？

下一秒，谢敛把刚起的念头掐灭了。他不愿仓促地臆测傅丹萍。隔着人群望见的她的模样，在他的脑海中留了个印子。她写着拒绝的脸和眼。他见过她那样的眼神，根据一年多的相处经验，谢敛知道，傅丹萍不会开口。

他说"是在等我"的时候，傅丹萍短暂地望了他一眼。可是等他穿过人群，站在她跟前，她没再抬头。那一眼太短暂，谢敛无法确认她的情绪，所以他才会感到心里没底。

早知道该带甲马出来啊。谢敛犯愁地想着，心情如同考试没带小抄的学生。

无助加上无聊，他想起二叔。因为一张"虚空过往"和他有了密不可分的联系的男人。爸说得不对，自己并不像二叔那么得行。二叔精神力最饱满的时候，甚至可以不用甲马，短暂探知别人的过往。当然也要距离足够近。谢敛在被押进房间的途中故意走得慢，反正他的腿也不是装的。这么磨蹭了几分钟，他看着傅丹萍进了场长办公室。杨场长和曾连长也进去了。如果她现在还在那里，和他隔着三个房间。这么远，就算是二叔也无法可想。谢敛在心里骂老芮，还在睡呢，现在分场都成了外人在管。他期待着老芮大手一挥，把自己和傅丹萍放出去。可是等到中午，只等来送饭的人。好在不是曾连长的人，是曹方。

谢敛一上来就问曹方："老芮呢？"

曹方说："你们昨晚喝酒了是吗？芮支书睡到中午起来，和杨场长吵了一架。他说他昨晚一直和你在一起，可以为你证明。杨场长说，喝醉的人无法做证。"

谢敛有点头疼。老芮帮忙的方向有误。曹方看他不接话，又说："你和小傅……真的约在山上？"他看看谢敛的表情，也不等回答，识趣地走了。

吃完饭，谢敛开始新一轮的等待。他想，不能光是让写检查，总该有人来找自己问话吧。谢敛不知道的是，傅丹萍从昨晚被抓之后经过了一整夜的询问，始终沉默，所以曾连长才会在召集开会时，除了连队领导，还叫了和傅丹萍相熟的一干人。傅丹萍的熟人名单是曹方给的。散会后，在傅丹萍被临时关着的办公室的隔壁，从安红石到许毅飞，知青们一个接一个地被喊去谈话。问题的范畴不仅是傅丹萍最近的行踪，还包括她的家庭关系，交友情况。除了安红石反问了若干问题，其他人都老实回答了。对安红石的问题，曾连长笑笑说，不是公安局就不能办案吗？这起案子的专案组在部队。逃犯究竟是什么人，属于办案机密，我不能告诉你。

谢敛每次上厕所都得喊人开门，曾连长派了人守在门口，但似乎经常走开，有时喊了几声才有人来。窗户外面被临时糊了报纸，谢敛站在窗边看了几次，最后放弃了。

下午晚些时候，曾连长来到谢敛被关的房间。他一个人，杨场长和老芮都不见人影。被封的窗户底下有两张背对背的办公桌，谢敛和他的空白信纸占了一边，曾连长在另一张桌前坐下，和谢敛隔着两张桌子的宽度。

"检查还没写？"曾连长问。

"我不知道该怎么写。"

曾连长点起一支烟："照实写就行。你上午开会的时候嚷嚷的不是很带劲吗？说傅丹萍在山上，是在等你。"

谢敛不吭声。曾连长又说："其实我有个小小的疑问。你看，你的腿不好。你们如果要约会，也不该约在山上啊。而且还是在四连附近的山，从这边过去，得走一个多小时，然后再爬山。"

"是要走，所以啊，总不能让姑娘家到这边来吧。"谢敛忍不住想起邓小英。她和曹方改在场部仓库约会，估计是因为害怕在四连再遇到蟒蛇。来去一趟也不容易，只能说她劲头真足。

曾连长盯着谢敛看，后者把飘忽的思绪收回来，问："傅丹萍怎么说？"

"她怎么说，你用不着知道。你先把你昨晚的经过写一遍，要是没什么问题，就可以回去上班。"

"你们真觉得傅丹萍和什么逃犯有关？"

"她昨晚的行踪不正常，我认为她帮助了那名逃犯，而你声称，她是在等你。看谁先说实话吧。"曾连长扔下这句话就走了，留下谢敛兀自发呆。他开始感到，自己一头热地站出来，也许是弄巧成拙。

　　谢敛希望晚饭的时间快点来临，如果还是曹方来送饭，至少可以试着了解最新的情况。他等啊等，等到日头偏西，进来一个人，却是老芮。

　　老芮一进门就说："你昨晚一直在和我喝酒。既没有见过傅丹萍，也没有见过别的什么人。无论别人怎么问你，你都要咬实了，不能松动。"

　　谢敛愣了愣："芮叔，我确实和你喝酒来着……可我现在改口，小傅怎么办？"

　　"哎，你还有心思管别人……"老芮说着，门开了条缝，曹方低声说："芮支书，得走了。"

　　就这样，老芮匆匆来去，留下谢敛一脸茫然。

　　一直到黄昏，不再有人来。被关在屋里的谢敛并不知道外界发生了怎样的变化，他只是由老芮的那番话生出一丝不安。起先是微弱的不安，随着暮色渐深不断增加，铺满四周。

　　没有人来送晚饭。

　　饥饿让人软弱，不安的影子愈加浓重。

　　这间办公室平时没人用，悬在房间中央的电灯泡瓦数不够，洒下一片黄幽幽的光。谢敛坐在桌前，对着被照成惨黄色的稿纸。他试图回忆曾连长的每一句话，想从中拼凑出线索。努力是徒劳的。曾连长精得很，没透露任何细节。谢敛知道的只有上午在人群外围听见的几句。逃犯。不合时宜地出现在夜半山上的傅丹萍。

　　谢敛早上起身仓促，手表留在屋里。饥饿感在一段时间后消失，代之而起的是无力感。熄灯的广播还没响，所以应该不到九点半。

他徒劳地等待着，终于等来了人，是曾连长。这一次，杨场长也跟在旁边。曾连长和白天一样，在谢敛对面坐了。谢敛看看站在一旁的杨场长，从他的脸上看出不祥的端倪，心紧了紧。

先开口的仍然是曾连长：

"你和廖长森是什么关系？"

谢敛茫然。廖长森？接着他想到，大概是逃犯的名字，便摇头表示一无所知。

"好吧，我换个说法。廖长森潜逃到四连附近的山上，在一个山洞里躲藏了两天两夜，是你给他送了吃的，还有药。对不对？"

药？谢敛的脑子有根弦绷紧了。

"你不要再试图抵赖，我们有证据。"

曾连长从衣兜里拿出两个瓶子和一卷纱布，放在桌上。不用拿起来看，谢敛也知道瓶子里是什么。止痛药的片剂，粉末状的云南白药。是卫生处架子上的药。他立即想到一种可能性。自己昨天提前下班去了趟小街，买了点吃的和酒，直接去了老芮的宿舍。如果傅丹萍来找他拿药，发现门关着，她知道在哪里拿钥匙。钥匙放在墙沿第三个花盆底下。

"这是七分场的药，没错吧？我们在卫生处找到相同的瓶子和标签。标签上的字是你写的，对不对？"曾连长的声音变得咄咄逼人。

谢敛仍旧没说话。杨场长干巴巴地说："也可能是小谢开出去的药。"

"开药这么大方？"曾连长拿起止痛药的瓶子摇了摇。药片发出细碎的沙沙声。

谢敛继续沉默。并不是有意这么做，此时此刻，他的大脑同时陷入了停滞不前和高速运转。他仿佛分成了两半。一个他在窃窃私语，丹萍真的和逃犯有关，她冒着大雨，半夜上山给逃犯送药。另一个他反驳道，你知道她的，就像对邹二莲，她看到可怜的人就忍不住上前。她很可能根本不知道对方是什么人。

曾连长像是对谢敛的一言不发早有心理准备，他坐得更放松了些，双手在桌面上十指交叉。他的架势和神情都很眼熟，谢敛在记忆里翻拣之后想起，是夏宁熹的习惯动作。谢德打过交道的三十多年前的审问者。

杨场长说："小谢，你现在隐瞒也没用了。人都抓到了。"

曾连长以肉食动物的眼神看过来。谢敛在震惊的同时不着边际地想，夏宁熹的视线要内敛得多。他几个小时没说话，而且忘记喝水，开口时声音有点哑。

"药是我给的。"

说出这几个字，他也觉得自己傻透了。顶下一件从未做过的事，只因为害怕傅丹萍卷入其中。这算什么？他们虽然亲近，但并不是男女朋友。从去年到现在，他和她的关系没什么变化。他和安红石嘻嘻哈哈的时候反而有种莫名的亲近。要说他和傅丹萍最为接近的时刻，只有他在蟒蛇跟前烧了"非虎"的那一回。

大概还应该算上那一记耳光。

整个农场除了老芮，傅丹萍是唯一知道甲马是什么的人。他们没有就此聊过更多。谢敛能感觉到，她有着奇异的平常心。她没有因此把他看作特殊的存在，不像李明远当年，在知道他的甲马之后，有很长一段时间表现出畏惧和疏离，后来才好些。李明远不知道谢敛也会用甲马，要知道，说不定都谈不成对象。谢敛有时甚至觉得，派系斗争不过是一个送到眼前的时机，让李明远有机会做他一直想做的事。他们是朋友，但在另一方面，一个和别人不同的人，是异类，让人想将其铲除。

李明远在后来的遭遇和远遁，让谢敛一直没机会验证自己近乎无稽的猜测。他固执地认为，李明远再惨也好过自己。腿残了就残了，最要命的是，他丧失了甲马的能力。没有甲马的几年，现在回想起来，如同戴着脚镣行走在荒芜的死地。没了甲马，他什么也不是，什么也不感兴趣。

因为安红石，他找回了失落的珍贵东西。因为傅丹萍，他知道了，就算有甲马，人也不能肆意妄为——而他多么放肆，曾以为甲马能解决所有问题。她唯一一次笔直地注视他。她打了他。她说，你没有权利这么做。她还说，谢敛，我觉得累。傅丹萍总是把她的想法和情绪藏起来，那些短暂的激烈瞬间，对谢敛来说是难得的接近。

现在就要为曾经的一点点接近，赔上自己的全部吗？

药是我给的。谢敛说完反而释然了。觉得自己傻，但是做对了。

杨场长没说话，大概仍在震惊中。曾连长说："老杨，人我带走了。"

九点半的广播响了起来。在各个连队，这是熄灯的信号。谢敛被曾连长从他待了一整天的房间带出去，以为能看到傅丹萍，外面却只站着几个陌生人。其中一个好像是早上和曾连长一起的。

谢敛被带上一辆车，车开了没多久他便认出来，是去小街的方向。平时感觉有点远，开车很快就到了。下车后，他被带进小街唯一的招待所。

"傅丹萍在哪里？你们把她放了吗？"谢敛问，但没有人回答他。仿佛他的声音不过是空气中的震动。

熟悉的恐惧又来了。无论怎么分辩也没有人听。权力的嘴。审判的目光。他们给你定了罪。你承认或否认，都无法改变罪人的身份。在分场场部时的笃定不知去了哪里，他开始后悔强出头。这样真的能救傅丹萍吗？会不会等着他们的，是同样糟糕的道路？

在招待所的房间里，连夜审问开始了。不断的提问、试探、恫吓、预设。

谢敛决定一个字都不再说了。他忽然理解了早上在开会的人群彼端望见的傅丹萍，她看起来沉默又疲倦，整个人透出拒绝。她是不是也整夜没睡，经历反反复复的疲劳轰炸？

凌晨的时候，审讯者终于放谢敛睡觉。谢敛几乎在挨着枕头的瞬间就睡着了。他睡得天昏地暗，直到被一个奇怪的声音吵醒。格格格，格格。过了一会儿他才意识到，是自己的牙齿在打架。冷的感觉是稍后传来的。透骨的冷。同时似乎有什么在体内灼烧。他在发烧。比发烧更强烈的，是膝盖和后腰的酸疼。仿佛有人在用锯子一点点锯开骨头。他在招待所冷硬的床褥上蜷成一团，把被子紧了紧，心想不好。

疟疾的症状因人而异。最常见的就是人在高烧中感觉忽冷忽热，冷起来直发抖，所以民间又把疟疾叫作"打摆子"。谢敛不止一次给知青们开过奎宁药片。治疟疾，这是最有效的药，如果还不行，得转到总场医务室挂水。以谢敛的经验，疟疾死不了人，痊愈快慢，要看个人体质。也听说过其他分场的知青因为奎宁过敏出事的。和得疟疾的知青打交道多了，谢敛从他们口中得知，疟疾最难受的不是发烧，而是全身酸疼的劲。有个男知青在痊愈后说，疼得好像有虫子在骨头里钻洞，恨不得有人把自己的身体劈开，赶走看不见的虫子。

对时间的感觉变得模糊，睡睡醒醒，仿佛过了许久。虫还在。疼痛和高烧的双重折磨下，意识变得含混。有人进来，说了什么。不知是谁摸了摸自己的额头。又传来说话声。抖成这样，怕是打摆子。他想说，是呢。张了张嘴，发不出声音。

不知过了多久，有人把他扶起来，喂他吃药。吞咽的时候，喉咙口如同顶着一团棉花，他费劲地把药片和水一起咽了。他蒙眬地以为那人是曹方。想问傅丹萍怎么样了，到最后也没能发出声音。

曾连长的专案组一共来了五个人，住在小街的招待所。曾连长和一个下属一间，另外三人一间。他们其实来了有几天了，每天在山里转悠。一开始没找当地支援，怕打草惊蛇。第三天的晚上，搜寻有了突破，在山上发现了傅丹萍。之后，曾连长开始撒网，留了两个人在山上调配，派出所和民兵都上了，开展地毯式搜索。

七分场支书芮松从昨天到现在窝着一肚子的火。

他喝完酒一觉醒来，分场仿佛换了天地。杨场长说要配合专案组办案，把办公室腾出来给曾连长一行。在山上抓了傅丹萍不算，还在场部扣了谢敛。芮松去找曾连长，很想当面对他嚷，到底农场是谁说了算，这是你的地盘吗？他还没来得及表示意见，杨场长说，我们平时管得太松了，所以年轻人才这么散漫。老芮啊，我们都要自我检讨。

于是芮松明白了，抓谢敛不是重点，人家这是敲山震虎。他也不是没听说谢敛把事情都往自己身上揽，所谓"英雄难过美人关"，真让人头疼。

芮松的办公室被曾连长用来询问四连知青，他只能坐在曹方的会计室干等着。五点多，新的消息传来，逃犯抓到了。芮松想，抓到就好。既然抓到，这边可以放人了。

接着就听说，逃犯的腿受了伤，身上有药。等曾连长的人去卫生处查对，芮松坐不住了，趁谢敛门口看守的人去上厕所，用备份钥匙开门进去叮嘱一番。可没想到，虽然有他的预防针，谢敛还是

436

一根筋地往人枪口上撞。撞也没用啊。傅丹萍照样被扣着。当晚他们就和逃犯被一锅端地带走了。对七分场来说，这是没有前例的大事。两个人被抓，看起来很严重。

晚上，芮松一个人在屋里喝闷酒，想起姐夫在世时讲过的谢敛二叔的事。耿耀说，谢德啊，可以说神乎其神。不过我始终搞不懂，他怎么会喜欢上联大的女学生。苏小姐是个凡事强出头的女人，说得不好听，就是个惹祸精。哎，谢德的眼光也是特别。他死得早，要不然，也不知道他们最后会怎样……

芮松想，"惹祸精"三个字，送给傅丹萍才合适。

第二天一早，他就上总场告状去了。

安红石在这天翘班来了场部。她听说逃犯已被抓获，却不见傅丹萍回来。人没到，流言到了。有说傅丹萍和谢敛在山上私通的。有说傅丹萍和逃犯有一腿的——安红石想，真荒谬！还有人说，逃犯身上带着治伤的药，现在谢敛的嫌疑最大。总之众说纷纭，对安红石来说，没有一种说法听起来让人安心。

场部显得空旷，似乎有一半人没上班。安红石找到曹会计，问他，老芮呢？曹会计表示不知道。安红石又问，谢敛和傅丹萍呢？曹会计从账本上抬起头说，被带走了，好像在小街招待所。

她又走了一个小时，来到小街。这里是知青们周末"进城"的目的地，买东西、寄信，和朋友碰面。今天是工作日，街上没什么人。她到了招待所，大门口守着个男的，问她，你哪个单位的，找谁？

安红石只能在街上转圈。她看见有辆车在门口停了，一个背着帆布包的人和司机一起下车，进了招待所。背包的人又出来了，司机没跟在旁边，那人走到街边杂货店张望，似乎对这里不大熟悉。安红石凑上去问他认不认识招待所里的曾连长。结果那人是总场医务室的医生，被曾连长的人临时借过来的。

原来谢敛在招待所发了疟疾。说是刚给他吃了药。

安红石一听就急了，说："得了疟疾还被关着，这像话吗？不应该送医院吗？"

医生说："是你的朋友？到底犯了什么事？"

安红石把谢敛的遭遇解释了一遍，说他肯定是被冤枉的。医生人不错，安慰了她，说等查清应该就会被释放的，再说也没送进局子，只是临时押在这里。安红石又问谢敛的病情如何，医生说，药吃了，接下来就看他自己的抵抗力了。这话听起来不大专业。不过回想起来，作为卫生员的谢敛也说过类似的话。

谢敛的疟疾在二十四小时后仍未消退，而他本人早已失去了时间的概念，只是不断被疼痛刺激醒来，又因为体力衰微再度陷入昏沉。

梦一个接着一个，连绵成片。其中既有他自身不断重复的噩梦，也有他从前借由甲马见到的，属于他人的更久远的映照。还有些纷纷扬扬的碎片，呼啸着将他卷入其中。是从小街招待所内一直到街道那头的邮局，整条街上的人们的种种过往。碎片太过零碎和纷乱，谢敛无法辨认细节，只是被其中隐藏的情绪不断洗刷。他感到一种无法言说的痛，就像神经被置于冰水中、火苗上。

上一次做这样的乱梦，是他受伤后在医院度过的几天。同房病友的惨痛叠加在他身上，如同一道道勒身的棘刺。有人在睡梦中低声哭泣，谢敛也跟着哭。他被他人的无边无际的痛包围了，在梦境中一次又一次跟跄于苍山之上。他没有穿鞋，每走一步都从脚下传来钻心的疼。太阳明晃晃地照着他的眼，两侧挂着雪层的山路蜿蜒无尽。

时隔八年，谢敛又一次在梦中跋涉。不同的是，这一次他爬的不是苍山，而是种满橡胶林的山。无数笔直的树干构成一道帷幕。他前面有个女人的身影。是傅丹萍。谢敛在梦里没有腿疾，他像从前一样迈着两条长腿，飞快地穿过树林，迈上梯台，去追赶那个身影。可不管怎么追，和傅丹萍的距离都不见缩短。

丹萍！他沉沉地低喃。

有人往他嘴里灌下液体。火辣辣的，似乎不是水。烧得厉害，谢敛一天一夜没起身上过厕所，也没有尿意。他的口腔黏膜像是变成了铠甲，硬而麻木。他张了张嘴，更多的液体被灌进来。他开始咳嗽。隐约听见有人说，你慢一点，会不会喂啊？喝下去的液体像一把火，灼烧着他久未进食的食道。感觉真要命。奇怪的是，与此同时，长久充斥在骨头深处的酸痛平息了几分。他的眼皮颤了颤，又被拖入新一轮梦境。

那人在前一天的夜里出现在她去厕所的路上。她一开始以为是坏人，想喊。

他紧张地退开一些，说，我不是坏人。你是知青对吗？我也是，以前是。

他说他被人冤枉了，和他吵过架的人死于非命，他现在是最大的嫌疑犯，只能逃跑。他还说，要不是伤了腿，他早就逃远了。

他把裤脚挽起来，她用手电一照，光圈里是被蛇咬过的伤口。有点化脓。伤在膝盖底下一点，他跛行的姿势和谢敛不大一样。

能感觉到这个人没有说谎。尽管作为知青，他看起来有点老，还有种说不出的锋利气质。大概是胡子的关系。他有点可怜地问，有吃的吗？

她没有吃的。要等天亮后到食堂打饭。她教他怎么躲藏。你从这条路出去，翻一座山，第二座山的半山腰有个山洞，是以前挖了做防空洞的。你到那里等着，我明天抽空给你带点吃的。

上午除草的片区离那座山有段距离，她到下午快收工才有空当过去。他把饭盒里的白饭和一点水煮茄子扒拉几口就吞进肚里。他抹抹嘴，叹息道，现在死了也值了。

她说，你说谎。

那人猝不及防，抬头看她。

你根本就不想死，何必这么说。

胡荏里的笑容绽开。是啊。你没说错。

他片刻后又说，你对我的恩情，我不会忘记。虽然将来可能不会有再见和报答你的机会。

其实没必要专程为逃亡者去拿药，她很清楚。但左思右想后，她还是去了场部。谢敛不在。她从花盆底下拿了钥匙进的卫生处。当晚下起了大雨。她在床上想，去，还是不去？早知道就不要和他说再歇一晚了，让人空等，总有些歉意。

她最后还是去了，带着晚饭和药。吃完后，他反常地安静。此前一直说个没完的人。他说自己是重庆人，六八届的插队知青。两年后被送去念工农兵大学，毕业后分配回景洪，在军队的宣传部门工作。文职，有军衔。所以他这是逃兵还是怎么的？她没多问，任他的话题跳来跳去。他说自己学过好些年音乐，要不是当知青的头两年出了事，他会继续深造。他伸出手给她看，左手缺了两根手指。再也不能弹琴了。他的语气淡漠。

当一个人喋喋不休，可能是在遮掩什么。他突然沉默，试图遮掩的东西反而变得明显。她感觉不对，起身说，下雨呢，我走了。雨衣贴在身上，又闷又热。他猛然抬头，目光灼灼。不等雨停？明天我就见不到你了。

他扑上来的时候，她努力挣扎，狠狠咬了他。大概咬在肩膀上。趁他一时狼狈，她仓皇逃离，几乎是连滚带爬地出了山洞。嘴里一股咸腥味。不知道是他的血还是自己的眼泪。她在雨里慌不择路地下山，连雨帽也没拉上去。中间摔了一跤，丢了电筒。山是巨大的黑色块体。让她想起割胶遇见谢敛那次。那也是夜里，但谢敛有种让人安心的力量，不像那个人，情绪激昂如绷紧的琴弦，瞬间变成了兽。

远远的有电筒光，不止一道。这样的雨夜，山上怎么会有人？她不及细想，朝电筒光奔去，边奔边喊。那边像是听到了，光线有一会儿凝滞不动，接着朝她照过来。光打在她的脸上，她隔着光看见雨，从天空和树梢顶上哗然而下。

烧终于退了，但谢敛仍一脸呆滞。曾连长说，发两天烧不至于就这样吧？没烧坏吧？

一个陌生的男人说，按理不会，再等等。

他们离开后，谢敛在床上翻了个身。嘴里和鼻腔有种奇怪的回味。他爬起来，从床头柜上的水杯喝了水，这才意识到，是酒在口腔里发酵的气息，和宿醉醒来很像。治疟疾用药酒？谢敛感到自己的医学常识受到了挑战。

在梦里目睹的，是傅丹萍的经历。和谢敛的猜测也没差太多。她一贯的心软加上多事，差点把自己给赔进去。那个逃犯真不是东西。不，现在这样被他连累，赔得实在太多。谢敛试图回忆逃犯的名字，只想起他姓廖。

姓廖的不知有没有供出是谁给他的药。最好他懂得廉耻和感恩，没多嘴。

关于傅丹萍的梦境还有些破碎的片段。像是她的童年。泡泡纱裙子。油炸的小食，面粉和萝卜丝混在一起，圆圆的像个元宝。一个女人的说话声。如同收音机的频道没有对准，话语没连成句子就滚过去了。一双弹钢琴的手，手形优美。碗里化开的奶油味的冰品。绿豆汤。夏夜被蚊子咬醒，一摸胳膊，纵横交错是凉席的印子。

可能的话，谢敛想一直在傅丹萍小时候的世界里徜徉。对他来说，是陌生的城市女孩的过往。既亲近，又遥不可及。他心里生出莫名的柔情，为那个在雨夜奔逃的狼狈女子，为她从上海到云南的回不去的旅程。

醒来，意味着要面对现实。回到被囚禁的房间。

昔者庄周梦为蝴蝶。

谢敛没读过多少古文，《庄子》的这一段，是白医生讲给他听的。白医生说，你家的人，都是某种意义上的庄周。谢敛从前不理解他这句话的意思，现在若有所悟。

不久，有了尿意。谢敛走到门口喊人，门开了。他慢慢挪到走廊尽头的厕所，脚步虚软。尿了长而又长的一泡尿。仿佛连最后一丝软弱也随着水分排出体外，回房间的时候，谢敛下定了决心。

他决定坚持之前一时冲动的说法，就说，药是自己给逃犯的。

然而又等了很久，曾连长也没来。倒是来了个医生，他看了谢敛的状况，说应该没大碍了。谢敛认出这就是前面说"再等等"的人，问他："你是用酒给我治的疟疾吗，什么酒这么神？"

医生愣了愣才说："酒是你朋友弄来的。她昨天就来过，人家不让她进来看你。你烧了一天一夜。今天早上我来的时候又遇到她，她让我无论如何把酒带给你喝。说是从布依族的寨子讨来的药酒。"

谢敛诧异道："我朋友？"

"是个女知青，姓安。"

医生让谢敛吃药巩固一下，留下药就走了。谢敛吃了曾连长的人送来的病号粥，又睡了。这一回睡得很沉，没再做梦。

第二天，出乎谢敛意料的是，昨天送粥的那人过来通知他，你可以走了。

谢敛当即问："傅丹萍呢？"

"她昨天就走了。"

谢敛还想问什么，对方说："没事了，不是挺好的吗，还磨磨蹭蹭的干吗？你以为这里是疗养院啊！"

他走到招待所外面，恍如隔世。对时间的概念变得混乱，他想，我到底在里面待了几天？这时一个人忽然冲过来，一把抱住他，接着就开始哭。

是安红石。谢敛一下下拍着她的背，说："哭什么，我这不是好好的吗？"

很多事都要事后看，才能厘清头绪。谢敛和傅丹萍最终能够回分场和连队，芮松到总场的交涉或多或少起了作用。据说逃犯也交代了，药是他从场部偷的。他说不清具体怎么偷的，曾连长认为有疑点，所以把两名嫌疑对象多扣了一阵。但就算有人给逃犯药，也只是外围的细节。该抓的人反正是抓到了。

谢敛要过若干时日，才有余暇问安红石药酒的事。安红石听总场医生说谢敛一直没退烧，心里着急，她想起布依族寨子的老蒲算是个医生，便去找他，问他有没有什么治疟疾的偏方。她说，谁能想到那个不着调的老头给我的是他自己泡的药酒。我想就拿去试试吧，死马当活马医。陈宁打断她道，你的意思是，谢敛是死马？几个人笑成一堆。谢敛和傅丹萍没有笑。安红石感到，自从无妄之灾的监禁事件之后，丹萍总显得郁郁寡欢。谢敛也不像从前那样活泼了。不，应该说他现在和更早以前一样，很少大笑，眼睛里藏着心事。好像只有去年年底到今年上半年，他有种近乎反常的开朗。

安红石没对任何人说起的是，去寨子的必经之路上，桥被雨天涨水的勐龙河冲垮了。去年，她对着咆哮的河水，不敢过河摘芽条。这一次，她只迟疑片刻，就跳进水量增大一倍的河里，奋力游向对岸。

大概只有傅丹萍猜到安红石为谢敛做了什么。她比谢敛早一天被放出来，回到连队，却不见安红石。天擦黑的时候安红石才回来，样子很疲倦。第二天，傅丹萍看见安红石早上洗了晾在外面的衣服。白衬衫上到处是红色沙土的痕迹，看起来是再也洗不干净了。

再一次见到那个"逃犯"，是在电视上。距离上一次见到他，有二十年了。安红石难得坐下看个电视，没想到会在屏幕上撞见有过一面之缘的人。那是一九九六年的冬天，她昨天刚到杨浦区家里送冬天的进补膏给妈妈，是她在同仁堂排队开的，隔了一周去取熬好的药膏，半透明的膏体装在陶罐里，闻起来甜甜的，不大像药。坐堂的老中医说，本人不来把脉，只能开个普适的方子。医生写方子的手皮肤松弛，浮现青筋，让安红石想起为她治过肝炎的白医生的手。她想，不知道白医生是否在世，小白医生的女儿明明有没有顺利长大。和云南弥渡的人们不通音信这么多年，安红石心里不仅没有把他们忘记，反而时常在忙碌的间隙想起一些人和事。三姑。

谢敏。当然还有谢敛，以及他和傅丹萍的儿子。那孩子比安玥大两岁，如今该是十七岁了。安玥跳过级，说不定他们只差一年级，甚至可能同级。

安红石盯着电视屏幕看，男人是纪录片的主角，说是沉冤多年，前几年刚被放出来。他的左手缺了两根手指，要不是这一特征，安红石也认不出他。多年前只是匆匆一见。她带着药酒在街对面徘徊，想等医生出现。几个人从招待所出来，戴手铐的人被簇拥在中间。他的头发乱糟糟的，下巴和两腮盖满黑色的胡子，等车开过来的时候，他百无聊赖地举起铐在一起的双手，抓了抓一侧的脑袋。安红石因此注意到他缺损的手指。她有种冲动，想上前问他，你为什么要连累不相干的人？正好医生骑着自行车来了，她提醒自己正事要紧，朝医生走去。

那个形容狼狈须发浓密的年轻男人不见了，面对摄像头侃侃而谈的，是一个略微谢顶戴眼镜的中年人，腮帮刮得泛青，讲话带云南口音。他不是云南人，却在那里过了大半辈子，其中的大部分时间是在狱中。他出狱后写了一本书，关于他的前半生。十八岁插队落户，被分在景颇族的山上。没多久，他和一个景颇族姑娘谈起了恋爱。那姑娘本来有定亲的对象，被他一个外人插足，男方恼了，带着刀上门，砍了他两根手指。后来他上了大学，又被分到军队，山寨的过往被抛到身后。有一年雨季，他不知哪根筋扯住了，想回去看看。当年砍他手指的人娶了他们为之争斗的景颇族女人，生了三个孩子。两个男人尽释前嫌，喝了顿酒。没想到第二天早上，主人一家除了孩子，夫妻俩和公公婆婆都死了。死因大概是食物中毒，但当时他来不及细想，立即开始逃亡。

——无期改有期，然后是翻案。我出狱之后，第一件事就是前往寨子，想给死掉的那家人烧纸。但整个寨子都搬走了。后来我承包了寨子旧址的整座山，开始种茶。

男人谈往事的口吻几乎像在炫耀。安玥在身后说，妈我出门了。不等安红石回答，传来关门的声响。女儿和自己几乎没有交流，倒是和外婆很亲。母女关系仿佛复制了自己十六七岁时的状况。要在往常，安红石会为安玥懒得多说一个字的模样感到焦躁，但今天她无心理会。她恨不得揪住电视里的男人问，你还记得为了你，东风农场有人被关起来的事吗？

二十来分钟的纪录片结束了，男人一句也没有谈到他的逃亡和被捕。给生活带来重大转折的，对一个人来说是某件事，经历同一起事件的另一个人，可能只看作是短暂的插曲。不值得记忆，也不会被提起。

要不是你，要不是你……安红石对着她最后也没记住名字的男人，在心里恨声念叨。然而已发生的事无可改变，二十年匆匆如一梦，还有什么可说呢？

和当年的逃犯意料之外的"重逢"，让安红石忍不住想起一九七六年的混乱雨季。之后没多久，到了秋天，谢敛和傅丹萍结婚了。

婚礼在十月，本来定的是九月，毛主席去世的消息传来，婚事便显得不合适，往后挪了挪。在连队的人们看来，谢敛和傅丹萍结婚也算是顺理成章。几个月前，逃犯的事闹得风言风语，他俩被扣了几天才放出来。到最后，他们当中是否有人和逃犯有关，两个人到底有没有在山上约会，除了当事人，谁也没个定论。

只有安红石觉得，谢敛在疟疾康复之后开始追求傅丹萍的方式有些奇怪。八月头上，谢敛买了辆自行车，他差不多隔个一天就骑车下到连队。来了也没什么特别的事，一群熟人说说话，晚上他又回去了。谁都知道他是来看傅丹萍，可是两人之间有种气氛，让人觉得待在旁边也不算妨碍，甚至好像他们都更乐于和朋友们混在一道。

后来大家听说，邓小英跑去找谢敛谈了一次。许毅飞在场部瞧见的。具体谈的什么，没人知道。想想看，她一个搞不正当关系的妇女，去找人家未婚男青年谈心，也很怪。就算大家都是上山打野食，难道就能一概而论？

总之，不久后，谢敛和傅丹萍的婚事定了下来。很难说邓小英的多管闲事没起作用。

和少数民族的婚礼相比，他们的婚结得可以说是简陋的。领了证，小夫妻和一群熟朋友，加上老芮和曹会计，一起到小街吃了个饭，然后弄了辆马车，从四连的女生宿舍把傅丹萍的行李搬到谢敛在分场的宿舍，婚就算结成了。谢敛要离开的事，众人也已经听说了。等手续办下来，他就会带着傅丹萍回弥渡。

安红石觉得周遭的变化太快，快得她有些赶不上节奏。傅丹萍离开西双版纳已经半个月，她夜半醒来，还会以为另一张床上睡着好友，以傅丹萍惯有的静极了的呼吸。

她闷闷地想，怎么这么快就结婚了呢？可能是上回被关在招待所，让两个人有了患难与共的底子吧。

安红石还记得她抱住谢敛那一瞬间的感触。她在小街上等到他出来，他的眼窝凹陷，脸上存了几日的胡茬，看起来狼狈又陌生。更多的是亲切。她想都不想就冲上去抱住他，如同抱住失散多年的亲人。她真的曾经以为会永远地失去他。害怕他像邹暮桥一样被带走，然后时运不佳进了监狱。经验告诉她，没有什么坏事是不可能发生的。所以当好事发生的时候，比起惊喜，她更多的是惶然。抱住他的那一刻，她感到巨大的安心。

不过也只有那一抱而已。过后，他们又回到了朋友的状态。谢敛开始以一种不像他的张扬作风，围着傅丹萍打转。

如果安红石不是因为好友婚事的消息太过黯然，她就会注意到傅丹萍的寥落，不大像婚期接近的年轻女孩。陈宁注意到了。他的理解是，傅丹萍其实并不想嫁给谢敛，只是现在名声坏了，不得已而为之。陈宁不止一次想就此和傅丹萍深入地谈一下，可每次触及她无法被看透的双眼，他又退缩了。

总觉得那双眼背后的情绪比过去藏得更深。

陈宁有种不断被抛下的感觉。先是傅丹萍走了。紧接着，七七年六月，安红石的家里给她开了长病假证明，她收拾行李回了上海。据说安红石的妈妈先一步从农场回到上海，不知是否已经平反。既然能开出病假，说明人家是有办法的人。

许毅飞也出现得少了。陈宁只剩下黄胖和自己做伴。没有了谢敛在中间，芮支书对他们来说，又恢复了领导的距离感，不再有一起喝酒吃肉的畅快。

安红石再一次见到傅丹萍，是在一九七八年的一月底。马年春节在二月头上，这也是安红石多年来头一回和妈妈一起过年。复旦附近的住房尚未归还，母女俩寄居在长宁区的表舅家，等待政策落实。表舅家是一室一厅，房间住了表舅和表舅妈，客厅摆了张床，是表哥表嫂的。家里凭空添了两个人，表哥住到单位宿舍，晚上客厅搭起简易床，归表嫂，安红石和她妈妈睡表哥表嫂的大床。安红石感谢表舅一家的好，却也没忘记，妈妈被下放之前，姨婆还在世，表舅家怕受到牵连，和她们断了来往。等她去了云南，妈妈去了苏北，眼看着也不会有更坏的情况，两家人才渐渐恢复了联系。

苏怀殊多年来早已荣辱不惊，一点点善意都会让她感动，更不要说亲戚的照拂。她把工资的一半悄悄塞给安红石的表舅妈，说，你看我也不会买汏烧，我们两张嘴在这里呢，就当是小菜钱。

位于娄山关路的临时居所成了安红石和朋友们通信的地址。隔几天便有一封盖着云南邮戳的信。苏怀殊说，你写信像人家写文章，这么用功。还是要抓紧时间多看书。安红石说，一直在看啊，去年考不上，也不能怪我。当妈妈的被戳到软肋，闭了嘴。

屋子逼仄，退休的表舅和表舅妈白天在家，加上虽然复职但不用每天去学校的苏怀殊，安红石嫌家里闷得慌，常溜到一个初中同学家去复习。她去年被妈妈弄回来，才知道在云南消息晚一截，上海人人都在传可能会恢复高考。苏怀殊这辈子没走过后门，为了女儿，厚着脸皮去找了比她早回沪的"劳友"金医生，让他帮忙开病假。安红石一到上海，迎接她的不是久别重逢的嘘寒问暖，而是妈妈准备好的复习资料。看了几个月的书，年底考完之后等啊等，等到别人都去体检了，安红石才意识到自己没戏。再去一打听，是因为政审没过。苏怀殊的档案材料得以清除"罪名"，是在一九七八年的头上。中间的少许时间差耽搁了女儿的前途。母女俩都要强，没就此说什么，安红石又开始第二轮看书，寄希望于今年再考一场。

傅丹萍来的那天，安红石像往常一样出门温书。表舅和表舅妈去置办年货，家里就苏怀殊一个人。下午四点多，安红石带着路上买的一包糖炒栗子回家。她和妈妈不大吃零食，唯独都爱栗子。在农场这么些年，每个月二十八元的工资，请假赖班再扣掉点，剩下的对付日用品和偶尔的罐头，根本剩不下来。想想自己也是二十六岁的人了，却像是回到了尚未南下的十八岁，拿着妈妈给的零用钱，温书备考。生活被拦腰截断，又拼合回原来的轨道，而置身其中的，其实早已不是当初的同一个人。

一进门就听见苏怀殊在和人说话,安红石有些意外。妈妈不愿给表舅家添麻烦,平时从没有客人上门,除了有一次金医生带着他儿子过来坐了片刻。

她再往里走,从谈话声中分辨出一个熟悉的嗓音。不会错。如同雨打芭蕉的女中音。安红石兴奋起来,穿过卫生间旁边的走道,冲进客厅,嘴里喊:"丹萍!"

和苏怀殊并肩坐在沙发上的年轻女人朝门口望过来。是傅丹萍。她不像从前那么瘦,下巴带了点弧度。齐耳短发变成贴着脸颊两侧的短羊角辫。没变的是那双眼,冲着安红石微微弯起来。

看见安红石把栗子放茶几上,傅丹萍的笑意更深了几分。"阿姨刚才给我倒了杯水就跑出去买栗子。现在你又买来了。"

"云南吃栗子都是水煮,还是糖炒栗子香。"说完安红石才想起,水煮栗子是那年中秋节在谢家吃的。

苏怀殊说:"小傅太客气了,专程带了三七和酸角来。好多年没吃过酸角了。"

"都不是什么值钱的东西。三七是前几天去我们那边的西山玩,朋友给的。酸角嘛,我爱人说,也许你们会爱吃。"

说这话的时候,傅丹萍的视线若有若无地扫过苏怀殊。安红石的注意力被另一件事引过去,脱口而出:"西山……你们去见道长吗?"

傅丹萍说:"你喊他道长啊,他明明是个假道士。"

安红石把剥开的栗子肉扔进嘴里,心想,为什么感觉就像是前几天去的西山呢?

说起来,她在谢家养病,是差不多三年前的事了。

谢敛和陈宁到弥渡的第二天,他们三个长途跋涉,去了趟西山。曾经以蓝色的远景让安红石赞叹不已的群山,随着接近逐渐呈现出绿色的植被。谢敛说要去山上看望一个熟人。山路不好走，对谢敛来说尤其费劲，安红石在心里嘀咕，不知是怎样的朋友值得这样兴师动众。到了半山腰一看，有座仿佛随时会倾塌的破败古建筑，里面住着个道士。安红石暗自纳罕，这年头居然还有道士存在。道士三十来岁的模样，言谈间没什么道骨仙风，感觉就是个梳了道士髻的农民。几个人在院子里坐了，谢敛他俩说云南话的语速飞快，陈宁和安红石在旁边嗑道士抓给他们的生葵花子，自顾说笑。谢敛对道士说，我的病好了。又低声补充，有很多前因后果，改日说给你听。你以前讲过，我有一劫，要心志坚定才能度过。现在算是过了吧？

道士说，谢老弟，我当时就是喝多了随口讲讲的，你莫当真。他瞥一眼安红石，问，你媳妇？谢敛说，你就爱瞎讲，我朋友。

回程中，安红石问谢敛，你得的是什么病？上次去找那个老蒲，你也说是看病来着。

谢敛古怪地看她，反问，我们说的话你听懂了？

安红石说，你们弥渡话有什么不好懂。

谢敛说，我和他讲的是其他地方的方言，和弥渡话还不一样的。安红石冲他得意地一笑，意思是，你不知道我是方言能手吗？他便住了口。过了一会儿才说，回去我给你弄一张和原来一样的甲马。

回到上海的安红石把"虚空过往"给苏怀殊的时候，难免有些心虚。谢敛有时透着薏坏，他特意用茶水把新翻印的甲马染了，装成是旧物。还说，除了我家的人，没人看得出差别。

妈妈把那张被调包的甲马重新珍藏起来，安红石纵然内疚，也不敢拆穿。

有苏怀殊在旁边，安红石觉得说话略有不便。至少谈论谢家人不合适。她借口说要到附近食品商店买点吃的给傅丹萍，拉着好友出门。

谢敛和傅丹萍的近况，安红石从信件往来中知道个大概。她们通信的频率差不多是每月一次。安红石写得勤一些，经常是傅丹萍的回信还没来，她第二封信又出去了。上一封是四天前寄出的。安红石说，你回家就能看到了，不过我还是先和你讲一遍吧。

久别重逢的两个人一开口就停不下来。就像她们一贯的聊天，安红石说得多。除了聊自己的近况，她还问了一堆问题。写信时不好就弥渡的众人问这问那，现在方便了。有些事她从信中早就听说过，例如，白晓梅前年又生了个女儿，名叫霍素锦。小女儿身体健康，让旁人也欣慰。谈到白家，傅丹萍说，白医生最近患了耳疾，和他说话变得费力。他的历史问题尚未解决，看样子今年将会以医院水房工人的身份退休。谢敛的侄子谢文应现在初二，成绩不错，家里希望他能考个中专。

一圈人讲完了，安红石问："你知道我妈和谢敛二叔的事吗？"

傅丹萍点头："所以我都没提谢敛的名字。"

安红石松了口气："还是你机灵，我刚才差点说漏了。总之在我妈面前不要讲到谢家。我怕又引得她难过呢。"

"你妈妈和我想的不大一样。"

"是吗？你以为她是什么样？"

"怎么说呢，我以为会更活泼一些吧。知识分子的气质，倒是和预想的一式一样的。"

"活泼？"安红石瞪目道，"我妈都是个老太婆了。你想什么呢。"

苏怀殊五十五岁，说是老太婆有点过。安红石会如此感叹，是因为自从正式回到上海，她不自觉地把现在的妈妈和过去在上海的妈妈对比，这一比，感觉老了一大截。苏怀殊也明确地意识到她丧失的时间。从一九六六年被迫离开岗位，到后来去苏北，再回复旦，如今她已经到了退休的年龄。和她有类似境遇的教师们，有些更为年长，但没有一个愿意退休，纷纷在应该含饴弄孙的年纪重新投身科研和教学。一代人被时代的浪潮推到荒滩上，又随着新的浪头涌回海中，重启逐浪生涯。

回到上海的女人们有各自的决心和目标，回到弥渡的谢敛则显得无所事事。傅丹萍在信里说过，谢敛当初是自己离开车站的，所以就算想回去也没有岗位——何况他不想。作为家属的傅丹萍，当然也就没有地方接收。两个人闲在家里。她写道："我们现在成了蛀虫了。"

聊完其他人的近况，安红石尽量自然地问："谢敛还是不想去上班吗？"

"我也不知道他怎么想的。其他人怎么想，我多少都能猜到，可就是不知道他在想些什么。"傅丹萍的声音听着倒不算忧虑，只是陈述。

安红石转换话题："你这次是探亲？待多久？"

"我妈病了。卵巢癌。我回来照顾她。大概要待一阵吧。"

相识多年，安红石对傅丹萍的家庭的了解，仅有她们家也是母女俩这一项。不知道是离婚还是父亲早逝，也不知道傅丹萍的妈妈是做什么的。唯一的线索是始终受到冷遇的邮包。安红石觉得傅丹萍简直奢侈，浪掷家人对她的关爱。问题是傅丹萍从不是一个冷漠的人。她对别人好得简直过头，邹二莲就是例证。傅丹萍走后的第二年，安红石还在农场，邹二莲也结婚了。对象是同村的傣族伙子。婚宴上，邹大爹喝得大醉，一直在笑，似乎全然忘了他曾经差点挑起汉傣矛盾的事。邹远被新媳妇抱在手上，眉眼间隐然有邹暮桥的轮廓。春节的时候，谢家寄给安红石的邮包，除了给她的香肠，还有一件小孩的毛衣，附言让她转交邹二莲。安红石很难想象傅丹萍打毛衣的模样。谢敛夫妻回了弥渡之后，她不是没有去探望他们的念头，最终直到回上海，也没成行。

傅丹萍说起她母亲的病，语气平淡，一如刚才谈论谢敛不上班。安红石先是一惊，立即说："那我该去看看她。"

没想到傅丹萍拒绝了。"我不像你，有个好妈妈。你不用费心去看她。"

安红石忍不住说："你把你妈妈当仇人吗？"

傅丹萍静了一阵才说："要真能当作仇人就好了。"

距离傅丹萍来表舅家一个多月，安红石算了下傅丹萍说的她母亲的手术时间，差不多该出院了，决定去傅家探望。地址是傅丹萍上回给的，给得不大情愿，安红石拿出一贯的气派教训她，不管有什么矛盾，她都是你妈！生你养你，容易吗？我是你朋友，我去看看她，也是应该的。

按门牌号找过去，街边是一个接一个的弄堂口。傅丹萍家所在的九十六弄，走进去只觉逼仄，家家户户在弄堂上空晾晒，短裤上衣被褥床单，飘扬如万国旗帜。安红石从未见过这样利用有限的空间和材料垒起来的房子，此前也从未想过，傅丹萍那些堪称豪华的邮包背后，是被称作"下只角"的老弄堂。

没找见一号，进去问了人才知道，就是弄堂口左手边那道小门，没有门牌号。门开着，进门后是一间前窄后宽呈梯形的逼仄厨房，旁边有道幽暗的扶梯，通往二楼。安红石忍不住退出去，重新从外面张望。没错，扶梯上去是弄堂入口的顶端，原本该是门墙的地方，加盖了一间火柴盒般的屋子。所谓的"过街楼"，是傅丹萍的家。

她再次进屋，小心地扶着梯子往上走。还没到顶，就听见里面传来一个女人的呵斥声。

"你把我气死了，你就好过了！"

安红石僵在扶梯上，最后还是决定上去。扶梯爬到最后几级，只见上面在白天也开着灯，仍显得昏暗。空间倒是比预想的大一些，二楼等于是一楼厨房加上过街的部分，斜斜的L形。安红石站在L形转角处，正对着一张床的床脚。床边的小板凳上坐了一个人，正是傅丹萍。她像是没听见安红石上来的动静。

"丹萍。"安红石谨慎地喊。

傅丹萍像是吃了一惊，望过来，接着挤出一点笑："你来了。"又对床上的人说："妈，我农场的朋友来看看你。这是安红石。"

安红石把带的一罐奶粉给傅丹萍，是托表哥从黑市买的。她的眼睛渐渐适应了屋里的光线，看出L形房间的另一边大概是傅丹萍的居所，有张窄小得可怜的床，床脚摞着两只木箱。傅丹萍妈妈躺着的床边有座梳妆台，黑漆底下的雕花繁复，和整间屋子的简陋十分不协调。

傅丹萍的妈妈从安红石在小凳落座就一直盯着她看，看得安红石有些紧张。她生性不怕人，主要因为床上是个美得让人窒息的女人。安红石想，丹萍长得可不像她妈，而且她妈妈怎么这么年轻！

要等到后来在户外的光线下见到傅丹萍的妈妈，安红石才会觉得她也没有那么美。她脸上有长年患病的人容易有的色素沉淀，散在白皙的脸上，像不合时宜的老人斑。显年轻倒是真的，安红石见到她的时候，她四十六岁，看起来不过是三十后半的模样，让人难以相信她有个已成年的女儿。

傅丹萍从楼下给安红石端了杯热水上来。元宵节过了一周，冬

456

寒未退，屋里又湿又冷。脚边的盆里烧着炭，也没增添暖意。

床上的人说："你就是安红石？我家丹萍提到过你。你现在好了，马上要考大学，前途光明。我家丹萍算是废掉了。"

做长辈的一上来就这样寒暄，安红石无言以对，只好说："丹萍在云南也挺好的。"

"好个鬼！"傅丹萍的妈妈说，"我每次写信让她找机会回家，她都不理我。现在我病成这样，她才回来。"

安红石为傅丹萍心虚，毕竟好友多年不回家探亲是事实。她没接话，那边又说："我们弄堂当知青的人多了，混个几年，都有办法回来。办法是人想出来的呀。实在不行，就哄一哄农场的领导。男的哪个不听哄？道理我在信里说得清清楚楚，她倒好，一门心思待在云南种橡胶，能种出个什么名堂！"

傅丹萍在旁边一声不吭。安红石领会了，自己确实不该来。她感到从头到脚的不适，回到上海的自己，在这位母亲的眼中，说不定也是"哄过男领导"的角色。她的心里只有一句话翻来覆去地响，傅丹萍和她妈妈可是一点都不像！

安红石没坐多久就走了。傅丹萍送她到公交车站，路上只有简单的交谈，关于傅丹萍妈妈的病。傅丹萍说："开完刀总要养一养，我大概要在这边多待一阵。"

安红石忍不住说："可惜我们家的房子还没落实，不然我真想让你住过来。"

傅丹萍说："谢谢你哦，不过我总归要住在家里，照顾方便些。她就是那样的。我以为多年不见会有些变化，可是没有。"

"对了，你是不是没和你妈妈说……你结婚了，早就不在农场了？"

"没。我想过要讲的。后来还是开不了口。我怕她不知道又要说什么。我也经常说服自己，毕竟是我妈，一个人把我带大，很不容易。可她……那样念叨其实没什么，她让我受不了的，是别的事。"

别的事是指？安红石想问又忍住了。

傅丹萍仿佛猜到了她的心思："以后有机会我再告诉你，现在不想说。其实我觉得，遗传还是有道理的，我和我妈，说到底是一类人。"

"乱讲，你们一点也不像。"安红石总算说了出来，顿觉舒畅。

"怎么不像？"傅丹萍说，"遇到谢敛之后我才知道，我和我妈在某些方面是一样的。红石，你会不会怪我？"

这是她们第一次把事情挑明。安红石并没有天真到以为好友看不出自己的心思，可是被这么直白地说出来，她像被针刺了一下。公交车拽着充电的电轨一路摇过来，安红石从中间的车门跳上车，慌乱地说，你好好的，我走了。她在心里狠狠下了决心，再也不来了。不是因为傅丹萍妈妈说话难听，而是因为她忽然不想面对她最好的朋友。

结果安红石的决心没能持久。二月还没过完，她又去了傅丹萍家。这次有了心理准备，没有一上来就被傅丹萍妈妈的言辞给吓到，甚至还和她聊了不少傅丹萍小时候的事。傅丹萍妈妈对安红石抱怨道，我呀，都是被女儿拖累的。要不是怀了她，我根本不会跟着小裁缝来上海，住在这么一间破房子里，一住几十年。安红石第一次听说傅丹萍她爸，便问，是什么时候过世的？那位哼了一声说，过什么世呀，我女儿刚满月，他就搬出去了。他趁我怀孕又找了个相好的，人家在闸北区有楼上楼下的石库门房子，他当然乐得跟我离婚。

安红石又受到一定程度的冲击。后来她才从傅丹萍那里听说，傅雪和做裁缝的丈夫离婚确有其事，不过那并不是傅丹萍的生父。

傅丹萍说，我不知道我亲生爸爸是谁。我妈来上海不是她说的怀着我的时候，要早得多。她当时不满十七岁，一心想当演员，她原本不姓傅，给自己取了个艺名叫"傅雪"。后来不知道是被骗了还是骗了别人，和一个电影圈的人待了几年。再后来，她嫁到了这条弄堂，又在供销社谋了份工作。

所以傅丹萍的邮包，是她妈妈作为供销社职员明里暗里积攒下来的食物。安红石想，但凡傅丹萍妈妈不是这种性格，都会让人感动。

现在却只有尴尬了。

叫傅雪的女人尽管生病做了手术，却一点也没少折腾。傅丹萍始终没把结婚的事和家里坦白，傅雪不知怎么猜到了，连逼问带哭闹，证实了她的猜测。后来傅雪闹了一阵绝食，说是你心里就没我这个妈，结婚这么大的事，你居然一声不吭自己做了决定。安红石帮忙劝道，丹萍的爱人我也认识，人品很好的。傅雪冷冷地说，人品好能当饭吃？而且她嫁到那么老远的地方，这是打算再也不回来了是吗？我要是死了，跟前连个人都没有！

说这番话的傅雪已经可以下床，她在单位请了长病假，不知从哪里找了拆棉纱的活计，坐在楼下厨房里，边说话边拆。她的说话风格和美貌不协调，那双手则呈现另一种不协调，是一双惯于劳作的手，中指和无名指上有冻疮的痕迹。

傅丹萍也在旁边拆个不停，低着头不说话。安红石只好帮腔回应道，阿姨，你康复得不错，触霉头的话就不要讲了。你看我带来的条头糕很好吃的，你要不要吃点？

声称绝食的傅雪扫了一眼当餐桌用的矮桌上的点心，淡漠地说，不吃。神情倒是和她女儿某些时候很像。

绝食事件最终没起什么波澜就过去了。安红石有时不免尖刻地想，如果傅丹萍妈妈知道谢敛的腿，还有他没工作的事，估计会气得真正绝食吧。

等傅雪恢复到可以操持基本的家务，傅丹萍有时会和安红石去逛街。南京路的繁华看多了也就麻木了，反而没有当初在小街买个罐头体会到的丰足感。她们在国际饭店吃小馄饨，到外滩吹着风看江里的轮渡。风从带着寒意到微暖拂面，再到含着初夏的水气，说来也快，傅丹萍回到上海竟有小半年了。

安红石想，谢敛在家一定等急了。因为和傅丹萍之间有过那一次谈话，她硬生生地憋着，不提某人的名字。还有一件事她也没提。她开始和金医生的儿子金磊约会，感觉和高考一样，是"必须做好的事"。对金磊，安红石的想法相当务实。他去年考上了大学，在学医。安红石愿意像妈妈一样，嫁个医生。苏怀殊从一开始就对他们的交往表示反对。她说，红石，不是我说你，你俩太像，过日子要找个和自己互补的人，还是说你愿意和另一个你一起过？安红石又起了久违的逆反心，听不进妈妈的话。她想，我年纪也老大不小了，已经错过了一次，难道还要再耽搁下去？

六月中旬，傅丹萍返回云南。送她去火车站的只有安红石一个人。傅雪因为女儿要回去，再一次闹起别扭，她这个当妈的没来送行。安红石买了站台票，把傅丹萍一直送进车厢，帮她在卧铺安顿好。直到站台上传来哨声，安红石才匆匆下车。

火车开动的时候，傅丹萍走到这边车窗，探出半个身子对安红石喊："我会想你的，下次来云南家里！"

安红石忍不住跑过去，抓住傅丹萍的手。火车开了，带走了她的好友，仿佛也一并带走了她将近十年的过往。

我也会想你。想你们。她最终没有说出口。

谢敛和傅丹萍打算结婚尚未领证的时候，芮松找谢敛喝过一次酒。经过上回的扣押事件，老芮意识到，真要有个什么，自己谁也保不了。他借着酒意对谢敛说，你们走吧，是为你们好。我算是看透了，分场支书，就是个芝麻绿豆大的官。而且这起起落落呀，也不由人。我不是会弄权的人，说不定有一天，我这个位子也坐不稳呢。你回你哥你姐那边，不管怎么说，总有个照应。

老芮说的时候未曾想到，起起落落来得比预想的要快。谢敛走后还不到两年，一九七八年的头上，他和杨场长一道失势，从管理岗位被撤下。

如果光是撤职，倒也没什么。上头来了个工作组，像洗牌一样，把他们手里的名单清理一遍。老芮很幸运，不在名单上。杨场长和常植道成了审查对象，分别被关起来。工作组的头头是总场保卫科的人，除了他自己带的干将，又从底下连队抽调了几名知青，帮着审查。查什么？老芮想，恐怕他们自己也不清楚吧。他成了普通职工，按理必须和其他人一起上山干活，他自称腰疼，三天里倒有两天窝在宿舍抱着酒瓶子，或是出门去远近的村寨找熟人喝酒。日子在醉后的恍惚中变得绵长，有时夜半口渴醒来，老芮会想起和他好过的女人。半天路程外的村子的寡妇。他们只好了几年，后来她儿子大了，女人不再让老芮上门。她不止一次说，你呀，总有一天会因为喝酒误事。

迄今为止倒也没误过什么事，除非把谢敛被抓那次算上。老芮莫名地对谢敛有些愧疚，人家喊他一声"叔"，可他却没能第一时间把人给弄出来。据说谢敛在小街招待所发了疟疾。过了整整三天，谢敛才回到场部。他看起来相当疲倦，说是回来之前先去了一趟四连。老芮便知道，肯定是去看早一天恢复自由的傅丹萍。

后来谢敛说他们要结婚，老芮不意外。出于自身的经验，他提醒谢敛，早点生孩子。有了孩子，女人就会被拴住。

　　一九七九年一月，离春节还有一个多星期，当了一年职工的老芮像往常一样，过着迷离的闲日子。他睡到日头高挂才醒，醒来时发现床边坐了个人，不由得吃了一惊。等发现那个人是谢敛，残存的睡意倏然消失。

　　和三年前离开时相比，谢敛乍看没什么变化。等老芮洗漱完回屋，他说："丹萍的档案还在农场，我们这次来，是为了敲图章转档，顺便看看你们。老家那边有朋友帮忙，给她在县文化馆找了工作。"

　　老芮挥挥手："我早就不是支书了。盖章也不用找领导。现在知青们胜利大逃亡，一个个都走了。图章就拴在场部办公室的窗台上，自己去敲！"说完才想起眼前少一个人，"小傅呢？"

　　"她去看邹二莲。"

　　听到邹二莲的名字，老芮立即想起另一个人。许毅飞。当初就是他跑来告诉老芮，邹二莲的男人是小学老师邹暮桥。许毅飞被一些知青喊作"小喇叭"，不是指他会摆弄无线电，而是说他的消息广，嘴巴快。事后想想，很难说许毅飞没有私心，毕竟他的女朋友柯桐原本就是邹暮桥之外的小学老师备选人。柯桐如愿当上老师，却甩了许毅飞，后来经过一个进修的机会，和景洪县教育局长攀上了关系。她很快嫁给局长的儿子，被调到县城小学教书。知青回城的风潮一起，柯桐第一时间离了婚。不光是柯桐，最近离婚的人遍地都是。知青和知青，知青和当地人。因此，见谢敛夫妻好端端的一起来到农场，又听说傅丹萍即将在弥渡工作，老芮感到欣慰。当他得知谢敛他们还没有孩子，不免有点遗憾。

　　许毅飞在工作组来的时候倒了霉。老芮想讲给谢敛听，不过还不到时候。他感到，要谈论有关工作组的事，自己需要几分酒意。彼此闲聊过近况，老芮说："晚上喝酒！可别因为有老婆管了就开溜，咱们好久没见了不是？"

谢敛笑笑说："芮叔，你哪次喊喝酒我逃过吗？再说小傅不管的。"

芮松要等当晚见到傅丹萍，才会发现，共同生活让男人和女人生出某种相似。不是指外貌。傅丹萍是个挺拔单薄的女人，皮肤白皙，站在谢敛旁边则显得愈发娇小，更衬出一张娃娃脸。她高个子深棕色皮肤的丈夫多了抽旱烟斗的习惯，经常拈着没点燃的烟斗，细长的铜嘴烟杆有半尺多长，让人想起老师用来指点黑板的教棍。谢敛原本就不多话，在这几年间愈加内敛，形成一种深思熟虑的氛围，和傅丹萍的沉静放在一起，如同一个人的左手和右手，相异又协调。

老朋友们几乎都走了，只剩下一个黄胖，是数量不多的留守者之一。最近也只有老芮还这么喊他，别人都喊他"王新宇"。老芮问过他，为什么不回上海？他给的理由现实又直接。我几个姐嫁出去了，家里除了爸妈，还有哥哥嫂子和侄子，以前兄弟姐妹挤在一间房里没什么，现在不太方便。与其回去让人难受，还不如待在这里拿份工资。

原来的连队编制名存实亡，黄胖如今换到离场部很近的连队。他听说谢敛和老芮约在岩城家也就是邹二莲的家，给谢敛另外找了辆自行车，两个人两辆车，一道骑过去。

谢敛他们到的时候，只见老芮和岩城还有几个傣族人已喝了一轮。老芮从火塘里摸出烤熟的洋芋，在手里抛来抛去等冷却。岩城的普通话说得不错，很快和黄胖聊得起劲。傅丹萍在陪邹二莲做菜，抽空过来和丈夫还有黄胖讲几句话。她用裹背帮邹二莲背着一岁多的老二岩方，快四岁的老大邹远刚从他爸那里接了个剥好的洋芋，像小狗一样跑一边吃独食去了。看见背着孩子的傅丹萍，黄胖笑道："哟，裹背一上身，整个人都不一样了。你们以后想要男孩女孩啊？"

谢敛说："女孩好，女孩像妈。"

黄胖说："这你就不懂了，儿子像妈，姑娘像爸。我如果不是像我妈，一定比现在英俊。"

老芮隔着火堆叫道："你的意思是你妈难看？儿不嫌母丑啊！"

他们便知道老芮已有三分酒意。

老芮不记得酒局是什么时候散的，也不知道自己怎么回的屋。他醒来才发现自己在宿舍，口渴得要命。想要起身开灯，四肢懒怠，于是继续躺着没动。接着他发现，屋里有个人。

他的门锁不上，是早年当领导的时候养成的习惯。他喝酒之后睡得跟石头一样，怕有什么事别人敲门自己不应，所以干脆弄坏了门锁，让门只能掩着，无法上锁。他不止一次当着人说，反正我屋里也没什么值钱的东西。

俗话说，不怕贼偷，就怕贼惦记。老芮盯着那个人影看了半天，发现那人坐在屋里唯一的椅子上，在抽烟。烟锅袋一亮一暗。

老芮一时没想起谢敛如今是抽旱烟的。他想，贼不会这么明目张胆吧。想想又睡了过去。

第二天醒的时候，天刚泛青。老芮起身喝了一口缸水，想起昨晚所见，觉得大概是做梦。分场场部现在也没有卫生员，谢敛原来的屋子空着。昨天白天，老芮弄了一床被褥过去，让小夫妻住那间屋。他隐约记得自己昨晚喝多了，但谢敛没必要陪在跟前。所以一定是做梦。

老芮看了眼表，发现才五点。最近醒来的时间相当不规律，大概是上了年纪。他正在暗自惆怅，有人推门进来。老芮一看是谢敛，正想说，你也好早，却见谢敛整个人显得张皇失措。他张了张嘴却没发出声音，直愣愣地看着老芮，神情几乎有些吓人。

"怎么了？"老芮问。

谢敛过了许久才挤出一句话："我可能闯祸了，芮叔。"

收到那封语焉不详的电报，是在一九七九年的一月下旬。马年走到了最后，羊年即将开启。年三十的白天，安红石坐在医院药房里值班，过年也不见病患减少，收单拿药的间隙，她的思绪不时飘到电报的内容上。

电报是谢敛发来的。安红石和妈妈新近搬到杨浦区国年路的复旦大学第八宿舍，傅丹萍刚往这个地址来过一封信。电报只有七个字。丹萍回沪请照料。没说哪天抵达，看来不是让她接。傅丹萍上次回来也不见他这么郑重叮嘱，安红石心里有点犯嘀咕。要不是这几天都要上班，加上从新家所在的东北角到长宁区的傅家路途太远，她前几天就想过去看看。

安红石最终没通过一九七八年的高考。报考前担心年龄卡线，还去改了户口本。苏怀殊在她复习的时候念叨过，等她考砸了，倒是一个字没多说，大概怕她心里难受。安红石自己知道，还是因为有了退路，人的努力便有限。考试前，金伯伯对她说，你父亲从前也是我们医院的，有这层关系，把你安排进来上班不难。你现在放宽心好好考，考完我们再看。

金伯伯没有食言，安红石有了一份正式工作，在岳阳医院的药房。安红石不是不感激，却也隐隐憋屈。金家不止一次表示，让她和金磊早日结婚，趁她年纪还轻。年纪轻和结婚有什么关系？无非是想让她早点生孩子。说起来也是高级知识分子家庭，却有着农村人一般的心态。安红石上了半年的班，也攒了半年的烦躁。她想，等见到丹萍，我要好好和她吐苦水。

一拖就拖到了年初三，安红石这天轮休。妈妈和吴老师等几个老朋友在南京路德大西菜社聚会，母女俩各自出门，安红石倒了三次车，辗转前往傅丹萍家。

弄堂口的过街楼底下，傅雪正在生蜂窝煤炉，煤有点受潮，烟气腾腾。听见安红石打招呼，她直起腰看过来，等看清来人，她连炉子也不管了，拉着安红石就往街上走。安红石的胳膊隔着棉袄被掐得生疼，嘴上也不好讲，只说："阿姨，我来看丹萍，她在家吗？"

傅雪说："你先跟我走远一点。"

两个人往北到了苏州河边，安红石头一回看到，还有比傅家所在的弄堂更破的房子，挤挤挨挨地形成一片灰色的风景。河岸边漂着垃圾，在拖船上过生活的人家毫不介意地用河水洗着东西。安红石在云南见识过更脏乱差的环境，少数民族的寨子很多都是楼下养家畜楼上住人，但那时不觉得肮脏。放在城市的背景里，眼前的一切显得触目惊心。她忍着不适说："够远了吧。"说着甩开傅雪的手。

"我问你，"傅雪姣好的脸上杀气腾腾，"云南有没有一种病，会发烧把脑子烧坏掉？"

安红石诧异。疟疾吗？也不至于啊。见她不吭声，傅雪急了："有没有？"

"没有。我没听说过。丹萍怎么了？她发烧了？"

"没发烧。是我自己猜是不是发烧。"

安红石想，什么嘛。傅丹萍妈妈生病生糊涂了吧。

只听傅雪又说："等一下看见她，你要稳住。我跟你讲，她好多事不记得了，譬如她说就记得你生肝炎去一个朋友家养病，但是去了哪个朋友家，是哪一年，她也说不清。她去年回来过，还有我生病的事，她是知道的。可是有些就稀里糊涂，譬如她后来什么时候回的云南，回了哪里。"

安红石尚未理清状况，心头一震。"她不记得……我去谁家养病？"

不就是弥渡谢家嘛。和谢敛结婚之后，那就是傅丹萍的家。

傅雪的眼睛里有什么一闪："我问你，你养病是不是在她男人家？"

她的神情中还有别的什么，安红石无暇分辨，只是点头。傅雪按住她的肩。安红石这才发现，傅雪比傅丹萍还要高一些，傅丹萍骨架分明的身材便是承袭自她。

"她不记得那个男的了。"傅雪用一种诡秘的声音说。几乎是喜气洋洋的。

"不可能。"安红石想，这太荒谬了。谢敛明明才发来过电报，电报看着很正常啊。

"怎么不可能？你见到她就知道了。我觉得蛮好，你也不要提，就让她忘记吧。"

跟着傅雪重新往傅家走的路上，安红石觉得自己像走在一个巨大的梦境里。从前在云南，她也时常有类似的感觉，仿佛自己现在过的不是属于自己的生活，该有一份更好的更真实的日子，在别处。原以为既然回到上海，再也不会有无力的虚幻感。

实际和傅丹萍待了半天，安红石得以确认，这不是梦。无论怎样难以置信，都是实实在在的现实。傅丹萍也知道自己"脑子有点糊涂"，但她对此有种不合时宜的镇定，拉着安红石问了些问题，试图核对过去的种种。她对安红石的近况知道得很清楚，还问起金磊，也就是说，她记得安红石写给她的信。记忆含糊的部分也不少，例如她不记得安红石是什么时候回的上海，自己又是为什么没有送别。因为你当时在弥渡啊。安红石很想对她说，最终忍住了。

据傅丹萍的描述，她有一天醒来，发现自己不在连队的宿舍，而是在场部卫生员的宿舍里。她依稀记得连队的熟人都走了，跟着上来的是疑问，自己为什么没走，又为什么会在这里？记忆缺失带来巨大的恐慌，还好有老芮和黄胖安慰她，说她只是病了，慢慢就会想起来的。他们还帮她办完了回城的手续，其实也就是填表格敲图章。几天后，她在昆明坐上了回沪的列车。她当时有种不分明的期待，觉得只要看到安红石，自己的失忆就会痊愈。

"结果还是想不起来。不过，好像生活上没太大影响。"傅丹萍笑笑说。

安红石不无惊惧地意识到，眼前的这个傅丹萍是她熟悉的。不是那个经过一九七六年的扣押偶尔流露阴郁的女人，而是更早以前的丹萍，就算有心事也很快过去的爱唱歌的女孩，眼神和语气，都像安红石曾经每日面对的二十出头的她。剥离了谢敏的存在，傅丹萍奇迹般地稚嫩了许多。安红石顿时明白了傅雪在来家里的路上说的话。当时，傅雪以她一贯不容分辩的语气说，哎，你跟她处了这么多年，也知道吧，我家丹萍看着温和，是个身上长刺的姑娘，但凡和她说一句假话，她就拿"我什么都晓得"的眼神望住你。现在她虽然脑子糊涂一些，但是随和多了，我们母女俩像这样过下去，蛮好。

傅雪近乎偏执的高兴，傅丹萍的温和无虑，都无法打消安红石的疑惧。她有种冲动，想找到谢敏问个究竟。但同时，她的心里又生出一种无法言喻的感觉。等回到家，安红石才发现，那居然是微弱的欣慰，藏在焦躁不安的褶皱深处。

　　谢敛接到安红石的传讯，是在一九七九年十一月的第一天。她通知他的方式别具一格。先通过总机找弥渡县医院的白医生。等白晓梅来接听，安红石隔着长途电话的杂音说："麻烦你告诉谢敛，傅丹萍生了个儿子。他的儿子。"

　　她说傅丹萍现在还在医院里，过两天出院，并补充说，会在我家坐月子。白晓梅出于职业的细致问，谢敛有你家地址吗？安红石说，他知道的，他给我打过电报。

　　白晓梅说好。春节前，霍思齐给傅丹萍找好了县文化馆的工作，谢敛他们两口子去原单位转关系，两个人一道去了景洪，回来的时候却只有谢敛一个人。问他怎么回事，他闷闷地说，小傅走了。又说，走了对她不是坏事。这事来得太过突然，让谢家乃至白医生家都受到了一定的打击。白晓梅感到，谢家上下对谢敛有种无言的纵容。为了不戳到他的痛处，居然没人追问细节。她的第一反应是，哦，他们是因为谢敛的腿。然而仔细回味，她感到，那份纵容始于更早之前，所以谢敛一直随心所欲，例如他谎报年龄跑去当司机，又例如，他婚后带着老婆回到家，说不上班就不上班，闲晃了两年多。

　　大概是小儿子所以格外受宠吧，白晓梅想。她不知道的是，重新变成一个人的谢敛和自己的父亲白医生又有过一番长谈。继上次讨论谢敛的"病"，时隔多年，老人与青年的话题再次涉及甲马。和上一次一样，谈话没有导向明确的结论。谢敛离开时仍然心事重重。也是从这时起，他开始丧失了一贯有的对万事万物的自信。

　　白晓梅放下电话时想，谢敛嘴够紧的，一点也没提傅丹萍怀孕的事。接着一个可能性闪过头脑：也许，傅丹萍不和任何人告别就回上海的时候，谢敛乃至她本人，都不知道她有了孩子？毕竟那是在一月，时间有些微妙。

果然，等她到了谢家，把安红石的话一转述，谢敛的表情就像被雷劈了一样。

"你说什么……"

"你有儿子了。"白晓梅重复道。

"不。"他说。白晓梅没搞懂他在否认什么，是否认这个儿子是自己的，还是想推翻自己和儿子妈离婚的事实。她比谢敛大三岁，不过在她眼里，谢敛一直就像个没长大的愣头青。不管是和上海知青结婚，还是后来离婚，这些事办得过于随便。谢敛那段不算长的婚姻生活显得毫无计划性。小两口没有工作，闲在家里，虽然谢敏说谢敛有其他收入，但在白医生看来，人闲久了容易出问题。原本两个人双双在农场工作，生活规律，也有固定的工资，不是挺好的吗？

谢敛又说了几声"不"。这时谢敏从里屋出来了，看见她弟弟失魂落魄的模样，便直接问白晓梅怎么了。

白晓梅说："谢敛有儿子了。傅丹萍昨天生的。六斤半。"作为医生，她惯于陈述已知事项。

接着她看见谢敏走上前，给了弟弟一个耳光。打得用力十足，以谢敛的身量，都在原地跟跄了一下。他的脸迅速肿起来一块。他没有伸手捂脸，愣愣地站在原地。这回倒是没再说半个"不"字。

谢敏说："我上回就该打你的。我想着你也难过得要死，就忍了。今天打你，是提醒你，你这件事办得有多少错。"

白晓梅说："离了就离了，哎呀，怪他有什么用。安红石让他去看一下娃娃。要我说，你们把娃娃接回来吧。"

谢敛像是这才从神思游弋的状态中醒来，问白晓梅："你说什么？"

白晓梅重复："接回来啊。难道你让她一个女人带着娃娃过？"

谢家姐弟对视了一眼。白晓梅感到，那是同谋的眼神，姐弟俩在瞬间达成了某种协议。她想，不就是离婚之后多个娃娃吗？反正日子一样过下去。看惯生死的她此时还不知道，谢家姐弟以他们惯有的默契，决定将不可说的事作为秘密封存。等到谢晔长到七岁，因为猩红热住院，谢敛才把他背负多年的秘密做了坦白。以医生的思维习惯，白晓梅很难相信他所说的一切。仅仅是出于对谢敛的信任，她决定姑且接受他不科学的叙述。

如果用一句话概括，就是，谢敛抹去了傅丹萍关于他的全部记忆。这也是为什么，当他得知她生下了他们的孩子，不是一个做爸爸的该有的反应。

年初，发现傅丹萍失忆，安红石的第一反应是想要写信质问谢敛，经过一番迟疑，她换了个做法，到邮局打长途电话给东风农场七分场的场部，找老芮。上午十一点打过去，接电话的人说老芮估计还在睡。安红石想，不做领导了，还这么散漫。她早就从陈宁的信中知道了老芮的近况。长途电话不可能放着等人，便讲好半个小时后再打。第二次打去时，老芮在那边口音浓重地"喂"了一声，声音大得炸耳朵，却让人莫名亲切。

他们在电话里讲了十来分钟，电话费惊人。大部分时间是老芮在讲，安红石偶尔追问。放下电话时，她算是弄懂了事情的经过，却更加迷茫。

老芮说，他俩离婚，还有小傅回沪，手续是我和黄胖帮忙弄的。谢敛当时也在农场，不过小傅不认得他了，她以为他就是我的亲戚。你既然打这个电话，当然知道小傅现在是什么情况。要怪也只能怪谢敛自己，可惜啊，覆水难收。

安红石问，丹萍怎么会变成这样？农场的事都记得，唯独不记得谢敛，也不记得她和谢敛结了婚，她还以为自己直到回上海一直待在农场呢。

老芮说，谢敛家里有甲马，你咯晓得？

安红石莫名其妙，说，知道啊。

老芮说，甲马是能够钻进人心里的东西。说是神通或者歪门邪道都没有错。

他还说，谢敛刚来农场的时候，好像生过什么病，用不成甲马。后来他不知怎么又能用了。要我说啊，这种不合常理的东西，还是少碰为好。可谢敛他有点走偏了。他回到弥渡，一直靠这个吃饭，人家求他办一些常人办不到的事，他就用甲马弄一下。陆续也帮过不少人。搞成习惯了嘛，就觉得自己什么都做得到，跟神仙一样……我是不知道他出于什么心理在小傅身上用了甲马，反正是闯了大祸，把小傅变成那样。你说他是自作自受吧，他那个难过的样子，让人看不下去……

老芮的话冗长杂乱，有时还跳到别的事情上。安红石如果面对面和他谈，就会看出他身上有中期酒精中毒者的痕迹。电话里，她只觉得老芮提早上了年纪，颠三倒四。她因此想要拒绝相信老芮所说的一切，可又有层叠的声音在心底响起。来自遥远过去的尖锐嗓音，一个个声音指责她母亲的过错——苏怀殊在云南的恋人，是敌特，是搞封建迷信的神汉。苏怀殊当时怎么辩解的？她说那人不过是一介茶馆老板，但对于"封建迷信"，她从未出言反驳。

安红石还想起那张在火灾中毁掉的"虚空过往"。她曾经问谢敛，就是像长命锁一样的？谢敛古怪地笑了笑。

甲马究竟是什么？

妈妈一直都知道。傅丹萍早先肯定也清楚。一无所知的，只有自己。

不久后又出了一件事，傅丹萍怀孕了。

最早发现迹象的人是傅雪。那时才一个多月，也没有孕吐。傅雪在安红石来家里的时候对她说，你带丹萍去你们医院做个妇科检查吧。安红石认为傅雪想多了。事实证明，傅雪的直觉惊人地准确。安红石忍不住想起仿佛是很久以前的一件事。傅丹萍看出邹二莲怀孕，是不是也源自和她母亲一样的直觉？

得知自己怀孕，傅丹萍相当震惊。她去医院那天安红石本来排了班，因为实在不放心，硬是请了假，一直把她送回了长宁区。傅丹萍在回家的路上一言不发。安红石也找不到话对她说。当初和傅雪达成了同盟，不把谢敛的事告诉丹萍，现在的僵局仿佛是报应。如果这时候才说，其实你有过一个丈夫，和我，和陈宁他们都很熟——简直就像给自己一耳光。傅丹萍虽然失忆，毕竟还把自己当作最好的朋友。欺瞒是朋友干的事吗？

安红石焦虑极了。

到弄堂口的时候，傅丹萍终于开口道，今天的结果，先别告诉我妈。安红石正要答应，傅丹萍叹了口气，又说，算了，瞒得了一时，难道能一直瞒下去吗？我还是告诉她吧。

她的话一字字敲在安红石的心上。

傅雪的反应是一贯的直接。她像是早有心理准备，当着安红石的面就说，不能要。不要说你不记得小人爸爸是谁，就算你记得，也不能要。

接着便是她那套居家过日子的道理。还说，当初要不是有了你，我现在的日子好过多了。女人带着孩子，后面的路只会越走越窄。你看看我，你想要将来像我这样，生病也没个人在旁边？

安红石忍不住说，阿姨，你上次生病，丹萍一直在的呀。

傅雪说，你一个没结婚的懂什么。

安红石在心里撇嘴。傅雪才不缺人照料。她知道傅雪有个男朋友，她来找傅丹萍的时候遇到过一次。那天傅丹萍去街道问工作的事，正好不在家。安红石熟门熟路地上到二楼，看见一个男人坐在床边，正在喂傅雪吃一碗甜羹。其实也不是不能被人看见的场面，安红石却感到窘迫。傅雪的男友留着偏长的头发，朝一侧梳过去，为的是遮盖谢顶的局部。戴眼镜，看起来有点像知识分子。安红石后来问傅丹萍，那个戴眼镜的男的是谁，傅丹萍像是有点困惑地蹙起眉说，是孟叔叔。安红石很熟悉傅丹萍的这种神态，每当触及她记忆缺失的部分，她总是显出淡淡的困惑。安红石没再多问。反正她也不关心傅雪的个人问题。

对于傅雪不容分辩的"这孩子不能要"，傅丹萍没表示同意，也没说不同意。

几天后的中午，安红石像往常一样从医院出来，到隔两条街的小饭馆去吃馄饨。医院有食堂，整日整夜待在里面，偶尔会想到外面透口气。她刚走到半路，在路边的公交车站瞥见傅丹萍的身影。确认自己没看错，安红石走上前喊她，傅丹萍像是吃了一惊。

是你啊。傅丹萍说。

你来找我？

算是吧。

傅丹萍显得心事重重，安红石说，你还没吃饭吧？正好，一起去。两个人在饭馆坐下，安红石点了馄饨，傅丹萍要了炒年糕。坐在对面慢慢咀嚼的傅丹萍给人一种感觉，仿佛年糕极其粘牙，把她要说的话都封在嘴巴里。

安红石停止看她，低头喝汤。汤有点咸。吃完饭，傅丹萍对安红石说，我先回去了。安红石说好。

四点多下班，安红石再次经过同一个公交车站，又看见了傅丹萍。也不知道她今天是几点到的，在那里站了多久，中午被安红石捡走吃了个饭，她又回到车站，呆呆地一站就是一整个下午。

安红石走上前说，我们走走吧。你走得动吗？还是去我家坐会儿？

傅丹萍表示愿意走走。两个人一路走到复旦大学，傅丹萍还是第一次来。安红石带着她转悠，把各个教学楼和宿舍区指给她看。这样带人游览的时候，安红石不是没有感慨。本来她可以成为这里的学生，每次都是差一点点。难道要因此埋怨命运吗？安红石想，不，我还没有放弃。

她在开口之前完全没想过自己会说这样的话——

丹萍，孩子还是别要了。我并不是赞同你妈妈的观点。我打算读函授大学，你也一起吧。我们的人生还很长。你要是现在决定生孩子，将来你就没有自己的生活了。

说完后安红石自己也是一惊。谢敛，她想，你不要怪我，是你先做错了。

当天黄昏，安红石又见到了甲马。

两个人在校内找了间只有几个人自习的教室，坐在后排歇息。傅丹萍从包里拿出一个四角磨损的硬皮本子，安红石认出，是傅丹萍抄歌的本子，在连队的时候就一直用的。傅丹萍没有写日记的习惯，这时想来，不知该算是幸运还是不幸。她翻开本子，中间夹着一张折成几折的棉纸。她拈起来递给安红石。接过的同时，安红石感到轻微的不适，她在展开前就猜到那是什么。

虚空过往。

谢敛说过，我们家每个人都有一张。

所以这张是谢敛的，不会有错。

他还说过什么来着？说重新给她印的那张是"假的"，但除了他家的人，没人能识别。

安红石把印着古怪人像和"虚空过往"四个字的粗劣纸张翻来覆去看了看，看不出任何特别之处。要说和自己带回上海的假货有什么区别，无非是这张没经过做旧，看着新一些。

傅丹萍问，你知道这是什么吗？

安红石想，我还想问你呢。这玩意儿到底是什么?！她谨慎地说了"甲马"两个字，试图从傅丹萍的表情看出哪怕一丝的动摇，然而那双眼里只有纯然的平和。她鬼使神差地加了一句：

你连这都不记得了！这是我们知青生活的纪念。

是吗，你也有？

我没有。我那张被人不小心烧掉了。

傅丹萍看起来对火灾全无记忆，"烧掉了"也没激起她的反应。她把甲马接回去，在安红石来不及反应过来的时候，把那张纸干脆地一撕为二。

你一半，我一半。傅丹萍说。

安红石愕然接过傅丹萍递来的甲马。她失忆的好友继续说，既然这是我们知青生活的纪念，就各拿一份好了。

从复旦大学出来，天色半黑，安红石送傅丹萍去公交车站。等车的时候，傅丹萍说，红石，我这样问你可能有点不太恰当，你会不会知道，我肚子里的孩子，是谁的？

安红石忍住心惊回答，我不知道呀，你忘了，我七七年六月就回来了。

傅丹萍垂下眼说，是哦。有些时候，我也会努力试着想起来，又害怕。

她没说自己害怕什么。安红石却是懂得的。后来当她说要生下孩子，安红石想，丹萍的决心，一定是当她长时间地站在岳阳医院的公交车站时，就已变得坚定。

安红石认为这是个不切实际的决定，但因为一些连她自己也无法解释的原因，她陪着好友和傅雪一次次谈判，一起忍受傅雪近乎人身攻击的谩骂。骂到后来，傅雪也疲了，说，长大了翅膀就硬了对吗，小人在你肚子里，我是没办法，你爱怎样就怎样吧。

有了这句话，傅丹萍没有接受街道生产组安排的工作，在怀孕三个月时搬到安红石家，每天在苏怀殊和安红石的辅导下补习功课。因为比安红石晚两届，她只有初中文化水平，加上初中停课闹革命，等于是小学多一点。如果不先补课，上函授课程会力不从心。苏怀殊和安红石原本靠学校和医院的食堂过活，傅丹萍来了之后主动做饭，她们的饮食生活颇有起色。傅雪在周末过来看女儿。她在苏怀殊面前似乎有种奇怪的劣势感，话少了许多。安红石惊讶地发现，妈妈拿得住傅雪。一向以为妈妈是个只会被欺负的老好人，这让安红石有了新鲜的认识。傅雪来的日子总是由她下厨，安红石原以为傅丹萍做的饭菜相当不错，吃了傅雪的手艺才知道，还是差得很远。苏怀殊更喜欢傅丹萍做的，原因很简单，傅丹萍的菜有着明显的云南风味。安红石在谢家住过，认出许多菜式带有三姑和谢敏的痕迹。

傅丹萍本人对此似乎一无所觉。大概她以为，在农场待了那么多年，做的自然就是酸辣重口的菜吧。

共同生活的每一天塞了太多的事，看似漫长，回望时只是匆匆。安红石简直要惊叹，这么快就有一个男孩被添加到自己的家庭生活中。

男孩刚生下来看不出像谁，皮肤倒是蛮白，和他妈妈一样。安红石说，鼻子怎么这么塌。苏怀殊笑道，你以为小人养下来就有鼻梁吗，你小时候也是这样的。傅丹萍喊他"小宝"，说是要等干妈安红石取名。安红石其实早就把名字想好了，单名一个"晔"字，但她没有第一时间告诉傅丹萍。

就像她也没对任何人讲，自己联系了弥渡那边，让人转告谢敛，他有个儿子。

谢敛时隔十个月的电报仍然十分简短，六日抵上海。至少这次写了到达时间。电报是十一月二日从昆明发出的。不难想象，他接到白晓梅传话的当晚就坐夜班车前往昆明，并买到了十一月三日晚上出发的火车票。

为了在十一月六日休息，安红石和别人调了班，前一天晚上值夜班。她不知道自己在期待或畏惧什么。以她对谢敛的了解，他一定会来。但来了之后又能怎样呢？不再记得他的傅丹萍。那种性格和做派的傅丹萍的妈。

对孩子，傅雪的态度飘忽不定。先是说，你一心要生，就生吧，将来找人抱走。我可不要帮你带小孩。后来等傅丹萍的肚子日渐膨胀，她这种话就少了。她来杨浦区的次数虽然没有增加，每次待的时间变长了些，差不多都是算准末班公交车的点才回家。等到孩子生下来，在医院抱着小宝的傅雪，脸上有种安红石从未见过因而感到陌生的柔和。但那光景也短暂。在走廊遇到其他产妇的妈妈，对方随口说，十九床是顺产对吧？高龄产妇不容易啊。安红石心想糟糕，这人被傅雪的模样骗了，以为她是新生儿的妈妈。傅雪也听懂了，当即尖声大骂，并说，你哪只眼睛看到我生的？这是我外孙好吗？

傅丹萍出院的时候，安红石感到，妇产科的医生护士们多少松了口气。

也因为自知搞不定傅雪，安红石没把谢敛要来的消息告诉她。傅雪说是每天跑吃不消，打算隔一天来一次。下一次来，正好是六日。

安红石值完夜班回到家，已是六日凌晨五点多。她的房间住着傅丹萍母子，她睡客厅沙发。苏怀殊买了早饭，和傅丹萍一起吃过，便出门去学校了。安红石在客厅沙发上闭着眼强睡了一会儿，睡不实，偶尔听到客厅有脚步声，知道是傅丹萍。傅雪来到这里一般快要中午了。想到傅雪，安红石睡意全消，索性起身出门。傅丹萍在身后问她怎么不睡了，安红石撒谎道，我去买点东西。

并没有东西要买，安红石在小区门口站着等。今年天冷得早，她站了几分钟就后悔没戴条围巾。意外的是，傅雪今天来得格外早，两人在门口遇见了，彼此错愕。傅雪说，这么冷的天，你站在这里做什么？安红石说，阿姨你进去吧，我在等一个朋友。

她等的"朋友"终于出现在小区门口时，不是她预想的独自一人。谢敛和谢敏一起来的，隔着很远谢敏就认出了安红石，冲她挥手。等他们走近一些，安红石才发现，谢敛明明不到三十岁，看起来却像是二十四五岁的人，比她记忆中老了一大截。他避开她的视线，先开口的是谢敏。

"红石，我们来的事，她晓得吗？"

"她"指的自然是傅丹萍。安红石摇头说："不好解释，我没讲。"当着谢敏的面，她不好质问什么，只对谢敛说："我知道你想看看孩子，可我得找个理由吧，就这么把你领上去，也很奇怪。"

"娃娃我要带走。"谢敛说。

安红石不知从哪里冒出一股气。也许是旧怨。从他关于甲马的谎言。从他被关押期间她经历的绝望。从他过去不经意的笑，简短的话语。到现在他久别重逢的第一句话。一切一切都让她气不打一处来。她抬头瞪着谢敛，挤出一句话："你凭什么?!"

谢敛退了半步，可能他以为安红石要打他。仿佛什么时候也有过类似的场景。谢敏在旁边干脆地捶了他一下。"你不会讲话就不要讲。"接着又对安红石说："我们想和丹萍的妈谈一谈。不，是谢敛自己想和她谈一谈。"

差不多半个小时后，谢敛和傅雪在复旦文学院附近的篮球场边上，开始他们第一次也是最后一次的谈话。安红石带着谢敏在校园里散步，尽管无比想知道谈话的内容，安红石还是决定忍着。相比之下，谢敏像是对结果有她的预期，丝毫不显焦躁。

"所以甲马到底是什么?"安红石问谢敏。

谢敏说："我也讲不清楚。就像有的人天生视力好，有的人跑得快。我家的人，就是会用甲马看到一些别人的事。都是发生过的事。看到了也不会改变什么。"

"那么丹萍为什么会失忆? 老芮说她的失忆不会好了……谢敛是故意的吗?"

谢敏沉吟片刻才说："有张甲马能做到，至于到底为什么，他是不是故意的……你愿意怎样想他，他就是怎样。他是我弟，我反正是不愿意那样想他。"

与此同时，傅雪也在问谢敛同样的问题。

"我女儿失忆和你有关吗?"

谢敛点头。她接着说："治得好吗? 不，你不用告诉我。我其实也不想她治好。"看见谢敛的眼神，她便知道，哦，原来是治不好的。

"她已经不记得你了，你来做什么？"傅雪警惕起来，"你不要现在跑来说，小孩归你。"

谢敛说："谢家的孩子，必须在谢家养。"

傅雪不是安红石，当即给了他一个耳光。她打得非常用力和精准，谢敛有点发蒙。这让他想起从前，有个女人打他打在了下巴上。并非太久远的往事，如今却恍若隔世。他眨着眼睛看看傅雪，心想，丹萍不太像她妈妈。

奇怪的是，打完他之后，眼前这个又美又凶的女人的气场迅速衰败，甚至开始显出她的真实年龄。他曾经的岳母低声说："我当然也知道在我们家养大有多难……你说说看，你有什么非把他带回去不可的理由。"

其实这不是谢敛第一次见到傅雪。他在傅丹萍的记忆中见过她，并把母女之间最大的龃龉尽收眼底。如今的傅丹萍已经忘了那件事。让她长久以来不能原谅母亲的事件，连同对谢敛的记忆和其他一些事情一起，被葬送在永恒的虚无之乡。

谢敛和傅丹萍回到场部的当晚，邹二莲做的菜好，岩城弄来的酒好，加上久别重逢话不嫌多，老芮且喝且聊，心满意足。他喝得歪倒在岩城家的火塘边，最后是谢敛和黄胖把他架回去的。黄胖也不管傅丹萍就在他们旁边，路上和谢敛讲了几个荤段子。黄胖以前从来不会讲类似的话，知青们纷纷离开后，他整天和已婚的老工人们混在一起，受了世故的浸染。

到了场部，谢敛让傅丹萍先回他以前的宿舍，把老芮扔到床上后，他对黄胖说，在门口抽支烟？

场部静得像座废墟。他们在夜晚透着寒意的空气里抽烟。谢敛这次没有抽烟斗，他把带来准备送人的整包香烟给了黄胖，自己陪着点上一根。原以为敲图章嘛，总得送礼。谁能想到农场再也不是原来的农场。

黄胖用抽三支烟的时间讲了许毅飞的事。你还记得许毅飞吗，陈宁的同学，我们叫他小喇叭。他以这句话开的头。

工作组来的时候，陈宁被抽调上去，成了得力的骨干。许毅飞则是审查的对象。为什么要审查他，他有什么问题，没人知道。审查过程中，陈宁打了许毅飞。没到重伤的程度，不过当时看起来蛮惨的。

黄胖说，陈宁走的时候没去看你们吧？他以前一直说要再去一次弥渡。他是去年年底走的，最早的一批。许毅飞比他晚半个月。他俩后来不讲话了。要我说，何必呢。打人的当然不对，不理人的也不对。难得大家一个学校出来的，又一起在农场，将来回去也会在一个地方。

谢敛没有立即附和。黄胖讲的事对他来说既意外，又在情理之中。不是指陈宁看起来是会对朋友下黑手的人。没有人看起来该是什么样。人的内心潜藏着巨大的黑暗，他有过切身体会。

最后谢敛只是说，许毅飞恨陈宁吗？

谁知道呢。我又没有当面问过他。黄胖索然地说。他本来还想和谢敛说，邓小英在工作组来的时候天天去闹，硬是让他们把同样被关押的常植道给放了出来。曹方也调走了，他走的那天，邓小英都没出现……但他突然就没了继续瞎聊的兴趣。最近他常常如此，兴致很短，仿佛是提早到来的中年的颓然。

黄胖走后，按理谢敛该回他原来的宿舍。傅丹萍可能睡下了，也可能在等他。他没有立即回去，而是转身进了老芮的屋子。大致记得椅子在哪里，他摸过去坐了。他点起烟斗，猛吸几口，苦涩的烟味穿透了被酒精冲刷过的头脑。他需要醒醒神。

要真的把档案调回弥渡，丹萍会不会后悔呢？

这个念头从今天白天开始膨胀，此时已占满了他的心。都怪老芮和黄胖，讲了许多有的没的。

不，这个想法早就有了，不是一朝一夕的事。傅丹萍去年回上海待了小半年，谢敛心里就有些嘀咕。他当然知道傅丹萍回家是陪她生病的妈妈，但就是很难控制自己不乱想。傅丹萍的心思难猜，她总是温吞的样子，很少提什么主张。谢敛要回老家，她跟着回。他不肯上班，她也从不以妻子的身份絮叨。他带她去西山找以前的朋友玩，猎户、假道士、农民。她听得懂弥渡话，再偏的方言就听不明白了。他们热烈聊天的时候，她总是静静地在旁边待着。谢敛在回程中问自行车后座上的她，你跟我过来要，会无聊吗？她说，不会啊。声音一如既往的沉静。

谢敛自以为是幸福的，但他不时有轻微的疑问，怕自己的这份幸福其实建筑在另一个人的委曲求全上。不光是农场的人背地里在传，他自己也觉得，傅丹萍会愿意嫁给自己，和扣押事件不无关系。恢复自由回到场部，他开始和她走得很近，是因为曾"梦见"她和逃犯的事，心里生出巨大的怜惜，觉得她这么个性格，需要有个人照看。他当时还没想过结婚的事，是邓小英跑来点醒了他，说，就因为你们被扣押，各种坏话都传得没边了。现在姑娘家的名声坏掉了，你要负责任啊。

谢敛这才去和傅丹萍说，我们结婚吧。以为她至少会迟疑一下，甚至有可能拒绝，没想到她抬眼望了望他，说好。

他们之间没讲过什么山盟海誓的肉麻话。唯一类似誓言的，是傅丹萍在同意结婚之后不久对他说，我要你答应我一件事。

不要在我身上用甲马。我不喜欢被人窥探。

谢敛答应了，虽然他觉得"窥探"的用词也太狠了。

今天，他的决心摇摇欲坠。

他的口袋里有几张甲马，是以前老蒲问他要的。谢敛说，你又不会用。然后一直没给。后来他的疟疾能好，多亏了安红石长途跋涉要来的老蒲的药酒。他想过去找老蒲道谢和给甲马，但恋爱结婚和回乡接踵而至，最终也没去。他这次带了甲马来，想着去看看老蒲，也算了结一桩心事。意外的是，在席间听老芮说，老蒲死了。去年得了伤寒，刚好些，又吃了别人送的粽子。糯食发病，没多久就走了。谢敛想，老蒲不是会看病吗？这不像一个医生的死法。

此刻，甲马的存在，如同一种诱惑。

谢敛不知道神叨叨的老蒲是从哪里得到的关于甲马的知识。他点名要的几张都不是常用的。叫魂。追魂。枭神。翻解冤结。尤其头一张"叫魂"，可谓凶煞的纸。谢敛从未用过。据说从前"追魂"和"叫魂"是成对使用的，其用法在某一代失传。三姑在难得的清醒时光讲过，二叔曾试图琢磨出其间的奥妙，可惜以他在甲马上的天资都没能成功。谢敛这两年对甲马越发得心应手，也想过要不要试着钻研，但这两张甲马不比其他，蕴含凶险，会对施用对象造成一定的精神影响。他一直没找到合适的时机。

"追魂"他用过一两回。纸如其名，用途是追溯他人的过往。有些记忆埋藏太深，凭别的甲马无法触及，若使用"追魂"，手到擒来。人总在不自觉间掩盖和修改自身的记忆，"追魂"如同灵魂深处的镜子，让种种过往无所遁形。谢敛曾经用它治好一个疯癫的妇女。她的小儿子在水库游泳淹死了，她从此一直活在儿子出门前的上午，痴痴地等待永远不会回来的儿子。女人的大儿子找到谢家求助，谢敛试了几张甲马都不成功，最后下狠心烧了"追魂"。女人的疯病好了，只是从此活在巨大的悲伤中。但对她的其他儿女来说，一个伤心的母亲总好过一个疯傻的。

倘若对丹萍用这张甲马，可能会让她本人不愿直面的念头变得清晰，把她藏在最深处的心事翻出来。

而且将打破他对她发过的誓言。

谢敛迟迟下不了决心，在老芮的屋里抽了一袋烟。有个人在旁边，他的心思稍微定一些。

老芮睡得不安生，嘴里嘟囔着不成字的音。

谢敛记得，当初他和老芮说自己要结婚，老芮先是一愣，然后才道喜。后来老芮不止一次对他说，早点生孩子，有了孩子，女人的心就定了。

谢敛对妻子讲过苏怀殊和二叔的往事。他有事不瞒家里人，所以不光是丹萍，谢敏也知道，二叔给出去的"虚空过往"在他身上唤起过什么，又对他造成怎样的影响。丹萍从上海回来，说了很多安红石和她妈妈苏怀殊的事。她说，一开始觉得苏阿姨不太像你说的"苏小姐"，人很客气很热情，可就是隔着一层。多相处几次才觉得，她其实一直都没有变，是个内心很丰富的人，想得多，说得少。这一点红石不像她，红石想到什么总是马上忍不住说出来。

谢敛逗她，你怎么知道人家想到就说？也许她其实也想了不少，只说了一半呢？

傅丹萍笑起来说，哎，她的话已经够多了，要想更多，累不累啊。

她偶尔会有灿烂的瞬间，让谢敛恨不得把那笑容装个框珍藏。当她提起她妈妈，笑容就消失了。她说，我和我妈讲到你，她闹了一场。真烦。要不是她是个病人，我当时就想回来了。

谢敛想，是因为我的腿吗？他谨慎地没有多问。

他们关于傅丹萍妈妈的对话就那么多。随着时间过去，谢敛越来越想知道，妻子在上海和家人之间究竟发生了什么。她心里是否潜藏着回上海的念头。毕竟，几乎所有他们认识的知青都走了。他不怀疑她的好，他只是怕她仅仅是因为婚姻的牵绊而勉强留在云南。

纸张燃烧的气味在空气中淡却的同时，一个女人的声音变得清晰。他曾经在傅丹萍记忆中听到的，如同调频对不准而滑过的声音。他很快发现，那是傅丹萍的妈妈。

她记忆中的妈妈的脸，美得让谢敛心惊。更让他震惊的是那个女人的性格。像一丛肆意生长的荆棘，在努力存活的同时刺伤别人。

谢敛终于知道了，傅丹萍谈到她妈妈时，脸上为什么有抹不去的阴翳。

是因为一起自杀事件。

死者是傅丹萍在少年宫的音乐老师，合唱队的指导。她对傅丹萍来说是个特别的人，在各种意义上，几乎是傅丹萍妈妈的反义词。她长得不美，圆脸戴眼镜，性格温和沉稳，有时把傅丹萍带回家做单独指导。她弹钢琴，傅丹萍站在旁边唱。她指出发音的诀窍。她冲的热可可有冬日最暖的香气。她说，音乐可以陪伴我们一生，就算将来你不是职业的，也会从中获得安慰和力量。

她太照顾当时还在念小学的傅丹萍，不放心让学生一个人坐三站路回家，让自己的丈夫骑车送回去。她的丈夫也是老师，在一所小学教政治。姓孟的政治老师头一回见到傅丹萍妈妈，当即被对方的美貌惊艳。

傅丹萍那时就知道了，自己最亲爱的老师前途不妙。

谢敛徘徊在傅丹萍少女时代的记忆中，以她的视角看着事情朝越来越不受控制的方向发展。一边是老师，一边是妈妈。夹在中间的男人两头撒谎。

少女傅丹萍注视着他的每个谎言，心里冰凉。

谢敛花了一段时间才意识到有什么不对。不是指他看到的记忆和真实情况有误差。面对"追魂"，即便是人的自我粉饰也会层层剥落。

不对的是傅丹萍本人。

可以说，她有一种奇异的敏锐。谢敛不知该怎么命名。不像他家的甲马，那是没有名字的特殊性，让她很容易被外界伤害。

简单地说，她能看透别人的内心。不是全部。她能辨认每一个谎言，每一个强烈萌动的念头。别人撒谎，她总是知道。当别人的想法足够强烈，她便能捕捉到。

谢敛一阵心惊。他的第一反应是想要回顾自己有没有对妻子撒过谎，但他的心神被"追魂"束缚，不容分心，只好继续沉入傅丹萍的意识深处。

偏偏傅雪是个满嘴谎话的妈妈。傅丹萍从小就习惯了不去揭穿家长过多的谎言，有些不需要她特殊的洞察力都能看穿。每当她发现妈妈在说谎，便冷冷地看一眼妈妈，有时为此挨打。

她格外喜欢老师，也因为老师是个真诚的人。

真诚的人一旦决定要撒谎，便没有人不信。只除了那个小小的依恋她的女孩。

合唱队下周取消练习，傅丹萍知道，老师说要回老家是假的。她不明白为什么老师要撒谎。她还从老师身上感觉到一个强烈的念头，阴郁又固执地缠绕在周遭。她很少会看不清别人心里的内容，为此隐隐不安。去老师家的辅导也被取消了。她有一天放学回家，发现楼下的门锁着，知道是姓孟的男人又来了，只好背着书包在街上闲晃。她想过要不要去找老师，又放弃了。她也不喜欢撒谎。怕话题触及妈妈。

后来才知道，老师在那天自杀了。把门窗封起来，在屋里烧了一盆炭。不知道老师花了多久才慢慢死去。

从此傅丹萍和她的妈妈之间，有着永恒的无法跨越的冰封之地。

记忆闪闪烁烁，如同星空。走近时才能看清，明亮的或阴暗的，都有其实质性的轮廓。

谢敛走在无尽的星河里。在梦见之地，他的双腿完好。

他看见自己救了傅丹萍和安红石的那天。傅丹萍站在安红石旁边，注视眼前黧黑的高个子男人。他的站姿不算挺拔，微微佝着背。他身上有种无法消解的愤懑和颓然，她仔细分辨后发现，哦，是因为他的腿。

是个有心结的男人啊。

她还感觉到身旁安红石的一丝专注。暗自萌动的好感。

后来有许多次，她在注视谢敛的同时分明地体认到安红石的视线所在。她对人的内心如同看书般直白，当然懂得安红石的心思。

她想，我可不要成为妈妈那样的人。她悄悄移开自己的目光，尽量不加入大家的谈话。

凌晨的橡胶林中的拥抱。猝不及防。她的呼吸为之停滞。

好像就是在那之后，他比原来笑得多了。他的心结不知何时也消失不见。他的变化和他说的甲马有关吗？

他和陈宁去弥渡接了安红石回来，嘻嘻哈哈带着死掉的鸭子。

深夜遇到逃犯。她知道，那人是被冤枉的。没说谎。

她带着药第二次去找逃犯，险些受到侵犯。是个教训。不说谎的人，不见得就不会做下可怕的事。

她奔向夜色中的手电光，以为得救了，却被抓了起来。

人们不断提问。你大晚上的在山上做什么？你有没有见过那个逃犯？他现在人在哪里？

她被他们口头和内在的攻击性逼迫得心力交瘁。她死守着沉默。

谢敛说，是和我约在山上。

真傻。

听说谢敛也被关了起来。

逃犯找到了。没完没了的审问还没有停。逃犯身上找到了药。

听说谢敛病了。

曾连长又单独审问她。他不止一次暗示，逃犯身上的药是谢敛给的。他说，你不用维护姓谢的。这也是为你好。

从第一眼看到曾连长，她就明确地感觉到对面那个男人的傲慢和欲望。雨夜里手电光打在她的脸上，像一朵不合时宜绽放的花，瑟瑟发抖。她的脖颈上留着逃犯造成的青印而不自知，吸引了追捕者的目光。

曾连长说，要我说多少次你才能明白？人，我们已经抓到了。有没有协犯，性质是否严重，这些，都是一句话的事。我的一句话。

他四平八稳地坐在房间里唯一的椅子上。她只能坐在床边。他的目光让她想起那天夜里的逃犯。

她开口的时候，声音平静得让自己惊讶。

你要怎样才可以放谢敛？

曾连长笑了。你倒是很关心他。要不是逃犯身上搜出药，我差点就相信你们真的是在山上私会。你怎么不关心一下你自己会不会有事？

她垂下眼睛，不去看他狼一样的笑容。她说，他没事就好。

事情总要有个代价。你是个聪明的姑娘。

曾连长说着，稍微调整了坐姿，拉开裤裆的拉链。

她仍然垂着眼，片刻之后，她起身走过去，在他的身前跪下。

谢敛曾经以为，李明远用一头尖的钢筋戳进自己大腿的那一刻，是此生最痛的瞬间。后来他知道自己错了。痛是一件会被不断更新的事。此刻在他的旧宿舍里，下关的关押乃至小街招待所的羁留已被后来的无数个日夜抹淡，只留下薄薄的阴影，他这才知道，最痛的不是自己生理上遭受折磨，心理上遭到背叛。

目睹傅丹萍藏得最深的记忆，他痛到了极致。

他因此做了一件胆大妄为到要遭天谴的事。

这么痛就忘了吧！让丹萍不再记起，不再隐隐作痛。他试图把纷乱的黑暗的碎片抓在手里，却不慎打乱了一天一地的光与影。星图破碎。记忆像一张兜天揽地的巨网，猛然震动，无数碎片纷纷扬扬穿过网筛。

他惶然跑过她记忆的原野，却发现地面上不知何时遍生沟壑。他徘徊寻找，接着发现，有什么不对。有什么不一样了。

他看见她从连队宿舍半夜出门去上厕所。空气中有不稳的气息，没发生任何事。

他看见她独自一人深夜上山割胶，是为了偿清安红石的休假。蟒蛇无声地滑过她的身后，如一个来自过去的幽灵。旁边没有他。

他看见她和安红石并肩走在泼水节的街道上。她们笑着躲开一盆凉水的袭击。下一刻不是焰火与发疯的牛，而是回程的卡车。她靠在安红石的肩上睡着了。

他看见她的钢琴老师的身影逐渐变淡和泛白，像一闪而过的火苗，从她的记忆中消失。不再有课后的钢琴辅导，小小的她独自走回家。

所以消失的不仅是曾连长。不仅是不祥的过往，还有他自身。

能怪谁呢？是怪自己的怜惜，还是怪自己的傲慢？以为有甲马的通心之力，便可以操控人的记忆。

傅丹萍走后的这些日子，谢敛一直以为，送走她，是自己最痛的一件事。痛楚不仅没有随着时间流逝减缓，反而在白昼和夜晚的一些瞬间强烈地迸发出来，比腿疾复发更让人难受。

这一天，在复旦大学的操场边上，他被傅丹萍的妈妈打了一个耳光，听见她尖声说："你有什么非把他带回去不可的理由？"他终于意识到，还有更大的痛等在前头。未知之痛。如果他的儿子继承了甲马的血脉，也许有一天，那个男孩会亲手揭开父母之间尘封的秘密。

谢敛连想一想都觉得无法直面。但他仍努力维持镇定，对傅雪说："因为很有可能，我儿子会和我一样。让他在我身边长大，至少我可以教他一些事。关于甲马。你先不要着急，我会告诉你甲马是什么……"

他讲了自己和傅丹萍的相遇，以及后来的很多事。甚至没有回避那场监禁。他也说了自己用"追魂"窥探她，只是没提最后锥心刺骨的场面。他还提到音乐老师的自杀。并说，你知道丹萍的性格，她绝不会把这件事告诉任何人。如果我不是用甲马看到，你想，我怎么会知道。

为了让对方同意他带走儿子，谢敛不惜给出最后一击。

傅丹萍的妈妈的脸色原本极白，在听他讲述的过程中渐渐丧失了全部的血色，如同纸糊的面具。听到谢敛说傅丹萍"能看透人心"，她忍不住闭了下眼。看上去，她并非震惊，仅仅是不适，仿佛他的话让她验证了长久以来的猜测。以谢敛的卫生员经历来看，有点像他对某人宣布"你得了疟疾"时对方的反应。

他这边把能说的都说了，他原本该叫作岳母的女人用力吐出一句话："你讲的这些话，我一个字也不信。"

谢敛的一颗心沉了下去。

却听她说："孩子你带走吧。"

谢敛还没来得及说什么，她接着说："不过我有个条件。"

他看着她。

"你说，是因为失误，我家丹萍才会忘了你。我不管你是不是失误，但你可以再做一次吗？让她忘了……有过这个孩子。不，生养过的女人毕竟两样的，我只是要她忘了她有个孩子活在世上。我会和她讲，孩子生下来就死了。反正我这个妈也没讲过几句真话。她连她亲爹是谁都不晓得。"

谢敛没有立即回答。这次来上海，他们确实带了"追魂"。是谢敏带上的。谢敏说，你开头的事，我来收场。总不能就这么把娃娃抱走吧？谢敛无力反驳，只能看着姐姐把甲马收好。谢敏和傅丹萍妈妈是完全不同的两个女人，对现实的处理方式却出现了惊人的一致。他还被另一件事轻微地分神。以傅丹萍对人心的敏感，怎么会不知道自己的生父？他在她的记忆中确实没见到相关的碎屑。除非，那个人在她妈妈的心里，淡却或是被深藏，无法被读取。

四个人一起走回复旦大学教师宿舍的时候，自然而然地分作两处。谢敛和他姐姐走在后面，安红石在前面和傅雪说着什么，中间回头看了谢敛一眼。隔着一段距离，谢敛看不出眼神中包含的谴责。他脑子里转悠着傅丹萍妈妈最后说的一句话。

"我女儿，你说她能看透人心。看透有什么好？只会让日子难过。她现在总算变成正常人了。"

谢敛想，我并没有讲，她怎么知道傅丹萍"变成正常人"了？

难道说，傅丹萍的特殊也是遗传？但他自知无法获得答案。

傅雪走在仍无法接受孩子将被抱走的安红石身旁，自言自语道："没想到是个残疾人。"根本没注意安红石正在愤愤地说"你们没有权利替丹萍决定"，根本没注意。

到了楼下，谢敛表示，他就在这里等。安红石发现劝阻傅雪无效，转过来冲她一直不愿意正眼看的谢敛说："你这是人干的事吗？把孩子从亲妈身边抱走，还要让做妈妈的以为孩子死了？"在回家的路上，傅雪已经把他们异想天开的协议讲了一遍。

谢敏见弟弟不吭声，便在旁边说："红石，娃娃是谢家的，在外面长大，对他本人也不好。"她以为自己说得足够透彻，却激起安红石一连串的诘问。

最后傅雪拉住安红石："我知道你一向为丹萍好。我是她妈，我难道会不想为她好？"安红石还想再说什么，傅雪忽然在她面前跪下了。安红石惊得退了一步。谢家姐弟静立在旁边，如两尊高大的雕塑。

谢晔是个很乖的婴儿，两天三夜的火车旅程，他大多数时间都在睡，饿了就哭两声。谢敏用米粉调了水喂他，他吃的时候皱着眉，像个小老头。他的身上散发着淡淡的奶味，是在家里吃母乳留下的。谢敏知道，这味道终将消散。

尽管知道傅丹萍不记得谢敛也不记得自己，谢敏在安红石家看到傅丹萍的时候，还是很难过。傅丹萍的妈妈把谢敏带进去，介绍说，是红石在云南的朋友。傅丹萍说了声"你好"。完全是对陌生人的态度，客客气气的。

以前她一直喊自己"姐"。

谢敛做的这都是什么事啊。要不是他是自己的亲弟弟，要不是他已经难过到极点，谢敏很想再狠狠苛责他一顿。很多顿。

有过谢敛的前车之鉴，她在安红石家对傅丹萍用"追魂"的时候很小心。生怕损害傅丹萍其他的记忆。小时候耿叔叔来家里，喝高兴了，谈过二叔神乎其神的轶事。其中有一桩，二叔用甲马，让一个卖花生的女人忘记丧子之痛——她根本忘了自己有过一个孩子。多年以后，另一个失去儿子的女人在谢敛面前，他做的是让对方想起孩子死了。谢敛说，一张甲马，也有好多用法，最终能帮到人就行。可如今轮到谢家自己头上，却不是为了抚慰，而是为了夺取。谢敏当然不觉得心安理得，她只是出于理智，认定这是无奈之下最好的做法。让一个不记得自己丈夫是谁的女人独自抚养"来路不明"的儿子，并让流着谢家血的男孩在没有相关教导的环境中长大，想想都太过艰辛。

谢晔的名字是安红石取的。她说，日月光华的晔。我还没来得及问丹萍的意见。说的时候，她努力把视线从谢敏怀里的婴儿身上移开，似乎怕自己控制不住一把抢过去。

傅丹萍的妈妈只说了一句话，走了就不要回来。

谢敏听懂了，她指的不是自己和弟弟，而是这个孩子。不过，将来的事，谁知道呢？

就像在火车上的谢敏不会知道，很乖的婴儿，将会长成无法和别人在同一个房间里入睡的少年。谢晔和谢家任何人都不同，他不断遭遇无法控制的"梦见"，让他深受困扰。谢敏不记得自己小时候有过类似的情形，但据大哥回忆，她和谢敛都有过，那是甲马操控者的天赋呈现，在童年时突然迸发一两次，之后便要借助甲马才能做到。与谢家其他人不同，谢晔的状况一直持续下去，在他十来岁的时候也没有收敛的迹象。对谢晔的特异，做爸爸的似乎有心理准备。谢敛甚至编了一堆谎话骗儿子，说什么，小孩子就像没调好

494

的天线。当谢晔问，为什么我总是看到别人的事，却从来没有看到家里人的？谢敛似乎如释重负地说，等你长大了就会看到的。

到上海坐的是硬座，回程因为有孩子，他们奢侈地买了卧铺票。谢敏随着火车的摇晃哄着怀里的谢晔，看看坐在对面下铺的谢敛，心想，从此家里又多了一个不能提的人。

三姑在疯癫中过着旧时光，却从来不提她的许大哥。谢敛和她，从此也将闭口不谈那个叫傅丹萍的女人。

不知道这孩子会不会像自己和谢敛一样，和甲马声息相通。

从此他就叫作谢晔了。

要是谢晔不懂甲马，也许未必是坏事。谢敏想。

她没有忘记，一月，谢敛从农场回到家之后，做了一件可以说是发疯的事。他印了大概有十几二十张"哭神"，一次烧掉。那天全村人都在莫名哭泣。死了丈夫的哭自己的孤单。刚生了孩子的哭难测的前途。病人为得不到的健康哭泣。健康人为遇不到的好运哭泣。人们在家里哭，在田里哭，不能下床的老人在床上哭。还有人哭得晕了过去。谢敏偷偷摘了队里的一些菜回到家，看到谢敛站在院子里，火盆里火苗蹿腾，她第一反应是质问他烧了什么，却无法忍住从泪腺奔涌而出的泪水。她哭着想起犯下无可宽恕的过错的恋人，她和他之间那些像是发生在前世的往事。她边哭边注意到，坐在堂屋门口的三姑的眼角也泛起泪光。那一刻，三姑心里想的又是什么呢？她是清醒的，还是仍然在时间的迷雾中徘徊？

谢敛一直低头看着盆里的灰烬，没有哭。

尾声

1999

上海

淮海路是一条东西向的街道，武康大楼的船形立面对着马路西端。在晴朗的冬日，夕阳照在大楼的"船头"，给历经岁月的石材贴面镀上一层柔光。天尚未全黑，淮海路的路灯已亮成一串橘色的点。白色的月亮出现在天空的另一侧，像一小枚放错位置的纸片。

　　这是谢晔一天中最喜欢的时刻，日与夜含糊不清，街上到处是匆匆赶回家的人们。某处传来煎鱼的气味。城市卸下白天的紧绷，换上松弛的带有家庭意味的面孔。他从淮海路拐到武康大楼斜对面的天平路，去"吉兆"吃晚饭。这是近一个月以来的惯例。"吉兆"留日归来的老板杨树新和乔曼很熟，应她的嘱托，每天给谢晔炖一盅鸽子汤，再给他做个加了许多料的炒饭。谢晔现在闻到鸽子汤的味道就想吐，不过为了不辜负别人的好意，他总是默默地喝完最后一口。这个点对一家日式烤串店来说还没到高峰期，偶尔有一两个附近的居民进来吃杨树新的改良套餐，日式猪排蛋盖浇饭，配的是中式的榨菜蛋汤，送一小杯啤酒，只要十五元。吃套餐的多是熟客，其中有人看到谢晔的饭菜，问多少钱，杨树新笑笑说："人家屁股上被戳了一刀好吗，他吃的是病号饭，下次你要是受伤，我也给你做。"熟客呸了两声说："你不要触我霉头啊。"另一个人笑起来说："哎哟，这个位置尴尬的嘛，怎么在屁股上啦？"店里莫名洋溢着欢快的气氛。谢晔吃完了，谢过杨老板，往外走。他吃饭是月结，从"浮舟"的工资里扣。

刚才笑刀伤位置尴尬的顾客不明就里，又说："病号不用买单吗？"说完觉得不对，注视着谢晔走出店门，才看向杨老板，"小伙子怎么瘸了啦？"

杨树新依旧一脸的淡定："跟你讲过了，屁股被戳了一刀。"

另一名顾客问："能好吗？"

杨树新说："你问我做什么？我又不是医生。"

对谢晔来说，医生给出的解释复杂又难懂。髋关节后脱位。坐骨神经损伤。现在髋关节据说是复位了，至于谢晔走路的问题，医生没说治不好，也没说一定能康复。他的右腿小腿有一部分仍然没有知觉，走路时最省力的走法，是先用右胯和右腿带动整个右侧身体，再迈左腿。谢晔在出院后几天才意识到，他的走路姿势，和爸用力迈出左腿的方式，恰好就像在照镜子。

我们果然是父子啊。他不带任何情绪地想。

谢晔在受伤当晚进了医院，住院一周多。安红石不知道他对独居的癖好，但出于舒适的原则，她付了不少钱，给他弄了单人间病房。无人探视的时候，只能躺着看书。好在陆续看望他的人也不少。

他从麻醉中醒来，最先看到的是苏老师和安玥。安红石正好走开去了护士站。他表示想喝水，接着发现全身使不上劲，坐不起来。安玥说要去买吸管，也走了。

脑子里浮现的第一个念头是，要是一直这么虚弱，上厕所怎么办？他不知道身上插了导尿管。对外界的感知尚未一点点恢复。

苏老师坐在床边的椅子上，问他："疼吗？"

"现在不疼。昨天有一阵好疼啊，我还以为自己要挂了。"他试图说笑，却发现苏老师没有笑，甚至红了眼圈。

"你想知道我为什么信教吗？"

"嗯。"

"我女儿红石，是个心里只有工作和学习的人。玥玥生下来，休完产假，她就把孩子扔给我照管。我理解她，毕竟当知青耽误了许多年，她心里着急，想把浪费掉的时间补回来。她当时在读英文系的函授，功课很多。玥玥爸爸是医生，两个人确实都没法带。我也愿意带玥玥的，她从小就很乖。然后到了玥玥两岁的时候，我生了一场病。我母亲走得早，没活到五十五就过世了。那是一九五四年，红石才两岁。两年后，红石爸爸也走了。我偶尔会想，是不是我的命太硬了，我周围的人，一个个都走得早，就连谢德也是……那段时间我生病顾不到，红石只好把玥玥放进托儿所。一点点小的小孩，早上到傍晚都在托儿所里。我有个同事来看我，别人看病人都送水果点心，她呢，送了我一本《圣经》，和我说，你不要因为生病沮丧，可以试着从这里面找到安慰。我就每天读经，祈祷。我希望我可以恢复健康，看着我的外孙女长大。我真的怕死，不是为了我自己。后来病好了，我从此信了教。这件事我没有对其他教友

501

讲过，他们一定会觉得我的信仰太过功利。但其实，信仰可以出于爱，也可以出于恐惧。人活在这个世上，最要紧的，就是家人。"

谢晔没说话。苏老师过了片刻又说："你在手术室的时候，我也一直在为你祈祷。谢晔，你和玥玥，对我来说是一样的。"

她的神态让他明白过来，她知道。她知道安红石撒了谎，她也知道，他已经得知了真相。那是洞悉世事的女人的眼睛。苏怀殊一直是个看起来迷糊的聪明人。

谢晔望着她，喊了声"外婆"。苏老师微微笑了。

安玥带着吸管回来，看见外婆站在走廊尽头的窗前。她向病房内张望，病床上的谢晔正在和妈妈说话。她迟疑片刻，走到外婆的身边站定。

"你等他们谈完再进去吧。"外婆说。安玥在她脸上看到稍纵即逝的软弱，有点不像自己熟悉的外婆。

"谢晔会怪我们吧？如果是我，都要恨上我们一家了。"

"他不会的。你又不是不知道，他是个怎样的人。"

安玥想，我其实觉得我从来都不够了解他。她没有把这句话说出来，陪着外婆看了一会儿窗外。病房位于五楼，底下是院内的草坪和车道，没什么风景可看。她不知道，外婆的思绪飞到了很久以前。

一九七九年十一月的那天，苏怀殊难得中午回家。家离办公室很近，自从傅丹萍怀孕住过来，苏怀殊便不再回家午睡，改成午饭后在办公室小睡片刻。如今家里有傅丹萍和她的小孩，傅雪白天也在，更是最好不要过去添乱。她发现忘了带一份下午要用的教案，回家去取，心里说，真是老糊涂了。

在小区门口的时候，她遇见了那两个人。之所以停下来回头多看一眼，是因为男的身上背了一个背小孩用的绣花裹背，女的正在帮他把带子绑紧。在上海看见云南的裹背，有些稀奇。她先以为他们是夫妻，接着意识到，大概是兄妹或姐弟。两个人都是比一般人高的个子，长脸庞，皮肤黝黑，单眼皮。他们身上有某种东西，让她想起某个她从不曾忘怀的人。

裹背弄好了，女的便往前走。走了几步，她回身催促背着个婴儿站在原地的男人。你要站到什么时候？她的声音有些气急败坏。男的这才迈步。走起来才显出他的腿有问题。他扭动左胯走路的方式让苏怀殊感到自己盯着人看很不礼貌，她转身往家走去。

回到家，目睹的是奇异的一幕。傅雪大概在房间里陪傅丹萍，客厅里就安红石一个人。安红石昨晚夜班，按理应该还在睡。意外的是，她不仅醒着，而且在哭。

她那个从少女时期就不见流泪的女儿，此时正在大哭。

安红石坐在沙发上，背对着进门处，竭力不让哭声曳出。然而她抖动的肩膀和偶尔发出的气音泄露了一切。

苏怀殊犹豫片刻才走过去，在女儿身边坐下，揽住她的肩，掏出手绢帮她擦眼泪。脸上糊满眼泪和鼻涕的女儿倒在她怀里，不再捂着嘴，发出一声像是新生儿的啼哭。苏怀殊要到晚一些时候才知道，隔壁那个连名字都还没有的婴儿被他的生父带走了。傅雪和安红石像是达成了同谋，对具体经过不置一词。她们分别恳求苏怀殊，不要在傅丹萍面前提起孩子。

就说孩子死了。她会信的。

傅丹萍真的信了。就如她之前的失忆，她忘了自己曾生下一个健康的男婴，还给他喂了好几天的奶。她的乳房在婴儿消失后胀痛不堪，不得不每天挤奶。傅丹萍当然是哀恸的。很多年后，甚至在叫作"游雅"的主持人的身上，苏怀殊偶尔还能瞥见拂不去的丧子之痛。她不止一次想追问女儿，一九七九年的秋天，在傅丹萍身上，究竟发生了什么？不，应该问的是更早之前，在她回到上海而不记得孩子爸爸是谁的情形下，究竟潜藏着怎样的过往？

但苏怀殊凭经验知道，过去的蛮荒时代，有太多事应该被埋葬。不去触碰，未必不是聪明的做法。

过了快二十年，苏怀殊在半个月前被女儿强行"请"到虹桥，原因是当年被带走的婴儿已经长大成人，他不仅来了上海，偏偏还与安玥相熟。安红石身上早已看不出当年痛哭失措的影子。对现在的安红石来说，谢晔的出现无异于一枚定时炸弹，她迅速做出一系列的决定，用她自己的话说："对大家都好。"她说，不能让谢晔发现他妈妈失忆，那样太残酷了。丹萍这么多年下来，已经习惯了她身边的人编造的谎言。没必要翻起旧伤口。

安红石说，我来当他的妈妈。你们谁也别拦着我。

苏怀殊终于忍不住问女儿，当年到底发生了什么。

她终于得知傅丹萍的丈夫是谁。一个姓氏被从记忆深处翻起，连同历经几十年不曾褪色的细节。傅丹萍的失忆有了解释。的确是谢家人才能做到的将现实扭曲的举动。

据安红石说，傅雪后来告诉她，姓谢的坚称，傅丹萍最初的失忆源自一场失误。安红石不信。苏怀殊信。她还敏锐地从安红石对那个叫谢敛的男人的叙述中猜到，多年以前，他对安红石来说是特别的存在。她想，整件事中最惨的，也许不是傅丹萍，而是谢德的侄子。她也知道自己的想法有偏袒的意味。人老了就是偏心的。也出于这种偏心的延伸，她对安红石说，你一个做妈妈的人，难道看不出玥玥和谢晔的关系？你这样做，玥玥怎么办？

安红石冷淡地回答，和谢家扯上关系，没什么好事。从此让他俩都死了心，不好吗？

她们这番谈话是在安红石的房间里进行的。安玥听完她妈妈的宣布便把自己房门一关，在里面不知道干什么。大人们忙于争论，一时间也顾不上她。安玥是苏怀殊一手带大的孩子，很多时候比她自己的女儿还亲。苏怀殊很想对安红石说，谢德死了，我只能死心。谢敛没和你在一起，你不死心也得死心。但玥玥，她本来可以不走我们的老路。

最终她没把这么伤人的话说出口。她和安玥在第二天各自不情愿地默认了安红石的提议，决定在周六招待谢晔上门，也许是因为，她们都无法否定安红石的固执举动背后的理由——

真相对谢晔来说太过残忍。

安玥等妈妈走出病房的时候问："我可以进去吗？"说着举了下手里的一包吸管，表示这是正事。

"过个十分钟吧。"安红石说，"等他哭完。"

安玥默不作声。这时走廊另一头来了个熟人，是唐家恒。谢晔住院的事，安玥昨晚赶来后就通知了他。安玥赶紧迎上去，和他说，谢晔已经没大碍了，他在睡，等一会儿再进去吧。唐家恒以一种奇异的目光打量她的脸，吐出两个字："奇怪。"

"什么？"

"没什么。他到底伤到哪里啊？你昨晚只说他被捅了一刀，吓得我一晚上没睡好。"

"……屁股。"

唐家恒发出短促的笑声："长得高就是好啊。估计人家刀了本来想往腰上走的。警察来过了吗？"

"昨晚来过，当时正在手术，他们说今天再来。伤他的人也是我们学校的对吧？到底怎么回事？"安玥知道那人已经被抓起来，可是想不通为什么谢晔会在校园里受伤。昨晚警察只简单讲了两句。她自己琢磨了一晚上，也没得出结论。谢晔先是在平安夜为了抓贼伤了鼻子，第二天她一早上课去了，晚上回了外婆家，十点多，突然接到妈妈的电话，说谢晔受伤了，让她和外婆去医院。在她没看到的一天里，谢晔究竟做了什么？妈妈昨晚在医院走廊里说，会把真相告诉谢晔——之前不惜让全家撒谎的也是她，所以这中间究竟发生了什么？

安玥感到迷惑和虚弱。她也为自己之前对谢晔的疏离而后悔。当时当地，疏远是她唯一能采取的方式。值得安心的是，伤在臀部，总比腰上扎了一刀要好。此时她还不知道，谢晔出院后会变成怎样的走路姿势。

唐家恒对她的一连串问题报以无奈的苦笑："我又不是警察，我也一头雾水啊现在。哎，其实我也挺后悔的。"

"后悔什么？"

"我应该经常去'浮舟'看看他。自从他搬走，我一次也没去找他。要是见面，我就会提醒他。"

"什么意思？"

"就那种，老兄你印堂发黑，恐怕有血光之灾。"

"你还真以为自己是神棍啊。"她轻轻推了他一下。她对唐家恒莫名地讨厌不起来。就算他声称喜欢谢晔。上次喝醉了，他们还说过要结成"单恋同盟"。

仿佛感应到她的心思，唐家恒说："以后你就知道了，我有我的门道。就好比，我预感到，我们的同盟要解散了。"

安玥扯扯嘴角。虽然外婆说谢晔不会恨她，可当他知道真相的现在，他们该如何面对彼此？想到这里，她肃然对唐家恒说："谢晔已经知道了。"

"知道什么？"

"知道他妈妈是谁。"

"噢。"唐家恒说。她瞪了他一眼，心想，表示一下惊讶你会死啊。

喝酒那天，她怀着把唐家恒当作树洞的心情，先让他发誓不告诉第二个人，才把谢晔的身世讲了出来。她一个人扛着秘密，实在太沉重也太辛苦。很多时候，她甚至无法面对谢晔的目光。她在讲述时略过了干妈，只说，谢晔的妈妈是另一个人，但现在因为某种原因，我妈代替那个妈妈认了谢晔，而他也相信了。没想到唐家恒听到真相的反应平淡到无趣。他剥着烤银杏说，我知道啊，他打电话回家我听到了，他真的以为他是你家的小孩。我只是不明白，为什么游雅自己不认他。

安玥当然是震惊的。唐家恒告诉她，乔曼是个"相当特别"的人。她从游雅走进"浮舟"的时候就知道了，那个人就是谢晔正在寻找的当过知青的妈妈。读书会当晚，乔曼和林峰到了他家，三个人就此有过一番长谈。林峰说，游雅和安玥熟得很，没理由不知道谢晔找妈的事。既然当妈妈的不做表示，肯定有她的理由，我们最好还是不要瞎掺和。

酒意催生了委屈，安玥在"吉兆"的吧台边哭了起来。唐家恒顿时慌了手脚，用桌上的纸巾帮她擦眼泪。她凑近他的耳边说，我干妈不记得谢晔。她什么都不记得了。

大概是遗传，安玥有喝得再醉也不失忆的体质，所以她不仅清晰地记得唐家恒当时的瞪目表情——大概是她唯一一次看到他失态，其他时候，此人都是一副油盐不进的嬉皮笑脸模样——也记得后来谢晔在送她回去的出租车上，不断用手抚摸她的脸和嘴唇。她昏沉沉地动弹不得，没法避让也不想避开。他的手指摸得那么小心，像在对待一件无比珍贵的东西。

可惜第二天早上起来，就看到他在自家客厅里，一副乖儿子的模样。她当时恨死他了。

此刻在医院走廊上，唐家恒"噢"完之后陷入了思索，然后对她说："我觉得我今天还是不要进去看他比较好。"他临走时把一个塑料袋递给她，说是给谢晔的。安玥看着他的背影，心想，这个人穿羽绒服都还是很瘦。

唐家恒的探病礼物是他常用的随身听和一张打口CD。辛迪·奥康纳。谢晔听到其中一首的时候才发现，那是他第一次去虹桥家里，因为安红石这个突然冒出来的妈而心神不定的晚上，在电台里偶然听到的歌曲。*You made me the thief of your heart*。现在听来，歌中唱的就像是爸和妈。爸偷走了妈的记忆和心。安红石说，你不要怪你爸，虽然他这件事做得十足混账，但我猜他这么多年已经够难过了。她还说，你也不准去问他为什么。等他想告诉你的时候，他自然会说的。

谢晔从她的口吻中听出对爸的维护。很奇怪，那一刻，他觉得安红石完全像自己的妈。住院的时候，她每天下班都过来看他，给他削水果、倒水，和护工询问他的一天。有时谢晔甚至觉得，安红石如果真的是他亲妈，倒好了。但接着他就想起安玥，把出于逃避的一闪念压回去。

他问过安玥，关于她和唐家恒喝酒那天的醉话。

你当时说，要是最开始我们告诉外婆就好了。是不是指，如果我们在去苏州之后告诉她，我的小爷爷是谢德，也许就不用走弯路。她早就知道我爸妈的事，对吗？

安玥摇头说，外婆原先也不知道的。我妈在干妈的事情上嘴紧得很。我只是在我妈说要认你的时候才发现，外婆其实比我们以为的坚强多了，我们把你小爷爷的事瞒着她，其实有点对不起她……还有，她一开始反对妈妈认你，最后还是被妈妈说服了。

谢晔看着她说，你当时也反对？

是啊，我不想撒谎——是为了我自己，但为了你，最后我发现只能撒谎。

谢晔想问她，现在谎言走到了尽头，我和你今后呢？他没有说出口，心想，先出院再说吧。

张培生是在他出院前一天来的。邝诚舅甥俩来过几回，所以谢晔对自己受伤的原委早就有所了解。事发当晚，就在谢晔和胡思达离开后一个小时左右，龚修文进去上网，小丁遵守了邝诚的指示，对他十分留意。龚修文先打开QQ，接着就像是被人踩了尾巴的猫一样，气势汹汹地回到柜台边，问小丁，这里有谁动过我的QQ？

小丁纳闷道，QQ是你自己的，有谁能动？

龚修文嘶声说，都没了，上面一个人都没了。

小丁说，被盗号了是吧？网吧不管这个，你得去问腾讯。

龚修文说，盗号有这样的吗？我密码还能进去，把我上面的人全删了。是谁？有种的给我站出来。说完，他把网吧里的人看了一遍。

据小丁事后叙述，龚修文投向上网的一群人的眼神，像蛇。其他人都在对着电脑，没人理会。唯有小丁莫名感到一阵寒意，硬撑着说，哎，你声音轻点，别影响其他人上网。这时他看到谢晔从门外走过，有些分神。龚修文的一只胳膊搭在柜台上，半侧着身，随着小丁的视线看去。似乎谢晔的出现挑动了他的某根神经，他马上追出去。小丁当时的感觉是松了口气，至少这个神经病离开了网吧。接着他想起，龚修文的身份证还在这儿呢。他决定干脆不收钱了，拿着身份证往他俩离开的方向赶去，只见在半明半暗的走道那头，谢晔和龚修文一前一后站着，两个人的样子都怪怪的。这时谢晔突然往前一跪，摔在地上，小丁的心脏狂跳起来，脱口而出，杀人了！

龚修文拔腿就跑。出于本能，他是往远离小丁的方向跑的。听见叫声，网吧和餐馆里的学生们纷纷跑出来，有人去追龚修文，有人报警。小丁尿了裤子。尽管小丁声称是因为他当时看见了龚修文手上有刀，但没有人相信他。因为，刀整个儿扎在谢晔的屁股上，直至刀柄。

逃跑的凶手没出校门就被堵上了，并很快被两个男生压在地上。张培生因为有地利之便，比警察更先赶到。

"我一看到他的眼神就知道了。和当时害了乔曼的敲头男孩的眼神一模一样。仇恨一切的眼神。"张培生在病房里对谢晔说。

安红石咨询过律师，说是这种情况可以判处三年以下的监禁。谢晔从胡思达那里知道，龚修文的QQ是胡思达黑掉的，而且故意没改密码，只把好友清空。胡思达说，估计上面有他在泡的妞，所以才气疯了。我知道他不太正常，没想到他被惹毛之后竟然捅了你一刀，是我对不住你！谢晔说，不怪你，就算没这件事，也许我和他之间还会有别的问题。他还记挂着自己没用成的"枭神"，也并未放弃对龚修文就是敲头人的疑虑。他对张培生说："敲头的人找到了吗？我一直觉得可能是龚修文。"

张培生露出一个讪讪的笑容。"不是他。"

"你怎么知道不是他？"

"其实，找到了。不是我找到的，是他来和我道了歉。但我答应那个人，替他保密。"

"不讲名字也可以啊。你看我都这样了，你就满足一下我的好奇心吧。"

张培生无奈道："你现在讲话越来越像胡思达了。"

他最终还是讲了事情的始末。原来，有个男生和女友在网吧旁边的巷道亲热，被张培生用手电筒照了，当时男生下意识地捂住自己的脸，女友的脸暴露在手电光下。女友后来和他分手，理由是他当时只顾着自己，过于自私。男生因此恨上了张培生，他瞄准张培生值夜班的日子，蹲在墙根下，在张培生经过的时候，用网球拍的球把打了他。

"原来是蹲着，我还以为是从树上。"谢晔说。

"你武侠小说看多了……那个死小孩敲完我还不解恨，又去敲了他前女友的新男朋友。不过，他说他现在知道错了，还给我写了不再犯的保证书。我想这事要是公开，他现在大二，后面两年太难过了，所以算了。"

谢晔觉得张培生有点太容易原谅人。如果换了他，肯定要清算。接着他想起林峰不知什么时候说过的话，我们每个人，都要提防自己，我们内心的黑暗，有时候比我们自己能想象的更多。

张培生提到武侠小说，或许因为床头柜上有套胡思达送来的《鹿鼎记》，说是住院必备枕边读物。谢晔早就读过，倒也不妨碍重读的乐趣。想到在来上海的火车上翻着《书剑恩仇录》打发时光的三天四夜，其实也不过是三个多月前，感觉相当遥远。对谢晔来说，现在的自己和那时的相比，并不仅仅是多了一道刀伤。他找到了真正的妈妈，并在找到的同时得知，他已经失去了她。他还找到了更多。小爷爷的故事。爸的故事的一部分。所有的往事沉沉地压在他的心头，让他在夜半醒来时有种不知今夕何夕的空茫。

安红石在他住院的后半程问他，所以"虚空过往"到底是什么？我妈的那张被你爸不当心烧掉了，他后来弄了一张一样的还给我，但是从来没有解释过，那东西到底有多重要。

谢晔想，怪不得苏老师家里那张是"死的"。他没有立即回答，反问，为什么你和我妈各有半张？

我不是告诉你了吗。是你妈妈撕成两半，分了一半给我。

我爸不知道，对吧？

安红石的脸上闪过一丝窘迫，很轻微，接着被她一向的坦然代替。她说，我想过告诉他，可是没有机会。后来他和你大姑一起来到上海，说要把你接走，我当然是反对的。那次见面太仓促也太难受了。

谢晔这才轻轻地说，你刚才问我，虚空过往是什么。这么说吧，你的半张和我妈的半张，如果拼起来，烧掉，我就会知道我爸经历的所有的事。

安红石目不转睛地盯着他说，太不科学了。她圆润的脸上的神气和安玥一模一样。

谢晔说，其实我也觉得。

安红石又说，你要烧吗？我这里的，你可以拿去。你妈妈的半张，我不管，你自己想办法。

谢晔摇头说，你留着吧，就当作，纪念。

安红石不忘提醒他道，对丹萍来说，你现在是我儿子，不要说漏嘴。除非你有把握让她想起来，不然就不要生事。

他说，我懂。

安红石再一次说，你不要怪你爸。我不知道他和你妈之间到底发生了什么，现在想来，我对他根本就不了解，但我知道他骨子里是个好人，即便做下那样的傻事。只能说，在那个时代，很多东西都变形了。理想，爱情，友谊，亲情。

谢晔忍不住问她，如果你是我妈，在那个时候，你会想要回上海的，是吗？我们一开始见面，你就说过，当时当地，那是最好的选择。

安红石看着他说，是。

她自己不知道，她每次说谎的时候，眼神格外认真和尖锐。谢晔作为她反复说谎的对象，早就发现了这个规律。安玥还告诉过他一件事。妈妈让外婆把家里影集她的一张照片收走了。因为右下角的日期是"1979.8"，按谢晔的出生日期，妈妈该是挺着大肚子的状态。

安红石作为"骗人精"可谓煞费苦心，不过谢晔后来根本没想过要重看那本影集。

张培生清了清嗓子，把谢晔从走神的状态惊醒。他看向这个当过兵、当过警察、现在是保卫科副科长的男人，发现张培生的脸上有种少见的喜气。

"我要结婚了。二月头上办酒席。到时候估计你也好得差不多了，来吃喜酒。"

"恭喜。"谢晔由衷地说。他想起在短暂的记忆片段里接触过的张培生的班长，那个死去的男人也该为这场迟迟到来的婚礼而高兴吧？毕竟死者已死，生者还要活下去。

等他出院，从林峰那里听说，张培生结婚的事多少有点冤大头的意味。班长的遗孀住的房子是公公婆婆的单位早年分的。两位老人不止一次对她说，如果她改嫁，就必须带着孩子搬出去。将来孙子大了，这套房子和他们自己住的一套都会留给他。但他们不愿意改嫁的儿媳作为"外人"住在里面。张培生一直对班长爸妈的这套言辞感到愤懑，无奈他自己和爸妈住在老式弄堂里，家里窄得很，连向人表白都不好意思。他们弄堂动迁的消息传来，他终于鼓足勇气对那位说，我们领个证吧，把你们的户口迁过来，一家三代五口人，可以分到两套。将来你要是不想和我过了，一套归你。这样你总算有个自己的家，再也不用担心被人赶走。

林峰不仅做着无冕之王的职业，还是个真正的八卦之王。他对谢晔说，其实呢，班长的老婆，现在应该叫"嫂子"的那位，在她第一段婚姻的同时有个喜欢的人，也就是第三者。后来班长在战场死掉了，她感到内疚，才和那个人断了。这件事是有一次张培生喝醉了讲出来的，班长最后一次探亲的时候发现了妻子的外遇，两口子吵完架，班长回了部队。班长受伤后一直说，走之前吵架太不好了，回去要好好和她谈，实在不能过，就算了。结果他伤得太重，没能回去。

谢晔记起来，他曾经短暂地从喝醉的张培生那里"梦见"，班长在战场上背着受伤的张培生，心里记挂着怀孕的妻子。孩子是谁的？他心里一闪念，没开口。

林峰又说，你也知道张培生很固执的。他一心以为，人家和他结婚，跟房子没关系，是终于被他打动了。他自己话都讲得那么绝了，万一分开，房子归对方，你说换了谁会不愿意？

谢晔想，可是班长的记忆中并没有半分恨意。要有，也只有对妻子的眷恋。张培生不管怎样一厢情愿也好，最后终于得偿所愿，大概不是坏事。

在"吉兆"吃过饭，谢晔有他惯例的步行路线。沿着天平路走到衡山路，左拐，到了宛平路再左拐。最后一次左拐是在淮海中路，前面不远就是"浮舟"。医生说让他尽量多走走，对神经恢复有好处。谢晔心里没底，这要瘸到什么时候？暂时只能定下心，每天做书吧的日常工作，中午按当天店里的午市菜单简单吃点，三明治或意面，晚上出去吃他的病号饭，然后散步回店。

回到店里，安玥从大桌边抬起头："今天回来得早一些呢，是不是好走一点了？"

"就那样。"谢晔说着，小心地在桌子的另一边坐下，和她面对面。安玥身后的窗外，天已经彻底黑了，被店内灯光照亮的窗玻璃上倒映着她坐得笔直的背影。

一月底的四门考试，谢晔挂掉了一门政治，三门专业课倒是都过了。为了休养，他和家里讲好了，寒假留在上海。乔曼和林峰按之前的计划去了云南，看店的任务落到谢晔一个人身上。放假中的安玥每天下午五点多过来，换他去吃饭和散步，两个人聊会儿天，她再回家吃饭。她最近大部分时间住在虹桥，周末中午和安红石一起去外婆家吃饭。女儿在家的时间多了，安红石也终于放弃了让苏老师住过来的努力。这样对大家都好，退休的人有她自己的生活圈。

"今晚游雅要过来。"谢晔说。他还是改不掉喊她"游雅"的习惯，毕竟是他最早接触她的时候记下的名字。而且为了避免以后说漏，还是不要改称"妈"比较好。

"她一个人，还是跟小邵一起？"安玥问。小邵最近往上海跑得很勤。

"不知道，没讲。"

安玥注意到他的神情，嘴角微牵："你从一开始就讨厌小邵，我当时还觉得奇怪。现在看来，简直是小动物的本能啊。"

"气场不合而已。和游雅是谁没关系。"

"我才不信。对了，小邵还说下次一起去吃火锅呢，是不是只要有他，你就不肯参加？"

"你不是不爱吃火锅吗？"

515

"谁说的？我可喜欢火锅了，不管是四川的辣锅，还是涮羊肉。"

谢晔想，之前她果然是骗人的。当时张培生请客吃火锅，他喊安玥，她说不爱吃。他懒得揭穿她，换了个话题："你最近有没有看见唐家恒？"

唐家恒寒假也没回家，据说在一家企业实习。谢晔不知道他为什么放弃了杂志社。现在唐家恒和安玥走得很近，他被晾在一边。住院期间唐家恒只出现了一回，之后来过一次店里，没待多久就走了。

在店里见面时，他们之间的对话十分严肃。谢晔问他，乔曼有没有可能治好游雅的失忆？唐家恒说，这你得问乔曼，别问我。谢晔说，问她容易，可我害怕，问了之后，她说不能。所以才先来问问你。

唐家恒说，解铃还须系铃人吧，你有没有问过你爸？

谢晔沉默。他确实和爸通过电话。爸说，从前"追魂"和"叫魂"是一对。现在谢家没人会一起用。除非有一天，你找到法子。不过，到底怎样做才是最好，你可以先想想清楚。

爸的声音很稳，好像这番话他早已在心里预演过无数次，只等着有一天对谢晔说出。谢晔不知道哪根神经搭错了，忽然和爸说起他第一次用甲马的事。在发廊那家的院墙外烧掉的"门神护卫"。那家男人不惜以命相搏的怨毒。他说，爸你知道吗，从那个时候起，我其实一直害怕我家的甲马。

爸说，我大概能猜到那个人是谁。是我以前喊"哥"的一个人，你大姑的未婚夫。当年他伤了我的腿，后来他自己也被别人打残了。都是老早以前的事了。

爸没有再说别的，不过他们父子一向有不付诸言语也能相通的时候。谢晔知道，就像爸从没有试图阻拦他到上海寻找自己身世的答案，无论将来他是否试图恢复妈的记忆，爸同样不会多说什么。尽管爸明显不愿他这么做。关于导致妈失忆的"意外"，谢晔本能地知道，自己不会从爸那里获得答案。

至于谢晔自己，一天里有若干个小时，他很想让游雅"康复"，另外一些时候，他觉得此事大大不妥。由谢德留在他记忆中的过往，他学到了，即便是相隔多年的人和事，也可能会成为心灵的重负，而且一旦压上就再也无法甩开。每当他感到焦躁不安，就会盼望着夜晚，尤其是一三五的夜晚的来临。傍晚他能看到安玥，再晚一些，书吧打烊后，他可以听游雅的节目。

当他问及唐家恒，安玥显得有些茫然。"他不是每天来找你吗？"

"才怪。只来过一次，好吗？"

"也许他在某处偷偷看着你呢。"安玥一本正经地说。

谢晔做了个打寒战的表情，安玥没有笑。这时外面马路上传来几声喊叫，在叠加了夜色和店内景色反射的玻璃窗上，有某种谢晔不熟悉的事物。他扶着桌子起身，用不自然的步伐走到窗前。反射随着他的走近消失，窗外的景象呈现出来。

安玥在他身后问："怎么了？"

谢晔过了片刻才回答："下雪了。"

无数白色的颗粒在被夜色染灰的世界里飘摇而下。他生平第一次看见雪。安红石说过，他出生的那年，入冬之后，上海下过好几场大雪，她就是在一个雪天结的婚。

她说，吃喜酒你外婆和妈妈都来了，你外婆穿了一身红旗袍，好像她才是新娘子。说着轻轻苦笑了一下。

一九七七年查出卵巢癌的傅雪，在七八年初做了手术，几年后有过两次癌细胞转移，仍一直活到了一九九四年。医生们都说她"有坚强的意志"。

谢晔当然不了解傅雪其人，只从安红石口中听过，外婆和妈妈的关系以前很糟，后来有所改善。对他来说"外婆"只有苏老师一个人，因此当他听到另一个"外婆"，唯有陌生。

谢晔拐着腿出了店门，安玥紧跟在他身后。到了门口，他们并肩而立，安玥说，你看上面。他仰起头，看到雪在路灯光里无声地相互追逐，还没落到地上就化了，像人世间所有的过往。

2008年7月一稿

2016年12月四稿

2023年9月再版修订

附录

苏怀殊1941年的日记

民国三十年　辛巳年

五月三日　星期六

天阴，寒甚。在风林茶馆与同学谈诗，老板遥坐旁听，并送冰糖白果作点心。同学皆喜。

五月五日　星期一（补记昨日）

程君请若芸、肖君和我在金碧路南丰西餐馆小聚。有汤、小吃、猪排、咖啡、水果、面包、牛油。此餐颇费，因程君近日将暂离昆明，赴飞行任务。

六月二十日　星期五

与谢德、三姑娘同去培养正气。

六月二十一日　星期六

三姑娘擅制各种腌菜腌肉，一味猪酐酢，极辣，与白饭同吃，味甚美。

九月三日　星期三

听某先生讲《神话与诗》。先生说，神话时代，人以为心中所想，均可实现。神话时代终结，则诗人的时代启始。人从此囿于现实，只借诗歌抒发理想。神话时代一节，与谢德的说法颇似，值得玩味，记得下次与他讨论。

九月八日　星期一

下午与谢德一同步行至金殿，行路十余里。金殿实为太和宫，由石级上三重天门，气象雄伟。据说此间茶花甚美，盼明春重游。

九月十八日　星期四

参加游行。街道整洁，与平日大为不同。往谢家晚饭。茶馆聚众，皆谈何时得以收复河山。